Zu diesem Buch

«Israel Joshua Singer winkte an der Landebrücke, als sein elf Jahre jüngerer Bruder, der heute weltberühmte Nobelpreisträger Isaac Bashevis Singer, 1935 über Frankreich von Polen kommend im New Yorker Hafen einlief... Damals wurde gerade Israel Joshua Singers Roman ‹Die Brüder Aschkenasi› vorabgedruckt, ein Klassiker seiner Zeit... In der Familiensaga beherrscht, zumindest vordergründig, ein Bruderkonflikt über weite Strecken das Geschehen. Simcha Meijer und Jakob Bunim Aschkenasi wachsen als ungleiche Zwillinge, streng jüdisch erzogen, Ende des 19. Jahrhunderts im polnischen Lodz auf. Auf unterschiedlichen Wegen erreichen beide führende Stellungen bei dortigen Spinnereien, werden zu konkurrierenden Industriekönigen ihrer Stadt... Das Buch überzeugt heute als lebendige Chronik einer untergegangenen Welt.» («Frankfurter Allgemeine Zeitung»)

«Das anschauliche Bild einer Epoche, die als angeblich ‹goldene› von der Legende geschönt wird. In das Bild gehört die liebevolle Darstellung des jüdischen Lebens in Lodz. Es trug zur Bereicherung und Entwicklung der polnischen Kultur bei, die mit dem Holocaust unwiederbringlich versunken ist.» («Neue Osnabrücker Zeitung»)

«Dieser lebhafte, farbig-sinnliche Roman ist eine erzählerische Leistung... Singer führt liebevoll und detailgenau in ostjüdische Lebensweise ein, dabei durchaus nicht ohne Kritik gegenüber der jüdischen Orthodoxie wie auch der raschen Anpassung und Verweltlichung vieler Juden. Härtere Kritik trifft Polen wie Russen, die sich im Antisemitismus einig waren, noch härtere die maßlos überhebliche Art der Deutschen.» (H. Olles in «Deutsches Allgemeines Sonntagsblatt»)

Israel Joshua Singer, der ältere Bruder des Literatur-Nobelpreisträgers Isaac B. Singer, wurde am 3. Februar 1893 in Bilgorji (Polen) geboren. Er war Mitarbeiter von Zeitschriften in Warschau und Kiew und arbeitete seit 1921 als Korrespondent für den «Jewish Daily Forward». Seit 1934 lebte er in den USA und veröffentlichte erfolgreiche Romane und Dramen. Israel J. Singer starb am 10. Januar 1944 in New York.

Israel J. Singer

Die Brüder Aschkenasi

Roman

Aus dem Amerikanischen
von Gertrud Baruch

rororo

Rowohlt

Veröffentlicht im Rowohlt Taschenbuch Verlag GmbH,
Reinbek bei Hamburg, April 1989
Mit freundlicher Genehmigung des Carl Hanser Verlag München Wien

Titel der Originalausgabe: «The Brothers Ashkenazi»

Umschlaggestaltung Walter Hellmann
(Gemälde von Jehudo Epstein «An den Gräbern».
Öl auf Leinwand, um 1905/Sammlung Berger)
Gesamtherstellung Clausen & Bosse, Leck
Printed in Germany
1280-ISBN 3 499 12313 4

Zum Andenken an
meinen Sohn Jascha

I
Geburt

I

Über die sandigen Landstraßen, die von Sachsen und Schlesien nach Polen führten, durch Felder und Wälder, Kleinstädte und Dörfer, zerstört und verwüstet in den Napoleonischen Kriegen, zog ein seltsamer Treck: Wagen, Menschen, Gegenstände.

Polnische Leibeigene unterbrachen die Feldarbeit, schirmten die hellen Augen gegen die Sonne ab und guckten sich das Spektakel an. Frauen schoben ihre roten Kopftücher zurück und stützten sich auf ihre Hacken. Flachshaarige Kinder kamen, zusammen mit Hunden, aus Lehmhütten und durch Strohzäune gerannt, deuteten mit dem Finger und gafften.

Vor jüdischen Dorfgasthäusern standen Knaben mit schwarzen Schläfenlocken und rituellen Gewändern, die über zerlumpten Kniehosen herabhingen, und bestaunten die sonderbaren Wagen. »Mame, komm her!« riefen sie. »Guck dir das an!«

Dergleichen hatte man in Polen noch nie gesehen. Das waren nicht die prächtigen Kutschen des Landadels und auch nicht die langen Leiterwagen der Bauern oder die geflickten, mit Eimern behängten Planwagen der jüdischen Fuhrleute oder die vierspännigen Postkutschen mit dem schmetternden Klang des Posthorns. Sogar das Zaumzeug war anders – lauter sonderbare Riemen, Stränge und Trensen.

Manche Fuhrwerke waren breit, hatten hohe, schwere Räder und wurden von gedrungenen Gäulen gezogen. Manche hatten Dächer und Wände wie Zirkuswagen und sahen wie Häuser auf Rädern aus. Manche waren gerippt und überdacht wie Zigeunerwagen. Und man sah auch Karren, die von großen Hunden oder auch von einem Mann und einer Frau gezogen und gleichzeitig von Kindern angeschoben wurden. Und immer paßten Insassen und Fahrzeug zueinander.

In den stabileren Fuhrwerken saßen feiste, pfeifenrauchende Männer, die glattrasierte Gesichter, aber blonde Ziegenbärte hatten und über deren Wänste sich Uhrketten spannten. Ihre ebenfalls korpulenten Frauen hatten Hauben auf und trugen Pantinen und rote Wollstrümpfe. Die Fuhrwerke waren beladen mit Bettzeug, Kleidungsstücken, Kupferstichen von Königen und Schlachten, Bibeln und Gebetbüchern, Lattenkisten mit kreischendem Federvieh und im Heu herumhoppelnden Karnikkeln. Fette Kühe mit schweren Eutern trotteten hinterher.

Klepper so dürr wie ihre Besitzer schleppten sich vor den ärmlicheren Fuhrwerken daher; ihre Schnauzen schleiften fast auf dem Erdboden. Nur die Kleinkinder waren im Fuhrwerk untergebracht. Die Eltern samt den größeren Sprößlingen stapften daneben her, trieben die Gäule an oder machten ein steckengebliebenes Rad wieder flott. Wenn diese Leute überhaupt Vieh dabeihatten, dann meist nur eine einzige abgemagerte Kuh, die fast keine Milch gab.

Die Magersten und Ärmlichsten waren jene, die ihre Karren selber zogen oder Hunde davorgespannt hatten. Diese Leute hatten viele Kinder, aber kein Viehzeug – bestenfalls eine Ziege. Die Frauen schleppten sich neben ihren Männern her, die dicken Seile schnitten ihnen in die Schultern.

Etwas aber hatten sie alle dabei, ob wohlhabend oder arm: einen polierten hölzernen Webstuhl, der an ihren Karren oder Fuhrwerken festgebunden war.

Die Bauern riefen ihnen zu: »Gelobt sei der Name unseres Herrn Jesus Christus! He, ihr Fremden, wohin geht die Reise?«

Die einzige Antwort war ein »Guten Tag ... Grüß Gott«. Worauf die Bauern ausspuckten und sich bekreuzigten.

»Heidenpack! Kein einziges anständiges christliches Wort zu verstehen ...«

Die jüdischen Gastwirte konnten sich dank ihrem Jiddisch leichter mit den Fremden verständigen. Sie forderten sie auf, den Staub in ihren Kehlen mit einem kräftigen Schluck Aquavit hinunterzuspülen, doch die Reisenden lehnten ab. Sie hatten ihre Verpflegung mitgebracht, übernachteten in ihren Fuhrwerken und gaben unterwegs keinen Groschen aus.

Sie waren Weber aus Deutschland und Mähren, die sich in Polen ansiedeln wollten, weil es in ihrer Heimat zu viele Menschen und nicht genug Brot gab. In Polen gab es Brot, aber keine Textilien. Die polnischen Bauern trugen grobes Leinen, das sie aus Flachs woben, die Städter jedoch und das Militär waren auf ausländische Ware angewiesen, die von Juden importiert und zumeist von Danzig aus auf der Weichsel verschifft wurde. Es floß also viel Geld ins Ausland. Kommissionäre wurden mit dem Auftrag nach Deutschland geschickt, deutsche Weber dazu zu bewegen, sich in Polen anzusiedeln. Man versprach ihnen ein Stück Land, Befreiung vom Militärdienst, Steueraufschub in den ersten Jahren und freie Ausübung ihrer Sitten und Gebräuche sowie ihres protestantischen Glaubens.

Die Weber, die zumeist Kleinbauern waren, brachten ihr gesamtes Hab und Gut mit: Nutzvieh und Haustiere, Spindeln und Ziehharmonikas, Peitschen (»neunschwänzige Katzen«) und Pflüge. Mit ihnen kamen evangelisch-lutherische Pastoren samt ihren Familien nach Polen, um in dieser Brutstätte der Papisterei über den protestantischen Glauben zu wachen und dafür zu sorgen, daß ihre Schutzbefohlenen auch weiterhin dem deutschen Gott und dem Kaiser ergeben blieben.

Reiseziel war das Flachland, das sich von Zyrardow bis Kalisz, von Pabianice bis Zgierz und bis Piotrkow erstreckt. Etliche Weber siedelten sich bei der Ortschaft Lodz an, die an einem »Ludka« genannten stehenden Gewässer lag. Am Ortsrand, an einem Weg, der zu einem Kiefernwald führte, bauten sie Häuser, legten Gärten an, hoben Brunnen aus, pflanzten Weizen und Kartoffeln an und stellten ihre Webstühle auf. Die Polen nannten diese Siedlung »Wilki« (das bedeutet »Wölfe«), weil diese Gegend an kalten Tagen häufig von Wölfen heimgesucht wurde. Und sie verboten den Juden, sich dort niederzulassen.

Die paar Dutzend Juden, die in Lodz wohnen durften, waren Schneider, auf deren Dienste die nichtjüdische Bevölkerung angewiesen war. Sie hatten ihre eigene Innung und hielten in einem alten Schuppen Versammlungen ab, bei denen sie über die Einschränkungen disputierten, die ihnen von ihren nichtjüdischen Nachbarn auferlegt wurden. Weil in diesem Schuppen auch der jüdische Gottesdienst stattfand, stand auf einem Tisch ein schlichter Toraschrein, in dem sich eine Gesetzesrolle befand. Die Juden hatten keinen Rebbe, keine *mikwe* und keinen Friedhof. Wenn eine Jüdin ein rituelles Bad nehmen mußte, ging man mit ihr zu einem Fluß außerhalb der Ortschaft und nahm sie vor den Rüpeleien nichtjüdischer Jugendlicher in Schutz. Im Winter wurde ein Loch ins Eis gehackt, damit die Frauen ihr Tauchbad nehmen konnten. Jüdische Leichname wurden auf einem Bauernkarren in die Gemeinde Leczyca geschafft, zu der die Lodzer Juden offiziell gehörten.

Die Juden von Lodz standen auf Kriegsfuß mit den Juden von Leczyca, die fast durchweg verarmte Schneider waren. Während die Lodzer Juden jahrein, jahraus damit beschäftigt waren, für die Nichtjuden zu schneidern, mußten die Juden von Leczyca in den Monaten, in denen keine neuen Kaftane bestellt wurden, Hunger leiden. Deshalb kamen sie heimlich nach Lodz und nahmen es in Kauf, für geringeren Lohn zu arbeiten. Um ihren Lebensunterhalt zu sichern, schwärzten die Lodzer Juden die Eindringlinge bei den Behörden als Stümper und Pfuscher an, die rechtmäßige Innungsmitglieder und Steuerzahler unterböten. Außerdem versprachen sie in ihrer devoten Bittschrift, Talg für die Kirche zu spenden und für das Wohlergehen des hochwohlgeborenen Herrn Präfekten zu beten.

Der Stellvertreter des Präfekten ließ Polizisten ausschwärmen, um diese Bande von Eindringlingen auszuheben. Sie konfiszierten die Scheren und Bügeleisen, dann jagten sie die Störenfriede aus der Stadt. Diejenigen, die sich wieder hineinschmuggeln wollten, wurden an Händen und Füßen gefesselt und mit Stockhieben traktiert. Daraufhin weigerten sich die Juden von Leczyca, Lodzer Juden zu beerdigen, falls man ihnen nicht pro Leichnam einen Dukaten entrichten würde. Woraufhin die Lodzer Juden sich weigerten, ihre Gemeindesteuern zu bezahlen. Die Gemeindeältesten von Leczyca schlugen zurück und setzten bei den Behörden durch, daß in jedem jüdischen Haushalt in Lodz ein Soldat Posten bezog. Die Soldaten machten sich's dort recht bequem. Sie schnitten ihr Schweinefleisch mit koscheren Messern, rissen Zoten, stellten den Frauen nach und verhohnepipelten die Männer während des Betens. Das Pessachfest stand vor der Tür, und da an diesen Feiertagen kein Nichtjude in einer jüdischen Wohnung sein darf, weil sie sonst unrein würde, sahen sich die Lodzer Juden gezwungen, die Schneiderarbeit, die bis zum Osterfest der Christen fertig sein sollte, beiseite zu legen und den Rabbi von Leczyca zu bitten, für den Abzug der Soldaten aus den jüdischen Wohnungen zu sorgen.

Die Gemeindeältesten von Leczyca zwangen die Lodzer Juden, die Stiefel auszuziehen und sich – in Strümpfen – vor ihnen zu demütigen. Und noch einen Tribut mußten ihnen die Lodzer Juden zollen: Sie mußten auf die Tora schwören, nie wieder einen Bürger von Leczyca der Obrigkeit auszuliefern. Daraufhin wurden die Soldaten abgezogen, und die Juden von Leczyca konnten sich von nun an ungeschoren in Lodz niederlassen.

Geriet ein Jude aber zufällig einmal in den von Deutschen bewohnten Ortsteil Wilki, dann warfen ihm flachshaarige Jugendliche Steine nach und hetzten mit dem alten Ruf »Hepp, hepp, Jude!« die Hunde auf ihn.

2

Der Lodzer Kaufmann und Gemeindevorstand Abraham Hersch Aschkenasi, wegen seiner häufigen Reisen nach Danzig allgemein Abraham Hersch Danziger genannt, hatte sich in den Traktat *Zebachim* vertieft und zupfte nachdenklich an seinem dichten schwarzen Bart.

Er brauchte sich keine Sorgen um seinen Lebensunterhalt zu machen. Obzwar es den Juden schon seit Jahrzehnten verwehrt war, sich in Wilki anzusiedeln und der Weberinnung beizutreten, war in Lodz eine ansehnliche, florierende jüdische Gemeinde entstanden, die ihren eigenen Rabbiner hatte, Hilfsrabbiner, Schächter, *mikwess*, Synagogen und einen Friedhof.

Die Juden prosperierten, weil die deutschen Weber minderwertige Stoffe herstellten, die von den reichen, wählerischen Kunden verschmäht wurden. Die wollten lieber weiche Wollstoffe, feine Seidenware, schimmernden Atlas und Samt aus dem Ausland haben. Um diesen Wünschen nachzukommen, fuhren die wohlhabenderen Juden mit Pferdewagen und später mit den ersten Eisenbahnen nach Danzig und Leipzig. Die weniger wohlhabenden trafen heimlich Absprachen mit den Grenzposten und schmuggelten Stoffe aus Deutschland herein. Und währenddessen zogen barfüßige jüdische Hausierer und Trödler auf sandigen Wegen über Land und kauften den Bauern Schafwolle ab, die sie an die Lodzer Händler weiterverkauften. Diese wiederum verschickten die Wolle an ausländische Spinnereien. Früher hatten die Bauern ihre Schafe verdrecken lassen und sie nicht geschoren, jetzt aber säuberten sie die Tiere im Bach oder im Fluß, damit das Fell schön weiß wurde. Spekulanten und Pächter kauften schon im voraus den gesamten Wollertrag der auf Landgütern gehaltenen Schafherden auf.

Die deutschen Webermeister in Lodz verunglimpften die Juden, weil diese, zum Nachteil der örtlichen Handwerksbetriebe, Ware aus Deutschland importierten. Und es wurmte sie auch, daß jüdische Händler arme deutsche Weber mit Baumwolle belieferten, was dazu führte, daß die Fertigware billiger verkauft werden konnte. Diese Baumwollhändler erhielten im Gegensatz zu ihren deutschen Konkurrenten keinen Bankkredit. Da sie nicht genug Bargeld hatten, um die Weber zu bezahlen, händigten sie ihnen freitags abends, wenn die Fertigware abgeliefert wurde, Gutscheine aus, die von den jüdischen Schneidern, Flickschustern und Ladenbesitzern an Stelle von Bargeld angenommen wurden.

Als die deutschen Webermeister sich bei den Behörden über dieses Verfahren beschwerten, wurde es verboten. Nun schickten sie einen Vertreter nach England, um Baumwolle einzukaufen. Auf diese Weise wollten sie die Juden aus dem Baumwollgeschäft verdrängen. Doch die Baumwoll-Lieferung wurde von Beamten unterschlagen. Die Behörden zogen es zumeist vor, sich von den Juden bestechen zu lassen, die auch weiterhin Gutscheine ausgaben und Geschäfte machten.

Abraham Hersch Aschkenasi, der jedes Jahr mehrere Geschäftsreisen nach Danzig unternahm, war einer der angesehensten und wohlhabendsten Bürger von Lodz. Er war gerade von einer solchen Reise heimgekehrt und hatte noch einträglichere Geschäfte gemacht als sonst. Er hatte schöne Geschenke für seine Frau und die Töchter mitgebracht und einen hübschen Silberbecher, den er dem Rebbe von Warka schenken wollte, zu dessen Anhängern er gehörte.

Er war hocherfreut darüber, daß zu Hause alles prächtig gedieh. Aber als Gemeindevorstand (ein Amt, das er trotz seines noch recht jugendlichen Alters und auf Grund seiner Wohlhabenheit, Gelehrsamkeit und Frömmigkeit bekleidete) machten ihm etliche Probleme Sorgen, die sich während seiner Abwesenheit ergeben hatten.

Erstens: Geldspenden wurden benötigt, damit die Armen der Gemeinde mit den für das Pessachfest erforderlichen Lebensmitteln versorgt werden konnten – und zwar nicht nur die Bettler, sondern auch all jene, die sich das ganze Jahr abplackten, aber nichts auf die hohe Kante legen konnten, um sich für die Feiertage Matzen, Wein, Eier, Fleisch und Kochfett zu kaufen. Gleich nach seiner Rückkehr hatte Abraham Hersch sein rotes Sacktuch genommen und gemeinsam mit einigen hochangesehenen Gemeindemitgliedern bei den wohlhabenden Familien Spenden gesammelt. Aber es war nicht genug zusammengekommen, und die Armen hatten das Gemeindehaus gestürmt und ihren Anteil verlangt.

Zweitens: Lösegeld für jüdische Häftlinge mußte bezahlt werden. Überall in Polen kämpften die Kosaken des Zaren gegen den Landadel, der wieder einen eigenen polnischen König haben wollte – und die loyalen jüdischen Pächter versorgten ihre Grundherren, die sich in den Wäldern versteckt hielten, heimlich mit Schießpulver.

Erst kürzlich waren mehrere Juden beim Schmuggeln von Schießpulver ertappt worden, das sie in Apfelfässern versteckt hatten. Zunächst hatten die Kosaken, die mit ihren Lanzen in den Fässern herumstocherten, nichts entdeckt, doch als sie die Äpfel herausnahmen, fanden sie das Pulver. Ein paar Juden wurden sofort aufgehängt, die anderen ins Gefängnis geworfen. Die Hingerichteten hatten eine anständige jüdische Beerdigung bekommen. Die Gefangenen mußten freigekauft oder doch wenigstens mit Pessachmatzen versorgt werden.

Drittens: Mehrere neureiche, aufgeklärte Juden, die das Joch der Jüdischkeit abwerfen wollten, hatten die Regierung ersucht, ihnen die Genehmigung zur Eröffnung einer modernen Schule zu erteilen, in der ihre Kinder nach Art der Nichtjuden unterrichtet werden sollten. Es ging das Gerücht, daß sie auch einen Tempel nach deutschem Muster errichten wollten – mit einer Orgel und einem Kantor, der so monoton wie ein Priester singen sollte. Die Antwort der Behörden stand zwar noch aus, doch die jüdischen Emporkömmlinge warfen mit Geld um sich, und man weiß ja, was mit Geld zu erreichen ist. Abraham Hersch und die anderen Traditionalisten hielten einen solchen Tempel für viel schlimmer als eine Kirche, in die ja nur Christen und Konvertiten gingen. Dieser Tempel dagegen würde möglicherweise die ärmeren Juden vom Pfad der Aufrechten abbringen – und das war der erste Schritt zum Abfall vom Glauben.

Viertens: Jüdische Trödler, die draußen auf dem Land Wolle, Häute und Schweineborsten aufkauften, hatten erfahren, daß ein mißratener Lodzer Bursche, Naftali der Überläufer, der schon des öfteren wegen Verhohnepipelung der Gebote der Jüdischkeit aus dem Synagogenhof gejagt worden war, sich als Lehrling bei einem deutschen Webermeister verdingt hatte, für den er auch am Schabbes arbeitete und bei dem er Schweinefleisch aß.

Abraham Hersch hatte ihn zu sich zitiert und ihm angedroht, er werde ihn zum Militärdienst einziehen lassen, doch der Bursche war aufsässig geblieben. Die Behörden hatten es trotz des Drängens der jüdischen Gemeinde abgelehnt, ihn einzuziehen, und das wiederum hatte andere junge Juden dazu bewogen, sich bei den Gojim anzubiedern. Einer von ihnen, Mendel Fliderbaum, der mehrere nichtjüdische Weber beschäftigte, erlernte das Handwerk von seinen Arbeitern und bewarb sich dann bei der nichtjüdischen Innung um Aufnahme als Webermeister. Die Behörden unterstützten seine Bewerbung, nachdem er sich den Bart abrasiert, den traditionellen Kaftan abgelegt und Russisch gelernt hatte.

Daraufhin begannen etliche andere, deren Glauben schwankend geworden war, den Abtrünnigen nachzueifern. Zur gleichen Zeit wurde die Stadt von einer Epidemie heimgesucht: Viele Kinder starben an Scharlach. Man sah darin ein untrügliches Zeichen dafür, daß die Sünder die Strafe Gottes auf Lodz gezogen hatten.

Ein Dorn im Fleisch war für Abraham Hersch auch die Tatsache, daß seine Frau ihn davon abhalten wollte, an den bevorstehenden Feiertagen seinen Rebbe zu besuchen. Er hatte sich angewöhnt, nicht nur an Rosch Haschana, Jom Kippur und Schawuot, sondern auch anläßlich des Pessachfestes nach Warka zu pilgern, obwohl seine Frau jedes Jahr darüber lamentierte, daß sie den Sederabend wie eine Witwe – Gott behüte! – bei ihrem Vater, dem Hilfsrabbiner von Ozorkow, begehen müsse.

Abraham Hersch war keiner von denen, die sich von Weibertränen rühren lassen: Eine Frau war ja bloß eine Frau. Diesmal freilich lagen die Dinge etwas anders. Seine Frau stand kurz vor der Niederkunft, und weil sie das Kind auf der rechten Seite ihres Leibes strampeln spürte, war sie überzeugt, daß sie einen Knaben zur Welt bringen würde.

»Wenn du zur Beschneidung nicht hier bist, bring' ich mich um!« jammerte sie. »Diese Schmach könnte ich nicht ertragen!«

Zudem war Abraham Hersch davor gewarnt worden, daß man auf der Landstraße nach Warka seines Lebens nicht mehr sicher sei. Kosaken durchstöberten die Gegend und malträtierten Reisende. Harmlose Menschen waren ausgepeitscht, manche sogar aufgeknüpft worden.

Aber er hatte triftige Gründe für diese Reise. Bei seinem letzten Besuch hatte er erwähnt, daß seine Frau schwanger sei, worauf der Rebbe gesagt hatte: »Eure Nachkommen werden wohlhabende Männer sein.«

Beunruhigt über diese Worte, hatte Abraham Hersch erwidert: »Rebbe, ich möchte, daß sie gottesfürchtige Männer werden.«

Dazu hatte der Rebbe nichts gesagt, und Abraham Hersch hatte nicht auf eine nähere Erklärung gedrängt. Trotzdem: Die Bemerkung hatte ominös geklungen, und er wollte seine Zweifel zerstreuen, ehe es zu spät war.

Über die Gefahren der Landstraße machte er sich keine Sorgen. Er war es gewöhnt, mit dergleichen fertigzuwerden. Das einzige, was ihn zögern ließ, war der Gedanke, daß er seine Frau während der Wehen und der Entbindung allein lassen mußte. Und wohl auch bei der Beschneidungsfeier – wenn er, so Gott wollte, einen Sohn bekäme.

Es gab aber noch andere Gründe für diese Reise. Etliche verarmte Chassidim freuten sich darauf, die Fahrt nach Warka auf seine Kosten unternehmen zu dürfen. Sie würden über ihn spotten, wenn er sich von seiner Frau davon abhalten ließe. Es gehörte sich nicht, Juden der Möglichkeit zu berauben, einen Feiertag am Tisch ihres Rebbe zu begehen. Und wie stünde er denn da, wenn er seinem Rebbe den silbernen Elias-Becher nicht am Pessachfest, sondern erst zu Schawuot überreichen würde?

Wäre seine Frau ein vernünftiger Mensch und nicht bloß ein Weibsbild, dann würde sie ihn drängen, zum Rebbe zu fahren und die Frage bezüglich der Zukunft ihres Kindes mit ihm zu klären. Aber von ihren Tränen durfte ein Mannsbild wie er sich natürlich nicht umstimmen lassen.

Er ging zum Kleiderschrank, hob den großen Koffer herunter, den er immer nach Danzig mitnahm, packte seine Gebetsriemen und den Gebetsmantel ein, seinen Seidenkaftan, mehrere Hemden, den Silberbecher und einige heilige Bücher, in denen er unterwegs lesen wollte. Als guter Warkaer Chassid versäumte er nicht, auch etliche Flaschen Pessach-Aquavit mitzunehmen. Dann befahl er Sara Lea, der Dienstmagd, dem Kutscher Bescheid zu sagen.

Seine hochschwangere Frau brach natürlich wieder in Gejammer aus, doch Abraham Hersch zuckte nicht mit der Wimper. Er küßte die Mesuse am Türpfosten und wünschte seiner Frau im Hinausgehen eine leichte Entbindung. Dann fiel ihm plötzlich etwas ein.

»Wenn es, so Gott will, ein Sohn ist, soll er Simcha Bunim heißen, nach dem Przysuchaer Rebbe seligen Angedenkens. Ich will es so, verstanden?« rief er ins Zimmer.

3

Frau Aschkenasi hatte sich nicht getäuscht: Die Zeichen, die für die Geburt eines Sohnes gesprochen hatten, bewahrheiteten sich. Allerdings brachte sie nicht nur einen, sondern zwei Knaben zur Welt.

Nach einer qualvollen Nacht, die mit dem ersten Sederabend zusammenfiel, wurde bei Tagesanbruch ein Kind geboren. Die Nachbarsfrauen, die der Wöchnerin beistanden, brachten es mit einem Klaps auf den Rücken zum Schreien und hielten es unter die Lampe.

»Herzlichen Glückwunsch – es ist ein Sohn!«

Doch die Mutter stieß immer noch Schmerzensschreie aus. Die Frauen strichen ihr übers schweißnasse Gesicht. »Ist ja gut. Es ist vorüber.«

Sara Lea, die eine erfahrene Hebamme war, merkte, daß es keineswegs vorüber war. »Hausfrau, klammert Euch ans Kopfbrett, meine Gute! Dann geht's leichter.«

Nach einigen Minuten kam ein zweites Kind zur Welt, ein kräftiger Säugling, der keinen Klaps bekommen mußte, um zu schreien.

Sara Lea hielt ihn ans Licht. »Noch ein Sohn! Diesmal ein richtiger Brocken, unberufen!«

Die Frauen holten zwei verschiedenfarbige Bändchen und wickelten jedem Säugling eines ums Handgelenk, aber das war eigentlich gar nicht nötig, denn man mußte schon ein Trottel sein, um die beiden miteinander zu verwechseln. Der ältere war schmächtig und hatte einen schmalen Kopf mit spärlichem blondem Flaum. Der jüngere war groß und kräftig und hatte einen schwarzen Wuschelkopf. Der ältere wimmerte mit piepsiger Stimme, der jüngere brüllte wie ein Stier.

»Der eine genau wie die Hausfrau, der andere dem Hausherrn wie aus dem Gesicht geschnitten«, sagte Sara Lea und legte die gewaschenen, bekleideten Säuglinge der Mutter in den Arm, die den älteren Zwilling sofort an die Brust drückte.

»Scht, scht! Mach nicht soviel Radau!« schalt sie den jüngeren Zwilling, der plärrte, als ob er bereits eifersüchtig wäre.

Sie spritzte den beiden ein paar Tropfen Milch in den Mund, um ihnen das Nuckeln beizubringen. Der Jüngere ließ sich sofort zur Brust nehmen, der Ältere schrie jämmerlich.

In den acht Tagen vor der Beschneidung grübelte die Mutter, auf einen Berg Kissen gestützt, darüber nach, welche Vornamen die beiden bekommen sollten. Sie hatte ihrem Mann gesagt, daß sie das Kind, falls es ein Knabe wäre, gern nach ihrem Großvater, dem Wodzislawer Rebbe, Jakob Meir nennen würde. Doch davon wollte Abraham Hersch nichts wissen. Er bestand darauf, ihn nach dem Przysuchaer Rebbe Simcha Bunim zu nennen.

»Töchter kannst du nennen, nach wem du willst, aber Söhne gehören mir.«

Jetzt war er verreist, also mußte *sie* die Entscheidung treffen. Da es Zwillinge geworden waren, stand es ihr frei, vier Vornamen auszuwählen, aber ganz wohl fühlte sie sich dabei nicht. Sie wußte ja, wie unvernünftig ihr Mann sein konnte. Egal, welche Namen sie aussuchte – ihm würde bestimmt keiner davon gefallen. Und er würde es nicht dulden, daß auch nur ein einziger Vorname aus ihrer eigenen Verwandtschaft darunter war.

Einige Frauen rieten ihr, einen Boten zu ihrem Mann zu schikken und ihn bitten zu lassen, heimzukommen. Aber das wollte sie nicht. Sie war wütend auf ihn. Seit ihrer Hochzeit hatte sie keine glückliche Minute erlebt. Ständig war er geschäftlich unterwegs oder zu Besuch bei seinem Rebbe. Und wenn er wirklich einmal daheim war, saß er im Lernhaus mit seinen chassidischen Freunden zusammen oder war im Studierzimmer in seine Bücher vertieft.

Nicht, daß sie viel verlangt hätte. Sie kam selber aus einer chassidischen Familie, ihr Vater benahm sich auch nicht anders. Ein gelehrter Jude hatte eben nichts mit weiblichen Wesen zu bereden, denen es nicht einmal erlaubt war, sich in der eigenen Wohnung bemerkbar zu machen, wenn andere Männer zu Besuch kamen. Das war halt das Los der Frauen, und sie mußte sich damit abfinden. Jeden Morgen dankte sie Gott, daß Er sie als Weib erschaffen hatte. Trotzdem ärgerte sie sich über diese Zustände.

Zugegeben, sie war gut versorgt und fruchtbar. Jahr für Jahr schenkte sie ihrem Gatten ein Kind – lauter gescheite, gesunde Kinder, um die man sie beneidete. Ihr Mann brachte ihr aus Danzig Geschenke mit – einen türkischen Schal oder ein Schmuckstück –, ansonsten aber kümmerte er sich nicht um sie. Nicht einmal das Sabbatmahl konnte sie gemeinsam mit ihm einnehmen, weil er immer irgendeinen bettelarmen Gast mitbrachte, so daß sie nach dem Segensspruch nur ein Schlückchen Wein und eine Scheibe Sabbatbrot kosten durfte und dann mit der Dienstmagd in der Küche essen mußte.

Und nirgends konnte sie mit ihm zusammen hingehen, weil Männer und Frauen keinen gesellschaftlichen Umgang miteinander pflegen durften. Wenn er und sie – was selten vorkam – Verwandte besuchten, ging sie immer ein paar Schritte hinter ihm. Sobald sie das Haus betreten hatten, trennten sie sich: Er saß mit den Männern zusammen, sie mit den Frauen. Am Sabbat blieb er so lange im Bethaus, daß sie vor Hunger schon fast umfiel, wenn das Mahl endlich aufgetragen werden konnte.

Am meisten aber wurmte es sie, daß er ihr gegenüber immer so überlegen tat. Nie fragte er sie um Rat, nie sagte er ihr, wie das Geschäft ging, nie vertraute er sich ihr an, wenn er Sorgen hatte. Seine Beziehung zu ihr bestand eigentlich nur darin, daß er seinen Geldbeutel aufmachte und ihr das Haushaltsgeld gab. Er redete sie nie mit ihrem Namen, sondern – nach Art der Fanatiker – nur mit »du« an. Wenn er von einer Reise zurückkam, berichtete er ihr nichts darüber, sondern küßte nur die Mesuse am Türpfosten, brummelte: »Wie geht's daheim?« und hielt ihr sein Mitbringsel hin. Wenn sie es ihm aus der Hand nahm, bedeutete das, daß sie bereit war, ehelichen Umgang mit ihm zu pflegen. Nahm sie es nicht, dann warf er ihr bloß einen düsteren

Blick zu und ging schnurstracks zu seinen Chassidim, um Neuigkeiten vom Rebbe zu erfahren.

Sie fürchtete sich vor ihm, seinem brütenden Schweigen, seinem lauten Singsang beim Studium der *Gemara,* seiner robusten Männlichkeit, seiner grimmigen Miene. Sie verlangte ja nicht viel – bloß ein freundliches Wort, ein liebevolles Lächeln als Entschädigung für ihr ödes Dasein, das nicht viel besser war als das eines Dienstboten. Doch er verweigerte ihr auch das. Auf seine Weise liebte er sie vielleicht, aber das ließ er sich nur im Ehebett anmerken, wie das Gesetz es vorschrieb. Ansonsten hatte er sehr rigorose Ansichten über die Rolle der Frau. Sie war dazu da, Kinder zu gebären und aufzuziehen, sie hatte die Gesetze der Jüdischkeit einzuhalten, den Haushalt zu führen und ihrem Ehemann blind zu gehorchen. Wenn es seinen Freunden beliebte, spät abends bei ihm vorbeizukommen, erwartete er von ihr, daß sie ihnen einen Imbiß vorsetzte, egal, wie spät es schon war. »Frau!« rief er in die Küche, wo sie mit der Dienstmagd saß. »Ein Gericht Hafergrütze für uns Männer!« Dann mußte sie aufbleiben und kochen.

An allen Feiertagen war er fort, sogar an Pessach, wenn selbst die einfachsten jüdischen Frauen mit ihren Ehemännern und Familienangehörigen zu Tisch saßen. Wie eine Witwe – Gott behüte! – mußte sie dann alleinbleiben.

Alle diese Kränkungen hatte sie schweigend erduldet, aber diesmal war er zu weit gegangen. Sie hatte ihn angefleht, ihre Niederkunft abzuwarten, doch er hatte sich wie stets über ihre Bitten hinweggesetzt. Und nun wurde sie schier verzehrt von der tiefen Empörung, die sich im Lauf ihres tristen, unerfüllten Lebens in ihr angestaut hatte. Entgegen dem Rat der Frauen beschloß sie, keinen Boten zu Abraham Hersch zu schicken. Sie bezweifelte ohnehin, daß es etwas genützt hätte.

Ihr weiblicher Stolz, den ihr Mann so lange mit Füßen getreten hatte, kam jetzt zum Durchbruch. Von aufgehängten Laken abgeschirmt, mit Amuletten zur Abwehr der bösen Mächte behängt, lag sie im Bett. Hinter den Laken sagten Chederschüler die traditionellen Gebete auf, und sie respondierte mit fester Stimme: »Amen.« Von Mutterstolz geschwellt, traf sie Vorbereitungen für die Beschneidungsfeier. Sie erteilte Anweisungen wie ein befehlsgewohnter Mann, sie entschied, wie ihre Söhne entgegen dem Wunsch ihres Mannes heißen sollten. Da sie nicht wagte, ihn völlig zu überrumpeln, schloß sie eine Art Kompromiß. Den älteren Zwilling nannte sie Simcha (nach dem Prysuchaer Rebbe) und mit zweitem Vornamen Meir (nach ihrem Großvater). Der jüngere Zwilling bekam die beiden anderen Vornamen: Jakob Bunim.

Bei der Rückkehr aus Warka wollte Abraham Hersch sofort seinen neugeborenen Sohn sehen. Er war baff, daß er Vater zweier Söhne geworden war, und betrachtete verwundert die Wickelkinder. »Welcher ist der Ältere?« fragte er barsch.

»Der Kleinere«, erwiderte seine Frau und wich seinem durchdringenden Blick aus.

»Wie heißt er?«

»Simcha.«

»Hat er bloß *einen* Vornamen?«

»Nein, sein zweiter ist Meir – nach meinem Großvater, dem Wodzislawer Rebbe seligen Angedenkens«, flüsterte sie und zitterte ob dieser Kühnheit.

»Da! Nimm ihn wieder!«

Sara Lea brachte den anderen Säugling.

»So, Jakob Bunim, jetzt darfst du zu deinem Tatele«, trällerte sie mit gespielter Harmlosigkeit.

Abraham Hersch musterte ihn, und sein Ärger ließ etwas nach, als das Kind ihn mit weit geöffneten, glänzenden Augen anguckte. Daß die beiden Vornamen des Rebbe von Przysucha berücksichtigt worden waren, besänftigte ihn ein bißchen, aber sie mit den Namen eines unmaßgeblichen Niemand zusammenzuspannen – das war ein harter Brocken!

»Das Ebenbild des Hausherrn . . . ein strahlendes Licht, unberufen!« sagte Sara Lea.

»Ach was!« brauste der Vater auf. »Nimm ihn wieder!«

Mit Tränen in den Augen legte sich die Mutter die Zwillinge an die Brust. »Schön nuckeln, Meir, mein Herzblatt!« Doch der ältere Zwilling (dessen anderen Vornamen sie einfach überging) nuckelte nicht, sondern biß sich an ihrer Brustwarze fest.

Die Wöchnerin schrie vor Schmerz. Sara Lea rannte zu ihr, nahm ihr das Kind von der Brust und guckte es ärgerlich an. »Du Racker! Ein Säugling darf seine Mame doch nicht in die Brust zwicken! Nuckeln mußt du – wie Jakob Bunim. So . . .«

Der Kleine begann so rabiat zu schreien, daß Abraham Hersch aus dem Studierzimmer rief: »Mach die Tür zu! Wie soll man sich bei diesem Radau konzentrieren?«

Ihm machte die Geburt seiner Söhne wenig Freude. Er dachte bereits an den Tag, an dem er die beiden seinem Rebbe vorstellen und an dem seine Schmach allgemein bekannt werden würde. Er sprach die Vornamen laut vor sich hin, aber für ihn hatten sie einen falschen Klang. Nie würde er seiner Frau verzeihen, daß sie den Namen des Rebbe besudelt hatte! Obwohl sie noch nicht ganz bei Kräften war, ging er nicht zu ihr hinein. Um die Blamage zu verwinden, stürzte er sich in die Arbeit. Er hatte nicht vor, weitere Reisen nach Danzig zu unternehmen, denn man konnte jetzt auch in Lodz genug Geschäfte machen.

Die Stadt wurde von Tag zu Tag größer. Die ersten Juden, denen erlaubt worden war, Webereiwerkstätten zu eröffnen, hatten das nur erreicht, weil sie die Gojim nachahmten und vor den Behörden katzbuckelten. Doch unweigerlich zogen dann auch strenggläubige Juden nach. Die russischen Beamten, die nach der Unterdrückung des polnischen Aufstands ins Land strömten, waren scharf auf das Schmiergeld und die Geschenke jener Juden, die um Genehmigung ersuchten, sich in Sperrgebieten ansiedeln und ein Handwerk betreiben zu dürfen. Bald ratterten jüdische Webstühle in der Lodzer Altstadt, obzwar die deutschen Weber nach wie vor keine Juden in die Innung aufnahmen.

Anfangs beschränkten sich die Juden auf ihr eigenes Wohnviertel. Scheinbar über Nacht wurden die Häuser dort aufgestockt und mit Nebengebäuden, rechtwinklig angebauten Flügeln, neuen Dachböden und Bodenkammern versehen, damit die Neuankömmlinge, die aus der näheren Umgebung nach Lodz strömten, untergebracht werden konnten. Da man keine amtliche Genehmigung hatte, wurden die Bauarbeiten nachts durchgeführt, und zwar hopp-hopp und völlig planlos. Häuser wurden abgerissen, Häuser wurden errichtet. Schiefe, oberlastige Bauten entstanden – das Ebenmaß fiel der Zweckmäßigkeit zum Opfer. Man hatte nicht genug Zeit, um anders zu bauen: Die Einwohnerzahl stieg sprunghaft.

Nach und nach wechselten die Juden aus ihrem engen Wohnviertel in den Ortsteil Wilki über, der offiziell für sie gesperrt war. Die ersten, die dort Fuß faßten, waren die wohlhabenderen, wagemutigen Juden, die dann die ängstlicheren nach sich zogen.

Und dann rissen die Juden gleich einer Sturmflut alle Barrieren nieder, die man errichtet hatte, um sie auszuschließen. Tausende von Kleinpächtern und ländlichen Gastwirten, die vom polnischen Adel abhängig gewesen waren, mußten jetzt in den Städten ihren Lebensunterhalt verdienen. Sie eröffneten hundertweise Schnittwarenläden, aber die Kundschaft blieb aus, da die befreiten Leibeigenen am Hungertuch nagten. Nun stiegen die Juden ins Weberhandwerk ein. Wo sie nur konnten stellten sie ihre hölzernen Webstühle auf. Die meisten freilich zog es nach Lodz. Sie hatten lange genug die unberechenbare Grausamkeit ihrer blaublütigen Grundherren erdulden müssen und wollten sich jetzt nicht von bloßen Verboten und Edikten abschrecken lassen. Sie eröffneten ihre Werkstätten, genauso, wie es vorher die deutschen Einwanderer getan hatten.

Zunächst stellten sie deutsche Weber ein, die sich keine eigene Werkstatt leisten konnten und denen ein jüdischer Arbeitgeber lieber war als ein deutscher, dem sie zweimal täglich die Hand küssen mußten. Wenn ein jüdischer Dienstherr sie mit ein bißchen Wolle in der Tasche ertappte, prügelte er sie nicht, sondern verlangte bloß, daß sie die Wolle wieder auf den Stapel legten. Bei Sabbatausgang saßen die deutschen Weber bei ihrem Arbeitgeber in der Küche, schmauchten ihre Pfeife und unterhielten sich in tadellosem Jiddisch mit seiner Frau und seinen Töchtern.

»He, Chef«, uzten sie ihren Dienstherrn, der den Sabbat nur ungern zu Ende gehen sah, »rückt die paar Gulden heraus, bevor die Wirtshäuser schließen ...«

Allmählich begannen junge Juden, verheiratete und ledige, das Handwerk zu erlernen. Väter, begleitet von ihren Söhnen, die sich nichts aus Büchern machten, wanderten barfuß auf staubigen Landstraßen nach Lodz und verscheuchten unterwegs die Dorfhunde mit Stöcken. Am Stadtrand zogen sie ihre Stiefel an und ermahnten die Söhne, die sie bei jüdischen Webermeistern in die Lehre geben wollten. »Benimm dich wie ein erwachsener Mensch, gehorche deinem Dienstherrn, sei gut zu Gott und den Menschen, sei ehrlich und respektvoll, dann wirst du die Segnungen dieser und der kommenden Welt ernten.«

Sie griffen in die tiefen Taschen ihrer Schaffelljacken, zogen den Geldbeutel heraus und entnahmen ihm hartverdiente, spekkige Geldscheine, die die Webermeister für Kost und Logis der Lehrlinge erhielten.

Die Schläfenlocken und sprossenden Bärte von Fusseln bedeckt, standen die jungen Burschen mit den Scheitelkäppchen und den rituellen Gewändern, die über den fleckigen Hosen herabhingen, von Tagesanbruch bis Mitternacht an den Webstühlen und webten fingerfertig Wollstoffe, Baumwollstoffe oder Kopftücher. Während der Arbeit sangen sie liturgische Lieder, wobei sie stellenweise trillerten und tremolierten. Die Webermeister gingen auf und ab, vergewisserten sich, daß nichts gestohlen wurde, kontrollierten die Arbeitsleistung und trieben diesen und jenen an, der eine Pause einlegte, um sich den Schweiß von der Stirn zu wischen oder sich eine Zigarette zu drehen.

Die Frauen und Töchter der Dienstherren schälten Kartoffeln, schmorten Zwiebeln und rührten in riesigen Suppentöpfen, während die Lehrlinge Garn aufspulten und mit den Füßen die Kinderwiege schaukelten.

Auf den Marktplätzen kauften und verkauften Juden Schnittwaren und Stoffreste. Lumpensammler trugen Stoffabfälle zusammen und verscherbelten sie an Händler, die daraus Reißwolle herstellen ließen. Frauen und Mädchen wickelten Faden auf rote Garnrollen. Wirkwarenhändler strickten grobe farbige Frauenstrümpfe. Wo man ging und stand hörte man das Klappern und Rasseln von Nähmaschinen, begleitet vom liturgischen Singsang der Schneider und den schmachtenden Liebesliedern der Näherinnen.

Nach einiger Zeit war die Stadt übervölkert. Als der rührige Grundstückspächter Solomon David Preiss, der mit der Ausfuhr von Weizen und Roggen nach Preußen ein Vermögen verdient hatte, eines Nachts wach lag, kam ihm der Gedanke, daß man auf dem unfruchtbaren Flachland von Baluty, dem Landgut der Brüder Kanarski, eine Vorstadt errichten könnte. Der sandige Boden war für die Viehhaltung ungeeignet, und außer befreiten Leibeigenen, die keine andere Bleibe hatten, war dort niemand ansässig.

Gleich nach dem Morgengottesdienst befahl Preiss seinem Hausknecht, die Britschka anzuspannen und ihn zum Gut der

Kanarskis zu fahren. Beim Verwalter tat er so, als wollte er wegen einer Lieferung Roggen mit ihm verhandeln. Während er Körner kaute, angeblich um die Qualität zu prüfen, fragte er ganz beiläufig, wie es denn um das Gut bestellt sei. Der Pole zupfte an seinem langen Schnurrbart und brach erwartungsgemäß in Klagen aus. Die Gutsherren seien bis über die Ohren verschuldet, hätten aber offenbar nichts Besseres zu tun, als in Paris herumzubummeln und ihm die ganze Verantwortung für das Gut aufzubürden. Ehe Preiss sich verabschiedete, ließ er die Bemerkung fallen, er sehe sich derzeit Grundstücke an, auf denen es genug Sand für eine Glashütte gebe, die eventuell errichtet werden sollte. Bekäme er ein solches Grundstück einigermaßen preiswert angeboten, so wäre er nicht abgeneigt, es zu erwerben.

Ein paar Tage später bestellten ihn die Brüder Kanarski in ihr hochherrschaftliches Haus. Obzwar polnische Adlige einen Juden bloß mit dem Vornamen anzureden brauchten, setzten sich die Kanarskis über die Etikette hinweg und waren beinahe höflich zu ihrem Besucher.

»Pan Solomon, in Baluty gibt es genug Sand für zehn Glashütten, nicht bloß für eine«, erklärten sie überschwenglich, und ihre Augen funkelten vor Geldgier.

Solomon David Preiss verhandelte gewieft und kaufte ihnen schließlich das weitläufige Areal für ganze zwanzigtausend Rubel ab.

Als die Brüder, die gleich wieder nach Paris gereist waren, um das Geld zu verjubeln, von ihrem Verwalter erfuhren, daß der Jude auf ihrem einstigen Grund und Boden keine Glashütte, sondern eine Vorstadt errichten wollte, kamen sie schleunigst zurück und versuchten mit der Begründung, sie seien hereingelegt worden, den Grundstücksverkauf zu annullieren. Die mit ihnen befreundeten Amtsrichter und Assessoren ackerten sich durch die Gesetzbücher, um irgendeine formale Spitzfindigkeit zu entdecken, auf Grund deren der Handel für null und nichtig erklärt werden könnte.

Solomon David Preiss besaß kein hochherrschaftliches Haus, in dem er diese Herren samt ihren Ehefrauen bewirten konnte, aber er hatte ein noch überzeugenderes Argument: russische Goldmünzen – Imperiale –, deren Wert diese Beamten durchaus zu schätzen wußten. Und so geschah es, daß die Richter nicht zugunsten ihrer polnischen Landsleute und ihrer eigenen Gesellschaftsklasse entschieden, sondern zugunsten des Juden.

Daraufhin wandten sich die Kanarskis an höhere Instanzen und ersuchten sie, mit aller Strenge gegen Juden vorzugehen, die sich außerhalb der ihnen zugewiesenen Wohngebiete ansässig gemacht hatten. Ein Würdenträger nach dem anderen kam in seiner prächtigen Kutsche zum Herrenhaus der Kanarskis gefahren. Sie tranken den Wein der Brüder, tanzten mit deren Töchtern, jagten das Wild ihrer Gastgeber und versprachen, eine rasche und gerechte Entscheidung zu treffen. Eine Flut von Memoranden, Hinweisen auf Präzedenzfälle, Schriftsätzen, Rechtsausführungen und Auslegungen ergoß sich von Lodz nach Warschau und von Warschau nach Lodz, bis schließlich niemand mehr durchblickte.

Auf dem sandigen Flachland wucherten indessen Häuser, Straßen und Gassen wie Pilze nach einem Regenschauer. Gebaut wurde planlos, chaotisch und schludrig. Noch ehe der Kalkverputz trocken war, wurden die Häuser bezogen. Kleinbauern brachten Backsteine angeschleppt, gruben Gräben, rissen Baumstümpfe aus, löschten Kalk, sägten Bretter, nagelten Dächer. Jüdische Zimmerleute, Tischler, Maurer, Klempner und Glaser hatten alle Hände voll zu tun, schwitzten, fluchten. Während die Schriftstücke bei den Justizbehörden Staub ansetzten, entstand auf der sandigen Ebene eine Stadt, die kein Gerichtsurteil wieder aus der Welt schaffen konnte.

Noch ehe die Gemeindeverwaltung von Baluty (von den Juden kurzerhand »Balut« genannt) dazukam, über amtliche Straßennamen nachzudenken, benützten die Arbeiter ganz einfach die Familiennamen oder Berufsbezeichnungen von Anwohnern als Straßennamen oder benannten Straßen nach den Synagogen und Lernhäusern, die dort errichtet worden waren. So gab es zum Beispiel schon bald eine Synagogenstraße, einen Feifferweg, einen Jonas-Fellmacher-Platz und eine Grossmangasse.

In den Außenbezirken standen noch ein paar Bauernkaten mit Strohdach und Viehstall, doch auch die Überreste bäuerlichen Lebens verschwanden, als die Stadt das Landvolk aufsog und in regelrechte Städter verwandelte, die Konfektionskleidung trugen und Geld verdienten und ausgaben. Ihre Kinder lernten Jiddisch, so daß sie sich einen Groschen oder ein Stück Brot verdienen konnten, wenn sie in jüdischen Haushalten am Sabbat eine Kerze anzündeten oder auslöschten, den Ofen heizten oder andere Arbeiten verrichteten, die den Juden an diesem heiligen Tag verboten sind. Arme deutsche Weber bezogen verlassene Bauernkaten, und draußen auf dem Land wurden Bauern für die Arbeit in den Fabriken angeworben, die jetzt in Lodz errichtet wurden und deren Schornsteine in den trüben Himmel ragten.

In Wilki errichtete der deutsche Webermeister Heinz Huntze, den seine Handwebstühle reich gemacht hatten, eine große Fabrik mit rotverputzten Mauern und einer hohen Fensterfront. Und nun schrillten in der frühmorgendlichen Stille die Dampfpfeifen, die die Männer zur Arbeit riefen.

Bald darauf bestellte Solomon David Preiss, der mit seinen Baluter Grundstücken ein Vermögen verdient hatte, einen Kaftan aus Rips, einen Zylinder und einen Regenschirm. Nur mit seinem Jiddisch und den zusammengerollten Banknoten ausgerüstet, die er in die Tasche seiner Samtweste eingenäht hatte und auch beim Schlafen nicht herausnahm, reiste er nach England. Dort kaufte er Maschinen und engagierte einen Ingenieur und einen Chemiker, die er beide nach Lodz mitnahm.

Auf einem riesigen Grundstück, das er für ein Butterbrot bekommen hatte, ließ er eine mechanische Weberei errichten, deren Schornsteine noch höher waren als die von Huntzes Fabrik. Da seine beiden englischen Mitarbeiter sich weigerten, samstags freizunehmen und sonntags zu arbeiten, stellte er keine jüdischen Arbeiter ein. Und weil es als Sünde galt, wenn ein Jude seinen Fabrikationsbetrieb am Sabbat nicht geschlossen hielt, heckte Solomon David Preiss zusammen mit seinem Rabbiner einen Winkelzug aus. Er ließ sich von ihm in hebräischer und aramäischer Sprache einen Kaufvertrag aufsetzen und »verkaufte« die Fabrik an seinen polnischen Lastträger Wojciech Smoliuch.

Der Goi mit dem strohblonden Schnauzbart stand zitternd im Studierzimmer des Rabbiners. Er hatte entsetzliche Angst davor, daß die Juden eine krumme Sache mit ihm drehen wollten. Als ihm alles erklärt worden war, begriff er immer noch nicht.

»Herr, wie soll ich denn Eure Fabrik kaufen, wenn ich keine Kopeke besitze?«

»Dummkopf! Tu, was ich sage! Gib mir einen Rubel!«

»Aber ich hab' doch keinen!« winselte der verängstigte Pole.

»Hier hast du einen Rubel! Den gibst du mir jetzt zurück, und damit ist der Handel perfekt. Das Darlehen kannst du mir zurückzahlen, wenn du einmal einen Rubel in der Tasche hast.«

Wojciech war überzeugt, daß er seine Seele dem Teufel oder jemand noch Schlimmerem verkaufte. Aber da er nicht wagte, seinem Dienstherrn in die Quere zu kommen, berührte er vorsichtig den Zipfel des roten Sacktuchs, den ihm der Rabbiner zur Besiegelung des Handels hinhielt. Und als er aufgefordert wurde, den Kaufvertrag zu unterzeichnen, malte der des Lesens und Schreibens unkundige Nichtjude drei Kreuze darunter.

Beim Anblick dieses mißliebigen Symbols verzogen Preiss und der Rabbiner das Gesicht, aber es gab eben keine andere Möglichkeit. Preiss händigte Wojciech den Kaufvertrag aus und gab ihm zehn Groschen Trinkgeld. Der Lastträger steckte das Dokument in seine Mütze und rannte ins Wirtshaus. Er hatte eine Stärkung nötig.

Jetzt konnte Preiss ungestraft und reinen Gewissens seine Fabrikbelegschaft am Sabbat arbeiten lassen. Die Maschinen ratterten, daß die roten Mauern bebten, und spien schwarzen Rauch in den Himmel. Die armen deutschen Weber schauten hinüber zu den hohen Schornsteinen, durch die sie sich entmenschlicht fühlten und die ihre Handwerkskunst sinnlos machten. Verzweifelt betrachteten sie ihre blaugeäderten Hände, für die es eines Tages nicht mehr zu tun geben würde.

Die deutschen Webermeister hetzten ihre Handwerker gegen Preiss' mechanische Weberei auf: Sie sei ein jüdisches Werkzeug des Teufels. Die Handwerker brummelten in ihre Bierkrüge und schworen Rache.

Am Samstagabend zogen sie mit Fackeln, Brecheisen und Äxten zur Fabrik des Juden. Angeführt von den Webermeistern, die ihre Innungsfahnen trugen, zertrümmerten sie die Maschinen, begossen die Mauern mit Kerosin und steckten die Fabrik in Brand. Dann zogen sie betrunken und randalierend durch das jüdische Wohnviertel, wo sie – wie schon von Generationen erprobt – zerstörten, raubten, schändeten und mit dem alten Schlachtruf »Hepp, hepp, Jude!« über die Bewohner herfielen.

Die Kosaken trieben sie mit gezückten Säbeln und geschwungenen Nagaikas zum Ludka-Weiher.

Doch schon bald spien Solomon David Preiss' Fabrikschornsteine noch dichtere Rauchwolken aus, und seine Dampfpfeifen schrillten so ohrenbetäubend wie zuvor. Die deutschen Webermeister, die mit Bestellungen eingedeckt waren, merkten, woher der Wind wehte. Sie nahmen bei polnischen Banken Kredit auf und errichteten ihre eigenen mechanischen Webereien. Und die wohlhabenden Juden folgten diesem Beispiel.

Wie fremdartige Früchte schossen auf den Feldern rund um Lodz Fabriken aus dem Boden. Sie schieden glitschigen Schlick aus und verseuchten den Erdboden, die Luft und das Wasser. In Windeseile wurden weitere Wohnhäuser, Läden, Werkstätten und Fabriken errichtet. Aus ganz Polen strömten jüdische Handwerker nach Lodz. Bauern, die zu viele Kinder und zu wenig Land hatten, kamen in Scharen, um in den Fabriken zu arbeiten. Russische Kaufleute reisten nach Lodz, um Waren für ihr textilienhungriges Land zu ergattern.

Ein Ende dieser Entwicklung war nicht abzusehen. Lodz florierte, und desgleichen die Familie Abraham Hersch Aschkenasi.

4

In sich gekehrt, seinen Eltern, den anderen Kindern, ja sogar seinen Schwestern und seinem Zwillingsbruder entfremdet, wuchs der kleine Simcha Meir in seinem Vaterhaus in der Altstadt auf.

Er war schon immer ein Eigenbrötler gewesen und hatte nie mit gleichaltrigen Kindern gespielt. Der Hinterhof seines Elternhauses war wie alle Höfe in diesem Viertel: groß, häßlich, rundum von Häusern eingeschlossen. Von dort, wo kleinere, ärmlichere Wohnungen an den Hof angrenzten, war das unaufhörliche Rattern von Webstühlen zu hören. Wo Stoffabfälle zu Reißwolle verarbeitet wurden, drang Staub, vermischt mit Fusseln, aus den Fenstern. Ein Seiler drehte auf dem langgestreckten Hof seine Seile. Er und seine drei Söhne liefen hin und her, verzwirnten den Hanf und schrien einander zu: »Ziehen! Fester ziehen! Halt!«

Die Kinder liebten diesen Hof, allen voran Jakob Bunim. »Simcha Meir!« rief er oft mit schallender Stimme, der man seine Lebenslust anmerkte. »Komm! Wir spielen Fangen!«

»Ich mag nicht«, sagte Simcha Meir jedesmal sehr barsch und ging seines Wegs.

Die Zwillinge vertrugen sich nicht.

Jakob Bunim wäre es anders lieber gewesen. Er war größer und kräftiger als sein Bruder und immer zum Lachen aufgelegt.

»Jakob Bunim, warum lachst du immerzu?« fragten ihn die anderen.

»Weil mir danach ist.« Und wieder lachte er so herzlich, daß sich die anderen davon anstecken ließen.

Bei allen Kinderspielen war er mit Leib und Seele dabei. Niemand konnte schneller rennen als er, niemand fand beim Versteckspielen bessere Verstecke im Kellergeschoß, niemand erwischte die Enden des Seiles, das der Seiler durch den Hof zerrte, so schnell wie Jakob Bunim. Er konnte die größten Steine ausgraben und hochstemmen. Und er wurde des Spielens nie überdrüssig. Es machte ihm Spaß, aber er wollte auch, daß die anderen, vor allem sein Bruder, Spaß daran hatten. Doch Simcha Meir mochte nicht mitspielen.

Er war sehr ehrgeizig, der kleine Simcha Meir. Immer wollte er der Erste, der Beste, der Anführer sein. Aber bei den Spielen im Hof mochte er sich nicht mit den anderen messen, denn dort war er im Vergleich zu seinem Bruder schwerfällig, schwach und unbeholfen. Wenn er sich an etwas versuchte, das körperlichen Einsatz erforderte, stolperte er unweigerlich und schlug sich die Nase blutig – und Blut war etwas, das ihm Angst einjagte. Schon beim Anblick von Blut schrie er vor Entsetzen.

Jakob Bunim versuchte auf seine Weise, ihm diese Angst auszutreiben. Er hob eine Glasscherbe auf, schnitt sich damit in die Hand und lachte, als das Blut herausquoll. »Schau, das macht mir gar nichts aus!« Die anderen Kinder, zumal die Mädchen, riefen »oh!« und »ah!« – und das wurmte Simcha Meir erst recht. Er kochte vor Eifersucht und Neid.

Wenn er zu Hause mit seinem Bruder allein war, überredete er ihn dazu, auf allen vieren herumzukriechen. Dann ritt er auf seinem Rücken. Und während Jakob Bunim durch die Wohnung trabte, stieß er ihn in die Rippen und peitschte ihn mit einem Büschel Reisig, das er aus einem Besen gerissen hatte.

Das ärgerte Sara Lea, die eine Vorliebe für Jakob Bunim hatte. »Du Dussel hechelst dir noch die Seele aus dem Leib!«

»Ich kann zwei solche tragen!« prahlte er, während Simcha Meir ihn wütend antrieb.

Im Hinterhof aber war Jakob Bunim der König. Alle Kinder sahen zu ihm auf, vor allem Dinele, die Tochter von Chaim Alter, einem Nachbarn der Aschkenasis. Das mollige, kleine Mädchen mit den kastanienbraunen Locken und der großen Haarschleife war vernarrt in Jakob Bunim. Er trug sie huckepack und fuhr sie in dem Schubkarren herum, den der Pförtner zum Abfallsammeln benützte.

Sara Lea schmunzelte jedesmal übers ganze Gesicht, wenn sie Jakob Bunim ein Honigbrot brachte. »Wen hättest du gern als Bräutigam?« fragte sie das kleine Mädchen.

»Meinen Tate«, sagte Dinele und nickte so heftig, daß ihre Locken wippten.

»Und wen noch?«

Die Kleine hob die Patschhand und deutete auf Jakob Bunim. »Den!«

Sara Lea schniefte vor Freude in ihre Schürze.

Simcha Meir kochte vor Wut und warf den kleinen Mädchen Sand ins Haar. Kreischend suchten sie Schutz bei Jakob Bunim. Dann trällerten sie:

»Simcha Meir, der sagt Lügen,
Gleich wird er ins Feuer fliegen ...«

Der Hinterhof war ein Rummelplatz voller Attraktionen. Aus den offenen Fenstern tönte Gesang: Hymnen und Bänkellieder. Mädchen, deren gesenkte Köpfe mit Wollfusseln und Staubflokken bedeckt waren, sangen von Märchenprinzen und Prinzessinnen, von Judenmädchen und Offizieren, deren unglückselige Liebesgeschichte unweigerlich mit Selbstmord endete, von Abtrünnigen, die mit ihren nichtjüdischen Liebhabern durchbrannten und dann ins Elend gerieten oder Straßendirnen wurden.

Das Zuhören machte Spaß, aber die größte Attraktion war der Seiler. Ein Mann wie ein Kleiderschrank, mit einem zerzausten Bart, der fast wie Hanf aussah, und mit buschigen Brauen. Aus seinen Nasenlöchern und Ohren sproßten kleine Haarbüschel, seine Beine waren bis zu den Knien nackt und so haarig wie ein Bärenfell, und an seinem Kaftan hingen Hanffasern.

Seine Söhne waren genauso bullig wie er, aber nette, fidele Burschen. Sie jagten die Kinder nicht weg. Wenn ein Junge am Rad drehen oder mit einer Seilducht quer durch den Hof rennen wollte, zogen sie ihm nicht, wie die anderen Erwachsenen, mit dem Riemen eins über.

»Ziehen, ziehen!« spornten sie die Jungen an und lachten, daß ihre behaarten Körper bebten. »Laßt das Seil nicht los, sonst schnappt es nach euren Pejes!«

Am liebsten wären die Kinder auch zur Essenszeit im Hof geblieben. Er war nicht überall gepflastert. Es gab Stellen, wo man so tief graben konnte, daß man auf gelben Sand, ja sogar auf Wasser stieß. Die Jungen bauten prächtige Sandburgen, und die Mädchen benützten die Deckel von Blechdosen, um aus nassem Sand Kuchen, Plätzchen und Brotlaibe zu »backen«. Auf dem niedrigen Dach des Pförtnerschuppens war ein Taubenschlag. Buntgefiederte Tauben flogen ein und aus, schlugen mit den Flügeln, pickten Krumen auf und gurrten. Nur ein paar Fußbreit entfernt lauerten Katzen, aber immer wenn eine ihren Fang machen wollte, schlug ihr die Taube ein Schnippchen und flog aufs Dach.

Jakob Bunim fand das alles herrlich. »Komm, Simcha Meir! Wir füttern die Tauben. Du wirst schon sehen, die fressen dir aus der Hand!«

»Mag nicht«, erwiderte Simcha Meir und trollte sich. Er war schmächtig, hatte Sommersprossen, scharfe Gesichtszüge, schmale, auffallend rote Lippen und graue Augen, die ins Grüne spielten, wenn er mißmutig war. Ständig hatte er die Hände in den Taschen seines schwarzen Ripskaftans stecken. Sein seidener Hut war so weit zurückgeschoben, daß die dünnen, kurzgeschorenen Haare über der hohen Stirn und die flachsblonden Schläfenlocken zu sehen waren. Ständig schien er, wie ein Hase, die Ohren zu spitzen, um sich keinen Laut entgehen zu lassen. Auf den ersten Blick wirkten seine Augen sanftmütig, doch bei näherem Hinsehen merkte man, wie mißtrauisch sie alles und jeden beobachteten – voller Argwohn und vielleicht sogar ein bißchen irr. Ganz gleich, was sich im Hof abspielte, egal, wie belanglos es war – ihm entging nichts. Er registrierte alles, was die Kinder und auch die Erwachsenen taten und sagten. Er belauerte sie wie die Katzen die Tauben.

»Meirl«, rief seine Mutter aus dem Fenster, »warum spielst du nicht mit den anderen Kindern, mein Herzblatt?«

»Mag nicht. Ich spiel' nicht gern.«

Die Lust zur Selbstverleugnung war bei ihm stärker als der Drang, sich anderen anzuschließen. Diese absonderliche Veranlagung bewog ihn auch dazu, sich insgeheim zu freuen, wenn eines der Kinder hinfiel und sich das Knie aufschlug.

Er war lieber allein. Er sammelte bunte Pappschildchen, die er von den Stoffballen im Lagerhaus seines Vaters abriß, wickelte Schnur auf Garnrollen, zählte die Münzen in seiner Sparbüchse, einem Gockelhahn aus Ton. Die Händler, die zu seinem Vater kamen, steckten Simcha Meir ein paar Kopeken, manchmal sogar einen Silbergulden zu, und er warf die Münzen sofort in den Schlitz, der an den Schwanzfedern des tönernen Gockelhahns angebracht war. Es machte ihm Spaß, sein Spargeld wieder und wieder zu zählen. Und vor den anderen Kindern rüttelte er den Gockelhahn, damit sie die Münzen klirren hörten und neidisch wurden. Wenn er die Sparbüchse ausleerte, zählte er an den zehn Fingern ab, wieviel Geld er gespart hatte, dann warf er die Münzen wieder hinein.

Er war nicht imstande, mit anderen Kindern wie mit seinesgleichen zu verkehren. Er spielte nur mit jüngeren, die er herumkommandieren konnte. Oder er versuchte, sich bei älteren Jungen, die nichts mit ihm zu tun haben wollten, irgendwie einzuschmeicheln. Wenn seine Einsamkeit ihn dazu trieb, sich zu den Kindern zu gesellen, bestand er darauf, von ihnen als Anführer und König anerkannt zu werden. Dann luchste er den anderen ihre Spielsachen ab, trampelte ihre Sandburgen und Matschkuchen kaputt oder riß ihnen irgend etwas aus der Hand und rannte davon.

Am ärgsten piesackte er seine Schwestern und ihre Freundin Dinele. Er zog die Schleifen an ihren Zöpfen auf. Er hielt ihnen eine Haarnadel hin, deren anderes Ende er auf dem Ofen erhitzt hatte, damit die Mädchen sich die Finger verbrannten. Weil er wußte, daß ihnen vor Ungeziefer grauste, versuchte er, ihnen Fliegen und Würmer in den Mund zu stecken. Und wenn er sich Bonbons kaufte, ließ er niemanden davon kosten.

»Mmm ... schmeckt gut!« stichelte er, schmatzte genüßlich und musterte verstohlen die Gesichter der anderen.

Jakob Bunim, der ein Leckermaul war und das Leben aus vollen Zügen genießen wollte, erlag schließlich der Versuchung. »Laß uns auch einmal lutschen, Simcha Meir!«

»Mag nicht!« sagte sein Bruder und lutschte noch geräuschvoller.

Jakob Bunim platzte der Kragen. »Wenn du von meinen Bonbons naschen darfst, warum ich dann nicht von deinen?«

Sein Bruder scherte sich nicht drum, sondern stichelte weiter. »Ich krieg' welche von dir, aber du nicht von mir . . . Los, tu mir doch was!«

Worauf Jakob Bunim ihm die Bonbons aus der Hand riß und ihm dabei ein paar Kratzer beibrachte. Sein Gerechtigkeitssinn war verletzt worden. Er erwartete, daß andere zu ihm genauso anständig waren wie er zu ihnen. Aber er war jederzeit bereit, sich gegen jeden, ob groß oder klein, zu wehren, wenn er sich ungerecht behandelt fühlte.

Vor den Augen der anderen Kinder gedemütigt und beleidigt, wälzte sich Simcha Meir am Boden. Da er gegen seinen jüngeren Zwillingsbruder mit roher Gewalt nichts ausrichten konnte, ließ er seine Wut an seinen Schwestern aus: Er stellte ihnen ein Bein, so daß sie stolperten und hinfielen.

Jakob Bunims Zorn legte sich so schnell wie er aufgeflammt war. Um den Streit beizulegen, streckte er seinem Bruder den kleinen Finger hin. Dann bot er ihm sogar ein Versöhnungsgeschenk an: zwei Uniformknöpfe. Als auch das nichts nützte, kramte er sämtliche Schätze hervor, die er den Taschen stecken hatte. Aber Simcha Meir ließ sich nicht beschwichtigen, sondern rannte zum Vater, um zu petzen.

Für Abraham Hersch galt der Grundsatz: Kinder haben immer unrecht, Väter haben immer recht. Deshalb mußten seine beiden Söhne mit dem Riemen gezüchtigt werden. Ganz so, als hätte er die Strafe verdient, ließ Jakob Bunim sie – ohne mit der Wimper zu zucken – über sich ergehen. Als Simcha Meir an die Reihe kam, ließ er sich zu Boden fallen und zuckte krampfhaft mit den Füßen, wie wenn er einen Anfall hätte. Die Mutter kam angerannt, hob ihn auf, streichelte ihn zärtlich und brachte ihn zu Bett.

»Meirl, mein Juwel! Eher lasse ich mich totschlagen, als daß *dir* auch nur ein Haar gekrümmt wird . . .«

Sie gab ihm ihre goldene Uhr zum Spielen, und dann auch noch ihre Brillantringe und Ohrgehänge.

Der Vater züchtigte ihn nicht, aber die Sache kam ihm höchst verdächtig vor.

»Wieso bekommt er diese Anfälle immer nur dann, wenn ich ihm eine Tracht Prügel verpassen will?«

Die Mutter schüttelte das Kopfkissen ihres Sohnes auf und warf ihrem Mann einen wütenden Blick zu. »Rohling!« murmelte sie. »Ein Herz aus Stein!«

5

Die dicken Wände von Heinz Huntzes luxuriösem Kontor waren mit Porträts, Medaillen und anderen Auszeichnungen behängt.

Auf dem Ehrenplatz direkt über dem Schreibtisch aus massivem Eichenholz hingen die Porträts zweier Kaiser. Rechts das Konterfei Alexanders II., des Herrschers aller Reußen, Königs von Polen, Großfürsten von Finnland usw., usw., links das Konterfei Kaiser Wilhelms I. Unterhalb dieser Porträts, genau in die Mitte placiert, hing eine Fotografie des Gründers der mächtigen Huntze-Dynastie.

Sein Konterfei war nicht so pompös wie die Porträts der beiden Herrscher. Auf seiner Brust glitzerten nicht so viele Ordenskreuze und Ehrenzeichen, und sein Gesicht wirkte nicht so glatt und gepflegt wie die Gesichter der verhätschelten Monarchen. Der kugelrunde Schädel mit dem kurzgeschorenen, borstigen Haar erinnerte viel lebhafter an Huntze, den Weber, der mit zwei Handwebstühlen aus Sachsen eingewandert war, als an Huntze, den Industriellen. Die Furchen, die sein Gesicht durchzogen (und die der Fotograf zu retuschieren versucht hatte), ließen auf ein Leben voller Sorgen und zermürbender Plackerei schließen. Der schwarze Gehrock, das gestärkte Hemd und vor allem der Stehkragen erweckten den Eindruck, als hätte sich ein einfacher Arbeiter für ein Kostümfest ausstaffiert. Trotz ihrer majestätischen Größe wirkte diese Porträtaufnahme kein bißchen imposant, schon gar nicht angesichts der dicht darüber hängenden Herrscherporträts.

Doch auch der Mann mit dem alltäglichen Gesicht war nicht ganz ohne Ehrenzeichen. Seine weiße Weste war mit dem Band des St.-Anna-Ordens geschmückt, den der Generalgouverneur von Piotrkow in Petersburg für ihn ergattert hatte – als Anerkennung dafür, daß Huntze dem Land zu enormem Geldzufluß verholfen hatte. Billig war Heinz Huntze freilich nicht zu diesem Ordensband gekommen. Es hatte seine Töchter einen Haufen Präsente für den Generalgouverneur und eine Perlenkette für seine Frau gekostet. Aber es hatte sich gelohnt. Huntze, der von sich aus keinen Groschen für eine solche »Ehrung« ausgegeben hätte, mußte zugeben, daß seine Töchter nicht ganz unrecht gehabt hatten: Auf seiner schneeweißen Weste machte sich das Ordensband wirklich hübsch.

Seither hatte seine Fabrik eine ganze Menge Gold-, Silber- und Bronzemedaillen erhalten, sowohl für hervorragende Produktionsleistung wie auch für gleichbleibend gute Warenqualität.

Der Fabrikaufseher Melchior – ein korpulenter, rothaariger Mann, der einen martialischen Schnauzer und einen Backenbart hatte und eingezwängt war in eine forstgrüne Livree mit »Affenschaukeln«, Messingknöpfen und mit Längsstreifen an der Kniehose – stand so steif, als hätte er einen Ladestock verschluckt, vor der Tür, um Huntze auf den leisesten Wink zu Diensten zu sein, als wäre dieser eine königliche Hoheit.

Hier, auf dem riesigen Fabrikgelände, war Huntze tatsächlich der König. Das Schicksal von Tausenden – Männern samt ihren Frauen und Kindern – lag in seiner Hand. Wenn es ihm beliebte, durften die Arbeiter etwas früher Feierabend machen, damit sie auf ein Bier ins Wirtshaus gehen oder sich auf die Wiese hinter der Fabrik legen oder in ihren Singvereinen Volkslieder aus ihrer alten Heimat oder Choräle singen konnten. Wenn ein junger Bursche ein Mädchen geschwängert hatte, lag die Entscheidung, ob er es heiraten sollte oder nicht, bei Huntze. Und nur er hatte zu bestimmen, ob die Weberei Tag und Nacht in Betrieb war, so daß die Arbeiter einen ganzen Rubel zusätzlich verdienen und ihre Frauen beim Suppenkochen Schmalz statt bloß Öl verwenden konnten, oder ob die Fabrik geschlossen blieb, bis die Arbeiter mit hängender Zunge herumliefen und die Arbeiterfrauen ihren Körper für einen Laib Brot verkaufen mußten.

Werdende Mütter kamen mit der Bitte zu ihm, die Patenschaft zu übernehmen. Und nur er entschied darüber, ob Arbeiter mit Familienzuwachs eine Lohnerhöhung bekamen.

Ihm gehörte alles – die Fabrik, die roten, barackenähnlichen Arbeiterhäuschen, die umliegenden Felder, auf denen seine Angestellten Kartoffeln und Kohl anbauten, die Wälder, in denen ihre Frauen Reisig und Brennholz sammelten, die Kirche, in die seine Arbeiter gingen, das Hospital, in das sie gebracht wurden, wenn eine Maschine ihnen die Finger abgetrennt hatte, die Singvereine, in denen sie ihre Heimatlieder sangen.

Hier war er der absolute Herrscher, despotischer als die Kaiser, deren Porträts über seinem eigenen hingen. Zahnlose alte Weber erinnerten sich an die Zeit, als er einer von ihnen gewesen war, mit ihnen geschwatzt und ein Glas Bier getrunken hatte. Jetzt wurde in gedämpftem, ehrfurchtsvollem Ton über jeden Schritt, jede Geste, jedes Wort Huntzes gesprochen.

Wie alle Herrscher verabscheute er jeden, der sich mit ihm zu messen wagte. Er kochte vor Wut, wenn jemand von Fritz Götzke sprach, der früher bei ihm angestellt war und dann eine mechanische Weberei, so imposant wie Huntzes eigene, errichtet hatte. Jeder neue Artikel, den Huntze produzierte, wurde von Götzke sofort nachgemacht. Und was noch schlimmer war: Götzke ließ sich nicht einschüchtern. Um ihn konkurrenzunfähig zu machen, hatte Huntze bereits ein kleines Vermögen vergeudet. Er hatte seine Ware unter Selbstkostenpreis verkauft, aber dieser Mistkerl, hol ihn der Teufel, hielt immer noch mit . . .

Bei dem Gedanken daran bebte Huntze vor Zorn. »Ich schlag' ihn tot!« schrie er in sächsischem Dialekt, obwohl seine Töchter ihm das Sächseln verboten hatten. »So kann das nicht weitergehen!«

Sein Handelsvertreter, Abraham Hersch Aschkenasi, der neben ihm saß, schüttelte den Kopf. »Nicht doch, Herr Huntze! Das Beste wäre, sich mit ihm zu verständigen. Es steht geschrieben, daß *scholem,* Frieden, die Grundfeste der Welt ist.«

Huntze riß es beinahe vom Stuhl.

»Mit diesem Scheißkerl soll ich *scholem* schließen? Lieber verrecke ich, Reb Abraham Hersch!«

Abraham Hersch war gerührt, daß der Deutsche das hebräische Wort für Frieden benützt und ihn mit »Reb« – bei den Juden ein Ausdruck des Respekts – angesprochen hatte. Andrerseits konnte er die Einstellung des alten Herrn zu Götzke nicht gutheißen. Er strich sich über den Bart und versuchte, seinen Chef zu besänftigen.

Er könne, so erklärte er, durchaus verstehen, warum Herr Huntze so verärgert darüber sei, daß ein Emporkömmling, ein früherer Angestellter, sich nicht scheue, mit ihm zu konkurrieren. Geschäft sei Geschäft. »Wenn man Geld hat, hat man das Sagen« – und Götzke habe eine Menge Geld. Und zu alledem habe er Hintermänner, bei denen er jederzeit unbegrenzten Kredit aufnehmen könne. Er werde sich von der Konkurrenz nicht unterbieten lassen. Von einem Preiskrieg würden aber nur die Käufer profitieren, und das Ergebnis wäre, daß beide Firmen pleite gehen würden. Da wäre es doch wirklich vernünftiger, sich zusammenzutun, einen Gesellschaftsvertrag zu schließen und mit vereinten Kräften weiterzumachen: Huntze und Götzke.

Diesmal *sprang* Huntze auf. »Bockmist! Davon will ich nichts hören!« Er schlug mit der Faust auf den Tisch. Dann stopfte er – in derbem Lodzer Jiddisch – seinem Angestellten den Mund: »Kein Wort mehr darüber, Reb Abraham Hersch! Mit diesem Schweinehund mache ich niemals gemeinsame Sache!«

Abraham Hersch strich seinen Bart glatt und ging zur Tür. Er hätte dem Deutschen gern noch anhand eines Gleichnisses erläutert, daß blinde Wut unweigerlich zu Zerstörung führt. Es drängte ihn, Huntze die Geschichte von Kamza und Bar Kamza zu erzählen, deren Feindschaft dazu geführt hatte, daß Jerusalem zerstört wurde. Aber er konnte dergleichen nicht auf deutsch wiedergeben und bezweifelte, daß er es dem Nichtjuden auf jiddisch verständlich machen könnte. Er zuckte die Achseln und beschränkte sich auf ein paar persönliche Abschiedsworte: »Herr Huntze, wenn Sie sich beruhigt haben, denken Sie doch einmal über meinen Vorschlag nach. Nur so ist das Geschäft zu retten.«

Der alte Huntze war so aufgebracht, daß er nicht einmal seine Pfeife stopfen konnte. »He, du!« rief er nach seinem Aufseher. »Stopf mir die Pfeife – hopp, hopp, du Scheißkerl!«

In seiner Wut benützte er wieder dieselben Ausdrücke wie früher, als er noch am Handwebstuhl gearbeitet hatte.

6

Abraham Hersch schickte seine Zwillingssöhne in zwei verschiedene Hebräisch-Schulen.

Der eine Zwilling war zwar bloß ein paar Minuten älter als der andere, aber was die geistige Entwicklung betraf, so war er diesem um Jahre voraus. Wie die meisten Jungen seines Alters war Jakob Bunim ein durchschnittlicher Schüler, der keinen Anlaß zu besonderen Hoffnungen gab. Er büffelte und lernte seine Lektionen auswendig, um dem Vater, der ihn nach dem Mittagsschläfchen am Sabbat abhörte, zu beweisen, daß er Fortschritte gemacht hatte.

»Nu, lassen wir's gut sein«, brummelte Abraham Hersch, nicht sonderlich befriedigt über die Leistungen des Jungen. »Sag deiner Mutter, sie soll dir Eingemachtes geben. Und streng dich nächstes Mal mehr an!«

Jakob Bunim merkte, daß er seinen Vater enttäuscht hatte. Sein fröhliches Gesicht verdüsterte sich, aber bloß einen Moment lang. Kaum hatte ihm seine Mutter Plätzchen und Zwetschgenmus gebracht, da war er wieder ganz er selbst und hätte am liebsten – ohne jeden Grund – zu lachen begonnen.

Simcha Meir war ganz anders. Er war ein Wunderknabe, und als der Lehrer nicht mehr mit ihm Schritt halten konnte, nahm Abraham Hersch seinen Sohn aus dem Cheder und schickte ihn zu Baruch Wolf aus Leczyca, der Knaben im Bar-Miz'wa-Alter und auch jungen Burschen, die schon verlobt waren, Unterricht erteilte.

Jeden Sabbat erschien Baruch Wolf bei den Aschkenasis, um seinen Schüler zu examinieren. Er trank literweise heißen Tee, den er sich aus einem (zum Warmhalten mit Lumpen umwickelten) irdenen Krug eingoß, und versuchte, Simcha Meir mit Fangfragen und allerlei Finten hereinzulegen, die der Junge aber mit Leichtigkeit parierte. Der heiße Tee und die Gelehrsamkeit dieses Bürschchens brachten Baruch Wolf mächtig ins Schwitzen.

»Reb Abraham Hersch«, wisperte er dem Vater ins Ohr (aber nicht so leise, daß der Junge es nicht mitbekommen hätte), »Ihr zieht ein Genie auf – ein Wunderkind!«

Abraham Hersch war erfreut, wollte es sich aber nicht anmerken lassen. »Macht einen gottesfürchtigen Menschen aus ihm, Reb Baruch Wolf. Einen anständigen Juden.«

Er hatte nicht vergessen, daß ihm der Warkaer Rebbe vorausgesagt hatte, seine Nachkommen würden wohlhabende Männer werden, daß er aber nicht hinzugefügt hatte, sie würden auch gottesfürchtige Juden sein. Das beunruhigte ihn – nicht so sehr Jakob Bunims als Simcha Meirs wegen. Daß der Junge ein Genie war, eben *das* machte ihm angst. Simcha Meir ließ Wesenszüge erkennen, die den Vater mit Sorge erfüllten. Der Junge wollte einfach alles wissen. Überall steckte er seine Nase hinein. Er war neugierig, anspruchsvoll, ruhelos. Abraham Hersch wußte, daß alle Wunderkinder so veranlagt sind, aber das war kein Trost für ihn. Gott zu gehorchen, das wußte er, ist wichtiger als ein guter Schüler zu sein. Lieber schwer von Begriff und fromm als gelehrsam, aber lax in Glaubensdingen.

Als er Simcha Meir in die Küche schickte, um sich einen Schabbes-Leckerbissen geben zu lassen, ermahnte er ihn: »Vergiß den Segensspruch nicht! Und nicht so hastig! Sprich jedes Wort klar und deutlich aus!«

Er seufzte, als er mit dem Lehrer allein war. »Geht bei dem Jungen nicht zu sparsam mit der Rute um. Er braucht eine feste Hand.«

Er hatte einen guten Grund dafür, Simcha Meir bei Baruch Wolf aus Leczyca in die Schule zu schicken. Seine Frau war strikt dagegen gewesen, weil der Lehrer in ganz Lodz als Zuchtmeister bekannt war, der seine Schüler mißhandelte und ihnen den Lehrstoff mit Gewalt einbleute. Und das von frühmorgens bis spätabends. Donnerstags durften sie überhaupt nicht zu Bett gehen, sondern mußten die ganze Nacht lernen. Zum Lehrstoff gehörten nicht nur die *Gemara* und die Bibelauslegung, sondern auch das Studium verschiedener Kommentare – insbesondere der von Baruch Wolf verfaßten.

Aber wie stets hatte sich Abraham Hersch über weibliche Argumente hinweggesetzt. Ihm lag daran, daß der Junge lernte, sich unter das Joch der Jüdischkeit zu beugen. Und um das zu bewerkstelligen, gab es keinen Besseren als Baruch Wolf.

Der Lehrer war schon fast siebzig, aber immer noch gut bei Kräften. Er war hager und gelenkig. Seine Finger erinnerten an Kneifzangen, und sein Gesicht war etwas verzerrt – infolge einer

Erfrierung, die er sich zugezogen hatte, als er von Leczyca aus bei eisiger Kälte zu Fuß zu seinem Rebbe nach Kock gepilgert war. Die rechte Seite seines Gesichts war ein bißchen verschoben, so daß die eine Augenbraue schräg nach oben, die andere schräg nach unten verlief. Und das eine Ende seines Schnurrbarts ragte keck in die Höhe, während das andere miesepetrig herunterhing.

So verzerrt wie Baruch Wolfs Gesicht war auch sein Gehirn. Nie nahm er mit seinen Schülern die in der *Gemara* enthaltenen Legenden durch, die seiner Meinung nach bloß für Weibsleute geeignet waren. Den *Pentateuch* und die biblischen Abhandlungen über Gebräuche und Feiertage betrachtete er als zu leichte Kost. Seine Vorliebe galt den gewichtigeren Abhandlungen über Handel und Gewerbe, Schuldscheine und Schadenersatz, Verunreinigung und Reinheit im Lande Israel und bei anderen Völkern. Daraus und aus den Vorschriften für das rituelle Schlachten von Tieren, die priesterliche Lebensführung, das Brandopfer von Rindern und Schafen und das Dankopfer von Fett und Talg bestand sein Lehrplan.

Aus seiner Pfeife quoll fortwährend beißender Qualm, der den Schülern in Augen und Kehle drang und sie ständig an den Disput über das Brandopfer erinnerte, den sie studieren mußten.

Baruch Wolfs Lehrmethode war so trocken und dürr wie er selber. Niemals führte er seine Schüler, wie es die Logik verlangt hätte, geradewegs an ein Problem heran, sondern stets auf irgendwelchen Umwegen. Niemals erläuterte er, was er meinte, denn seiner Ansicht nach mußte ein intelligenter Schüler schon einer bloßen Andeutung entnehmen können, worum es ging. Er nuschelte halbe Wörter, die durch sein Bartgestrüpp und den Pfeifenqualm noch nebuloser klangen. Er stellte Fallen und führte die Schüler mittels Fangfragen und Widersprüchlichkeiten in die Irre. Oft verhedderte er sich derart in seinem eigenen Netz, daß er nicht mehr herausfand. Und er schlug mit dem schweren Pfeifenstiel auf den Tisch oder die Rücken der Schüler ein – wie ein Kutscher, der sein im Schlamm steckengebliebenes Gespann antreiben will.

»Gojische Schwachköpfe!« zeterte er und knirschte mit den paar gelben Zähnen, die ihm noch geblieben waren. »Marktbauern! Polacken! Esaus! Die Pest auf euren Hals!«

Erbarmungslos teilte er mit dem Pfeifenstiel Schläge aus. Im

Gegensatz zu anderen Lehrern machte er keinen Unterschied zwischen Jungen aus angesehenen und Jungen aus einfachen Familien, zwischen wohlhabenden und armen Schülern. Und er nahm auch keine Rücksicht darauf, ob sein Opfer ein bereits verlobter junger Bursche war, der schon mit einer goldenen Uhr protzen konnte, die ihm sein zukünftiger Schwiegervater geschenkt hatte.

Die Schüler saßen über ihre Bücher gebeugt, wiegten den Oberkörper, rieben sich die Stirn und plackten sich ab wie erschöpfte Gäule, die den Peitschenhieben entkommen wollen, mit denen der Kutscher ihre narbigen Flanken traktiert.

Aber es nützte nichts. Zum x-ten Mal fingen sie von vorne an: »Die Erde außerhalb Israels macht unrein. Darum fordert Tosafot ...«

Drohend schwang Baruch Wolf den Pfeifenstiel, doch die »gojischen Schwachköpfe« kapierten immer noch nicht. Und nun richtete der Lehrer den Blick auf Simcha Meir, den Wunderknaben, der keine Prügel nötig hatte. Er blinzelte ihm mit dem nach oben verschobenen rechten Auge zu.

»Sag's ihnen, Simcha Meir! Zeig's diesen Polacken!«

Simcha Meir war der Jüngste in der Klasse. Erst in drei Jahren würde er Bar-Miz'wa feiern, aber schon jetzt war er der Klassenprimus, in den der Lehrer seine ganze Hoffnung setzte.

Er hatte keine Ahnung, welche Textstelle gerade durchgenommen worden war, denn er hatte unter dem Tisch Karten gespielt. Vor sich die große, zerfledderte Ausgabe der *Gemara,* hatte er scheinheilig den Oberkörper gewiegt und seine flachsblonden Schläfenlocken unter dem Seidenhut pendeln lassen. Und gleichzeitig hatte er mit großer Fingerfertigkeit die Karten ausgeteilt und einen Einsatz nach dem anderen gewonnen. Obwohl er der Jüngste und dafür bekannt war, daß er faule Tricks anwandte, log und betrog, gab er beim Kartenspielen den Ton an, und die anderen Jungen fügten sich, ohne zu wissen, warum. Sie wußten, daß er mogelte, konnten ihn aber nie dabei ertappen. Und genauso, wie er seine Mitschüler beim Kartenspiel hereinlegte, führte er auch seinen Lehrer hinters Licht und kam jedesmal mit heiler Haut und unvermindertem Renommee davon.

Mit Vorliebe ertappte Baruch Wolf einen Schüler dabei, daß er den Faden verloren hatte. Dann stürzte er sich auf den Burschen, packte ihn bei der Schulter und fragte drohend: »Bei welcher Stelle sind wir jetzt?«

Vor lauter Schadenfreude verzog er sein schiefes Gesicht, wenn der Schüler auf die falsche Stelle zeigte. Und dann knallte er ihm den Pfeifenstiel auf den Finger.

Besonders erpicht war er darauf, Simcha Meir zu ertappen, aber das klappte nie. Egal, wie intensiv er mit dem Kartenspielen beschäftigt war – irgendwie gelang es dem Jungen immer, den Text im Auge zu behalten, so daß er sofort auf die richtige Stelle deuten konnte.

Baruch Wolf hatte einen ganzen Sack voll Finten, mit denen er unvorsichtige Schüler in die Falle locken konnte. Wie blinde Klepper ließ er sie in eine Fallgrube tappen, dann spielte er den guten Samariter.

»Wie daraus hervorgeht«, leierte er treuherzig, »ist Ruben schu . . .«

»Schuldig!« ergänzte triumphierend der Schüler, der den Köder geschluckt hatte.

»Falsch, du gojischer Schwachkopf!« brüllte der Lehrer und versetzte dem Fehlgeleiteten einen Schlag auf die Hand. »Die richtige Antwort lautet ›nicht schuldig‹, du Dummkopf!«

Das nächste Mal war der Schüler auf der Hut, um dem Lehrer nicht wieder in die Falle zu gehen. Doch diesmal deutete Baruch Wolf die *richtige* Antwort an, weil er genau wußte, daß der Schüler das Gegenteil sagen und sich blamieren würde.

Simcha Meir ließ sich nicht hereinlegen. Ohne ein Wort des durchgenommenen Textes zu kennen, durchschaute er die Täuschungsmanöver des Lehrers, umging jede Fallgrube und zog sich aus der Patsche. In besonders brenzligen Situationen ging er lauthals zum Angriff über und brachte den Alten mit diesen Störmanövern ganz durcheinander.

Dann schob sich Baruch Wolfs rechtes Auge immer höher, bis es beinahe unter der grünen Samtjarmulke verschwand. Und das aufgerichtete Ende seines Schnurrbarts sträubte sich wie die Schnurrhaare eines Katers, dem eine fette Maus entwischt ist. Es war ihm äußerst peinlich, daß so ein Rotzbengel wie Simcha Meir ihn vor den Augen der anderen Schüler lächerlich gemacht hatte. Er versuchte, einen ehrenvollen Rückzug anzutreten, doch Simcha Meir hinderte ihn daran.

Wie eine Spinne wob er sein Netz immer dichter um den Lehrer. Er spielte mit ihm, straffte und lockerte abwechselnd das Gespinst aus Spitzfindigkeiten, stellte Fragen, die er selber beantwortete, und focht dann seine eigenen Antworten an. Er zwang den Alten, sich hin und her zu winden, zu stammeln und wie ein Ertrinkender nach jedem Strohhalm zu greifen. Und am Ende machte er ihn gänzlich zum Gespött.

Seine Mitschüler mußten sich zusammennehmen, um nicht über die Niederlage des Alten zu lachen.

Danach konnte Simcha Meir ein paar Tage lang dem Kartenspiel frönen, ohne sich die Mühe zu machen, es vor dem Lehrer zu verbergen. »Fett und ein vollständiges Dankopfer soll dargebracht werden ...« zitierte er aus dem Buch, und im gleichen Singsang fuhr er fort: »Ich hab' einunddreißig ...«

Die anderen Schüler konnten ihn nicht leiden. Es war eigentlich unter ihrer Würde, sich mit einem Bengel abzugeben, der jünger war als sie, und zudem beneideten sie ihn um seinen scharfen Verstand, der ihnen von ihren Vätern ständig vorgehalten wurde. Trotzdem kamen sie jeden Donnerstag zu ihm, um sich das wöchentliche Pensum eintrichtern zu lassen, das sie daheim aufsagen mußten.

Er half ihnen, ließ sich aber dafür bezahlen. Er hielt nichts davon, jemandem gratis einen Gefallen zu tun. Und so kauften sie ihm Speiseeis bei dem Russen, der ein ganzes Faß davon auf dem Kopf balancierte – so ähnlich wie der biblische Melchisedek den Wein, den er Abraham brachte; und jeder, der eine Taschenuhr besaß, mußte Simcha Meir erlauben, sie aufzumachen und an dem Uhrwerk herumzubasteln, denn er wollte unbedingt dahinterkommen, warum es tickte. Arme Mitschüler, die ihm nichts Materielles zu bieten hatten, mußten ihn über sexuelle Dinge aufklären. Er spitzte die Ohren, wenn sie schilderten, wie ihre Väter, mit denen sie das Bett teilten, sich nachts hinausschlichen, während sie selber sich schlafend stellten.

Manchmal spielte Simcha Meir auch seinen Mitschülern einen üblen Streich. Er gab diesem und jenem absichtlich eine falsche Auslegung eines *Gemara*-Textes und freute sich diebisch, wenn der Arme wegen dieses Fehlers eins übergezogen bekam. Aber auch das zahlten ihm die Mitschüler nicht heim. Sie hatten zwar den starken Verdacht, daß er sie hereingelegt hatte, konnten es aber nicht beweisen. Sie waren diesem kleinen Wicht aus vielerlei Gründen nicht grün, aber keiner konnte den Lehrer so durcheinanderbringen wie er, keiner konnte die Karten unter dem Tisch so geschickt austeilen, keiner so heftige Kräche zwischen dem Lehrer und seiner Frau heraufbeschwören wie Simcha Meir.

Baruch Wolf war in zweiter Ehe mit einer Frau verheiratet, die viel jünger war als er. Sie war unbeholfen, schlampig und unfruchtbar – darum hatte sich ihr erster Mann von ihr scheiden lassen. Sie sah schlecht und war schwerhörig. Was sie anfaßte, verschüttete sie oder ließ sie fallen. Und sie stolperte über jeden Strohhalm. Baruch Wolf konnte sie nicht ausstehen. Es ärgerte ihn, daß sie seine hintergründige Ironie nicht begriff, und wenn sie den Mund auftat, ging ihm der Hut hoch.

»Baruch Wolf!« quengelte sie in einer Art Singsang, wobei sie jedes Wort dehnte, wie wenn es aus Gummi wäre. »Baruch Wolf, kommst du zum Essen?«

»Was denn, du Rindvieh – kommt das Essen vielleicht zu mir?«

»Baruch Wolf, was möchtest du denn essen?«

»Hühnerbrühe mit Nudeln.«

»Wo soll ich mitten in der Woche Hühnerbrühe hernehmen?«

»Warum fragst du mich dann, du Dussel?«

»Baruch Wolf, willst du dich vor dem Essen waschen?«

»Was denn, du Rindvieh – soll ich mich vielleicht *beim* Essen waschen?«

Sie schwieg. Sie wußte ja, daß er es einfach nicht fertigbrachte, klipp und klar zu antworten. Wenn ihm ihretwegen aber wirklich einmal der Kragen platzte, dann brach sie in Tränen aus und wischte sich die Augen mit dem Schürzenzipfel, was Baruch Wolf zur Raserei brachte. Nichts ging ihm derart auf die Nerven wie Tränen.

Nicht einmal seine Schüler trauten sich zu weinen, wenn er sie prügelte. Er hämmerte mit dem Pfeifenstiel auf den Tisch, schob die *Gemara* beiseite und schrie: »Ich will kein Lehrer mehr sein! Warum soll ich mich euretwegen kaputtmachen? Damit ihr mich mit euren Tränen ersäufen könnt? Künftig bleibe ich im Lernhaus – es werden sich schon Juden finden, die mich ernähren ... Burschen, geht heim!«

Noch ehe er ausgesprochen hatte, rutschten die Schüler bereits auf dem Treppengeländer ins Erdgeschoß. Bloß schnell weg, bevor er sich's anders überlegte!

Selbst wenn Baruch Wolfs Frau sich die größte Mühe gab, ihrem Mann nicht auf die Nerven zu fallen – Simcha Meir sorgte schon dafür, daß es wieder schiefging. Wenn er das Klassenzimmer verlassen durfte, um sich am Wasserfaß drunten im Hof zu waschen und nach dem Stuhlgang einen Segensspruch zu sagen, schlich er sich zuerst in die Küche und schüttete einen Tiegel Borschtsch aus oder stieß den kleinen eisernen Kochtopf vom wackligen Dreifuß herunter.

Die Lehrersfrau, die gerade eine über ein Glas gezogene Socke stopfte, bemerkte den Schlingel gar nicht, der im Nu wieder draußen im Hof war und andächtig den Segensspruch aufsagte. Aber sie hörte den Krach und rannte händeringend in die Küche, um den Topf aufzuheben, ehe ihr Mann merkte, was passiert war.

»Hinaus mit dir! Eines unnatürlichen Todes sollst du sterben!« verfluchte sie die Katze, die, wie es schien, den Schaden angerichtet hatte.

Der Lehrer, gerade in einen nebulosen Kommentar verwickelt, hatte aber schon gemerkt, daß sein Essen ruiniert war. Und nun legte er los: »Du machst mich noch zum Bettler, du Trampel! Du bringst mich noch um Haus und Hof!«

Ängstlich bemüht, alles wieder in Ordnung zu bringen, stieß seine Frau einen irdenen Topf um, der mit dumpfem Schlag zersprang. Das brachte den Lehrer zur Raserei. Und nun konnte sie die Tränen nicht mehr zurückhalten und brach in jämmerliches Gewinsel aus. Worauf Baruch Wolf wieder mit dem Pfeifenstiel auf den Tisch schlug und gellend schrie: »Geht heim, Burschen! Ich bin nicht mehr euer Lehrer!«

Stundenlang trieben sich die Schüler in Lodz herum und genossen ihre Freiheit. Sie rannten durch Nebenstraßen und Gassen. Sie gingen auf Marktplätze, wo Bauern geschäftig zwischen Fuhrwerken, Pferden, Schweinen, Federvieh und Kornsäcken hin und her eilten. Jüdische Hausfrauen mit Hauben auf den kahlgeschorenen Köpfen liefen zwischen den Fuhrwerken herum. Sie begutachteten Hühner, indem sie ihnen in den After bliesen und dann auch noch den Finger hineinbohrten, um festzustellen, ob ein Ei darin war. Juden besiegelten durch Handschlag diesen und jenen Handel mit Nichtjuden, feilschten und kauten Körner.

Dann machten sich die Schüler auf den Weg zu den Baustellen, wo Maurer Kalk löschten und Tragmulden mit Backsteinen schleppten. Lodz wuchs weiter. Eine neue Straße nach der anderen entstand, und ständig wurden weitere Läden, Basare und Lagerhäuser errichtet.

Das nächste Ziel der Schüler war Balut mit seinen engen Gassen, wo man überall das Rattern der Webstühle und Nähmaschinen und die Lieder der Arbeiter hören konnte. In winzigen Läden, in denen es von Fliegen wimmelte, kauften sich die Jungen klebrige Mandeln und allerlei pappige Plätzchen und Bonbons.

Simcha Meir sammelte bei seinen Mitschülern Groschen ein und ging in den Laden des Türken mit dem roten Fes, um ein Stück Rosinenbrot zu kaufen. Die anderen Jungen hatten Bedenken, davon zu kosten, weil es wahrscheinlich nicht koscher war. Solche Gewissensbisse hatte Simcha Meir nicht. Er kaute genüßlich, und immer wenn er eine Rosine entdeckte, funkelten seine wachsamen Augen.

Dann zogen sie weiter, hinaus zu den abgemähten Wiesen und Feldern, auf denen Ziegen weideten. Sie legten sich ins Gras und spielten Karten. Wie stets heimste Simcha Meir den ganzen Gewinn ein.

Der Tag war lang, für die Jungen aber nie lang genug. Sie krochen über die Sandbänke, wo Dragoner exerzierten und Unteroffiziere ihnen mit dem Degen auf die Beine klopften. Sie lungerten auf Marktplätzen herum, wo der öffentliche Ausrufer seine Trommel schlug und alles mögliche bekanntgab: bei wem eingebrochen worden und wem ein Schwein abhanden gekommen und wer zu einer Gefängnisstrafe verurteilt worden war und wer wegen Steuerschulden seine Kerzenleuchter oder sein Bettzeug verscherbeln mußte.

Und zum Schluß gingen sie ins Bordellviertel – eine schmale Straße, die erst seit kurzem von Puffs gesäumt war. Vorher waren alle möglichen Leute hierhergekommen, um im Freien ihre Notdurft zu verrichten. Jetzt standen hier Bruchbuden, die niedrige Fenster und Dachkammern mit schrägen Wänden hatten. Wenn jemand aus alter Gewohnheit hierher kam, um zu pinkeln oder zu kacken, wurde er von den Zuhältern und den Bordellbesitzern verprügelt.

In diesen Puffs konnten sich Soldaten und Bauern, die ihre Frauen auf dem Land zurückgelassen hatten, um sich in der Stadt Arbeit zu suchen, mit billigen Huren vergnügen, zu deren Kunden auch die jüdischen Handwerksburschen zählten, die an den Lodzer Handwebstühlen arbeiteten.

Den Jungen war der Zutritt zu dieser Straße verboten, aber eben deshalb zog es sie dorthin. Sie rannten durch das Sträßchen, warfen verstohlene Blicke auf die verlotterten jüdischen und nichtjüdischen Dirnen, die auf den Türschwellen saßen und Körner knackten. Nicht, daß die Jungen ihnen zu nahe kommen wollten, Gott behüte! Aber sie genossen es, wenn die Dirnen ihnen zuriefen: »Kommt doch herein, Burschen! Es wird euch Spaß machen . . .«

Um rechtzeitig zum Aufsagen der Nachmittagsgebete daheim zu sein, rannten sie bei Anbruch der Dämmerung nach Hause, wenn auf den schlechtgepflasterten Straßen bereits die ganz in Schwarz gekleideten Laternenanzünder unterwegs waren, um die noch recht spärliche Lodzer Straßenbeleuchtung zu entzünden. Wirklich erstaunlich, wie sie mit ihren langen Stangen die Seile, an denen die Laternen hingen, herunterzogen und dann mit ihren Fackeln die Lampen anzündeten! Die Jungen sahen begeistert zu, wenn der rußige Lampenzylinder gesäubert, Kerosin nachgefüllt, der Docht hochgedreht und die Lampe dann wieder hinaufgezogen wurde.

»Gute Woche!« riefen sie, wenn die Laternen brannten. »Gute Woche!«

Der Laternenanzünder war erbost. Er glaubte, diese Jidden wollten sich über ihn lustig machen. Er rannte ihnen nach, erwischte den Langsamsten und beförderte ihn auf den Laternenpfahl hinauf.

»Fledermaus!« johlten die anderen dem Laternenanzünder zu, der ihnen auf den Fersen war. »Todesengel!«

Und mitten in dieser Horde Halbwüchsiger rannte, mit glühenden Wangen, der kleine, zehnjährige Simcha Meir.

Wenn er nach Hause kam, trabte Jakob Bunim meistens auf allen Vieren herum und ließ die Schwestern auf seinem Rücken reiten. Oft war auch die kleine Dinele da. Sie wohnte nicht mehr in der Nachbarschaft, kam aber nach wie vor zu Besuch zu ihren Freundinnen und – vor allem – zu Jakob Bunim. Er war zwar schon ein großer Junge, spielte aber immer noch gern mit seinen Schwestern. Er scherte sich nicht darum, daß es sich für einen Jungen seines Alters nicht schickte, mit Mädchen zusammenzusein. Wenn seine Mutter nicht aufpaßte, spielte er »Pferd«, ließ die Schwestern und Dinele auf seinen Rücken klettern und galoppierte mit ihnen durchs Zimmer, wobei er wie ein richtiger Gaul ausschlug, bis die Mädchen vor Angst kreischten. Um nicht herunterzufallen, schlang Dinele jedesmal die Arme um seinen Hals, klammerte sich an ihn und lachte Tränen. Jakob Bunim tollte begeistert herum und wieherte wie ein Fohlen.

»Jakob Bunim«, fragte Dinele, »hast du Angst vor Löwen?«

»Nein!« rief er beherzt.

Wenn Simcha Meir hereinkam und seinen Bruder mit den Mädchen spielen sah, versuchte er, ihn zu blamieren. »Du Dummkopf! Das sag' ich dem Tate ... Du vergißt deine Hausaufgaben, du Dussel!«

Jakob Bunim wurde rot. Es wurmte ihn, in Dineles Gegenwart ein Dummkopf genannt zu werden – zumal es ja stimmte. »In der kommenden Welt wirst du an der Zunge aufgehängt, du Petzer!« drohte er Simcha Meir.

Aber weil er nicht wollte, daß der Vater davon erfuhr, begann er mit dem Bruder zu schachern und versprach ihm, was er nur haben wollte, wenn er bloß den Mund hielte. Doch Simcha Meir ließ sich nicht mit wertlosem Kram bestechen, sondern schlug Jakob Bunim vor, eine Partie Karten mit ihm zu spielen. Und natürlich gewann er im Nu dessen ganze Barschaft. Seine Schwestern und besonders Dinele warfen ihm empörte Blicke zu und sangen, genau wie früher im Hof:

»Simcha Meir, der sagt Lügen,
Gleich wird er ins Feuer fliegen ...«

7

Abraham Hersch Aschkenasi setzte seinen Kopf durch.

Heinz Huntze geiferte, tobte, stampfte mit dem Fuß auf und schwor, lieber betteln zu gehen, als sich mit Fritz Götzke, diesem

Schweinehund, diesem rotzfrechen Kerl zusammenzutun – doch am Ende setzte sich Abraham Hersch durch. Er eilte von Huntze zu Götzke und von Götzke zu Huntze, er argumentierte, beschwichtigte und zitierte Gleichnisse aus den heiligen Büchern, bis er schließlich den Gesellschaftsvertrag vorbereiten konnte, der den Zusammenschluß der beiden Firmen zu einem mächtigen Unternehmen »Huntze und Götzke« besiegeln sollte.

Wegen dieses Firmennamens ging die Sache fast noch im letzten Moment schief. Weil jeder der beiden Teilhaber darauf bestand, daß *sein* Name zuerst genannt wurde, mußte Abraham Hersch sein ganzes diplomatisches Verhandlungsgeschick aufbieten, um Götzke zu bewegen, Huntze den Vortritt zu lassen.

In einem vorher für Juden verbotenen Wohnviertel von Wilki, in der Piotrkower Straße, ließ Huntze für seinen Handelsvertreter ein großes Backsteingebäude mit vergitterten Fenstern und Eisentüren errichten. Es hatte tiefe Kellergewölbe und hohe Dachspeicher und war von unten bis oben vollgestopft mit Stoffballen aus der Weberei Huntze und Götzke. Draußen war ein Schild angebracht, auf das nicht nur die Namen der beiden Firmeninhaber und ihres Handelsvertreters, sondern auch sämtliche Gold-, Silber- und Bronzemedaillen gemalt waren, mit denen die Fabrik ausgezeichnet worden war. Der Schildermaler hatte auch das Firmenzeichen wiedergegeben – zwei bärtige Teutonen, die mit Speeren bewaffnet und, abgesehen von Feigenblättern, völlig nackt waren. Doch auf Abraham Herschs Betreiben mußte er es wieder entfernen, weil es gegen das Zweite Gebot verstieß. Es genügte Abraham Hersch, daß sein Name und die Medaillen das Schild zierten.

Huntzes Töchter, die ihrem Vater nicht erlaubten, sächsischen Dialekt zu sprechen, rümpften schon seit langem die Nase über den jüdischen Abschaum, der sich im Fabrikhof und im Kontor ihres Vaters herumtrieb. Sie machten zuviel Krach, diese Itzigs! Sie redeten jiddisch mit dem Chef, faßten ihn vertraulich am Revers oder an den Knöpfen seines Gehrocks. Man konnte keinen Fuß aus dem dicht bei der Fabrik gelegenen Palais setzen, ohne einer ganzen Horde dieser Itzigs zu begegnen, die im langen Kaftan herumliefen und ihr Kauderwelsch schnatterten.

Jahrelang war Huntze von seinen Töchtern gepiesackt worden, doch endlich einen Generalvertreter zu ernennen, um sich den persönlichen Umgang mit diesem Gesocks zu ersparen, doch der Alte hatte sich geweigert. Abgesehen davon, daß er das Geld, das er dann für Provisionen herausrücken müßte, lieber sparen wollte, genoß er das Schachern um Preise, das Abenteuer des Geschäftemachens. Nichts bereitete ihm größeres Vergnügen, als diese gerissenen Juden zu überlisten.

Er war nicht zu retten, der alte Huntze. Man konnte ihn einfach nicht dazu bringen, die angenehmen Dinge des Lebens zu goutieren. Statt Champagner trank er lieber mit alten Freunden einen Krug Bier, statt importierter Zigarren rauchte er lieber seine stinkende Tonpfeife. Und beim Schachern mit den Händlern redete er sogar jiddisch!

Doch als das Unternehmen immer größer wurde und der Jude Aschkenasi dafür belohnt werden mußte, daß er den Fusionsvertrag unter Dach und Fach gebracht hatte, gab Huntze klein bei und machte ihn zum Generalvertreter.

Im großen Lagerhaus in der Piotrkower Straße herrschte reger Betrieb. Juden wuselten zwischen unzähligen Stapeln von Stoffballen herum. Sie belagerten das Kontor, in dem Abraham Hersch, eine Jarmulke auf dem Kopf, in Kontobücher so voluminös wie die *Gemara* vertieft war. »Reb Abraham Hersch, wann habt Ihr denn ein par Minuten Zeit für uns? Zeit ist Geld!«

Die Kontoristen, junge Männer, die Schwalbenschwanzkaftane trugen und immer einen Bleistift hinterm Ohr stecken hatten, wollten die kleineren Händler auf eigene Faust bedienen. »Der Chef ist sehr beschäftigt. Wir kümmern uns persönlich um euch.«

»Wir wollen zum Schmied, nicht zum Schmiedchen«, entgegneten die Händler.

Zuweilen fiel einem aus der Provinz angereisten Händler ein, daß er versäumt hatte, das Kaddischgebet zum Gedenken an seinen Vater oder seine Mutter zu sprechen. Dann rieb er sich die Hände mit trockenem Staub ab und rezitierte das Gebet im Kreise eines rasch zusammengetrommelten Quorums, das ungeduldig »Amen« murmelte und möglichst schnell wieder seinen Geschäften nachgehen wollte. Die Kontoristen murrten, wagten ihren Unmut aber nicht laut zu äußern, denn selbst Abraham

Hersch schob in solchen Fällen die Kontobücher beiseite, wusch sich rasch die Hände und stimmte mit dröhnendem »Amen« in das Gebet ein. Nur Goldlust, der Buchhalter, brummelte in deutsch gefärbtem Jiddisch: »Ein Geschäftskontor ist kein chassidisches Vereinshaus, ihr Bauerntrampel!«

In Abraham Herschs Wohnung wimmelte es ständig von auswärtigen Besuchern: jüdischen Händlern, Kaufleuten und Kommissionären aus Rußland und Litauen, die zu Hunderten nach Lodz kamen, um preiswerte Waren einzukaufen, die sie dann weiterverkauften, von Persien bis nach China – überall dort, wo die russische Flagge wehte.

Modern gekleidet, mit gestutzten Bärten oder völlig glattrasiert, in Glaubensdingen so lax, daß es ihnen nichts ausmachte, ein Gebet oder einen Segensspruch auszulassen oder am Sabbat herumzufahren, verachteten sie die polnischen Juden mit ihren langen Kaftanen, ihren Scheitelkäppchen, ihrem breiten Jiddisch und ihrer Frömmigkeit. Sie wiederum wurden von den polnischen Juden als Intriganten, Halsabschneider und halbe Gojim verabscheut. Aber wenn es ums Geschäft ging, sah man beiderseits über all das hinweg.

Da es in Lodz nur einige schäbige Gasthäuser und Fremdenheime gab, wohnten die auswärtigen Besucher meist bei den Kaufleuten, mit denen sie Geschäfte machten.

Bei Abraham Hersch saßen jeden Mittag zahlreiche Gäste am Tisch. Juden, die steife runde Filzhüte aufhatten, genossen schmatzend den fetten polnischen Gänsebraten und den süßsauer gefüllten Fisch – Leckerbissen, die sich die wenigsten von ihnen daheim in Litauen leisten konnten. Aus Rücksicht auf ihren Gastgeber reinigten sie sich vor dem Essen die Hände, murmelten die Segenssprüche, stippten ihr Brot ins Salz und ließen zuweilen ein paar Worte aus einem jüdischen Weisheitsspruch ins Gespräch einfließen – zumeist Textstellen aus der Heiligen Schrift, mit der sie einigermaßen vertraut waren. Hauptsächlich aber redeten sie vom Geschäftemachen, von den legendären russischen Handelsfürsten, von fernen Städten, exotischen Völkern, fremden Sitten und Gebräuchen.

Abends wurden in allen Zimmern Sofas aufgestellt, auf denen das ganze Rudel übernachten konnte.

Abraham Hersch ließ seine Söhne immer gleich nach dem Essen vom Tisch aufstehen, weil er sie vor dem näheren Umgang mit diesen fremden, halbassimilierten Juden bewahren wollte. Jakob Bunim ging immer sofort hinaus, um sich mit den kindlichen Spielen zu vergnügen, die er sich immer noch nicht abgewöhnt hatte. Simcha Meir hingegen blieb noch ein Weilchen sitzen, spitzte die Ohren wie ein Hase und verschlang jedes Wort, das gesagt wurde.

»Simcha!« rief sein Vater (der ihn aus Respekt vor dem Przysuchaer Rebbe seligen Angedenkens immer nur mit dem ersten Vornamen anredete), »geh lernen! Vertrödle deine Zeit nicht mit Nichtstun!«

Aber Simcha Meir hatte es nicht eilig. Mit allerlei Vorwänden und Finten – eine Kunst, die er aus dem Effeff beherrschte – brachte er es zuwege, noch etwas länger mit diesen faszinierenden Fremden am Tisch sitzen zu dürfen. Danach führte er sie ohne Wissen seines Vaters in der Stadt herum und erklärte ihnen den Weg zu Marktplätzen und Läden, worauf die Fremden ihn in die Wange kniffen und ihm einen halben, manchmal sogar einen ganzen Rubel zusteckten. Und sie redeten ihm zu, eine weltliche Schulbildung zu erwerben und ein Mann von Welt zu werden.

»*Prosweschtschenije,* das ist das einzige, was zählt! Kapiert, mein Junge?«

Simcha Meir verstand zwar das schwierige russische Wort nicht, vermutete aber, daß es so etwas wie »Bildung« bedeutete. Jedenfalls merkte er sich, was die Fremden ihm geraten hatten.

Er legte auch Wert darauf, sich in den Geschäftsräumen seines Vaters umzusehen, obwohl dieser ihm das streng verboten hatte. Unter allerlei Vorwänden tauchte er dort auf und blinzelte den Kontoristen zu, damit sie den Mund hielten.

Als Abraham Hersch seinen Angestellten untersagte, den Jungen hereinzulassen, bat Simcha Meir sie flehentlich, ihn nicht zu verraten. So versteckten sie ihn denn zwischen Stoffballen, und er machte sich's bequem und las die Schildchen, die an den Ballen hingen. Er riß die Verschlüsse ab, sah sich die Stoffmuster und Farben genau an, nahm den Geruch, den Anblick und den ganzen Trubel des Geschäfts in sich auf und genoß das alles – mehr noch als die Weinbeeren im Rosinenbrot des Türken.

Wenn sein Vater nicht da war, schlich er sich in sein Kontor, warf einen Blick in die dicken Geschäftsbücher, stellte Goldlust, dem Buchhalter, allerlei Fragen und lag den Kontoristen so lange in den Ohren, bis sie ihm dies und das erklärten. Nichts entging seiner Aufmerksamkeit. Er beneidete die Erwachsenen darum, daß sie nicht mehr zur Schule gehen mußten und tun konnten, was sie wollten.

»Der Junge macht mich mit seiner Fragerei noch meschugge!« jammerte Goldlust, wenn Simcha Meir sich wieder einmal in die Kontobücher vertieft hatte.

»Der wird ein richtiger Klugscheißer«, sagten die Kontoristen und schürzten die Lippen. »Haha!«

Simcha Meirs Gedanken eilten der Gegenwart weit voraus. Wenn er erwachsen war, würde er in einem solchen Kontor sitzen, aber ohne Scheitelkäppchen – barhäuptig wie die deutschen Kaufleute drüben auf der anderen Straßenseite. Und er würde bestimmt kein solches Gesindel hereinlassen wie sein Vater. Nein, vor ihm müßten die Leute erst den Hut ziehen und ihn dann auf deutsch ansprechen, nicht auf jiddisch.

8

Das große Eßzimmer des Kopftuchfabrikanten Chaim Alter war hell und warm. Es war Samstagabend, und die drei Sterne, deren Aufgehen das Ende des Sabbats bedeutet, standen schon längst am Himmel, doch erst jetzt begann Chaim Alter, den heiligen Tag zu verabschieden. Er ließ sich im chassidischen Bethaus immer viel Zeit für das Sabbatmahl. Er hatte viel für Musik übrig und genoß es, vor Zuhörern Lieder zu singen. Und er war erpicht darauf, den Segensspruch zu rezitieren und bot immer etliche Flaschen Bier für diese hohe Ehre. Und weil er dann auch noch am Lesepult die Abendgebete sprach, war es immer schon spät am Abend, wenn er bei sich zu Hause den Sabbatausgang feierte.

»Gute Woche! Gute Woche!« wünschte er überschwenglich und lächelte seiner Frau, seiner Tochter und seinen Söhnen zu, die sich in dem mit Möbeln überladenen Eßzimmer versammelt hatten. Es war von vielen Kerzen in Silberleuchtern und von einer großen Kupferlampe, die an Ketten über dem ausladenden Eßtisch hing, strahlend beleuchtet.

Der Hausherr füllte einen großen, reichverzierten Silberbecher mit Wein und ließ etwas davon in den Unterteller überlaufen, zum Zeichen für den überreichlichen Wohlstand, dessen er sich erfreuen durfte. Eine liturgische Melodie summend, nahm er die hohe silberne Gewürzbüchse mit dem grünen Türmchen und den silbernen Fahnen und Glocken aus dem Büfett. Er schlug die Ärmel seines Seidenkaftans zurück, damit sie nicht in den übergelaufenen Wein hingen. Dann forderte er Dinele, seine einzige Tochter, auf, die gedrehte Sabbatkerze hochzuhalten.

»Höher, Dinele!« sagte er zu der Dreizehnjährigen mit den kastanienbraunen Zöpfen. »Dann bekommst du einen hochgewachsenen Bräutigam.«

Dinele errötete und schnitt eine Grimasse, dann hielt sie die Kerze höher. Chaim Alter hob den Silberbecher. Nachdem er sich vergewissert hatte, daß auch Hadassa, das Dienstmädchen, zugegen war, begann er zu psalmodieren, wobei er jedes Wort so klar und deutlich aussprach, daß der wundersame Klang in jeden Winkel drang. Der Schein der flackernden Kerze fiel auf seine wabbligen, behaarten Hände, als er dem Allmächtigen für die Erschaffung des Feuers dankte. Er schüttelte die Silberbüchse, damit die Gewürze noch mehr Wohlgeruch verströmten, dann machte er den Deckel auf und atmete genüßlich den Duft ein. »Oh! Ah!«

Und er pries Gott für die Erschaffung der wohlriechenden Gewürzpflanzen. Dann reichte er die Gewürzbüchse seiner Frau und seinen Kindern und wartete, bis jeder daran gerochen und den Segensspruch gesagt hatte.

»Nu, nu.« Er tadelte seine Tochter, weil sie die Benediktion zu hastig und bloß ganz mechanisch gemurmelt habe. »Gepriesen sei Er, der wohlriechende Pflanzen aus der Erde hervorbringt!« rezitierte er noch einmal laut und deutlich.

Hadassa bekam die Gewürzbüchse immer zuletzt gereicht, aber sie war dann jedesmal so durcheinander, daß sie nicht wußte, *wie* sie die Nase hineinstecken sollte – und das brachte die anderen zum Lachen.

Beim Abschluß der Zeremonie konnte selbst Chaim Alter nur mit Mühe ein Lächeln unterdrücken. Er schlug einen Zipfel des

Tischtuchs zurück, goß etwas Wein auf die Tischplatte, löschte darin die Kerze aus und berührte dann mit den nassen Fingern jede Tasche seines Kaftans, seiner Samtweste und seiner aus feinem Wollstoff geschneiderten Hose. Auf diese Weise wünschte er eine gute, erfolgreiche Woche herbei, in der ihm, so Gott wollte, reichlich Bargeld in die Taschen fließen würde. Er benetzte seine graugrünen Augen mit Wein und trällerte: »Eine gute Woche, eine angenehme Woche, eine erfolgreiche Woche, eine glückliche Woche!«

Dann zog er den Seidenkaftan aus und rief schallend: »Samuel Leibusch! Meinen Hausrock!«

Samuel Leibusch, ein junger Mann mit gestutztem blondem Bart und steifem Papierkragen, eilte herbei, hob den Kaftan auf und half Chaim Alter in den geblümten Hausrock.

»Eure Zigarre, Reb Chaim«, sagte er lächelnd und hielt ihm den Humidor mit den importierten Zigarren hin. Er wußte genau, wonach sein Dienstherr während des ganzen Sabbats lechzte, und war sofort zur Stelle, wenn der heilige Tag vorüber war.

Chaim Alter strahlte vor Zufriedenheit über so viel Diensteifer. Er biß das eine Ende der Zigarre ab und zog daran, während sein Gehilfe sie anzündete. Paffend psalmodierte er: ». . . und Er wird denen, die . . .« Er genoß die tröstlichen Worte des Gebets am Ende des Sabbats und konnte geradezu den Duft des Taues und der Spezereien wahrnehmen, mit denen Gott jene Juden belohnte, die nicht vom Pfad der Aufrechten abwichen. Und dieweil er noch die erhebenden Worte rezitierte, begann er, die Briefe und Depeschen zu öffnen, die sich während des Sabbats angesammelt hatten.

Die letzten Zeilen des Gebets leierte er hastig herunter, denn er konnte es kaum erwarten, sich an dem frischgebrauten, duftenden Tee zu laben, nach dem er den ganzen Sabbat über gelechzt hatte.

»Priwesche!« rief er seiner Frau zu. »Priwe, mein Schatz, das Mädchen soll mir Tee mit Zitrone bringen. Sagst du's ihr, Priwesche?«

Priwe, eine mollige, sehr hellhäutige und auffallend hübsche Frau, die ein Seidenkleid mit Schleppe trug, eine Perlenkette umgehängt und an jedem Finger einen Brillantring stecken hatte und mit ihrer blondlockigen Perücke wie eine Operndiva aussah, kam angetänzelt, lächelte ihn mit blutroten Lippen zärtlich an und hielt ihm kokett die Hand hin, um ihr wöchentliches Haushaltsgelt zu kassieren.

»Geld, Geld«, brummelte Chaim Alter gutmütig. »Wozu brauchst du denn so viel Geld, Priwesche?«

Im Nu war das zärtliche Lächeln verschwunden. »Dann führ doch *du* den Haushalt!« Sie warf ihm den Schlüsselbund hin, an dem sämtliche Schrank- und Vorratskammernschlüssel hingen.

Chaim Alter wand sich vor Zerknirschung. »Priwesche, mein Schatz, du weißt doch, daß ich's nicht so gemeint habe. Ein kleiner Scherz ...«

Aber sie ließ ihn noch eine Weile im Netz zappeln. Sie wußte ja, wie verrückt ihr Chaim nach ihr war, und nun wollte sie ihm eine Lektion erteilen, um ihm ein für allemal klarzumachen, wie man mit der Tochter von Ansel, dem Warschauer Rebbe, umzugehen hatte.

Chaim Alter war den Tränen nahe. Er konnte Zwistigkeiten nicht ausstehen – ganz im Gegensatz zu Priwe, die jede Auseinandersetzung genoß. Sobald sie sich irgendwie brüskiert fühlte, befahl sie Hadassa, das Sofa im Eßzimmer als Bett für den Hausherrn zurechtzumachen, und ließ ihn nicht in ihre Nähe.

Wenn *das* passierte, litt Chaim Alter Qualen. Er sehnte sich nach ihrem weichen, warmen Leib, nach ihrem deliziösen Nakken. Und weil er für lange Kabbeleien zu schwach und zu träge war, gab er jedesmal klein bei und entschuldigte sich bei ihr mit schönen Geschenken – Dingen, die Priwe durchaus zu schätzen wußte: einem neuen Kleid oder einem Schmuckstück.

Daß ihm ausgerechnet jetzt, am Beginn der neuen Woche, eine unbedachte Bemerkung herausgerutscht war, ärgerte ihn ganz besonders. Es stimmte zwar, daß Priwe eine verschwenderische Haushälterin war (wie sie soviel Geld ausgeben konnte, war ihm schleierhaft), aber er hätte sich lieber die Zunge abgebissen, als ihr Vorwürfe zu machen. Um sie wieder zu versöhnen, streichelte er die Locken ihrer blonden Perücke und hielt ihr seinen Geldbeutel hin – alles Bargeld, das er bei sich hatte.

»Da, Priwesche, nimm dir, soviel du willst. Alles Geld der Welt ist nicht wert, daß du auch nur einen Augenblick schlechte Laune hast.«

Priwe ließ sich erweichen und nahm das Bündel Geldscheine, das er ihr – ohne nachzuzählen – aufdrängte.

»Alles wieder gut?« fragte er und tätschelte, vor den Augen der Dienstboten, ihr schmollendes Gesicht.

»Trink deinen Tee, bevor er kalt wird, Chaimsche«, sagte sie, endlich besänftigt.

Heilfroh, daß der häusliche Friede wieder eingekehrt war, trank Chaim Alter das Teeglas in einem Zug aus. Dann sah er, zusammen mit Samuel Leibusch, die Geschäftsbilanz der vergangenen Woche durch. Lange brütete er über all dem Papierkram. Immer wieder suchte er etwas, rechnete, verhedderte sich hoffnungslos und konnte zu keinem Ergebnis kommen.

Chaim Alter führte seine Kontobücher so, wie es bei den Lodzer Juden üblich war, das heißt, in fehlerhaftem Jiddisch und gebrochenem Hebräisch. Über der linken Hälfte jeder Seite stand »Einnahmen« und über der rechten Hälfte »Ausgaben«. Aber die Abrechnung stimmte nie. Und der Gehilfe kannte sich auch nicht aus.

Träge, bequem und zerstreut, wie er war, führte Chaim Alter eine schlampige Buchhaltung. Seine Taschen waren vollgestopft mit Belegen, Kassenzetteln und Abrechnungen, die eingetragen werden mußten, aber er kam einfach nicht dazu.

Sein Hauptbuch war in chaotischem Zustand: verkleckst, voller ausradierter Stellen und mit zahlreichen Randbemerkungen versehen, die er nicht mehr entziffern konnte. Am Ende der Woche hatten sich so viele Eintragungen angesammelt, daß Chaim Alter das Problem auf die einfachste Art löste: Er schubste das Hauptbuch beiseite und ließ sich von seinem Gehilfen in die Fabrik begleiten, die ganz hinten im Hof lag.

»Je weniger Rechnerei, desto mehr geschäftlicher Erfolg – stimmt's, Samuel Leibusch?«

»Stimmt genau, Reb Chaim«, bestätigte der Gehilfe, während er den Docht der Laterne hochdrehte.

Der Hof hallte vom Rattern der Webstühle wider. Chaim Alter liebte seine Fabrik. Das waren keine Nummern und Zahlen, die einem den Verstand vernagelten – das war etwas Konkretes, Greifbares. Je eifriger die Webstühle ratterten, je mehr die Weber produzierten, um so besser ging das Geschäft, um so mehr Profit wurde gemacht – so einfach war das.

Samstags abends arbeitete die Belegschaft länger als sonst, weil der arbeitsfreie Feiertag nachgeholt werden mußte. Im Schein der Talgkerzen, die an den Webstühlen steckten, stellten die insgesamt fünfzig Arbeiter Kopftücher her. Sie mußten ihre eigenen Kerzen mitbringen – eine Regelung, die von den allerersten Lodzer Fabrikanten in ihren Zwei- und Dreimannbetrieben eingeführt worden war. Chaim Alter hatte einen großen Betrieb, aber die alte Regel galt nach wie vor. Vom Fortschritt hielt Chaim Alter nichts. Alles sollte so bleiben, wie es bei seinem Vater und seinem Großvater gewesen war. Deshalb hatte er, obwohl man ihn dazu drängte, seinen Betrieb nicht auf Dampfkraft umgestellt.

Seine Fabrik war durch und durch jüdisch. An jedem Türpfosten war eine Mesuse angebracht. Und zwischen den Wollgarnballen und Kisten in seinem Lagerraum hatte er sogar ein Vorlesepult mit einem blechernen Leuchter aufstellen lassen, damit seine Arbeiter die Nachmittags- und Abendgebete aufsagen konnten, ohne das Fabrikgelände zu verlassen. Im Winter, wenn sie, noch ehe der Morgenstern aufgegangen war, zur Arbeit kamen, hielten sie dort auch den Morgengottesdienst ab.

Und Chaim Alter sorgte auch dafür, daß sie alle Gebote der Jüdischkeit befolgten. Selbst bei drückender Hitze wagte kein junger Arbeiter barhäuptig am Webstuhl zu sitzen – und wenn es bloß eine Papiertüte war, die er als Kopfbedeckung benützte. Gebetsmäntel waren ein Muß. Und Chaim Alter achtete darauf, daß die jüngeren Arbeiter ihren Bart nicht stutzten und keine weltlichen Jacketts, sondern den traditionellen Kaftan trugen. Er wußte ja, daß die Juden aus drei Gründen von der ägyptischen Knechtschaft erlöst worden waren: weil sie weder ihre Sitten und Gebräuche noch ihre Sprache, noch ihre Tracht geändert hatten. Und aus den heiligen Büchern wußte er auch, daß Sünde so ansteckend ist wie die Pest und daß ein einziges krankes Schaf eine ganze Herde verseuchen kann.

»Wenn ich Gojim gewollt hätte, dann hätte ich echte Gojim beschäftigt und den Betrieb auf Dampfkraft umgestellt«, sagte er oft und gern. »Wer für mich arbeitet, muß Jude bleiben.«

»Gesegnet sollt Ihr sein, Reb Chaim«, blökten die älteren Weber katzbuckelnd. Es waren ausgemergelte Männer mit vergilbten Bärten und abgespannten Gesichtern. Von der jahrelangen Arbeit im Halbdunkeln waren ihre Augen gerötet.

Chaim Alter spendete Geld für die Baluter Synagoge der Weber, die »Freundesliebe« hieß und zwischen Fabriken, Holzlagern und Kohlenhalden eingekeilt war. Und er hatte sogar einen Lehrer eingestellt, der den Arbeitern am Sabbatnachmittag Unterricht erteilte. Im Sommer nahm er mit ihnen *Die Sprüche der Väter* durch, im Winter Kapitel aus dem *Psalter*. Er war ein gelehrter Mann, beschlagen in allem, was den Menschen in der kommenden Welt erwartet. Umgeben von erschöpften Webern, hielt er Vorträge über die menschliche Torheit und über die Nichtigkeit des Fleisches.

»Denn woraus bist du hervorgegangen, o Mensch?« fragte er in einer Art Singsang. »Aus einem stinkenden Tropfen. Und wohin gehest du? Zur Stätte der Würmer, Würmer ...«

Jenseits von Balut waren große Wiesen. Jüdische Fuhrleute legten sich dort ins duftende Gras, um ein Nickerchen zu machen, während ihre Pferde weideten. Hinter den Wiesen lag ein schattiger, würzig duftender Kiefernwald, aber dorthin gingen Chaim Alters Arbeiter nicht. Vom Lehrer ließ sich Chaim Alter berichten, welche Arbeiter den Unterricht geschwänzt hatten, und wenn einer dies zum zweiten Mal tat, wurde er entlassen, denn es war verboten, am Sabbat in Wald und Flur spazierenzugehen, wo sich Gojim und anderes Gesindel herumtrieben. Nein, ein Jude mußte am Schabbes lernen – so, wie er, Chaim Alter, es tat.

Den ganzen Sabbatnachmittag saß er auf der Veranda seines Gartenhauses, las in den heiligen Büchern und disputierte mit seinen chassidischen Freunden über die Jüdischkeit. Denn was stand in der heiligen Tora geschrieben? Daß ein Jude, der am Sabbat draußen herumspaziert und ausruft: »Wie schön dieser Baum ist!« oder: »Wie üppig ist das Feld!«, sein Leben verwirkt habe.

Außerdem waren solche Spaziergänge dazu angetan, die Arbeiter träge zu machen, wo sie doch samstags abends bis Mitternacht oder länger arbeiten mußten, um den Feiertag wettzumachen.

Für seine Belegschaft war Chaim Alter eine Art Ersatzvater. Wenn eine Arbeiterfrau einen Sohn zur Welt brachte und der Vater mit Kuchen und Schnaps zu Chaim Alter kam, um ihn zur Beschneidungsfeier einzuladen, bei der er die Ehre haben sollte, den Säugling zu halten, lehnte Chaim Alter niemals ab – egal, wie beschäftigt er war. Obschon er, gottlob, ein vermögender Mann war, hielt er sich nicht für etwas Besseres als seine Arbeiter, denn es stand ja geschrieben, daß alle Juden Brüder seien. Und das Vorrecht zu haben, das Neugeborene halten zu dürfen, war ja auch nicht zu verachten. Seine Anwesenheit verlieh dem Ereignis festlichen Glanz. Er aß den mickrigen Kuchen, obwohl er ihn fast ungenießbar fand, und er schenkte der Familie drei Rubel.

Wenn die Tochter eines Webers unter die Haube kam, schickte Chaim Alter ein schönes Hochzeitsgeschenk, wennschon er viel zu beschäftigt war, um der Trauung beizuwohnen. Zu Pessach spendierte er jedem Arbeiter eine Flasche Rosinenwein, den er preiswert bei einem seiner Freunde aus dem chassidischen Lernhaus kaufen konnte. Und zum Laubhüttenfest schenkte er der Synagoge der Weber die traditionelle Zitrusfrucht. Zugegeben, sie war nicht so ansehnlich wie die Frucht, die er für sich selber kaufte, aber sie erfüllte ihren symbolischen Zweck.

Wenn einer seiner Arbeiter – Gott behüte! – das Zeitliche segnete, ließ Chaim Alter alles stehen und liegen und ging zur Beerdigung, denn einen Juden zur letzten Ruhe zu geleiten, das wurde einem im Buch des Lebens als gute Tat angerechnet. Er beteiligte sich an den Kosten der Leichentücher und schickte Samuel Leibusch mit einer Geldspende zu den Hinterbliebenen.

Ja, er tat für seine Leute, was er nur konnte, und dafür wurde ihm im chassidischen Bethaus, das er regelmäßig besuchte, hohes Lob gezollt. Aus all diesen Gründen liebte er seine Fabrik, in der, zu seiner Freude, auch an diesem Abend rege Betriebsamkeit herrschte: Jeder Webstuhl ratterte und brachte Geld ein.

In seinen Hausrock gehüllt, die Jarmulke auf dem Kopf, stapfte er zum Fabriktor, um nachzusehen, wie es mit der Arbeit voranging. »Alles in Ordnung?« fragte er Samuel Leibusch, der die Laterne vor ihm hertrug.

»Alles in Ordnung, Reb Chaim. Zwei Webstühle waren außer Betrieb, aber die sind wieder in Ordnung gebracht worden.«

»Wer hat sie repariert?«

»Tewje. Der, den sie ›Tewje die-Welt-ist-nicht-gesetzlos‹ nennen. Er hat an den Webstühlen herumgebastelt, bis sie wie geschmiert gelaufen sind.«

»Der Bursche hat goldene Hände«, sagte Chaim Alter. »Aber er ist ein Rebell und ein Schuft. Er treibt Schindluder mit jung und alt.«

»Könnt Ihr was anderes von ihm erwarten, wenn Ihr ihn so verwöhnt? Fünf Rubel pro Woche! Wo sonst werden so hohe Löhne gezahlt?« fragte Samuel Leibusch mit gespielter Entrüstung, während er seinem Dienstherrn die Tür aufhielt.

»Gute Woche! Gute Woche!« rief Chaim Alter der Belegschaft zu. In der halbdunklen Fabrikhalle war plötzlich der Teufel los. Die älteren Arbeiter, die sich gerade darüber unterhalten hatten, wie sie ihre Töchter unter die Haube bringen sollten, wandten sich wieder den Webstühlen zu und arbeiteten hastig weiter. Sie schoben sich die Brillenbügel hinter die Ohren, vollführten mit den blassen, blaugeäderten Händen blitzschnelle Bewegungen und hielten mit den müden Füßen den Webstuhl in Gang, wobei sie auf ihren Sitzen auf und ab wippten.

»Gute Woche, Reb Chaim! Gute Woche!« antworteten sie, ohne von der Arbeit aufzublicken.

Den jüngeren Männern, die gerade in verschnörkeltem liturgischem Gesangsstil »Fürchte dich nicht, mein Knecht Jakob« gesungen hatten, blieb das Lied im Hals stecken. Sie beschleunigten ihr Arbeitstempo, so daß das Weberschiffchen tatsächlich hin und her schoß.

Chaim Alter ging von Webstuhl zu Webstuhl. Hier betastete er ein Kopftuch, dort machte er eine Bemerkung über die Arbeitsleistung. Als er einen Flecken entdeckte, den eine verschwitzte Hand auf dem Tuch hinterlassen hatte, drohte er mit dem Finger.

»Nicht pfuschen, Leute! Und bei der Arbeit nicht essen! Samuel Leibusch, sorg dafür, daß so etwas nicht mehr vorkommt! Verstanden?«

»Verstanden, Reb Chaim.« Samuel Leibusch sah die Weber scharf an. »Wie oft hab' ich euch schon gesagt, daß ihr saubere Hände haben müßt!«

Obzwar das bisher noch niemand von ihm zu hören bekommen hatte, ratterten die Webstühle weiter. Das rhythmische Stampfen war Musik in Chaim Alters Ohren. Es war ein Geräusch, das ihn irgendwie an das Prägen von Münzen erinnerte. Als er später die Nase in seine Lagerräume steckte, die vollgestopft waren mit Rohmaterial und Fertigware, jubelte er insgeheim.

»Die Leute können sagen, was sie wollen«, dachte er. »Sollen sie doch sagen, daß die Handweberei passé ist und daß der Dampfkraft die Zukunft gehört! *Ich* bleibe bei meinen Handwebstühlen.« Warum auch nicht? Sie brachten ihm ein schönes Einkommen – gelobt sei Sein Name! Wenn alles so blieb wie jetzt, konnte er zufrieden sein. Seine Kopftücher waren in Polen und Rußland große Mode. Die Gojim rissen sie den Händlern buchstäblich aus der Hand. Es gingen so viele Bestellungen ein, daß die Arbeitszeit seiner Belegschaft eventuell verlängert werden mußte. Seine Weber stellten bessere Ware her als jede Maschine. Sollten doch die Deutschen und die jüdischen Ketzer mechanische Webereien und Schornsteine errichten! *Er* würde seine Handwebstühle beibehalten.

Wozu brauchte er Rauch und Schornsteine und Dampfpfeifen? Seine Weber kamen auch ohne daß Dampfpfeifen schrillten pünktlich zur Arbeit. Und seine Treue zur Jüdischkeit war auch kein Hemmschuh. Nichts hinderte einen daran, ein guter Jude und gleichzeitig ein wohlhabender Mann zu sein: *tojre* und *schojre* – die Tora *und* das Geschäft.

Von Stolz geschwellt, weil er es zu etwas gebracht hatte, ging er an den Webstühlen entlang. Vor Freude darüber, daß jede Minute, jede Sekunde neue Kopftücher entstanden, glitzerten seine graugrünen Augen. Der allgegenwärtige Samuel Leibusch folgte ihm wie ein Schatten. Schließlich kamen sie zu dem Webstuhl, an dem jener Tewje arbeitete, dem man den Spitznamen »Tewje die-Welt-ist-nicht-gesetzlos« gegeben hatte.

Er war der einzige, der von der Anwesenheit des Chefs keine Notiz nahm.

Der schmächtige Mann, der scharfe gelbliche Augen, buschige Brauen und einen seitlich etwas gestutzten Bart hatte, webte gerade rotes Garn in die Borte eines Kopftuchs. Um den dürren Hals trug er einen Papierkragen, unter dem sein Adamsapfel auf und ab schnellte. Seine mageren Hände bewegten sich so flink wie die eines Zauberkünstlers. Er sang kein liturgisches, sondern ein weltliches Lied mit jiddischem Text.

Als er merkte, daß der Chef neben ihm stand, sang er etwas leiser, so daß der Text nicht mehr genau zu verstehen war.

Das sonderbare Liedchen, das Tewje den Arbeitern vor ein paar Wochen zum ersten Mal vorgesungen hatte, handelte von einem Fabrikanten, der Bier soff und Zigarren rauchte, sich aber entrüstete, wenn seine Leute bei der Arbeit weinten. Ein Vers lautete:

»Hör auf zu flennen! Bist du jeck?
Auf dem Kattun ist schon ein Fleck!
Dein Magen knurrt? Na und?
Ich schmeiß dich raus, du Hund!«

Chaim Alter hatte von seinem Handlanger erfahren, daß in seiner Weberei ein aufwieglerisches Lied gesungen wurde. Obzwar er den Text, den Tewje mit gedämpfter Stimme sang, nicht richtig verstehen konnte, hatte er den Verdacht, daß es ein auf ihn gemünztes Spottlied war.

»Was singst du denn da, Tewjele?« fragte er mit gekünsteltem Lächeln.

»Ach, bloß ein Liedchen.« Tewje sah nicht von der Arbeit auf.

»Ein Sabbatlied?« fragte Chaim Alter mit Unschuldsmiene. »Warum singst du's denn nicht lauter? Damit alle das Lied hören können. Heute war doch Schabbes.«

Tewje antwortete nicht, summte aber auch nicht weiter.

Chaim Alter betrachtete die Schaufäden an Tewjes Gebetsschal, die vom vielen Waschen so eingegangen und verfilzt waren, daß sie ihren Zweck kaum mehr erfüllten. Dann machte er kehrt.

»Oi, Tewjele«, jammerte er im Hinausgehen. »Oi, oi, oi ...«

Und sofort starrten alle zu Tewje hinüber. Dieser Bursche lag dem Chef schwer im Magen und verdarb ihm seine gute, nachsabbatliche Stimmung.

Lange hielt Chaim Alters schlechte Laune freilich nicht an. Daheim wartete nämlich jemand auf ihn, der ihm sehr willkommen war.

»Da bist du ja, du Racker! Gute Woche!« Väterlich kniff er den jungen Besucher ins Ohr.

Es war Simcha Meir, der ältere von Abraham Herschs Zwillingssöhnen. Er spielte mit Chaim Alters Söhnen Karten. Diese stämmigen Burschen, die für ihr Alter sehr groß waren, ließen sich von dem kleinen Falschspieler ins Bockshorn jagen und verloren ihr ganzes Geld an ihn.

Daß Simcha Meir mit diesen Dummköpfen verkehrte, schmeichelte Chaim Alter, denn der Junge war bekannt dafür, daß er einen scharfen Verstand und viel Geschäftssinn hatte. Er konnte die schwierigsten Rechenaufgaben lösen. Immer wenn Chaim Alter einem mathematischen Problem hilflos gegenüberstand, ließ er sich von Simcha Meir helfen. Der leckte dann jedesmal an der Spitze seines Bleistifts und begann, vor sich hinmurmelnd, zu addieren, zu subtrahieren, zu dividieren und zu multiplizieren, bis die Rechnung aufging. Worauf Chaim Alter, der selbst so begriffsstutzig war, seine Söhne wegen ihrer Dußligkeit schurigelte.

»Laßt euch gesagt sein, ihr Hohlköpfe«, rief er und deutete auf Simcha Meir, »aus dem wird ein Genie! Der wird eines Tages ganz Lodz an der Nase herumführen ...«

Insgeheim hegte er bereits den Plan, sich diesen Wunderknaben für Dinele, seine einzige Tochter, zu angeln. Der Bursche war zwar noch keine dreizehn, und mit der Hochzeit würde man noch ein paar Jährchen warten müssen, aber es war höchste Zeit, die Partie auszuhandeln, denn über kurz oder lang würden bestimmt andere hinter diesem Prachtstück her sein.

Und deshalb war Chaim Alter so erfreut darüber, daß Simcha Meir bei ihm zu Gast war.

»Dinele, Tochterleben, tisch unserem Besuch Tee und Strudel auf!«

Widerwillig holte Dinele den Tee für den kleinen Chassiden, der im seidenen Schabbeskaftan, den Seidenhut weit zurückgeschoben, am Tisch saß und dessen verschlagenen Augen nichts entging. Seine Kopfbewegungen waren ruckartig, wie bei einem Vogel, der Körner aufpickt, und seine blonden Schläfenlocken warfen komische Schatten auf die Wand.

Schon damals, als er ihre Haarschleife aufzog und ihr Sand ins Haar streute, hatte Dinele ihn nicht leiden können. Sie ging jetzt schon einige Jahre in ein nichtjüdisches Mädchenlyzeum, wo man ihr ständig Geschichten von Königen und Helden eintrichterte und wo sie, die Tochter eines Chassiden, in der feinen Lebensart unterwiesen wurde. Sie bekam Klavier- und Tanzunterricht und spielte bei den Schulaufführungen immer die

Hofdame, die eine Krinoline trug und sich mit einem riesigen Fächer fächelte.

Das hübsche verwöhnte Mädchen mit den braunen Haaren und blauen Augen war bei den nichtjüdischen Mitschülerinnen sehr beliebt. Die knapp Dreizehnjährige las bereits deutsche und französische Romane, die von Prinzen, Duellen und Liebesromanzen handelten, und träumte von einem Ritter, der sie auf seine Burg entführen würde.

Sie fand ihn komisch, den kleinen Chassiden, der keinen Moment stillsitzen konnte, unentwegt um sich spähte und immer nur zu sondieren und herumzuschnüffeln schien.

Als sie ihm das Teeglas hingestellt hatte, wollte sie sofort wieder in ihr Zimmer gehen, um zu lesen. Ihr Vater versuchte, sie zum Bleiben zu bewegen.

»Erkennst du ihn denn nicht wieder, Dinele? Das ist Simcha Meir, Reb Abraham Herschs Sohn. Ein hochbegabter Bursche! Schreibt vortreffliche Briefe ... Simcha Meir, zeig ihr, wie man einen deutschen Brief schreibt! Damit sie nicht glaubt, man könnte sich nur in nichtjüdischen Schulen eine gute Bildung aneignen. Man kann aus der *Gemara* – entschuldige den Vergleich – viel mehr lernen als in allen gojischen Schulen zusammengenommen.«

In seiner schönsten Handschrift begann Simcha Meir einen Geschäftsbrief an einen imaginären Herrn Goldmann in Leipzig zu schreiben – ganz so, wie er es von Goldlust, dem Buchhalter, gelernt hatte.

»Hochwohlgeboren Herr Solomon Goldmann«, schrieb er, doch Dinele, vor der er sich großtun wollte, konnte sich kaum das Lachen verbeißen. Sie rannte hinaus – ins Schlafzimmer ihrer Eltern, wo sie sich ihrer Mutter in die Arme warf und so hemmungslos lachte, daß Priwes künstliche Locken wippten.

Chaim Alter bewunderte Simcha Meirs Handschrift. Er klatschte begeistert in die Hände und beschloß, den Heiratsvermittler Samuel Zanwil aus Alexander zu Abraham Hersch Aschkenasi zu schicken, bevor es zu spät war.

Tags darauf setzte er seinen Beschluß in die Tat um. »Samuel Leibusch«, befahl er seinem Gehilfen, der sich immer noch mit den Abrechnungen herumschlug, »morgen gehst du, so Gott will, zu Reb Samuel Zanwil aus Alexander und bestellst ihn zu mir. Ich habe eine wichtige Angelegenheit mit ihm zu besprechen – verstanden?«

»Ja, gleich morgen früh, Reb Chaim.«

»Sag ›so Gott will‹, du Flegel! Wie kann ein sündiger Mensch wissen, ob es ein Morgen geben wird?«

»So Gott will«, sagte Samuel Leibusch, ganz erschrocken über seine Gedankenlosigkeit.

9

Bevor seine Zwillingssöhne ihr Bar-Miz'wa feierten, das mit Pessach zusammenfiel, wollte Abraham Hersch sie seinem Rebbe vorstellen. Nach dem Tod des Warkaer Rebbe war er ein Anhänger des Rebbe von Alexander, einem Schtetl in der Nähe von Lodz, geworden.

Wie gewöhnlich weinte seine Frau, weil sie an den Feiertagen alleingelassen wurde, und wie gewöhnlich scherte sich Abraham Hersch nicht darum. Ihm lag viel daran, daß der Rebbe die beiden kennenlernte und sie lehrte, die Jüdischkeit zu lieben und zu achten. Immer noch grübelte er darüber nach, warum der Warkaer Rebbe seiner Voraussage, sie würden wohlhabende Männer werden, kein Wort über ihre künftige Frömmigkeit hinzugefügt hatte. Bei allem Eifer, mit dem Abraham Hersch sich seinen Geschäften widmete, war er sich stets bewußt, daß Reichtum und Geschäftemachen nur etwas Vorübergehendes, Gott, die Tora und der Himmel aber ewig sind.

Und deshalb betete er, der zutiefst gottesfürchtig war, darum, daß der Allmächtige ihm seine beiden Söhne, falls es ihnen wirklich bestimmt sei, reich aber nicht fromm zu werden, nehmen möge, ehe sie zum Mann wurden.

Da sie jetzt die religiöse Mündigkeit erlangen sollten, wollte er das Problem mit dem Rebbe von Alexander besprechen und klären. Und auch wegen Simcha Meirs weiterer Schulbildung wollte er sich vom Rebbe beraten lassen. Bei Baruch Wolf aus Leczyca konnte der Junge nichts mehr lernen, also mußte er künftig von einem noch gelehrteren Mann unterrichtet werden. Abraham Hersch hatte gute Lust, ihn in eine Jeschiwa zu schikken, wo er gezwungen wäre, mit armen jungen Burschen zusammenzusein und seine Mahlzeiten genau wie die Allerärmsten in den Häusern wohlhabender Gemeindemitglieder einzunehmen. Das würde ihm einen Dämpfer aufsetzen und einen richtigen Juden aus ihm machen. Daß es für einen jungen Burschen besser war, selber für sich sorgen zu müssen, wußte Abraham Hersch aus eigener Erfahrung: Auch sein Vater hatte ihn dazu gezwungen. Nur durch Mühsal konnte ein Heranwachsender zu echtem Glauben und zu Gottesfürchtigkeit gelangen.

Daß seine Frau bereits erklärt hatte, sie würde ihren Meirl niemals der Barmherzigkeit fremder Leute überlassen, war Abraham Hersch egal. Als dann aber seine chassidischen Freunde ihm davon abgeraten hatten, weil ihrer Meinung nach ein Junge in seinem Vaterhaus aufwachsen sollte, hatte er sich die Sache noch einmal überlegt. Nun wollte er wissen, wie sein Rebbe darüber dachte. Und was der Rebbe für richtig hielt, das wollte Abraham Hersch tun.

Und da war auch noch die Sache mit dem Heiratsvermittler. Samuel Zanwil hatte ihm im Auftrag von Chaim Alter den Vorschlag gemacht, Simcha Meir mit dessen Tochter zu verloben, aber Abraham Hersch hatte sich nicht bemüßigt gefühlt, sich dazu zu äußern. Er hatte weder ja noch nein gesagt. Man habe doch noch genug Zeit, das zu entscheiden . . .

Doch Samuel Zanwil ließ sich damit nicht abspeisen, sondern machte ihm das Leben sauer. Dieser gelehrte Mann, der früher sehr wohlhabend gewesen war, sich immer noch hochnäsig aufführte und sich vom Reichtum und Prestige anderer Leute nicht im mindesten beeindrucken ließ, sprach immer wieder bei Abraham Hersch vor und verlangte eine Antwort. Er kannte ganz Lodz. Er steckte seine Nase in jeden Kochtopf. Er konnte den Berg zum Propheten bringen und scheute sich nicht, einem jeden die Wahrheit ins Gesicht zu sagen.

»Ich möchte, daß Ihr dieser Partie zustimmt«, drängte er, und es klang fast wie ein Befehl. »Ich bin kein Lakai, den Ihr einfach beiseite schieben könnt. Unterschreibt die Verlobungsklauseln und laßt mich mein Honorar verdienen, denn ich muß selber eine Tochter unter die Haube bringen und kann nicht länger warten . . .«

Abraham Hersch konnte ihm nicht entkommen, weder daheim noch im Bethaus, ja nicht einmal in der Firma. Dort kam

Samuel Zanwil einfach ins Kontor gestürmt und schubste die Angestellten, die ihn zurückhalten wollten, beiseite. »Diese Lakaienseelen!« zeterte er. »Für wen halten die Euch denn? Für den Generalgouverneur?«

Eigentlich war es gar keine schlechte Partie. Chaim Alter war wohlhabend, das Mädchen war seine einzige Tochter, die Mitgift würde beträchtlich, die Geschenke würden üppig und das Kostgeld für den Bräutigam reichlich bemessen sein. Und da Chaim Alter so erpicht darauf war, daß die Partie zustande kam, ließe sich bestimmt noch einiges aus ihm herausschinden.

Es hieß zwar, seine Frau trage statt einer Haube, wie es sich für eine wahrhaft fromme Jüdin gehörte, eine Perücke und tue immer sehr vornehm. Aber der Haushalt wurde nach echter jüdischer Art geführt, und ständig gingen Chassidim dort ein und aus. Wie auch immer – das entscheidende Wort hatte der Rebbe zu sprechen. Ohne seinen Rat würde er, Abraham Hersch, nichts unternehmen.

Er befahl seinem deutschen Kutscher, anzuspannen und ihn und die Zwillinge nach Alexander zu fahren.

Dann packte er seine besten Sachen und die Seidenkaftane und Samthüte ein, die er für seine Söhne zur Bar-Miz'wa-Feier bestellt hatte. In drei funkelnagelneue rote Sacktücher wickelte er Matzen aus besonders dunklem Mehl – harte, krumme Matzen, genug, um für sie drei bis zum Ende des Pessachfestes auszureichen. Und er nahm auch etliche in Körben verpackte Flaschen Pessachwein für den Rebbe mit.

Unterwegs ließ er so viele arme Chassidim einsteigen, daß den Kutscher fast der Schlag traf. »Jesus im Himmel!« ächzte er. »Meine armen Gäule verrecken, wenn sie so einen Haufen Juden ziehen müssen ... Weg da, nichtsnutziges Gesindel!«

Trotzdem zwängten sich immer mehr Chassidim hinein, sprachen Abraham Herschs Pessachschnaps zu und sangen religiöse Lieder. »Wen kümmert's, was ein dummer Goi sagt«, bemerkten sie verächtlich.

Während des ganzen Pessachfestes ließ Abraham Hersch seine Söhne, zumal Simcha Meir, nicht aus den Augen. Er sorgte dafür, daß Simcha Meir den Chassidim zuhörte, wenn sie die Weisheitssprüche des Rebbe zitierten und von Wundertaten berichteten, die einst und jetzt von heiligen Männern vollbracht wurden. Er zog ihn in den Kreis der tanzenden Chassidim. Er legte ihm die breite, gebräunte Hand auf die schmale Schulter und versuchte, ihm die ringsherum überschäumende Jüdischkeit einzuimpfen.

»Siehst du, wie man als Jude seinem Schöpfer dient? Sei ein Jude, Simcha!«

Beim Abschied kniff der Rebbe Jakob Bunim freundlich in die Wange. Mit Simcha Meir jedoch, dem Wunderkind, unterhielt er sich eine ganze Weile. Er stellte ihm knifflige Fragen, aber der Junge ließ sich nicht aufs Glatteis führen. »Einen famosen Sohn habt Ihr, Abraham Hersch«, lobte der Rebbe und streichelte Simcha Meirs Wange. »Ein kluger Kopf! Bringt ihn künftig immer mit! Und der Partie stimme ich zu. Aber schickt ihn nicht in eine Jeschiwa. Schickt ihn zu Reb Nuske in Lodz. Der gehört zwar nicht zur Gefolgschaft eines Rebbe, ist aber ein großer Gelehrter und ein heiligmäßiger Jude.«

Abraham Hersch spendete sechsunddreißig Silberrubel, dann trat er, befriedigt darüber, daß seine Probleme geklärt waren, die Heimfahrt an. Er spendierte den Männern Kuchen und Branntwein, und sie prosteten Simcha Meir zu. »Herzlichen Glückwunsch, Bräutigam! Auf eine erfolgreiche Heirat! Auf deine Gesundheit!«

Dann streckten sie Jakob Bunim die Hand hin. »Auf den Bruder des Bräutigams! Auf daß du der nächste sein wirst!«

Jakob Bunim war zutiefst deprimiert. Zum ersten Mal im Leben hatte er erfahren, was Verzweiflung bedeutet. Während des ganzen Pessachfestes hatte er sich elend gefühlt. Die Chassidim hatten ihn kaum beachtet und sich nur um Simcha Meir gekümmert, mit dem sie sich wie mit einem Erwachsenen unterhielten. Und der Rebbe hatte ihm keinerlei Aufmerksamkeit geschenkt und ihn bloß wie einen kleinen Jungen in die Wange gekniffen, während er Simcha Meir vor dem Vater gelobt hatte. Darum fühlte sich Jakob Bunim unterlegen und beschämt. Das hier war nicht der Hinterhof, wo die Kinder ihn wegen seiner Kraft, seiner Schnellfüßigkeit und Wendigkeit bewunderten. Nein, hier ging alles darum, ob einer gescheit war – und Simcha Meir hatte die Gelegenheit genützt und seinen jüngeren Zwillingsbruder ausgestochen.

Was Jakob Bunim aber schier das Herz abdrückte, war, daß Simcha Meir und Dinele ein Paar werden sollten. Gewisse Andeutungen waren ihm schon zu Hause zu Ohren gekommen, aber daß es tatsächlich geschehen würde, das hatte er einfach nicht glauben wollen. Jetzt war es also beschlossene Sache, und er wäre am liebsten gestorben.

»Weshalb machst du ein saures Gesicht, Junge?« hänselten ihn die Chassidim. »So Gott will, kommst du als nächster dran. Drück dem Bräutigam die Hand und wünsch ihm Glück!«

Jakob Bunim streckte Simcha Meir die Hand hin und murmelte: *»Masel tow.«* Jeder warf dem anderen einen vielsagenden Blick zu – sie wußten Bescheid übereinander, so gut wie sonst niemand.

Weder die goldene Taschenuhr noch die neue mehrbändige Lemberger Talmudausgabe, die Simcha Meir geschenkt bekommen würde, erregten Jakob Bunims Neid. Ihm ging es nur um Dinele. Um seine Qual noch zu verschlimmern, biß er sich auf die Unterlippe, bis sie blutete.

Von Kindheit an hatte er Dinele geliebt. Es hatte ihn beglückt, ihre molligen Arme an seinem Hals zu spüren, wenn er sie hukkepack trug und sie sich an ihn schmiegte wie ein frierendes Vögelchen, das die Wärme einer menschlichen Hand sucht.

Später, als Dinele regelmäßig zu Besuch gekommen war, hatte er, obwohl es sich nicht mehr schickte, mit ihr gespielt und Simcha Meir mit den kostbarsten Dingen, die er besaß, bestochen, damit er ihn nicht beim Vater verpetzte. Aber Dineles warmen, sanften Körper an seinem zu spüren, war ihm das alles wert gewesen. Immer wenn Sara Lea gesagt hatte: »Was für ein schönes Paar aus euch werden könnte!«, hatte sein Herz wie wild geklopft, und das Blut war ihm ins Gesicht gestiegen.

Dann hatte Dinele sich nicht mehr blicken lassen. Sie hatte neue Freundinnen gefunden und betrachtete es als unter ihrer Würde, mit den Töchtern der Familie Aschkenasi zu verkehren. Jakob Bunim aber sehnte sich nach ihr und trieb sich oft stundenlang in der Nähe ihres Hauses herum, nur um den Hut vor ihr ziehen zu dürfen, wenn sie in ihrem braunen Rock und blauen Cape, die Büchertasche in der Hand, aus der Schule kam. Mit dreizehn war er schon ein Mann. Er ließ sich, im Gegensatz zu den anderen jungen Burschen, von seiner erwachten Männlichkeit nicht dazu verleiten, lüsterne Anspielungen auf den Geschlechtstrieb zu machen oder verbotene Wörter in den Mund zu nehmen, sondern sehnte sich ganz einfach nach Dinele, dem Mädchen mit den braunen Ringellöckchen, die wie Kupfer und Gold schimmerten.

Als Samuel Zanwil erstmals bei Abraham Hersch vorgesprochen hatte, war Jakob Bunim von seinem Vater aus dem Zimmer geschickt worden. Vor lauter Vorfreude hatte er Herzklopfen bekommen, und Sara Lea hatte ihm vielsagend zugeblinzelt. Dann hatte sich herausgestellt, daß nicht *er* derjenige war, der Grund zur Freude hatte.

Niemand in der Familie merkte, wie unglücklich er war. Mit den Eltern konnte er nicht über seine Gefühle sprechen, aber das hätte ohnehin nichts genützt. Der Vater hielt ihn für einen Tölpel, und die Mutter sorgte sich immer nur um ihr Herzblatt Simcha Meir, der schwächlich und empfindlich war und alle möglichen Kinderkrankheiten durchmachte – im Gegensatz zu Jakob Bunim, der nie krank wurde. Die einzige, die seinen Kummer teilte, war Sara Lea, deren Liebling er von Anfang an gewesen war.

»Gräm dich nicht, Jakob Bunim«, tröstete sie ihn und stellte ihm ein Glas Milch hin. »Bis zur Hochzeit kann noch viel passieren.«

Worauf er die Beherrschung verlor und Sara Lea, eben weil sie so genau wußte, was er empfand, die Tür vor der Nase zuschlug.

Er haßte seinen Vater, weil er Simcha Meir den Vorzug gab. Und seine Mutter, weil sie ihn ein paar Minuten später als seinen Zwillingsbruder zur Welt gebracht hatte. Und die Chassidim, weil sie Simcha Meir schöntaten. Und letzten Endes auch sich selber, weil er so vernagelt war. »Dummkopf!« beschimpfte er sich. »Bauerntölpel!«

Am meisten aber haßte er seinen Bruder – mit einer Leidenschaftlichkeit, die ihm bisher völlig fremd gewesen war.

Auch Dinele war todunglücklich, als ihr Vater sie wie früher, als sie noch ein kleines Mädchen war, auf den Schoß nahm, ihr über die Locken strich und zärtlich sagte: »Tochterleben, jetzt kann man dir zur Verlobung mit Simcha Meir gratulieren. Bist du nicht überglücklich, Dinele?«

Sie sprang auf und lief schreiend zu ihrer Mutter, die vor Schreck ganz blaß wurde. »Was hast du denn, Kind?«

»Ich will nicht!«

Priwe zog sie an sich und bedeckte ihr Gesicht mit Küssen. »Du Dummerchen, wir wollen doch nur, daß du glücklich wirst. Alle werden dich um einen solchen Bräutigam beneiden.«

Acht Tage lang ging es in Chaim Alters Haushalt drunter und drüber. Dinele lehnte es strikt ab, sich zu verloben. Wie beschämend, wenn ihre neuen Freundinnen erfahren würden, daß sie die Frau eines jungen Chassiden im langen Kaftan werden sollte! Sie hatte ihnen bereits anvertraut, daß sie nur einen Ritter, einen Edelmann heiraten werde. Sie konnte die Juden, die in ihrem Elternhaus verkehrten, nicht ausstehen. Sie fand sie komisch und abstoßend. Nicht einmal ihre eigenen Brüder konnte sie ausstehen – diese blöden Schussel, die sie an den Zöpfen zogen und auf sie herabsahen, weil sie bloß ein Mädchen war. In Gedanken lebte sie ganz woanders – in einer Welt, in der es Schlösser, Bälle und Duelle gab. Sie konnte ihren jüdischen Namen nicht ausstehen und nannte sich Diana.

Als sie begann, gegen diese Verlobung zu Felde zu ziehen, sah ihr Vater sie ungläubig an. »Dummes Mädchen! Du weißt wohl nicht, was für einen Fang du machst? Ein Wunderknabe ist das!«

Er hatte keine Ahnung, was in ihr vorging. Er wußte nur: Mädchen haben keinen Verstand und dürfen ihre Kindheit damit verbringen, die Zeit totzuschlagen; doch sobald sie herangewachsen sind, müssen sie einen gelehrten Mann heiraten, eine schöne Mitgift bekommen, Söhne gebären und ihren Eltern Enkel bescheren. So war es von Gott gewollt, und so gehörte es sich.

»Wart nur, bis du die Verlobungsgeschenke siehst!« beschwichtigte er sie.

Dinele rannte zu ihrer Mutter. Priwe war eine Frau von Welt, belesen und kultiviert, aber auch sie hielt dem schluchzenden Mädchen eine Gardinenpredigt.

»Ich habe damals genauso geweint, Diana. Ich war ein gescheites junges Mädchen, das Französisch konnte. Trotzdem bedaure ich nichts. Ich hoffe nur, daß du mit deinem Ehemann so glücklich wirst, wie ich es mit deinem Papa geworden bin.«

»Aber ich liebe ihn nicht!«

Priwe lachte, daß sämtliche Locken ihrer blonden Perücke bebten. »Nach der Hochzeit wirst du ihn schon lieben lernen.«

Als Dinele einsah, daß ihr Schicksal besiegelt war, versuchte sie, wenigstens noch *ein* Zugeständnis zu erreichen. »Mama, ich bin bereit, mich zu verloben, aber nicht mit ihm. Ich *hasse* ihn!« Sie senkte den Kopf und flüsterte: »Sein Bruder ... Bitte sprich mit Papa ...«

Und während sie noch schluchzte, gab sie ihrer Mutter einen Kuß nach dem anderen.

Priwe wischte ihr die Tränen mit einem winzigen, stickereiverzierten Taschentuch ab, dann ging sie hinaus, um die Angelegenheit mit ihrem Mann zu besprechen.

»Chaimsche, unsere Tochter würde lieber den anderen Bruder nehmen.«

Chaim Alter stopfte sich die Finger in die Ohren, um sich dieses Gefasel nicht anhören zu müssen. »Was redest du denn da, Priwesche? Simcha Meir ist ein Wunderknabe. Die Leute beneiden uns. Und der andere ist eine Null. Ein Hohlkopf!«

Ehe Priwe etwas erwidern konnte, mischte sich Samuel Zanwil ein. »Es ist nicht Sitte, den Jüngeren vor dem Älteren zu verheiraten. Wie Laban einst zu Jakob sagte, als dieser nicht Lea, sondern Rahel zur Frau haben wollte.«

»Bloß fünf Minuten jünger«, warf Priwe ein.

»Egal!« schnauzte Samuel Zangwil sie an. »Ich würde mich gar nicht trauen, Abraham Hersch so etwas vorzuschlagen. Er würde mich prompt hinauswerfen.«

Priwe ließ es bleiben. Im Lauf der nächsten paar Tage wurde die Familie Alter von einer ganzen Horde Tanten, Großtanten, Neffen, Nichten und anderen Verwandten heimgesucht. Sie redeten unaufhörlich, sangen das Lob des Wunderknaben, flehten Dinele an, segneten sie, hielten ihr Predigten und lagen ihr so lange in den Ohren, bis sie nachgab.

Mit rotgeweinten Augen nähte sie für ihren Zukünftigen einen samtenen Gebetsriemenbeutel, auf den sie einen goldenen Davidstern sowie die beiden Vornamen des Bräutigams und das jüdische Datum der Erschaffung der Welt stickte. Ihr Vater kaufte ihr viele teure Geschenke, und ihre Mutter bestellte für sie ein schönes, bodenlanges Verlobungskleid.

Die Verlobung wurde mit großem Pomp in Chaim Alters

Haus gefeiert. Die einflußreichsten Persönlichkeiten der Stadt, die Gelehrten, die Chassidim von seiten der Alters und die Chassidim von seiten der Aschkenasis waren eingeladen. Chaim Alter schickte Samuel Leibusch sogar mit Kuchen und Branntwein zu den Arbeitern und erlaubte ihnen, gleich nach den Nachmittagsgebeten nach Hause zu gehen.

Anläßlich der Verlobung zahlte er bei der Bank fünftausend Silberrubel auf den Namen seines künftigen Schwiegersohns ein und verpflichtete sich schriftlich, vor der Hochzeit weitere zweitausend einzuzahlen. Das waren Abraham Herschs Bedingungen, und Chaim Alter hatte sie wohl oder übel annehmen müssen. Weitere dreitausend Rubel wollte Abraham Hersch berappen. Als Vater des Bräutigams war er eigentlich nur zur Zahlung eines Drittels des vom Brautvater deponierten Betrages verpflichtet, aber weil ihm runde Zahlen lieber waren, erklärte er sich bereit, dreitausend springen zu lassen, so daß sich der Gesamtbetrag auf zehntausend Rubel belaufen würde.

Die Braut unterzeichnete die Verlobungsklauseln, und zwar in jeder Sprache, die sie gelernt hatte – in Jiddisch, Polnisch, Russisch, Deutsch und Französisch –, damit sie für jede Unterschrift ein Verlobungsgeschenk einheimsen konnte. Sie bekam zahlreiche Brillantringe, Ohrringe und Broschen. Und eine schwere Halskette. Die Hochzeit sollte in einigen Jahren stattfinden.

Gleich nachdem die Verlobung besiegelt war, rissen die Chassidim die Blumensträuße, die Priwe aufgestellt hatte, aus den Vasen, schoben das kostbare Glas- und Porzellangeschirr achtlos beiseite und begannen, auf den Tischen zu tanzen. Priwe war wütend, doch Chaim Alter feuerte die Chassidim an: »Tanzt, Juden! Auf Tischen und Stühlen!«

Während die anderen feierten, saß Jakob Bunim wie ein Trauergast am unteren Ende des Tisches. Er nahm keine Notiz davon, daß andere ihm die verschwitzte Hand hinstreckten, um ihm eine baldige Verlobung zu wünschen. Er aß keinen Bissen von den erlesenen Gerichten, die ihm von Kellnern serviert wurden, die Seidenkäppchen aufhatten. Er gab den Brüdern Alter, diesen betrunkenen Flegeln, keine Antwort, wenn sie ihm etwas über die Vorschriften bezüglich der ehelichen Pflichten ins Ohr flüsterten und ihre pickeligen Gesichter zu einem breiten Grinsen verzogen.

Er starrte hinüber zu der offenen Tür am anderen Ende des Zimmers, durch die man die von Frauen umringte Frischverlobte sehen konnte. Er sehnte sich danach, ihr in die Augen zu schauen, doch sie hatte sie niedergeschlagen. Nur einmal kreuzten sich ihre Blicke, dann schauten sie beide rasch wieder weg.

10

Am Tag nach dem Fest schickte Abraham Hersch, dem Rat seines Rebbe folgend, Simcha Meir zu Nuske in die Schule. Chaim Alter nahm seine Söhne ebenfalls aus Baruch Wolfs Schulklasse und meldete sie bei Nuske an, wo sie zusammen mit Simcha Meir weiterlernen sollten.

In einer Bruchbude in Balut hauste – mitten unter Webern, Schneidern, Taschenspielern, Fuhrleuten und Bettlern – der Gelehrte Nuske, zu dem reiche Männer ihre Söhne schickten, damit er ihnen die Kenntnis des jüdischen Gesetzes vermittle. Er war eigentlich nicht Lehrer, sondern Rabbiner, aber seiner ganzen Veranlagung nach war er für das Rabbinat ungeeignet. Und für Lodz ebenfalls.

Im Gebrodel dieser unaufhörlich wachsenden Stadt blühte das Geschäft der Rabbiner. Ständig wurde prozessiert, ständig mußten Dispute geklärt, Geldbeträge treuhänderisch verwaltet, Teilhaberschaften beurkundet oder aufgelöst werden.

Traditionsgemäß wandten sich die meisten Juden in Streitfällen nicht an die weltlichen Gerichte, sondern an die Rabbiner. Ein Lodzer Rabbiner mußte über Schuldscheine besser Bescheid wissen als über die Tora. Er mußte mit den vertracktesten kaufmännischen Problemen vertraut sein, mit Vertragsabschlüssen und mit allem, was das Geschäft mit Wolle und Baumwolle betraf. Nuske verstand nichts von diesen Dingen und wollte auch nichts damit zu tun haben. Für ihn war nur eines wichtig: die heilige Tora.

Er war zwar ein polnischer Jude, aber trotzdem ein Gegner des Chassidismus, ein *mitnagged.* Er lebte nur für Gott und Seine Weisheit, wich niemals auch nur um Haaresbreite von Seinen Gesetzen ab und ließ sich auf keinerlei Kompromisse ein. In seinem langen, knochigen Schädel war für nichts anderes Platz als für die Tora und die Tausende von Kommentaren und Anmerkungen, die er sich eingeprägt hatte und in denen er völlig aufging. Er wußte: Es gibt nur Recht oder Unrecht, denn teilweise unrecht zu haben, bedeutet, im Unrecht zu sein. Die Vernebelungstaktiken und Spitzfindigkeiten, mit denen streitende Parteien gern aufwarteten, kamen ihm gar nicht zu Bewußtsein.

»Ruben ist schuldig, also ist Simon unschuldig – da gibt es kein Wenn und Aber«, erklärte er im Brustton der Überzeugung. Diejenigen, die er für schuldig befand, entrüsteten sich, tobten und forderten Gerechtigkeit, doch Nuske kehrte ungerührt zu seinen in Sackleinen eingebundenen Büchern zurück.

Die Kaufleute merkten rasch, daß er nicht auf die Lodzer Gepflogenheiten eingestellt war, und ließen ihre Angelegenheiten lieber von Rabbinern regeln, die über Pleiten besser Bescheid wußten als über das Gesetz Gottes. Und die Frauen, die mit Fragen bezüglich der rituellen Vorschriften zu Nuske kamen, blieben auch bald aus.

Wenn – so konstatiert die Tora – »Milchiges« und »Fleischiges« irgendwie vermischt werden, dann bleibt das »Fleischige« nur dann koscher, wenn es mindestens im Verhältnis sechzig zu eins zum »Milchigen« steht. Da Nuske sich aber nicht darauf verlassen konnte, daß die Frauen, die ihr Fleischgericht natürlich nicht wegwerfen wollten, die Wahrheit sagten, erklärte er es unweigerlich für *trejfe* – unrein – und nicht einmal als Hundefutter verwendbar.

Die Frauen waren dann jedesmal bekümmert, aber noch bekümmerter war Nuske, denn ihm war klar, daß er auf diese Weise arme Juden noch ärmer machte – eine Sünde, die in der Gehenna bestraft wird. Bald kamen die Frauen mit ihren Fragen nicht mehr zu ihm, sondern ließen sich von Rabbinern beraten, die bekannt dafür waren, daß sie in solchen Fällen ein Auge zudrückten.

Wenn ein jüdischer Unternehmer seine Fabrik einem nichtjüdischen Angestellten überschreiben wollte, damit dort auch am Sabbat gearbeitet werden konnte, arrangierten die Lodzer Rabbiner gegen gute Bezahlung diese Transaktion. Nuske hingegen wollte nichts mit solchen Winkelzügen zu tun haben, die darauf abzielten, die Lehren der Tora zu umgehen. Gesetz ist Gesetz – nicht etwas Beliebiges, mit dem man sein Spiel treiben kann.

Von seiner Frau, deren wohlhabender Vater ein Vermögen dafür gegeben hatte, einen solchen Ausbund von Tugend als Schwiegersohn zu bekommen, erntete Nuske nur Hohn und Spott. Dieses lebhafte, tüchtige Mannweib hörte bei allen Schiedsgerichtverfahren zu, in denen Nuske zu befinden hatte, und begriff jede Nuance der komplizierten Dispute. Insgeheim arbeitete sie sogar Kompromißlösungen aus, die beide Parteien befriedigt hätten. Aber sie wußte natürlich, daß Frauen in die Küche gehörten. Geschäft und Tora waren die Domäne der Männer.

Ihr Mann allerdings verstand nichts vom Geschäft und zuviel von der Tora.

Die Mitgift war schon längst aufgebraucht, und die Familie mußte Entbehrungen auf sich nehmen, unter denen sie, die Tochter aus reichem Hause, am meisten litt. Sie hatten ein geräumiges Haus in der Altstadt bewohnt, waren aber, da der Hausbesitzer nicht länger auf den Mietzins warten wollte, gezwungen gewesen, in eine Bruchbude in Balut zu ziehen, wo Arbeiter und Fuhrleute ihre Nachbarn waren. Frau Nuske beklagte ihr Los, ihr Mann hingegen fand in dieser armseligen Umgebung Frieden. Hier störte ihn niemand bei seiner Aufgabe, Gott zu dienen und Seine Tora zu studieren. Die Männer aus der Nachbarschaft waren den ganzen Tag auf Arbeit, und die Frauen waren so arm dran, daß sie ihn kaum je mit der Frage belästigten, ob ein Fleischgericht noch koscher sei oder nicht. Sie kamen nur dann zu ihm, wenn sie in einem Ei eine Spur Blut entdeckt hatten oder wenn jemand gestorben war und die Dauer der Trauerzeit festgesetzt werden mußte. Wenn ein Webermeister sich wegen eines Lehrlingsvertrags beraten ließ, berappte er bloß ein paar Kopeken, die Nuske geflissentlich übersah.

»Legt's auf den Tisch!« sagte er und schaute in die andere Richtung. Dann ließ er seine Frau kommen, um diese Scheußlichkeit wegzunehmen. Er selber wollte etwas so Schmutziges wie Geld nicht anfassen.

Die nach jahrelanger Armut abgehärmte Frau klaubte die paar Münzen vom Tisch und warf sie ihrem Mann vor die Füße.

»Du Nichtsnutz! Du Narr! Soll ich *davon* die Kinder ernähren?«

Er gab ihr keine Antwort. Er wußte, daß man sich nur im Zustand der Armut dem Torastudium hingeben kann. Ein Toragelehrter war verpflichtet, von Brot und Salz zu leben, auf dem Fußboden zu schlafen und Not zu leiden. Das Leben auf der Erde war doch nur ein kurzes Vorspiel, ein Korridor, der zum wahren Leben führt. Was machte es dann schon aus, wie armselig dieser Korridor war?

Er hegte seiner Frau gegenüber keinen Groll, denn er wußte ja, daß das weibliche Geschlecht in der materiellen Welt befangen und unfähig ist, die Wahrheit zu erkennen. Darum ertrug er ihre Schmähungen mit Gelassenheit, ohne ein Wort zu sagen. Das brachte seine Frau aber erst recht in Rage.

»Sag doch was, du Trottel! Du merkst wohl gar nicht, wenn dich jemand beleidigt?«

Er hüllte sich in Schweigen. Er *wollte* von ihr geschmäht werden – zur Strafe für die Sünden, denen er frönte und deretwegen ihm sicher die Gehenna bestimmt war. Und wenn seine Frau es satt hatte, ihn zu beschimpfen, ging er in sein Zimmer, verriegelte die Tür und vertiefte sich in seine Folianten, in die er in seiner winzigen Handschrift Randbemerkungen kritzelte, die von Anspielungen und Abkürzungen strotzten. Um zu verstehen, was damit gemeint war, hätte man ein Genie sein müssen.

Die Familie darbte. Die Kinder quengelten, weil sie etwas zum Anziehen und neue Schuhe brauchten. Händler hämmerten an die Tür, um Schulden einzutreiben, und drohten, künftig nichts mehr anzuschreiben. Nuske bemerkte das alles gar nicht. Er saß in seinem winzigen Zimmer, allein mit Gott und der Tora. Das Haus verließ er nur, um zum Gottesdienst oder in die *mikwe* zu gehen. In *einem* Punkt allerdings hatte er, seit er seine Aufgaben als Rabbiner nicht mehr wahrnahm, seiner Frau nachgegeben: Er nahm Schüler an, deren wohlhabende Väter wollten, daß er aus ihren Sprößlingen gelehrte Männer machte.

Simcha Meir konnte Nuske vom ersten Tag an nicht leiden. Zunächst versuchte er – wie schon bei seinen früheren Lehrern – ihn in Grund und Boden zu reden und mit spitzfindigen Argumenten aus dem Konzept zu bringen, doch Nuske war nicht so leicht zu düpieren. Er hielt von der polnischen Unterrichtsmethode ebenso wenig wie vom Chassidismus und von den Wunderrabbis. Er argumentierte nie. Und er redete wenig, denn Reden war eine Sünde. Der Mund war zum Beten und zum Lernen bestimmt, nicht dazu, eitles Geschwätz von sich zu geben. Sobald Simcha Meir mit seinem verbalen Feuerwerk begann, gebot ihm Nuske, zu schweigen. »Schluß damit! Die Tora muß geradlinig ausgelegt werden, ohne jede Kasuistik.«

Doch Simcha Meir gab keine Ruhe. »Andererseits könnte man sagen ...« begann er sein Gegenargument, aber wieder unterbrach ihn Nuske.

»Die Tora ist die Wahrheit, und über die Wahrheit läßt sich nicht streiten. Es gibt nur *eine* Wahrheit.«

Schon bald hegte Simcha Meir einen tiefen Groll gegen seinen Lehrer. »Ein Spinner!« flüsterte er seinen Schwägern *in spe* zu. Es wurmte ihn, daß er daran gehindert wurde, mit seiner Belesenheit zu glänzen.

Er sah ein, daß dieser Lehrer nicht mit Scheinargumenten ins Bockshorn zu jagen war. Aber er merkte auch, daß man sich ganz ums Lernen drücken konnte, weil Nuske in seiner Arglosigkeit nie kontrollierte, ob die Schüler sich wirklich auf den Text konzentrierten. Zudem hielt er oft mitten in einer Lektion inne, um – wie es sonst nur in litauischen Jeschiwess üblich war – über Moralprinzipien zu dozieren. Dann zog Simcha Meir ein Boot Spielkarten aus der Tasche und begann zu geben. Seine Mitschüler, zumeist verpäppelte Sprößlinge reicher Familien, waren beträchtlich älter als er. Aber sie merkten sofort, daß sie es mit einem Gleichgesinnten zu tun hatten, und nahmen ihn in allerlei Lodzer Schlupfwinkel mit, wo man verbotenen Genüssen frönen konnte. Chaim Alters Söhne machten natürlich auch mit.

Ein Wachstumsrausch ergriff die Stadt, die von Tag zu Tag, von Stunde zu Stunde größer wurde. Unzählige Fremde kamen nach Lodz: deutsche Ingenieure und Webermeister; englische Chemiker, Musterzeichner und Modellmacher; russische Handelsfürsten in blauen Mänteln, weiten Hosen und Lacklederstiefeln; jüdische Handlungsreisende und Kommissionäre – lebenslustige junge Männer, die hierher kamen, um Geld zu verdienen und sich zu amüsieren.

Immer mehr Lodzer Burschen rasierten sich den Bart ab und trugen weltliche Kleidung. Lokale, Kabaretts und Spielkasinos wurden eröffnet und lockten massenweise Besucher an. Ungarische Tänzer kamen nach Lodz, um Karriere und Kies zu machen. Aus Warschau und Petersburg, aus Berlin und Budapest kamen Zirkusse und Rummelplatzschausteller. Russische Beamte und Offiziere nahmen Schmiergeld an, das sie für Wein und Weiber ausgaben und beim Kartenspiel verpraßten. Lodz trank, sang, tanzte, zockte und verlustierte sich in Bordellen. Wohlhabende Chassidim ließen sich von dieser Ausgelassenheit anstecken. Sie schmausten in koscheren Lokalen, wo Kellner mit Scheitelkäppchen fette Gänsekeulen servierten und mollige Kellnerinnen getrocknete Kichererbsen und schäumendes Bier brachten. Junge chassidische Tagediebe, die von der Großzügigkeit ihrer Schwiegerväter lebten, gaben das Torastudium auf und spielten in den Lernhäusern klammheimlich Karten.

Der Handel florierte, Aufträge über Aufträge gingen ein. Die großkotzigen russischen Kaufleute feilschten nicht und zahlten jeden Preis, der verlangt wurde. In Fabriken und Werkstätten wurde länger gearbeitet und das Letzte aus den Arbeitern herausgeholt.

Die im Überfluß lebenden jungen Burschen mit den seidig schimmernden Alpaka-Kaftanen, den Wildlederstiefeln und goldenen Taschenuhren lernten, wie man sich amüsiert. In illegal betriebenen Freudenhäusern frönten sie dem Glücksspiel, delektierten sich an Gänsebraten und knusprigen Semmeln und gingen mit den mehr als bereitwilligen Serviererinnen ins Bett.

Besonders beliebt bei diesen jungen Tagedieben war Schillem der Zocker, ein gelernter Bäcker, der immer mit Mehlstaub am Bart, einer Papiertüte auf dem Kopf und einem über der langen Unterhose herabhängenden Gebetsschal herumlief. Die Arbeit in seiner Bäckerei überließ er zumeist seiner Frau, seinen Kindern und den Gesellen, während er seiner größten Leidenschaft frönte: dem Glücksspiel.

Direkt über der Bäckerei, die sich im Keller seines einstöckigen Holzhauses befand, war ständig ein Spiel im Gange. Chassidische Burschen knallten Karten auf den Tisch und machten hohe Einsätze, dieweil ihr Gastgeber Partie um Partie gewann. Doch je mehr sie verloren, desto öfter kamen sie wieder, denn Schillem war ein lustiger Kerl, ein richtiger Spaßvogel – und immer bereit, ihnen Kredit zu gewähren. Er brachte den jungen Burschen bei, wie sie es anstellen mußten, heimlich die Ladenkassen ihrer Väter zu plündern. Außerdem gab er hochverzinsliche Darlehen, die erst zurückgezahlt werden mußten, wenn die jungen Leute ihre Mitgift erhielten.

Sein großes Zimmer, an dessen Wänden Darstellungen biblischer Szenen hingen, war immer überfüllt. Am Kopfende des Tisches saß Schillem in seiner langen Unterhose, die Papiertüte auf dem Kopf. Fingerfertig teilte er die Karten aus und fummelte mit den Ein-, Zwei- und Dreirubelscheinen herum, die vom Mehlstaub an seinen Händen ganz weiß wurden.

Seine Töchter, dralle Weibsbilder, servierten den Spielern einen kräftigen Imbiß: Gänsebraten, Kutteln, knusprige Grieben, Semmeln, Strudel und Bier. In dem von Zigarettenrauch verqualmten Raum gehörten Münzengeklapper, chassidische Lieder, Zockerjargon, zweideutige Witze, heftige Ausrufe und Kabbeleien zur Geräuschkulisse des Glücksspiels. Ein Bursche mußte am Fenster Wache halten, für den Fall, daß plötzlich der Vater eines jungen Zockers auftauchte.

Die beiden nichtjüdischen Dienstmägde verstanden sich darauf, heimliche Verabredungen mit den jungen Burschen zu treffen. Sie führten sie in ein kleines Kellerabteil und gaben sich ihnen auf den Mehlsäcken hin.

Nuskes Schüler gingen bei Schillem ein und aus. Sie verbrachten mehr Zeit bei dem Bäcker als bei ihrem Lehrer. Chaim Alters geile Söhne, auf deren pickeligen Wangen der erste Bartflaum sproßte, waren für nichts, was sie bei Nuske lernen konnten, auch nur annähernd so begabt wie dafür, ihren Vater zu bestehlen. Da er ständig Geld herumliegen ließ, ohne zu wissen, wieviel es war, hatten sie immer mehr als genug. Und jedesmal landete ihre ganze Beute in den mehligen Händen des Bäckers. Auch in dem dunklen Kellerabteil hielten sich Chaim Alters Söhne auffallend oft auf.

Soviel Pech *sie* beim Zocken hatten, soviel Glück hatte Simcha Meir. Er kam Schillem im Nu auf die Schliche und nahm es Karte um Karte mit ihm auf. Der Falschspieler bekam Respekt vor dem schlauen Jungen, behandelte ihn wie einen Erwachsenen und beschummelte ihn beim Kartengeben nicht mehr. In kurzer Zeit hatte Simcha Meir mehrere hundert Rubel gewonnen, die er sofort mit entsprechendem Zinssatz verlieh, und zwar an seine Schwäger *in spe*, die das ganze Geld beim Kartenspielen prompt wieder an ihn verloren.

Nuske war viel zu sehr in seine *Gemara*-Texte vertieft, als daß er bemerkt hätte, welche Schüler anwesend waren und welche nicht. Erst am letzten Unterrichtstag der Woche, dem Donnerstag, konzentrierten sich die Schüler auf den Unterricht, denn nun mußte jeder einen Abschnitt des durchgenommenen Textes auswendig lernen, für den Fall, daß er am Sabbat von seinem Vater abgehört wurde. Simcha Meir versuchte dann natürlich wieder, seine Belesenheit zu beweisen und den Lehrer mit lautstarken Bemerkungen zu verwirren und zu übertönen. Aber Nuske schnitt ihm das Wort ab. »Sag die Lektion auf, Nissan«, befahl er seinem Sohn, »und erläutere sie den anderen!«

Nissan, dreizehn Jahre alt und so mager, braunhäutig und dunkeläugig wie sein Vater, schlug die betreffende Seite auf und las die Lektion laut und deutlich seinen Mitschülern vor.

Aus Ärger versetzte ihm Simcha Meir unter dem Tisch einen Fußtritt. Nichts machte ihn wütender, als von jemandem ausgestochen zu werden.

11

Nicht nur von seinen Schülern, auch von seinem eigenen Sohn wurde Nuske hintergangen.

Nissan mochte seinen Vater nicht. Er verachtete ihn zutiefst. Er konnte ihm nicht verzeihen, daß seine Mutter so oft weinte und ständig einen Lappen um den schmerzenden Kopf gewickelt hatte. Und daß seine Schwestern nie ein neues Kleid oder ein Paar neue Schuhe bekamen. Und daß er ihn, Nissan, zwang, ein so freudloses Leben zu führen. Die Tora, Moralpredigten und Trübsinn – etwas anderes gab es für seinen Vater nicht.

Seit Nissan vernünftig denken konnte – und das konnte er schon, als gleichaltrige Jungen noch Haschen spielten – trug er die Bürde, für den Unterhalt der Familie sorgen zu müssen. Von frühester Kindheit an hatte er seine Mutter und seine Schwestern über den Vater klagen und schimpfen gehört. Seine im Luxus aufgewachsene Mutter hatte sich nie an die Hausarbeit, an die ungehobelten Nachbarn mit ihrer schlichten Lebensart, an das bittere Los, das andere verarmte Frauen so geduldig ertrugen, gewöhnen können.

Sie kreidete es ihrem Vater an, daß er sich einen Schwiegersohn ausgesucht hatte, der dann ihr Leben ruinierte. Zumeist aber ließ sie ihre Wut an ihrem Mann aus, diesem Versager, der zu nichts taugte, den Leuten aus dem Weg ging und Geld verachtete. Sie beschimpfte ihn in Gegenwart der Kinder, verhöhnte ihn und machte ihn lächerlich. Vor allem Nissan gegenüber setzte sie ihn herunter.

»So führt er sich auf, dieser Nichtsnutz! Völlig meschugge!«

Von frühester Kindheit an hatte Nissan die Klagen und Drohungen der Händler zu hören bekommen, bei denen die Familie in der Kreide stand und die nichts mehr anschreiben wollten. Immer wenn der Sabbat gefeiert werden sollte, die Miete fällig war oder eines der Kinder etwas Neues zum Anziehen haben mußte, gab es Tränen und Vorwürfe. Aber Nissans Vater kehrte alledem den Rücken. Er sperrte sich in seinem Zimmer ein, studierte oder kritzelte in seiner winzigen, verkrampften Handschrift Randbemerkungen in seine Tora-Ausgabe.

Und so war es Nissan, dem einzigen männlichen Sprößling, auferlegt, die Familie durchzubringen. In unterwürfiger Haltung mußte er bei seinen reichen, hämischen Onkeln um eine milde Gabe betteln. Er mußte Brennholz schnorren. Wenn etwas instandzusetzen war, mußte er einen Handlanger holen, Nägel einschlagen, Bretter, die sich gelöst hatten, wieder annageln, Schränke von der Wand wegschieben, all die Reparaturen erledigen, die in einem ärmlichen Haushalt gang und gäbe sind.

Abgesehen von den paar zerlumpten Frauen, die Fragen bezüglich der rituellen Vorschriften geklärt haben wollten, kam niemand zu Besuch. Nie wurde gelacht, nie gab es ein bißchen Freude. Der Vater sprach nur von der Tora, von der Eitelkeit dieser Welt, der Flüchtigkeit des menschlichen Daseins, der Torheit weltlicher Freuden. Jeder Seufzer, den er ausstieß, war für Nissan wie ein Stich ins Herz.

»Fürchte Gott!« ermahnte ihn sein Vater oft mitten in einer Lektion. »Hörst du, Nissan?«

Noch trübsinniger ging es am Sabbat zu. Dann hatte Nuske immer eine Unmenge Gebete zum Aufsagen und unzählige Bücher zum Studieren parat. Stundenlang las er den wöchentlichen Abschnitt aus dem *Pentateuch*, rezitierte Passagen aus dem *Sohar* und wiegte, während er in den alten Büchern las, den Oberkörper. Begleitet von Nissan ging er im Bethaus auf und ab und murmelte mit wehmütig-monotoner Stimme die Gebetsworte. Der Junge hatte Hunger und empfand die öde Atmosphäre des menschenleeren Gotteshauses als niederdrückend, doch der Vater blieb noch lange. Unterdessen hatten die anderen Juden bereits ihr Mittagsmahl eingenommen und ein Nickerchen gemacht.

Jedesmal aßen Nissans Mutter und Schwestern das Sabbatmahl ohne zu warten, bis die Benediktion gesprochen war. Wenn Nissan und der Vater sich endlich zu Tisch setzten, war das Essen kalt und unappetitlich. Und nicht minder unerfreulich war das Hymnensingen nach dem Sabbatmahl. Der Vater sang eigentlich gar nicht, sondern brummte nur mit. Und sobald er die Segenssprüche gesagt hatte, legte er sich nieder, um – mit einem heiligen Buch auf der Brust – ein Schläfchen zu machen und, wie im Gesetz vorgeschrieben, vom Sabbat zu träumen.

»Nissan«, sagte er, »nimm ein Buch in die Hand und mach auch ein Nickerchen! Ein Jude muß am Schabbes schlafen.«

Ja, Nissan haßte seinen Vater. Und er haßte dessen heilige Bücher, in denen immer nur von Kummer und Leid die Rede war und die von Moralität und Trübsinn trieften; und seine Tora, die so verzwickt war, daß man sie beim besten Willen nicht begreifen konnte; und seine ganze Jüdischkeit, die des Menschen Seele bedrückte und mit Schuldgefühlen und Gewissensbissen belastete. Am meisten aber haßte Nissan den Gott seines Vaters, dieses grausame, rachsüchtige Wesen, das absolute Unterwürfigkeit verlangte, unaufhörliche Anbetung, geistige und körperliche Selbstquälerei und Entsagung und den Verzicht auf jede freie Entscheidung. Egal, was man für Ihn tat – es war nie genug. Er gab sich nie damit zufrieden. Er bestrafte, verdammte und ließ den Menschen auf glühenden Kohlen büßen.

Gott, der so viel verlangte, war daran schuld, daß das Haus, in dem sie wohnten, so düster und baufällig war. Gott war daran schuld, daß Nissans Mutter und Schwestern barfuß laufen und Hunger leiden mußten. Gott war daran schuld, daß es bei ihnen zu Hause immer nur Sorgen, Trübsinn und Verzweiflung gab. Und darum haßte Nissan Gott noch mehr als seinen Vater. Aus Zorn auf den Allmächtigen brachte er absichtlich die Gebete durcheinander, zerriß er am Sabbat Papier, betrachtete er das Kreuz auf der Kirche, verstieß er gegen die Vorschrift, daß Milchiges erst sechs Stunden nach dem Verzehr von Fleischigem gegessen werden darf, hielt er die Fasttage nicht ein, las er bei Feiwel, dem Lumpenhändler, ketzerische Bücher.

Feiwel wohnte am Stadtrand. In seinem Hof befanden sich Gruben, in denen Mädchen mit dem Sortieren von Lumpen beschäftigt waren. Mit eisernen Kämmen durchstöberten sie die Lumpenhaufen, die ständig auf Karren in den Hof gebracht wurden. Die Lumpen wurden gesäubert und gewaschen und dann von Feiwel an drittklassige Fabriken verkauft, in denen sie zu minderwertigem Garn verarbeitet wurden.

So vollgestopft sein Hof mit Lumpen war, so vollgestopft war sein Kopf mit ketzerischen und aufklärerischen Ideen.

Dieser kleinwüchsige, quirlige Mann mit dem speckigen runden Filzhut auf dem verstaubten Kraushaar, dem fröhlichen, verwitterten Gesicht, den funkelnden Augen und dem mit Fusseln bedeckten Bart schaffte es – obgleich er ständig von seinen Arbeitern, von Fuhrleuten und Händlern belagert wurde – immer wieder, meilenweit zu reisen, um ein neues ketzerisches Buch zu ergattern.

In seinem großen, mit Töchtern, Papierkram, Schuldscheinen und Betten vollgestopften Haus standen Bücherschränke gefüllt mit Bänden, für die er ein Vermögen ausgegeben hatte. Und Bücher waren auch auf den Tischen, in Kleiderschränken, Truhen und Regalen gestapelt.

Feiwels fromme Frau und die vor Gesundheit strotzenden Töchter beseitigten und verbrannten seine Bücher, die sie genauso verabscheuten wie ihn selber. Doch so schnell sie die Bücher vernichteten, so schnell beschaffte er sich neue. Oft ließ er kurz vor einem einträglichen Geschäftsabschluß alles liegen und stehen und rannte zu einem Buchhändler, der ihm eine Rarität besorgt hatte. Wenn er dann die Neuerwerbung in der knorrigen Hand hielt und darin blätterte, leuchteten seine Augen.

Ebenso eifrig nahm er jede Gelegenheit wahr, junge chassidische Burschen zu »bekehren«, sie dem Lernhaus zu entreißen und die Saat der Ketzerei und der Aufklärung zu säen.

Am Sabbat und an anderen Feiertagen fanden sich junge Chassidim abends bei Feiwel ein, um verbotene Literatur zu lesen. Feiwel ging von Lernhaus zu Lernhaus, von Bethaus zu Bethaus, um junge Anhänger zu gewinnen und mit seiner genauen Kenntnis der Tora wie auch mit seinem weltlichen Wissen Eindruck zu schinden. Er schenkte den Jugendlichen Geld. Er verköstigte sie und ließ sie in seinem Haus übernachten. Er gab buchstäblich das letzte Hemd für sie her – in dem Bestreben, sie gegen Gott aufzubringen und zu Ungläubigen zu machen.

Er konnte sich nicht auf seinen Lumpenhandel konzentrieren, sondern lief immer wieder ins Haus, um seine Anhänger in Schach zu halten. »Lest ihr? Nehmt ihr's in euch auf? Gut so! Sehr gut!«

Von missionarischem Eifer erfüllt, befahl er seiner Frau und den Töchtern, den Burschen Tee und einen Imbiß zu bringen. Wenn die Weibsleute sich wieder einmal taub stellten, rannte er selber in die Küche und brachte Brot mit Hühnerfett. Den Burschen etwas Gutes anzutun, bereitete ihm die gleiche Freude, mit der fromme Jüdinnen arme Jeschiwaschüler verköstigen, die der Hausherr aus Nächstenliebe zum Essen eingeladen hat.

Oft setzte sich Feiwel zu den Jugendlichen, ging mit ihnen schwierige Texte durch, erläuterte philosophische Systeme und Lehrsätze. Mit leuchtenden Augen, psalmodierender Stimme und rhythmischen Bewegungen des Oberkörpers predigte er Ketzerei mit der gleichen Inbrunst, von der ein frommer Lehrer beim Tora-Unterricht erfüllt ist.

Jeden Sabbat wimmelte es in seinem Haus von jungen Burschen, die seidene Kaftane, Samthüte und Scheitelkäppchen trugen. Da seine Frau und die Töchter streng nach dem Gesetz lebten und nicht im Traum daran dachten, am Sabbat zu kochen, teilte die Familie den Tscholent und den Tee mit den Gästen.

In seinem speckigen Anzug saß Feiwel am Kopfende des großen Eßtisches und hielt Vorträge über Philosophie, Mathematik, Geschichte, Astronomie, Geographie und Bibelauslegung. Er erläuterte schwer verständliche Abschnitte der Heiligen Schrift und schwierige Passagen der *Gemara* und riet seinen Zuhörern, sich eine weltliche Bildung anzueignen, sich der Aufklärung nicht zu verschließen und der Lebensweise ihrer Väter abzusagen. »Bildung, logisches Denken und Arbeit – nur darauf kommt es an, meine jungen Freunde!« erklärte er immer wieder.

Erst wenn er die Vorhänge zugezogen und seine Frau, vor der er sich fürchtete, ausgesperrt hatte, schmauchte er eine Zigarre und bot den jungen Burschen Zigaretten an. Es waren zwar noch nicht alle bereit, am Sabbat zu rauchen, aber wenn die Aufgeklärten unter ihnen Rauchkringel ausstießen und den Sabbatleuchter anpafften, dann schmunzelte Feiwel in seinen krausen Bart und war überzeugt, daß ihre Seelen gerettet waren.

Zu diesem Kreis gehörte auch Nissan. Der Sohn von Nuske, dem Rabbiner, fand sich so oft er nur konnte bei Feiwel, dem Lumpenhändler, ein und las ein verbotenes Buch nach dem anderen.

Feiwel hatte sein Instinkt zu dem Rabbinersohn geführt, dem eine gewisse innere Unrast anzumerken war, die Neugier auf etwas außerhalb der eigenen vier Wände, das Bedürfnis, seinen Horizont zu erweitern. Und Feiwel hatte sich nicht getäuscht: Der Junge hatte sofort auf die Umerziehung angebissen – so gierig wie ein Hund nach einem Knochen schnappt. Von Feiwel begeistert angeleitet, verschlang er die verbotenen Bücher. Feiwel merkte bald, daß sein neuer Schützling ein Genie war. Noch ehe man ein Wort ausgesprochen hatte, wußte Nissan schon, was mit den nächsten zehn Wörtern ausgesagt werden sollte. Feiwel behandelte ihn wie ein kostbares Juwel: Er erteilte ihm Unterricht, spornte ihn an, unterhielt sich stundenlang mit ihm und lobte seinen scharfen Verstand. »Nissan, im Vergleich zu dir bin ich eine Null. Ein Dummkopf.«

Nissans Vater hatte natürlich von alledem keine Ahnung. Völlig zurückgezogen und in sich gekehrt, merkte er nichts von Nissans zunehmender Entfremdung, fiel ihm nicht auf, daß sein Sohn manchmal stundenlang fort war und daß er daheim, direkt vor der Nase des Vaters, ketzerische Bücher las.

»Nissan«, nuschelte er oft, »fürchte den Allmächtigen! Hörst du?«

»Ich höre«, antwortete Nissan spöttisch und schlug die Seite eines verbotenen Buches um. Es machte ihm einen Heidenspaß, seinen Vater an der Nase herumzuführen.

Er las stundenlang. Wenn er nachts auf seiner schmalen Schlafbank lag, zündete er die Kerzenstummel an, die er im Bethaus geklaut hatte, und verschlang die Bücher. Er las völlig unsystematisch – alles, was bei Feiwel vorrätig war. Um Deutsch zu lernen, benützte er eine in hebräischer Umschrift gedruckte Ausgabe von Moses Mendelssohns Bibelkommentar. Er ackerte sich durch Maimonides' *Führer der Schwankenden.* Er las die Artikel in der hebräischen Monatsschrift *ha-Schachar.* Er begeisterte sich für die nationalistischen Erzählungen und Gedichte von Smolenskin, Mapu und Gordon, für die Artikel von Krochmal und die Geschichten im *Kusari,* für phantastische Reisebeschreibungen, Werke über Astronomie und höhere Mathematik. Auf deutsch las er, obzwar ihm diese Sprache noch ziemlich fremd war, die philosophischen Werke von Mendelssohn und Maimon, von Spinoza, Kant und Schopenhauer. In seinem Gehirn herrschte das gleiche Durcheinander wie in Feiwels Bücherschränken, die von der Frau und den Töchtern des Lumpenhändlers immer wieder aufgebrochen wurden.

Und obendrein schaffte er es, bei seinem Vater die wöchentliche Lektion zu lernen und sie den Mitschülern aufzusagen, die nichts anderes im Kopf hatten, als sich bei Schillem dem Bäcker zu verlustieren.

Zwischen dem Sohn des Lehrers und den anderen Schülern gab es ständig Reibereien. Die Mitschüler waren neidisch auf Nissan, weil er so gescheit war, jedesmal seine Lektion beherrschte, nicht spitzfindig diskutierte, sondern alles gleich so treffsicher erklären konnte, daß die anderen im Vergleich zu ihm begriffsstutzig wirkten. Vor allem Simcha Meir beneidete und haßte diesen Nissan, der ihn vor allen Mitschülern bloßgestellt und das Ansehen, das er bei ihnen genoß, geschmälert hatte.

Nissan wiederum beneidete die anderen um ihre schmucken Kaftane, ihre seidenen Hüte und Halstücher, ihre schönen weichen Stiefel und goldenen Taschenuhren. Er war der einzige in der Klasse, der in ausgewachsenen, geflickten Sachen herumlaufen und einen Hut tragen mußte, der so abgewetzt war, daß man das Baumwollfutter sehen konnte. Die elegante Aufmachung der anderen ließ Nissan noch schäbiger erscheinen. Am meisten wurmte es ihn, daß sie sich über seinen Vater lustig machten, ihn hintergingen und piesackten. Und daß sein Vater das alles gar nicht zur Kenntnis nahm, ärgerte ihn erst recht.

Anfangs versuchten die Schüler, Nissan in ihren Kreis zu ziehen, damit er sie nicht verpetzen würde. Aber ihm stand der Sinn nicht nach Zocken und Zechen. Statt dessen versuchte er, seine Mitschüler zu beeinflussen. Ebenso unbeirrbar, wie sein Vater sich dem Studium der heiligen Bücher widmete, war Nissan seinem neuen »Glauben« verfallen. Er nahm jedes Wort dieser Lehren für bare Münze und glaubte, nicht um Haaresbreite davon abweichen zu dürfen. Und mit dem gleichen Eifer, mit dem sein Vater die heilige Tora predigte, versuchte Nissan seine Mitschüler zur Ketzerei zu verführen.

Er tat es verstohlen und zur großen Freude Feiwels, der ihn voll und ganz unterstützte. Aber die wohlhabenden Mitschüler warfen bloß einen Blick auf die Bücher und schoben sie dann prompt beiseite. Mit derlei Kram gaben sie sich genauso ungern ab wie mit der Tora. Viel lieber spielten sie bei Schillem Karten.

Nur Simcha Meir schien sich für die Sache zu interessieren.

Eines Tages fragte er mitten im Unterricht:

»Rebbe, ist es wahr, daß uns die Tora von Gott auf dem Berg Sinai gegeben wurde?«

Nuske erbleichte vor Schrecken. »Was soll diese Frage?«

»Ich frage bloß, weil Nissan sagt, daß Moses sich das alles ausgedacht hat«, erwiderte Simcha Meir mit Unschuldsmiene.

Im Klassenzimmer war es plötzlich mäuschenstill.

Nuske war wie vom Donner gerührt. Es dauerte eine ganze Weile, bis er die Sprache wiederfand. »Nissan, hast du das wirklich gesagt?«

Nissan gab es nicht zu, stritt es aber auch nicht ab.

Sein Vater hielt sich an der Tischkante fest, um nicht vom Stuhl zu fallen. »Jeroboam, Sohn Nebats!« rief er mit dröhnender Stimme. »Du sollst nicht unter einem Dach mit Juden sein!«

Nissan stand auf und verließ das Haus – für immer.

Er wurde Weberlehrling. Der Meister verlangte zunächst, daß Nissans Vater den Lehrlingsvertrag unterschreiben und eine Gebühr entrichten müßte, doch als Nissan sich erbot, den Töchtern des Hauses Hebräischunterricht zu geben und ihnen beizubringen, wie man einen Verlobungsvertrag unterzeichnet, und sich obendrein bereit erklärte, mit den Söhnen ein bißchen Rechnen und Schreiben zu üben, war der Webermeister damit einverstanden, ihn drei Jahre lang in die Lehre zu nehmen.

Nissan durfte nicht am Webstuhl arbeiten, sondern mußte, wie alle Lehrlinge, Baumwollgarn aufspulen. Dabei mußte er auf Anordnung der Meistersfrau auf einem dreibeinigen Schemel hocken und ihren Säugling wiegen, der keine Ruhe gab, weil es hier so heiß und dumpfig war.

In dem langen, niedrigen, mit Webstühlen und Schlafbänken vollgestopften Raum arbeiteten Gesellen, die Scheitelkäppchen aufhatten, nur mit einer Hose bekleidet waren und beim Weben liturgische Lieder sangen. Der Meister, der eine speckige Jarmulke trug, jahrein, jahraus in einem zerschlissenen Baumwollkittel herumlief, und dessen blutunterlaufenen Augen nichts entging, wachte darüber, daß zügig gearbeitet und nichts stibitzt wurde. Wenn jemand die Arbeit unterbrach, um sich den Schweiß von der Stirn zu wischen oder sich eine Zigarette zu drehen, griff er sofort ein. »Weiterarbeiten! Jede verbummelte Minute macht mich brotlos!«

Die Meistersfrau saß neben dem Herd, auf dem Kopf eine schäbige schwarze Perücke, unter der kleine Büschel ihres eigenen rötlichen Haares hervorlugten. Eine ganze Schar schwarz- und rothaariger Mädchen hockte auf Schemeln neben ihr und schälte Kartoffeln. Der beißende Geruch von Bratfett, Öl und Zwiebeln vermischte sich mit dem Dampf, der aus einem großen eisernen Kochkessel quoll.

»Frau Meisterin, was gibt's denn heute zu essen?« rief ein Geselle, der aus einem Gewirr von Webgarn auftauchte wie eine Spinne aus ihrem Netz.

»Kümmre dich um deine Arbeit, schwarzer Kater!« rief sie ihm durch die Dampfschwaden zu. »Mein Kochtopf geht dich nichts an!«

Woraufhin der »schwarze Kater« aus dem *Buch Esther* zu zitieren begann. »Und Seres, Hamans zänkisches Weib ...« trällerte er nach Art der Purimspieler. Die anderen Arbeiter verstanden die Anspielung und brachen in Gelächter aus.

Die Meistersfrau fuchtelte mit ihrem scharfen Messer und schmiß die halbgeschälten Kartoffeln in den Kessel, daß das Wasser nur so spritzte. »Von mir bekommt ihr keine Klöße und Bohnen! Kartoffeln mit Öl sollt ihr fressen, bis es euch zu den Ohren herauskommt! Damit ihr wißt, was ihr von Seres zu erwarten habt!«

Vor lauter Aufregung schnitt sie sich in den Finger. Wutschnaubend sprang sie auf und rannte, die schwarze Perücke schief auf dem safrangelben Kopf, zu den an der Wand aufgereihten Schlafbänken und riß die unbezogenen, fleckigen Kissen herunter. »Vater im Himmel, *die* schlafen heute nacht nicht auf meinen Kissen, oder ich will den Tag nicht erleben, an dem ich meine Töchter zum Traubaldachin führen darf! Für Strolche wie euch ist der nackte Fußboden gut genug!«

Mit dem Fuß das Kind wiegend, das die Meistersfrau erst in mittleren Jahren bekommen hatte, hockte Nissan auf seinem Schemel und spulte Garn auf. Die Gesellen hänselten ihn, gaben ihm Spitznamen, schickten ihn in den Laden, um Brot oder einen Hering für sie zu besorgen. Die Meistersfrau zankte mit ihm, der Säugling brüllte, doch Nissan hielt durch. Tag für Tag beobachtete er die Arbeit an den Webstühlen, prägte er sich die Funktion jeder Stange, jeden Schaftes ein. Und gleichzeitig dachte er an seine Bücher.

Seine Mutter besuchte ihn und rang die Hände, als sie sah, in was für einer Umgebung er jetzt lebte. »Nissan, daß ich *das* erleben muß! Du – ein gewöhnlicher Arbeiter! Komm mit nach Hause!«

Aber er ging nicht mit. Er lernte das Handwerk, gab den Kindern des Meisters Nachhilfeunterricht und eilte, sobald er ein bißchen Zeit hatte, zu Feiwel, um sich durch die neuesten ketzerischen Bücher zu ackern. Wenn er nachts in der hintersten Ecke der Weberwerkstatt auf seinem schmutzigen Strohsack lag, wo er nur ein Stück Fertigware zum Zudecken hatte, zündete er, obwohl das verboten war, eine Kerze an und lernte. Wozu er das tat, wußte er selbst nicht genau.

In den Baluter Synagogen und Lernhäusern wurde Nissan anderen Jugendlichen von ihren Eltern als abschreckendes Beispiel hingestellt. »So ergeht es denen, die vom Pfad Gottes abweichen ... Ihnen ist kein Glück beschieden, weder in dieser noch in der kommenden Welt.«

»Nissan der Erniedrigte«, wurde er von seinen Arbeitsgenossen genannt. Es war Brauch, jedem Arbeiter einen Spitznamen zu geben.

In Nuskes Schulzimmer saßen die begüterten jungen Burschen und spielten Karten. Ihr Lehrer war trübsinniger denn je. Im Geist sah er schon die Feuer der Gehenna auf sich warten – wegen der Sünden seines Sohnes, der sich von Gott losgesagt hatte. »Burschen, seid gute Juden!« ermahnte er seine Schüler, wie er Nissan ermahnt hatte. »Fürchtet den Allmächtigen! Hört ihr?«

»Wir hören«, brummelte Simcha Meir, dieweil er geschickt eine Karte verschwinden ließ. Er war jetzt wieder der Erste, der Wunderknabe in der Klasse.

12

Nach etlichen Pessach- und Laubhüttenfesten, an denen der Bräutigam bei der Familie seiner Zukünftigen und diese bei seiner Familie eingeladen war, wurden die beiden Achtzehnjährigen getraut.

Mademoiselle Antoinette – halb Französin, halb Deutsche –, die auch für die Töchter der Familie Huntze schneiderte, nähte Dineles Brautkleid. Als Chaim Alter von Priwe erfuhr, wieviel die Schneiderin für die Brautausstattung verlangte, riß er die graugrünen Augen auf. »Was ist denn in dich gefahren, Priwesche?« Bestürzt zupfte er an seinem kohlschwarzen Bart. »Seit wann zahlt man denn einer Näherin ein Vermögen?«

Priwe setzte sofort die Miene einer beleidigten Königin auf. »Mademoiselle Antoinette ist keine *Näherin,* sondern die beste Schneiderin in ganz Lodz. Wir können von Glück sagen, daß sie uns den Gefallen tut, die Brautausstattung anzufertigen.«

Chaim Alter war so schockiert über den Betrag, den er für diesen angeblichen Gefallen berappen sollte, daß er ausnahmsweise einmal keine Angst vor seiner Frau hatte. »Diese Schickse kann froh sein, wenn sie ein Drittel davon bekommt! Schließlich ist sie nicht die einzige Schneiderin in Lodz. Auf einen solchen Handel lasse ich mich nicht ein.«

Aus Priwes porzellanblauen Augen rannen bereits Tränen. »Mame!« lamentierte sie, als wäre ihre Mutter nicht schon längst im Jenseits. »Das überlebe ich nicht!«

In den Jahren, die seit der Verlobung ihrer Tochter vergangen waren, hatte Priwe sich eingeredet, daß nur Mademoiselle Antoinette dafür in Frage kam, die Brautausstattung anzufertigen. Nicht so sehr ihrer ausgezeichneten Arbeit wegen. Priwe wußte nur zu gut, daß die kostbaren Atlas- und Seidenstoffe, der Samt und die Spitzen, die für eine solche Brautausstattung verarbeitet wurden, kaum je das Tageslicht erblickten, sondern nach der Hochzeit im Schrank vermoderten. Nein, ihr ging es vielmehr darum, ganz Lodz zu beweisen, daß die hochnäsige Mademoiselle Antoinette, die nicht einmal vor den reichsten Damen einen Kratzfuß machte und die für die Töchter der Familie Huntze schneiderte, bereit war, Dineles Brautausstattung anzufertigen. Ganz Lodz würde vor Neid erblassen!

Und was hatte sie alles auf sich nehmen müssen, um die Sache einzufädeln! Was für Schliche hatte sie anwenden, was für Ränke hatte sie schmieden müssen! Es war ein Geheimnis, das sie bloß der Hälfte der Lodzer Damen anvertraut hatte. Und nun war ihr Chaim zum Feilschen entschlossen und tat ihre Argumete mit einer Handbewegung ab!

»Mame!« jammerte sie. »Diese Schande überlebe ich nicht! Ich werde nicht mehr da sein, wenn meine Tochter unter der Chupe steht!«

Chaim Alter ging das derart auf die Nerven, daß auch er den Tränen nahe war. »Du solltest dir lieber die Zunge abbeißen«, sagte er mit schwankender Stimme, »als bei einem so festlichen Anlaß so etwas zu sagen. Verstreut soll es sein über den fernen Wäldern und der öden Wildnis ...«

Dieses Mal schmollte und trotzte sie nicht. Vor lauter Freude über sein rasches Einlenken fiel sie ihm – vor den Augen Samuel Leibuschs – um den Hals und schmatzte ihn ab.

Chaim Alter wurde ganz rot. »Priwesche! Vor den Dienstboten!«

Samuel Leibusch war so verwirrt, daß er aus der Rolle fiel und stammelte: »Das macht doch nichts, das macht doch nichts ...«

Mit genausowenig Gespür für das rechte Maß wurde die Braut mit Dutzenden von Seiden-, Atlas- und Spitzenkleidern, Pelzen, Hüten, Preziosen und Möbelstücken (für die im Haus gar nicht genug Platz war) ausgestattet. Chaim Alter mietete den größten Hochzeitssaal und engagierte die beste Musikkapelle, die besten Spaßmacher, die besten Speiselieferanten. Hunderte von Einladungen wurden verschickt. Damit diese Hochzeit in ganz Lodz – ganz Polen! – das Tagesgespräch sein würde, lud der Brautvater die Hautevolee der Stadt ein: die reichen Unternehmer, die geistlichen Würdenträger, den Adel.

Um sich nicht lumpen zu lassen, präsentierte ihm die Familie des Bräutigams eine schwindelerregend lange eigene Einladungsliste.

In dem riesigen Hochzeitssaal mit den goldgerahmten Spiegeln, dem roten Plüsch, den bronzierten Stühlen und den prächtigen Kronleuchtern versammelte sich eine buntgemischte Gesellschaft, die für Lodz kennzeichnend war.

Großunternehmer mit gewaltigen Bärten waren da. Reiche Chassidim in schimmernden Seidenkaftanen und spiegelblanken Stiefeln. Fabrikanten, glattrasiert, mit Doppelkinn, im Zylinder und weißbehandschuht. Ehrwürdige Rabbiner, die wallende Atlaskaftane und Pelzhüte trugen. Litauische Handlungsreisende in eleganten Fräcken, mit runden Filzhüten. Ultraorthodoxe mit breitkrempigen Samthüten, offenen Hemdkragen und Gebetsmänteln. Blonde deutsche Industrielle, die gestärkte Hemden und Stehkragen trugen. Und sogar ein ziemlich verwirrt dreinschauender russischer Polizeikommissar in farbenprächtiger Galauniform, der schwungvolle Koteletten und die Brust voller Orden hatte.

Eine ebenso kuriose Mischung stellten die weiblichen Hochzeitsgäste dar. Da waren korpulente, wichtigtuerische Verwandte, die straffe Perücken, farbenfrohe Seidenkleider, schwere goldene Halsketten, Brillantringe und Ohrgehänge trugen. Alte Weiber, ausstaffiert mit Atlashauben und altmodischen Roben, die noch aus ihrer eigenen Brautausstattung stammten. Junge Ehefrauen in modernen, tief ausgeschnittenen weißen Abendkleidern. Steife deutsche Damen mit langen blonden Flechten und mit viel Rouge auf den blassen Wangen. Das Geschnatter in Jiddisch, Polnisch, Deutsch und Russisch war ohrenbetäubend. Brillanten funkelten, Goldschmuck glitzerte, Seide schimmerte, Fächer wedelten, dieweil die Damen einander musterten, Komplimente austauschten, scherzten, stichelten, schlagfertige Bemerkungen machten.

Von Schimmeln gezogene Kutschen ratterten durch die engen, schlechtgepflasterten Lodzer Straßen zum Hochzeitssaal und luden Gäste ab. Die Braut thronte inmitten von Blumengirlanden. Auf dem kastanienbraunen Haar, das ihr tags darauf abgeschoren werden sollte, trug sie einen Kranz aus Rosen, den die Schwestern des Bräutigams gewunden hatten. Die Brüder der Braut saßen währenddessen in ihren neuen Kaftanen und Atlashüten neben dem Kutscher, der einen Schwung Gäste nach dem andern abholen mußte und zur Feier des Tages einen Zylinder trug. Obwohl sie schon im heiratsfähigen Alter waren, wollten sie sich die Gelegenheit nicht entgehen lassen, in einer so prächtigen Kutsche zu fahren – und noch dazu auf dem Kutschbock!

Polizisten mit Krummsäbeln drängten die Lodzer Mädchen und Frauen zurück, die sich zu Hunderten vor dem Saalbau eingefunden hatten, um die Hochzeitsgäste zu begaffen und der Musik zuzuhören, und die immer wieder versuchten, sich vorzudrängen und einen Blick in den Saal zu werfen.

Wie bei den meisten jüdischen Hochzeiten war noch im letzten Moment Streit ausgebrochen. Chaim Alter hatte sich nicht an die Vereinbarung gehalten, vor der Hochzeit weitere zweitausend Rubel Mitgift zu berappen. Da er bereits ein Vermögen für die Hochzeitsfeier ausgegeben hatte, konnte er diesen Betrag nicht rechtzeitig flüssigmachen.

»Reb Abraham Hersch, ich gebe Euch mein Ehrenwort, daß ich die Angelegenheit gleich nach der Hochzeit in Ordnung bringe – so wahr mir Gott helfe!«

»Wenn's um eine Mitgift geht, soll man sich nicht auf Versprechungen einlassen. Falls Ihr die zweitausend Rubel nicht auf den Tisch legt, hole ich den Bräutigam sofort wieder nach Hause.«

Daraufhin nahm Chaim Alter den Bräutigam beiseite und beschwor ihn, seinem Vater gut zuzureden. »Simchele«, schmeichelte er, »du bist doch ein Mann mit Herz. Bald wirst du mein Sohn sein. Sei doch so gut und tu mir diesen Gefallen! Sobald die Hochzeit vorbei ist, bekommst du das Geld – darauf kannst du dich verlassen.«

Simcha Meir versprach hoch und heilig, mit seinem Vater zu reden, aber er versuchte es nicht einmal. Er hatte lange genug in Lodz gelebt, um zu wissen, daß Gelöbnisse und Versprechungen hier keinen Groschen wert waren und daß man eine Mitgift, die vor der Trauung nicht in bar berappt wurde, nie mehr zu sehen bekam.

»Ich habe meinen Tate angefleht und angefleht«, log er seinem künftigen Schwiegervater ins Gesicht, »aber er weicht keinen Zoll von seiner Meinung ab. Was kann ich machen? ›Du sollst deinen Vater und deine Mutter ehren . . .‹«

Samuel Leibusch rannte sich die Füße ab, bis er den Betrag von zweitausend Rubeln endlich beschafft hatte – in lauter zerknitterten Banknoten unterschiedlichen Nennwertes.

Als alles geregelt schien, ergaben sich neue Probleme – diesmal nicht finanzieller, sondern moralischer Art.

Vom ersten Moment an hatte Abraham Hersch Aschkenasi die zahlreichen Deutschen und die vielen glattrasierten Juden, die Chaim Alter zur Hochzeit geladen hatte, mit scheelen Blikken betrachtet. Er hatte den Rebbe von Alexander eingeladen und empfand die Anwesenheit von Ungläubigen als eine Schmach.

Der Rebbe war in Begleitung einer aus hundert ungeladenen Chassidim bestehenden Ehrengarde erschienen. Ehe die noblen Industriellen und Bankiers sich versahen, stürmte die schäbig gekleidete, ungehobelte Horde auf die Tische zu und begann, aus voller Kehle zu singen.

Chaim Alter war außer sich. »Reb Abraham Hersch! Ihr stoßt mir ein Messer ins Herz. Ihr vertreibt meine Gäste – die Hautevolee von Lodz!«

»Ich habe keine bartlosen Heiden nötig«, entgegnete Abraham Hersch bissig. »Von mir aus können sie zur Hölle fahren!«

Kurz darauf stürmte er in den Frauensaal, weil man ihm gesagt hatte, daß dort Weibsleute mit Männern tanzten. Er riß sich den pelzverbrämten Hut vom Kopf (der jetzt nur mit einer Jarmulke bedeckt war) und begann, die tanzenden Paare zu trennen.

»Hinaus, Gojim und von Gott Verworfene! Das hier ist keine deutsche Hochzeit!«

Die weiblichen Verwandten der Braut fielen in Ohnmacht. Die Braut bekam Zustände. Mädchen kicherten. Priwe streckte die mit Schmuck behängten Arme aus, um ihre Gäste in Schutz zu nehmen, doch Abraham Hersch ließ sich nicht beirren. Hoch aufgerichtet, wutentbrannt, mit zerzaustem Bart und flammenden Augen schlug er mit seinem Hut auf die Tanzenden ein. »Respekt vor dem Rebbe von Alexander! Respekt vor einer Versammlung von Juden!«

Die aufgebrachten Chassidim löschten die Lampen aus und gossen Wasser auf den gebohnerten Fußboden, damit man nicht mehr darauf tanzen konnte. Die alten Weiber mit den altmodischen Hauben klatschten ihnen Beifall. »Recht so! Geschieht ihnen ganz recht!«

Jubilierend schlitterten die Chassidim über den nassen Fußboden und richteten in dem piekfeinen Saal ein wüstes Durcheinander an.

Als das Brautpaar endlich unter dem Traubaldachin stand, stellte sich Simcha Meir auf die Zehenspitzen, um größer als Dinele zu erscheinen. Obwohl er beim Schuhmacher Stiefel mit besonders hohen Absätzen bestellt hatte, wurde er von seiner Braut überragt. Daß er nicht größer war, wurmte ihn. Und da Jakob Bunim das wußte, stellte er sich möglichst dicht neben seinen Bruder, so daß dieser noch kleiner wirkte. Aus Ärger trat Simcha Meir seiner Braut auf den Fuß, ehe sie auf seinen trat – womit er zeigen wollte, daß er der Herr im Haus sein würde.

Als er später von zwei Tattergreisen, die ihm die Geheimnisse der ehelichen Beziehungen zumurmelten, ins Brautgemach geführt wurde, mußte er sich ein Taschentuch in den Mund stopfen, um sich das Lachen zu verbeißen.

Am nächsten Morgen kamen seine beiden Schwäger zusammen mit Freunden aus der Schule und aus der Spielerrunde bei Schillem dem Bäcker zu ihm. Sie waren gespannt darauf, alles über die Hochzeitsnacht zu erfahren, aber Simcha Meir würdigte sie keines Wortes. Wie alle jungen Chassidim sah er verächtlich auf Junggesellen herab.

»Ich treib' mich nicht mit Rotzbengeln herum«, sagte er, wies ihnen die Tür und schob sich den Hut schräg übers Ohr – wie ein Kosak seine Mütze.

13

Inmitten des festlichen Trubels litt Dinele Qualen. Benommen starrte sie vor sich hin, als die Männer ihrem Vater gratulierten und die Frauen einander wünschten, auch soviel Glück erleben zu dürfen wie Priwe.

Dinele konnte nicht begreifen, weshalb man diesen Burschen mit den flackernden Augen für einen guten Fang hielt. Seine gelehrte Bildung bedeutete ihr nichts. Ihr ging diese ganze Jüdischkeit auf die Nerven. Wenn Hadassa, das Dienstmädchen, ihr morgens beim Strümpfeanziehen half und sie eindringlich bat, die Morgengebete zu sprechen, bekam Dinele jedesmal einen

Lachkrampf, weil Hadassa beim Aufsagen der Gebete den Hals so komisch vorstreckte. Wie eine Henne beim Wassertrinken.

Und genauso albern und lachhaft war die Tora, die der Vater ihr eintrichtern wollte. Ständig nörgelte er an ihr herum, weil sie die Vorschriften nicht einhielt. »Dinele, du darfst dich am Schabbes nicht kämmen! Dinele, Milchschokolade darfst du erst sechs Stunden nach dem Verzehr von Fleischigem essen! Dinele, ohne Segensspruch darfst du nichts trinken!«

Sie hatte ihren Vater lieb. Er war sehr gut zu ihr. Und dennoch: Mit seinem ständigen »Du darfst nicht« und seinen aus vollem Herzen gesungenen Sabbatliedern war er ihr fremd. Und die chassidischen Gelage, die er veranstaltete, waren ihr auch nicht geheuer. Sie war, genau wie ihre elegante Mutter, entsetzt über das Benehmen der Chassidim. Mit ihren schmutzigen Stiefeln ruinierten sie das spiegelblanke Parkett. Und sie spuckten auf den Fußboden.

»Das Rudel hat sich bereits versammelt«, pflegte Priwe im nachsichtigen Ton der längst an die Schrullen des Hausherrn gewöhnten Ehefrau zu sagen. »Hadassa, koch Zwiebelborschtsch für diese Horde! Ich gehe aus. Ich kann ihr Geschwafel nicht ausstehen!«

Und dann ging sie weg, um irgend etwas Preisgünstiges einzukaufen.

Der Anblick dieser struppigen, exaltierten Männer erfüllte Dinele mit Abscheu. Unzivilisierte Rüpel waren sie! Tanzten wie die Wilden, heulten wie Wölfe, tollten mit zerzaustem Bart und flatternden Schläfenlocken im Zimmer herum. Dinele hielt jedesmal, wenn sie an ihr vorbeigingen, den Atem an und wich zurück.

Noch abstoßender fand sie die frommen Schnorrer, die ihr Vater zum Essen einlud. Sie verlangten Kuchen, Schnaps und allerlei Leckerbissen. Sie redeten lauthals, erzählten die unglaublichsten Geschichten, schneuzten sich in die hohle Hand und rissen im nächsten Moment große Brocken vom Sabbatbrot ab. Trotz aller rituellen Waschungen hatten sie schmutzige Hände und nikotinverfärbte Fingernägel. Und sie redeten ganz ungeniert über alle möglichen guten Partien, die sie, Dinele, machen könnte – worauf sie jedesmal schamrot wurde und hinausrannte.

Nicht weniger unangenehm waren ihr die Rabbis, die von Zeit zu Zeit auf Besuch kamen. Ihr Vater überließ ihnen den Ehrenplatz und scharwenzelte um sie herum wie ein Schuljunge. Ihre Mutter durfte das Zimmer nicht betreten, weil ihre Anwesenheit die Aura der heiligen Männer verunreinigt hätte. Und sie selbst wurde nur kurz hineingeführt, um von ihnen gesegnet zu werden.

Nicht, daß Dinele eine Ungläubige gewesen wäre – nein, sie fürchtete Gott, der droben im Himmel saß und jedesmal, wenn sie nach einem Fleischgericht ein Stückchen Schokolade aß oder wenn sie sich am Sabbat kämmte, eine Eintragung in sein feuriges Buch machte. Und auch seine Vertreter auf Erden, die langbärtigen Männer am Tisch ihres Vaters, fürchtete sie – aber als Hexenmeister, die Schwarze Magie betrieben und einem übel mitspielen konnten. Dinele verabscheute sie und ging ihnen aus dem Weg.

Viel wohler fühlte sie sich in der Schule, wo tadellose Umgangsformen herrschten und die feine Lebensart gepflegt wurde. Dort wurde auf gute Manieren mehr Wert gelegt als auf mathematische Kenntnisse. Die französisch parlierenden Lehrerinnen waren liebenswürdig und so kultiviert wie die Unterrichtsfächer. Und bei allen war sie, ungeachtet ihrer Herkunft, beliebt.

»Diana, du hast nichts Semitisches an dir«, versicherten sie ihr. »Du bist so blond und blauäugig wie eine Christin.«

Weil sie so sanft und nachgiebig war, fühlten ihre Mitschülerinnen sich zu ihr hingezogen, besonders die energischen, unweiblich wirkenden Mädchen. »Diana, warum konvertierst du nicht? So, wie du aussiehst, könntest du dir mindestens einen Grafen angeln.«

Aber etwas so Drastisches wollte sie nicht tun. Sie fürchtete sich zu sehr vor dem zürnenden Gott der Juden.

Trotzdem nahm sie die Einladung ihrer Mitschülerinnen an, sie doch einmal beim Kirchgang zu begleiten. Sie stand in dem düsteren Gewölbe und betrachtete verwundert die bunten Glasfenster und Statuen. Sie lauschte den brausenden Orgelklängen, staunte über den Wald von Kerzen und Fahnen, die priesterlichen Gewänder und Riten, die Kniefälle und die lateinische Liturgie. Und angesichts all dieser Pracht und Herrlichkeit schoß ihr das Wasser in die Augen.

Welch ein Unterschied zu dem chassidischen Bethaus ihres Vaters, wo es immer so schmutzig und laut war, wo immer ein wüstes Durcheinander herrschte! Frauen durften es nur einmal im Jahr – an Simchat Tora – betreten. Die Torarolle, die von Männern getragen wurde, flößte ihr Angst ein, genau wie das Schofarblasen an Rosch Haschana und wie die Jom-Kippur-Kerzen. Zugleich aber hatte sie jedesmal das Gefühl, daß dies alles irgendwie lächerlich, fremdartig und abstoßend war – und dann floh sie davor wie vor einer ansteckenden Krankheit.

Auch zu Hause kam ihr alles sonderbar und fremdartig vor: ihr Vater, seine Gäste, ihre flegelhaften Brüder, in deren Augen sie minderwertig und nur dazu nütze war, herumkommandiert und gehänselt zu werden.

Wenn sie, zusammen mit ihren Eltern, auf der Straße einer Mitschülerin begegnete, schämte sie sich vor ihr. Und ihren Brüdern ging sie aus dem Weg, um nur ja nicht in aller Öffentlichkeit von ihnen angesprochen zu werden. Sie beneidete ihre Mitschülerinnen darum, daß sie auf ihre Angehörigen stolz sein konnten. Eine Schulfreundin zu sich einzuladen, wäre ihr viel zu peinlich gewesen.

Wie bei allen Mädchen im Pubertätsalter waren Dineles Gefühle ständig in Aufruhr. Jeden Tag schwärmte sie für jemand anderen – heute für die Französischlehrerin, morgen für ihre Klassenlehrerin, meistens aber für irgendeine Schulfreundin, die ihre Schwärmerei erwiderte. Ständig küßten und umarmten sie einander, tauschten Geheimnisse aus, lachten und weinten zusammen.

Als sie dreizehn geworden war und mit dem chassidischen Burschen, der einen so komischen Namen hatte, verlobt wurde, war sie verzweifelt. Er hatte so gar nichts von ihren Romanhelden an sich. Aber sie war nicht willensstark genug, sich ihren Eltern zu widersetzen.

Während der langen Verlobungszeit verdrängte sie den Gedanken an das alles. Sie ging zur Schule und lebte so weiter wie bisher: wirklichkeitsfremd und wie in einem Traum. Mit ihrem Verlobten wechselte sie nie ein Wort. Sie sah ihn nur an den Feiertagen, an denen er ihrer und sie seiner Familie einen Besuch abstattete. Wenn er kam, trug sie ihm auf Geheiß ihrer Mutter das Essen auf, sprach aber kein Wort mit ihm.

Noch mehr verabscheute sie die Besuche bei seiner Familie. Eine fade, bigotte Gesellschaft war das! Ihre Schwiegermutter *in spe* babbelte in einem fort über Religion und fütterte ihren Gast bis zum Überdruß. Der Hausherr war eine furchteinflößende Erscheinung. Ein Blick von ihm, und Dinele gefror das Blut in den Adern. So bald sie nur konnte, ergriff sie die Flucht, als gälte es, der Gehenna zu entkommen.

Sie zog sich immer mehr in ihre Phantasiewelt zurück und dachte über die Hochzeit so wenig nach wie über den unausweichlichen Tod. Genau wie ihr Vater lebte sie in einem Wolkenkuckucksheim und verschloß die Augen vor dem, was später sein würde.

Um so größer war ihre Bestürzung, als es dann wirklich soweit war. An dem Tag, der eigentlich der glücklichste ihres Lebens sein sollte, war sie zutiefst deprimiert.

Als man ihr einhämmerte, was alles zu ihren ehelichen Pflichten gehörte, stieg ihr die Schamröte ins Gesicht. Das rituelle Bad und die anwesenden Frauen, die sie knufften, auf sie einredeten und ihr Glück und Segen wünschten, fand sie widerwärtig.

Sie war entsetzt darüber, wie barbarisch ihr Schwiegervater auf die tanzenden Paare losging. Und noch entsetzter war sie über die erste nähere Begegnung mit ihrem frischgebackenen Ehemann. Sie sagte kein Wort, als sie sich mit ihm zu Tisch setzen mußte, um die »goldene Kraftbrühe« zu essen, die Neuvermählten nach alter Tradition vorgesetzt wird.

Bloß um etwas zu sagen, fragte Simcha Meir in seinem üblichen Singsang: »Wie ist dir das Fasten bekommen?«

Sie gab keine Antwort. Diesem mageren Bürschchen, dem der große Pelzhut über die Ohren gerutscht war, hatte sie nichts zu sagen.

Als die Frauen, die ihr allerlei Ratschläge zuwisperten, sie ins Brautgemach geführt und sich dann zurückgezogen hatten, bekam sie Angst. Sie kauerte sich auf den Bettrand, als gälte es, einen feindlichen Angriff abzuwehren.

»Bitte nicht!« flehte sie den Fremden an, der auf sie zuging. »Nicht!«

Aber er scherte sich nicht darum. Er versuchte nicht einmal, sie zu beschwichtigen und etwas vertraulicher zu stimmen. Wie alle Chassidim hielt er die Frauen für minderwertige Geschöpfe, die nur dazu da waren, Eheweib und Mutter zu sein. »Was ist denn los mit dir?« fragte er barsch. »Warum führst du dich so auf?«

Da ihr Flehen offensichtlich nichts nützte, setzte Dinele sich verzweifelt zur Wehr, doch das machte ihn nur noch ungeduldiger. Er konnte es auf den Tod nicht leiden, wenn jemand ihm einen Strich durch die Rechnung machte, wenn er nicht bekam, was ihm zustand. Und auf keinen Fall wollte er sein Gesicht verlieren. Wie würde er denn dastehen, wenn man morgen dahinterkäme, daß er es nicht geschafft hatte, sie zu entjungfern? Zum Gespött würde man ihn machen!

Und so setzte er sich über ihre Einwände hinweg und nahm sie mit Gewalt, wie es sich für einen guten jüdischen Ehemann gehörte. Er war grob und brutal. Und sie verabscheute ihn.

Als Priwe am nächsten Morgen hereinkam und ihre Tochter weinend vorfand, brach sie in Gelächter aus. »Dummerchen!« sagte sie und streichelte Dineles Wange. »Benimm dich nicht wie eine dumme Gans! Du wirst ihn schon noch lieben lernen, genau wie ich gelernt habe, deinen Vater zu lieben.«

Aber es kam nicht so.

Das war nicht die Liebe, von der Dinele träumte, seit ihre Schulfreundinnen ihr anvertraut hatten, was sie über die Geheimnisse der Liebe wußten. Nein, das war eine grausame, ekelhafte Erfahrung, die einem nur Schmerz und Scham bereitete. Und so gab sich Dinele ihrer Verzweiflung hin, während die anderen sie glücklich priesen.

Sie war so niedergeschmettert, daß sie keinen Widerspruch erhob, als ihre Schwiegermutter zusammen mit den Frauen hereinkam, die – nach altem Brauch – der frischgebackenen Ehefrau die langen, schimmernden braunen Haare abschneiden sollten.

Die Schwiegermutter, eine fromme Frau, die sorgfältig darauf achtete, daß ihr Kopf immer völlig kahlgeschoren war, hatte sich vorgenommen, das gleiche von ihrer Schwiegertochter zu verlangen. Obzwar sie wußte, daß deren Angehörige es nicht zulassen würden, forderte sie die Frauen auf, Dineles Haar so kurz zu scheren, daß auch nicht ein Löckchen unter der Perücke hervorlugen würde.

Nun erhob Priwe Einspruch. »Überlaßt das gefälligst mir! Darum kümmere ich mich selber!«

Sie ließ nur Dineles Zöpfe abschneiden.

Die Schwiegermutter war entsetzt. »Das ist unerhört! Sie hat ja noch alle Haare auf dem Kopf! Das dulde ich nicht! Ich bin immerhin die Tochter des Ozorkower Rebbe ...«

»Und ich bin die Tochter des Reb Ansel von Warschau!« fiel ihr Priwe so heftig ins Wort, daß die anderen Frauen schleunigst den Rückzug antraten.

Geschickt steckte Priwe Dineles Haar hoch und setzte ihr eine kleine Lockenperücke auf, die ihrer eigenen glich. Als sie ihr Werk vollendet hatte, war nicht mehr festzustellen, welches die echten und welches die falschen Haare waren.

Sie winkte ihre Tochter zu dem großen Spiegel. »Schau's dir an, Dinele! Ich freß einen Besen, wenn die Leute das nicht für eine Coiffure frisch vom Friseur halten!«

Die Schwiegermutter seufzte. »Lieber eigene Haare als solche Faxen! Aber auf diese Weise kannst du wenigstens niemanden zum Narren halten ... Daß die Tochter des Ozorkower Rebbe so eine Frevelei erleben muß!«

Ihre hohe Atlashaube bebte genauso heftig wie Priwes Lokkenperücke. Dinele hielt sich aus dem Streit heraus. Die abgeschnittenen Zöpfe, die Priwe ihr zur Erinnerung an die Mädchenzeit überreichte, nahm sie völlig gleichgültig entgegen.

Und ebenso gleichgültig saß sie da, als ihre Schwiegermutter voller Inbrunst die lange Liste der Gesetze vorzulesen begann. Priwe jedoch sträubte sich dagegen, weil sie auch dies als Einmischung in ihre persönliche Sphäre betrachtete.

»Lektionen über Jüdischkeit habe ich wirklich nicht nötig!« sagte sie bissig. »Auch wenn ich keine Atlashaube trage.«

Worauf sie ihre Tochter majestätisch aus dem Zimmer führte.

Genauso gespannt wie Simcha Meirs Freunde waren Dineles Freundinnen, als sie zu ihr kamen, um etwas über das Geheimnis der Liebe zu erfahren. Aber Dinele schloß sie bloß schluchzend in die Arme. »Heiratet nie ohne Liebe!«

Sie konnte den Anblick ihres Ehemannes nicht ertragen. Und den Anblick ihres Vaters und ihrer Brüder auch nicht. Mehr denn je fühlte sie sich zu ihren Freundinnen hingezogen; nur für sie glaubte sie wahre Liebe empfinden zu können.

Simcha Meir versuchte es mit Freundlichkeit, doch Dinele sah nicht von ihrem deutschen Roman auf, als er sie anredete. Er fühlte sich brüskiert, riß ihr das Buch aus der Hand und überflog ein paar Zeilen, in denen von einem Alfred und einer Hildegard die Rede war.

»Was ist das?«

»Ein Roman.«

»Märchen ... Gefasel ...« knurrte er und warf ihr das Buch wieder hin. Er wollte noch etwas sagen, aber sie schaute in die andere Richtung. Beleidigt kehrte er ihr den Rücken.

»Bist du von dieser ›Tora‹ so gefesselt, daß du mir nicht einmal richtig antworten kannst?« Er rubbelte seine Handflächen, als wollte er jede Spur wegwischen, die dieser Gegenstand des Abscheus hinterlassen haben könnte.

Als er hinausgegangen war, brach Dinele in Tränen aus. Ihr war klar, daß sie niemals eine enge Beziehung zu ihm haben würde, und dieser Gedanke drückte ihr schier das Herz ab.

Sie hatte das Bedürfnis, sich jemandem anzuvertrauen. Aber wem? Hunderte hatten sich über ihr Glück gefreut und getanzt, aber über ihre Empfindungen hatte niemand nachgedacht. Ihre Mutter war vollauf mit den Gästen und Verwandten beschäftigt, die aus ganz Polen herbeigeströmt waren. Sie lief mit klirrendem Schlüsselbund herum, traf Anordnungen, spielte sich auf, putzte sich, sorgte dafür, daß dieses Hochzeitsfest noch jahrelang Stadtgespräch bleiben und daß man auch in Warschau und anderen Städten so lange davon reden würde, bis der Name Alter in ganz Polen ein fester Begriff war.

Und ihr Vater? Dinele war klar, daß er viel zu sehr mit seinen eigenen Angelegenheiten beschäftigt war, um ihr zuzuhören. Er hatte jetzt selbst genug Sorgen.

14

Nach der anstrengenden Woche mit all den Besuchen, Einladungen und Festessen war die Familie Alter erschöpft und geradezu menschenfeindlich. Die unzähligen Gratulationen, Küsse, Segenswünsche und Händedrücke hatten bewirkt, daß jeder in der Familie es satt hatte, Leute um sich zu haben – zumal Chaim Alter, der Hausherr.

Zugegeben, ganz Lodz hallte von seinem Triumph wider –

und nicht nur Lodz, sondern auch die Nachbarstädte, aber die Tausende von Rubeln, die er dafür berappen mußte, hatten ein großes Loch in seine Finanzen gerissen. Und noch dazu waren in dieser Saison keine guten Geschäfte zu machen, und die Banken schielten bereits nach Darlehensrückzahlung. Darum war Chaim Alter dieser Tage griesgrämig und empfand seinen persönlichen Erfolg nur als schwachen Trost. Und ärgerlicherweise wurde er von dem Gedanken an seine Verschuldung ausgerechnet in dem Moment überfallen, als er sich am Morgen darauf konzentrieren wollte, in Gedanken das Achtzehngebet zu beten.

Er wußte zwar nicht genau, wie hoch seine Verluste waren, denn weder er noch Samuel Leibusch konnten die Geschäftsbücher entziffern, aber ihm war klar, daß alles anders lief als sonst. Ständig mangelte es an Bargeld. Rechnungen waren fällig und wurden nicht beglichen. Donnerstags konnten die Löhne nicht ausbezahlt werden, so daß die Arbeiter keine Vorbereitungen für den Sabbat treffen konnten.

Sie wagten zwar nicht, sich zu beschweren, aber sie stießen laute Seufzer aus, und das beunruhigte Chaim Alter. Und was das Schlimmste war: Er konnte nicht mehr in Ruhe beten. Immer dann, wenn ein Jude sich von allen Äußerlichkeiten freimachen muß, gewann bei Chaim Alter der Gedanke ans Geschäft die Oberhand über die Frömmigkeit. Und er aß nicht mehr mit Genuß, und sein Mittagsschläfchen auf dem weichen Plüschsofa erquickte ihn nicht mehr.

Er zermarterte sich den Kopf, um einen Ausweg aus der Klemme zu finden. In der Fabrik wurde nach wie vor ganztägig gearbeitet. Die Belegschaft tat ihre Pflicht, egal, ob die Löhne donnerstags oder ein paar Tage später ausbezahlt wurden. Und nach wie vor arbeiteten die Leute samstags und donnerstags bis in die Nacht hinein und brachten ihre eigenen Kerzen mit. Samuel Leibusch war treu wie ein Hund. Was also war zu tun, um weitere Einsparungen zu machen?

Trotz aller Grübelei kam er zu keinem Ergebnis. Warum warf die Fabrik immer weniger Gewinn ab? Was hatte er falsch gemacht?

Nachdenken zu müssen war ihm ein Graus, aber noch verhaßter war es ihm, sich Sorgen machen zu müssen. Seit seiner

Heirat (die Mitgift hatte er dazu benützt, die Fabrik zu eröffnen) war er noch nie in ernsthafte Schwierigkeiten geraten. Stets hatte er standesgemäß leben können. Die Erträge waren manchmal ein bißchen besser, manchmal ein bißchen schlechter gewesen, aber solche Marktschwankungen hatte er sich nie zu Herzen genommen. So etwas gehörte eben zum Geschäftsleben. Es hatte ihn auch nicht beunruhigt, wenn gelegentlich einer seiner Schuldner Pleite gemacht hatte. Er nahm die Einbußen in Kauf und machte sie dann durch Preiserhöhungen wieder wett. So etwas gehörte eben zu den allgemeinen Unkosten, genau wie die Arbeitslöhne, der Einkauf des Rohmaterials und vieles andere. Im übrigen ließ sich mit denen, die Pleite gemacht hatten, immer irgendein Vergleich aushandeln: Manchmal sprang dabei die Hälfte des geschuldeten Betrags heraus, manchmal ein Drittel – ganz wie Gott es fügte. Es gab keinen Handel und Wandel ohne Pleiten. Das gehörte eben zu den Spielregeln des Geschäftslebens.

Jahrelang war alles so weitergegangen. Chaim Alter hatte ganz einfach deshalb keine Bilanzen gemacht, weil um so weniger Gewinn herauskam, je mehr er nachrechnete. Es genügte ja, zu wissen, daß man betucht, um nicht zu sagen reich war. Nicht viele Lodzer Bürger standen in so hohem Ansehen wie er. Wenn er ein Bankhaus betrat, begrüßte ihn der Direktor mit einer tiefen Verbeugung. Und die Bankiers, diese glattrasierten Vornehmtuer, baten ihn sogar in ihr Kontor und boten ihm Zigarren an.

Einen anderen hätte so viel Prestige vielleicht korrumpiert und dazu verleitet, seiner innersten Überzeugung untreu zu werden, Chaim Alter jedoch war Jude und Chassid geblieben. Und das wußten die anderen Chassidim zu schätzen. Der Rebbe höchstpersönlich rechnete ihm das hoch an.

Und niemand konnte Chaim Alter Knausrigkeit vorwerfen. Er spendete regelmäßig Geld für das Bethaus und finanzierte die Hochzeit mittelloser Mädchen. Und dem Hof seines Rebbe ließ er großzügige Spenden zukommen. Er war kein Pfennigfuchser wie andere reiche Männer, denn er wußte, daß es nicht nur eine materielle, sondern auch die kommende Welt gibt, die herrlicher ist als alles Geld, das jemals geprägt wurde. Und ein Jude mußte sich auf diese kommende Welt vorbereiten. Um in sie eingehen zu dürfen, mußte er gute Werke vorweisen können, andernfalls mußte er sich – Gott behüte! – auf die Gehenna mit ihren Feuern und grausamen Qualen gefaßt machen.

Deshalb war Chaim Alter freigebig und trauerte keinem Groschen nach, den er für wohltätige Zwecke gespendet hatte. Denn er wußte: Ein Jude muß ein Jude bleiben. Gott der Allmächtige hatte für alle in dieser Welt Bedarf – für Reiche und Arme, Wohltäter und Schnorrer. In Seiner unendlichen Weisheit hatte Er ihn, Chaim Alter, auserwählt, zu den Reichen zu gehören. Der Schöpfer hatte es so gefügt, daß Geld in die Taschen Chaim Alters floß, auf daß er den Armen Wohltaten erweisen und dafür sorgen konnte, daß seine Arbeiter ein Bethaus, einen Vorleser für den Gottesdienst und Zitrusfrüchte für das Laubhüttenfest hatten. Und von Gott war ihm auch die Pflicht auferlegt worden, seinen Untergebenen Geld für Hochzeiten, Bestattungen und Beschneidungen zu spendieren.

Da waren natürlich auch noch die Ausgaben für seinen eigenen Haushalt. Er wußte nie, wie hoch sie eigentlich waren. Immer wenn Priwe die juwelengeschmückte Hand aufhielt, gab er ihr einen Packen Geldscheine. Sie wußte erst recht nicht, wieviel sie tatsächlich ausgab. Das Geld rann ihr nur so durch die Finger. Oft vergaß sie, wo sie ihr Geld hingelegt hatte. Oder sie verlor etwas davon und bezichtigte die Hausmädchen des Diebstahls, worauf diese in Tränen ausbrachen. Kaum war eine Banknote oder ein Schmuckstück wiedergefunden worden, da hatte Priwe sie schon wieder verloren.

Mit Vorliebe hielt sie in den Läden Ausschau nach preisgünstigen Angeboten und kaufte dann alles mögliche, ob sie es brauchen konnte oder nicht. Ständig kamen Händler ins Haus und legten ihr Rechnungen über Einkäufe vor, an die sie sich gar nicht mehr erinnern konnte.

Und sie war erpicht darauf, Kurorte zu besuchen und ausländische Kapazitäten zu konsultieren, deren Befunde dann den ganzen Winter lang als Gesprächsthema herhalten mußten. Sie reiste von Kurbad zu Kurbad, von einem Arzt zum andern. Ihr Toilettentisch und ihre Kommoden waren vollgestopft mit Fläschchen, Ampullen und Dosen, die verschiedenfarbige Arzneien, Stärkungsmittel und Pillen enthielten, die sie nicht einnahm. Auch allerlei Einkäufe brachte sie aus dem Ausland mit – ganze Koffer voller Seidenstoffe, Preziosen, Spitzen, Kristall und

Antiquitäten. Jedesmal versuchte sie, die Sachen durch den Zoll zu schmuggeln, und jedesmal wurde sie erwischt. Die Kabbelei mit den Zollbeamten machte sie wieder ganz krank, so daß sie schon bald in andere Kurorte und zu anderen Spezialisten reisen mußte und der ganze Wirbel von vorne begann.

Im Haus herrschte ständig Unordnung, weil Priwe die Zimmer immer wieder neu möblieren und tapezieren ließ. Sie wollte den anderen Lodzer Damen, die ihre Wohnungen so oft neu einrichten ließen, nicht nachstehen.

Chaim Alter wußte natürlich, daß all das einen Haufen Geld kostete, aber er konnte Priwe einfach nichts abschlagen. Dazu liebte er sie viel zu sehr. Obwohl sie schon erwachsene Kinder hatte, war sie immer noch eine hübsche Frau. Und sie hatte einen ausgezeichneten Geschmack. Wenn er mit ihr spazierenging oder in den Kurorten flanierte, drehten sich die Männer nach ihr um, und das erfüllte ihn mit Stolz. Und darum gab er ihr jedesmal, wenn sie ihre mollige Hand aufhielt, soviel Geld, wie sie haben wollte.

Und er selber gab auch nicht gerade wenig aus. Ganz abgesehen davon, daß er seinem Rebbe und dem Bethaus Spenden zukommen ließ, unternahm er jeden Sommer eine Badereise und leistete sich noch so manchen anderen Luxus.

Aber er wußte ja, daß alles so war, wie es sein sollte. Es war doch keine Sünde, einen Haufen Geld für Kleider und neues Mobiliar auszugeben. Denn erstens: Warum knausern? Was war denn der Mensch? Vergänglich. Heute noch hier, morgen dahin. Warum also in einem Schweinestall leben?

Und zweitens: Es war gut fürs Geschäft. Nichts wurde in Lodz so sehr bewundert wie Reichtum. In Lodz wußte jeder, was die anderen im Kochtopf hatten. Ein Lodzer Geschäftsmann brauchte bloß eine Saison im Kurbad auszulassen oder seine Frau ohne ihre Juwelen zu einer Einladung mitzunehmen, und schon begann man zu tratschen, er stehe kurz vor der Pleite und werde im Armenhaus enden.

Chaim Alter *wollte* keine Bilanzen machen. Ihm genügte es, zu wissen, daß in der Fabrik alles flutschte, daß die Arbeiter nicht müßig herumhockten, daß die Webstühle unentwegt ratterten, daß die Leute auf der Straße Respekt vor ihm hatten und daß er ein *Mensch* im jüdischen Sinne des Wortes war: jemand, der Gott dient und Nächstenliebe übt.

Seinen Kindern gegenüber war er auch nicht knauserig. Hatte er seiner Tochter denn nicht zur besten Partie verholfen, die man in Lodz machen konnte? Hatte er nicht die stattlichste Mitgift berappt und die fürstlichste Hochzeit ausgerichtet? Und das alles, ohne sich wegen der Kosten dieser ganzen Angelegenheiten Gedanken zu machen. Priwe hatte immer wieder die Hand aufgehalten, und er hatte immer wieder einen Haufen Geld hineingelegt.

Und jetzt, nach diesem ganzen Wirbel, kam Samuel Leibusch mit langem Gesicht zu ihm. Er wurde von allen möglichen Händlern bedrängt, denen Priwe Aufträge erteilt hatte, an deren Kostenpunkt sie sich jetzt nicht mehr erinnern konnte. Eine Flut von Rechnungen brach über ihn herein. Schneider, Schuhmacher, Näherinnen, Teppichwirker, Kolonialwarenhändler, Fleischer und Fischhändler stürzten sich wie ein Heuschreckenschwarm auf ihn.

Samuel Leibusch konnte sie nicht beschwichtigen. Die Arbeiter in der Fabrik seufzten und zogen Gesichter, weil sie zum Sabbat ihr Geld haben wollten. Aus dem Ausland kamen enorm hohe Rechnungen für das Rohmaterial. Keinerlei Bargeld ging ein, und die Banken hatten Chaim Alter bereits den Kredit gesperrt. Es war schwierig, in Lodz Rubel aufzutreiben, und Samuel Leibusch stand mit gesenktem Kopf – ganz so, als wäre *er* an allem schuld – vor seinem Dienstherrn.

»Reb Chaim«, sagte er und wandte den Blick ab wie ein Dieb, »wir sind leider in der Klemme.«

Chaim Alter machte eine abwehrende Handbewegung. Er war nach dem Hochzeitstrubel einfach zu müde für solche Rührszenen. »Red keinen Stuß!«

Aber Samuel Leibusch ließ sich nicht abwimmeln. Tagelang hatte er sich durch die Geschäftsbücher geackert. Er hatte addiert, subtrahiert, multipliziert und die Kugeln des russischen Rechenbretts hin und her geschoben, aber jedesmal war er zu einem anderen Ergebnis gelangt und hatte wieder von vorne anfangen müssen. Kopfweh und blutunterlaufene Augen hatte er bekommen, aber es war zwecklos. Die Rechnung ging nicht auf. Schließlich hatte er den ganzen Kram beiseite geschoben. Und nun riet er Chaim Alter, einen Buchhalter damit zu betrauen.

Doch davon wollte Chaim Alter nichts wissen. »Ich verabscheue Buchhalter! Du weißt doch, was ich immer sage: Je mehr man nachzählt, desto weniger hat man ...«

Er konnte diese Litwaks nicht ausstehen, diese Feinde Israels, die es geschafft hatten, die Buchhalter von ganz Lodz zu werden. Aber Samuel Leibusch drängte und drängte, und schließlich gab Chaim Alter nach.

»Nu ja, nu ja. Es ist zwar so unnötig wie ein Kropf, aber von mir aus kannst du einen dieser Dummköpfe herbestellen.«

Der dürre Litwak, dessen Zwicker an einem dicken schwarzen Band befestigt war, saß acht Tage lang über Chaim Alters Geschäftsbüchern und versuchte, aus den zahlreichen Nachträgen, Notizen und ausradierten Stellen schlau zu werden.

»Einnahmen, Ausgaben ...« murmelte er beim Nachrechnen vor sich hin. »Hol's der Teufel!«

Chaim Alter konnte den Anblick dieses Habenichts mit dem stoppligen Kinn und dem Gummikragen um den knorrigen Hals einfach nicht ertragen. Von ihm aus konnten Fabrikanten und Bankiers ihren Glauben aufgeben, aber daß so ein Lumpenpack es tat – das war unerhört! Ein Litwak taugte weder für diese noch für die kommende Welt. Chaim Alter wollte sich diesen Kerl, dessen lumpiges Jackett viel zu kurze Ärmel hatte und der nach litauischem Knoblauch stank, vom Leib halten. Doch der Litwak ließ ihm keine Ruhe.

»Was ist *das*?« fragte er heiser und deutete auf einen Zahlenwirrwarr.

Chaim Alter antwortete, was ihm gerade einfiel, aber der Litwak ließ ihn im Netz zappeln.

»Unkosten sind doch keine Einkünfte, hol's der Teufel!«

Nach acht Tagen war er endlich mit allen Vagheiten, Abkürzungen, »Einnahmen« und »Ausgaben« zu Rande gekommen und erstellte eine akribisch genaue Bilanz. Die Zahlenkolumnen des Kredit- und Debitsaldos waren so tadellos ausgerichtet wie Soldaten, dic in Reih und Glied zur Generalinspektion angetreten sind.

Er stand vom Stuhl auf, dehnte die mageren Arme, rückte den Zwicker gerade und verkündete mit starkem litauischen Akzent: »Gospodin Alter, Sie sind pleite.«

Chaim Alter sprang auf, so stürmisch, wie er es nicht einmal an Rosch Haschana tat, wenn er am Tisch seines Rebbe saß.

»Du weißt nicht, was hinten und vorn ist, du Litwakschwein!« Wutentbrannt klappte er sein neues Kontobuch zu, das der Buchhalter so sorgfältig angelegt hatte. Der Litwak nahm's ihm nicht übel. Er schlug das Buch wieder auf und deutete mit dem dürren Finger auf die schnurgeraden Zahlenkolumnen. »Sie sind pleite, Gospodin Alter. Zwei-fel-los.«

Erst dieses in gedehntem Russisch geäußerte Wort konnte Chaim Alter überzeugen. Er griff wütend in seine Hosentaschen, stülpte sie – und dann auch die Taschen seiner rot und blau gepunkteten Weste – nach außen und brüllte seinen Gehilfen an: »Samuel Leibusch, hast du gehört, in welchem Zustand *deine* Geschäfte sind? Was sagst du dazu?«

Samuel Leibuschs Gesicht lief so rot an, als ginge das alles tatsächlich auf sein Kerbholz.

Danach lief Chaim Alter in seiner Wohnung auf und ab, und unaufhörlich gingen ihm die Worte des Litwaks durch den Kopf: »Sie sind pleite, Gospodin Alter. Sie sind pleite ...«

Er wollte sich zunächst mit seiner Frau beraten, doch sie ließ ihn nicht einmal ausreden. »Chaimsche, du weißt doch, daß ich von diesen Dingen nichts verstehe. Du wirst schon allein damit fertig.«

Er sah ein, daß er Tacheles mit ihr reden mußte, und bat sie, ihm kurzfristig ihre Brillanten zur Verfügung zu stellen, die er von Samuel Leibusch in aller Verschwiegenheit verpfänden lassen wolle, bis die Lage sich etwas entspannt hätte. Das würde ihm eine kurze Verschnaufpause verschaffen, denn dann könnte er wenigstens die kleinen Gläubiger loswerden, all diese verflixten Handwerker und Krämer, die ihm ständig im Nacken säßen.

Mit blutleerem Gesicht starrte Priwe ihn an. Dann erschienen fiebrige rote Flecken auf ihren Wangen. »Mame!« lamentierte sie, und aus ihren blauen Augen ergoß sich eine wahre Tränenflut. »Ich darf also nichts mehr essen. Ich darf mir keine Butter mehr aufs Brot streichen und keinen Zucker mehr in den Tee tun. Möchtest du *das*?«

Chaim Alter sah ein, daß es keinen Zweck hatte – seine Frau begriff gar nicht, worum es ging. Ihre einzige Sorge war, ob sie im Sommer wieder ins Kurbad reisen konnte. Er beschwichtigte sie und ging hinaus.

Am nächsten Morgen besuchte er seinen Rebbe, um sich Rat zu holen. Doch auch dieses Gespräch half ihm nicht weiter. Für alles, was ihn bedrückte, hatte der Rebbe nur *eine* Antwort: daß der Allmächtige helfen werde.

Auch seine Söhne standen ihm nicht bei. Sie waren immer nur darauf aus gewesen, ihrem Vater Geld aus der Tasche zu ziehen. Und so blieb Chaim Alter nichts anderes übrig, als sich an Abraham Hersch Aschkenasi, den Vater seines Schwiegersohns, zu wenden.

Nach der feierlichen Verabschiedung des Sabbats suchte er ihn auf. Abraham Hersch legte sein rotes Schnupftuch als Lesezeichen in die *Gemara*, um auf diese Weise anzudeuten, daß er das Studium der Lehre nur für kurze Zeit unterbrechen wollte. Dann hörte er eine Stunde lang gelassen und ohne ein Wort zu äußern dem erregten Bericht seines angeheirateten Verwandten zu.

Obzwar das Zimmer mit dem massiven Mobiliar, den braun tapezierten Wänden und dem großen Stahltresor kalt und beklemmend wirkte, geriet Chaim Alter ins Schwitzen. Man hatte ihm ein Glas Tee gebracht, aber er trank keinen Schluck, sondern redete und redete – im Brustton der Überzeugung. Als er endlich schwieg, fixierte ihn Abraham Hersch und sagte bloß ein einziges Wort: »Nein.«

Chaim Alter war in Schweiß gebadet. »Ihr wollt mich doch nicht untergehen lassen? An wen soll ich mich denn wenden, wenn nicht an Euch?«

Abraham Hersch antwortete mit einem Weisheitsspruch: »Wer sich im Leben keine Rechenschaft ablegt, der stirbt ohne Sündenbekenntnis.«

Als Chaim Alter wiederum erregt auf ihn einsprach und ihn sogar vertraulich am Bart faßte, nahm Abraham Hersch das rote Schnupftuch aus der *Gemara* und vertiefte sich wieder in die Vorschriften über die Anzahl der Rutenhiebe, die ein Sünder zu erwarten hat. »Wie viele Hiebe soll er bekommen?« las er in einer Art Singsang, ohne die geringste Notiz von Chaim Alter zu nehmen.

Nach dieser Abfuhr war Chaim Alter so deprimiert, daß er es am Abend versäumte, die Worte zum Sabbatausgang – »Daß Gott dir gebe ...« – zu sprechen, die er sonst immer so begeistert psalmodierte. Und die Zigarre, die Samuel Leibusch ihm wie gewohnt brachte, spuckte er wütend aus. »Ein mieses Kraut! Gallenbitter!«

Auch gegen den süßen, aromatischen Tee, den Hadassa ihm servierte, hatte er etwas einzuwenden. »Warum hast du keinen frischen Tee aufgebrüht? Soll ich aufgewärmten trinken?«

Hadassa stieg das Blut ins Gesicht. »Gott der Gerechte! So gut wie dieser Tee schmeckt, so gut möcht' ich's haben!«

Aber Chaim Alter wollte ihn nicht einmal kosten. Er musterte seine Söhne, diese Flegel, die unbekümmert Karten spielten. »Ihr liederlichen Verschwender!« brüllte er und riß ihnen die Karten aus der Hand, als ob er die Burschen zum ersten Mal dabei ertappt hätte. »Ihr und eure Karten – ihr bringt mich noch an den Bettelstab!«

In der Nacht wälzte er sich auf seinen drei Daunenkissen, die ihm plötzlich steinhart vorkamen, hin und her. Ganz Lodz sah er in dieser schlaflosen Nacht vor sich, aber er wußte einfach nicht, an wen er sich in dieser Notlage wenden sollte.

Der Morgen graute schon, als ihm plötzlich einfiel, *wer* ihm helfen konnte, *wer* das nötige Bargeld hatte und es derzeit nicht selber brauchte. Wie dusselig von ihm, daß er nicht eher daran gedacht hatte!

Ihm fiel ein Stein vom Herzen. Jetzt konnte er schlafen – tief und traumlos.

15

Simcha Meir hörte sich die Sorgen seines redseligen Schwiegervaters mit einer völlig anderen Einstellung als sein Vater an. Chaim Alters eindringliche Bitten waren mit Sinnsprüchen, Lebensregeln und Gleichnissen verbrämt, liefen aber alle auf das gleiche hinaus: »Glaub mir, Simcha Meirsche, ich zahle dir viel höhere Zinsen als die Bank. Und du kannst ganz beruhigt sein. Ich werde doch – Gott soll schützen! – mein eigenes Kind nicht schädigen!«

»Gewiß nicht, Schwiegervater.« Simcha Meir nickte verständnisvoll.

Insgeheim frohlockte Chaim Alter schon über die rasche Zusage seines Schwiegersohnes. »Simcha Meir, mein Bester, dein Geld wird sich vermehren. Du bekommst Zins und Zinseszins. Und du wirst bei mir verköstigt so lang du willst, hörst du, Simcha Meirsche?«

»Ich höre, Schwiegervater.« Er nickte freundlich.

Aber als es an der Zeit war, zur Bank zu gehen und die zehntausend Rubel abzuheben, zögerte er. »Ich muß mich erst mit meinem Tate beraten«, erklärte er scheinheilig.

»Warum deinen Tate damit belasten?« Chaim Alter versuchte, seine Bestürzung zu verbergen. »Du bist doch kein Einfaltspinsel! Du weißt doch selber, was du zu tun hast.«

»Du sollst deinen Vater ehren ...« zitierte Simcha Meir salbungsvoll. »Ich würde mich nicht trauen, so etwas ohne den Rat meines Vaters zu tun.«

Chaim Alter lief stundenlang mit ihm in der Wohnung auf und ab, tätschelte ihn, lobte seinen Scharfsinn und seinen gesunden Menschenverstand, aber Simcha Meir blieb halsstarrig. »Glaubt mir, Schwiegervater, ich vertraue Euch voll und ganz. Aber ohne Papas Zustimmung sind mir die Hände gebunden. ›Du sollst deinen Vater ehren.‹ Ich werde die Angelegenheit noch heute mit ihm besprechen.«

Das tat er natürlich nicht. Er dachte gar nicht daran, den Rat seines Vaters einzuholen. Er war lange genug unter der Fuchtel gestanden. Jetzt war er sein eigener Herr. Die Mitgift war auf *seinen* Namen einbezahlt worden, und wozu sie verwendet werden sollte, wußte er besser als sein Vater. Es war nur eine Kriegslist, daß er seinen Schwiegervater ein paar Tage schmoren ließ – so lange, bis Chaim Alter schier aus der Haut fuhr. Erst dann rückte Simcha Meir mit den angeblichen Ratschlägen seines Vaters heraus.

Mit gelassener Miene und auf eine arrogante und zugleich resolute Art äußerte er sich beim Mittagessen kurz und bündig zu der Angelegenheit. Er strich sich Butter auf eine Semmel, biß genüßlich hinein und zählte mit vollem Mund die »Bedingungen« seines Vaters auf. »Mein Tate sagt, ich muß eine Nebensicherheit haben.«

Chaim Alter wurde puterrot und sprang auf. »Du bekommst Schuldscheine von mir! So und nicht anders wird's gemacht!«

Simcha Meir schnitt sich ein Stück Käse ab, legte es auf seine

Semmel und tat den Vorschlag seines Schwiegervaters mit einer Handbewegung ab. »Mein Tate besteht darauf, daß ich keine Schuldscheine annehme. Er sagt, ich soll dem Herrn Schwiegervater das Geld auf Hypothek leihen. Eine Hypothek auf sein Haus.«

»Eine Hypothek? Was für einen Gefallen tätest du mir denn damit? Auf Hypothek kann ich das Geld auch woanders bekommen.«

»Weshalb tut's der Herr Schwiegervater dann nicht?« Simche Meir sah ihn treuherzig an.

Einen ganzen Tag lang bearbeitete Chaim Alter seinen Schwiegersohn. Er versuchte, ihn von seiner Kreditwürdigkeit zu überzeugen. Er hielt ihm vor, wie unziemlich es für einen Schwiegersohn sei, den Schuldscheinen seines Schwiegervaters zu mißtrauen – zumal wenn dieser ein hochangesehener Mann sei, dem andere immer sehr gern ihr Geld anvertraut hätten.

Simcha Meir blieb stur. »Was kann ich tun? Mir sind die Hände gebunden.«

Auch als Chaim Alter sich schließlich mit der Hypothek einverstanden erklärte, hatte es Simcha Meir mit dieser Transaktion nicht eilig, sondern erklärte, er müßte die Sache nochmals mit seinem Vater besprechen.

Chaim Alter explodierte. »Noch einmal? Das wird ja eine Geschichte ohne Ende!«

Simcha Meir wusch seine Hände in Unschuld und schwieg. In der Zockerrunde bei Schillem dem Bäcker hatte er die Erfahrung gemacht, daß man verhalten spielen muß, sobald ein Gegner die Nerven verliert. Nein, er habe seinen Vater nicht zu Hause erreichen können ... Ja, er *habe* ihn angetroffen, aber für ein Gespräch habe Papa keine Zeit gehabt ...

Chaim Alter kochte bereits vor Wut, als Simcha Meir ihm endlich Bescheid gab. »Mein Tate sagt, ich darf mich nur auf eine *erste* Hypothek einlassen. Andernfalls wird nichts daraus.«

Chaim Alter tobte und geiferte. Sein Haus war bereits mit einer Hypothek belastet. Simcha Meir hatte das natürlich schon die ganze Zeit gewußt. Er hatte Erkundigungen über die finanzielle Situation seines Schwiegervaters angestellt – und in einer Stadt, in der jeder über die Geschäfte der anderen Bescheid wußte, waren die Leute nur zu gern bereit, schlechte Nachrichten weiterzuerzählen. Eben weil er von jener ersten Hypothek wußte, hatte er verlangt, daß sein Schwiegervater sie bei ihm aufnehmen sollte. Tatsächlich war er hinter einer viel fetteren Beute her.

Von Kindheit an hatte ihm Chaim Alters Fabrik in die Augen gestochen. Nicht, daß er an Handwebstühlen interessiert gewesen wäre – nein, er setzte auf das *neue* Lodz, das moderne Lodz, auf die Dampfkraft. Die großen Fabrikgebäude mit den hohen Schornsteinen hatten ihn schon immer fasziniert. Nichts roch er lieber als den Rauch, der aus diesen Schornsteinen quoll. Das Schrillen der Fabriksirenen war Musik in seinen Ohren.

Die alten Handwebstühle waren ihm so zuwider wie die bärtigen Weber mit den Scheitelkäppchen, die ihn an das verhaßte Lernhaus erinnerten. Ihn interessierte immer nur das Allerneueste, das Größte und Beste. Im Geist sah er sich schon als Lodzer Großindustriellen, der einer Unmenge dienstbeflissener Handlanger Befehle erteilte. Aber er wußte natürlich, daß Rom nicht an einem einzigen Tag erbaut worden ist. Alle Lodzer Industriellen hatten mit Handwebstühlen begonnen und sich ihre dampfbetriebenen Webereien erarbeitet.

Das hieß aber keineswegs, daß auch er nur nach und nach vorankommen würde. Lodz war nicht mehr, was es einmal gewesen war. Alles ging jetzt schneller. Er jedenfalls würde die erste Stufe überspringen. Schließlich war er der Sohn von Abraham Hersch Aschkenasi, der Schwiegersohn von Chaim Alter und der Besitzer von zehntausend Rubeln (zuzüglich Zinsen). Mit solchen Vorgaben konnte man etwas erreichen – vorausgesetzt, man hatte einen ausgeprägten Geschäftssinn. Mit diesem Kapital konnte man mit fünfzig, nicht bloß mit fünf Handwebstühlen beginnen.

Über die Charaktereigenschaften seines Schwiegervaters war er sich bereits völlig klar. Chaim Alter war weich, schwach und träge. Er frönte dem Wohlleben und der Bequemlichkeit. Und er war ein Pantoffelheld. Simcha Meir hatte schon als Junge gewußt, daß Chaim Alter nicht in das neue Lodz passen und daß er selber eines Tages zu dieser Fabrik gehören würde. Er hatte die Zustände, die dort herrschten, genau beobachtet und war überzeugt, daß die Weberei früher oder später jemandem zufallen würde, der Geschäftssinn besaß, Neuerungen einführte und den Mut hatte, aus dem Betrieb ein möglichst rentables Unternehmen zu machen. Darum hatte er es abgelehnt, einen Teil der Mitgift an Stelle von Bargeld in Form von Schuldscheinen zu akzeptieren. Wie klug diese Entscheidung gewesen war, stellte sich jetzt heraus.

Seine Chance war da! Er hatte es satt, im Haus herumzulungern und, über die Tora gebeugt, dazuhocken. Und da er wußte, wie katastrophal die Saison für die Webwarenindustrie gewesen und wie knapp Bargeld war, rechnete er nicht damit, daß sein Schwiegervater sich lange gegen die Bedingungen sträuben würde, die er ihm jetzt stellte.

Zunächst brauste Chaim Alter auf und warf seinem Schwiegersohn Hartherzigkeit und Unredlichkeit vor.

Simcha Meir hielt den Mund. Er widmete sich plötzlich mit ungewöhnlichem Eifer seinen Studien. Chaim Alter ging ihm aus dem Weg. Als seine Gläubiger aber immer heftiger drängten und Samuel Leibusch sie nicht mehr in Schach halten konnte, gab er klein bei und akzeptierte Simcha Meirs Bedingungen.

Mit seinen zehntausend Rubeln kaufte sich Simcha Meir als Kompagnon ein, der zu einem Drittel an der Weberei beteiligt war. Er bestand auf der Ausfertigung eines Vertrags, der zahlreiche Vorbehaltsklauseln und Formulierungen wie »in Anbetracht dessen ...« enthielt. Die Ausfertigung dauerte so lange, daß Chaim Alter bereits Blut schwitzte, als er den Zaster endlich ausgehändigt bekam – Geld, das vorher sein eigenes gewesen war, ein Betrag, dessentwegen er sich in Schulden gestürzt hatte, damit er seiner Tochter einen hochgelehrten Bräutigam, einen Wunderknaben kaufen konnte.

»Du bist ein harter Mensch, Simcha Meir.« Er seufzte, als sie beide das Kontor des Notars verließen und ihre neue Partnerschaft mit Handschlag besiegelten.

Und nun, da Chaim Alter bekommen hatte, was er haben wollte, versuchte er, seinen Schwiegersohn von der Fabrik fernzuhalten und zur Fortsetzung seiner Studien zu bewegen. Aber Simcha Meir hatte andere Pläne. »Wenn wir schon Geschäftspartner geworden sind, dann sollten wir es wirklich und nicht bloß dem Namen nach sein«, sagte er mit gespielter Redlichkeit. »Ich kann doch den Herrn Schwiegervater nicht die ganze Last alleine tragen lassen. Ich halte mich an unsere Abmachung.«

Als Abraham Hersch von der Sache erfuhr, beauftragte er Jakob Bunim, seinen Bruder sofort zu holen. Jakob Bunim, der es möglichst rasch hinter sich bringen wollte, stieß im Wohnzimmer der Familie Alter zufällig auf Dinele, die, wie so oft, mit untergeschlagenen Beinen auf dem Sofa saß und einen Roman las.

»Guten Abend«, sagte er reserviert.

Sie schien bestürzt und begann zu zittern. Ebenfalls ganz verwirrt, legte Jakob Bunim die Hand an den Mützenschirm, wie er es früher getan hatte, wenn er Dinele auf der Straße begegnete.

»Wie geht es, Jakob?« fragte sie formell.

»Wie geht es, Dinele?«

Dann schlugen beide die Augen nieder und schwiegen.

Simcha Meir begrüßte seinen Bruder nicht gerade herzlich. Er ahnte, daß dieser Besuch Ärger bedeutete.

Sein Vater legte wie üblich das Schnupftuch in die *Gemara* und ließ den Sohn eine ganze Weile stehen und warten.

Wie immer, wenn er zornig war, sprach er leise. »Simcha, hast du mich gefragt, ob du das Geld abheben darfst?«

»Nein, Tate.«

»Warum hast du es dann ohne mein Wissen getan?«

»Der Herr Schwiegervater war in Geldverlegenheit«, antwortete sein Sohn mit Unschuldsmiene, »und er hat mir leid getan.«

Abraham Hersch kniff die Augen zusammen. »Du wolltest also ein gutes Werk tun?«

»Ja, Tate.«

»Deinem Vater zu gehorchen, ist wohl *kein* gutes Werk?«

Simcha Meir schwieg.

Abraham Hersch schob seine Jarmulke zurück und musterte seinen Sohn. Wenn der Bursche beim Lügen wenigstens die Augen niedergeschlagen hätte! Aber er zuckte nicht mit der Wimper und behielt diesen scheinheiligen Gesichtsausdruck bei – bis der Vater schließlich seine mühsam bewahrte Fassung verlor.

»Hör gut zu, du Heiliger! Ich befehle dir, dich wieder deinen Studien zu widmen!«

»Ich werde lernen, wann immer ich Zeit dazu habe. Das verspreche ich dir, Tate.«

»Nein, du wirst die vollen fünf Jahre, die du dort verköstigt wirst, mit Lernen verbringen!«

»Ich kann dem Herrn Schwiegervater nicht die ganze Last aufbürden. Es steht doch geschrieben: ›Du sollst nicht zusehen, wie deines Bruders Esel oder Ochse am Weg zusammenbricht, und dich davor verstecken. Wahrlich, du sollst ihm helfen, sie wieder aufzurichten.‹«

Abraham Hersch stieg das Blut ins Gesicht. »Du Beschmutzer Israels – wag es nicht, die Fabrik zu betreten, ehe die fünf Jahre vorbei sind! Darauf mußt du mir dein Wort geben!« Er hielt ihm die behaarte, muskulöse Hand hin.

Simcha Meir ließ seinen Vater mit ausgestreckter Hand stehen.

Es wurde so still im Zimmer, daß nur noch das schwere Atmen Jakob Bunims zu hören war. Dreißig Sekunden lang ertrug Abraham Hersch die Demütigung. Dann hob er die Hand und schlug Simcha Meir mit aller Kraft ins Gesicht.

»Hinaus mit dir, Verworfener!«

Schweigend hob Simcha Meir seinen hinuntergefallenen Seidenhut auf, rieb sich die rot angelaufene Backe und verließ das Haus. Abgesehen davon, daß seine Backe schmerzte, fühlte er sich wohl. Auf dem Heimweg lächelte er sogar.

Was bedeutete eine väterliche Ohrfeige denn schon für den Juniorpartner der Firma Alter, für einen unabhängigen Geschäftsmann, der drauf und dran war, sich in Lodz durchzusetzen, nicht nur mit fünf, sondern gleich mit fünfzig Webstühlen, und der sich vorgenommen hatte, einmal die allerhöchsten Fabrikschornsteine sein eigen zu nennen?

Gierig sog er die rußige Lodzer Luft ein, zuversichtlich stapfte er die schlechtgepflasterten Gehsteige entlang.

16

Mit seiner ganzen jugendlichen Energie, mit dem gleichen Feuereifer, mit dem er bei Schillem dem Bäcker die Spielkarten manipuliert hatte, stürzte sich Simcha Meir in die Aufgabe, die Fabrik hinter dem Haus seines Schwiegervaters zu übernehmen. Er war einfach überall. Seine gespitzten Ohren nahmen jeden Laut wahr, dem täuschend milden Blick seiner grauen Augen entging nichts.

Zunächst nahm er sich die schlampig geführten Geschäftsbücher vor, die dem litauischen Buchhalter soviel Kopfzerbrechen gemacht hatten. Für Simcha Meir waren sie kein Problem. Er addierte, subtrahierte, multiplizierte und dividierte auf eine höchst unkonventionelle, aber ungemein praktische Art und Weise, bis die Bilanz auf den letzten Groschen stimmte.

Dann verbot er allen anderen, auch seinem Schwiegervater und Samuel Leibusch, die Kontobücher jemals wieder anzurühren.

Als nächstes nahm er sich die Stöße von Briefen, Bestellungen, Quittungen und überfälligen Rechnungen vor, die überall herumlagen und meistens in den Taschen seines Schwiegervaters landeten und vergessen wurden.

Er konnte keine Fremdsprachen, bloß ein paar Brocken Deutsch, die er von Goldlust, dem Buchhalter, und aus Schulbüchern aufgeschnappt hatte. Die wenigen russischen Wörter, die er kannte, hatte er im Hause seines Vaters von litauischen Handlungsreisenden aufgeschnappt. Aber er besaß das natürliche Talent, mittels eines einzigen Wortes zehn andere zu erklären. Und er hatte ein enormes Selbstvertrauen. Ohne lange zu fackeln, schrieb er Antwortbriefe an Kunden – Briefe, die von orthographischen und grammatischen Fehlern strotzten, aber sachlich und prägnant waren.

Als er den Papierkram erledigt hatte, knöpfte er sich Samuel Leibusch vor. Zunächst übernahm er den Tresor, den Chaim Alter in all den Jahren seinem Gehilfen anvertraut hatte. Samuel Leibusch nahm das nicht einfach hin. Er war gewöhnt, die volle Verantwortung für den Betrieb zu tragen und seinem Dienstherrn auf Wunsch Bargeld auszuhändigen. Es wurmte ihn, daß er sich jetzt einem neuen Chef fügen sollte, einem Grünschnabel, der ständig an seinem Bartflaum zupfte, als könnte er dadurch den Bartwuchs beschleunigen, einem Rotzbengel, dem sozusagen noch die Muttermilch an den Lippen klebte.

Er lehnte es rundweg ab, auf Simcha Meir zu hören und ihm den Tresorschlüssel zu übergeben. »*Ich* zahle dem Chef das Geld aus. Damit hast du nichts zu schaffen, Simcha Meir!«

Dem Ton, den er anschlug, war zu entnehmen, daß er nur Chaim Alter als Chef anerkannte, egal, welche privaten Abmachungen der alte Herr mit seinem Schwiegersohn getroffen hatte. Insgeheim unterstützte Chaim Alter die Revolte seines Gehilfen und genoß es, daß dieser sich dem neuen, unerwünschten Geschäftsteilhaber widersetzte.

Simcha Meir lancierte seinen Feldzug. Um früher als Samuel Leibusch in der Fabrik zu sein, fand er sich, genau wie die Arbeiter, schon vor Tagesanbruch dort ein. Er nahm keine Notiz von den Essenspausen und mußte jedesmal von Hadassa zu Tisch geholt werden.

Er teilte der Belegschaft die Arbeit zu. Er achtete darauf, daß nicht gepfuscht wurde. Mit Hilfe eines Vergrößerungsglases zählte er die Fäden. Er vergewisserte sich, daß das Garn nicht zu locker verwebt wurde, und hielt ständig Ausschau nach Drückebergern.

Die Arbeiter erkannten ihn als einen geborenen Fabrikanten an, der sein Geschäft verstand und sich nicht übers Ohr hauen ließ. Sie gewöhnten sich daran, auf ihn zu hören, befolgten seine Anordnungen und überhörten die wenig zweckmäßigen Anweisungen Samuel Leibuschs, der hin und wieder in der Fabrik auftauchte und – ohne recht zu wissen, warum – jedesmal in blinde Wut geriet.

»Scher dich weg!« herrschte ihn Simcha Meir an. »*Ich* sorge hier für Ordnung.«

Worauf Samuel Leibusch grollend abzog. Schließlich ließ er sich überhaupt nicht mehr in der Fabrik blicken.

Im Nu hatte ihn Simcha Meir auch aller anderen Aufgaben entbunden. Von nun an verhandelte er selber mit den Händlern und Einkäufern. Er übernahm die gesamte Korrespondenz und überwachte den Warenversand.

Die Händler und Einkäufer, die Samuel Leibusch seit Jahren Schmiergeld zahlen mußten, begrüßten es, direkt mit einem Firmenchef verhandeln zu können, der ein solider Geschäftsmann war. Außerdem war er auf Draht und verstand Probleme, noch ehe man sie ausgesprochen hatte.

Simcha Meir machte rasch publik, daß Samuel Leibusch künftig übergangen werden müsse und kein Geld mehr in Empfang nehmen dürfe. Nur er selber sei berechtigt, Zahlungen entgegenzunehmen.

Samuel Leibusch wollte so weitermachen wie bisher, bekam aber auf Schritt und Tritt zu hören, der junge Aschkenasi habe die Angelegenheit bereits erledigt. Als er merkte, worauf das alles hinauslief, beschloß er, sich bei dem neuen Chef, der offensichtlich seinen Verstand beisammen hatte, anzubiedern, doch Simcha Meir hielt ihn sich vom Leib. Er beauftragte ihn mit unwichtigen Botengängen, worauf Samuel Leibusch Einspruch erhob.

»Ich bin doch kein Botenjunge, Simcha Meir!« meckerte er. »Ich habe die Fabrik all die Jahre allein geleitet.«

Simcha Meir steckte die Hände in die Hosentaschen, stellte sich auf die Fußspitzen, um eindrucksvoller zu wirken, und schnauzte ihn an: »Wenn dir das nicht paßt, kannst du dir ja eine andere Stellung suchen! Und wenn wir schon dabei sind – wie kommst du dazu, mich mit Vornamen anzureden? Soviel ich weiß, haben wir beide noch kein Scheffel Salz miteinander gegessen.«

Worauf Samuel Leibusch sofort vom hohen Roß stieg. »Nehmt's mir nicht übel, Reb Simcha«, sagte er mit gesenktem Kopf. »Ich kümmere mich schon darum.«

Simcha Meir zählte auf, was Samuel Leibusch künftig zu tun hatte, und von nun an zitterte der Gehilfe vor seinem neuen Chef. Chaim Alter tat sein Faktotum in der Seele leid, aber er konnte und wollte nichts unternehmen. Er war einfach zu ängstlich, um seinem willensstarken Schwiegersohn die Stirn zu bieten. Ihm blieb gar nichts anderes übrig, als sich immer seltener in der Fabrik blicken zu lassen. Wenn er dort erschien, eilte Simcha Meir jedesmal mit besorgter Miene auf ihn zu. »Der Herr Schwiegervater kann sich ruhig hinlegen. Ich kümmere mich schon um alles.«

Und jedesmal ging der alte Herr dankbar auf diesen Vorschlag ein. Er machte ein Nickerchen, las chassidische Erzählungen über Gutsbesitzer, die sich in Werwölfe verwandelten, um Juden etwas anzutun, und über heilige Männer, die diese Hexer mit Hilfe von Segenssprüchen an ihren Untaten hinderten und sie in Hunde und Kater verwandelten.

Auf dem weichen Sofa ausgestreckt, rügte er seine nichtsnutzigen Söhne wegen ihrer Trägheit und Willenlosigkeit – eben jener Eigenschaften, die auch er besaß.

»Ihr solltet euch ein Beispiel an Simcha Meir nehmen«, nörgelte er, dieweil sie bloß grinsten, weil sie die Absichten ihres

Schwagers durchschaut hatten. »Er ruht und rastet nicht, genau wie der Fluß Sambation ...«

Im Lernhaus ließ sich Simcha Meir nur noch ganz selten blicken. Er verbrachte immer mehr Zeit in den Kaffeehäusern, in Gesellschaft von Kaufleuten, Handlungsreisenden, Börsenmaklern und Leuten, die sich in den Randzonen der etablierten Lodzer Geschäftswelt herumtrieben. Biergläser und Teller mit hartgekochten Eiern vor sich, redeten sie über ihre Geschäfte, schlossen diesen und jenen Handel ab, kalkulierten, spekulierten, tauschten Informationen aus, sprachen über die Woll- und Baumwollpreise und schwatzten über jedermanns Freuden und Sorgen, Gewinne und Verluste.

Inmitten des Lärms und des Qualms und des Staubes der Stadt, deren Wohlstand und Geschick ihr Lebenselixier war, kritzelten sie Hunderte von Zahlen auf die mit Bier bekleckerten Tischplatten.

Hier wußte man Bescheid darüber, wer ein Vermögen anhäufte und wer bald sein letztes Hemd verlieren würde; wer wirklich solvent war und wer bloß so tat, aber nicht einmal mehr das Geld für einen Ballen Ware berappen konnte. Hier wurden Baumwollfelder, die Tausende von Meilen entfernt waren, erworben und verkauft. Hier wurden die Warenpreise festgesetzt und manipuliert. Hier wurde Garn aufgedröselt und nach seiner Güte klassifiziert.

Hier, wo chassidische Schlagwörter, litauische Volksweisheiten und Vertreterwitze nur so sprudelten, wurden die Früchte der Arbeit von Tausenden in kalte, hastig auf schmutzige Tischplatten gekritzelte Zahlen verwandelt.

Und mittendrin hockte Simcha Meir und lauerte auf jeden nützlichen Hinweis, jedes bißchen Klatsch und Tratsch. Er war noch nicht sehr bekannt, dieser schmächtige junge Mann, der ständig an seinem Bartflaum zupfte. Die anderen nahmen kaum Notiz von ihm, doch ihn störte das nicht. Er wußte aus Erfahrung, daß man sich zwingen muß, auf den günstigsten Moment zum Ausspielen der Trumpfkarte zu warten.

Darum hielt er fürs erste den Mund, mischte sich nicht ins Gespräch, lungerte bloß herum und sog wie ein Schwamm alles in sich hinein.

Nach einiger Zeit ließ er gelegentlich ein paar Worte fallen, erkundigte sich nach einer geschäftlichen Abmachung, prüfte die Qualität eines Stoffmusters oder dröselte einen Faden auf. Er eignete sich den entsprechenden Jargon und das typische Gebaren an. Er lernte, im richtigen Moment zu reden oder zu schweigen, sich dumm zu stellen oder um eine Antwort herumzudrükken. Und er machte es sich sogar zur Gewohnheit, andere am Rockaufschlag zu fassen und die Qualität des Anzugstoffes zu prüfen – genau wie es bei den Lodzer Kaufleuten gang und gäbe war. Allmählich wurde man auf ihn aufmerksam und erkundigte sich, wer denn dieser Bursche sei.

Und wenn dann jemand sagte: »Der Sohn von Abraham Hersch Aschkenasi, Chaim Alters Schwiegersohn«, schauten alle neugierig hinüber zu dem privilegierten jungen Mann.

Ehe sie sich versahen, hatte er sich in ihren Kreis geschmuggelt, erging sich in Witzeleien, ulkte mit den Schlagfertigsten und konterte geschickt die Anzüglichkeiten der alten Hasen, die den jugendlichen Aufsteiger »einweihen« wollten.

»Dieses Bürschchen hat's in sich!« sagten sie bewundernd. »Der ist auf niemanden angewiesen.«

Und bald erzählte man sich in den Kaschemmen, daß der junge Mann nicht nur gute Beziehungen habe, sondern auch ein schlauer Drahtzieher sei.

»Der ist goldrichtig«, sagten die Juden, blinzelten einander zu und nahmen ihn mit offenen Armen auf. Er paßte zu ihnen, und schon bald zogen ihn Männer, die doppelt so alt waren wie er, beiseite, um irgendein lukratives Geschäft mit ihm zu besprechen, das klammheimlich abgewickelt werden sollte.

»Ein Schlaumeier! Ein gerissener Bursche!« sagten sie. »Aber man muß scharf auf ihn aufpassen. Der hat das Zeug zum Einbrecher und ist imstande, uns alle zu begaunern ...«

Er ruhte sich nicht auf seinen Lorbeeren aus. Hinter der hohen, von dem kurzgeschnittenen Haar und der nach oben gebogenen Hutkrempe eingerahmten Stirn arbeitete, plante und spekulierte sein Gehirn unentwegt. Eines Tages kam ihm der Gedanke, daß die in der Weberei hergestellten Kopftücher zu lang und zu breit seien und daß zuviel Wollgarn dafür verwebt werden mußte. Zugegeben, sie verkauften sich gut und warfen Gewinn ab – aber *mußten* sie denn so groß sein? Wäre es denn so schlimm, wenn sie eine Spur kürzer und schmaler wären? Keine dieser dummen russischen Bäuerinnen und Marktfrauen würde es merken. Bloß ein Zollbreit ... Für den Kunden bedeutete das nichts, für den Hersteller aber eine ganze Menge! Er nahm den Bleistift, den er immer hinterm Ohr stecken hatte, und stellte rasch eine Kalkulation an.

Jeder seiner Arbeiter stellte pro Tag drei Kopftücher her. Das ergab eine Tagesproduktion von rund hundertfünfzig – pro Woche also über tausend und pro Jahr (unter Berücksichtigung der Feiertage und anderer Ausfallzeiten) um die fünfzigtausend Stück. Wenn man bei jedem Kopftuch einen Zollbreit einsparte, käme also ein erklecklicher Betrag heraus.

Am nächsten Morgen erteilte er den Webern die entsprechende Anweisung.

»Aha – der Chef will die Tücher einen Zollbreit ›beschneiden‹ lassen«, bemerkte Tewje die-Welt-ist-nicht-gesetzlos und blinzelte vielsagend.

Simcha Meir fiel ihm ins Wort. »Derlei Geschwätz will ich nicht hören! Die Kopftücher sind zu lang und zu breit. Tut, was ich sage und schwatzt nicht soviel! Was in einer Fabrik vor sich geht, braucht niemand zu wissen.«

Die Weber befolgten die Anordnung und dehnten die Kopftücher einen Zollbreit in die Länge und Breite. Niemand merkte den Betrug, weder die Einkäufer noch die Einzelhändler. Alles lief wie geschmiert.

Daraufhin begann Simcha Meir weitere Sparmaßnahmen auszuhecken. Aus einem Gemisch aus Schurwolle und Reißwolle ließ er Kopftücher weben. Nur ein versierter Fachmann hätte den Unterschied zwischen diesem Gewebe und dem aus reiner Schurwolle feststellen können – und das nur, wenn er Fäden aufgedröselt hätte.

Zu den weiteren Neuerungen, die er sich einfallen ließ, gehörte ein Kopftuch, dessen Rand aus Wollgarn und dessen Mittelteil aus Baumwollgarn gewebt wurde. Um die Käufer über die unterschiedliche Qualität des Materials hinwegzutäuschen, ließ er von Tewje, der ein Experte auf diesem Gebiet war, ein hübsches buntes Blumenmuster in den Rand einweben. Da die Russinnen sich um diese Kopftücher rissen, begann er, große Mengen davon zu produzieren. Zum Weben der Bordüren stellte er sogar zusätzliche Arbeitskräfte ein. Dieser Kopftuch-»Bastard« wurde in Lodz große Mode, und bald kopierten andere Fabrikanten das Dessin – freilich erst, nachdem Simcha Meir gut daran verdient hatte.

Gleichzeitig begann er, Kopftücher aus reiner Baumwolle herzustellen, die zwar sehr dünn, aber so billig waren, daß selbst die ärmsten Frauen sich solche Tücher leisten konnten. Ein Weber fertigte pro Tag sieben bis acht Stück an. Nach der Devise »Oben hui, unten pfui« ließ Simcha Meir diese Kopftücher in kunterbunten Farben und aufdringlichen Mustern herstellen.

Die Baumwollkopftücher wurden ein Verkaufsschlager, doch Chaim Alter begann zu murren: Es schade dem guten Ruf seiner Firma, wenn solcher Schund produziert werde. Er sprach von »Redlichkeit« und »Verantwortlichkeit«, aber Simcha Meir stellte solch lächerliche Prätentionen sofort in Frage. »Ich wäre dem Herrn Schwiegervater sehr dankbar, wenn er mir zeigen würde, wo geschrieben steht, daß Wollweber im Paradies reicher belohnt werden als Baumwollweber«, sagte er in seinem üblichen Singsang. »Weshalb zerbrecht Ihr Euch über so etwas den Kopf? Ich kümmere mich schon darum.«

Und dann schob er Chaim Alter mit dem Ellbogen von den Einkäufern weg, mit denen er geschäftliche Dinge zu besprechen hatte.

Chaim Alter schwor sich, seinen Einfluß wieder geltend zu machen. Hin und wieder platzte er in die Fabrik, brüllte und machte sich wichtig, aber niemand nahm ihn ernst. Der einzige, der hier als Chef anerkannt wurde, war Simcha Meir.

Nicht, daß Chaim Alter Grund gehabt hätte, sich über seinen Schwiegersohn zu beschweren. Wie vorher von Samuel Leibusch wurde ihm jetzt von Simcha Meir allerlei Papierkram vorgelegt, den er, ohne etwas davon zu lesen, unterschrieb. Und Simcha Meir weigerte sich auch nie, ihm so viel Bargeld zu geben, wie er haben wollte. Der einzige Unterschied war, daß Simcha Meir jeden Rubel, jeden Groschen verbuchte. Er war nicht, wie sein Schwiegervater, der Ansicht, daß man um so mehr einnimmt, je weniger man nachrechnet.

Samuel Leibusch versuchte auf möglichst diskrete Art, Ärger zu stiften. »Reb Chaim«, nuschelte er, »ich traue diesem Burschen nicht. Ihr solltet ihn nicht aus den Augen lassen.«

Aber Chaim Alter wollte nichts tun, was seinen Gleichmut ins Wanken bringen konnte. Sein geregeltes Leben – Tafelfreuden, Nickerchen und andere Bequemlichkeiten – war ihm wichtiger. Und auf keinen Fall wollte er Priwe allein in die Kurorte reisen lassen, wo die Männer sie mit den Augen verschlangen. Er vertraute auf Gott, der alles zum Guten wenden würde.

»Der Herr Schwiegervater kann ruhig verreisen«, versicherte ihm Simcha Meir. »Warum denn hier bleiben, wo es so rauchig und laut ist? Ich kümmere mich schon um alles.«

Als er am Jahresende Bilanz machte, stellte sich heraus, daß die Fabrik mit erheblichem Gewinn gearbeitet hatte. Die Produktion von Baumwollkopftüchern, die sparsamere Verwendung von Wollgarn, die Zeit, die Simcha Meir in den lauten Cafés verbracht hatte, die pünktliche Lieferung bestellter Waren und die strenge Beaufsichtigung der Arbeitskräfte hatten sich bezahlt gemacht. Und nebenbei hatte Simcha Meir so manches Geschäft abgewickelt, das er nicht für die Firma verbuchte. Er hatte etliche Posten Baumwolle auf Kredit gekauft und sie dann – unbesehen, aber mit ansehnlichem Profit – verscherbelt. Da es sich um ein Privatgeschäft handelte, bei dem er das ganze Risiko zu tragen hatte, hielt er es für gerechtfertigt, den Profit in die eigene Tasche zu stecken. Und sein Schwiegervater hatte in diesem Jahr ohnehin schon einen größeren Gewinnanteil bezogen, als ihm eigentlich zustand.

Mit Wonne kritzelte Simcha Meir Zahlen – aufs Tischtuch, auf Stoffmuster, auf Wände und Türen. Er hatte eigentlich allen Grund, zufrieden zu sein. Die Plackerei im vergangenen Jahr hatte sich mehr als gelohnt. Trotzdem war er unzufrieden. Er konnte einfach nicht aufhören, über Jakob Bunim nachzugrübeln, der – genau wie früher im Hinterhof – auch jetzt wieder einen gewaltigen persönlichen Sieg über seinen Zwillingsbruder verbuchen konnte. Simcha Meir platzte vor Neid. Er hatte schlaflose Nächte, weil Jakob Bunim einen schier unglaublichen Glückstreffer gemacht hatte.

17

Kurz nach Simcha Meirs Hochzeit hatte Samuel Zanwil, der Heiratsvermittler, Abraham Hersch Aschkenasi eine so fabelhafte Partie für Jakob Bunim offeriert, daß Abraham Hersch – ganz gegen seine Natur – zunächst völlig verdattert war.

»Mit *wem* soll mein Sohn verheiratet werden?« fragte er ungläubig. »Mit einer Enkelin von Reb Kalman Eisen?«

»Ja, ja. Mit Kalman Eisens Enkeltochter.« Samuel Zanwil zog jede Silbe in die Länge und sah Abraham Hersch triumphierend an. »Wie ich bereits gesagt habe.« Er versäumte es sogar, dem Namen des weithin bekannten Mannes den Ehrentitel »Reb« voranzustellen.

Um Eindruck zu schinden, brüstete er sich damit, daß er den Mumm gehabt habe, diese Partie anzubahnen (was nicht ganz der Wahrheit entsprach). »Ich bin zu ihm gegangen und habe gesagt: ›Nu, Kalman, wie wär's, wenn deine Familie sich mit der Familie des Abraham Hersch Aschkenasi aus Lodz . . .‹«

Abraham Hersch, dem die Prahlerei des *schadchen* auf die Nerven ging, fiel ihm ins Wort.

»Habe gesagt, habe gesagt . . . Der springende Punkt ist, ob *Ihr* es in die Wege geleitet habt oder ob man Euch beauftragt hat, die Partie zu vermitteln.«

»Ob man mich beauftragt . . .« wiederholte Samuel Zangwil gereizt. Es fuchste ihn, daß Abraham Hersch ihm nicht aufs Wort glaubte. »Die Familie der Braut hat mich gebeten . . .«

»Schwer zu glauben.« Abraham Hersch nahm eine kräftige Prise Schnupftabak, um einen klaren Kopf zu behalten.

Kalman Eisen war in Warschau ansässig, aber es gab in ganz Polen keinen Juden, der nicht schon von ihm gehört hatte. Es war allgemein bekannt, daß er millionenschwer war. Außerdem war er eine so starke Persönlichkeit, daß die Leute in seiner Gegenwart zitterten. Und er war ein Anhänger des Rabbis von Ger – also ein Gegner des Rebbe von Alexander. Abraham Hersch konnte sich einfach nicht erklären, weshalb ihm dieser Antrag gemacht wurde. Kalman Eisens Familie hatte die Fühler ausgestreckt. Und nach wem? Nach Jakob Bunim! Wäre es um Simcha Meir, den Wunderknaben, gegangen, dann hätte man's ja verstehen können. Aber Jakob Bunim?

Der einzige, der des Rätsels Lösung wußte, war Jakob Bunim.

Auf der Hochzeit seines Bruders hatte ihn draußen im Hof, direkt neben dem Traubaldachin, ein mageres, bläßliches Mädchen angesprochen, das in dem weißen Kleid noch magerer und bläßlicher wirkte. »Würden Sie ein bißchen Platz machen?« sagte sie gedehnt. »Ich möchte auch etwas von der Trauung sehen, aber Sie versperren die ganze Aussicht.«

Er hatte ihr Platz gemacht, aber sie gab keine Ruhe. »Würde es Ihnen etwas ausmachen, mich ein bißchen hochzuheben?« fragte sie und kicherte ihren Freundinnen zu. »Und fuchteln Sie nicht so mit der Kerze herum, sonst tropft Wachs auf mein Kleid!«

Er wurde rot, woraufhin sie erst recht lachte.

»Haben Sie Angst, ich könnte Sie beißen? Ich beiße nicht.«

»Ich habe vor gar nichts Angst«, erwiderte er ernst.

Sie kicherte über seine Schüchternheit. »Ganz so fromm und fanatisch, wie Sie tun, scheinen Sie nicht zu sein.« Sie drückte sich im Gedränge an ihn. Und dann hielten sie sich plötzlich bei der Hand.

»Warum haben Sie Ihren Bruder zuerst heiraten lassen? Sie sind größer als er.«

»Er ist der Ältere.«

»So? Möchten Sie auch eine Braut haben?«

Vor lauter Verlegenheit gab er keine Antwort.

Das Mädchen drückte seine Hand. »Hätten Sie *mich* gern als Braut?« Sie lachte verschmitzt.

Er wurde knallrot.

»Sie sind wirklich ein Kavalier. Aber Sie würden mir besser gefallen, wenn Sie nicht in dieser chassidischen Aufmachung herumlaufen, sondern sich europäisch kleiden würden. Finden Sie mich hübsch?«

Er schwieg. Er war zu schüchtern. Noch dazu waren so viele Menschen da, und er wollte nicht, daß jemand merkte, wie nahe er bei einem Mädchen stand. Aber sie ließ ihn nicht los und scherte sich nicht um die Leute.

»Sie *müssen* mir sagen, ob ich Ihnen gefalle.«

»Ja«, sagte er, obwohl es nicht stimmte.

»Ich heiße Perle. Perle Eisen aus Warschau«, sagte sie stolz. »Wir beide können als Verwandte gelten, weil ich mütterlicherseits mit der Braut verwandt bin. Ich bin extra wegen dieser Hochzeit aus Warschau gekommen.«

Als die Menschenmenge sich allmählich verlief, drückte ihm das Mädchen noch einmal die Hand und ging.

Jakob Bunim hatte sie nicht wiedergesehen. Aber er vergaß diesen Vorfall nicht. Es war das erste Mal, daß ein Mädchen seine Hand gehalten und so etwas zu ihm gesagt hatte. Er dachte nicht weiter an sie, aber sie um so öfter an ihn. Der hochgewachsene, dunkeläugige Bursche, dessen Blick Flammen zu sprühen schien, hatte in diesem unberührten, kränklichen Wesen sinnliches Verlangen erweckt. Und nun bestürmte sie ihre Familie, einen Heiratsvermittler zum Vater des jungen Mannes zu schicken.

Als sie ihren Vater zum ersten Mal darum bat, wurde er ganz blaß. »Perle, so etwas darfst du nicht sagen!« Entsetzt hielt er ihr die Hand vor den Mund. »Wenn das dein Großvater hört!«

Der Großvater, Reb Kalman, ein Mann Ende Siebzig, führte in der Familie ein strenges Regiment. Sein stahlharter Blick brachte die Jungen und auch die Graubärte zum Erschauern.

Er war vielfacher Millionär. Es hieß, er wisse selbst nicht, wie reich er sei. Und das stimmte. Ihm gehörten Hunderte von Häusern, darunter eine ganze Häuserzeile in Warschau, die Kalman-Eisen-Straße hieß. Außerdem besaß er große Nutzholzbestände und machte enorme Geschäfte mit den Behörden. Er lieferte Schwellen und Masten und anderes Bauholz für die staatlichen Eisenbahnstrecken und Telegrafenleitungen. Alle seine Geschäfte wickelte er im altmodischen Stil ab – noch so wie damals, als er geheiratet und in der Zelaznastraße einen bescheidenen Holzhandel betrieben hatte. Von Aufsichtsräten und Buchhaltern hielt er nichts. Er hatte sein Geschäft eigenhändig aufgebaut und führte es auch jetzt noch auf eigene Faust. Er pfiff auf die neumodischen Methoden und die nichtjüdischen Geschäftsleute mitsamt ihrer Buchhaltung. Er verabscheute Neuerungen. Er hatte seine eigenen Methoden, von denen er nicht abwich.

Seine Söhne hatte er nie ins Geschäft einsteigen lassen, obwohl sie jetzt schon Männer in mittleren Jahren waren. Er hatte sie alle in seinem fürstlichen Domizil untergebracht, hatte jedem eine Wohnung zugeteilt und kam für den Lebensunterhalt ihrer Familien auf. Aber er ließ sie nichts auf eigene Faust unternehmen. Da sie zu Hause nichts zu sagen hatten, wagten sie es auch nicht, Ehepartner für ihre Kinder auszusuchen. Das überließen sie ihrem Vater, der dann auch für Kost und Logis der Jungvermählten sorgte. Immer wenn ein Familienmitglied heiratete, ließ Kalman Eisen ein neues Stockwerk oder einen Anbau errichten. Die Familienresidenz bestand jetzt bereits aus zwei Häuserreihen.

Seine Söhne und Schwiegersöhne durften am Sabbat und an den anderen Feiertagen nicht an ihrem eigenen Eßtisch das Präsidium führen, sondern mußten mit ihren Kindern und Enkelkindern am Tisch des Patriarchen sitzen. Außer der Sippe versammelte sich an diesem Tisch, der so lang wie das Eßzimmer war, auch die übliche Anzahl verarmter Sabbatgäste, frommer Juden und Hauslehrer. Dienstboten beiderlei Geschlechts trugen das Essen für diese große Tafelrunde auf.

Jeder saß mit einem Gebetbuch in der Hand auf dem Platz, der ihm – entsprechend seinem Alter und Status – zugewiesen worden war. Kalman Eisen, hochgewachsen, weißbärtig und würdevoll, thronte am Kopfende des Tisches auf dem »Hessebett« und herrschte über seine Sippe. Niemand wagte es, Messer und Gabel anzufassen, ehe der alte Herr sein Besteck in die Hand genommen hatte. Und erst wenn *er* gesprochen hatte, wagten die anderen, den Mund aufzumachen. Mit seinen Söhnen, graubärtigen Männern, ging er um, als wären sie noch Schuljungen.

Die Warschauer Juden, selbst die reichsten und gelehrtesten, hatten ebenfalls einen gewaltigen Respekt vor ihm. Er fuhr in einer von Schimmeln gezogenen Kutsche. Wenn er im Sommer zur Kur reiste, wurde er von einem ganzen Troß Dienstboten und einem eigens angeheuerten Schächter begleitet. Und obwohl er fromm und ein guter Chassid war, trug er einen Stehkragen und eine speziell für ihn angefertigte Kopfbedeckung – ein seidenes Käppi mit lackiertem Schirm, wie es ähnlich von Nichtjuden getragen wurde. Weil er in nahezu fürstlichem Ansehen stand, wurde keinerlei Kritik an ihm geübt, und so konnte er tun, was er wollte. In Warschau erzählte man sich, er benütze silberne Spucknäpfe und werde auf seinen Spaziergängen von einem Diener begleitet, der immer einen solchen Spucknapf für ihn bereithalte.

Derjenige, der ihn am meisten fürchtete, war Solly, sein jüngster Sohn. Er war nicht belesen, nicht besonders intelligent, konnte es, was seine äußere Erscheinung betraf, mit keinem seiner Brüder aufnehmen und hatte eine panische Angst davor, die Aufmerksamkeit seines Vaters zu erregen. Er war wortkarg und wagte es nie, eine eigene Meinung zu äußern. »Davon verstehe ich doch nichts«, sagte er oft selbstverächtlich und ging jedem Gespräch aus dem Weg.

Er war Witwer. Perle, das einzige seiner Kinder, das er nicht frühzeitig verloren hatte, war genauso kränklich, eigensinnig und herrschsüchtig wie ihre verstorbene Mutter. Solly Eisen, der auch vor seiner Tochter Angst hatte, begann zu zittern, als Perle ihm erklärte, sie sei ganz vernarrt in diesen jungen Lodzer Burschen und bestehe darauf, einen Heiratsvermittler zu seinem Vater zu schicken.

»Kein Wort mehr davon! Ich will das nicht gehört haben! Wenn das – Gott soll schützen! – deinem Großvater zu Ohren kommt!«

Für die Auswahl von Ehepartnern war einzig und allein Kalman zuständig. Und vermittelt wurde jede Partie, die ein Mitglied der Familie Eisen machte, von Asriel Kohen, einem scharfzüngigen Mann, der es fertigbrachte, eine Partie, die ihm nicht in den Kram paßte, zu hintertreiben, und der ein notorisches Klatschmaul und ein übler Verleumder war.

Er kannte ganz Polen. Er wußte über jedermanns Einkommen, Reputation und Familienverhältnisse Bescheid. Er konnte jeden Stammbaum bis in die erste Generation zurück auswendig aufsagen. In Kalman Eisens Residenz fühlte er sich wie zu Hause. Er behielt jedes Familienmitglied im Auge und vereinbarte, sobald ein Enkelkind ins heiratsfähige Alter kam, eine Besprechung mit Kalman.

Seine Taxierung stimmte immer, und Kalman verließ sich auf ihn. Und wenn es trotzdem einmal vorkam, daß er nach der Hochzeit eine Abneigung gegen den neuen Schwiegersohn faßte, erteilte er dessen Frau die Order, sich von ihrem Ehemann zu trennen. Es konnte passieren, daß die junge Frau Tränen vergoß, aber sie gehorchte. Daß ein Familienmitglied sich den Ehepartner selbst aussuchte, war völlig undenkbar, und deshalb zitterte Solly Eisen schon bei dem Gedanken daran, was passieren würde, wenn er seinem Vater mit einem solchen Vorschlag käme.

Perle jedoch war aus anderem Holz geschnitzt. Fest entschlossen, ihren Kopf durchzusetzen, ging sie schnurstracks zu ihrer Großmutter.

Tirsa, gelähmt, krank und alt, war der einzige Mensch, der Kalman beeinflussen konnte. Gemeinsam waren sie beide zu Reichtum gekommen. Tirsa hatte sich zusammen mit ihrem Mann abgeplackt und ihm Ratschläge erteilt. Sie war gewieft und wußte, obwohl sie schon jahrelang ans Bett gefesselt war, über alles Bescheid, was im Haus vor sich ging – über die geschäftlichen und privaten Dinge, über Freud und Leid.

In Tüll und Spitzen gehüllt lag sie in ihrem breiten Himmelbett und herrschte ebenso souverän wie ihr Mann über die Sippe. Tag für Tag mußte ihr jedes ihrer Kinder und Enkelkinder einen guten Morgen wünschen und ihr die Hand küssen. An jedem Feiertag hatten ihr sämtliche Familienmitglieder ihre Aufwartung zu machen. Und die Dienstboten mußten sämtliche Einkäufe für den Haushalt mit ihr besprechen und sie über die Preise auf dem laufenden halten. Sie hatte die Schlüssel für die Schränke, in denen das Porzellan und Silberzeug aufbewahrt wurde. Ein Männerquorum – zusammengestellt aus Schnorrern, die im Hof herumlungerten – mußte sich jeden Sabbat an ihrem Bett versammeln, damit sie die Worte »Gepriesen seist Du, Ewiger ...« sprechen und »Amen, Amen« sagen konnte.

Mit Großmutter Tirsa führte Perle ein Gespräch von Frau zu Frau.

»Die kleine Schickse hat sich also verliebt!« Tirsa schüttelte den greisen, mit Tüll und Spitze drapierten Kopf.

Perle bedeckte das Gesicht ihrer Großmutter mit Küssen. »Ach Bobe, Bobeleben ...«

Unter Aufbietung aller Kräfte streckte die alte Dame die lahme Hand aus, um ihre Enkelin zurechtzuweisen. »Willst dich wohl nicht auf deinen Großvater verlassen, was?« Sie seufzte. »Nu, soll sein. Ich spreche mit ihm. Aber warum bist du denn so blaß? Eine Braut sollte rotbackig wie ein Apfel sein, so rotbackig, wie ich es vor meiner Hochzeit gewesen bin.«

Perle war ihr von allen Enkelkindern das liebste. Sie war die einzige, die von einer ganzen Horde Kinder übriggeblieben war

– die Tochter Sollys, über den sich alle lustig machten, und der eben deshalb das Lieblingskind seiner Mutter war.

Als Tirsa ihren Mann holen ließ, ihn aufforderte, sich aufs Bett zu setzen und dann über Perle zu sprechen begann, geriet er in Rage. »Was? Liebe in *meiner* Familie? Wie bei Musikanten! Davon will ich nichts wissen!«

Seine Frau hieß ihn, sich wieder hinzusetzen. »Kalman, du spielst mit dem Feuer. Sie ist als einzige von vielen Geschwistern am Leben geblieben – eine Halbwaise, Gott sei's geklagt!«

Kalman kochte vor Wut. Nun vergoß Tirsa ein paar Tränen. »Kalman, ich möchte noch erleben, daß das arme Kind unter die Haube kommt. Ich habe das Gefühl, daß es mit mir nicht mehr lange dauern wird ...«

Jetzt war der alte Herr so bekümmert, daß er sich mehrmals heftig schneuzen mußte. »Nu, es ist mir auf meine alten Tage wohl so bestimmt«, sagte er und strich mit der schwieligen Hand über das runzlige Gesicht seiner Frau.

Und dann ließ er sofort Asriel Kohen kommen.

»Asriel, kennst du vielleicht einen gewissen Abraham Hersch Aschkenasi aus Lodz?«

»Was soll das heißen, ob ich *vielleicht* ...?« schnaubte Asriel. Und dann betete er Abraham Herschs Stammbaum durch zehn Generationen herunter – und obendrein die Stammbäume der Verwandten, ihrer Nachkommenschaft, Ehepartner und angeheirateten Verwandten.

»Lodz, Lodz«, brummte der alte Herr erbost. Er hielt nicht viel von dieser aufstrebenden Stadt, die er noch als elendes Kaff in Erinnerung hatte. »Und wer ist der Rebbe dieses Abraham Hersch?«

»Der von Alexander. Als der Warkaer Rebbe noch gelebt hat, ist er zu *dem* gegangen.«

»Alexander ... Warka ...« Der alte Herr schnitt eine Grimasse. Als treuer Anhänger des Rabbis von Ger hielt er nichts von den anderen Rabbis. Aber er hatte keine Wahl.

Als Asriel Kohen erfuhr, was Kalman von ihm wollte, war er fuchsteufelswild. Er hatte für Perle bereits einen Bräutigam in petto, und die Partie war so gut wie ausgehandelt. Daß ein junges Ding die Chuzpe hatte, ihn, Asriel Kohen, zu übergehen, war unverzeihlich! Für Eheanbahnung war einzig und allein er zuständig! Und prompt begann er, gehässige Bemerkungen zu machen, zu manövrieren, die Sache zu hintertreiben und seine Macht zu demonstrieren. Doch Kalman gebot ihm Schweigen.

»Asriel«, sagte er mit schwankender Stimme, »diesmal müssen wir nachgeben. Dein Honorar bekommst du auf jeden Fall.«

Da es nicht schicklich gewesen wäre, wenn die Familie Eisen den Antrag gemacht hätte, wurde Asriel nach Lodz geschickt. Als er dort mit Samuel Zanwil, seinem Erzfeind, zusammentraf, ließ er eine Bemerkung über die Partie fallen, die, wie er hinzufügte, Reb Kalman auf keinen Fall akzeptieren werde. Es könnte allerdings nichts schaden, die Sache zu besprechen. Wenn dabei etwas herauskäme, gäbe es – Gott behüte! – keinen Grund dafür, die Honorarfrage durch einen Rabbiner klären zu lassen. Vorläufig aber, bitte, kein Wort darüber!

Samuel Zanwil wurde sofort mißtrauisch. Warum schmierte ihm sein ärgster Feind und Verleumder plötzlich Honig um den Bart? Er kam zu dem Schluß, daß die andere Seite auf diese Partie erpicht sein mußte.

Das roch nach einem saftigen Honorar! Und schon rannte er zu Abraham Hersch, dem er nach einigem Hin und Her eingestand, daß der Antrag von der anderen Seite kam.

Abraham Hersch rief Jakob Bunim zu sich und musterte ihn von Kopf bis Fuß. Ihm war klar, daß die Sache nicht so einfach war wie sie aussah. Er ahnte, daß nicht Kalman Eisen, sondern das Mädchen sich für Jakob Bunim entschieden hatte und daß sein Sohn nicht ganz so ahnungslos war, wie er tat.

»Heraus mit der Sprache! Hast du mit Kalman Eisens Tochter angebandelt?«

Jakob Bunim wurde rot. »Ich hab' sie bloß ein einziges Mal gesehen. Auf Simcha Meirs Hochzeit.«

Abraham Hersch seufzte. »Du kannst jetzt wieder gehen.«

Zum zweitenmal war er von einem Sohn enttäuscht worden. Allem Anschein nach erfüllte sich die Voraussage des Warkaer Rebbe. Andrerseits hatte er, offengestanden, nichts gegen diese Partie einzuwenden. Reb Kalman Eisens Enkelin! Aber er gab, obzwar er keine Sekunde Bedenkzeit gebraucht hätte, sein Jawort nicht sofort, sondern erklärte gelassen, er stehe für weitere Verhandlungen zur Verfügung.

Die Verlobungsklauseln wurden ohne großes Trara unterzeichnet, weil Kalman Eisen seine Schmach nicht an die große Glocke hängen wollte. Trotzdem wunderte sich bereits ganz Warschau über diese Verlobung. Bei der Hochzeit ging es dann aber doch so hoch her wie bei allen Familienfesten der Eisens. Die Trauung fand gleich nach dem Wochenfest in Warschau statt und wurde vom Rabbi von Ger höchstpersönlich zelebriert. Der Bräutigam erhielt eine Mitgift, die in die Tausende ging. Die Braut verfügte über eine große Erbschaft seitens ihrer verstorbenen Mutter und besaß Bankkonten und Wohnhäuser. Und die Hochzeitsgeschenke brachten dem jungen Paar ein weiteres Vermögen ein.

Simcha Meir fuhr zusammen mit Dinele, deren Angehörigen und seinen Eltern und Schwestern nach Warschau. Er überreichte Jakob Bunim ein kostspieliges Hochzeitsgeschenk. Sein Instinkt sagte ihm, daß es vorteilhaft für ihn sein könnte, mit seinem Bruder, der jetzt Mitglied einer einflußreichen Familie war, auf gutem Fuß zu stehen, doch diese Einsicht änderte nichts daran, daß er auf Jakob Bunim neidisch war.

Was er selbst mit Willenskraft und allerlei Intrigen erreicht hatte, das fiel seinem Bruder einfach in den Schoß – bloß weil eine dumme Gans sich in sein hübsches Gesicht verliebt hatte.

Simcha Meir fühlte sich vom Schicksal ungerecht behandelt. Was waren seine zehntausend Rubel im Vergleich zu Jakob Bunims Reichtum? Gar nichts! Spreu und Staub, die der Wind davontrug. Von Neid zerfressen, brachte er keinen Bissen mehr hinunter und konnte nicht mehr schlafen. Er überging die Mahlzeiten und kritzelte wie besessen Zahlen auf alles, was ihm in die Hände kam. Der horrende Unterschied zwischen seinen und Jakob Bunims Finanzen peinigte ihn, als hätte er einen spitzen Knochen verschluckt.

Öfter denn je grübelte er in schlaflosen Nächten darüber nach, wie man aus der Fabrik noch mehr Profit herausquetschen könnte. Ihm war klar, daß die Ära der Handwebstühle zu Ende ging. Für ihn waren sie bloß ein Sprungbrett. Die Zukunft gehörte der Dampfkraft. Sein Schmu mit den Kopftüchern war ja doch bloß ein Tropfen auf den heißen Stein. In Lodz wimmelte es von Spekulanten, die nur darauf lauerten, jede Neuheit auszuschlachten. Sobald er sich etwas Neues einfallen ließ, machten sie es ihm nach, überschwemmten den Markt damit und ruinierten die Preise. Er würde, wenn er den anderen voraus sein wollte, immer wieder mit neuen Ideen aufwarten müssen. Zunächst aber war es notwendig, Mittel und Wege zu weiterer Kosteneinsparung zu finden.

Seine nächste Neuerung bestand darin, daß er die Wochenlöhne um einen halben Rubel kürzte. Pro Jahr bedeutete das eine Einsparung von über tausend Rubeln, wobei die Zinsen nicht einkalkuliert waren, die er einstreichen würde, wenn er diesen Betrag als Darlehen zur Verfügung stellte.

In Schönschrift verfertigte er einen Anschlag, auf dem er die Lohnkürzung bekanntgab und den Samuel Leibusch an der Fabrikmauer anbringen mußte.

Die Arbeiter jammerten und erhoben Einspruch. Ihre Frauen flehten Simcha Meir auf Knien an, doch ihn ließ das kalt. »Wem's nicht paßt, der kann jederzeit kündigen«, erklärte er, steckte die Hände in die Hosentaschen und stellte sich auf die Fußspitzen. »Ich stelle sowieso bald auf Dampf um.«

18

In der zwischen Bruchbuden, Holzlagern und Kohlenhalden eingekeilten Baluter Synagoge »Freundesliebe« war es heiß und stickig. Die Weber hatten die Sabbatgebete schon längst beendet. Und sie hatten nach allen Seiten ausgespuckt, um die Heiden verächtlich zu machen, deren stumme Götzenbilder menschliche Gebete nicht erhören konnten. Die verheirateten Weber hatten ihre Gebetsmäntel bereits in die Tallit-Beutel und die Junggesellen ihre Gebetsbücher in die Taschen ihrer sabbatlichen Schwalbenschwanz-Kaftane gesteckt.

Aber statt zum häuslichen Sabbatmahl zu eilen, drängten sich alle um das Vorlesepult, an dem Tewje die-Welt-ist-nicht-gesetzlos stand und auf den abgewetzten Samtüberzug klopfte. »Ruhe, Leute! Laßt einen doch zu Wort kommen!«

Diesmal ging es Tewje nicht um religiöse Dinge, sondern um ein weltliches Problem: die von Simcha Meir verfügte Kürzung der Wochenlöhne um einen halben Rubel.

»Gebt doch Ruhe!« riefen die Männer in den verblichenen grünen Kaftanen. »Hört ihm doch zu!«

Es war gar nicht so leicht, den Lärm und die Aufregung zu

dämpfen. Es ging zu wie in einem Bienenstock, wenn der Imker Wachs und Honig herausholen will.

Die blassen, hageren Männer kochten vor Empörung. Sie hatten es ohnehin schon schwer genug. Ihr karger Wochenlohn reichte nicht einmal für die lebensnotwendigen Ausgaben, und obendrein mußten sie ihre eigenen Kerzen in die Fabrik mitbringen. Je länger gearbeitet wurde, um so mehr Kerzen wurden gebraucht.

Und manchmal gab es eine ganze Woche, wenn nicht sogar einen ganzen Monat lang keine Arbeit, also auch keinen Lohn. Wovon sollten sie dann ihre Familien ernähren? Es reichte immer nur für Hafergrütze und Kartoffeln, nicht in Bratfett sondern in Öl geröstet, und davon wurde man nicht satt und bekam obendrein Sodbrennen.

Fleisch? Bloß die billigsten Kutteln oder Beinfleisch oder Lunge und Leber – auch am Sabbat. Frischer Fisch? Im Sommer vielleicht, wenn es ein reichliches Angebot gab und frischer Fisch billig war, weil er sich nicht lange hielt. Meistens reichte es aber bloß zu einer Portion Salzhering mit etwas Zwiebel oder mit »Baluter Armeleute-Borschtsch«, einer wäßrigen Rübensuppe. Und Rosinenwein war auch nicht immer im Haus, meist bloß ein Schlückchen, das für den Segensspruch über das Sabbatbrot aufbewahrt wurde. Und man konnte sich auch nicht so viele Kerzen leisten, daß jedes der (durchweg zahlreichen) Familienmitglieder eine anzünden konnte.

Und obwohl die Kinder oft mit blauen Flecken und übel zugerichtet nach Hause kamen und unter miserablen Bedingungen aufwuchsen, war in den Schulen nicht genug Platz für alle Baluter Jugendlichen. Wer nicht aufgenommen wurde, mußte zu einem Privatlehrer geschickt werden, dessen Honorar den schmalen Geldbeutel der Eltern noch schmaler machte.

Ebenso knapp bemessen war die Zahl der Betten im Spital des Krankenhilfsvereins. Und Kranke gab es in Balut immer mehr als genug. Die rachitischen, an Blähsucht leidenden, krummbeinigen Kinder, die niemals frische Luft zu atmen bekamen, starben wie die Fliegen. Die Frauen waren von den allzu vielen Schwangerschaften geschwächt. Die Männer ruinierten ihre Lunge, weil sie ständig Staub und den Gestank der alten Lumpen, aus denen Reißwolle gemacht wurde, einatmen mußten.

Die Pfleger des Krankenhilfsvereins hatten keinerlei medizinische Kenntnisse. Wenn eine Seuche ausgebrochen war, rieben sie ihren Patienten den Leib mit Franzbranntwein ein – das war alles.

Arzneien mußte man in der Apotheke, die einem Christen gehörte, kaufen, und dort konnte man nicht feilschen und mußte – was noch schlimmer war – vor dem Bild der Heiligen Jungfrau, das von einer roten Lampe angestrahlt war, den Hut ziehen. Und bei Sender dem Kurpfuscher konnte man das Honorar nicht um einen einzigen Groschen herunterhandeln, obwohl er für alle Beschwerden bloß zwei Heilmittel hatte – Schröpfköpfe und ein Klistier –, wofür er einen ganzen Gulden verlangte.

Der Preis für Kartoffeln und Gemüse stieg ständig: Je größer die Stadt wurde, desto höher die Teuerungsrate.

Väter nahmen ihre Söhne schon vor der Bar-Miz'wa-Feier aus der Schule und gaben sie in die Lehre, um daheim einen Esser weniger zu haben. Mütter verdingten ihre Töchter als Dienstmädchen, die schwere Eimer mit Brunnenwasser schleppen und auf ihren kindlichen Armen die Kinder fremder Leute herumtragen mußten. Doch obwohl die vielen hungrigen Mäuler nicht gestopft werden konnten, wurden es immer mehr, denn Gott segnete den Schoß der Baluter Frauen.

Die Hausfrauen vollbrachten wahre Wunder, um ihre Familien nicht hungern zu lassen. Kleider und Hemden wurden so lange geflickt, bis sie auseinanderfielen. Die Hausbesitzer drängten auf pünktliche Zahlung des Mietzinses. Nur wenige Weber hatten ein eigenes Haus. Die meisten bewohnten ein oder zwei Zimmer und legten von ihrem Wochenlohn immer gleich ein paar Gulden für die Miete beiseite. Damit sie pünktlich am Monatsersten bezahlt werden konnte, wurden die Münzen in ein Gebetbuch gelegt, das in ein Kopftuch geknüpft wurde. Selbst wenn größte Not herrschte, wurde kein Geld aus dem Gebetbuch genommen.

Und jetzt sollte der Wochenlohn um einen halben Rubel gekürzt werden!

Die Frauen lamentierten, fluchten, schmissen die abgeblätterten Eisentöpfe hin und wollten nicht mehr kochen. »Koch doch selber, wenn du so wenig Geld heimbringst!«

Die älteren Weber, hoffnungslose, an Demütigungen gewöhnte Männer, hielten den Mund. Die jüngeren waren hell empört, allen voran Tewje die-Welt-ist-nicht-gesetzlos. In letzter Zeit hatte er öfter denn je gemurrt und immer wieder das Spottlied unbekannter Herkunft gesungen. Früher hatten sich die Arbeiter nicht getraut, einzustimmen, jetzt aber wurde an jedem zweiten oder dritten Webstuhl mitgesungen. Anfangs war es nur ein Mitsummen, allmählich aber stimmten die Mutigeren immer lauter und deutlicher in den Text ein und übertönten schließlich die liturgischen Gesänge ihrer fügsameren Arbeitsgenossen.

Samuel Leibusch drohte ihnen mit dem Finger. »Nur so weiter! Wenn Simcha Meir euch dabei erwischt, pfeift ihr bald auf dem letzten Loch!«

Aber sie hörten nicht auf.

Tewje ging – egal, wie spät er aus der Fabrik kam – nicht heim zu Frau und Kindern, sondern eilte von Haus zu Haus, agitierte, wiegelte auf, säte Unzufriedenheit, fachte die glimmende Unruhe an.

Seine verbitterte, vorzeitig gealterte Frau, die eine Herde Kinder am Schürzenzipfel hängen hatte und an deren dunkel verfärbtem Hängebusen Jahr für Jahr ein neuer Sprößling nuckelte, lief straßauf, straßab und stieß Verwünschungen gegen ihren Mann aus.

»Tewje!« schrie sie gellend. »Verdorren sollst du – wie das Essen, das daheim auf dich wartet! Die Seele soll's dir verschlagen, wie mir den Atem, wenn ich deine Wassersuppe warmhalten muß!«

Auf der Suche nach ihrem Mann hatte die Hochschwangere immer ihre ganze Kinderschar dabei, die im Chor seinen Namen rief. Aber Tewje kümmerte sich nicht darum. Ohne an Essen, Trinken und Schlafen zu denken, hastete er weiter, von einem Haus zum andern, und agitierte, bis er die Familienväter aufgeputscht hatte.

»Solidarität!« rief er. »Nur durch Solidarität können wir den Ausbeutern beikommen!«

Es war nicht leicht, die Weber zu überzeugen. Die meisten zeigten kein Interesse. Sie waren eingeschüchtert durch die Macht der Unternehmer und deprimiert darüber, daß es im Zeitalter der Dampfmaschine keine Arbeit mehr für sie geben würde; sie hatten vielköpfige Familien zu ernähren; und sie wollten nichts anderes, als ein bißchen Ruhe und Frieden zu finden und sich endlich einmal sattessen zu können.

»Wie soll man denn gegen das Schicksal ankämpfen? Es ist doch Gottes Wille.«

Jedem ging es nur um sein eigenes Stück Brot. Jeder träumte davon, eines Tages seinen eigenen Betrieb mit ein paar Webstühlen zu haben. Die meisten Junggesellen hofften auf eine Mitgift, die es ihnen ermöglichen würde, Unternehmer zu werden. Andere trösteten sich damit, daß sie nicht zu den Saisonarbeitern gehörten, an denen sie, die festangestellten Arbeiter, ihre Wut und Enttäuschung ausließen. Die Saisonarbeiter wiederum schikanierten die Lehrlinge. Fast immer galt die Devise: »Ich hab's ertragen müssen – jetzt bist du dran!«

Der einzige, der Tewje wirklich verstand und unterstützte, war Nissan der Erniedrigte, der Sohn des Rabbiners. Er, der sich den ganzen Tag als Saisonarbeiter abrackerte und nachts studierte, war intelligent genug, um den Lebensbedingungen der Baluter Arbeiter auf den Grund zu gehen. Obzwar er vorgehabt hatte, nur so lange zu arbeiten, bis er seine weitere Schulbildung selbst finanzieren konnte, war ihm der Arbeitsalltag so zur Gewohnheit geworden, daß er jetzt nur noch einer von vielen Baluter Webern war.

Sein Vater hatte ihm schließlich doch verziehen. Ohne ihm Vorwürfe machen zu wollen, war er bei Nissan erschienen und hatte bei seinem Anblick einen tiefen Seufzer ausgestoßen. »Oi, Nissan, oi!« Das klang so jammervoll, daß es Nissan ganz schwummerig wurde.

Er konnte es nicht ertragen, seinen Vater seufzen zu hören. Lieber hätte er sich von ihm schlagen, beschimpfen und maßregeln lassen. Trotz aller Verachtung, die er für ihn empfand, liebte er ihn immer noch, und seine Seufzer zerrissen ihm das Herz.

Die schlimmsten Arbeitgeber in Balut waren die Unterlieferanten, die in ihrer Wohnung eine Werkstatt unterhielten, wo sie im Auftrag der Fabrikbesitzer Akkordarbeiter beschäftigten. Diese Kleinunternehmer tyrannisierten ihre Webergesellen und beuteten sie nach Strich und Faden aus.

Sie selber waren auf das Wohlwollen der Fabrikanten und

deren Werkmeister angewiesen, die fast durchweg Schmiergeld verlangten. Ging ein Unterlieferant nicht darauf ein, dann bekam er entweder keine Aufträge mehr oder man fand an seiner Fertigware alles mögliche auszusetzen und nahm die Lieferung nicht an. Ein anderer Kniff bestand darin, daß man dem Unterlieferanten minderwertiges Garn zuteilte, das sich beim Weben spaltete und riß.

Oft mußte der Unterlieferant wie ein Bettler vor der Tür des Werkmeisters warten, bis er endlich das Rohmaterial abholen konnte. Und wenn er die Fertigware ablieferte, erhielt er einen Schuldschein, den er bei einem Geldwechsler einlösen mußte, der natürlich seine Provision abzog.

Die Unterlieferanten ließen ihren ganzen Ärger an ihren Arbeitern aus. Ihre Frauen verköstigten die Weber mit Kommißbrot, das ihnen Soldaten auf dem Marktplatz verkauften und das so altbacken und minderwertig war, daß man es nur bröckchenweise verzehren konnte. Auf jeden Arbeitsplatz wurde morgens eine karg bemessene Brotration gelegt. Gegen Abend waren die Arbeiter, die ihre Ration natürlich längst aufgegessen hatten, heißhungrig.

»Meisterin, einen Bissen Brot!« flehten sie verschämt. »Bloß einen Bissen! Ich bin am Verhungern.«

Sie bekamen kein Brot, sondern wurden beschimpft. »Laßt euch begraben!«

Manche schafften es, Brot aus der Speisekammer zu stibitzen. Wer nicht so viel Chuzpe aufbrachte, litt Hunger. Nie bekamen die Arbeiter einen Bissen Fleisch. Im Zichorienkaffee war bloß ein Quentchen Zucker. Die ganze Nacht hindurch mußte im schwachen Licht von Petroleumlampen und qualmenden Kerzen gearbeitet werden. Aus dem Ofen drang Rauch, der die Augen reizte. Die Kinder des Dienstherrn plärrten, seine Frau fluchte und keifte. Wenn die Arbeiter ihre geröteten Augen nicht mehr offenhalten konnten, legten sie sich auf den dreckigen Fußboden, deckten sich mit einem Stück Stoff zu und dösten ein – im Winter schlotternd vor Kälte, im Sommer schweißnaß vor Hitze. Und immer gepiesackt von Flöhen, Fliegen und Wanzen.

Oft waren die Stoffe feucht und sandig, denn die Unterlieferanten beschummelten die Werkmeister ebenso, wie sie von ihnen beschummelt wurden. Sie bekamen das Wollgarn und das

Baumwollgarn nach Gewicht zugeteilt, und die daraus gewebten Stoffe mußten genausoviel wiegen. Um ein bißchen Garn beiseite zu schaffen, durchtränkten die Unterlieferanten die Stoffe mit Wasser und bestreuten sie mit Sand, damit sie mehr wogen. Die Feuchtigkeit ging den Arbeitern durch Mark und Bein, die Sandkörnchen rieben ihnen die Haut wund. Und da die Farbe der billigen Stoffe leicht auslief, sahen die Arbeiter beim Aufwachen oft wie Schornsteinfeger aus.

Und zu alledem mußten sie ihren Arbeitgebern dabei helfen, die Fabrikbesitzer zu beschummeln. Sie mußten das Garn dehnen, so daß die Stoffe lockerer gewebt werden konnten. Mit diesen Stoffen wurde das Liefersoll erfüllt. Damit die Fabrikbesitzer keinen Verdacht schöpften, wurden die Stoffbahnen an den Enden dicht und regelmäßig gewebt.

Alle Arbeiter waren gezwungen, diesen Schwindel mitzumachen, weil ihnen angedroht wurde, sie bekämen andernfalls am Donnerstag keinen Lohn ausbezahlt. Und wenn die Lieferung fällig war, mußten die Weber die Stoffballen auf dem Rücken quer durch Lodz schleppen, denn die Unterlieferanten dachten gar nicht daran, Geld für eine Droschke auszugeben.

Wie bei Sklaven üblich, behandelten die Unterlieferanten ihre eigenen Sklaven – die Saisonarbeiter – schändlich und ließen sie fast verhungern. Als ein Weber, der die ganze Saison gearbeitet hatte, keinen Groschen Lohn dafür erhielt, wurde der Fall vor ein rabbinisches Schiedsgericht gebracht, doch ungeachtet des Schiedsspruches bekam der Weber seinen Lohn nie ausbezahlt.

»Los, preßt doch den letzten Blutstropfen aus mir heraus!« hatte der Unterlieferant gerufen, seine Baumwollweste aufgeknöpft und seine Brust entblößt. »Ich *kann* nicht zahlen! Ich bin selber bettelarm!«

Es war also sehr schwierig für Tewje, diese verbitterten, abgearbeiteten Männer davon zu überzeugen, daß sie gegen die Unternehmer zusammenhalten müßten.

»Tewje, laß die Finger davon!« warnte man ihn. »Sonst wirst du als erster entlassen.«

Aber er schlug die Warnung in den Wind. Obwohl er von der Plackerei in der Fabrik erschöpft, vom Gezänk seiner Frau entnervt und vom ständigen Geplärr seiner Kinder schon ganz benommen war, agitierte er weiter. »Nur durch Solidarität!« rief er heiser.

Neben ihm ging Nissan der Erniedrigte. Auch er raffte sich nach dem harten Tagewerk und dem abendlichen Bücherstudium dazu auf, Rebellion zu predigen.

Er war bei den Webern beliebt. Sie waren stolz darauf, daß er, der Rabbinersohn, einer von ihnen geworden war. Wenn er am Sabbat in die Synagoge kam, begrüßten sie ihn herzlich. Auch die Frauen schätzten ihn, wenngleich sie nicht so recht verstehen konnten, warum ein junger Bursche, der die Möglichkeit gehabt hätte, eine gute Partie zu machen, sein Leben als Weber fristete. Gleichwohl sahen sie zu ihm auf, als ob allein schon die Tatsache, daß er mit ihren Männern verkehrte, diesen zu mehr Ansehen verhelfen könnte.

Außerdem konnte man ihn um manche Gefälligkeit bitten. Er las Müttern, die nicht lesen und schreiben konnten, die Postkarten ihrer auswärts als Dienstmädchen angestellten Töchter vor. Er schrieb Briefe für Frauen, deren Männer in der russischen Armee dienen mußten. Er brachte Bräuten bei, wie man einen Ehevertrag unterzeichnet. Und er übersetzte in Russisch abgefaßte Schreiben der Justizbehörden.

Dieser junge Mann, der von Kindheit an wußte, was es heißt, in menschenunwürdiger Armut zu leben, der sich so viel religiöses und weltliches Wissen angeeignet und der gelernt hatte, Ideen zu formulieren und zu erläutern – dieser junge Mann machte einen tiefen Eindruck auf die Weber. Und erst recht auf ihre Frauen.

»Der hat ein gutes Mundwerk!« sagten die Leute bewundernd. »Der redet das Blaue vom Himmel herunter!«

Den Müttern heiratsfähiger Töchter lief bei seinem Anblick das Wasser im Mund zusammen. Sogar Tewjes Hausdrachen beherrschte sich, wenn Nissan zugegen war.

Simcha Meirs Verfügung hatte sofort Nissans Aufmerksamkeit erregt. Er konnte sich noch gut an den einstigen Schüler seines Vaters erinnern. Schon damals hatte er Simcha Meir wegen seiner Arroganz, Verschlagenheit und Skrupellosigkeit gehaßt. Und jetzt hatte es dieser Bursche zum Fabrikanten gebracht und wollte jüdische Arbeiterfamilien verhungern lassen! Obwohl Nissan nicht bei ihm arbeitete, empfand er Simcha Meirs Vorgehen als persönliche Brüskierung. Jede Ungerechtigkeit, die Balut betraf, betraf auch ihn. Deshalb stellte er sich prompt auf Tewjes Seite und berief eine Versammlung ein, an der nicht nur die Belegschaft von Chaim Alters Weberei, sondern alle Baluter Arbeiter teilnehmen sollten.

Sie kamen in Scharen in die kleine Synagoge: die ganzjährig Beschäftigten, die Saisonarbeiter, die Lehrlinge und sogar die ausgebeuteten Unterlieferanten. Das Bethaus wimmelte von gestikulierenden Männern, die alle zu Wort kommen wollten.

In seinem verschossenen Sabbatkaftan, einen Papierkragen um den Hals, stand Tewje auf der Estrade. Seine gelblichen Augen hinter der Nickelbrille schienen Funken zu sprühen.

»Solidarität, Leute! Nur durch Solidarität werden wir das Elend überwinden!«

Nissan entfaltete ein Blatt Papier und las vor, was er in kunstvollen Lettern geschrieben hatte.

»›Manifest der Baluter Webergenossenschaft‹«, begann er mit leidenschaftlich bewegter Stimme und jedes Wort betonend.

»›1. Wir, die Weber, deren Bethaus die Synagoge Freundesliebe ist, erklären gemeinsam mit den anderen Baluter Webern, daß wir nicht gewillt sind, unsere Hungerlöhne kürzen zu lassen. Dies käme der Wegelagerei gleich. Daher haben wir uns zur Arbeitsverweigerung entschlossen. Kein Arbeiter darf die Rechte eines anderen verletzen und während des Ausstands dessen Arbeit übernehmen, denn das käme der Missetat dessen gleich, der sich auf dem Felde wider seinen Bruder erhebt und ihn erschlägt.

2. Donnerstags darf nicht die ganze Nacht hindurch, sondern nur bis Mitternacht gearbeitet werden. Das gleiche gilt für Samstag abends: Nach Sabbatausgang darf nur bis Mitternacht gearbeitet werden.

3. An Werktagen darf nicht länger als vierzehn Stunden gearbeitet werden, nämlich von sechs Uhr früh bis acht Uhr abends. Die für die Nachmittags- und Abendgebete benötigte Zeit darf nicht von der Arbeitszeit abgezogen werden. Im Winter, wenn es vor Arbeitsbeginn noch zu dunkel ist, um die Morgengebete zu sprechen, muß die dafür benötigte Zeit am Arbeitsplatz gewährt und als zur täglichen Arbeitszeit gehörig betrachtet werden.

4. Freitags muß die Arbeit zwei Stunden vor dem Anzünden der Sabbatkerzen und am Vorabend von Feiertagen zwei Stun-

den vor Sonnenuntergang eingestellt werden, damit die Arbeiter genug Zeit haben, sich zu reinigen und auf die heiligen Tage vorzubereiten.

5. Die Auszahlung des Wochenlohns darf nicht auf die folgende Woche verschoben werden, sondern muß pünktlich jeden Donnerstag erfolgen, damit die Arbeiter die notwendigen Vorbereitungen für den Sabbat treffen können. Auch vor Feiertagen muß der Wochenlohn pünktlich ausbezahlt werden, denn wer es versäumt, seine Arbeiter rechtzeitig zu entlohnen, der kommt einem Räuber gleich.

6. Bei der Arbeit benötigte Kerzen müssen vom Arbeitgeber zur Verfügung gestellt werden.

7. Die Arbeitgeber dürfen ihre Arbeitskräfte nicht beleidigen, denn man soll seinen Nächsten nicht erniedrigen noch die Hand gegen ihn erheben. Wer die Hand wider seinen Nächsten erhebt, der kommt einem Missetäter gleich. Ebensowenig dürfen die ganzjährig Beschäftigten und die Saisonarbeiter einander beschimpfen oder, was Gott verhüten möge, aufeinander oder auf die Lehrlinge einschlagen – denn jedermann soll eingedenk sein der Zeit seiner eigenen Erniedrigung. Wer sich desgleichen schuldig macht, soll aus der Genossenschaft ausgeschlossen werden.

8. An Fastentagen darf die Arbeit nach den Nachmittagsgebeten nicht wiederaufgenommen werden.

9. Auch an den Halbfeiertagen des Pessachfestes und des Laubhüttenfestes darf die Arbeit nach den Nachmittagsgebeten nicht wiederaufgenommen werden.

10. Ganzjährig Beschäftigte, Saisonarbeiter und Lehrlinge, die von ihrem Arbeitgeber verköstigt werden, müssen fetthaltige Kost und zum Kaffee Milch und Zucker bekommen, denn wer seine Arbeiter schuften läßt, ohne sie zu nähren, der gleicht den Ägyptern, die Ziegelsteine verlangten, ohne für das nötige Stroh zu sorgen.

Diese zehn Forderungen wurden an dem Sabbat proklamiert, an dem in der Baluter Synagoge Freundesliebe die Tora-Abschnitte über die Reinigungsgebote für Wöchnerinnen und über Aussätzige verlesen werden.‹«

Jetzt brach ein Höllenlärm los.

»Das schaffen wir nie!«

»Wir schaffen's, wenn wir zusammenhalten!«

Tewje hämmerte aufs Pult und wartete, bis sich der Lärm gelegt hatte. Dann ließ er eine Moralpredigt vom Stapel, die mit Zitaten aus heiligen Büchern und mit Sinnsprüchen gespickt war. Er verglich die Baluter Arbeiter mit den Kindern Israel, die in Ägypten die Vorratsstädte Pithom und Ramses erbauen mußten. Er verglich die Unternehmer mit den Ägyptern und ihre Stiefellecker mit den jüdischen Fronvögten, die auf Befehl der Ägypter ihre Brüder schikanierten und schlugen. Wortgewandt zog er am Schluß seiner Rede nochmals einen Vergleich: So, wie die Ägypter die Kinder Israel hinter den Mauern von Pithom und Ramses lebendig begraben hielten, so zwängen die Lodzer Unternehmer die Arbeiter dazu, die eigenen Kinder in Stoffbündeln ersticken zu lassen, weil es ihnen unmöglich sei, die lebensnotwendige Milch und Medizin für die Kinder zu kaufen.

»Weise Worte!« rief man ihm zu. »Es ist wahr! So wahr heute Schabbes ist!«

Als Tewje den Beifall der Menge gefunden hatte, drang er darauf, daß jeder Versammlungsteilnehmer nach Sabbatausgang die zehn Forderungen seinem Arbeitgeber vorlegen und die Arbeit so lange verweigern sollte, bis alle Bedingungen erfüllt seien.

Wieder gab es Tumult.

»Dann sind wir brotlos!«

»Die geben niemals nach!«

»Wir müssen's im Guten versuchen, statt ihren Zorn zu erregen!«

»Keiner wird mitmachen! Die Anstifter werden bestimmt als erste hinausgeschmissen!«

»Wir müssen an unsere Frauen und Kinder denken!«

Tewje schlug so heftig aufs Pult, daß sogar der schiefe Kronleuchter wackelte.

»Genauso haben die Knechte Ägyptens geredet. ›Ach, in Ägypten hatten wir wenigstens Fisch zu essen!‹ haben sie gesagt. Ihr seid schlechter dran als sie, denn ihr habt ja nicht einmal Fisch zu essen – nicht einmal Brot! Aber Moses hörte nicht auf das Murren der Knechte, sondern befreite sie aus der Gewalt des Pharaos.«

Die Männer schwiegen beschämt. Tewje blickte triumphierend zu ihnen hinunter und hob die Hand.

»Ich werde zu euren Pharaonen gehen und in euer aller Namen mit ihnen reden. Aber niemand darf hinter unserem

Rücken zu ihnen gehen. Niemand darf die Arbeit wiederaufnehmen. Wir dürfen nicht den Mut verlieren. Wir müssen zusammenhalten. Wenn wir solidarisch bleiben, werden wir uns durchsetzen.«

»Niemand wird dich im Stich lassen!«

»Ihr müßt einen Eid darauf leisten!« rief Tewje. »Hier im Bethaus müßt ihr schwören, daß keiner zur Arbeit geht, ehe wir es gemeinsam beschlossen haben, und daß niemand einem anderen den Arbeitsplatz wegnimmt.«

Ein älterer Weber mit blutunterlaufenen Augen, dessen Bart wie ein schmutziger Wattebausch aussah und dessen Rücken von der jahrelangen Plackerei gebeugt war, stieg auf die Estrade und hämmerte mit zitternden Händen auf das Vorlesepult. »Leute! Am Schabbes dürfen wir Juden keinen Eid leisten – unter keinen Umständen! Das ist eine Todsünde!«

Nissan, der Rabbinersohn, stürmte zum Pult. »Wenn Lebensgefahr besteht, darf man den Sabbat entheiligen! Kein Brot für Frauen und Kinder zu haben, bedeutet Lebensgefahr. Unter solchen Umständen darf man sogar an Jom Kippur einen Eid leisten!«

Tewje rannte zum Toraschrein, nahm die mit einem abgeschabten Toramantel umhüllte Gesetzesrolle heraus und legte sie auf die Estrade.

»Schwört auf die heilige Torarolle dieses Gotteshauses, daß keiner von euch ohne Wissen der anderen zur Arbeit gehen wird! Das kommt einem Eid gleich. Gebt mir euer Wort darauf!«

»Wir schwören!« riefen sie einstimmig.

19

Bei Simcha Meir stießen die Forderungen der Webereiarbeiter seines Schwiegervaters natürlich auf heftigen Widerstand.

Wie immer zu dieser Jahreszeit war Chaim Alter zur Kur gefahren. Gleich nach dem Wochenfest hatte er seinen Zylinder eingepackt, den er, sobald der Zug die österreichische Grenze passiert hatte, aufsetzte, damit seine Frau sich seinetwegen nicht vor den protzigen Deutschen zu genieren brauchte.

Simcha Meir war heilfroh, daß sein Schwiegervater verreist war. Je seltener Chaim Alter sich in der Fabrik blicken ließ, desto besser. Ein Glück, daß er während dieses Streiks nicht da war! Aber daß Dinele ihre Eltern auf der Auslandsreise begleitete, behagte Simcha Meir nicht.

Die geschäftlichen Bravourstücke, die raffinierten Winkelzüge und die Neuheiten, mit denen er die anderen Unternehmer und Großhändler verblüffte, beeindruckten seine hübsche junge Frau kein bißchen. Er bemühte sich sogar bei den Mahlzeiten, ihr klarzumachen, wie gewieft er sei. Während er geräuschvoll kaute, das Tischtuch bekleckerte und die schlechten Tischmanieren der Chassidim zur Schau stellte, versuchte er verzweifelt, bei Dinele Beifall zu finden, doch sie begriff gar nicht, wovon er sprach. Die Lodzer Geschäftspraktiken waren ihr so fremd wie er selbst. Für sie war er bloß ein schludriges, ungehobeltes Bürschchen, das auf dem Stuhl herumrutschte, seinen Kaffee schlabberte, seine Semmel in die Butter tunkte, zuviel Salz darauf streute und sich überhaupt wie ein Rüpel benahm. Während des Essens kritzelte er auf Zetteln herum, redete ohne Punkt und Komma und stürmte dann, mit offenem Hosenlatz, wieder in die Fabrik.

»Also, Dinele, hast du's jetzt begriffen?« fragte er immer wieder. »Dein Mann ist ein Schlaumeier, was?«

»Wisch dir die Krümel ab!« war alles, was sie darauf sagte. »Und kritzle nicht auf dem Tischtuch herum! Du hast bereits unsere sämtlichen Tischtücher ruiniert.«

Er fühlte sich gezüchtigt und gedemütigt. Obwohl er von Natur aus ein Frauenverächter war, wünschte er sich, daß seine eigene Frau zu ihm aufsah. Seine flackernden Augen weideten sich an ihrer blühenden Schönheit. Er begehrte sie – von Tag zu Tag heftiger. Aber sie blieb kühl und herablassend.

Nicht, daß er etwas an ihr auszusetzen gehabt hätte. Ihren hausfraulichen Pflichten kam sie jedenfalls nach. Sie sorgte dafür, daß sein Essen pünktlich aufgetragen wurde, daß immer ein frisches Hemd und saubere Unterwäsche für ihn bereitlagen, daß er seine Kleidung abbürstete, bevor er ausging. Sie ermahnte ihn, keine Zigarettenasche auf den Rockaufschlag fallen zu lassen. Und an den Feiertagen besuchte sie mit ihm zusammen seine Familie. Aber das war auch alles. Sie brachte ihm keine Herzlichkeit, keine Zärtlichkeit entgegen. Nicht einmal ein Lächeln gönnte sie ihm.

Augenscheinlich ganz der mit abstrakten Dingen beschäftigte, weltfremde Jeschiwaschüler, wußte er sehr genau, was Dinele von ihm hielt. Er wunderte sich darüber um so mehr, als er überzeugt war, in ganz Lodz hohes Ansehen zu genießen.

Wenn er sie beim Lesen überraschte, fuhr sie zusammen. »Ach – du hast mich erschreckt!«

»Was liest du denn da«, fragte er, obwohl er genau wußte, daß es ein Roman war.

»Ein Buch«, sagte sie, ohne aufzublicken.

Je kühler sie ihn behandelte, um so begehrenswerter fand er sie. Lüstern betrachtete er ihre weichen Arme, die sich blendendweiß von dem schwarzen Seidenkleid abhoben; ihren schönen Hals; ihre wunderbar ebenmäßige Figur, deren Fraulichkeit von Tag zu Tag voller zu erblühen schien. Immer wenn er in Dineles Nähe kam, zitterte er vor Erregung.

Gewiß, er verzichtete nie auf etwas, das ihm gehörte, aber er besaß nur ihren Körper, nicht ihre Liebe.

Und so konzentrierte sich der verschmähte Ehemann ganz aufs Geschäft, nahm sich für die Mahlzeiten nur noch ein paar Minuten Zeit und hastete gleich wieder in die Fabrik, wo er etwas galt. Auch die Nächte, in denen Dinele ihm zu Willen war, befriedigten ihn nicht. Obwohl er keine Erfahrung mit anderen Frauen hatte, spürte er, daß irgend etwas fehlte.

Eines Tages kam Dinele zu ihrer Mutter gelaufen und gestand ihr schluchzend, daß ihre monatliche Regel ausgeblieben sei. Ihre Mutter lachte, nahm sie in die Arme und wischte ihr die Tränen ab.

»Dummerchen! Das ist doch kein Grund zum Weinen! Geh gleich zu Simcha Meir und überbring ihm die freudige Nachricht!«

»Nein, Mama, nein!« Dinele klammerte sich an ihre Mutter und zerfloß in Tränen.

Simcha Meir floß schier über vor Mannesstolz, als seine Schwiegermutter ihm, mädchenhaft errötend, mitteilte, daß seine Frau in anderen Umständen sei. »Vielleicht räumt sie jetzt endlich diese albernen Bücher weg!« sagte er.

Er war überzeugt, daß die Mutterschaft ihr all diese blödsinnigen Ideen austreiben und sie in eine liebevolle, gehorsame Ehefrau verwandeln würde. Und *er* würde dann im wahren Sinne des Wortes Herr im Haus sein.

Aber Dinele blieb so unnahbar wie zuvor und konzentrierte sich ganz auf das Kind, das sie zur Welt bringen sollte. Stundenlang lag sie auf dem Diwan und schien darauf zu warten, daß es ein Lebenszeichen von sich gab.

»Mama, ich kann's spüren. Horch doch mal!«

»Dummerchen, das bildest du dir bloß ein. Dafür ist es noch viel zu früh.«

»Ich *kann's* spüren«, behauptete sie und lächelte beglückt.

Ihr Teint bekam nicht die bei Schwangeren üblichen Flecken und Pusteln. Sie wurde immer schöner. Ihre blauen Augen bekamen einen wärmeren Glanz, und um ihre Lippen spielte ständig ein Lächeln.

Ihre Mutter murmelte Beschwörungen gegen den Bösen Blick. Simcha Meir konnte sich nicht sattsehen an Dinele, die wie neubelebt war. »Wie geht's dir? Wie fühlst du dich?« fragte er immer wieder und versuchte, sie unter irgendeinem Vorwand ins Schlafzimmer zu führen.

Aber auch nachts durfte er sie nicht mehr berühren. »Ich bin müde«, murmelte sie und drehte sich zur Wand.

Und als ihre Eltern nach dem Wochenfest reisefertig waren, packte auch sie ihre Koffer, um – ohne ihren Mann um Erlaubnis zu bitten – mitzufahren.

Er war tief gekränkt und fühlte sich alleingelassen. Er starrte hinüber zu dem leeren Bett, dessen glattgestrichene Bezüge ihn zu verspotten schienen. Er wurde von allen möglichen Hirngespinsten geplagt. Eine verheiratete Frau allein in einem fremden Land – umgeben von Gecken und Gigolos ...

An den Werktagen hatte er genug zu tun, aber die Ruhetage zogen sich jetzt im Sommer schier endlos hin. Am Sabbat konnte man keine Arbeiter schikanieren und auch keine Händler hereinlegen. Die heiligen Bücher ödeten ihn an. Er konnte nichts anderes tun als herumzuhocken, vor sich hinzustarren und zu grübeln.

Als er an einem Sabbat wieder einmal ungeduldig darauf wartete, daß die ersten drei Sterne aufgingen und der heilige Tag zu Ende sein würde, erschienen Tewje die-Welt-ist-nicht-gesetzlos und Nissan der Erniedrigte bei ihm, um ihre Forderungen vorzulegen, die sie auf ein liniertes, aus einem Notizheft gerissenes Blatt Papier geschrieben hatten.

Im ersten Moment starrte Simcha Meir die beiden ganz verdutzt an. Die Baluter Arbeiter waren in den Wohnungen ihrer Dienstherrn nicht gern gesehen. Tewje und Nissan traten keineswegs großspurig und herausfordernd auf. »Gute Woche!« sagten sie gelassen.

Simcha Meir zog an seiner ersten nachsabbatlichen Zigarette. Ohne den Gruß zu erwidern, sagte er unwirsch: »Ihr könnt in der Fabrik mit mir reden.«

»Wir gehen nicht in die Fabrik. Bitte lest erst einmal das hier!« Tewje hielt ihm die Liste mit den Forderungen hin.

Simcha Meir riß ihm das Blatt aus der Hand und warf einen Blick darauf. Dann musterte er Nissan von Kopf bis Fuß. »Bist du nicht der Sohn von Nuske, dem Rabbiner?« Und dann fragte er Tewje: »Was hat *der* denn damit zu tun?«

»Ich bin Weber«, sagte Nissan.

»Soso.« Simcha Meir zupfte sich am Bart. »Du bist also Arbeiter geworden. Was sagt denn dein Vater dazu?«

Nissan schwieg. Simcha Meir steckte die Hände in die Taschen seines seidenen Sabbatkaftans. »Was hast du hier zu suchen? Du arbeitest nicht bei mir.«

»Ich komme im Namen der Weber. Sie haben mich bevollmächtigt, in ihrem Namen zu sprechen.«

»Aber ich möchte nicht mit *dir* reden. Ich erkenne dich nicht als Wortführer anderer Leute an.«

Nissan war einen Moment lang ziemlich durcheinander. Zum einen wußte er nicht, ob er Simcha Meir mit dem vertraulichen »du« oder dem formellen »Ihr« anreden sollte. Und zum anderen hatte er nicht mit einer derart schroffen Abfuhr gerechnet. Dazu kam, daß ihn der Anblick dieser eleganten Wohnung einschüchterte, die ihn an die Zeiten erinnerte, als er zu seinen reichen Onkeln gehen und sie anbetteln mußte, seinen Eltern Geld zu leihen. Und noch dazu hatte Simcha Meir die Liste mit den Forderungen fallen lassen, und er, Nissan, konnte bloß bewegungslos dastehen. Tewje hob die Liste auf, strich sie glatt und sagte zu Simcha Meir: »Wir Weber halten zusammen. Lest!«

Simcha Meir überflog die Liste. Dann fragte er in einer Art Singsang: »Ihr wollt also mehr Geld und weniger Arbeit?«

»Richtig. Mehr Geld und weniger Arbeit.«

»Und was tut ihr, wenn ich nicht mitmache?«

»Dann arbeiten wir nicht.«

»Und wer ernährt euch dann?«

»Wir sind sowieso am Verhungern. Warum also noch arbeiten?«

»Das sind *deine* schmutzigen Machenschaften, Tewjele«, sagte Simcha Meir mit erhobenem Zeigefinger. »Du und dieser Bursche, ihr steckt dahinter! Ihr verdreht den Leuten den Kopf und bringt sie um den letzten Bissen Brot.«

Er konnte sich einfach nicht vorstellen, daß die Leute die Arbeit niederlegen wollten. Solange er zurückdenken konnte, hatten Männer an ihren Webstühlen gestanden und gearbeitet. Das war so selbstverständlich wie die Tatsache, daß man morgens mit der Gewißheit aufstand, das Licht eines neuen Tages zu sehen. Nein, ihm wollte das einfach nicht in den Kopf.

»Ihr werdet schon sehen, wie das ist, wenn ihr am Donnerstag kein Geld für den Schabbes habt. Dann fleht ihr mich auf Knien an, euch wieder einzustellen.«

Schon eine ganze Woche war der Betrieb lahmgelegt, aber niemand kam auf Knien zu Simcha Meir gekrochen. Die ersten, die den guten Zeiten nachtrauerten, in denen die Männer Geld nach Hause brachten, waren die Baluter Frauen, die ihre Ehemänner vorher wegen der Hungerlöhne geschmäht hatten. »Ihr Mörder!« schrien sie ihre Männer an. »Habt wenigstens Mitleid mit den Kindern!«

Aber die Männer hielten an ihrem Entschluß fest.

Simcha Meir lief wie benommen herum. Ohne das Rattern der Webstühle konnte er nicht einschlafen. Ohne das tägliche Arbeitspensum hatte sein Leben keine Würze mehr. Der Donnerstag ging vorüber, aber die Arbeiter ließen sich immer noch nicht blicken. Und ausgerechnet jetzt gingen Bestellungen über Bestellungen ein.

Samuel Leibusch mußte in der Stadt herumlaufen, um Aushilfskräfte anzuheuern, aber er konnte bloß ein paar ältere deutsche Frauen auftreiben, die im Schneckentempo arbeiteten, und einige Trunkenbolde, die völlig unbrauchbar waren.

Am Sabbat ließ Simcha Meir den Lehrer kommen, den sein

Schwiegervater für die Arbeitersynagoge engagiert hatte, und befahl ihm, die Weber zur Wiederaufnahme der Arbeit zu bewegen. Falls sie unverzüglich an ihre Arbeitsplätze zurückkehrten, würde er keine Maßnahmen ergreifen.

Die Weber jedoch wollten von den Ermahnungen des Lehrers nichts wissen. Statt mit den *Sprüchen der Väter* traktiert zu werden, bekamen sie von Tewje eine Predigt zu hören, in der er sie aufforderte, Solidarität zu üben, bis der Sieg errungen sei.

»Ich hab' mein Kopfkissen für ein Stück Brot versetzen müssen«, klagte ein Weber.

»Und ich hab' meinen Kupferleuchter gegen Kartoffeln eingetauscht«, rief ein anderer.

»Und ich«, sagte ein dritter, »hab' wegen der Vorbereitungen für den Schabbes meinen Tallit und meine T'fillin verpfänden müssen.«

»Wenn wir solidarisch bleiben, stehen wir's durch«, ermunterte Tewje die Männer. »Noch ein paar Tage, und man wird auf uns zukommen. Die machen Pleite, wenn ihre Betriebe lahmliegen.«

Er kannte sein Lodz. Und noch besser kannte er Simcha Meir.

Tag für Tag kalkulierte Simcha Meir den finanziellen Verlust, den er ausgerechnet jetzt, wo seine Firma mit Bestellungen überschüttet wurde, zu verbuchen hatte. Es war zum Verrücktwerden. Aber er hatte sich ja von Anfang an nichts von diesen Handwebstühlen versprochen. Bei erster Gelegenheit wollte er den Betrieb auf Dampfkraft umstellen. Bis dahin aber mußte er jeden Groschen, den er abzweigen konnte, auf die hohe Kante legen. Man konnte eine Fabrik doch nicht stillstehen lassen, schon gar nicht, wenn die Kundschaft nach Ware schrie ... Immer wieder leckte er an der Bleistiftspitze und kritzelte Zahlen – auf jeden Papierfetzen, jedes Tischtuch.

Andererseits: Wenn er jetzt nachgäbe, käme ihn das teuer zu stehen. Zwölfhundert Rubel (Zinsen nicht eingerechnet) würden ihm jährlich entgehen – und obendrein verlangten diese unverschämten Schnorrer eine Kürzung der Arbeitszeit, Kerzen auf Betriebskosten und noch andere unsinnige Zugeständnisse. Und nicht zu vergessen: Der Appetit kommt beim Essen. Wenn man ihnen jetzt den kleinen Finger reichte, wollten sie nächstens die ganze Hand. Zugegeben, er hatte finanzielle Verluste, aber die konnten mehr als ausgeglichen werden, sobald die Weber reumütig an ihre Arbeitsplätze zurückgekehrt waren. Er würde seine Revanche bekommen. Noch ein paar Jahre sollten sie mit Hochdruck arbeiten, dann würde er auf Dampfkraft umstellen und sie alle mit einem Tritt in den Hintern hinausschmeißen.

»Ich kann's abwarten«, erklärte er den Kaufleuten in den Schenken, schlabberte sein Bier und mampfte gepfefferte Kichererbsen. »Die sollen nur merken, wie schwere Zeiten schmecken ...«

Und schwere Zeiten *bekamen* die Baluter Weber zu schmekken. Samuel Leibusch berichtete Simcha Meir täglich über den Stand der Dinge.

In den kleinen Baluter Gemischtwarenläden, wo Schwärme von Fliegen um die Bonbonkistchen schwirrten, konnte man nicht einmal mehr ein Stück Brot anschreiben lassen.

»Das Kontobuch quillt ja schon über von den Schulden, die ihr bei uns gemacht habt!« riefen die Ladenbesitzer und deuteten auf die fleckigen Seiten. »Brot wird nicht mehr angeschrieben! Die Bäcker räumen *uns* ja auch keinen Kredit ein.«

Die Weber versetzten, was sie aufstöbern konnten: einen zerrissenen Kissenbezug, ein altmodisches Brautkleid, einen Winterschal, ja sogar ein Gebetbuch für Frauen. Und bald war nichts mehr da, was sie zum Pfandleiher tragen konnten. Die Tage zogen sich schier endlos hin, und die Kinder hingen an Mutters Schürzenzipfel und bettelten: »Mame, Brot!«

Die Männer, die sich gar nicht mehr die Mühe machten, ihren Sabbatkaftan auszuziehen, liefen ziellos durch die engen Straßen. Die Erregung schlug hohe Wogen. An jeder Straßenecke fanden sich Gruppen zusammen, und dann wurde heftig diskutiert und gestikuliert.

»Tewje hat recht«, sagten die jüngeren Weber. »Nicht nachgeben – dann schaffen wir's.«

»Ihr habt leicht reden«, entgegneten die Weber mittleren Alters. »Ihr habt keine Kinder, die nach Brot schreien. Ihr wärt bestimmt anderer Meinung, wenn ihr in unserer Haut stecken würdet.«

Noch erregter waren die älteren Arbeiter. »Wir müssen zu ihm gehen und ihm sagen, daß wir nichts damit zu tun hatten.

Daß Tewje und Nissan die ganze Sache eingefädelt haben. Sonst müssen wir auf unsere alten Tage betteln gehen.«

»Wir haben doch einen Eid geleistet!«

»Jeder Rabbiner wird uns davon entbinden. Hier geht es doch um Leben und Tod!«

Ohne Wissen ihrer Männer sprachen Frauen bei Simcha Meir vor und flehten ihn an, ihnen ein paar Gulden vorzustrecken, um ihnen über das Schlimmste hinwegzuhelfen.

»Mein Mann wird's abarbeiten. Die Kinder lechzen nach einem Stück Brot. An wen sonst sollen wir uns denn wenden? Ihr seid doch für uns wie ein Vater.«

Simcha Meir hatte weder Mitgefühl noch Geld für sie übrig. Er wußte: Geld ist wie ein Vogel. Hat man es einmal aus der Hand gelassen, kommt es kaum je zurück ... Um so freigebiger erteilte er Ratschläge.

»Tewje und der mißratene Rabbinersprößling – dieser Abschaum wird noch der Tod eurer Männer sein«, sagte er salbungsvoll. »Nicht nur um diese, sondern auch um die kommende Welt werden sie eure Männer bringen.«

»Die Mäuler sollen ihnen nach hinten gedreht werden, weil sie unsere Männer mit List und Tücke überredet haben!«

»Als nächstes werden sie eure Männer zum Konvertieren überreden«, prophezeite Simcha Meir und verbiß sich das Lachen.

»Gewalt geschrien!« Die Frauen rangen die Hände – so verzweifelt, als hätten sie ihre Männer bereits verloren. »Diese Verworfenen gehören aus der Stadt gejagt! Ein räudiges Schaf steckt die ganze Herde an.«

Die aufgestachelten Hausfrauen liefen auf der Straße hinter Tewje und Nissan her und traktierten sie mit wüsten Beschimpfungen. Am lautesten schrie Keile, Tewjes Frau. Ihre ganze Brut um sich geschart, einen Säugling an der wabbligen Brust, schlurfte sie in der Hitze durch die staubigen Straßen und wünschte Feuer und Schwefel auf ihren Mann herab.

»Du Marktschreier! Schächten soll man dich! Ein eiserner Besen soll niederfahren, und haushoch soll's dich werfen! Was hast du dich um die Welt zu kümmern, wenn Frau und Kinder vor deinen Augen verhungern, du Saukerl!«

Worauf ihre Sprößlinge herzzerreißend zu schreien begannen.

Nissan kam auch nicht besser weg. »Du bist genauso daran schuld! Wag dich nie wieder über meine Schwelle, sonst bekommst du kochendes Wasser übergegossen, du Teufelsbraten!«

Ohne sich um sie zu scheren, ging Tewje weiter, redete auf die Leute ein, beschwichtigte sie, predigte Solidarität.

Der zweite Donnerstag kam, und wieder erschien niemand zur Arbeit.

In der dritten Woche runzelte Simcha Meir immer öfter die Stirn und zupfte sich nervös am Bart. Sein finanzieller Verlust war enorm. Kunden drohten bei anderen Fabrikanten einzukaufen. Er fragte sich bereits, ob er hasardiert und das Spiel verloren habe. Das beste, was man in diesem Fall tun konnte, war, den Verlust abzuschreiben und auf eine günstigere Gelegenheit zu warten. Doch im letzten Moment kam ihm eine Idee, die im Grund so naheliegend war, daß er beinahe laut auflachte.

»Samuel Leibusch! Geh schleunigst zu Lippe Halfon! Er soll sofort herkommen. Sag ihm, es ist sehr wichtig!«

Lippe Halfon war ein Litwak mit gestutztem Spitzbart, russischem Akzent und großer Erfindungsgabe. In der einen Hand einen Teekessel, in den anderen einen Regenschirm, war er aus Litauen gekommen und hatte sich sofort darangemacht, Lodz zu »erobern«.

Zuerst hatte er mit Schnürsenkeln, Papierkragen, Nähnadeln und Stecknadeln hausiert. Er hatte von trockenem Brot, Salzhering und heißem Wasser gelebt, das er in seinem Teekessel abkochte. Nach und nach hatte er allerlei Botengänge für Ladenbesitzer übernommen – Angelegenheiten, die beim Postamt und bei der Eisenbahn zu erledigen waren. Im Umgang mit russischen Beamten hatte er den Kniff raus. Er bezog eine Wohnung, in der er seinen Geschäften nachgehen konnte, und im Nu hing an seiner Tür ein Schild, auf dem er seine Fertigkeiten anpries. Dazu gehörte die Abfassung von Petitionen an die Justizbehörden und andere russische Instanzen. Und da nicht viele Lodzer Russisch konnten, florierten Lippe Halfons Geschäfte.

Bald genoß er das Vertrauen der Polizei und der anderen Beamten. Wer etwas mit den Behörden zu tun hatte, übergab Lippe Halfon das Schmiergeld, das er dann an den betreffenden Beamten weiterleitete. Seine Aufträge erledigte er zur vollen Zufriedenheit der Klienten, denen er viel Zeit und Ärger ersparte. Er kleidete sich wie ein Mann von Welt und trug stets eine Mappe bei sich, die vollgestopft war mit amtlich wirkenden Schriftstükken. Auf der Straße grüßte er jeden Beamten, sogar den Polizeichef höchstpersönlich.

Obzwar die Advokaten ihn schief ansahen und sich über seine Grammatikfehler mokierten, konnten sie seinen Erfolg nicht verhindern. Keiner von ihnen hatte eine so große Kanzlei wie er. Was sie mit ihren wohlformulierten Petitionen nicht erreichen konnten, erreichte er, ungeachtet aller sprachlichen Schnitzer, mit den seinen.

»Ich hab' die Polizei *hier* stecken«, prahlte er und deutete auf seine Westentasche. »Wozu taugen denn diese Winkeladvokaten? Zu nichts und wieder nichts!«

Er war Sachverständiger für vielerlei: Er diskontierte ungedeckte Schuldscheine, trieb überfällige Schulden ein, streckte Bargeld zur Einlösung von Pfandscheinen vor, nahm die Eisenbahnverwaltung wegen unterlassener Dienstleistung ins Gebet, vertrat Klienten bei Gericht, ohne offiziell dazu berechtigt zu sein, verlieh Geld zu hohen Zinssätzen und sog sich notfalls auch Beschuldigungen gegen Widersacher seiner Klienten aus den Fingern.

»Die Welt«, sagte er oft und gern, »ist auf drei Dinge gegründet: Geld, Geld und nochmals Geld.«

Das also war der Mann, den Simcha Meir so dringend sprechen wollte.

Der Litwak hörte ihm geduldig zu und fiel ihm nur dann ins Wort, wenn er von ihm mit »Reb Lippe« statt mit »Gospodin Halfon« angeredet wurde. Als Simcha Meir ihm alles erläutert hatte, zog Lippe Halfon ein Blatt Papier aus seiner Mappe und notierte – in russischer Schrift – sorgfältig die Namen der Unruhestifter. »Die habt Ihr schon so gut wie vom Hals, Gospodin Aschkenasi. Und jetzt zur Honorarfrage . . .«

Simcha Meir zog seine Brieftasche heraus und legte etliche nagelneue Banknoten auf den Tisch, die der Litwak widerspruchslos einsteckte.

»Es handelt sich ganz eindeutig um einen Verstoß gegen Paragraph einhunderteinundachtzig des Kaiserlichen Strafgesetzbuches«, erklärte er. »Ihr braucht Euch wegen der beiden Anstifter keine Sorgen mehr zu machen.«

»So etwas muß man natürlich wissen«, sagte Simcha Meir und begleitete ihn hinaus.

»Natürlich. Und bitte kein Wort darüber!«

In der Nacht wurden Tewje und Nissan von Polizisten aus dem Bett geholt. Trotz der späten Stunde verbreitete sich die Nachricht von ihrer Verhaftung wie ein Lauffeuer in Balut. Auf den Straßen trieben Polizisten mit Krummsäbeln die Menschenansammlungen auseinander.

Zusammen mit ihren weinenden Kindern lief Tewjes Frau, die nur ihr Hemd anhatte, hinter ihrem Mann her, als brächte man ihn geradewegs zum Friedhof. »Habt Erbarmen, Juden!« lamentierte sie händeringend. »Wer sorgt jetzt für meine Würmchen?«

Die Häftlinge wurden in eine Zelle gesteckt, in der Trunkenbolde, Diebe und Leute ohne gültige Ausweispapiere eingesperrt waren.

»Warum hat man euch zwei ins Kittchen gesteckt?« wollten die Diebe wissen.

»Keine Ahnung. Wir haben nichts angestellt.«

Die Diebe feixten. »Blödel!« Sie schmissen den beiden neuen Häftlingen dreckige Lumpen an den Kopf und zwangen sie, die Exkremente hinauszuschaffen.

Nach zwei Tagen wurden Tewje und Nissan dem Polizeichef höchstpersönlich vorgeführt.

»Stillgestanden!« brüllte diese Respektsperson. »Wehe euch, wenn ihr auch nur mit der Wimper zuckt!«

Die beiden verstanden kein Wort und wollten ihre Unschuld beteuern, doch die Polizisten halfen dem Befehl ihres Kommandanten durch Rippenstöße nach. »Damit ihr's lernt!« schrien sie und verpaßten den entsetzten Männern Kinnhaken und Faustschläge auf den Leib.

Der Polizeichef fuhr sich mit den Fingern durch den borstigen Backenbart und pflanzte sich so dicht vor den beiden auf, daß er ihnen fast auf die Zehen trat. »*So* ist das also!« Es klang, als wollte er mit ihnen Katz und Maus spielen. »Rebellen, was? Aufstand gegen die Obrigkeit?«

Sie wollten die Sache erklären, aber das brachte den Polizeichef noch mehr in Rage. »Maul halten, ihr Hundesöhne! Ihr werdet in Ketten gelegt! Ich ziehe euch das Fell ab, weil ihr versucht habt, eine friedliebende Regierung zu stürzen!«

Auf seinen Wink setzte sich ein älterer, buckliger Polizeibeamter an den Tisch und nahm in verschnörkelter russischer Schrift zu Protokoll, was ihn von seinem Chef, der im Zimmer auf und ab lief, diktiert wurde.

Dann las er den Häftlingen die Anklagepunkte vor, wobei er die komplizierten russischen Wörter so näselnd aussprach, daß die beiden nur ein einziges davon verstehen konnten, das so ungefähr in jedem dritten Satz vorkam: »Rebellen«.

»Unterschreibt!« schnauzte sie der Polizeichef an. »Setzt ein Kreuz darunter, wenn ihr nicht schreiben könnt!«

Die Häftlinge sahen einander an, woraufhin die Polizisten mit den Säbelscheiden auf ihre Beine eindroschen.

»Tut, was Seine Exzellenz befohlen hat! Marsch!«

Die beiden unterschrieben.

»›Towja Melech Mendeliew Meirew Buchbinder; Nissan Nusiniew Schliomowitsch Eibeschutz‹, las der Polizeichef mit einiger Mühe vor. »Ab in die Zelle!«

Noch am selben Tag sandte er dem Gouverneur in Piotrkow einen Bericht über die beiden gefährlichen Rebellen, von denen die friedliche Arbeiterschaft der Industriestadt Lodz zum Aufruhr aufgehetzt worden sei und die ganz zweifellos eine Gefahr für die Bevölkerung darstellten. Er bat Seine Exzellenz, Petersburg zu ersuchen, die beiden Rebellen für einige Zeit aus den zehn Provinzen des polnischen Königreiches zu verbannen, und zwar nicht aufgrund eines Gerichtsbeschlusses, sondern einer Durchführungsverordnung. Er werde die beiden Männer in Gewahrsam halten, bis die Verordnung aus Petersburg eingetroffen sei.

Lippe Halfon versicherte Simcha Meir: »Bis der eine Antwort aus Petersburg bekommt, haben die beiden bestimmt schon ein Jahr, wenn nicht länger, sitzen müssen. Dann überlegen sie sich's zweimal, ob sie sich wieder mit der Polizei anlegen wollen.«

Die Baluter Weber liefen von Synagoge zu Synagoge und baten die Rabbiner, gegen diese Ungerechtigkeit Einspruch zu erheben, doch keiner wollte sich in diese Angelegenheit hineinziehen lassen. »Wenn es um Diebstahl oder dergleichen ginge, wären wir eventuell bereit, Lösegeld für die beiden zu zahlen«, erklärten die Gemeindevorstände. »Aber Aufwiegelung ist eine gefährliche Sache. Da würde man bloß Ärger bekommen.«

Ein paar Tage später war Simcha Meirs Fabrik wieder in Schwung. Die ausgehungerten Weber arbeiteten so eifrig, daß die finanziellen Einbußen, die der Betrieb während des Streiks erlitten hatte, bald wieder wettgemacht waren. Keiner ließ auch nur einen Seufzer verlauten, als die gekürzten Löhne ausbezahlt wurden. Man war froh, überhaupt wieder etwas zu verdienen. Um weitere Betriebskosten einzusparen, entließ Simcha Meir den Lehrer, den Chaim Alter für das Bethaus eingestellt hatte.

Ganz Lodz sprach von Simcha Meirs Sieg. »So ein Schlaumeier! Mit allen Wassern gewaschen! Gerissen wie ein Taschendieb!«

Das galt in Lodz als größtes Kompliment.

20

Noch nie hatte Chaim Alter im Verlauf eines einzigen Jahres soviel Kummer und Freude erlebt wie in diesem Jahr.

Es begann mit einem freudigen Ereignis: Seine einzige Tochter schenkte ihm sein erstes Enkelkind – und noch dazu war es ein Junge. Chaim Alter war überglücklich und gab für die Beschneidungsfeier ein Vermögen aus.

»Chaimsche, Geld! Mehr Geld, bitte!« säuselte Priwe und hielt die juwelengeschmückte Hand auf.

»Simcha Meir, mein Bester, Geld! Mehr, bitte!« säuselte Chaim Alter und hielt seinem Schwiegersohn und Geschäftsführer die schwabbelige Hand hin.

Simcha Meir rückte die Rubel heraus – sogar mehr, als sein Schwiegervater verlangte. Und alles, was er ihm auszahlte, ließ er sich auf die Kopeke genau quittieren.

Weil sein erstes Kind ein Stammhalter war, verziehen ihm seine einstigen Freunde aus dem Lernhaus, daß er sich ihnen und der Tora entfremdet hatte.

»Du kannst von Glück sagen, daß es ein Sohn ist! Wenn's ein Mädchen wäre, dann hätten wir dich übergelegt und dir den Hintern versohlt!«

Selbst sein Vater, der ihn aus dem Haus gewiesen hatte, war wegen des Enkelsohns zur Versöhnung bereit und erschien in seinem pelzverbrämten Hut zur Feier.

Wie nicht anders zu erwarten, gab es zwischen beiden Großvätern Meinungsverschiedenheiten wegen der Vornamen des Kindes. Jeder wollte es nach seinem eigenen Rebbe nennen. Chaim Alter tobte und lamentierte, doch Abraham Hersch gab keinen Fingerbreit nach.

»Da die Kindsmutter Eure Tochter ist, dürft Ihr, wenn sie Mädchen zur Welt bringt, die Namen aussuchen. Aber bei Knaben steht das *mir* zu!«

Chaim Alter schlug einen Kompromiß vor – ein Vorname für jede Partei –, aber Abraham Hersch blieb unerbittlich. Der Name eines anderen Rebbe kam für ihn überhaupt nicht in Frage. Und schließlich erhielt das Kind nur einen einzigen Vornamen, nämlich den des Warkaer Rebbe: Isaak. Abraham Hersch nahm die Beschneidung eigenhändig vor. Danach tanzte er mit seinen chassidischen Freunden so ungestüm, daß Priwe sich die Ohren zuhielt.

»Reb Abraham, die Wöchnerin ist noch geschwächt. Das erträgt sie nicht!«

»Frisch drauf los, Juden! Schneller!« feuerte Abraham Hersch ungeachtet Priwes Einwand die Chassidim an.

Dinele lag blaß und verschreckt in ihrem Bett, drückte den schreienden Säugling an sich und weinte ihn naß. »Das ist ja mörderisch! Mein armes Schatzele! Erbarmen!«

»Pst! So etwas darf eine jüdische Tochter nicht sagen!« schalt ihre Schwiegermutter. »Genauso wild haben sie bei der Beschneidung deines Mannes getanzt, und es hat ihm nicht geschadet.«

Etliche fromme Frauen glucksten zustimmend. »Hoffentlich dürft Ihr, so Gott will, noch viel Freude an Euren Enkelkindern erleben!«

Seinen Freunden gegenüber fühlte sich Chaim Alter herabgesetzt, doch das wurde durch den Aufwand, mit dem das Fest gefeiert wurde, einigermaßen wettgemacht.

»Wenn, so Gott will, der zweite Enkel zur Welt kommt, setzt Abraham Hersch seinen Willen *nicht* durch – und wenn er sich auf den Kopf stellt! Ich werd's diesem sturen Kerl schon zeigen!«

Kurz nach dem freudigen Ereignis widerfuhr der Familie Alter ein großes Mißgeschick. Hadassa, die ein Auge für so etwas hatte, bemerkte, daß das erst vor ein paar Monaten eingestellte

Hausmädchen versuchte, etwas unter ihrer Schürze zu verbergen. Zudem gelüstete es sie oft nach Leckerbissen. Und manchmal steckte sie die Hand in den Kochtopf, damit es ihr vor Schmerz den Brechreiz verschlug.

Als Hadassa sie zur Rede stellte und keine Antwort bekam, betastete sie den Leib des Mädchens und stieß einen Schrei aus. »Pfui über dich! Du Schlampe glaubst wohl, du kannst mir, Mutter von neun Kindern – fünf am Leben, vier gestorben –, etwas vormachen? Heraus mit der Sprache! Wer hat dir das angehängt, du Hure!«

»Die jungen Herren«, winselte das Mädchen. »Ständig sind sie hinter mir her gewesen . . .«

Die pickeligen Flegel stritten natürlich alles ab. Ihre Eltern bezweifelten nicht, daß das Mädchen die Wahrheit sagte, wenn sie es auch nicht zugeben wollten.

»Einer Schlampe darf man doch kein Wort glauben!« erklärte Chaim Alter. »Meinen Söhnen würde niemand so etwas zutrauen.«

»Aus dem Haus mit dir, du Luder!« herrschte Priwe das Mädchen an.

Da sie eine Heidenangst hatten, die Schwangere könnte einen Skandal machen, gaben sie ihr hundert Rubel und ließen sie von Samuel Leibusch in ihr Heimatdorf zurückbringen, zu ihrem Onkel, einem Pachtbauern.

Chaim Alter ließ Samuel Zanwil kommen und beauftragte ihn, sich nach geeigneten Partien für seine beiden Söhne umzusehen. »Ich will diese Taugenichtse loswerden. Daß man sie nicht vom Militärdienst befreit hat, braucht kein Ehehindernis zu sein. Mit weiteren hundert Rubeln läßt sich auch das ausbügeln.«

»Du wirst es nicht bedauern, Chaim«, sagte Samuel Zanwil, der immer zu übertriebener Vertraulichkeit neigte. »Ich hab's dir schon einmal recht gemacht, denn mit Simcha Meir bist du ja sehr zufrieden.«

Er ging mit gewohntem Eifer ans Werk und vermittelte gute Partien für Chaim Alters Söhne. Schon ein paar Monate später wurden sie verheiratet.

Wieder wimmelte das Haus von Gästen, Verwandten und Chassidim. Wieder verlangte Priwe Geld von ihrem Mann, wieder verlangte er Geld von Simcha Meir. Und wieder gab Simcha Meir seinem Schwiegervater soviel er wollte und ließ sich den Betrag auf den Groschen genau quittieren.

Lodz war von der prächtigen Doppelhochzeit beeindruckt. Chaim Alter gab sich nur mit dem Besten zufrieden, was die zwiefache neue Verwandtschaft zu bieten hatte, machte es aber durch seine übertriebene Großzügigkeit mehr als wett. Er warf mit Geschenken um sich und gab seinen Söhnen eine Ausstattung mit, obwohl er nicht dazu verpflichtet war. Wozu war Geld denn da, wenn nicht zum Ausgeben?

Die Doppelhochzeit entschädigte ihn für den Kummer, den er sich wegen der Sache mit dem Hausmädchen gemacht hatte. Von nun an würde, so Gott wollte, alles gutgehen. Jetzt wollte er in aller Zufriedenheit sein Leben genießen.

Als der Winter näherrückte, begannen die Zwangsaushebungen. Da Chaim Alters Söhne, wie so viele jüdische Burschen, beim Standesamt ungenau registriert waren, galten sie offiziell für älter, als sie tatsächlich waren. Sie mußten sich also bei der Musterungskommission melden.

Wie überall in den Dörfern und Städten liefen auch in Lodz viele Juden mit sorgenvoller Miene und hängenden Schultern herum. Bekümmert betrachteten sie ihre einundzwanzigjährigen Söhne, die eingezogen werden und volle fünf Jahre in irgendeiner weit entfernten Garnison dienen sollten. Viele dieser künftigen Rekruten hatten bereits Frau und Kind. Die jungen Chassidim brachten sich Verstümmelungen bei, fasteten, tranken Salzwasser und aßen große Portionen Salzhering, um ihre Gesundheit zu ruinieren und ausgemustert zu werden. Die Wohlhabenden bestachen Ärzte und Beamte, damit ihre Söhne wegen eines angeblichen körperlichen Defekts für untauglich erklärt wurden. Und schließlich wurden nur die jungen Männer aus der Arbeiterschicht eingezogen.

Schicksalsergeben bestellten sie beim Schreiner Kisten, die sie grün anstreichen ließen. Darin wollten sie ihre Habseligkeiten aufbewahren, wenn sie fortgehen mußten, um dem Zaren zu dienen.

Lange bevor sie sich zur Musterung melden mußten, gaben die jungen Arbeiter ihre Stellen auf und lungerten in den Bethäusern herum, wo sie angeblich darum beteten, daß Gott sie davor bewahren möge, den Gojim in die Hände zu fallen. Tatsächlich aber vertrieben sie sich die Zeit damit, einander Handtücher und Gebetsschals an den Kopf zu werfen und sich auf den großen Bethausöfen Kartoffeln zu braten.

Sie wußten nur zu gut, daß Gebete ihnen genauso wenig helfen würden wie in den vergangenen Jahren ihren Freunden. Und daß es auch nichts nützen würde, den Militärärzten vorzujammern, man habe einen Herzfehler oder schwache Augen. Sie wußten, daß ihr Los besiegelt war und daß sie – im Gegensatz zu den Studierten, die sich selbst verstümmelten, und zu den Reichen, die sich freikauften – die vollen fünf Jahre der Erniedrigung und Beleidigung auf sich nehmen mußten.

Sie tranken Schnaps, rauften miteinander und marschierten mit Stöcken herum, die sie wie Gewehre schulterten. Einige holten sich den Schofar und trompeteten damit in die Nacht hinaus. Und manche gingen in die Häuser von reichen Leuten oder zu chassidischen Familien, weckten die jungen Burschen auf, die sich um die Einberufung gedrückt hatten, und schleiften sie ins Bethaus.

Die entsetzten jungen Chassidim versteckten sich unter den Betten, wurden aber von den Arbeitern hervorgezerrt und gezwungen, mitzukommen. Die wohlhabenden jungen Burschen brachten die empörten Arbeiter mit Schnaps, Geld und allerlei Leckerbissen dazu, sie in Ruhe zu lassen.

Aufgebracht, verbittert und mit dem verzweifelten Mut derer, die nichts mehr zu verlieren haben, zogen die jungen Arbeiter durch die Stadt, krähten wie Gockelhähne, weckten ehrbare Familienväter auf, jagten jungen Frauen Angst ein, hämmerten auf die Fensterläden und sangen schallend:

»Lieber ohne Kopf geboren.
als beim Militär zu schmoren.
Weh geschrien! Wir sind verloren.
Wären wir doch nie geboren!«

Chaim Alter hatte wegen seiner Söhne nichts zu befürchten. Wohlhabende junge Männer wurden nicht eingezogen – Gott behüte! Trotzdem machte er sich Sorgen. Sie waren so kräftig, so unverschämt gesund, daß es lächerlich gewesen wäre, zu behaupten, sie seien schwach auf der Lunge. Man mußte der Musterungskommission ein fettes Schmiergeld zukommen lassen, damit sie solche Schränke von Burschen ausmusterte. Und zudem weigerten sich die Schwiegerväter seiner Söhne, sich an den Kosten zu beteiligen. Er hatte ihnen vor der Hochzeit versprochen, daß sie vom Militärdienst befreite Schwiegersöhne bekommen würden, und jetzt nahmen sie ihn beim Wort und überließen es ihm, die Sache zu finanzieren.

Wieder ließ er sich von Simcha Meir Bargeld geben, wieder unterschrieb er Quittungen, die er nicht einmal durchlas.

Die Militärärzte musterten seine Söhne aus und erklärten statt dessen zwei eigentlich viel zu schmächtige Weber für tauglich. Das mußte natürlich gefeiert werden. Wieder gab Chaim Alter ein Fest.

Empört darüber, daß diese reichen Burschen mit Hilfe von Winkelzügen der Einberufung entgangen waren und dann auch noch Salz in die Wunden der anderen streuten, indem sie Gelage veranstalteten, sammelten die Weber Geld und beauftragten Lippe Halfon, die beiden Drückeberger beim Gouverneur zu verpfeifen. Das Ergebnis war, daß Chaim Alters Söhne sich nochmals zur Musterung melden mußten, diesmal in der Provinzhauptstadt Piotrkow.

Die Arbeiter zogen den kürzeren, denn auch dort wurden die reichen jungen Männer von den Militärärzten ausgemustert. Aber Chaim Alter kostete die Sache wieder ein schönes Stück Geld.

Gleich nach dem Laubhüttenfest war Simcha Meirs Musterung fällig. Da ihm mehr Schikanen vorgeworfen wurden als allen anderen wohlhabenden jungen Lodzern zusammengenommen, war Lippe Halfon jetzt eifrig damit beschäftigt, Gesuche zu verfassen, in denen Simcha Meir angeschwärzt wurde. Woher diese Anfeindungen kamen, wußte Simcha Meir nur zu gut. Die drei Musterungskommissionen, vor denen er erscheinen mußte, fanden genug Gründe, die gegen seine Tauglichkeit sprachen, aber ehe er mit dem roten Ausmusterungsbescheid nach Hause gehen konnte, wechselte unter dem Tisch ein Haufen Geld den Besitzer.

Simcha Meir bestand darauf, daß sein Schwiegervater einen Teil der Kosten übernehmen müsse, wie es in wohlhabenden

Lodzer Familien, zu deren Haushalt auch Schwiegersöhne gehörten, üblich war. Chaim Alter mußte sich wohl oder übel damit einverstanden erklären und unterschrieb, statt bar zu bezahlen, weitere Schuldscheine.

Als das Pessachfest vor der Tür stand, war ihm wieder eine große Freude beschieden. Wie auf Verabredung brachte jede seiner beiden Schwiegertöchter einen Sohn zur Welt. Diesmal stand die Wahl der Vornamen einzig und allein ihm zu, und er schaffte es sogar, dem Namen seines Rebbe auch noch den seines Großvaters hinzuzufügen.

Von Dankbarkeit für Gottes Gnade erfüllt, glaubte er, endlich alle Schwierigkeiten hinter sich zu haben. Jetzt wollte er das angenehme Leben führen, das sich ein Mann, der mit seinen Kindern und Kindeskindern zufrieden sein kann, verdient hat.

»Gelobt sei der Allmächtige!« sagte er, als er seinen Rebbe mit einer großzügigen Spende bedachte. »Unberufen – ich habe es, gottlob, erleben dürfen, daß meine Söhne, meine Tochter und mein Schwiegersohn meine Erwartungen erfüllen.«

Doch der Schicksalsschlag ließ nicht lange auf sich warten.

Als Chaim Alter eines Samstag abends die Hymne zum Sabbatausgang psalmodierte und sich an dem aromatischen Duft des Weines und der Spezereien labte, die Gott Seinem auserwählten Volk geschenkt hat, kam Simcha Meir mit einem ganzen Stapel Schriftstücken herein. »Würde der Herr Schwiegervater bitte diese Schuldscheine einlösen? Ich kann nicht länger warten.«

Chaim Alter begriff nicht. »Was denn für Schuldscheine?«

Gelassen blätterte ihm Simcha Meir die Schuldscheine hin, die er, bündelweise verschnürt, aufbewahrt hatte, und begann vorzulesen.

»Am Zehnten des ersten Monats erhielt der Herr Schwiegervater achthundertdreiundvierzig Rubel. Am Achtzehnten des zweiten Monats erhielt der Herr Schwiegervater ...«

Chaim Alter sträubte sich dagegen, mit finanziellen Angelegenheiten behelligt zu werden, zumal bei Sabbatausgang, doch Simcha Meir bestand darauf. Er las Schuldschein um Schuldschein vor, und der Stapel wurde immer höher.

»Nu sag schon, wieviel es im Ganzen ist!« unterbrach ihn Chaim Alter ungeduldig. »Nimmt das denn kein Ende?«

»Das kommt schon.«

Als er alle Schuldscheine vorgelesen hatte, schnürte er sie wieder bündelweise zusammen. Dann nannte er einen Betrag, der so schwindelerregend war, daß Chaim Alter zusammenzuckte.

»Lügen!«

»Jeder Schein ist vom Herrn Schwiegervater unterschrieben«, sagte Simcha Meir gleichmütig.

Chaim Alter wollte nach den Schuldscheinen greifen, doch Simcha Meir steckte die Bündel in seine Brusttasche.

»Leugnet der Herr Schwiegervater, daß es seine Unterschrift ist?«

Chaim Alter erbleichte. Das war ein neuer Simcha Meir – ein gelassener, ominöser Fremder.

»Du hast mich also in die Falle gelockt.«

»Ich habe dem Herrn Schwiegervater Geld vorgestreckt. Jetzt will ich es zurückhaben.«

»Und was machst du, wenn ich's nicht zurückzahle?«

»Der Herr Schwiegervater weiß, was man mit Schuldscheinen macht.«

»Willst du mich ruinieren? Du weißt genau, daß ich das Geld derzeit nicht zurückzahlen kann. Willst du, daß dein eigener Schwiegervater Pleite macht?«

»Geschäft und Mischpoke sind zwei Paar Stiefel.«

Chaim Alter flüchtete sich in Beschimpfungen. »Du Räuber! Wegelagerer!«

Priwe stürmte herein. Hinter ihr Dinele mit dem Säugling an der Brust. Und dann auch noch Hadassa, mit einem tropfenden Kochtopf in der Hand.

Chaim Alter riß seine Samtweste auf. »Los! Stich doch zu!«

Die drei Frauen umklammerten seine Arme und führten ihn zum Sofa. »Was ist passiert? Gott der Gerechte!«

Simcha Meir ging hinaus. Er kehrte nicht in die Fabrik zurück, sondern ging ins Lernhaus, wo Freunde, die er lange nicht mehr gesehen hatte, ihr nachsabbatliches Festmahl genossen. Dort blieb er bis zum Morgengrauen, sang, erzählte Geschichten, tauschte Witze mit ihnen aus. Er hatte es nicht eilig, heimzugehen.

Die neue Woche begann, und damit auch die gegenseitigen Beschuldigungen und Anschwärzereien. Chaim Alter lief tagelang herum, um Regreß gegen den Burschen zu nehmen, für den er

Tausende berappt hatte, nur um ihn für seine einzige Tochter zu angeln. Der erste, dem er sein Leid klagte, war Simcha Meirs Vater.

Wie üblich legte Abraham Hersch sein Schnupftuch als Lesezeichen in die *Gemara*. Nachdem er sich Chaim Alters Klagen schweigend angehört hatte, sagte er kühl: »Wer hat Euch geraten, ihn zu Eurem Geschäftspartner zu machen? Ich wollte, daß er seine Studien fortsetzt. Ihr habt ihn ohne mein Wissen und Einverständnis von seinen Büchern weggeholt und in die Firma aufgenommen. Wie man sich bettet, so schläft man. Ich will mit dem Burschen nichts mehr zu tun haben.«

Chaim Alter hämmerte wütend auf den Tisch und forderte Gerechtigkeit, doch Abraham Hersch zog sein Schnupftuch aus der *Gemara* und vertiefte sich wieder in die Lektüre.

Unverrichteter Dinge eilte Chaim Alter ins Lernhaus der Alexanderer Chassidim, um bei Abraham Herschs Genossen Gehör zu finden. Aber keiner wollte sich einmischen. Daraufhin wandte er sich direkt an den Rebbe von Alexander, doch der hielt sich grundsätzlich aus finanziellen Angelegenheiten heraus und befaßte sich ausschließlich mit geistigen Dingen.

»Das jüdische Gesetz hat Vorsorge für solche Fälle getroffen«, sagte er. »Beruft eine rabbinische Kommission ein!«

Chaim Alter folgte diesem Rat und ließ seinem Schwiegersohn die Vorladung vor ein rabbinisches Schiedsgericht überbringen. Simcha Meir erschien und wandte die üblichen Finten an. Wie er es früher mit seinen Lehrern gemacht hatte, so überschrie und verwirrte er jetzt die Rabbiner, bis sie sich auf nichts mehr einen Reim machen konnten. Bestens vertraut mit der Art und Weise, wie in Lodz Prozesse geführt wurden, erging er sich in Spitzfindigkeiten, verwies auf Dutzende von Präzedenzfällen, zitierte eine Unmenge Gesetze aus dem *Brustschild des Rechts* – einem Teil des jüdischen Gesetzeskodex *Schulchan Aruch* – und brachte die Rabbiner so durcheinander, daß sie zu keiner Entscheidung gelangen konnten.

Monatelang zerrte er seinen Schwiegervater von einem Schiedsgericht zum anderen und piesackte ihn so lange, bis Chaim Alter sich geschlagen gab und alle Forderungen akzeptierte. Und am Ende gehörten ihm bloß noch die ohnehin schon fast wertlosen Handwebstühle, während Simcha Meir alles andere zufiel. Die Fabrik gehörte jetzt ihm. Und Chaim Alter war obendrein verpflichtet, die Schulden, die er bei ihm gemacht hatte, im Lauf der nächsten Jahre zu begleichen. Alles, was ihm blieb, war ein minimaler Anteil an der Firma und ein kärgliches Gehalt, von dem er leben mußte.

Simcha Meir hüllte sich in Schweigen, wenn Chaim Alter ihn verfluchte und wenn Priwe sich auf das Niveau eines Marktweibes begab und ihm ein Glas Tee ins Gesicht schüttete. Er wischte sich bloß das Gesicht ab und sagte sich, daß Beschimpfungen, kindische Wutausbrüche und Ohrfeigen die untauglichen Waffen von Schwächlingen seien.

Nicht ganz wohl in seiner Haut fühlte er sich nur einem einzigen Menschen gegenüber: Dinele. Er wußte, daß ihre Eltern ihn bei ihr schlechtmachten und wollte möglichst bald ausziehen, obwohl ihm gemäß dem Ehevertrag Kost und Logis für volle fünf Jahre zustanden. Er fühlte sich in diesem Haus nicht wohl. Selbst Hadassa starrte ihn vorwurfsvoll an und servierte ihm das Essen so unwillig, daß die Teller und Gläser nur so schepperten. Aber die Eltern wollten Dinele nicht ausziehen lassen.

»Dann müßte ich dich ja diesem Mörder ausliefern«, sagte Priwe und drückte ihre Tochter an die Brust, als ob Dinele noch ein kleines Mädchen wäre. »Keine Sorge! Wir können's uns schon noch leisten, einen Schwiegersohn zu verköstigen, auch einen wie *den*! Ich behalte mein Kind die vollen fünf Jahre hier. Punktum!«

Simcha Meir wollte, daß Dinele sich an dieser Auseinandersetzung beteiligte. Es ging schließlich nicht nur um *seine* Interessen, sondern um ihre gemeinsame Zukunft. Als seine Frau hätte sie sich auf seine Seite stellen müssen. Sie war doch kein Kind mehr, das an Mutters Schürzenzipfel hing! Eine Ehefrau hatte unter allen Umständen zu ihrem Mann zu halten. Ihr Platz war an seiner Seite. So stand es in der Tora geschrieben, und darum verließ der Mann sein Elternhaus, auf daß er und sein Weib eins wurden. Dinele hätte doch von dem Beispiel, das er selber gegeben hatte, etwas lernen können! Er hatte nicht auf seinen Vater gehört, als dieser ihm sagen wollte, was er zu tun hätte. Wenn man verheiratet ist, muß man eigenständig sein. Geschäft und Mischpoke sind zwei Paar Stiefel.

Aber Dinele sagte kein Wort dazu. Wie gewöhnlich hüllte sie

sich in Schweigen und beschäftigte sich mit dem Kind und mit ihren Büchern.

Simcha Meir wollte es ihr erklären, wollte ihr sagen, daß in der Welt da draußen der Grundsatz gelte: »Jeder ist sich selbst der Nächste« – aber sie sah ihn nur verächtlich an und wollte nichts davon hören. Sie ließ ihn nicht einmal das Kind auf den Arm nehmen. »Er braucht seinen Schlaf. Ich will nicht, daß du ihn wachhältst.«

Da er wußte, daß ihre Eltern sie gegen ihn aufhetzten, wollte er, daß sie die Sache auch einmal von seinem Standpunkt aus betrachtete. War es denn *seine* Schuld, daß ihr Vater über seine Verhältnisse gelebt hatte? *Er* hatte doch nur verlangt, was ihm rechtmäßig zustand! Alles war absolut einwandfrei und stimmte auf den Groschen genau.

Aber Dinele interessierte das nicht. Sobald er ihr seinen Standpunkt klarmachen wollte, unterbrach sie ihn. »Stör mich nicht beim Lesen!«

Er hatte gehofft, sie würde ihn um ihrer Eltern willen anflehen. Andrerseits war er sich nicht ganz sicher, ob er es fertigbrächte, ihren Bitten zu widerstehen und sich zu weigern, all das aufzugeben, was er mit so viel Anstrengung erreicht hatte. Trotzdem wünschte er sich, daß sie sich an ihn wenden würde. Er begehrte sie jetzt mehr denn je.

Um mit ihr zusammenzusein, erfand er kindische Vorwände (er brauche ein frisches Taschentuch, oder ein Knopf müßte angenäht werden) – alles mögliche, um sie aus dem Eßzimmer ins Schlafzimmer zu locken. Wie ein Rüde, der eine läufige Hündin beschnuppert, scharwenzelte er um seine eigene Frau herum.

Zunächst hatte er vorgehabt, nicht nachzugeben, falls sie sich wegen ihrer Eltern an ihn wenden würde. Jetzt war er sich dessen nicht mehr so sicher. Dinele nachzugeben, war bestimmt die einzige Möglichkeit, sie auf seine Seite zu ziehen. Er brauchte ihr bloß seine Großmut zu beweisen, und schon wäre sie wirklich die Seine.

Dinele war klar, daß ihr Mann ihr nichts abschlagen würde, wenn sie sich dazu herabließe, ihn zu bitten. Aber schon der Gedanke daran war ihr zuwider. Vor einem solchen Rüpel *konnte* sie sich nicht demütigen. Als ihre Eltern sie darauf ansprachen, brach sie in Tränen aus.

Ihre Mutter verstand ihre Einstellung nicht. Sie, die es gewöhnt war, daß sie nur ihren Charme spielen lassen mußte, um alles, was sie wollte, von ihrem Mann zu bekommen, war völlig konsterniert darüber, daß Dinele ihren Eltern nicht aus der Misere helfen wollte. »Ein dummes kleines Mädchen bist du! Sprich mit ihm! Nach allem, was wir für dich getan haben ...«

»Ich kann nicht! Ich hasse ihn!«

Jetzt mischte sich ihr Vater ein. »Stell dir einfach vor, du müßtest einem Mörder Lösegeld für deine Eltern zahlen.«

»Nehmt meinen Schmuck! Nehmt meine Perlen! Ich bin bereit, als Dienstmädchen zu arbeiten, aber zwingt mich nicht, zu ihm zu gehen!«

Als ihre Eltern behaupteten, sie hätten sich doch vor allem ihretwegen in Schulden gestürzt, begann Dinele, die sonst so apathisch war, zu schreien. »Nein, nicht meinetwegen habt ihr das getan, sondern euretwegen! Um eure Eitelkeit und euren falschen Stolz zu befriedigen! Um vor aller Welt damit anzugeben, was für ein Genie ihr euch als Schwiegersohn geangelt habt!«

Wie ein kleines Kind kniete sie sich vor den Eltern hin. »Ich tu alles, was ihr wollt, bloß *das* nicht. Ich *kann* nicht ...«

Sie verstanden. »Reden wir nicht mehr davon.«

Der Stolz ihrer Tochter gab ihnen ihre Selbstachtung zurück.

Simcha Meir wartete, doch Dinele blieb so gelassen, als wäre zwischen ihren Eltern und ihm nichts geschehen. Sie kümmerte sich darum, daß er saubere Sachen anzuziehen hatte und daß sein Essen pünktlich aufgetragen wurde. Und sie kam ihren ehelichen Pflichten nach, wie das Gesetz es vorschreibt.

Allmählich kam Simcha Meirs Vorsatz ins Wanken. Er überlegte sich, ob er ihr sagen sollte, daß er bereit sei, sich mit ihren Eltern auszusöhnen. Dinele sollte ihn nicht für den Bösewicht halten, als der er von ihnen hingestellt wurde. Obzwar Geschäft und Familie zweierlei waren, wollte er die Schuldscheine zurückgeben, damit wieder Friede im Haus einkehrte. Diese großzügige Geste würde ihn zwar teuer zu stehen kommen, aber er war bereit dazu.

»Dinele ...« Er wollte sie mit der guten Nachricht überraschen, aber sie sah ihn so mürrisch und verächtlich an, daß er im letzten Moment – gewissermaßen am Rande des Abgrunds – zurückschreckte. »Ach nichts ... Ich dachte, ich hätte kein

Taschentuch.« Und dann rannte er hinaus und seufzte erleichtert auf: Um ein Haar hätte er wegen einer albernen romantischen Anwandlung alles sausen lassen, was er mit so viel Mühe erreicht hatte!

In den Cafés und Wechselstuben sprachen die jüngeren Männer mit viel Respekt von ihm. »Paßt auf – der wird's noch weit bringen!«

Die älteren Kaufleute waren entsetzt. »Dem eigenen Schwiegervater so was anzutun! Wo bleibt da die Gerechtigkeit?«

»Ihr Narren!« höhnten die Jüngeren. »Gerechtigkeit ist keine Lodzer Handelsware. Sie ist weder aus Wolle noch aus Baumwolle.«

»Und an der Börse wird sie auch nicht gehandelt«, erklärten die Makler und tauchten ihre Zigarettenstummel in den letzten Rest Bier.

21

Heinz Huntzes Palais, das von einem massiven Eisenzaun abgeschirmt und von zwei großen Hunden bewacht wurde, hallte wider von den heftigen Auseinandersetzungen zwischen dem alten Herrn und seinen Söhnen und Töchtern.

Obwohl er die Siebzig bereits überschritten hatte, war Huntze immer noch ein robuster, energischer Mann. Er hielt sich den ganzen Tag in seiner Weberei auf, lief zwischen den Maschinen herum, spähte in die Lagerräume, steckte seine Nase in die Buchhaltung, von der er nichts verstand, probierte Färbemittel aus und überwachte den gesamten Produktionsprozeß.

Ihm entging, obzwar er schon ein bißchen an Altersschwerhörigkeit litt, kein Geräusch, keine Bemerkung. Seine Prokuristen mußten sich wegen jeder Lieferung Woll- oder Baumwollgarn, die sie in England einkauften, mit ihm beraten. Seine Ingenieure mußten ihm die Pläne für jede technische Neuerung vorlegen. Die Chemiker trauten sich ohne seine Zustimmung kein Färbemittel auszuwählen. Die Musterzeichner durften ohne sein Einverständnis keinem Dekor eine neue Blume oder einen Streifen hinzufügen. Der Firmenanwalt mußte jede Einzelheit mit ihm besprechen, bevor er prozessieren durfte.

Über alles mußte er genau informiert werden, ob es nun ein Millionengeschäft war oder irgendein Vorfall in der Weberei – etwa wenn ein Arbeiter sich den Finger verletzt oder wenn sich ein tödlicher Unfall ereignet hatte.

Dieser hartnäckige, bauernschlaue, mißtrauische alte Mann leitete die Fabrik nahezu auf eigene Faust und duldete keine Einmischung. Er war genauso früh im Betrieb wie die Arbeiter und blieb noch lange, nachdem sie Feierabend gemacht hatten.

Weil sein Gehör nachgelassen hatte, hakte er immer, wenn er etwas nicht ganz verstand, mit Fragen nach. »*Was* ist los, Albrecht?« fragte er x-mal am Tag seinen Fabrikdirektor, einen massigen, ständig schwitzenden Deutschen, unter dessen Gewicht jeder Stuhl ächzte. »Was babbeln Sie da, Sie Fettsack?«

Dann mußte der Direktor, dessen aufgedunsene, von einer großkarierten Hose umspannten Beine ihn kaum tragen konnten, seinem Chef ins Ohr brüllen, worum es bei einem Gespräch, das er gerade mit einem Untergebenen geführt hatte, gegangen war.

»Schreien Sie doch nicht so!« herrschte Huntze ihn an. »Ich kann sehr gut hören!«

Jeder in der weitläufigen Fabrik, vom Direktor bis hinunter zum armseligen Lagerburschen, zitterte vor dem Alten, der überall herumschlurfte und ständig eine mit billigstem Knaster gestopfte Meerschaumpfeife zwischen den Lippen hatte. Dann und wann ließ er sich auf dem Stuhl eines Angestellten nieder, befahl diesem, die Pfeife anzuzünden, und spuckte auf den Boden. Es machte ihm einen Heidenspaß, seine Angestellten zu demütigen, besonders die mit guter Schulbildung.

Allmählich aber spürte er, daß seine Kräfte nachließen und seine Tage gezählt waren. Das bewog ihn dazu, ein noch strengeres Regiment zu führen und jetzt erst recht seinen Kopf durchzusetzen. In der Fabrik wagte ihm niemand zu widersprechen, zu Hause aber verhielt es sich anders.

Schon seit Jahren äußerten sich seine Kinder mißfällig über ihn. Der Alte würde ihnen zwar ein riesiges Erbe hinterlassen, aber auch den Makel einer plebejischen Herkunft und eines Allerweltsnamens.

Vor allem seine Töchter wollten hoch hinaus. Mit ihren faden, sommersprossigen Gesichtern, ihren wäßrigen Augen und vorstehenden Zähnen hätte man sie leicht für Fabrikarbeiterinnen halten können. Um diesen Nachteil wenigstens einigermaßen wettzumachen, wollten sie einen vornehmen Familiennamen haben.

In Lodz erweckte der Name Huntze immer sofort Respekt, aber Heinz Huntzes Kinder hielten nichts von der Meinung der Lodzer. Sie verabscheuten diese von Gestank und Rauch verpestete Stadt, wo man sich noch an die Zeit erinnerte, als ihr Vater mit seinem Pferdekarren aus Sachsen eingewandert war. Meistens hielten sie sich im Ausland auf, wo sie alte Adelssitze erwarben – mitsamt einem Troß von Lakaien. In den Grandhotels und Clubs, in denen sie verkehrten, klang der Name Huntze schrecklich ordinär. Kaum waren sie wieder zu Hause, um ihre Kasse aufzufüllen, da zogen sie auch schon über ihren Vater her. Es paßte ihnen nicht, daß er sächsischen Dialekt sprach. Sie verabscheuten seine Meerschaumpfeife, seinen Bürstenschnitt, seine schlechten Tischmanieren, sein ganzes Benehmen, das seine – und ihre – niedere Herkunft verriet.

Der alte Huntze wollte seine Töchter mit Söhnen wohlhabender Lodzer Fabrikanten verheiraten. Er war bereit, ihnen eine ansehnliche Mitgift auszusetzen, aber diese Investition sollte auch etwas einbringen. Als gewiegter Geschäftsmann war er der Ansicht, daß Geld zu Geld kommen muß.

Er wollte junge Männer in der Familie haben, die etwas von der Webwarenfabrikation verstanden und denen man später die Leitung der Fabrik anvertrauen konnte. Dann würde er mit dem beruhigenden Gefühl sterben können, daß sein Unternehmen nicht in fremde Hände überging. Zudem trachtete er danach, durch Einheirat seine Firma mit anderen Firmen zu fusionieren und auf diese Weise in Lodz ein Imperium zu errichten, das jeden Eindringling abwehren konnte.

Aber davon wollten seine Töchter nichts wissen. Dann schon lieber alte Jungfern werden! Als seine weiblichen Nachkommen hätten doch wenigstens sie die Chance, durch Einheirat in höhere Kreise einen vornehmer klingenden Namen zu bekommen!

Der Alte schwor, lieber zum Teufel zu gehen als gutes Geld für adlige Schwiegersöhne zu berappen, die kein eigenes Vermögen mitbringen würden. Seine Töchter bekamen hysterische Anfälle und drohten, zum Theater zu gehen und der Familie Schande zu machen. Woraufhin die alte Frau Huntze in Tränen ausbrach und ihren Mann zu beschwichtigen versuchte – genau wie früher, wenn er betrunken gewesen war und Krach machen wollte.

Wie eine Bauersfrau warf sie sich vor ihm auf die Knie und flehte: »Bitte, Heinzchen, bitte! Erlaub's ihnen!«

Schließlich gab der Alte nach. Die beiden Töchter durften sich mit Adligen verheiraten. Else, die Ältere, angelte sich ihren Baron im Ausland – einen aufgeblasenen Snob mit einem Namen so lang wie er selbst: Baron Konrad Wolfgang von Heidel-Heidelau. Noch länger als sein Name war die Liste der Schulden, die er sich und seinem Gut in Ostpreußen aufgeladen hatte.

Kaum war er mit seinem Kammerdiener, seinem Jagdhund und seinen Flinten in Lodz eingetroffen, da rümpfte er auch schon die lange, aristokratische Nase über diese Stadt, die er als »polnisch-jüdischen Saustall« bezeichnete, über die nach Rauch und Färbemitteln stinkende Weberei und über seine neuen Verwandten mit ihrem gräßlichen Dialekt.

»Nicht einen Tag bleibe ich in diesem Dreckloch!« verkündete er mit Nachdruck.

Der alte Huntze zahlte ihm die stattliche Mitgift bis zum letzten Groschen aus, woraufhin sein stocksteifer Schwiegersohn eine knappe Verbeugung machte, der Schwiegermutter einen flüchtigen Handkuß gab und sich mitsamt Jagdhund, Kammerdiener und Ehefrau auf sein Gut flüchtete.

Den Briefen seiner Frau fügte er nie einen Gruß bei, aber als er sich wieder in Schulden gestürzt hatte, sandte er seinem Schwiegervater ein Schreiben, in dem er – auf Briefpapier mit Wappen und Adelskrone – Geld verlangte und das er mit seinem vollen Namen samt Adelstitel unterzeichnet hatte.

Schließlich platzte dem alten Huntze der Kragen. Als er sich weigerte, dem Verschwender noch mehr Geld in den Rachen zu werfen, piesackte der Baron seine Frau so lange, bis sie ihren Koffer packte (der natürlich auch mit der Adelskrone geschmückt war) und sich, standesgemäß von einem livrierten Diener begleitet, auf die Heimreise machte, um ihrem Vater den Zaster abzuluchsen.

Die jüngere Tochter angelte sich einen nicht ganz so unerträglichen Ehemann, einen jungen baltischen Offizier mit einem Husarenschnauzbart und einem ebenfalls sehr vornehmen Namen: Baron Otto von Taube. Er diente bei der Kaiserlichen Garde in Petersburg, wo er nach der Hochzeit lebenslustige Freunde um sich scharte, mit denen er zechte und dem Glücksspiel frönte. Ständig verlangte er Geld, und jedesmal drohte er, daß ihm als Offizier und Ehrenmann andernfalls nichts übrigbliebe, als den Dienst zu quittieren und sich eine Kugel in den Kopf zu jagen.

So kam es, daß Huntzes Töchter jetzt mehr Zeit in Lodz verbrachten als vor ihrer Verehelichung. Sie protzten mit ihren erheirateten Adelstiteln und zogen ihrem Vater Geld aus der Tasche, um es ihren verschwendungssüchtigen Ehemännern in den Rachen zu werfen.

Und zu alledem verschworen sich dann auch die drei Söhne gegen den alten Huntze und drängten ihn, sich adeln zu lassen.

Nachdem der frühere Gouverneur von Piotrkow gegen ein schönes Sümmchen Schmiergeld Heinz Huntze bereits den St.-Anna-Orden verschafft hatte, ließ jetzt sein Amtsnachfolger durchblicken, daß Petersburg, falls man Entgegenkommen zeige, sich eventuell bewegen ließe, den alten Herrn zu baronisieren. Diese Auszeichnung habe er auf Grund des hervorragenden Beitrages verdient, den er zur wirtschaftlichen Entwicklung des Landes und zur Einführung die Weberei-Industrie in Polen geleistet habe.

Die Brüder Huntze waren hell begeistert. Genau wie ihre Schwestern verabscheuten sie alles, was irgendwie mit Lodz zu tun hatte. Sie waren von ihrem Vater nach Deutschland geschickt worden, um Betriebswirtschaft, moderne Webereitechnik und Chemie zu studieren, aber ihnen wollten Zahlen, technische Daten und chemische Formeln einfach nicht in die flachshaarigen Dickschädel. Das Geld ihres Vaters hatte ihnen Eingang in beste Kreise verschafft, doch der Vorteil, einen reichen Vater zu haben, wurde aufgewogen durch den Nachteil, einen plebejischen Namen tragen zu müssen, der ihnen in der feinen Gesellschaft, in der sie verkehrten, höchst peinlich war. Und da sie sich keinen Adelstitel erheiraten konnten, waren sie dazu verdammt, sich zeitlebens dieses Namens schämen zu müssen. Deshalb zogen sie jetzt mit vereinten Kräften gegen ihren Vater zu Felde, dem sie so lange in den Ohren liegen wollten, bis er bereit war, sich ein Adelsprädikat zu erkaufen.

Einerseits stand ihnen ihr hochbetagter Vater im Weg. Sie brauchten enorm viel Geld – für ihre Reitställe, ihre Spielschulden, ihre Mätressen. Ganz zu schweigen von den Beträgen, die sie verarmten Adligen zusteckten, um sich deren Freundschaft zu bewahren. Aber der Alte lehnte es ab, ihre Schulden zu begleichen, und wies seinen Kassier an, ihnen ohne väterliche Unterschrift keinen Groschen auszuzahlen. Das nützte ihm zwar nicht viel, denn sie drohten ständig, sie würden sich umbringen, falls er ihre Ehrenschulden nicht begliche – aber für sie war es trotzdem lästig, weil sie jedesmal in Geschrei ausbrechen und auf den Tisch schlagen mußten, ehe er ihnen gab, was sie verlangten. Deshalb sehnten sie den Tag herbei, an dem ihr Vater abkratzen und jeder von ihnen sein eigener Herr sein würde.

Andrerseits beunruhigte es sie, daß ihr Vater schon so alt war. Er mußte noch so lange leben, bis er geadelt war und den Titel vererben konnte, denn für sie selber standen die Aussichten, einen Adelsbrief zu erhalten, ziemlich schlecht.

Jedenfalls hielten sie es für die beste und einfachste Lösung, den Titel zusammen mit dem Millionenvermögen zu erben. Alles war bereits genau geplant. Jetzt mußte nur noch der entsprechende Betrag an den Gouverneur überwiesen werden. Aber der Alte weigerte sich hartnäckig, auch nur einen Groschen herauszurücken.

»Ich scheiß drauf! Keinen roten Heller geb' ich dafür her!«

Abgesehen davon, daß er es für pure Geldverschwendung hielt, war er tief gekränkt darüber, daß seine Kinder nur Verachtung für den Namen Huntze aufbrachten, der nicht nur in Lodz, sondern auch im fernen Rußland, Deutschland und England in hohem Ansehen stand. Es hatte ihn viel Schweiß und Plackerei gekostet, diesen Namen zu einem Begriff zu machen. Er selbst aber war trotz seines Reichtums ein einfacher Arbeiter geblieben – einer von denen, die eine instinktive Abneigung gegen den Adel und die gebildete Schicht haben. Seine leitenden Angestellten behandelte er so grob er nur konnte und hielt sie ständig auf Trab. Und sie – die studierten Ingenieure, Chemiker und Betriebswirtschaftler – kuschten vor ihm wie geschlagene Köter. Und genauso grob war er zu den polnischen Grafen und Fürsten, die ihn um Gefälligkeiten baten. Aus reiner Bosheit sprach er kein Wort Polnisch mit ihnen, sondern redete sie in sächsischem Dialekt an.

Ihm war der schlichte Name Huntze gut genug, und es empörte ihn, daß seine Söhne diesen Namen mit einem Adelsprädikat zieren wollten. Den Söhnen aber war klar, daß ihnen der Makel zeitlebens anhaften würde, falls die Gelegenheit, die sich jetzt bot, nicht genützt wurde. Bei so alten Knackern wie ihrem Vater wußte man ja nie genau . . . Eben noch quicklebendig, und im nächsten Moment – aus und vorbei! Und deshalb legten sie sich noch mehr ins Zeug, um das zu bekommen, was sie für ihr gutes Recht hielten.

Der alte Huntze kämpfte wie ein Löwe. »Nach meinem Tod könnt ihr tun, was ihr wollt, aber solange ich lebe, bin *ich* der Herr im Haus! Ich, Heinz Huntze!«

Aus Wut benahm er sich völlig daneben. Zum Essen erschien er in Hemdsärmeln. Laut schmatzend zauste er die Knochen ab, genau wie in den alten Tagen. Er spuckte auf die kostbaren Teppiche, warf mit den ordinärsten Ausdrücken um sich und ging abends in die Schenke, um ein Bier zu kippen.

Die älteren Weber waren so erschreckt, wenn er sich zu ihnen an den Tisch setzte, daß sie nicht einmal »Prosit!« sagen konnten. Was blieb ihm also anderes übrig, als sein Bier stehenzulassen und in sein Palais zurückzukehren, wo er auch nicht zur Ruhe kam.

Seine Frau lief wie benommen durch die prächtigen Räume mit den dekorativen Vorhängen und den Hirschgeweihen. Alles, was ihre Kinder dem Vater nicht zu sagen wagten, luden sie ganz einfach auf die Mutter ab. Eingeschüchtert durch soviel Reichtum, den zahlreichen Dienstboten nicht gewachsen, hilflos in Gegenwart von Fremden, deren Sprache sie nicht verstand, und entsetzt über die Allüren ihrer Söhne und Töchter, sehnte sich diese einfache, bäuerliche Frau nach der Zeit zurück, als sie noch am Spinnrad saß, in großen Kesseln das Essen für ihren Mann und seine Gehilfen kochte, mit Nachbarinnen übers Haushalten, über die Kinder und andere alltägliche Dinge schwatzte.

Sie hatte sich nie an die eleganten Kutschen, die Lakaien, die Salons und die Herren, die ihr die Hand küßten, gewöhnen können. Das erinnerte sie immer nur an früher, als sie dem Doktor die Hand geküßt hatte, zu dem sie mit ihren Kindern ging, wenn sie krank waren.

Am wohlsten fühlte sie sich, wenn sie mit ihrem Mann allein war. Dann stopfte er seine Pfeife, zog sein Jackett aus und plauderte in sächsischem Dialekt mit ihr, während sie Strümpfe stopfte. Aber jetzt kam er nur noch selten dazu. Und die Kinder gingen ihr aus dem Weg – es sei denn, daß sie sich hinter die Mutter steckten, um etwas aus dem Vater herauszuholen, den sie als »alten Scheißkerl« bezeichneten.

Sie wurde dann jedesmal schamrot, fühlte sich gekränkt und wollte ihnen sagen, es sei sündhaft, so über den Vater zu reden, aber sie traute sich nicht. Sie hatte genausoviel Angst vor ihnen wie eine Bauersfrau vor der Gutsherrschaft.

»Ach du lieber Gott!« jammerte sie händeringend. »Ja, ich rede mit eurem Vater. Aber sagt so was nicht über ihn ...«

Als die Söhne ihr keine Ruhe mehr ließen, flehte sie ihren Mann verzweifelt an, zu tun, was sie von ihm verlangten. Daß sie dann eine Baronin sein würde, war für sie so unvorstellbar wie wenn man sie zur heiligen Jungfrau erklärt hätte.

»Heinzl, tu's deiner alten Frau zuliebe!«

Huntze war gerührt, gab aber nicht nach. »Die wollen, daß ihnen alles in den Schoß fällt, wofür ich ein Leben lang geschuftet habe! Die sollen endlich einmal für sich selber sorgen, diese Faulpelze! Ich hab' genug für sie getan.«

Als die Zustände bei ihm zu Hause unerträglich wurden, wollte er sich bei anderen Leuten Rat holen, doch die hielten lieber den Mund und nickten zu allem, was er sagte. Worauf Huntze verächtlich ausspuckte und seinen Generalvertreter aufsuchte.

Wie üblich hörte Abraham Hersch schweigend zu. Dann fragte er: »Was wird das kosten, Herr Huntze?«

»Eine Unmenge Geld. Ein Vermögen.«

»Und was bringt's Ihnen ein?«

»Nichts.«

»Welchen Zweck hat es dann?« fragte Abraham Hersch verwundert.

Als Huntze nach Hause ging, stand sein Entschluß fester denn je. »Kein Wort mehr darüber! Dieses Thema ist erledigt!« erklärte er und schlug mit der Faust auf den Tisch.

Aber der Krieg ging weiter.

Völlig anderer Meinung als Abraham Hersch war sein Sohn, der Kopftuchfabrikant, in puncto Adelstitel. Obzwar Simcha Meir sich nur selten in seinem Elternhaus blicken ließ, wußte er über alles Bescheid, was dort und im Kontor seines Vaters in der Piotrkower Straße vor sich ging. Manches erfuhr er von den Kontoristen, von Goldlust, dem Buchhalter, und auch von seinen Schwestern, die er jetzt oft zu sich einlud, bloß um sie auszuhorchen.

Für ihn waren seine Schwestern fast wie Fremde. Da er sie bisher nicht gebraucht hatte, war er ihnen aus dem Weg gegangen. Jetzt aber konnten sie ihm vielleicht nützlich sein, denn er war, obwohl er es bereits zu einer eigenen Firma gebracht hatte, auf etwas Besseres aus. Er wußte immer, ob sein Vater eine gute oder eine schlechte Verkaufssaison gehabt hatte, welche seiner auswärtigen Einkäufer zuverlässige oder unsichere Kunden waren und welche Huntze-Fabrikate gut oder schlecht gingen. Und er wußte sogar, auf wieviel sich das Vermögen seines Vaters belief. Wie bei allem, was er tat, hatte er auch dabei Hintergedanken. Schon in frühester Jugend hatte ihm vorgeschwebt, daß er eines Tages die Position seines Vaters als Generalvertreter der Weberei Huntze übernehmen würde. Daß sein Vater alles versucht hatte, um ihn vom Kontor fernzuhalten, hatte Simcha Meir in seiner Absicht nur bestärkt.

Zugegeben, er stand sich als selbständiger Unternehmer gar nicht so schlecht. Die Kopftücher fanden Absatz, und gelegentlich brachte ihm auch Woll- und Baumwollgarn einen schönen Profit ein. Dank seiner raschen Auffassungsgabe und seinem scharfen Verstand hatte er sich mit allen Vertracktheiten des Geschäftslebens vertraut gemacht, wußte er genau, wann eingekauft und wann verkauft werden mußte. Und er war vorsichtig genug, nicht gleich alles auf eine Karte zu setzen, sondern sich stets einen Ausweg offenzuhalten.

Er war ein waschechter Lodzer – vertraut mit allen Finten und Ränken, eingestellt auf das Auf und Ab im Lebensrhythmus dieser Stadt. Nein, er konnte nicht klagen. Er hatte zehntausend Rubel investiert, die sich inzwischen um ein Vielfaches vermehrt hatten. Noch keinen Moment hatte er bedauert, daß er gegen den Wunsch seines Vaters das Studienpult verlassen hatte, um ins Geschäftsleben einzusteigen. Bei den Händlern und kleinen Fabrikanten hatte er sich bereits einen Namen gemacht, aber damit gab sich Simcha Meir nicht zufrieden.

Er hatte nie auf die Handweberei gesetzt. Sie war nur die Brücke zu einer viel leistungsfähigeren Produktion, ein Gerüst, auf dem man weiterbauen und expandieren konnte. Wenn das Gebäude fertig war, wurde das Gerüst nicht mehr gebraucht.

Er hätte seinen Betrieb natürlich schon jetzt auf Dampfkraft umstellen können. Dann hätte er eine kleine mechanische Weberei gehabt, die man allmählich vergrößern konnte. Aber langsam voranzukommen, war nie seine Sache gewesen. Er wollte einen gewaltigen Schritt vorwärts machen und die Stadt im Sturm erobern. Doch dazu fehlten ihm noch die Mittel. In den heiligen Büchern aber stand geschrieben, die kleinste Motte sei stärker als das größte Kleidungsstück, wenn sie erst einmal in den Schrank gelangt sei. Und daß ein winziger Funke das größte Haus in Schutt und Asche legen könne, wenn er eine Ritze gefunden habe, um hineinzufliegen.

Er wollte hoch hinaus, dieser junge Lodzer. Sein lauernder Blick war immer nur auf die höchsten Schornsteine gerichtet – und die Schornsteine, die alle anderen überragten, waren die der Weberei Huntze. Die Tore dieser Fabrik waren ihm zwar versperrt, aber es gab eine Ritze, durch die er sich hineinschmuggeln konnte: die Position seines Vaters als Generalvertreter der Firma.

Habgierig betrachtete er das Lagerhaus der Firma Huntze, das bis zum Dach mit teuren Stoffen vollgestopft war. Er fand, daß die Verkaufsmethoden seines Vaters zu konservativ und daß modernere, forschere Methoden erforderlich seien. Aber sein Vater saß fest im Sattel. Der alte Huntze war sehr zufrieden mit seinem Generalvertreter, der seine Geschäfte genauso umsichtig und besonnen betrieb wie er selbst.

Welche Möglichkeiten diese Position einem jüngeren, wagemutigeren, einfallsreicheren Mann eröffnen würde, war Simcha Meir völlig klar. Wenn man *ihm* freie Hand ließe, würde er aller Welt zeigen, was man als Huntzes Generalvertreter bewerkstelligen konnte. Er würde Waren in einem Umfang absetzen, den niemand für möglich hielt!

Aber er durfte sich nach wie vor nicht im Kontor seines Vaters blicken lassen. Dagegen war einfach nichts zu machen. Wie stur sein Vater sein konnte, wußte er ja. Trotzdem hielt er Augen und Ohren offen.

Bei jeder Gelegenheit fragte er Leute aus, die Näheres über die Angelegenheiten seines Vaters wußten. Seine Schwestern, die mit ihren Ehemännern noch im Elternhaus wohnten und nicht viel zu tun hatten, erzählten ihm nur zu gern von jedem Besuch, jedem Gespräch. Daß Huntze kürzlich ihren Vater aufgesucht hatte, erwähnten sie genauso beiläufig wie anderen Klatsch und Tratsch. Simcha Meir spitzte die Ohren.

»Huntze? Höchstpersönlich ist er gekommen, um sich Rat zu holen?«

Jetzt achtete er nicht mehr auf das Geschnatter seiner Schwestern, sondern dachte nur noch über das einzig Wichtige nach, das sie ihm erzählt hatten. Was der Adelstitel die Firma Huntze kosten würde, konnte ihm egal sein. Und daß Huntze sehr an seinem Generalvertreter hing – wenngleich andere Leute ihm für diesen Posten schon einen Haufen Geld geboten hatten –, war ja bekannt. Aber die Tage des alten Huntze waren gezählt. Es wäre töricht, wenn man seine Zukunft von den Launen eines alten Mannes abhängig machte, der jeden Tag sterben konnte und Erben mit modernen, fortschrittlichen Ideen hinterlassen würde. Nein, es war viel vernünftiger, an einem Strick mit denen zu ziehen, denen die Zukunft gehörte. Sein Vater begriff das nicht. Er verknüpfte sein Schicksal mit dem eines Tattergreises, der schon mit einem Fuß im Grab stand. Und er dachte gar nicht daran, sich bei den Erben anzubiedern, sondern tat alles, um sie gegen sich aufzubringen. Und jetzt hatte er dem alten Huntze auch noch davon abgeraten, sich den Adelstitel zu erkaufen, den seine Söhne sich so glühend wünschten!

Simcha Meir frohlockte insgeheim. Nein, sein Vater paßte nicht in das neue Lodz. Er würde sich nur noch so lange in seiner Position halten können, solange der alte Huntze am Leben war – und der konnte ja nicht ewig leben. Seine Erben würden dem altmodischen Generalvertreter den Laufpaß geben und ihn durch einen modernen, weltlicher orientierten Mann ersetzen. Unzählige würden sich um diesen Posten bewerben, aber es wäre doch hirnverbrannt, einem Fremden zu gestatten, sich in ein gemachtes Nest zu setzen, auf das die Familie Aschkenasi ein Anrecht hatte. Hätte sein Vater das begriffen, dann hätte er ihn schon längst ins Geschäft aufgenommen und als seinen Nachfolger angelernt – zumal er schon ziemlich bejahrt war und es nicht nötig hatte, sich so abzuplacken. Und er verfügte auch nicht mehr über die notwendige Energie und Fähigkeit für eine solche Aufgabe. Da er sich aber so hartnäckig weigerte, seinen Sohn ins Geschäft aufzunehmen, blieb diesem doch gar nichts anderes übrig, als irgendwie zu verhindern, daß ein Fremder die Position erhalten würde, die ihm, Simcha Meir, zustand. Derzeit konnte er zwar noch nichts unternehmen, aber man mußte vorausplanen. Es wäre sicher ein kluger Schachzug, sich bei den Erben Huntzes beliebt zu machen und so die Grundlage für später zu schaffen.

Er zerbrach sich den Kopf, wie er es anstellen könnte, sich an die Brüder Huntze heranzumachen und ihr Vertrauensmann zu werden – wie sein Vater der Vertrauensmann ihres Vaters war. Das war kein leichtes Unterfangen. Die drei Brüder hielten sich selten zu Hause auf. In der Firma waren sie nicht tätig. Und was hätte sie denn schon dazu bewegen können, sich mit einem jungen Chassiden anzufreunden, den sie irgendwann einmal auf dem Fabrikgelände gesehen hatten und der für sie bloß einer unter Hunderten von Juden war, die dort herumliefen.

Er überlegte, ob er ihnen irgendwie behilflich sein könnte, den Adelstitel zu ergattern, auf den sie – weiß Gott, warum – so erpicht waren. Nächtelang lag er wach und zermarterte sich das Gehirn. Er führte Selbstgespräche und merkte es gar nicht, wenn Dinele aufwachte und ihn beobachtete. Er sah immer nur das übervolle Lagerhaus vor sich, Scharen von Kunden, Kästen voller Geld – vor allem aber die roten Backsteinmauern von Fabriken, in denen Hochbetrieb herrschte. Und Schornsteine, einen Wald von Schornsteinen, die Rauch in den Himmel spien . . .

Und eines Morgens setzte er sich an den Tisch, kramte aus seinem Gedächtnis deutsche Wörter hervor, die er früher einmal in Korrespondenzanleitungen gelesen hatte, und verfaßte einen Brief, in dem er den Brüdern Huntze ein Darlehen in beliebiger Höhe anbot, dessen Laufzeit und Zinssatz sie selbst bestimmen könnten.

Nachdem er, in verschnörkelter deutscher Schrift, den Text

mehrmals niedergeschrieben hatte, unterzeichnete er die endgültige Fassung mit seinem und mit dem Namen seines Vaters, des Generalvertreters der Firma Huntze.

Es war ihm nicht leichtgefallen, diesen Brief zu formulieren. Einerseits sollte es ein großzügiges Angebot sein, andrerseits mußte er diesen gojischen Dickschädeln klarmachen, daß sie *ihm* einen Gefallen täten, wenn sie darauf eingingen: Er wüßte nicht, wo er sein Geld sicherer anlegen könnte als bei den drei hochverehrten Herren.

Gewiß, er hätte sich bei der Formulierung und den grammatischen Problemen helfen lassen können, aber er wollte auf keinen Fall jemanden ins Vertrauen ziehen: Beim Kartenspielen und beim Geschäftemachen soll man sich nicht über die Schulter gucken lassen.

In den folgenden vierundzwanzig Stunden wartete er fieberhaft gespannt auf eine Antwort aus dem Palais. Die Ungeduld trieb ihn um. In der Fabrik, in den kleinen Cafés und zu Hause fühlte er sich eingeengt. Immer wieder sah er auf die goldene Taschenuhr, die er zur Hochzeit bekommen hatte, und wenn es an der Tür läutete, sprang er jedesmal auf.

Als dann endlich Melchior in seiner forstgrünen Livree erschien und ein Schreiben überbrachte, war Simcha Meir so durcheinander, daß er dem hünenhaften Deutschen einen Rubel Trinkgeld gab, obwohl er noch gar nicht wußte, was in dem Schreiben stand.

Es enthielt nur ein paar Worte. Ohne Anrede und im Telegrammstil wurde der Empfänger aufgefordert, morgen nachmittag um vier im Palais vorzusprechen. Darunter war nur eine Initiale gekritzelt.

Wieder und wieder verschlang Simcha Meir die Mitteilung. Als er sich daran satt gelesen hatte, nahm er einen Spiegel und betrachtete widerwillig seinen Bart. Er versuchte, ihn glattzustreichen und möglichst flach an seinen Kragen zu drücken, damit der Bart nicht so eklatant jüdisch wirkte. Als das nichts half, holte er eine Schere und beging seine erste offenkundige Schändung jüdischer Sitten. Beim ersten Schnitt zitterte seine Hand, als schnitte er sich ins Fleisch. Aber als kein Blitz niederfuhr und ihn fällte, machte er weiter. Er mußte schnipseln und schnipseln, bis der Bart so aussah, wie er ihn haben wollte. Dann stutzte er seine Schläfenlocken immer kürzer, bis schließlich nichts mehr davon übrig war.

Er wichste seine Stiefel blank, zog die Hosenbeine aus den Stiefelschäften und ließ sie herunterhängen, damit es so aussah, als trüge er europäische Halbschuhe. Dann versuchte er, die alten Knitterfalten an den Hosenbeinen glattzuziehen und eine Art Bügelfalte in den Stoff zu falzen.

Unbemerkt stahl er sich in eine Nebenstraße und kaufte in einem Herrenartikelgeschäft einen steifen Kragen und eine schwarze »Fliege«. Zu Hause kostete es ihn einige Mühe, Kragen und Binder anzulegen: Sie schienen sich dagegen zu sträuben, den Hals eines Juden zu zieren. Dann zog er seinen kürzesten Schwalbenschwanzkaftan an, den er sonst kaum mehr benützte, weil er ihm zu klein geworden war, und unter dem er eine rote Samtweste trug, auf der seine schwere goldene Uhrkette baumelte. Er steckte ein silbernes Zigarettenetui ein und nahm einen dünnen schwarzen Spazierstock mit Silberknauf.

Um unterwegs nicht erkannt zu werden, ließ er sich in einer geschlossenen Droschke zum Palais Huntze fahren. »Laß das Verdeck zu!« befahl er dem Kutscher, als dieser es öffnen wollte.

In Lodz herrschte das übliche Nachmittags-Tohuwabohu. Auf den Gehsteigen drängten sich die Menschen. Fuhrleute stießen mörderische Flüche aus und ließen die Peitsche knallen, um im dichten Verkehr voranzukommen. Klageweiber schlurften in einem Trauerzug. Doch von alledem sah und hörte Simcha Meir nichts.

»Wenn du dich sputest, gibt's ein gutes Trinkgeld!« Mit dem Spazierstock stupste er den Kutscher in den Rücken. »Vorwärts!«

23

Die jungen Huntzes waren noch nicht in präsentablem Zustand, als Simcha Meir Punkt vier Uhr im Palais vorsprach.

»Warten Sie hier!« sagte der Lakai im Befehlston und musterte verächtlich dieses Bürschchen, das den Hut schon vor der Tür abgenommen hatte und jetzt dastand und nervös um sich guckte.

Sie hatten sich die ganze Nacht herumgetrieben, die jungen Huntzes, und waren jetzt schläfrig und verkatert, aber längst nicht so verkatert, wie es ihre Brieftaschen nach stundenlangem Zocken mit hohen Einsätzen waren.

Schlimmer hätte es den dreien diese Nacht gar nicht ergehen können. Angefangen hatte es mit dem Fiasko im »Renaissance«.

Seit ein paar Wochen trat im Kabarett »Renaissance« eine ungarische Tänzerin auf, die Lodz im Sturm erobert hatte. Nacht für Nacht war das Etablissement überfüllt mit Kaufleuten, Fabrikanten, Offizieren, Regierungsbeamten, Fabrikdirektoren, Handlungsreisenden und ganz gewöhnlichen Angestellten, die der Tänzerin bei jedem Auftritt zujubelten.

Vom ersten Abend an war sie überschüttet worden mit Geschenken, Blumensträußen und Einladungen von Lodzer Lebemännern, die einander übertreffen wollten. Die Geschenke und Buketts nahm sie an, die unsittlichen Anträge nicht. Besonders unerbittlich war sie, wenn die jungen und die alten Wüstlinge sie in ihrer winzigen Garderobe besuchen wollten. Die Tür wurde von einer älteren Dame mit funkelnden Augen und Brillanten bewacht, die jedermann höflich, aber bestimmt abwies.

In einem Mischmasch aus Ungarisch, Deutsch und Russisch erklärte sie, die Herren sollten doch die Privatsphäre ihrer Tochter respektieren. »Nein, nein, meine Herren, das kommt gar nicht in Frage!« sagte sie immer wieder und streckte die Arme aus, um den Ansturm aufzuhalten. »Meine Tochter ruht sich aus und darf nicht gestört werden.«

Wenn einige Tollkühne nicht weichen wollten, winkte sie einen schwächlichen, ziemlich dunkelhäutigen jungen Mann herbei, der immer so angezogen war, als ginge er auf eine Hochzeit, und der das gleiche Kauderwelsch sprach wie sie. Er machte dann jedesmal eine tiefe Verbeugung und sagte gedämpft, aber mit drohendem Unterton: »Messieurs, meine Gattin bittet um Nachsicht, aber sie ist erschöpft und muß gleich wieder auf die Bühne. Also bitte ...«

Er hatte etwas an sich, das die Herren zum Rückzug bewog. Die momentane Enttäuschung stachelte aber ihre Lüsternheit und ihren Ehrgeiz, die Rivalen auszustechen, erst recht an. In Lodz war man solche Mätzchen nicht gewöhnt. In Lodz wußte man, daß für Geld alles zu haben ist.

Als die kleinen Fische mit ihren kümmerlichen Angeboten nichts erreichten, kamen die Lodzer Haie angeschwommen: die Söhne der reichsten Industriellen. Für sie waren Brillanten und Perlen nur ein Klacks.

Die Tänzerin nahm die Juwelen an, die beigefügten Visitenkarten aber landeten im Papierkorb. Wenn sie ihren letzten Auftritt absolviert hatte, zog sie sich sehr schlicht an und ging, flankiert von der alten Dame und dem schwächlichen jungen Mann, schnurstracks in ihr Hotel in der Piotrkower Straße.

»Nichts zu machen ... Nicht die geringste Chance!« beteuerte der Besitzer des Kabaretts den glühenden Bewunderern der Tänzerin, wenn sie ihn mit Geld dazu bestechen wollten, ein Wort für sie einzulegen. »Sie tut keinen Schritt ohne Mutter und Ehemann. Für meine Gäste würde ich alles tun, aber *das* ist ein Ding der Unmöglichkeit.«

»Ich kann Ihnen nicht helfen, meine Herren, so gern ich's täte«, bedauerte der grünbefrackte Hoteldirektor immer wieder und unterstrich seine Worte mit einer tragischen Geste. »Sie haben strikte Anweisung erteilt, niemanden zu ihnen zu lassen. Wenn sie ins Hotel kommen, ziehen sie sich immer sofort zurück. Ich muß schon sagen – wenn man bedenkt, daß sie beim Theater sind, leben sie wirklich sehr, sehr unauffällig.«

Lodz war eine Stadt ohne Geheimnisse. Jedermann wußte, was jedes Geschenk, das der Tänzerin gemacht wurde, auf die Kopeke genau gekostet und wem sie wieder einmal eine Abfuhr erteilt hatte. Aus Wut und Enttäuschung begannen die Rivalen, einander zu befehden. Männer vernachlässigten ihr Familienleben und ihre Geschäfte, saßen Nacht für Nacht im »Renaissance« und heckten immer neue Kriegslisten aus, um den Widerstand der Tänzerin zu brechen.

»Eine Heilige!« schwärmten die Deutschen. »Eine Nonne.«

»Eine *rebezzin*«, sagten die Juden halb scherzhaft.

Unweigerlich kamen allerlei phantastische Geschichten über die junge Frau auf. Die Christen behaupteten, sie sei eine ungarische Gräfin, die mit dem schwächlichen jungen Mann durchgebrannt sei, nachdem ihr Vater, der Graf, ihn abgewiesen habe. Die alte Dame sei in Wirklichkeit die Mutter des jungen Mannes, die ihre Schwiegertochter, um jeden Verdacht zu zerstreuen, als ihre Tochter ausgebe.

Die Juden kamen mit einer anderen Geschichte an: Die Tänzerin sei die Tochter eines galizischen Rabbiners, die wegen ihres ungarischen Geliebten aus dem Elternhaus geflohen sei.

Andere hatten eine eher zynische Erklärung parat: Es handle sich ganz einfach um eine schurkische Künstlerbande, die die Leute für dumm verkaufe, um ihnen den letzten Rubel aus der Tasche zu ziehen.

Der Lodzer Gleichmut war erschüttert, die Lodzer Selbstsicherheit gefährdet. Es schwelte in der Stadt. Die Frauen fühlten sich beleidigt und betrogen. Da sie nicht ins Kabarett gehen konnten (anständige Frauen ließen sich nicht einmal im Café blicken), spazierten sie stundenlang auf den Gehsteigen der Piotrkower Straße herum, um die Person, in die ihre Männer vernarrt waren, vielleicht doch einmal zu Gesicht zu bekommen.

Eines schönen Tages hatten die jungen Huntzes in ihrem Palais etwas über die Tänzerin erfahren. Der Schweizer Chemiker aus der Fabrik ihres Vaters erzählte ihnen, die junge Frau habe ihn ins Vertrauen gezogen, weil er Französisch konnte und sie ihre Sprachkenntnisse verbessern wollte.

Als die drei Brüder hörten, welches Aufsehen die Dame erregte und wie unnachgiebig sie war, liefen ihre roten Gesichter noch roter an. »So ein Quatsch! Kein Wunder, daß sie nicht nachgibt! So was ist kein Kinderspiel, sondern Männersache!«

Sie hatten nicht vor, sich mit anderen Lodzer Heißspornen auf eine Kraftprobe einzulassen: Es war unter ihrer Würde, mit Händlern, Vertretern und kleinen Angestellten auf Tuchfühlung zu gehen. Nein, sie mieteten ganz einfach das Kabarett für einen Abend und gaben strikte Anweisung, nur die von ihnen geladenen Gäste einzulassen, zu denen etliche hohe russische Offiziere, mehrere sorgfältig ausgewählte Industriellensöhne und Angehörige des polnischen Landadels sowie der französischsprechende Chemiker zählten.

Jeder der drei Brüder besorgte, ohne daß die beiden anderen davon wußten, ein kostbares Schmuckstück für die Tänzerin und traf Vorbereitungen für ein intimes Souper in einem Separée.

Anfangs war es ein fröhlicher, festlicher Abend. Der Inhaber des Etablissements postierte sich am Eingang und ließ keine anderen Gäste herein. Befrackte Kellner servierten die erlesensten

Speisen und besten Weine. Die Tänzerin war unerhört verführerisch. Sie bewegte sich mit schlangenhafter Geschmeidigkeit, warf den Zuschauern aufreizende Blicke zu und kokettierte mit jeder Rundung ihrer fabelhaften Figur.

Und diesmal machte sie eine Ausnahme, setzte sich an den Tisch der Brüder Huntze und trank ein Glas Wein mit ihnen. Doch dann ging alles schief.

Nach deutscher Art hielten die jungen Huntzes nichts davon, diplomatisch vorzugehen, sondern zogen es vor, sofort zu handeln. Auf die rüdeste Weise debattierten sie darüber, wie sie das, was ganz Lodz nicht zuwege gebracht hatte, schaffen würden.

»Hundert Rubel für den ersten Kuß!« bot der eine Bruder.

»Zweihundert!« bot der zweite.

»Dreihundert!« überbot ihn der dritte.

Die Tänzerin lächelte. Ihr schmächtiger, elegant ausstaffierter Ehemann saß neben ihr und brütete vor sich hin.

»Schau, Kleine!« Einer von den dreien hielt ihr einen Brillantring hin. »Um dir *den* zu verdienen, brauchst du bloß ein bißchen lieb und nett zu sein.«

»Ich übertrumpfe dich!« rief sein Bruder, schob ihn zur Seite und stellte einen Smaragd auf schwarzem Samtpolster zur Schau.

»Alles Schund im Vergleich zu dem, was ich zu bieten habe!« rief der dritte Bruder und legte der Tänzerin eine Perlenkette um den Hals, wobei er seine behaarte Pfote über ihren Busen gleiten ließ.

Der schmächtige junge Mann stand auf. »Monsieur, benehmen Sie sich!«

»Und hundert Rubel obendrein!« rief der entflammte Deutsche.

»Monsieur, ich bestehe darauf, daß Sie sich augenblicklich entschuldigen!« sagte der junge Mann, ohne mit der Wimper zu zucken.

»Wenn das nicht genügt, von mir aus zweihundert Rubel. Fünfhundert!« Lüstern betatschte der bereits Beschwipste die Tänzerin.

Der junge Mann, der plötzlich doppelt so groß zu sein schien, versetzte dem grinsenden Deutschen einen so heftigen Schlag, daß die Weingläser umfielen.

Die Brüder Huntze waren wie vom Donner gerührt. Noch nie hatte es jemand gewagt, die Hand gegen sie zu erheben. Und jetzt das! Der Zuhälter eines Flittchens vom Kabarett!

Und nun sprangen die drei auf, um diesen Kerl niederzutrampeln – doch er war schon fort, mitsamt den beiden Frauen.

Der geohrfeigte Bruder zerschlug erst einmal sämtliche Gläser auf dem Tisch. Dann zerschmetterte er mit einer Flasche den größten Spiegel des Etablissements. Und dann schwappte er ein Glas Wein auf die blütenweiße Hemdbrust des Inhabers. Und dann schmiß er ihm einen Stoß Rechnungen vor die Füße und zeterte: »Diesen Puff betrete ich nie mehr!«

Um die Gemüter zu beruhigen, luden die Offiziere die Brüder Huntze ein, sie in ihr Quartier am Stadtrand zu begleiten. Dort wurde tüchtig gezecht und dann gekartet. »Unglück in der Liebe, Glück im Spiel!« scherzten die Offiziere.

Tollkühn setzten die Huntzes einen Tausender nach dem anderen, ohne auch nur eine einzige Partie zu gewinnen.

Erst bei Tagesanbruch kamen sie, erbost und besoffen, nach Hause. Sie ließen sich einfach auf den Fußboden fallen, wo sie, in Frack und gestärktem Hemd, einschliefen. Als sie – verkatert, mit steifen Gliedern und vollgekotztem Frack – aufwachten, war es schon Nachmittag. Sie schlugen und beschimpften die Dienstboten, die ihnen aus den Kleidern helfen wollten. Sie erinnerten sich an die Ohrfeige und hatten das dumpfe Gefühl, daß mittlerweile schon ganz Lodz sich über ihre Demütigung amüsierte. Und obendrein hatten sie Spielmarken im Wert von vielen tausend Rubeln verloren, die in bar eingelöst werden mußten, weil die Offiziere in Kürze versetzt wurden und weil es für einen Ehrenmann undenkbar war, Spielschulden nicht sofort zu bezahlen. Wo sie den Betrag hernehmen sollten, war freilich eine andere Sache. Ihr Vater ließ sich nicht so leicht anzapfen. Außerdem haderten sie schon seit Monaten mit ihm, weil er sich hartnäckig weigerte, auch nur einen Pfennig für den Adelsbrief lockerzumachen.

So also stand es um die Brüder Huntze, als Simcha Meir im Palais erschien – aufgeregt, ungeheuer beeindruckt von dem Luxus, der hier herrschte, beklommen und dennoch voller Vertrauen in die eigene Zukunft und die Zukunft von Lodz.

Als der piekfein livrierte Lakai den Söhnen des Hauses meldete, daß ein junger Jude am Treppenaufgang warte, konnten sie sich an keine Verabredung erinnern. »Was für ein Jude? Wirf das Schwein hinaus!«

Worauf der Lakai, den Simcha Meir in weiser Voraussicht geschmiert hatte, die jungen Herrschaften darauf aufmerksam machte, daß dieser Jude von ihnen persönlich herbestellt worden sei. Jetzt fiel ihnen der Brief wieder ein. Sie gaben Order, den Juden hereinzuführen.

Beflissen folgte Simcha Meir dem Lakaien durch eine ganze Zimmerflucht, wobei er sich immer wieder nach dem riesigen Wolfshund umsah, der mißtrauisch an dem Kaftan herumschnupperte, der zwar bereits gekürzt, diesem Hund aber offensichtlich nicht kurz genug war.

»Guten Tag, Euer Wohlgeboren.« Simcha Meir verneigte sich tief vor den drei nackten Gestalten, die ihn im Badezimmer empfingen, wo sie sich, um wieder nüchtern zu werden, von Dienstboten kaltes Wasser über die Köpfe schütten ließen.

Sein Gruß wurde nicht erwidert.

Der Anblick der aufgedunsenen Körper dieser drei Gojim, die anscheinend überhaupt kein Schamgefühl hatten, war Simcha Meir peinlich. Nervös drehte er seine Hutkrempe zwischen den Fingern. Was tat man mit einem Hut, wenn man sich in solcher Gesellschaft befand?

Schließlich standen die drei Brüder auf, ließen sich in große Badetücher wickeln und musterten den jungen Mann im Kaftan.

»He!« sagte der Älteste. »Sie sind der Sohn vom alten Aschkenasi, dem Hofjuden unseres Vaters, was?«

»Ja. Mein Vater ist Generalvertreter der Firma.«

»Und *Sie* wollen unser Hofjude werden, was?«

»Ich möchte den Herren Geld leihen.«

»Wieviel haben Sie denn?«

»Soviel die Herren brauchen.«

Die drei warfen sich Blicke zu. Der älteste Bruder schleuderte sich das klatschnasse gojische Flachshaar aus der Stirn und schüttelte sich wie ein Hund im Platzregen.

»Wir wissen aber nicht, wann wir's Ihnen zurückzahlen können.«

»Ich kann warten.«

»Unser Vater darf nichts davon wissen.«

»Sie können sich auf meine Diskretion verlassen.«

»Wahrscheinlich können wir's Ihnen erst zurückzahlen, wenn unser Vater unter der Erde liegt. Und das kann noch sehr lange dauern.«

»Ich habe Geduld.«

»Wir brauchen eine Menge Geld. Einige Tausend sofort, und später mehr.«

»Ich bin stets bereit, den Herren auszuhelfen«, sagte Simcha Meir kühn, obwohl er keine Ahnung hatte, wie er sich soviel Geld beschaffen sollte. »Ich bitte Sie nur darum, mir jeweils zwei Wochen Zeit zu lassen.«

»Einverstanden«, sagte der halbnackte Deutsche, der gerade Freiübungen machte. »Besorgen Sie uns Bargeld! Morgen in zwei Wochen! Auf Wiedersehen!«

Ganz benommen ging Simcha Meir hinaus. Obzwar es ihn wurmte, daß sie ihn so rüde empfangen hatten, fühlte er sich irgendwie beschwingt. Die erste Bresche war geschlagen. Zugegeben, er konnte nur auf allen vieren hineinkriechen, aber das war ja am Anfang immer so. Das sagten sogar die weisen Männer. Aber wirklich weise war nur, wer über das Heute hinausblicken konnte – in die Zukunft. Und daß bei dieser Sache etwas herauskommen würde, daran zweifelte Simcha Meir keinen Moment. Noch nie war er von dem Gefühl, über Macht zu verfügen, noch nie von dem Glauben an sich selbst so durchdrungen gewesen wie jetzt, während er die breite, staubige Vorstadtstraße entlangging, die an dem roten Zaun von Heinz Huntzes Fabrikgelände vorbeiführte. Noch nie waren die Schornsteine, die in den Himmel ragten und ihn schwarz färbten, so greifbar nahe gewesen ...

Einige Arbeiter, die an ihm vorbeigingen, knurrten wie Hunde und taten so, als schnappten sie nach dem Schwalbenschwanz seines Kaftans. »He, Itzig! Itzig!« höhnten sie. »Ai wai!«

Simcha Meir merkte es gar nicht. Er war ganz woanders – irgendwo hoch da oben zwischen den Fabrikschornsteinen ...

So schnell und zielstrebig, wie er sich nach seiner Hochzeit in der Fabrik seines Schwiegervaters eingenistet hatte, so schnell und zielstrebig trennte er sich jetzt von ihr. Er wartete nicht auf günstigere Umstände, sondern verkaufte sie für weniger, als sie wert war, nur um sich Bargeld zu verschaffen. Er nahm Darlehen zu überhöhtem Zinssatz auf, verschuldete sich, verscherbelte Geräte und Waren. Er zwang sich dazu, sich bei den ungehobelten Burschen im Lernhaus einzuschmeicheln, die vom Reichtum ihrer Schwiegerväter lebten und denen er bisher geflissentlich aus dem Weg gegangen war. Er beschwatzte sie, ihre Mitgift bei ihm zu investieren und in das fabelhafte Geschäft einzusteigen, das er gerade in der Mache habe. Und er versprach ihnen einen Anteil am Gewinn. Auch mit seinen Schwägern, die er bisher links liegengelassen hatte, verkehrte er jetzt wieder. Mit aller List und Tücke, die er aufzubieten hatte, stachelte er ihre Geldgier an und brachte sie und seine Schwestern dazu, ihm ihre Mitgift anzuvertrauen.

»Ich darf euch jetzt noch nicht sagen, um was für ein Geschäft es sich handelt«, erklärte er im Ton eines Verschwörers. »Es muß vorläufig geheimgehalten werden. Aber ich verspreche euch einen fetten Profit. So Gott will, werden wir alle im Geld schwimmen. Ich würde doch nie etwas tun, was meinem eigen Fleisch und Blut schaden könnte!«

Als das Geld trotzdem noch nicht reichte, nahm er, wie stets, wenn er eine harte Nuß zu knacken hatte, seine Aktentasche und seinen Regenschirm – und fuhr nach Warschau, um Jakob Bunim einen kurzen Besuch abzustatten.

In dessen eleganter Wohnung in Reb Kalman Eisens Residenz zeigte er sich zwei Tage lang von seiner besten Seite. Er bewies so viel Witz, Scharfsinn und Belesenheit, daß alle – auch seine Schwägerin und Reb Kalmans Söhne, diese Vornehmtuer und Besserwisser – von ihm fasziniert waren. »Ein Genie!« schwärmten sie. »Ob Geschäft oder Tora – der hat alles im Kopf!«

Sogar Reb Kalman, der menschenscheu geworden war und sehr zurückgezogen lebte, nahm die glänzende Begabung des Bruders seines Schwiegersohns zur Kenntnis. »Ich bin kein Fachmann«, sagte er (der sein Licht gern unter den Scheffel stellte), »aber ich finde diesen Simcha Meir einfach fabelhaft!«

Ja, er wußte, wie er Eindruck schinden konnte, dieser Simcha Meir. So leicht es ihm fiel, über Leute, die er nicht brauchte, hinwegzusehen, so leicht fiel es ihm, seinen Charme spielen zu lassen und sich so liebenswürdig und herzlich wie nötig zu geben, wenn er etwas erreichen wollte. Er war nie um ein passendes Zitat, Gleichnis oder Bonmot verlegen. Besser als jeder andere verstand er es, Jakob Bunim zu beeinflussen, der dann sofort alles vergaß, was er seinem Zwillingsbruder hätte vorwerfen können. Er, der fröhlich und lebenslustig war und wollte, daß auch die anderen das Leben genossen, konnte niemandem lange grollen. Als er seinem Bruder ein Weilchen zugehört hatte, lieh er ihm so viel Geld, wie er haben wollte.

Simcha Meir hätte sich das benötigte Kapital natürlich auch beschaffen können, wenn er die Schuldscheine der Brüder Huntze mit hohem Diskont verkauft hätte. Aber genau das wollte er nicht. Es hätte seinem Zweck nicht gedient, wenn die Schuldscheine in der Stadt im Umlauf gewesen wären. Ein entscheidender Punkt seines Planes war, niemand anderen an die Brüder Huntze heranzulassen, damit *er* ihr einziger Vertrauensmann und ihr Privatbankier bleiben konnte.

Er schlief nicht mehr. Statt seine Mahlzeiten einzunehmen, kritzelte er Zahlen aufs Tischtuch. Die Gebete rasselte er herunter, und die Gebetsriemen zog er sich, noch ehe er sie richtig geschlungen hatte, wieder vom Arm.

Pünktlich erschien er mit der ersten Darlehensrate bei den Brüdern Huntze, die ihm, wenn auch widerwillig, Anerkennung zollten.

»Gut gemacht!« Leichtfertig unterschrieben sie Schuldschein um Schuldschein.

Sobald sie nicht mehr unter Druck standen, nahmen sie die Sache in Angriff, die ihnen viel wichtiger war: die Erhebung ihres Vaters in den Adelsstand. Ihnen kam die Idee, daß sie die Angelegenheit auch ohne den alten Herrn in die Wege leiten konnten, wenn sie ihre Freunde beim Gouverneur von Piotrkow vorstellig werden ließen. Daß sie einen enorm hohen Betrag berappen müßten, war ihnen klar – aber was machte das schon aus, wenn der Alte erst einmal abgekratzt war?

Simcha Meir, der genau *damit* gerechnet hatte, war zum vereinbarten Zeitpunkt wieder mit dem erforderlichen Bargeld zur Stelle.

Der Gouverneur der Provinz Piotrkow überließ die Amtsgeschäfte seinem Stellvertreter und reiste, auf Kosten der Brüder Huntze, sofort per Bahn nach Petersburg.

24

Der Adelstitel lastete wie ein Joch auf Heinz Huntzes Schultern. Er hatte ein Vermögen gekostet, weit mehr als erwartet. Dazu kam, daß Huntzes Kinder jetzt Unsummen von ihm verlangten, um so auftreten zu können, wie es sich für die Söhne und Töchter eines Barons gehörte. Die Spielschulden der drei Söhne waren schwindelerregend hoch.

Schließlich faßte sich der Fabrikdirektor, Albrecht der Fettsack, ein Herz und konfrontierte seinen Chef mit höchst beunruhigenden Tatsachen. »Entschuldigen Sie, Herr Baron, aber ich halte es für meine Pflicht, Ihnen mitzuteilen, daß unsere Kassenbestände erschöpft sind und daß Herr Götzke auf sofortige Auszahlung seines Anteils besteht.«

»Dieses Schwein! Dieser Dreckskerl!«

Götzke war jetzt genauso schlecht auf Huntze zu sprechen, wie dieser vor der Firmenfusion auf ihn. Daß sein Kompagnon geadelt worden war, verursachte ihm schlaflose Nächte. Schon seit der Fusion wurmte es ihn, daß alle Leute – obwohl er und Huntze gleichberechtigte Geschäftspartner waren – immer nur von der »Weberei Huntze« sprachen und seinen Namen einfach übergingen.

Und zu alledem hatte ihm Huntze jetzt auch noch den Adelstitel voraus. Den ignorierte Götzke natürlich. Er ging nicht auf die Bälle, die Huntze veranstaltete, und ebensowenig, wie er ihn mit »Herr Baron« anredete, bezeichnete er ihn im Gespräch mit anderen als Baron. Und wenn andere Leute das taten, zuckte er jedesmal zusammen.

Egal, was er alles versucht hatte, um mit Huntze gleichzuziehen – irgendwie hatte er immer den kürzeren gezogen. Seinen einzigen Sieg hatte er erfochten, als er seinen einstigen Chef gezwungen hatte, ihn zum Kompagnon zu machen. Aber seitdem war es immer nur abwärts gegangen. Für alle Welt war Huntze der »König von Lodz« und Götzke ein Niemand.

Nicht, daß er das einfach hingenommen hätte. Nein, er hatte

sich ein Palais genauso prächtig wie das von Huntze bauen lassen und fuhr ebenfalls in einer reichverzierten Kutsche umher. Aber für die Leute war er immer noch ein »Emporkömmling« – falls man überhaupt von ihm sprach.

Ständig hatte er nach einer Gelegenheit gesucht, Huntze von seinem hohen Roß herunterzuholen, und jetzt war die Gelegenheit da! Die Firma war in Schwierigkeiten. Er hätte ohne weiteres warten und seinen Anteil erst verlangen können, wenn die Firma sich wieder erholt hatte. Aber dazu war er, obzwar Albrecht ihn im Namen Huntzes dringend darum bat, absolut nicht bereit. »Der soll sich mit seinem eigenen Geld als Baron aufspielen – nicht mit meinem!«

Er hätte vielleicht nachgegeben, wenn Huntze selbst zu ihm gekommen wäre. Allein dafür, daß Huntze ihn um einen Gefallen bitten mußte, hätte sich alles gelohnt. Aber der Alte wollte sich nicht vor Götzke demütigen. Nun mußten er und Albrecht also einen Ausweg aus dem Dilemma finden.

Huntze hätte natürlich unbegrenzten Bankkredit bekommen können: Seine Unterschrift war genauso viel wert wie bares Geld. Doch er war grundsätzlich dagegen, etwas zu unterschreiben. In Lodz kursierte schon seit langem der Witz, daß er nur deshalb nichts unterzeichne, weil er gar nicht schreiben könne. Aber was die Leute schwatzten, war Huntze piepegal. Er wußte, daß Könige keine Schuldscheine unterschreiben – und er war der König von Lodz, wenn nicht sogar von ganz Polen.

Zu Hause war sein Leben eine einzige Hölle. Unentwegt wollten ihm seine Söhne und Töchter die feine Lebensart beibringen. Ständig luden sie Adlige ein, die dann wiederum ihn zur Jagd und zu Festivitäten auf ihre Landgüter einluden.

Er verabscheute das alles. Er verstand nichts von Pferden und Jagdhunden, vom Schießen, Kartenspielen und Tanzen. Für ihn war es das größte Vergnügen, in seinem Kontor zu sitzen, mit Händlern und Werkmeistern zu plänkeln und seine Chemiker und Ingenieure zu triezen. Ob adlig oder nicht – er wollte so weitermachen, wie er es gewöhnt war. Bei Tagesanbruch aufstehen, sein bequemes Jackett und seine ausgebeulte Hose anziehen und in der Fabrik sein, wenn der erste Arbeiter kam. Aber das wollten seine Töchter nicht zulassen. »Papa, du bist jetzt Baron! Du darfst nicht mehr mit dem Pöbel verkehren.«

Kein Wort sollte er mehr mit den Leuten wechseln und überallhin mußte er sich in der Kutsche fahren lassen, obwohl er viel lieber zu Fuß gegangen wäre.

Am schlimmsten war, daß man ihn mit Auszeichnungen überhäufte. Alle möglichen Institutionen und Vereine ernannten ihn zum Ehrenvorsitzenden. Und ständig wurde er um Spenden für Kirchen und Hospitäler angebettelt.

Er verabscheute es, für wohltätige Zwecke zu spenden. Er hatte sich seinen Reichtum eigenhändig erarbeitet und hielt jeden, der das nicht geschafft hatte, für dumm, faul und lebensuntüchtig. Am meisten Verachtung empfand er für die Armen, weil sie seiner Meinung nach allesamt Faulpelze und Trunkenbolde waren, die bloß bei anderen Leuten schmarotzen wollten. Wenn er um eine Spende gebeten wurde, platzte ihm der Kragen. »Ich zahle dem Staat genug Steuern! Soll *er* sich doch um dieses Gesocks kümmern!«

Seit er Baron war, zwangen ihn seine Kinder, allen möglichen Schmarotzern großzügige Spenden zu geben. Sie behaupteten, er sei dazu verpflichtet – *noblesse oblige*.

All das kostete die Firma mehr als sie verkraften konnte. Auf der Suche nach einem Ausweg schlugen sich der alte Huntze und Albrecht etliche Nächte um die Ohren. Schließlich kam Albrecht zu der Überzeugung, daß der Schaden nur durch betriebliche Maßnahmen zu beheben sei. Wenn ein Körper von einer Krankheit befallen werde, sei es am besten, ihn aus eigener Kraft wieder gesunden zu lassen. Das gelte nicht nur für den menschlichen Organismus, sondern auch für Unternehmen.

»Gut gesagt, Albrecht! Das ist das Klügste, was Sie jemals von sich gegeben haben!«

Nachdem sein Chef ihm zugestimmt hatte, überlegte Albrecht, welche Maßnahmen ergriffen werden könnten.

Eine Qualitätsminderung der Fertigware kam nicht in Frage. Baron Huntze hatte sich so lange abgeplackt, daß sein guter Name nicht leichtfertig ruiniert werden durfte. Überall kannte und schätzte man seine Fabrikate. Der beste Beweis dafür waren die Gold- und Silbermedaillen, mit denen die Weberei ausgezeichnet worden war. Nein, das Problem mußte anders gelöst werden.

Gewiß, Baron Huntze hätte seine Privatausgaben herunterschrauben können. Zehntausende konnten da pro Jahr ohne weiteres eingespart werden. Aber es widerstrebte Albrecht, dem Baron diesen Vorschlag zu machen. Schließlich war nicht der alte Herr daran schuld – die treibende Kraft waren seine Töchter, Söhne und Schwiegersöhne.

Die einzige Möglichkeit war, den Rotstift bei der Belegschaft anzusetzen.

Hier konnten Kosten eingespart werden. Die Löhne machten zwar nicht den größten Teil der Betriebskosten aus, aber die Zahl der Arbeiter ging in die Tausende, und alle mußten aus ein und derselben Lohnkasse bezahlt werden. Wenn jeder ein bißchen weniger bekäme, könnten enorme Einsparungen erzielt und alle Verluste in einem Jahr wettgemacht werden. Und wer mit einer Lohnkürzung nicht einverstanden war, konnte ja kündigen. In Lodz herrschte immer Nachfrage nach freien Arbeitsplätzen. Tag für Tag kamen scharenweise Leute vom Land in die Stadt, um sich hier Arbeit zu suchen. Die waren bereit, sich mit ein paar Lohngroschen zu begnügen – zumal die jungen Mädchen, die genau so viel leisten konnten wie die Männer. Bei den mechanischen Webstühlen brauchten bloß die Hebel bedient zu werden, und das konnten weibliche Hände ebenso gut wie männliche. Dazu kam, daß die Landmädchen unterwürfig waren, nicht tranken und sehr gewissenhaft arbeiteten.

Tags darauf wies Albrecht seine Werkmeister an, so viele Männer wie irgend möglich zu entlassen und statt dessen Mädchen einzustellen – je jünger, desto besser. Dann verfügte er eine fünfzehnprozentige Kürzung aller Arbeitslöhne.

»Gut gemacht, Albrechtchen«, sagte Huntze. »Da ich mir eine neue Kutsche mit Wappen und allem Drum und Dran zugelegt habe, bekommen Sie meine alte, samt Gespann und Kutscher.«

»Danke vielmals, Herr Baron!« Der Fettsack verbeugte sich schwerfällig.

Schon am nächsten Tag wurden die neuen Maßnahmen eingeleitet. Immer mehr Arbeiter wurden entlassen und durch Mädchen vom Lande ersetzt, die geblümte Kopftücher trugen. Sie erhielten nur ein Drittel des Lohnes, den die Männer bekommen hatten.

Die Entlassenen, zumeist polnische Arbeiter, die früher Kleinbauern gewesen waren, standen vor dem Schalter der Lohnbuchhaltung Schlange, um ihren letzten Lohn abzuholen, und fummelten erregt an ihren blauen Mützen herum, die sie schon lange bevor sie an die Reihe kamen abgenommen hatten. »Jesusmaria, und was jetzt?«

Die deutschen Arbeiter, denen nicht gekündigt worden war und die in Gemeinschaftsquartieren auf dem Fabrikgelände wohnten, schimpften und fluchten beim Weben und Garnaufspulen, achteten aber darauf, daß kein Werkmeister Wind davon bekam.

Auf Albrechts Vorschlag war der Lohn der Werkmeister nicht gekürzt worden. So konnte man sie bei der Stange halten und sicher sein, daß sie die Arbeit um so argwöhnischer überwachten. Die einfältigen polnischen Landmädchen waren zu verängstigt, um sich zu wehren, wenn die Werkmeister sie in einen Winkel zogen, wo Ballenware lag. Und die Werkmeister schnüffelten wie Bluthunde herum, um die Arbeiter bei irgendeiner Ungebührlichkeit zu ertappen.

Auch Melchior, dem Aufseher, und seinem Freund Jostel, dem Wachmann, machte der Personalwechsel nichts aus. Melchior filzte die Arbeiter beim Verlassen der Fabrik, um sicherzugehen, daß sie nichts geklaut hatten, und Jostel bewachte das Gelände. Nebenbei betrieben die beiden einen Geldverleih. Manche Arbeiter tranken nach Feierabend gern ein oder zwei Glas Bier, manche verloren ihren Wochenlohn beim Zocken, und manche mußten wegen einer Geschlechtskrankheit zum Arzt. Um trotzdem den vollen Wochenlohn zu Hause bei ihren Frauen abliefern zu können, liehen sie sich das nötige Geld bei Melchior, der pro Woche nur zehn Kopeken Zinsen verlangte.

Außerdem bekam er Trinkgelder von Geschäftsleuten, die Huntze besuchten. Und es brachte ihm auch etwas ein, daß er sich für Direktor Albrecht, der in der Nähe der Fabrik eine Junggesellenwohnung hatte, als Kuppler betätigte. Nur die jüngsten, knusprigsten Mädchen waren für Albrecht gut genug. Beim weiblichen Geschlecht erfreute sich Melchior wegen seiner Stellung, seiner forstgrünen Livree und seiner hünenhaften Figur großer Beliebtheit. Und obendrein spielte er Klarinette und hatte immer genug Wein zu Hause, den er nach Einladungen und Bällen im Palais Huntze mitnahm. Die Fabrikarbeiterinnen kamen

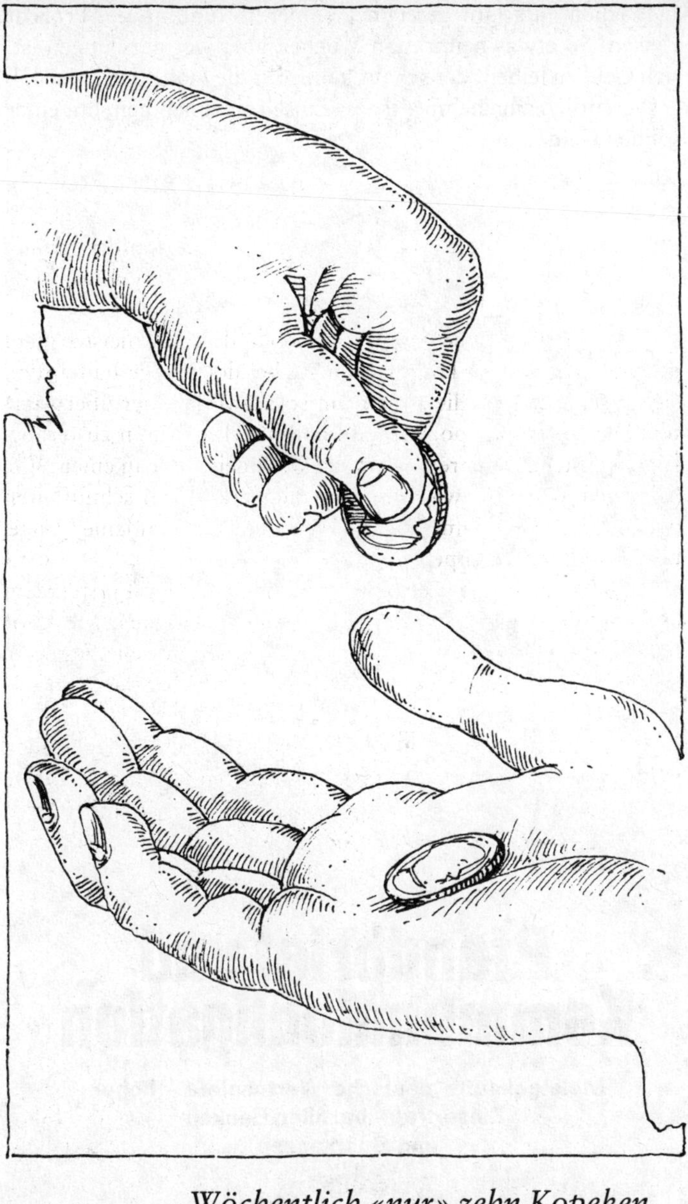

Wöchentlich «nur» zehn Kopeken …

…machen aufs Jahr gerechnet immerhin fünfhundert Prozent Zinsen! So etwas nennt man Wucher, aber wer gezwungen ist, sich Geld zu leihen, der schaut kaum auf die Höhe der Zinsen.

Wesentlich angenehmer ist es, Zinsen einzunehmen, mit einer soliden Geldanlage…

scharenweise zu ihm, und so konnte er aus dem Angebot immer die Leckerbissen für sich und den Direktor aussuchen. Aus Albrechts Wohnung kamen die Mädchen jedesmal mit blauen Flecken am Hals und an den Armen. Und entweder mit einem billigen Kleid oder einem Rubel als Entgelt. Melchior wurde gut dafür bezahlt, daß er bei der Auswahl der Mädchen Geschmack bewies und dem Direktor ständig Abwechslung verschaffte. Es konnten also alle – ausgenommen vielleicht die Mädchen – mit diesem Geschäft zufrieden sein.

Die Arbeiter, denen Melchior Geld lieh, hätten sich bestimmt gewundert, wenn sie dahintergekommen wären, daß der Zinssatz, den sie ihm zahlen mußten, sich auf nahezu fünfhundert Prozent belief. Aber über dergleichen zerbrachen sie sich nicht den Kopf.

Melchiors Freund Jostel verdiente sich auf die eigene Tour ein Zubrot. Er nahm Schmiergeld von den Handelsvertretern, die er in die Fabrik hereinließ; von Abfallaufkäufern, die mit riesigen Fuhrwerken ans Fabriktor kamen; von Bauern, die mit ihren Karren den Mist aus den Stallungen abtransportierten; von Fuhrleuten, die das Rohmaterial ablieferten; und sogar von Kleinbauern, die gleich nach der Ankunft in Lodz auf Arbeitssuche zur Weberei Huntze kamen.

Auch er verlieh Geld, aber an die Frauen der Arbeiter, wenn sie kein Stück Brot mehr im Haus hatten oder wenn der Ehemann seinen Wochenlohn versoffen oder wenn eine außereheliche Beziehung dazu geführt hatte, daß die Hebamme eine Abtreibung vornehmen und natürlich dafür bezahlt werden mußte.

Und auch er empfing gern weiblichen Besuch in dem Quartier, das er sich in einem Winkel der Fabrik eingerichtet hatte. Da er schon zu bejahrt war, um es mit Frauen zu treiben, interessierte er sich nur für kleine Mädchen, die für einen Bonbon bereit waren, einen alten Opa zu küssen und sogar Spielchen mit ihm zu spielen. Nicht alle Mütter waren damit einverstanden, ihre kleinen Töchter zu Jostel zu schicken, um ihm das geliehene Geld nicht zurückzahlen zu müssen; aber es fanden sich immer wieder welche, die es, ohne Wissen ihrer Ehemänner, taten. Sie erinnerten sich an ihre eigene Kindheit, als auch sie sich von solch einem alten »Onkel« liebkosen ließen – ob es nun der Dorfschullehrer, ein Ladenbesitzer oder sonstwer war. Ernsthaften

Schaden hatten sie dabei ja nicht genommen, denn später waren sie gute Ehefrauen und Mütter geworden. Und so schickten sie ihre kleinen Töchter zu Onkel Jostel und ermahnten sie, ihm zu gehorchen und niemandem davon zu erzählen.

Seit in der Fabrik die Anschläge mit der Bekanntgabe der fünfzehnprozentigen Lohnkürzung aushingen, ging das Geschäft der beiden »Unternehmer« blendend. In den Gemeinschaftsquartieren waren harte Zeiten angebrochen. Die Frauen der Arbeiter konnten die Suppe nicht mehr schmalzen und brachten nur noch Grütze mit Kartoffeln auf den Tisch. Die Männer, die davon nicht satt wurden, waren so gereizt, daß sie ihre Frauen und Kinder schlugen und sich in den Kneipen betranken. Um nebenher ein bißchen Geld zu verdienen, verkauften sich die Frauen an die jungen, ledigen Weber, die in der Küche einquartiert waren. Kinder durften nicht mehr mit ihren Puppen spielen, sondern wurden zur Fabrikarbeit geschickt, um ein paar Gulden nach Hause zu bringen.

Der Fabrikpfarrer erschien oft im Quartier der Arbeiter. Er betete zum Ewigen, während er ihre Kinder zur letzten Ruhe geleitete. Die Polizei kam, um nach Hühnern und Ferkeln zu suchen, die in der Nachbarschaft abhanden gekommen waren. Sogar Hunde wurden vermißt. Es hieß, sie seien von den Webern eingefangen und als Sonntagsbraten verspeist worden.

Öfter denn je ließen sich die Weber von den beiden Faktoten Huntzes Geld leihen. Weil die Nachfrage so rasant zunahm, erhöhten die Wucherer ihre Zinssätze um einige Groschen. Nach wie vor blies Melchior den reschen jungen Weibsbildern, die in seine Wohnung kamen, etwas auf der Klarinette vor und kredenzte ihnen den Wein, der bei den Festivitäten des Barons übriggeblieben war. Und dem alten Jostel standen für seine absonderlichen Spielchen so viele kleine Mädchen zur Verfügung, wie er nur haben wollte.

In der Weberei wurde vierundzwanzig Stunden am Tag gearbeitet, um die Verluste wettzumachen. Wie Albrecht vorausgesagt hatte, erholte sich die angeschlagene Firma aus eigener Kraft.

»Ende des Jahres ist alles wieder im Lot«, versicherte er seinem Chef. »Vielleicht sogar früher.«

»Albrechtchen, Sie sind ein Schlauberger«, brummelte

Huntze und bot ihm eine Zigarre an. »Daß bloß mein Sofa nicht unter Ihrem fetten Hintern zusammenbricht!«

»Nein, nein, Herr Baron«, beteuerte der Fabrikdirektor und kugelte sich vor Lachen über den Witz seines Chefs.

25

Früher als die Brüder Huntze erwartet hatten, schied der »alte Scheißkerl«, wie sie ihren Vater nannten, aus dieser Welt und hinterließ ihnen ein riesiges Erbe und den Adelstitel.

Solange er noch in der Fabrik herumwandern, seine Nase in alles stecken, seine halbtauben Ohren spitzen, die Stoffe befühlen, die Finger in die Färbemittel tauchen, in den komplizierten Hauptbüchern blättern, die Musterzeichner beraten, Produktionspläne ändern, mit Händlern feilschen, seine Pfeife schmauchen, morgens als erster im Betrieb sein und abends als letzter heimgehen konnte – solange hielt er durch.

Die Ärzte warnten ihn: Auf dem kalten Steinboden der Fabrik würde er sich Rheumatismus holen. Sie sagten voraus, daß der Staub und die Fusseln seiner Lunge und daß die Dämpfe der Färbemittel seinem Herz schaden würden. Und der Maschinenlärm werde seine Nerven ruinieren. Sie rieten ihm, sich nicht ständig in Lodz aufzuhalten, schon gar nicht in den Sommermonaten. Aber von alledem wollte er nichts wissen. Seine einzige Antwort auf alle Ratschläge war: »Quatsch!«

Je älter er geworden war, um so mehr hatte es ihn in seine geliebte Fabrik gezogen, um so wohler und leistungsfähiger hatte er sich gefühlt. Aber seit er Baron war, ließen ihn seine Kinder nicht mehr in die Weberei. Und Pfeife durfte er auch nicht mehr rauchen, bloß noch Havannazigarren. Und ständig lagen sie ihm in den Ohren, zum Arzt zu gehen und zur Kur zu reisen.

Die Folge war, daß sich die üblichen Altersbeschwerden einstellten. Die Knochen taten ihm weh, seine Beine schwollen an, seine Haut schrumpelte, sein Kreuz schmerzte. Ständig hatte er Kopfweh. Oft döste er mitten im Gespräch ein oder verlor den Faden. Und oft schrie er wutentbrannt, man solle ihn gefälligst nicht unterbrechen – obwohl niemand ein Wort gesagt hatte.

Er wurde unerträglich. Er trieb die Dienstboten zur Verzweiflung, beleidigte seine Frau, schmiß Teller und Gläser auf den Fußboden und spuckte auf die Perserteppiche und Tigerfelle, mit denen das Parkett bedeckt war.

Anfangs kämpfte er gegen seine Beschwerden an. Mit wackligen Beinen und von Schmerzen gemartert, schleppte er sich durch die weitläufige Fabrik, erteilte Ratschläge, brummelte vor sich hin, verlor die Beherrschung, piesackte die Belegschaft und überwachte alles wie eh und je.

Albrecht versuchte, ihm gut zuzureden. »Herr Baron, wir kümmern uns schon um alles. Der Herr Baron sollte im Bett bleiben.«

»Halt die Schnauze! Pfoten weg! Ich kann sehr gut allein laufen.«

Oft mußten ihn die Ärzte und seine Kinder mit Gewalt ins Bett befördern. Er weigerte sich, seine Medizin zu schlucken, spuckte sie den Ärzten ins Gesicht oder schüttete sie auf den Fußboden. Die Musterzeichner, Chemiker, Ingenieure und leitenden Angestellten mußten an sein Bett kommen. Er redete unzusammenhängendes Zeug, mischte sich in die Betriebsführung ein, plapperte vor sich hin. Und plötzlich bekam er wieder einen klaren Kopf und machte so scharfsinnige Vorschläge, daß die Leute ganz verblüfft waren.

Hin und wieder raffte er seine Kräfte zusammen, schleuderte die Bettdecke von sich, jagte die Krankenschwestern hinaus, schlurfte – in Bademantel und Pantoffeln – hinüber zur Fabrik und machte der gesamten Belegschaft die Hölle heiß. Er brüllte, führte sich wie verrückt auf, behauptete, das Unternehmen sei bald abgewirtschaftet und niemand sei da, auf den er sich verlassen könne. »Maschinen abstellen! Wer hat sie ohne meine Erlaubnis anlaufen lassen?«

Die Leute wußten, daß er nicht mehr richtig im Kopf war, aber niemand wagte ihm zu widersprechen. Trotz seines körperlichen und geistigen Verfalls war der Alte immer noch der König. Wenn er dann von seinen Kindern wieder ins Schlafzimmer gezerrt und dort eingeschlossen wurde, warf er sich im Bett herum, zerriß sein Nachthemd und zerfetzte die Kissen wie ein verwundetes Raubtier, das man in einen Käfig gesperrt hat.

»Meine Leute aus der Fabrik sollen kommen! Ich muß ihnen sagen, was heute alles getan werden muß!«

Seine Söhne ließen jetzt niemanden mehr zu ihm. Sie wußten, daß seine Tage gezählt waren, und wollten ihn von der Außenwelt isolieren. Sie wollten verhindern, daß er, der so viel Autorität genoß, vor seinem Tod noch etwas in die Wege leitete, das für sie katastrophale Folgen haben könnte. Vor allem aber befürchteten sie, daß er sein Testament ändern würde.

Der Alte durchschaute sie und warf sich wie wild im Bett herum.

»Ihr Mörder!« schrie er, wenn sie an sein Bett kamen. »Ihr wollt mich vergiften!«

Nachts tobte er vor Schmerzen. Jedem, der nach ihm sehen wollte, warf er alles, was er erreichen konnte, an den Kopf. Er wollte unbedingt in die Fabrik.

»Heinzchen«, flehte ihn seine Frau an, »was willst du denn?«

»Die Fabrik niederbrennen! Ich möchte nichts zurücklassen. Alles soll in Rauch aufgehen!«

Und plötzlich wurde er wieder ganz apathisch, gab kein Wort mehr von sich und stand nicht einmal auf, um seine Notdurft zu verrichten. Er wimmerte wie ein Kind und ließ alles mit sich geschehen.

In seiner letzten Nacht sollte auf Wunsch der Ärzte, die ihm den Maschinenlärm ersparen wollten, der Betrieb in der Fabrik eingestellt werden. Als er trotz seiner Taubheit merkte, daß es draußen plötzlich ungewöhnlich still war, setzte er sich im Bett auf. »Warum wird in der Fabrik nicht gearbeitet? Heute ist doch kein Feiertag!«

Die Ärzte klärten ihn über seinen Zustand auf.

»Ich bin zum Sterben bereit«, sagte er, »aber ich will die Maschinen hören. Sonst kann ich nicht in Frieden sterben.«

Sie erfüllten ihm diesen Wunsch. Die Dampfpfeifen schrillten, die Maschinen liefen an.

Der Sterbende lauschte, auf seinem Gesicht erschien ein schiefes Lächeln und fror dann für immer ein.

Die Söhne knieten am Totenbett nieder, standen aber gleich wieder auf und strichen sich die Hosenbeine glatt.

»Endlich!« sagten sie und seufzten erleichtert – wie wenn ihnen soeben ein Stein vom Herzen gefallen wäre.

Sie beauftragten Albrecht, für eine schöne Beerdigung zu sorgen. Die Fabriksirenen und Dampfpfeifen schrillten die Nachricht vom Tode des Königs von Lodz in den rußigen Himmel.

Gleich nach der Beerdigung, die sie anödete, beorderten die jungen Huntzes Albrecht zu sich und befahlen ihm, alles auszurangieren, was nicht in einen Betrieb mit modernen Produktionsmethoden paßte. Und nun wurde alles umgekrempelt – das mit altmodisch-massiven Möbeln ausgestattete Kontor des alten Huntze ebenso wie die Belegschaft der Fabrik.

»Junge Leute! Stellen Sie junge Leute ein!« verlangten die Erben. »Schluß mit der Tradition! Wir betreiben hier kein Altersheim!«

Eine von vielen Veränderungen war, daß Abraham Hersch Aschkenasis Position von seinem Sohn übernommen wurde. Es war die Belohnung dafür, daß er Huntzes Erben Geld für den Erwerb des Adelsprädikats geliehen hatte.

Abraham Hersch reagierte nicht so, wie Chaim Alter reagiert hatte, als er auf seine alten Tage von Simcha Meir ausgebootet worden war. Als Albrecht ihm mitteilte, wie die Dinge standen, hörte er ihm gelassen zu.

»Es tut mir sehr leid, Herr Aschkenasi, daß ich Ihnen diese Nachricht überbringen muß. Aber die jungen Barone möchten alle alten Angestellten loswerden. Sie glauben, daß Ihr Sohn ihnen bessere Dienste leisten kann.«

»Koheleth, der unser König Salomo war, hat gesagt, daß ein jegliches seine Stunde hat, das Pflanzen und das Roden, das Bauen und das Schleißen«, sagte Abraham Hersch auf jiddisch. »Nichts geschieht, ohne daß Gott es so will, Herr Direktor, auch nicht der kleinste Kratzer eines Fingernagels.«

»Ja. Und als nächster bin ich an der Reihe, Herr Aschkenasi. Da ist halt nichts zu machen.« Schweigend drückten sich die beiden betagten Männer die Hand.

Dann ordnete Abraham Hersch seine Unterlagen, schloß den Tresor ab und händigte dem Direktor die Schlüssel aus. Das einzige, was er aus seinem Kontor mitnahm, war das Exemplar der *Gemara,* das er stets dort aufbewahrt hatte. Er war nahe daran, die Mesusen von den Türpfosten zu entfernen, ließ es dann aber bleiben. Er küßte sie zum letzten Mal, dann verabschiedete er sich von seinen Mitarbeitern.

Sie weinten, er hingegen vergoß keine Träne.

Tags darauf erschien Simcha Meir mit einer ganzen Schar Handwerker im Kontor und ließ es von oben bis unten renovieren. Sogar Gasbeleuchtung, wie sie nur in den reichsten Lodzer Wohnsitzen verwendet wurde, ließ er installieren.

Auf den neuen Firmenschildern, die bereits mit der Adelskrone der Huntzes geschmückt waren, stand – auf deutsch, russisch und polnisch – in Goldbuchstaben der Name des neuen Generalvertreters: Max Aschkenasi. Und auch im Briefkopf der Firma stand dieser neue Name.

Als Jakob Bunim erfuhr, was sein Bruder getan hatte, reiste er mit dem nächsten Zug nach Lodz und ging schnurstracks zu Simcha Meirs Kontor.

»Herr Aschkenasi ist beschäftigt«, erklärte ein magerer Kontorist und versuchte, Jakob Bunim zurückzuhalten. Doch der stieß ihn beiseite und stürmte hinein.

»Sei mir gegrüßt, Jakob Bunim!« sagte Simcha Meir und streckte ihm die Hand hin.

»Wo ist Vater?«

»Soll ich meines Vaters Hüter sein?« witzelte Simcha Meir.

Als sein Bruder immer näher kam, wich er zurück, so weit er konnte.

»Hast du mir *deshalb* das Geld abgeschwatzt? Damit du unseren Tate auf seine alten Tage kaltstellen kannst?« Es war, als spuckte er ihm jedes Wort ins Gesicht.

Simcha Meir erbleichte und begann zu stammeln. »Du ... du kannst dein Geld jederzeit zurückhaben ... ich schwör's dir.«

Jakob Bunim schlug ihm ins Gesicht. »Das ist für Vater!« Und noch eine Backpfeife, und noch eine ...

Simcha Meir schlug nicht zurück. Er bückte sich bloß nach seinem Hut, der ihm vom Kopf gefallen war, und rieb sich die rot angelaufenen Backen.

»Dafür wirst du bezahlen!« Er drohte Jakob Bunim, der ihm schon den Rücken gewandt hatte, mit dem Finger. »Wart's nur ab! Und von deinem Geld wirst du *so viel* zu sehen bekommen!« Er schnippte mit den Fingern.

Wutentbrannt schnauzte er die Kontoristen an, die nachsehen wollten, was hier eigentlich los war. »An die Arbeit! Ihr werdet hier nicht fürs Glotzen bezahlt!«

Sie flüchteten in ihre Kabuffs.

Dann konzentrierte er sich, als wäre nichts geschehen, wieder auf die Geschäftsbücher – fest entschlossen, alles zu beseitigen, was vom Wirken seines Vaters zeugte.

Mit seinem alten Namen legte Max Aschkenasi auch die chassidische Kleidung ab. Jetzt zog er sich weltmännisch an. Seinen ohnehin schon gestutzten Bart rasierte er so weit ab, daß nur die Andeutung eines Spitzbärtchens übrigblieb. Von Zigaretten wechselte er zu dicken Zigarren über, vom Jiddischen zu gebrochenem Lodzer Deutsch. Das Jiddische benützte er nur noch beim Geldzählen, damit er sich – Gott soll schützen! – nicht verrechnete.

Als Abraham Hersch vom Tun und Treiben seines Sohnes erfuhr, zog er seine Stiefel aus, zerriß den Rockaufschlag seines Kaftans und ließ sich von Sara Lea einen Schemel bringen. Dann saß er Schiwe für einen Sohn, der sich vom Glauben losgesagt hatte, was gleichbedeutend mit Sterben war.

Er hockte auf dem Schemel und studierte das Buch Hiob.

II
Schornsteine am Himmel

26

Der Zarenhof in Petersburg war durch Unruhen und Intrigen entzweit.

Nach der Ermordung Alexanders II., der die russischen Leibeigenen befreit und zu liberalen Reformen geneigt hatte, kam es am Zarenhof zu einer Kraftprobe zwischen zwei politischen Lagern, die Einfluß auf den neuen Zaren, Alexander III., ausüben wollten.

Die Liberalen rieten ihm, in die Fußstapfen seines Vaters zu treten, durch eine noch liberalere Politik das Volk auf seine Seite zu ziehen und auf diese Weise den Geist der Revolution zu erstikken. Die Reaktionäre unter Führung des Kirchenministers Pobedonoszew beschworen ihn, mit aller Strenge vorzugehen und die Feinde der Monarchie und der Kirche auszurotten. Der Innenminister Ignatjew stand auf seiten der Liberalen, lebte jedoch auf großem Fuß und gab viel mehr aus, als seine Güter ihm einbrachten. Eines Tages zitierte er die jüdischen Millionäre Petersburgs zu sich und forderte sie auf, ihm eine halbe Million Rubel zur Verfügung zu stellen. Als Gegenleistung wollte er sich bei Hofe für die Juden einsetzen. Falls man seiner Forderung nicht nachkäme, werde er auf Pobedonoszews Seite überwechseln.

Die jüdischen Millionäre hätten den Betrag, so hoch er auch war, aufbringen können, aber sie wollten keinen Präzedenzfall schaffen. Sie fürchteten, daß die Höflinge sie dann ständig schröpfen würden – mit der Drohung, man werde den Juden auch noch die wenigen Rechte nehmen, die ihnen verblieben waren. Die Rabbiner teilten diese Bedenken.

Außer sich vor Zorn, machte Ignatjew seine Drohung wahr. Der Zar ließ sich schließlich dazu bewegen, die Juden aus Moskau auszuweisen.

Tausende von Juden mußten mit ihren Familien die Stadt verlassen. Manche wanderten nach Amerika aus, eine größere Anzahl suchte Zuflucht in Warschau, die meisten aber zogen nach Lodz, dem polnischen Industrie- und Handelszentrum.

Sie brachten Kisten und Kasten voller Mobiliar, Bettzeug, Sabbatleuchter, Stahltresore, riesiger Samoware und russischer

Rechenbretter mit und siedelten sich in der Piotrkower Straße, der Wschodniastraße, der Poludniowa und den angrenzenden Straße an. Sie eröffneten Läden, Kontore und Handelsagenturen und brachten viel russischen Handel in die Stadt. Bald war Lodz überfüllt mit Fremden, die von den Einheimischen »Litwaks« genannt wurden, obwohl sie nicht aus Litauen stammten.

An den großzügigen russischen Lebensstil gewöhnt, etablierten sie sich in den besten Räumlichkeiten der Stadt, so daß schon bald Mangel an Wohnungen und Geschäftsräumen herrschte. Ihre Frauen feilschten beim Einkaufen nicht, was die Krämer, Fleischer und Fischhändler dazu bewog, ihren alten Kunden nicht mehr entgegenzukommen, die sich deshalb erst recht über die Zugezogenen ärgerten.

Noch mehr Anstoß nahm man an ihrer unjüdischen Lebensart. Russisch-jüdische Jungen und Mädchen stolzierten in ihren Schuluniformen durch jüdische Wohnviertel. Sie unterhielten sich in der fremden Sprache der Polizei und der Bürokratie. Die Animosität der polnischen Juden war allerdings nicht ganz frei von Neid.

»Aus denen werden Gojim«, sagten die Lodzer Eltern. »Zum Konvertieren erzogen!«

Aber auch die älteren Litwaks, die Jiddisch sprachen und in die Synagoge gingen, wurden von den Einheimischen nicht akzeptiert. Ihr Jiddisch war sonderbar und – wenn sie schnell redeten – völlig unverständlich. Beim Beten und Lernen fehlte ihnen das charakteristisch Jüdische. Wegen des Zustroms waren die Lodzer Synagogen und Lernhäuser überfüllt. Vom frühen Morgen bis zum späten Abend wurden Gottesdienste abgehalten. Wenn das letzte Männerquorum die Morgengebete beendet hatten, begannen andere Juden bereits mit der Nachmittagsandacht.

Traditionsbewußte Lodzer Juden waren empört: Die älteren Litwaks trugen kurze Kaftane, »Melonen« oder weiche Filzhüte. Die jüngeren waren glattrasiert. Beim Beten wiegten sie den Oberkörper nicht. Sie wirkten nicht wie Juden, sondern eher wie Zigeuner. Man munkelte, sie könnten Menschen verhexen. Zog ein Litwak in eine Wohnung ein, dann zogen die Hausbewohner, die es sich leisten konnten, sofort aus. Die Lodzer Juden nahmen keinen Litwak in ein Männerquorum auf. Und die Lodzer Hausfrauen wollten keiner Litwak-Nachbarin einen

Kochtopf leihen, weil sie fürchteten, daß er dann nicht mehr koscher wäre. Lodzer Jugendliche verhöhnten Litwak-Kinder:

»Litwakschwein, he, he, he,
Geh zum Teufel, geh, geh, geh ...«

Aber wenn's ums Geschäft ging, waren plötzlich alle Unterschiede vergessen. Die Zugewanderten hatten in Rußland ausgezeichnete Beziehungen. Im Frühjahr und Herbst fielen ganze Schwärme von russischen Kaufleuten mit Pluderhosen und breiten Bärten in Lodz ein, die am liebsten mit ihren Landsleuten Geschäfte machten. Sie tranken literweise heißen Tee, schleckten Marmelade, spielten Karten und schlossen Handel um Handel ab. Litwaks, die als Handlungsreisende unterwegs waren, verkauften Lodzer Waren von der persischen bis zur chinesischen Grenze und kurbelten die Wirtschaft an.

Die Lodzer Juden machten zwar Geschäfte mit den Litwaks, vermieden es aber, privat mit ihnen zu verkehren. Diese Einstellung beruhte auf Gegenseitigkeit. Litwaks machten sich über die altmodische Kleidung und die Redeweise der Einheimischen lustig und bezeichneten sie als »Itsche-Mayers« – Provinzler, die noch mit Groschen statt mit Rubeln und Kopeken rechneten.

Der Groll der Einheimischen wuchs, als weitere Neuansiedler aus den Dörfern und Städten Litauens nach Lodz strömten, um hier ihren Lebensunterhalt zu verdienen. Im Gegensatz zu ihren lebenslustigen Moskauer Vettern waren die Litauer verbissen, nüchtern und notorisch knauserig. Das einzige, was sie nach Polen mitnahmen, waren ihre Teekessel und ihre Rasiermesser, die sie einmal in der Woche benützten.

Sie taten alles mögliche, um ihr Brot zu verdienen. Sie hausierten mit Nadeln, Schnürsenkeln, Seife und billigen Schuhen. Sie kauften jeden Stoffrest, jeden Fetzen in den Fabriken auf und boten mit rauhem litauischen Akzent ihre Ware auf der Straße feil.

Die ärmeren Lodzer Hausfrauen vermieteten ihnen einen Winkel ihrer Küche als Notquartier. Die Litauer, die jede Kopeke zweimal umdrehten, lebten von Brot und Hering. Sie konnten es nicht fassen, daß es für die polnischen Juden eine Selbstverständlichkeit war, täglich Fleisch zu essen. Sie waren baff, wenn Lodzer Hausfrauen für den Sabbat eine Gans brieten und

Plätzchen backten. Es wunderte sie, daß die polnischen Juden es sich leisten konnten, Lokale zu besuchen, Bier und Schnaps zu trinken, Kichererbsen zu knabbern und Leberhäckerle zu bestellen. Sie staunten, wenn sie erwachsene Frauen in Süßwarengeschäfte gehen und eine Tafel Schokolade kaufen sahen.

»Polnische Vielfraße!« höhnten sie. »Wilde!«

»Litauisches Lumpenpack!« konterten die polnischen Juden. »Borschtsch mit Hering!«

Und obendrein sahen die Zugereisten verächtlich auf die Fabrikarbeit herab und warteten auf etwas Besseres. Weil sie Russisch konnten und etwas von Buchhaltung verstanden, wurden sie von Lodzer Unternehmern in Läden und Kontoren angestellt, wo sie allmählich das einheimische Personal verdrängten. Was die polnischen Familienmütter am meisten ärgerte, war, daß die Zugereisten zwar keine Hemmungen hatten, mit den Töchtern zu scharmutzieren, aber, wenn's ums Heiraten ging, ihre litauischen Liebchen nachkommen ließen – unansehnliche Weibsbilder mit groben Gesichtszügen, kein Vergleich zu den sanften, verhätschelten Lodzer Mädchen.

Bald war die Stadt von den Fremden überschwemmt. Wo sie einzogen, ergriffen die Einheimischen die Flucht. Sie nahmen Anstoß daran, daß die Litwaks barhäuptig herumliefen, am Sabbat russische Lieder sangen und sich überhaupt so ungehobelt und rabaukenhaft benahmen. Haus um Haus, Straße um Straße wurde von ihnen übernommen, und bald waren sie das dominierende Element in der Stadt. Sie errichteten eigene Synagogen und hielten sich einen litauischen Rabbiner, der eher wie ein Priester wirkte.

Nun entspann sich ein Kampf um die Vorherrschaft. Die Sache der Alteingesessenen wurde dadurch geschwächt, daß die Wohlhabendsten und Einflußreichsten unter ihnen dem litauischen Rabbiner zuneigten, der ihrem Wunsch nach einem aufgeklärten, zeitgemäßen geistigen Oberhaupt entsprach. Angeführt wurde diese Kampagne von dem prominenten Gemeindemitglied Maximilian Fliderbaum (früher Mendel Fliderbaum), dem Lodzer Industriemagnaten.

Er hatte schon lange nach einem Rabbiner Ausschau gehalten, den er – ohne ihn als abstoßend und seine Gegenwart als peinlich zu empfinden – zu seinen Abendgesellschaften einladen konnte. Der derzeitige Oberrabbiner war ein Fanatiker mit einem wildwuchernden Bart. Der neue Amtsanwärter sprach Polnisch und Russisch und war mit einem kaiserlichen Orden ausgezeichnet worden. Man erzählte sich sogar, der Zar habe ihm ein goldenes Schwert verliehen – obzwar das noch niemand zu Gesicht bekommen hatte.

Der litauische Rabbiner machte seinen Antrittsbesuch beim Polizeichef und wurde Oberrabbiner von Lodz.

Und nun kamen Lehrer und Buchhalter, Dentistinnen und Hebammen, Prediger und Nähmaschinenvertreter, Versicherungsagenten und Kommissionäre aus allen Teilen des riesigen russischen Kaiserreiches nach Lodz geströmt. Und aus dieser Flut von Neuankömmlingen tauchten an einem eiskalten Wintertag zwei Fremde in Balut auf.

Es war am frühen Abend, und die Juden, die wegen der schneidenden Kälte vornübergebeugt gingen und ihre Bärte unter die Rockaufschläge geschoben hatten, waren gerade auf dem Weg zum Nachmittagsgottesdienst, der zusammen mit der Abendandacht abgehalten wurde.

Die beiden Fremden, die europäische Kleidung, Pelzmützen und darüber einen Baschlik trugen, und an deren Reisetaschen Teekessel hingen, wirkten auf den ersten Blick wie demobilisierte Soldaten. Bei näherem Hinsehen merkte man allerdings, daß sie nichts Militärisches an sich hatten. Der eine war schon in mittleren Jahren; der andere war ein junger Mann, dessen grüblerische Miene ganz und gar nicht wie die eines Soldaten wirkte.

Der Ältere blieb unter einer Laterne stehen und hielt einen Zettel ins trübe Licht.

»Wohin wollen Sie?« fragten Passanten den Fremden.

»Können Sie uns sagen, wie man zu Keile Buchbinders Wohnung kommt?« fragte der Mann mit teils litauischem, teils Lodzer Akzent.

Die Passanten waren verdutzt.

»Keile, die Frau von Tewje, dem Weber«, erklärte der Fremde.

»Warum haben Sie das nicht gleich gesagt? Die Frau von Tewje die-Welt-ist-nicht-gesetzlos? Kommen Sie, wir führen Sie hin. Sie wohnt gleich um die Ecke, im Keller neben der Bäckerei.«

Die beiden hievten ihre Reisetaschen hoch und wollten hinter den Männern hergehen, doch plötzlich drehte sich einer um, sah den älteren Fremden scharf an und schlug die Hände zusammen. »Der Schlag soll mich treffen, wenn das nicht Tewje ist! Sei gegrüßt, Tewje!«

Einige kleine Jungen rannten Tewje voraus und schrien atemlos: »Keile! Dein Mann ist heimgekommen!«

Keile erkannte ihn kaum wieder. Völlig verdattert starrte sie den Fremden an, musterte seinen Begleiter, wurde puterrot und steckte sich den Schürzenzipfel in den Mund. Dann wischte sie hastig eine Bank ab.

Tewje zog sich den Baschlik vom Kopf, aber Keile traute ihren Augen immer noch nicht. Er hatte so gar nichts mehr von dem Mann an sich, den man in jener Nacht von ihrer Seite gerissen hatte.

»Wie ist es dir ergangen, Keile?«

Sogar seine Stimme kam ihr fremd vor. Sie klang merkwürdig scharf, fast wie die eines Litauers. Auch als er bereits ein Kopftuch aus seiner Reisetasche gezogen und ihr als Mitbringsel überreicht hatte, starrte sie ihn unentwegt an. Und sie konnte auch nicht fassen, daß der andere Mann der Rabbinersohn Nissan der Erniedrigte war.

Er sah jetzt ganz anders aus. Älter, größer, stoppelbärtig. Die Haare, die an seinen Schläfen sproßten, erinnerten ein wenig an Pejes. Er sah jetzt tatsächlich seinem Vater ähnlich: das gleiche knochige, asketische Gesicht, die gleichen großen schwarzen Augen, die ins Jenseits zu blicken schienen, als könnten sie himmlische Gefilde sehen, die allen anderen verborgen waren. Nur selten huschte ein Lächeln über sein scharfgeschnittenes, bräunliches Gesicht. Er trug eine schwarze Hose und eine russische Hemdbluse, die nach gojischer Mode am Halsausschnitt mit Stickerei verziert war und von einem bunten Gürtel zusammengehalten wurde. Sein welliges Haar war so kohlschwarz, daß es fast ins Blaue zu spielen schien. Die kräftigen, kühn geschwungenen Brauen, die über der Nasenwurzel zusammengewachsen waren, ließen sein Gesicht streng und abweisend erscheinen.

Und zu alledem zog er auch noch ein Buch nach dem anderen aus seinem Gepäck – engbedruckte russische Wälzer, die er mit der gleichen Ehrfurcht abwischte, mit der fromme Juden ein heiliges Buch in die Hand nehmen. Wenn er etwas sagte, redete er mehr russisch als jiddisch.

»Ich kann aus keinem einzigen Wort schlau werden«, beklagte sich Keile.

Ebenso verwundert waren die anderen Baluter. Von überallher kamen Leute angerannt. Die Männer begrüßten die beiden. Die Frauen musterten sie von Kopf bis Fuß. Die Kinder begafften sie mit offenem Mund, den Finger in die Nase gebohrt.

Heimgekehrte Soldaten wurden genauso begrüßt, aber die hatten nach ein paar Tagen, wenn sie wieder jüdische Kleidung trugen, ihren Bart wachsen ließen und sich den ausländischen Akzent abgewöhnt hatten, nichts Fremdes mehr an sich. Diese beiden Heimkehrer dagegen hatten offenbar nicht vor, zu den guten alten Bräuchen zurückzukehren.

Am Sabbat, als die Gemeinde Tewje die Ehre zugedacht hatte, die Toralesung vorzunehmen, kam er gar nicht zum Gottesdienst. Da man annahm, er bete zu Hause, sprachen einige Männer dort vor, um ihn zu der Benediktion anläßlich seiner Rückkehr einzuladen. Daraufhin teilte ihnen Keile mit, daß Tewje und Nissan den Sabbat nicht mehr feierten. »Die mauscheln bloß noch miteinander, lesen Bücher und laufen barhäuptig herum wie Gojim.«

»Die sind richtige Litwaks geworden«, sagten fromme Juden seufzend. »Haben Gott vergessen . . .«

Zunächst vermuteten die Baluter, die beiden hätten aus Rußland Zaster mitgebracht. Es war schon öfter vorgekommen, daß Verbannte mit einem ganzen Bündel Geld aus Sibirien zurückgekehrt waren und daß man ihnen deshalb ihr unjüdisches Gebaren verziehen hatte. Als Tewje aber gleich wieder in der Fabrik zu arbeiten begann und Nissan armen Familien Russischunterricht gab, kamen die Baluter zu dem Schluß, daß die beiden bloß armselige Ketzer seien, die sich nicht nur diese, sondern auch die kommende Welt verscherzt hätten. Und schon hatte man die beiden abgeschrieben.

Es dauerte nicht lange, bis Burschen und Mädchen, die höchst sonderbar aussahen, sich in Tewjes Kellerwohnung versammelten. Sie waren mit der Einwandererwelle aus Rußland und Litauen nach Lodz gekommen. Die jungen Männer hatten Strubbelköpfe, trugen Brillen, russische Hemdblusen und Schlapphüte. Die Mädchen hatten kurzgeschnittene Haare, benahmen sich ruppig und rauchten Zigaretten. Was sie in Tewjes Keller trieben, wußte niemand, aber daß sie sich dort nicht zum Beten trafen, war allen klar. Bald fanden sich auch junge Baluter Weber dort ein, zumal am Sabbat und an Feiertagen. Die Nachbarn wollten Keile ausfragen, aber auch sie konnte keine Auskunft geben.

»Die reden und reden und lesen Bücher. Ich verstehe kein Wort von ihrem Geschwafel.«

Jeden Sabbat verlor die Gemeinde »Freundesliebe« weitere junge Mitglieder, die lieber in Tewjes Kellerwohnung gingen. Tewje, der einstige Synagogen-Vorleser, und Nissan, der Rabbinersohn, berichteten ihnen erstaunliche Dinge, die ihnen anfangs unglaubhaft, aber je länger sie darüber nachdachten, um so überzeugender erschienen.

Er erzählte ihnen vom Leben der Arbeiter in den litauischen Städten, ihrem Kampf gegen die Unternehmer, ihrer Solidarität und ihrem finanziellen Beitrag zum Kampf gegen die Ausbeuter.

Die jungen Weber im Sabbatkaftan brachten vor Staunen den Mund nicht mehr zu. Sie versuchten, sich mit all den neuen Ideen vertraut zu machen. »Wir wollen auch Geld dafür aufbringen! Wir schwören, daß wir unsere Beiträge pünktlich bezahlen!«

Nissan sprach über erhabenere Themen: die Französische Revolution, die sozialistische Bewegung im Ausland, den Heldenmut der russischen Kämpfer für Gleichberechtigung, die Fehde zwischen Kapital und Arbeit. Und zwischendurch kam er auch auf naturwissenschaftliche Themen und auf die Geschichte der Völker und Rassen zu sprechen. Mit der Hingabe und Überzeugungskraft des erfahrenen Redners erklärte er den erschöpften, geknechteten Arbeitern in leicht verständlichen Worten, was in der großen Welt jenseits von Balut vor sich ging. Mit glänzenden Augen hörten ihm die Weber zu.

»Wie wahr! Perlen der Weisheit ...«

In dem düsteren Keller spürten sie ihre Bedeutungslosigkeit dahinschwinden und ihre Lebensgeister erwachen. Zum ersten Mal erlebten sie, daß ihnen die Nichtigkeit und Eitelkeit ihres Daseins nicht eingehämmert wurde, wie es die Prediger und Rabbiner unentwegt taten. Hier wies man sie auf ihre Stärke und ihren Wert hin. Ihr Leben schien einen neuen Sinn zu bekommen, und dieses Gefühl verstärkte sich, als Tewje und Nissan sie ins Vertrauen zogen und zu Mitwissern ihrer Konspiration machten. Allein schon dieses Wort, so fremd und geheimnisvoll, ging ihnen durch Mark und Bein. Sie nahmen die Flugschriften und Broschüren mit, die von Tewjes Anhängern verteilt wurden. Und wenn sie sich nach der geisttötenden täglichen Plackerei auf Stoffbündeln ausstreckten, drehten sie die Dochte der qualmenden Kerosinlampen herunter, damit der Dienstherr nichts merkte, und verschlangen den Text der schlechtgedruckten Broschüren.

Tewje organisierte Studiengruppen, rekrutierte neue Genossen und sammelte bei den Webern Zehngroschenstücke für den Arbeiterfonds ein. Auch die alten, von der lebenslangen Schufterei ausgepumpten Weber zahlten jeden Freitag ihren Beitrag. Jeden Sabbat war Tewjes Kellerraum so überfüllt, daß es für viele, die teilnehmen wollten, nicht einmal mehr einen Stehplatz gab. Junge Weber gingen samstags nicht mehr draußen auf den Wiesen und Feldern spazieren, sondern saßen in Tewjes Keller, um zuzuhören und die neue Tora zu lernen.

Wie die Kreise, die ein ins Wasser geworfener Stein zieht, breiteten sich die Studiengruppen in ganz Lodz aus. Um die neuen Ideen zu diskutieren, trafen sich Arbeiter in Teestuben oder im Konstantiner Wald, meistens aber bei Feiwel dem Lumpenhändler, dessen große Wohnräume vom Boden bis zur Decke mit Büchern vollgestopft waren.

Feiwel hatte keinen Respekt vor den Arbeitern. Was verstanden diese Tölpel denn schon von Aufklärung und Häresie? Er setzte sich nicht mit den Unternehmern, sondern mit Gott auseinander. Und da er ja selber junge Arbeiterinnen zum Lumpensortieren hatte, war er ein Unternehmer wie alle anderen. Die Theorien, die Nissan aus dem Ausland mitgebracht hatte, bedeuteten Feiwel nichts. Er wollte bloß eines wissen: »Verbreitest du ketzerische Ideen oder nicht?«

»O ja, Reb Feiwel. Und ob!«

»Dann ist mein Haus dein Haus.« Ein Netz von Schmunzelfältchen zog sich über Feiwels Gesicht. Und von nun an wimmelte es an heiligen Tagen in seinem großen, unordentlichen Haus von Menschen.

Nissan schaffte es sogar, etliche ungeratene Jeschiwaschüler für die Sache der Arbeiter zu gewinnen. Er wußte aus eigener Erfahrung, wie man ihnen am besten beikommen konnte. Er wußte, wie wissensdurstig sie waren, erteilte ihnen Unterricht in Russisch, Mathematik, Naturwissenschaft und Geschichte und führte sie gleichzeitig an andere Lehren heran – tiefschürfende, verbotene, aber schlüssige Ideen, die die emotionalen und intellektuellen Bedürfnisse der jungen Schriftgelehrten befriedigten.

Während der jahrelangen Verbannung hatte er sich ein umfangreiches Wissen angeeignet – teils von verbannten Universitätsstudenten, teils durch Selbststudium. Mit dem gleichen fanatischen Eifer wie sein Vater ging er den Dingen auf den Grund. Und wie sein Vater kritzelte er in winziger Schrift Randbemerkungen und Fußnoten in die Bücher.

Er hatte sich sofort stark angezogen gefühlt von der Lehre Karl Marx', die damals in Rußland noch nicht weit verbreitet, von den jüdischen Revolutionären in den litauischen Städten aber begeistert aufgenommen worden war. Ihm schien es, als könnte diese scharfsinnige, schlüssige und geradlinige Lehre ihm all die Fragen beantworten, die ihn unaufhörlich bedrängten. Er hütete sein Exemplar des *Kapitals* wie seinen Augapfel und trug es – wie sein Vater den Gebetsmantel und die Gebetsriemen – ständig bei sich. Und so fest sein Vater davon überzeugt war, daß die Tora nicht nur zur eigenen Erbauung studiert, sondern verbreitet werden müsse, so fest war Nissan überzeugt, daß er dazu berufen sei, die neue Tora zu verbreiten und jeden verächtlich zu machen, der nicht an ihre Wahrheit glaubte. Schon in der Verbannung hatte er mit kühler Logik die albernen romantischen Ideen der Narodniki heruntergemacht und jeden mit Hohn und Spott übergossen, der dem Propheten Marx zu widersprechen wagte.

Und nun war er eifrig bemüht, im Hause Feiwels des Lumpenhändlers die Jeschiwaschüler zu bekehren. Und sie – nach jahrelangem Studium empfänglich für philosophische Ideen und abstrakte Vorstellungen – wurden gläubige Anhänger der neuen Lehre. Feiwel strahlte durch alle Büschel und Borsten seines Krausbartes. Er war so stolz auf Nissan, als wäre dieser sein Sohn. Er teilte Zigaretten aus. »Zündet sie an, Burschen! Am Schabbes rauchen ist eine Lust!«

In den Fabriken wurden neue Lieder gesungen, Schmählieder auf den Zaren, die die Werkmeister erbleichen ließen. »Ihr Faulenzer! Die Wände haben Ohren! Euretwegen wird man uns alle in Ketten nach Sibirien schicken!«

Noch wütender wurden sie, wenn in den neuen Liedern üble Anspielungen auf sie selbst und die Unternehmer gemacht wurden. »Das Maul soll euch nach hinten gedreht werden, weil ihr nach der Hand schnappt, die euch ernährt!«

Die Schmählieder sprangen wie Funken von einer Fabrik auf die andere über. Die Unternehmer drohten den jungen Arbeitern an, sie bei ihren Vätern und dem Rabbiner zu verklagen, doch das war den Burschen piepegal. »Wir sind jetzt unser eigener Herr!« So aufmüpfig war in Lodz noch nie geredet worden.

Es kam so weit, daß die jungen Weber die Anordnungen ihrer Dienstherren nicht mehr befolgten. Sie weigerten sich, Ware auf dem Rücken zu schleppen. Und sie wollten keine Überstunden mehr machen. »Jetzt reicht's!« erklärten sie. »Jetzt wird Feierabend gemacht!«

Saisonarbeiter kuschten nicht mehr vor ihren Arbeitgebern. Sie weigerten sich, den Abfall hinauszutragen und den am Freitag vorbereiteten Tscholent für den Sabbat zum Warmhalten zum Bäcker zu bringen. In den Synagogen seufzten die Väter über die sündhafte Generation, die gegen die Eltern rebellierte.

»Sie trotzen Gott und dem Messias!«

»Sie schmähen den Zaren!« flüsterten andere und spähten um sich. »An allem sind die Litwaks schuld«, sagten fromme Juden verbittert. »Ein verfaulter Apfel verdirbt den ganzen Scheffel.«

In Balut tauchten jetzt öfter als sonst Polizisten auf und spähten mißtrauisch durch die offenen Fabriktore. »Na wartet, ihr Judenbengel!« Sie drohten mit der Faust, zogen dann aber, ohne einen Fang gemacht zu haben, wieder ab.

27

Die Voraussage des Warkaer Rebbe, die Abraham Hersch Aschkenasi so beunruhigt hatte, erfüllte sich. Nachdem sein älterer Zwillingsbruder abtrünnig geworden war, gab auch Jakob Bunim die jüdische Lebensweise auf.

Solange sein Vater noch lebte, nahm er Rücksicht auf ihn. In Warschau trug er europäische Kleidung und trieb sich in den Kabaretts herum, kam er aber auf Besuch nach Lodz, dann kleidete er sich nach jüdischer Tradition und begleitete seinen Vater sogar zum Hof des Rebbe von Warka. Als Abraham Hersch ganz unerwartet an einem Herzschlag starb, wechselte Jakob Bunim gleich nach Ablauf der Trauerzeit vollends über und nahm den polnischen Namen Jakub an.

Simcha Meir (der sich jetzt »Max« nannte) war trotz aller Abweichungen ein typischer Chassid geblieben. Er führte noch immer Selbstgespräche, zupfte an seinem Bärtchen, redete in einer Art Singsang (allerdings auf deutsch), antwortete auf Fragen mit Gegenfragen, brach oft mitten im Wort ab und erging sich gern in Anspielungen. Seine Gesprächspartner faßte er immer noch am Rockaufschlag, an den Knöpfen oder am Bart, und wenn sie bartlos waren, machte er trotzdem ganz instinktiv diese Handbewegung. Seine Rockaufschläge und seine Weste waren immer mit Asche übersät. Seine Krawatte saß ständig schief. Nach europäischer Mode trug er jetzt zwar einen breitkrempigen weichen Filzhut oder einen Zylinder, aber er schob sich diese Kopfbedeckungen so weit aus der Stirn wie früher seinen chassidischen Hut. Die karierten englischen Anzüge, in denen er distinguiert und elegant erscheinen wollte, nahmen an seiner Figur mit den hängenden Schultern rasch die Form eines chassidischen Kaftans an.

Im Gegensatz zu ihm war Jakob Bunim (oder »Jakub«) geradezu geschaffen für die moderne Garderobe. In seiner fast bohemienhaften Kleidung machte er eine glänzende Figur. Und auch der schwarze Spitzbart verlieh seiner Erscheinung etwas Verwegenes, Lässig-Elegantes, Unjüdisches. Mit seinem Zylinder, dem schwarzen Cape, den weißen Handschuhen und dem Spazierstock hätte man ihn für einen von Haus aus reichen Kunstmäzen halten können.

Wie früher bei den Kindern im Hof seines Vaters war er jetzt bei den Erwachsenen ungeheuer beliebt. Es bereitete Max Aschkenasi schlaflose Nächte, daß sein Zwillingsbruder so ein Glückspilz war.

Zum einen konnte er ihm wegen der väterlichen Erbschaft nicht verzeihen. Gleich nach den Tagen der Trauer um seinen abtrünnigen Sohn hatte Abraham Hersch dessen Namen aus seinem Testament gestrichen und Max keinen Pappenstiel hinterlassen. Jetzt fiel Jakub und den Schwestern also die gesamte Erbschaft zu – ein Betrag, der bedeutend höher war, als Max vermutet hatte. Allein schon Jakubs Anteil ging in die Zehntausende.

Max kochte vor Zorn. Er hatte bei der Beerdigung seines Vaters tiefe Trauer zur Schau gestellt. Er hatte den Rockaufschlag seines nagelneuen Anzugs zerrissen und sogar die sieben Trauertage eingehalten. Aber als er dann bei den Erben seinen Anspruch anmelden wollte, hatten sie ihn keines Wortes gewürdigt. Und obendrein war er ihnen noch einen Teil des Geldes schuldig, das er sich geliehen hatte, um es den Brüdern Huntze vorzustrekken. Obwohl kein Gericht zu seinen Gunsten entschieden hätte, wandte er sich wegen einer eventuellen Anfechtung des Testaments an die Rabbiner. Diesmal jedoch blieb seine altbewährte Vernebelungstaktik ohne Erfolg, und am Ende ging er tatsächlich leer aus.

Zum anderen wurmte es ihn, daß die Abkehr von der Jüdischkeit seinem Bruder so wenig Schwierigkeiten bereitet, in seinem eigenen Fall hingegen so viel Animosität und Unwillen erregt hatte. Er empfand es als bittere Ungerechtigkeit, daß alles, was er sich schwer erkämpfen mußte, Jakub einfach in den Schoß fiel. Sein Bruder mußte unter einem Glücksstern geboren sein. Er war ansehnlich, reich und beliebt. Er verkehrte in den wohlhabendsten Kreisen – ein Privileg, das Max sich in seinen kühnsten Träumen nicht erhoffen konnte.

Jakub verbrachte jetzt mehr Zeit in Lodz als in Warschau. Er hatte ein schönes Absteigequartier im schicksten Hotel der Stadt, fuhr in einer prächtigen Kutsche durch die schlechtgepflasterten Straßen und grüßte die Passanten mit der Jovialität eines Fürsten. Im Nu hatte er sich in der Lodzer Lebewelt etabliert und verkehrte mit Künstlern, Schriftstellern und Schauspielerinnen. Er war Stammgast in den besten Restaurants, in Theatern, Kabaretts und Nachtlokalen. Türsteher und Oberkellner begrüßten ihn mit Namen. Damen warfen ihm feurige Blicke zu.

Perle war das genaue Gegenteil ihres Mannes. Er liebte das Leben, sie versteckte sich davor. Ständig war sie kränklich, sauertöpfisch, deprimiert. Für die materiellen Genüsse, die sie, die schwerreiche Frau, sich hätte leisten können, hatte sie nichts übrig. Und wenn andere Spaß daran fanden, nahm sie es ihnen übel. Sie betete ihren Mann an, konnte aber nicht mit ihm Schritt halten. Seine Lebenslust und seine überschäumend gute Laune waren ihr unerträglich. Wenn sie keinen Bissen hinunterbrachte, machte er sich heißhungrig über das Essen her. Wenn sie sich trotz ihrer Schlafmittel im Bett herumwälzte, schnarchte er die ganze Nacht und trieb sie damit zur Verzweiflung. Dann stupste sie ihn, bis er aufwachte.

»Jakub! Wie kannst du bloß so fest schlafen, wenn ich kein Auge zutun kann?«

Sie konnte die Leute, die seine Gesellschaft suchten, nicht ausstehen, und es paßte ihr auch nicht, daß er zu jedermann so liebenswürdig war. Auf jeden war sie eifersüchtig – auf die Frauen, die er grüßte, indem er lässig an seinen Hut tippte; auf die Schauspielerinnen, denen er im Theater begeistert applaudierte. »Und wer ist dieses kokette Frauenzimmer?« fragte sie dann jedesmal mit zusammengekniffenen Augen und schäumend vor Eifersucht.

Sie weigerte sich mitzukommen, wenn er ausgehen wollte, bekam aber hysterische Anfälle, wenn er ohne sie wegging. Und darum zog es ihn immer wieder nach Lodz, in dessen ungestümer Atmosphäre und knallbuntem Milieu er seiner Sinnenfreude frönen konnte.

Die Frauen – Nachtclubsängerinnen ebenso wie gelangweilte junge Ehefrauen – fühlten sich von ihm angezogen. Wenn sie in der Piotrkower Straße flanierten, preschte er in seiner Kutsche an ihnen vorbei und tippte an seinen Hut. Mit besonderem Elan grüßte er seine Schwägerin Dinele, wenn er sie und ihre Mutter in ihren hohen Federhüten irgendwo auf der Straße entdeckte.

So erwartungsvoll wie früher, als er sich danach gesehnt hatte, sie aus der Schule kommen zu sehen, kutschierte er jetzt die Piotrkower Straße auf und ab und hielt Ausschau nach Dinele. Er hatte nie vergessen können, wie sie als kleines Mädchen, wenn er sie huckepack trug, die Arme um seinen Hals geschlungen und ihn bewundernd angelacht hatte.

Er konnte es seinem Bruder nicht verzeihen, daß er ihm die »Braut« seiner Träume weggenommen hatte. Er war nicht glücklich mit seiner Frau, die nicht imstande war, das Leben zu genießen, und die das auch keinem anderen zugestehen wollte. Er hielt Ausschau nach Dinele, weil er hoffte, ihr durch seinen Gruß irgendwie zeigen zu können, was er für sie empfand. Dinele wiederum versuchte es so einzurichten, daß sie ihn zu sehen bekam: Er war jetzt genauso attraktiv und fesch wie ihre Romanhelden.

Nach dem Zerwürfnis mit ihren Eltern hatte Max eine Wohnung für sich und seine Familie gemietet. Auch er hatte sich verändert. Er kleidete sich weltmännisch, sprach deutsch mit ihr und nannte sie Diana statt Dinele. Aber sie fand es nach wie vor unerträglich, wenn er bei den Mahlzeiten das Tischtuch bekleckerte, Zahlen vor sich hin murmelte, rechnete und keinen Moment stillsitzen konnte.

»Wo rennst du denn jetzt schon wieder hin?« fragte sie, wenn er vom Tisch aufstand. »Du hast deine Nachspeise noch nicht gegessen.«

Und noch immer versuchte sie, ihm die Angewohnheit auszutreiben, jedes Tischtuch und jede Serviette, die er in die Hand bekam, vollzukritzeln. »Du solltest dir an den Tischmanieren deiner Kinder ein Beispiel nehmen!«

»Kinder?« fragte er ganz verdutzt.

Max Aschkenasi vergaß oft, daß er Kinder hatte – einen Sohn und eine Tochter. Er sah sie selten und unterhielt sich kaum je mit ihnen. Wenn sie auf seinen Knien Hoppe-hoppe-Reiter machen oder von ihm in die Luft geworfen werden wollten, knurrte er: »Ich hab' schrecklich viel zu tun«, und scheuchte sie zur Mutter.

Ihn interessierte nur, wie sie in der Schule vorankamen, besonders der kleine Isaak, den er »Ignaz« nannte. »Zeig mir dein Zeugnis, Junge! Ich möchte sehen, ob du gute Noten hast.«

Etwas zögernd holte der Junge sein Zeugnis. Max riß es ihm aus der Hand, warf einen Blick auf die Noten und schnitt eine Grimasse, weil sie so katastrophal waren. Am schlechtesten hatte Ignaz im Rechnen abgeschnitten.

»Es ist mir unverständlich, warum der Junge nicht *mir* nachgerät«, sagte Max und warf seiner Frau einen ärgerlichen Blick zu.

Die kleine Gertrud, die ihrer Mutter wie aus dem Gesicht geschnitten war, zeigte ihr Schulzeugnis gern her. Sie war ein begabtes Kind und konnte wunderschöne Blumen und Schmetterlinge malen. Aber für dergleichen hatte ihr Vater, der von Mädchen ohnehin nicht viel hielt, wenig Sinn.

»Sehr nett«, war alles, was er dazu sagte.

Den Kindern war er im Grund genauso fremd wie sie ihm. Sie lachten, wenn er vor sich hin murmelte, sich am Bart zupfte, auf dem Tischtuch herumkritzelte, geräuschvoll in seinen Zähnen stocherte. Dinele schalt mit ihnen. Es ärgerte sie, wenn andere ihn komisch und widerwärtig fanden, denn das setzte ja auch sie, die Tochter Chaim Alters, in ein schlechtes Licht. Sie achtete darauf, daß er präsentabel aussah, wenn er aus dem Haus ging.

»Simcha Meir, schau dich doch an! Wie unordentlich du wieder aussiehst!«

Obwohl er seinen abgelegten chassidischen Namen verabscheute – zumal wenn seine Frau ihn aussprach –, war er froh, daß sie auf sein Aussehen achtete. »Bring's in Ordnung, Diana. Ich komme mit dem Krawattenknoten einfach nicht zurecht.«

Sie schlang ihm die Krawatte und bürstete ihm die Asche vom Revers, aber wenn er ihr den Arm um die Hüfte legen wollte, wich sie zurück und sah ihn so abweisend an, daß ihm das Blut in den Adern gefror. Niedergeschmettert von so viel Verachtung, ließ er den Arm sinken.

Sie weigerte sich hartnäckig, ihn mit seinem neuen Namen anzureden und deutsch mit ihm zu sprechen. Sogar wenn Gäste da waren, beharrte sie, zu seinem großen Mißfallen, darauf, jiddisch zu sprechen. Jeden in dieser neiderfüllten Stadt hatte er buchstäblich dazu gezwungen, Respekt vor ihm zu haben – nur bei seiner eigenen Frau gelang es ihm nicht. Sie war weder von seiner Geschäftstüchtigkeit noch von seinem raschen Aufstieg beeindruckt. Sie hörte gar nicht zu, wenn er sich mit seinen neusten Erfolgen brüstete.

»Wirf deine Zigarrenstummel nicht auf den Boden!« unterbrach sie ihn mitten im Satz. »Und laß keine Asche aufs Tischtuch fallen! Benütz den Aschenbecher, wie sich's gehört!«

Und trotz seines ständigen Drängens unternahm sie nicht das geringste, um eine Dame der modernen Lodzer Gesellschaft zu werden. Nicht einmal die traditionelle Perücke, die sie doch von jeher verabscheut hatte, wollte sie ablegen. Er konnte ihre Einstellung nicht verstehen. »Was ist los – bist du plötzlich fromm geworden? Die Perücke steht dir doch gar nicht!«

»Ich finde, sie steht mir.«

Wenn er seine neureichen Freunde besuchte, ging sie nicht mit, sondern beschäftigte sich mit den Kindern, dem Haushalt und vor allem mit ihren Büchern. Sie hatte nie aufgehört, mit ihren Romanhelden und -heldinnen ein Leben aus zweiter Hand zu führen. Sie war beglückt über deren Freuden und bekümmert über ihr Leid.

Bei ihren Eltern verbrachte sie mehr Zeit als in ihrem eigenen Heim, und Tag für Tag ging sie mit ihrer Mutter spazieren. In ihrer eleganten Aufmachung waren die beiden kaum voneinander zu unterscheiden. Man hätte sie für Schwestern halten können.

Priwe war in den vergangenen Jahren kaum gealtert. Obwohl sie schon Großmutter war, drehten sich die Männer immer noch nach ihr um. Nach wie vor konnte sie an keinem Geschäft vorbeigehen, ohne irgend etwas zu kaufen. Sogar in den Süßwarenladen, in dem sie sich Schokolade kaufte, schleppte sie ihre Tochter mit.

Es wurmte Max, daß seine Frau so an ihren Eltern hing. Er fühlte sich von ihnen um etwas beraubt, das sein rechtmäßiges Eigentum war. Wenn sie zu ihnen ging, sagte er jedesmal: »Schon wieder zu deiner Mutter? Ich möchte bloß wissen, warum es dich so dorthin zieht.«

Er war sich nicht ganz sicher, ob sie ihren Eltern Geld zusteckte oder nicht, aber er wollte nicht danach fragen, um sie nicht zu vergrämen. Ihm war sehr daran gelegen, Dinele ihrer Mutter abspenstig zu machen und sie in den Kreis seiner neuen Bekannten zu ziehen. Sie war immerhin mit einem der wichtigsten Männer in Lodz verheiratet. Und ihm selbst konnte es ja nur nützen, sich mit einer Schönheit sehen zu lassen, um die andere Männer ihn beneideten.

Aber sie wollte nicht. Und darum stürzte er sich um so verbissener in die Arbeit, kam spät nach Hause und ging schon vor Tagesanbruch wieder weg.

Er wurde immer reicher, fand aber keine innere Befriedigung. Er grollte seinen Schwiegereltern, seinen Schwestern und vor allem Jakub, der schon wieder in Lodz Furore machte. Max konnte hingehen, wo er wollte – überall wurde von dem ausschweifenden Leben seines Bruders gesprochen.

»Der wird eines Tages betteln gehen müssen«, unkte er. »Es ist nur eine Frage der Zeit.«

Doch Jakub blieb sein Glücksstern treu. Irgendwie schaffte er es, Beziehungen zu Maximilian Fliderbaum anzuknüpfen und – nach etlichen Kartenpartien, Gelagen und Bällen – zum Generalvertreter der Firma Fliderbaum ernannt zu werden.

Max wurde leichenblaß, als man ihm voller Schadenfreude vom neusten Triumph seines Bruders berichtete. Vor Aufregung verfiel er vom Deutschen ins altgewohnte Jiddisch. »Das ist erstunken und erlogen!«

Direkt gegenüber von Max' Kontor eröffnete Jakub sein Kontor und Lagerhaus. Er scheute keine Kosten und ließ Schilder aufstellen, auf denen sämtliche Medaillen und Ehrenurkunden der Firma Fliderbaum abgebildet waren – und dazu das Markenzeichen: ein Anker, gekreuzt mit einem Schlüssel. Ein livrierter Lakai bewachte das Portal und stand stramm, wenn der neue Generalvertreter in seiner prächtigen Kutsche vorfuhr, die er nach neuster Lodzer Mode selbst lenkte, während der Kutscher neben ihm saß.

Um sich diesen Anblick zu ersparen, ließ Max an sämtlichen Fenstern seines Kontors grüne Vorhänge anbringen. Aber wo er ging und stand, stieß er auf riesige Anzeigen mit dem Namen Jakub Aschkenasi.

»Der setzt die ganze Stadt in Staunen!« bekam er zu hören, wenn man ihm von den täglichen Erfolgen und nächtlichen Eroberungen seines Bruders erzählte. Aber Jakub standen noch erstaunlichere Triumphe bevor.

28

Im strahlend beleuchteten, von Musik durchfluteten Palais Fliderbaum war eine glänzende Gesellschaft versammelt. Man hatte einen guten Grund zum Feiern: Der neuernannte Gouverneur, Herr von Müller, hatte geruht, bei seinem Antrittsbesuch in Lodz dem Palais Fliderbaum den Vorzug vor dem Palais Huntze zu geben.

Schon seit Jahren kämpften die beiden Familien erbittert um die gesellschaftliche und wirtschaftliche Vormachtstellung. So genau ältere deutsche Einwohner sich an Heinz Huntzes bescheidene Herkunft entsinnen konnten, so genau erinnerten sich ältere jüdische Einwohner daran, wie Mendel Fliderbaum als strammer junger Bursche nach Lodz gekommen war – mit schweren Stiefeln, die eisenbeschlagene Absätze hatten, und einem Stock in der Hand, um gojische Schafhirten und Hunde zu verscheuchen, die mit vereinten Kräften jeden vorbeikommenden Juden belästigten. Er hatte den ganzen Weg von seinem Heimatdorf Wulka bis nach Lodz zu Fuß zurückgelegt und wollte hier sein Glück machen.

Sein Vater, der Gastwirt des Dorfes, hatte seine Existenzgrundlage verloren, als jemand für die vom Gutsherrn erteilte Genehmigung, das Gasthaus zu betreiben, mehr Geld als er geboten hatte. Als er seine Frau und das Dutzend Kinder nicht mehr ernähren konnte, machte er sich mit Mendel, seinem ältesten Sohn, einem Laib Käse und einer Flasche Honig auf den Weg nach Kazimierz, um sich beim Rebbe Rat zu holen. Der Rebbe nahm den Käse und den Honig entgegen, erbat Gottes Segen für Vater und Sohn, wünschte ihnen Glück für alle weiteren Vorhaben und gab jedem ein Dreikopekenstück, das sie, außer am Sabbat und an den Feiertagen, immer bei sich tragen sollten.

Der Vater zog über Land und kaufte bei den Bauern Wolle und Flachs auf. Mendel sollte ihm dabei helfen, doch der wollte höher hinaus. Der kräftige, breitschultrige Bursche, der die schwersten Fässer stemmen und die widerspenstigsten Randalierer aus dem Wirtshaus hinausbefördern konnte und der vor Lebenslust überschäumte, fühlte sich zu größeren Aufgaben bestimmt, als einen Trödlersack durch die Dörfer zu schleppen.

Von Juden, die im Gasthaus abstiegen, hatte er so viel über Lodz und die rasante Entwicklung dieser Stadt gehört, daß es ihn reizte, dort sein Glück zu versuchen. Er packte seinen Gebetsschal, die Gebetsriemen und einige geflickte Hemden in ein Bündel, außerdem einen Laib Brot, ein Stück Hartkäse, Schalotten, etwas Salz und ein Klappmesser, das ein Goi, der seine Rechnung nicht bezahlen konnte, im Gasthaus hinterlassen und dessen Klinge Mendel in den Erdboden gesteckt hatte, damit sie nach einigen Tagen vorschriftsmäßig koscher sein würde.

Mit diesem Bündel, einem kräftigen Stecken und ein paar Münzen, die in ein rotes Kopftuch eingeknüpft waren, machte er sich auf die Wanderschaft. Er briet sich auf den Feldern Kartoffeln, schlief in Scheunen oder im Freien und wanderte der fremden, faszinierenden Stadt entgegen, in der er sich eine Existenz gründen wollte.

Genauso hatten ihn die Lodzer Juden in Erinnerung behalten.

Heinz Huntze hatte ihm seinen Aufstieg nie verzeihen können und ihn stets mit seinem jüdischen Vornamen angeredet. »Wie geht's, Mendel?« rief er ihm jedesmal zu, wenn sie beide in ihren Kutschen aneinander vorbeifuhren. »Ich kann Ihnen ein paar hübsche Reste verkaufen – spottbillig!«

»Und ich kann Ihnen meine Pferde verkaufen. Ich lege mir ein neues Gespann zu und überlasse Ihnen meines für einen Spottpreis.«

Jahrelang hatten die beiden solche Sticheleien ausgetauscht, einander allerlei Streiche gespielt und sich nach Kräften bemüht, den anderen zu blamieren. Huntze übertraf Fliderbaum zwar hinsichtlich des Umfangs der getätigten Geschäfte, doch in puncto luxuriöser Lebensstil wurde er von Fliderbaum in den Schatten gestellt.

An ein Adelsprädikat für Fliderbaum war wegen dessen Religion gar nicht zu denken, aber er trug den St.-Anna-Orden direkt neben der Glücksmünze, die ihm der Rebbe von Kazimierz vor vielen Jahren geschenkt hatte. Und er war stolz auf den Titel »Verdienstvoller Bürger«, der ihm vom Kaiserlichen Hof verliehen worden war und den er seinen Nachkommen vererben konnte. Und stolz war er auch auf die Gold- und Silbermedaillen, mit denen seine Fabrik ausgezeichnet worden war und die sein Briefpapier zierten.

Um Huntze noch neidischer zu machen, ließ er sein Palais häufig neu ausstatten, hatte er stets prächtigere Gespanne, größere und edlere Rassehunde, kostspieligere Weine und – bei Bällen und anderen Festlichkeiten – vornehmere Gäste als Huntze. Seit er als Kind von seinem Vater ins Herrenhaus des Gutsbesitzers mitgenommen worden war, hatten ihn Reichtum und Luxus magnetisch angezogen. Nie hatte er vergessen, wie sein Vater sich vor dem Gutsherrn verbeugt und den Saum seines Gehrocks geküßt hatte. Und seit er selbst reich geworden war, tat er alles, um die Gojim zu übertreffen. Er hatte sich sogar einen üppigen Schnurrbart wachsen lassen, dessen Enden er nach echt polnischer Manier zwirbelte. Und er gab, genau wie der Landadel, ein Vermögen für Pferde aus und unterhielt einen eigenen Rennstall und ein Heer von Zureitern und Jockeys. Es kostete Unsummen, aber seine Pferde waren die besten in Polen und ernteten viel Lob in den Zeitungen.

Obwohl er eine eingefleischte Abneigung gegen Hunde hatte, erwarb er die edelsten Jagdhunde, die von den Gutsbesitzern gezüchtet wurden, und besaß die beste Meute in der ganzen Gegend. Er kaufte die Landgüter verarmter Adliger auf und lud den Gouverneur und hohe Beamte und Offiziere zur Jagd ein.

Und obwohl er kein Blut sehen konnte, zwang er sich dazu, ein guter Schütze zu werden, und metzelte in seinem Jagdrevier Unmengen von Hasen, Wildenten und Füchsen nieder. Seine Wildhüter, die forstgrüne Uniformen trugen und Federn am Hut stecken hatten, bliesen das Halali, und Diener brieten das abgeschlachtete Wild über dem offenen Feuer, damit die Herren ein Jagdpicknick abhalten konnten.

In der Wintersaison wurden im Palais Fliderbaum regelmäßig Bälle veranstaltet. Der Hausherr zwirbelte seinen Schnurrbart und tanzte, so selbstsicher wie ein Blaublütiger, Mazurka und Polonaise. Im Gegensatz zu Huntze schlüpfte er, ohne seine bescheidene Herkunft zu verraten, in seine neue Rolle. Aber trotz aller Assimilation lebte er in Ehrfurcht vor dem Gott der Juden und trachtete danach, die zahlreichen Sünden, die er begangen hatte, vor Seinem Angesicht abzubüßen.

Er war überzeugt, daß er seinen Aufstieg zu Reichtum und Macht dem Dreikopekenstück verdankte, das ihm der Rebbe von Kazimierz als Glücksmünze geschenkt hatte, und ihn peinigte der Gedanke, daß er, statt diese Schuld so zurückzuzahlen, wie es sich gehört hätte, seinen Bart abrasiert, den Sabbat entheiligt, verbotene Speisen gegessen, Ehebruch und unzählige andere Verstöße gegen die Gebote Gottes begangen hatte.

Als gewiefter Geschäftsmann wußte er, daß Einnahmen und Ausgaben ausgeglichen sein müssen. Gott hatte ihm so viel Erfolg beschieden – wie aber hatte er sich dafür erkenntlich gezeigt? Das Leben eines frommen Juden konnte er nicht führen, dafür liebte er den Luxus und den materiellen Genuß viel zu sehr. Um das wettzumachen, übte er sich in Nächstenliebe. Da er mit den fanatischen Randgruppen nichts zu tun haben wollte, ließ er seine großzügigen Spenden von einem Beauftragten, der mit den jüdischen Gemeindeangelegenheiten vertraut war, an solche Empfänger verteilen, die Hilfe wirklich nötig hatten.

Aber nicht nur der Sache der Juden fühlte er sich verpflichtet. Als die Belegschaft seiner Fabrik eine neue Kirche haben wollte, legte er höchstpersönlich den Grundstein, woraufhin die Erzdiözese ihm und seiner Frau zu Ehren eine Tafel an der Kirche anbringen ließ. Da ihm aber klar war, daß dies das Mißfallen des Gottes der Juden erregte, finanzierte er zum Ausgleich den Bau einer neuen Synagoge.

Er hatte nicht vergessen, was er in der Schule über die Waagschalen gelernt hatte, in denen die Sünden und die guten Werke des Menschen gegeneinander aufgewogen werden. In letzter Zeit wogen seine Sünden immer schwerer. Zwei seiner Töchter hatten Konvertiten geheiratet und kurz darauf selbst den Glauben gewechselt. Ihm war, da er nach Lage der Dinge wohl kaum Schiwe für sie sitzen konnte, nichts anderes übriggeblieben, als seinen Schnurrbart zu zwirbeln und ihnen den väterlichen Segen zu erteilen. Aber er wurde von Angst geschüttelt. Er wußte ja, daß Gott die Sünden der Kinder an den Eltern rächt. Und daß die Feuer der Gehenna auf die Sünder warten und daß diese von Teufeln an der Zunge aufgehängt und von einem Ende der Hölle bis zum anderen geschleudert werden.

Nachts lag er, in Angstschweiß gebadet, in seinem französischen Himmelbett. Er schrie im Schlaf, bis seine Frau Elzbieta (die früher Elke hieß) ihr Polnisch vergaß und ihn auf jiddisch weckte: »Mendel! Mendel! Wach auf! Was für einen Schreck du mir eingejagt hast!«

Und zu alledem waren seine Söhne aus der Art geschlagen. Von klein auf waren sie von ihren Kindermädchen und Hauslehrern in die Kirche mitgenommen worden, hatten gelernt, sich hinzuknien, hatten Geschichten über Jesus und Maria und Schauermärchen über jüdische Ritualmorde eingetrichtert bekommen. Anfangs hatte sich Fliderbaum nichts dabei gedacht. Seine Söhne sollten zu höflichen Menschen erzogen werden, die nicht unangenehm auffielen und die man in der polnischen Gesellschaft vorzeigen konnte. Aber als er sie später aufforderte, ihn am Versöhnungstag in die Synagoge zu begleiten und das Kaddischgebet zu lernen, waren sie entsetzt. Sie erklärten ihm, die Juden hätten Jesus gekreuzigt. Und sie weigerten sich, Matzen zu essen, weil die mit Christenblut gebacken würden.

Fliderbaum wurde von Todesangst befallen. Das Kaddischgebet eines Sohnes kann den verstorbenen Vater vor den Feuern der Gehenna retten – ihm aber war jetzt auch dieser Ausweg versperrt. Das machte ihm angst. Daß sein Haar und sein Schnurrbart noch kohlschwarz waren, war nämlich kein Zeichen von Jugendlichkeit, sondern nur dem Färbemittel des französischen Friseurs zu verdanken. Er war bereits in dem Alter, in dem man sich über die letzte, schreckliche Reise Gedanken machen muß. Und darum verdoppelte er seine Anstrengungen, sich in Nächstenliebe zu üben und die Waagschalen auf diese Weise vielleicht doch noch ins Gleichgewicht zu bringen.

Seine Wohltätigkeit wollte er vor allem den armen jüdischen Arbeitern von Balut zugute kommen lassen.

In seiner Fabrik stellte er sie nicht ein, weil sie am Sabbat nicht arbeiten durften und weil er den höheren Lohn nicht zahlen wollte, den sie verlangten, um den Sabbat würdig begehen zu können und koscheres Fleisch zu kaufen. Außerdem waren sie körperlich nicht so leistungsfähig wie die Nichtjuden, die sich nie beschwerten und ihren Vorgesetzten gegenüber nie so mißgünstig und respektlos waren, wie man es bei Juden erleben konnte.

Um das wettzumachen, war er bestrebt, für ihre anderweitigen Bedürfnisse zu sorgen. Er spendete Geld für Chanukkakerzen, für kostenlose Krankenpflege, für Beerdigungsvereine. Er stellte ganze Wagenladungen Mehl für die Pessachmatzen zur Verfügung und ließ, wenn in Balut Arbeitslosigkeit herrschte, Armenküchen einrichten.

Nach dem Glaubenswechsel seiner beiden Töchter hatte er das dringende Bedürfnis, etwas zu tun, das in der Waagschale seiner guten Werke besonders schwer wiegen würde. Er ließ ein Krankenhaus für arme Juden errichten, ein *jüdisches* Hospital, in dem koscher gekocht wurde, keine Kruzifixe und Heiligenbilder aufgehängt, sondern Mesusen an jedem Türpfosten angebracht waren und die männlichen Patienten ihre Gebetsmäntel tragen konnten, ohne befürchten zu müssen, Mißfallen zu erregen. Sogar eine kleine Synagoge war angebaut, in der ein Männerquorum für die Kranken beten konnte.

Beim Bau und bei der Ausstattung des Hospitals wurden keine Kosten gescheut. An der feierlichen Einweihung nahm die Lodzer Prominenz teil. Sogar aus Warschau kamen Würdenträger angereist. Die Auffahrt wimmelte von Kutschen. Der neue Oberrabbiner von Lodz, auf dessen Seidenkaftan der kaiserliche Orden prangte, hielt den Gottesdienst ab. Die Schüler der Chadorim und Jeschiwess schwänzten den Unterricht, weil sie das legendäre goldene Schwert des Rabbiners sehen wollten, über das ständig geredet wurde, obwohl es noch niemand gesehen hatte.

Die Baluter Weber hatten ihre Arbeitsplätze verlassen und drängten sich vor ihrem neuen Hospital, wo sie von berittener Polizei in Schach gehalten wurden. Eine von Fliderbaum geförderte Feuerwehrkapelle, deren Mitglieder Messinghelme trugen, spielte Marschmusik.

Aber das alles wurde durch die Tatsache in den Schatten gestellt, daß der neue Gouverneur zur Einweihung erschienen war.

Wochenlang hatten die Huntzes und die Fliderbaums um die Ehre gewetteifert, die ersten zu sein, die den neuen Gouverneur bei sich begrüßen durften. Da die Huntzes adlig waren, stand zu erwarten, daß sie den Sieg davontragen würden, aber dann hatte Fliderbaum die glänzende Idee, das Hospital nach dem Zaren und der Zarin zu benennen – eine patriotische Geste, die der Gouverneur zu schätzen wußte.

Die Lodzer Juden feierten Fliderbaums Sieg über die Huntzes, als hätten *sie* ihn errungen. Auf Marktplätzen, in Lernhäusern und *mikwess* frohlockte man über die Niederlage der Gojim.

Aber am folgenden Sabbat verging den meisten das Lachen.

Am Donnerstag, dem längsten Arbeitstag der Woche, verfaßten Tewje und Nissan nach Feierabend eine Proklamation, in der Maximilian Fliderbaum, Gouverneur von Müller und der Zar scharf angegriffen wurden. Sie enthielt die üblichen Ausfälle gegen die Reichen und Mächtigen und war, wie üblich, in bombastischem Stil abgefaßt.

Keile keifte, sie sollten gefälligst kein Kerosin verschwenden, und drohte, ihnen einen Eimer Wasser überzugießen, aber die beiden schrieben weiter, radierten und korrigierten, bis bei Tagesanbruch die endgültige Fassung vorlag. Den ganzen Freitag über fertigten Nissan und seine Anhänger Abschriften an. Am Abend, als die anderen Juden in der *mikwe* waren, schlichen sie sich in die Synagogen und Lernhäuser und schlugen die Proklamation an. Wären sie dabei von einem Schammes ertappt worden, dann hätte er den Anschlag nicht abreißen dürfen, weil dies ein Verstoß gegen die Sabbatgebote gewesen wäre.

Als die Juden den Anschlag in den Bethäusern lasen, packte sie die Angst. Diese Proklamation schmähte nicht nur Fliderbaum und den Gouverneur, sondern auch den Zaren höchstpersönlich. Am liebsten hätten sie diese schrecklichen Anschläge abgerissen, aber das durften sie am Sabbat nicht. Das Problem wurde dem Rabbiner vorgetragen, der sofort entschied, die Sache sei so gefährlich, daß ein Verstoß gegen die Sabbatgebote gerechtfertigt sei.

Im Palais Fliderbaum wurde vergnügt und mit allem Pomp gefeiert. Jakub Aschkenasi tanzte mit den Töchtern des Hauses, die ihm nachdrücklich versicherten, für einen Juden sei er viel zu attraktiv und fesch.

Gouverneur von Müller amüsierte sich köstlich, zumal da Fliderbaum ihn beim Kartenspielen mehrere tausend Rubel gewinnen ließ. Davon und vom Wein wie auch von der Anwesenheit so vieler reizender Damen angeregt, ließ er gegenüber dem Gastgeber die Bemerkung fallen, daß in dieser Gegend bald eine neue Eisenbahnstrecke gebaut werden solle. Worauf Fliderbaum sich für einen Moment entschuldigte und nach seinem neuen Generalvertreter Ausschau hielt.

Er zog ihn beiseite. »Ich möchte, daß Sie alle Grundstücke innerhalb und außerhalb der Stadtgrenze aufkaufen, durch die die neue Eisenbahnstrecke führen wird. Das muß streng vertraulich geregelt werden, denn außer Ihnen und mir weiß noch niemand davon.«

»Ich mache mich gleich morgen früh daran.«

»Ich weiß, daß ich mich auf Euch verlassen kann«, sagte Maximilian Fliderbaum im vertrauten Jiddisch und legte Jakub den Arm um die Hüfte. »Und wir beide brauchen nicht erst zum Rabbiner zu gehen, um Eure Provision auszuhandeln ... So, und jetzt müssen Sie wieder zu den Damen!«

Das Orchester spielte eine Polonaise.

29

Max Aschkenasi nahm die Schlappe mit dem neuen Gouverneur viel schwerer als die Huntzes selbst. »Gojische Tölpel!« knurrte er, womit seine Chefs gemeint waren, die wegen Weibsbildern, Jagdpartien, Duellen und anderer Amüsements adliger Herren das Geschäft vernachlässigten.

Der Gouverneur hatte zwar den Baronen Huntze ebenfalls einen Besuch abgestattet und ihre Sammlung ausgestopfter Tiere sowie ihre Waffensammlung bewundert, aber einen finanziellen Gewinn hatte dieser Besuch nicht gebracht. Fliderbaum hingegen hatte den Umstand, daß der Gouverneur ihm den Vorzug gegeben hatte, zu einem geschäftlichen Coup sondergleichen genützt. Obwohl es geheimgehalten werden sollte, wußte jedermann, daß Fliderbaum bereits über den Verlauf der geplanten Eisenbahnstrecke informiert war. In Lodz gab es eben keine Geheimnisse.

Fliderbaum hatte alle angrenzenden Parzellen spottbillig aufgekauft und sie dann für den zehnfachen Preis an den Staat weiterverkauft. Ganz Lodz sprach von diesem Bravourstück. Die Leute, die ihren Grund und Boden für einen Pappenstiel an Fliderbaum verscherbelt hatten, verfluchten ihr Pech. Und in den Cafés und Restaurants taxierten Kaufleute und Makler den Reibach, den Fliderbaum bei diesem Geschäft gemacht hatte.

»Sein Hospital hat sich mehr als bezahlt gemacht«, war die einhellige Meinung.

Manche seufzten und sagen neiderfüllt: »Ein Millionär hat's leicht – in dieser und in der kommenden Welt.«

Max kalkulierte den Anteil seines Bruders an Fliderbaums Profit und zupfte sich ärgerlich am Bart. »Diese Trunkenbolde!« schimpfte er auf die Brüder Huntze. »Diese Schwachköpfe!«

Obzwar er nur ihr Generalvertreter war, interessierte er sich für alles, was die Fabrik betraf – ganz so, als wäre er der Miteigentümer. Er war fest entschlossen, sich in die Betriebsführung einzuschalten.

Wieder einmal begann er damit, daß er sich nützlich machte und stets zur Verfügung stand. Schon im ersten Jahr konnte er die Verkaufsergebnisse, die sein Vater erzielt hatte, um ein Mehrfaches erhöhen. Er schickte seine Handelsvertreter in alle Regionen des russischen Kaiserreiches, schrieb Briefe, verhandelte persönlich mit Einkäufern und Händlern, machte Reklame für die Huntze-Fabrikate, stachelte potentielle Kunden an. Und er reiste selbst nach Rußland, um sich mit den dortigen Absatzmöglichkeiten vertraut zu machen.

Obwohl seine Russischkenntnisse dürftig waren, und trotz seiner kühlen, nüchternen Veranlagung gelang es ihm, sich bei den geselligen, zechfreudigen, überschwenglichen russischen Kaufleuten beliebt zu machen. Er lernte, wie man andere besoffen macht und selbst stocknüchtern bleibt. Er sorgte dafür, daß die anderen ihren Schwächen frönten, während er selbst jeder Versuchung aus dem Weg ging.

Er wurde für seine Bemühungen gut bezahlt und erhielt zudem einen reichlich bemessenen Bonus, aber ehe er nicht jeden Arbeitsvorgang in der Fabrik persönlich überwachen konnte, wollte er sich nicht zufriedengeben.

Seit er die Weberei Huntze zum ersten Mal betreten hatte, war ihm klar, daß der Direktor, dieser schwabblige Albrecht, träge und völlig fehl am Platz war. Er handelte nach der Devise: Wenn man die Fabrik sich selbst überläßt, dann läuft sie auch von selbst – wie ein gutes Uhrwerk.

Max begann, die erste Bresche zu schlagen. Er machte den Baronen allerlei Vorschläge: wie man Kosten sparen könnte, wann produziert werden sollte und wann nicht, welche Ware für die nächste Saison einzuplanen sei. Und da sich seine Ratschläge immer als richtig erwiesen, verließen sich die Brüder Huntze mehr und mehr auf sein Urteilsvermögen und unternahmen nichts, ohne sich mit ihrem »Hofjuden« zu beraten.

»Wo haben Sie denn das alles gelernt, Aschkenasi?«

»In der Talmudakademie bei den Professoren Abbayeh und Raba«, erwiderte Max und verbiß sich das Lachen.

Dem Fabrikdirektor ging dieser Zustand allmählich auf die Nerven. Er merkte, daß seine Position von diesem kleinen Juden untergraben wurde, scheute aber vor einer offenen Auseinandersetzung zurück. Er war zu devot, um etwas ohne die Zustimmung seiner Chefs zu unternehmen, und zu träge, um einen Wirbel zu machen. Er tröstete sich mit den jungen Mädchen, die ihm Melchior in Hülle und Fülle besorgte.

Max übte in der Fabrik immer mehr Einfluß aus. Ohne es vorher mit den Baronen zu besprechen, tat er, was er für notwendig hielt, um die Produktion zu steigern und den Gewinn zu erhöhen. Und nach wie vor stellte er den Brüdern Huntze nichtlimitierte Darlehen zur Verfügung.

Nach einiger Zeit erkannte Albrecht ihn als Vorgesetzten an und tat alles, um sich bei ihm Liebkind zu machen. Wer etwas von den Huntzes wollte, wandte sich jetzt zuerst an Max, damit er eventuell ein gutes Wort einlegte.

Und jetzt drohte die Sache mit Fliderbaum und dem Gouverneur alles zunichte zu machen, was Max erreicht hatte. Wieder sprach ganz Lodz von Fliderbaum und seinem Generalvertreter, der entscheidend dazu beigetragen hatte, diesen Coup zu landen. Als Priwe ihre Tochter besuchte, sprach sie sofort in den höchsten Tönen von Jakub. »Du hättest ihn sehen sollen, Dinele! Wie ein Prinz ist er durch die Piotrkower Straße gefahren! Wer hätte sich das träumen lassen!«

Dinele seufzte. Max gefror das Blut in den Adern, aber er ließ sich nicht anmerken, wie wütend und eifersüchtig er war. Er lebte nur noch in Erwartung des Tages, an dem die Weberei Huntze ihm gehören würde. Wenn diesen Nichtsnutzen und Verschwendern die Zukunft ihrer Firma egal war, dann oblag es ihm, die Bürde auf sich zu nehmen.

Zunächst riet er den Baronen dringend, ihren Teilhaber Götzke auszuzahlen und eine Aktiengesellschaft zu gründen. Die Brüder Huntze gingen sofort auf diesen Vorschlag ein. Sie hatten den ordinären Emporkömmling, der sie nicht mit ihrem Adelstitel, sondern immer noch mit Vornamen anredete, schon längst loswerden wollen. Weil ihnen das alles aber viel zu umständlich und zeitraubend war, überließen sie es Max, die notwendigen Schritte zu unternehmen. Für seine Bemühungen erhielt er auf eigenen Wunsch statt Bargeld einen beträchtlichen Aktienanteil.

Kurz darauf überraschte er die Konkurrenz mit etwas ganz Neuem.

Eines Tages war ihm auf der Straße eine Frau in einem roten Kleid aufgefallen. Dieses Rot stach ihm so in die Augen, daß er unwillkürlich stehenblieb. In Lodz war kein Färbemittel bekannt, mit dem man Stoffe so leuchtend rot einfärben konnte.

Er sah der Frau nach. Sie drehte sich nach ihm um, dann ging sie weiter. Er folgte ihr. Als sie an einem Fabrikzaun innehielt, blieb er ebenfalls stehen, sprach sie aber nicht an, sondern musterte sie nur. Sie war unansehnlich, korpulent und nicht mehr die Jüngste.

»Warum laufen Sie mir nach?«

»Mir gefällt Ihr Kleid«, sagte er mit gedämpfter Stimme, weil es ihm peinlich gewesen wäre, wenn jemand anders es gehört hätte.

»Ich bin eine anständige Frau.«

»Wo haben Sie dieses Kleid gekauft?«

Die Frau lachte. Sie war überzeugt, daß er nicht hinter ihrem Kleid, sondern hinter etwas ganz anderem her war. Sie hatte bemerkt, daß er einen kostspieligen Anzug trug und fand die Situation komisch.

»Ich bin keine Straßendirne. Ich bin eine verheiratete Frau.»

»Würden Sie mir dieses Kleid verkaufen? Ich zahle einen guten Preis.«

Die Frau überlegte einen Moment. Sie hatte gehört, daß Juden Christen umbrächten, um ihr Blut zu verwenden, aber dieser hier sah nicht wie ein Mörder aus. Dem Vernehmen nach gab es aber auch absonderlich veranlagte Männer, die weibliche Kleidungsstücke als Fetisch benützten.

»Mein Kleid? Warum denn? Der Herr macht sich wohl über mich lustig?«

Max hielt ihr ein Zehnrubelstück hin. Erwartungsgemäß wies sie es nicht zurück.

Sie nahm an, daß er mit ihr irgendwohin gehen wollte, wo sie allein sein würden, aber statt dessen führte er sie in sein Kontor. Er ließ ihr ein neues, teures Kleid besorgen, und als sie es angezogen hatte, gab er ihr einen Imperial für das billige rote Kleid, das aus Deutschland stammte, wo sie als Erntehelferin gearbeitet hatte. Dann machte sie sich schleunigst davon, nicht ohne sich zu vergewissern, daß dieser sonderbare Mensch ihr nicht nachlief, um ihr das Geld wieder abzunehmen.

Max machte sich sofort daran, das rote Gewebe aufzudröseln. Er verstand nicht viel von Frauen, aber er wußte, daß sie leuchtende Farben liebten. Immer wieder hatte er seine Chemiker gedrängt, einen leuchtend roten Farbstoff zu entwickeln, doch dazu hatten ihre Fachkenntnisse nicht ausgereicht. Ihre Rottöne wirkten immer stumpf und schmutzig.

Er beschloß, nach Deutschland zu reisen, um hinter das Geheimnis der dort verwendeten Färbemittel zu kommen. Nicht einmal seine engsten Mitarbeiter weihte er in diesen Plan ein. Mit einem Reisepaß, den ihm Lippe Halfon beschafft hatte, fuhr er nach Frankfurt am Main, wo zahlreiche fromme Juden ansässig waren. In den Synagogen, den koscheren Speiselokalen und den Lernhäusern, wo selbst Ärzte sich nicht scheuten, Scheitelkäppchen zu tragen, und wo Professoren sich abends dem Studium der *Gemara* widmeten, schlich er sich in das Vertrauen der Frankfurter Juden ein. Mit seiner immensen Belesenheit beeindruckte er die Gelehrten. Im Gegensatz zu anderen polnischen Juden, die hierherkamen, um Geld zu schnorren, jammerte er nicht, sondern riß sich geradezu darum, im Lokal die ganze Rechnung zu bezahlen. Und er bot ein schönes Sümmchen für die Ehre, in der Synagoge einen Tora-Abschnitt verlesen zu dürfen.

Es dauerte nicht lange, bis man ihn mit einem Chemiker bekannt machte, der – obwohl er sehbehindert war und ständig eine dunkle Brille tragen mußte – ein Farbstoff- und Färbemittelexperte war. Max konnte ihn dazu bewegen, mit nach Lodz zu kommen. Dort richtete er ihm ein geheimes Laboratorium ein, wo er ihn völlig isoliert von der Außenwelt experimentieren ließ.

Das Ergebnis war ein Farbstoff, mit dem Gewebe so leuchtend rot eingefärbt werden konnten wie jenes Kleid. Und nun wurde in der Weberei rund um die Uhr gearbeitet, um die Kleiderstoffe für die nächste Saison rechtzeitig auf den Markt zu bringen.

Die roten Stoffe waren sofort eine Sensation. Aus ganz Rußland gingen massenhaft Bestellungen ein. Die Fabrik konnte die Nachfrage nicht bewältigen, und bald wurden die Preise erhöht. Die Frauen zahlten jeden Preis für den roten Kleiderstoff, der sie jugendlicher und verführerischer erscheinen ließ.

Seinen Anteil am Gewinn ließ sich Max nicht in bar, sondern in Huntze-Aktien auszahlen.

Jetzt wurde in Lodz nicht mehr von Fliderbaum und seinem Generalvertreter, sondern von Max Aschkenasis neustem Geniestreich gesprochen. »Der ist auf dem Weg nach oben«, tuschelten die Leute, wenn sie ihn zusammengekauert und geistesabwesend in der großen Kutsche sitzen sahen, die er als Extrabelohnung von den Huntzes bekommen hatte.

Eigentlich wäre er lieber zu Fuß gegangen, aber das war jetzt unter seiner Würde. Er versuchte, seiner Frau die neue Kutsche schmackhaft zu machen. »Diana, wenn du etwas zu besorgen hast, kannst du gern mitfahren. In der Kutsche ist genug Platz.«

»Nein, ich gehe lieber mit Mama zu Fuß.«

Vor lauter Ärger darüber tat Max so, als bemerkte er gar nicht, daß die Passanten an den Hut tippten, wenn er vorbeifuhr.

30

In Lodz kam alles zum Stillstand. Gleich einem Vielfraß, der keinen Bissen mehr hinunterbringt, solange sein Bauch voll ist, war die Stadt aufgebläht mit Handelsware.

Nicht nur die Großindustriellen, sondern auch die kleinen Fabrikanten hatten ihre Arbeiter unentwegt zur Produktionssteigerung angetrieben. Und in der allgemeinen Hektik wechselte kein Bargeld den Besitzer. Alles ging auf Kredit, auf Schuldschein.

Wenn ein Kaufmannssohn eine Kaufmannstochter heiratete, gab ihm sein Schwiegervater die Mitgift in Form von Schuldscheinen. Der Bräutigam indossierte sie und kaufte Garn und Baumwolle auf Kredit. Das Garn vergab er an einen Unterlieferanten, der dann für die Fertigware Schuldscheine erhielt, die er indossierte und für die Entlohnung seiner Arbeiter benützte. Die Arbeiter kritzelten ihre Unterschrift auf die Rückseite und bezahlten mit den Schuldscheinen alles, was sie zum Leben brauchten.

Aus den polnischen Städten und Dörfern kamen Händler und Trödler nach Lodz, um ganze Wagenladungen Fertigware aufzukaufen, die sie mit Schuldscheinen bezahlten. Die Verkäufer wiederum verwandten diese Schuldscheine zur Bezahlung von Waren, Dienstleistungen und Arbeitskräften. Ladenpersonal, Dienstmädchen, Schneider und Lehrer wurden mit Schuldscheinen entlohnt.

Zwischenhändler und Kommissionäre reisten in ganz Rußland herum, kauften massenhaft Ware auf und zahlten mit Schuldscheinen.

Für eine Unterschrift konnte man in Lodz alles bekommen. Mit Schuldscheinen erkauften sich Juden Ehrenämter in den Synagogen. Und statt Geldspenden übergaben sie ihren Rabbis Schuldscheine. Ladenschwengel führten sich in Restaurants wie Lebemänner auf und kauften ihren Bräuten Hochzeitsgeschenke – alles auf Schuldschein. Selbst die Huren in den Bordellen und die Ärzte, von denen sie sich wegen dieser und jener Geschlechtskrankheit behandeln lassen mußten, wurden mit Schuldscheinen bezahlt.

Wer gerissen genug war, konnte ein Geschäft gründen, teure Möbel und Schmuckstücke kaufen und den reichen Mann spielen, ohne einen Groschen in der Tasche zu haben. Täglich ließen Weber, die etwas Besseres werden wollten, ihre Webstühle im Stich und wurden kleine Geschäftsleute. Erforderlich war dafür nur, daß man zu Spitzbüberei neigte, seinen Namen schreiben konnte und die fünfzig Kopeken besaß, die ein Blankoschuldschein kostete – der einzige Artikel, den man in Lodz nicht auf Kredit kaufen konnte.

Auf Barzahlung nicht angewiesen, von der Aussicht, schnell reich zu werden, angespornt, durch den heftigen Konkurrenzkampf skrupellos geworden, ließ man in Lodz die Produktion auf vollen Touren laufen, ohne sich um die Gesetze der Marktwirtschaft, um den Ausgleich von Angebot und Nachfrage zu scheren. Im Sog des hektischen Wachstums der Stadt wurden Ränke und Komplotte geschmiedet, beschwatzte und begaunerte man einander. Es war eine fingierte, auf Träume, Blendwerk und Papier gegründete Existenz. Das einzige reale Fundament war die Arbeitskraft.

Und plötzlich kam alles zum Stillstand. Der Stadt Lodz war ein großer Knochen im Hals steckengeblieben, und nun würgte sie alles heraus, was sie in den Jahren hemmungsloser Gefräßigkeit verschlungen hatte.

Und zu alledem setzte auch noch eine Dürreperiode ein. Die russisch-orthodoxen Priester hüllten sich in gold- und silbergestickte Gewänder, trugen Ikonen über die Felder und flehten Jesus und die heilige Muttergottes um Gnade für Mensch und Tier an. Doch unbarmherzig brannte die Sonne Tag für Tag.

Das Vieh verendete. Zu Beginn der Erntezeit goß es plötzlich in Strömen, und der Regen verwandelte die Felder in einen einzigen Morast, so daß auch das wenige Getreide, das die Dürre überstanden hatte, nicht geschnitten werden konnte. Die herumliegenden Kadaver trugen zur Verbreitung von Seuchen bei. Cholera, Typhus und Scharlach grassierten. In der Ukraine wurden die Juden aus den Dörfern verjagt – es hieß, sie hätten die Brunnen vergiftet. Die Bauern gingen mit Stöcken und Mistgabeln auf Studenten los, die in die Dörfer gekommen waren, um die Seuchen mittels Ätzkalk, Pech und Karbol auszurotten.

Die Bauern kamen nicht mehr in die Städte, um ihre Produkte zu verkaufen, und die Händler blieben auf der Ware sitzen, die sie für die Erntesaison in Lodz eingekauft hatten. Niemand verfügte über das nötige Bargeld, um Schuldscheine einzulösen. Lodz wurde mit Abertausenden Zahlungsaufforderungen überschwemmt. Die Fabrikanten, die, um sich Bargeld zu beschaffen, auf die Banken angewiesen waren, saßen auf dem trocknen, weil ein Bankhaus nach dem andern pleite ging.

Als erste mußten die kleinen Fische dran glauben: die kleinen Fabrikanten, die Unterlieferanten, die kleinen Garnhändler, die Schnittwarenhändler, Ladeninhaber, Kommissionäre, Makler und die unzähligen anderen, die sich wie Fliegen um den Honigtopf Lodz geschart hatten. Alle auf Kredit gegründeten Unternehmen verpufften wie Stroh in einer Feuersbrunst. Wie vergiftete Ratten huschten die Leute blindlings umher und versuchten vergebens, Schuldscheine für ein Hundertstel des Nominalwertes zu verscherbeln. Die große Papierkette, die die Stadt zusammengehalten hatte, fiel in sich zusammen und riß ein Opfer ums andere ins Verderben.

Die millionenschweren Industriellen konnten den Schock verkraften. Sie hatten genug Geldrücklagen, um zu warten, bis die Wirtschaftskrise einigermaßen überstanden war. Es lohnte sich nicht, zu produzieren, wenn Fertigware keinen Absatz fand, die Preise für Rohmaterial aber Tag für Tag stiegen. Zehntausende Arbeitslose trieben sich auf der Straße herum.

In Balut standen die Handwebstühle still. Die Schneider, Wirker, Flickschuster und Gamaschenmacher hüllten ihre Arbeitsgeräte in Tücher ein – wie Leichen vor der Beerdigung.

»Damit kann man sich bloß noch den Hintern abwischen«, sagten die Krämer verächtlich, wenn ein Arbeiter Kartoffeln oder einen Laib Brot zaghaft mit einem Schuldschein bezahlen wollte.

Die wohlhabenderen Fabrikanten versetzten den Goldschmuck und die Brillanten, die sie sich in besseren Zeiten angeschafft hatten, und verscherbelten die Ware in ihren Lagerhäusern. Manche hielten sich auf andere Weise über Wasser. Immer wieder leckten Feuerzungen am Nachthimmel, klapperten die Hufe der Feuerwehrgäule auf dem Kopfsteinpflaster, rissen die Trompetensignale der Feuerwehr die Bürger aus dem Schlaf. Und sobald die Zeitungsjungen am Morgen die neusten Schlagzeilen ausriefen, sprangen die Leute aus dem Bett, um zu lesen, wer vergangene Nacht seine Bilanz ausgeglichen hatte.

Wucherer und Pfandleiher brachten ihr Schäfchen ins trokkene, weil viele Einwohner ihr Hab und Gut versetzten, bevor sie sich über die Grenze schmuggelten, um von Deutschland aus nach Amerika auszuwandern.

Nur die Arbeiter und Handwerker hatten nichts zu verscherbeln, nichts gegen Lebensmittel oder eine Auswanderungsmöglichkeit einzutauschen. Nichtjüdische Weber kehrten in ihre Heimatdörfer zurück. Mädchen vom Lande verließen die Stadt, um ihren Eltern bei der Feldarbeit zu helfen. Jüdische Burschen, die nach Lodz gekommen waren, um ihr Glück zu machen, gingen wieder in ihr Schtetl. Junge Ehemänner brachten Frau und Kinder bei den Schwiegereltern unter, bis in Lodz wieder bessere Zeiten einkehren würden.

Die Einwohner, die nirgend anders hingehen konnten, liefen wie betäubt herum. Wer den Mietzins nicht mehr zahlen konnte, wurde vom Hausbesitzer hinausgeworfen. Die Obdachlosen mußten in unbenützten Kellern nächtigen und lungerten bei den Backstuben herum, um sich aufzuwärmen. Manche suchten in Gräben, die sie draußen im Wald aushoben, Schutz vor der Kälte.

Erwerbslose Fabrikarbeiterinnen verkauften ihren Körper für ein Stück Brot oder ein Nachtquartier. Für ein paar Nahrungsmittel verschacherten jüdische Mütter ihre Kinder an Arbeitgeber. Entlassene Arbeiter flehten die Unternehmer an, sie ohne Bezahlung, bloß für einen Teller Grütze und eine Tasse Zichorienkaffee, wieder arbeiten zu lassen.

In den Armenvierteln grassierten Typhus, Diphtherie und Scharlach. Um eine Ausbreitung der Seuchen zu verhindern, schüttete die Polizei Ätzkalk und Karbol in die Rinnsteine, aber es nützte nichts.

Fliderbaums Hospital, in dem Tag und Nacht Hochbetrieb herrschte, konnte mit dem Friedhof nicht Schritt halten. Die jüdischen Industriellen ergriffen Gegenmaßnahmen. Fliderbaum bat die Wohlhabendsten in sein Palais und gründete ein Hilfskomitee für die Armen von Balut. Für diejenigen, die noch Nahrung zu sich nehmen konnten, wurden Suppenküchen eingerichtet. Zu den Kranken wurden Ärzte und Bader geschickt. Für die Verstorbenen wurden Leichentücher beschafft.

Täglich kam Fliderbaum in seiner Kutsche nach Balut. Er warf den Kindern, die auf der Straße herumlungerten, haufenweise Münzen zu und besuchte die Ärmsten der Armen, an die er Einrubelscheine, Zweirubelscheine, manchmal auch Zehnrubelscheine verteilte. Und er krempelte sogar die Ärmel seines Gehrocks hoch und half den Mitgliedern des Krankenhilfsvereins, wenn sie erkrankten Arbeitern den Leib mit Franzbranntwein einrieben. Und den Mitgliedern des Beerdigungsvereins half er, wenn sie die Leichname von Webern aufbahrten. Daß er sich in Barmherzigkeit übte, war bald in ganz Lodz bekannt, und in den Baluter Synagogen und *mikwess* waren die Juden so freudig bewegt, als wäre ihr eigener Schutzengel in der Stunde der Not erschienen.

Sie verziehen Fliderbaum nicht nur seine gojische Lebensart, sondern auch den Glaubenswechsel seiner Töchter. Ihrer Ansicht nach hatte er sich jetzt einen Platz am goldenen Tisch im Paradies verdient – und er teilte diese Meinung. Die einzige Wohnung in Balut, in der man ihn nicht für einen Heiligen hielt, war die dunkle Kellerbehausung von Tewje die-Welt-ist-nicht-gesetzlos. Wie die anderen Weber war auch Tewje arbeitslos. Seine Frau stand den ganzen Tag mit einem Korbvoll selbsteingelegter Gurken auf der Straße und kam abends mit einer knappen Handvoll Groschen und einem großen Mundvoll Verwünschungen nach Hause. Die kleineren Kinder gingen mit Bonbons hausieren, die größeren trieben sich herum, um etwas zu essen und irgendeine Schlafstelle aufzutreiben. Die Kellerwohnung war feucht, dumpfig und trist, aber Tewje merkte das gar nicht. Für ihn hätte der Tag doppelt so lang sein müssen – so viel hatte er zu tun.

Zerlumpt, schlotternd vor Kälte, seinen russischen Baschlik um den Hals gewickelt und eine Pelzmütze auf dem Kopf, rannte er den ganzen Tag draußen herum, redete – leidenschaftlich überzeugt von seiner gerechten Sache – auf die Arbeiter ein und verteilte Proklamationen, die er und Nissan verfaßt hatten und in denen die Arbeiterschaft auf die wahren Ursachen der Wirtschaftskrise hingewiesen und zum Kampf gegen die Fabrikanten und Kaufleute, die Rabbiner und den Klerus, die Polizei und das Militär, den Gouverneur und den Zaren aufgerufen wurden.

Ältere Weber lachten ihn aus. Frauen zeigten ihm den Vogel.

»Tewje hat was gegen den Zaren – na so was!« uzten die Leute.

Seine Frau putzte ihn herunter, als wäre er der letzte Dreck. »Du Marktschreier! Knastbruder! Lump!«

Er hörte gar nicht hin. Dieser blasse, ausgemergelte Mann mit den flackernden Augen und dem spitzen Adamsapfel schien überall gleichzeitig zu sein, steckte seine Nase in jede Versammlung, ließ sich keine Bemerkung entgehen und äußerte sich mit ätzender Schärfe und im Brustton der Überzeugung. Besonders oft agitierte er in den Armenküchen, die Fliderbaum für die hungernden Baluter Arbeiter eingerichtet hatte.

Unerbittlich redete er auf die Leute ein, die an den schäbigen Tischen saßen und aus irdenen Schüsseln Grütze löffelten. Wenn die älteren Weber Fliderbaum für diese karge Mahlzeit segneten, geriet Tewje schier in Raserei.

Wie Samenkörner in fruchtbarer schwarzer Erde, so keimten seine Worte in den Herzen der unzähligen notleidenden Baluter Juden. Jetzt hörten ihm auch – zunächst mit gemischten Gefühlen – entlassene Verkäufer, Buchhalter, Zuschneider und Musterzeichner zu, die sich immer für etwas Besseres gehalten hatten. Ihnen war klar, daß die von Hand zu Hand gegangenen Schuldscheine nichts anderes als fauler Zauber gewesen waren. Und weil es sie kränkte, daß man sie zusammen mit den gewöhnlichen Arbeitern auf die Straße gesetzt hatte, fielen die Worte des Agitators bei ihnen auf fruchtbaren Boden.

Bald waren überall in Lodz die abblätternden Mauern mit Proklamationen übersät. In Synagogen, Markthallen, Bahnhöfen und Kontoren, ja sogar an den Wänden der Polizeireviere tauchten über Nacht revolutionäre Plakate auf. Die Leute drängten sich davor, bis die Anschläge von Polizisten und Pförtnern heruntergerissen wurden.

Sogar beim Essen sprang manch einer auf und beschimpfte die Unternehmer, die Polizei und den Zaren. Die reichen Damen, die das kostenlose Essen austeilten, waren empört und riefen die Polizei, um für Ruhe und Ordnung zu sorgen.

Die Leute zogen in hellen Scharen hinaus in den Konstantiner Wald, wo sie diskutierten und revolutionäre Lieder sangen. Hunger und Not zu leiden, bekam plötzlich einen Sinn. Aus der Bitternis des Elends erwuchs die Süße der Hoffnung, die ihnen die Kraft gab, die schlechten Zeiten durchzustehen.

»Mehr Literatur, Nissan! Viel mehr!« verlangte Tewje. »Endlich erwachen die Massen . . .«

Nissan konnte die Nachfrage gar nicht bewältigen. Er übersetzte, redigierte, übertrug die Texte in einfaches Lodzer Jiddisch, damit sie die Herzen der Leser anrührten und ihren Geist anregten. Alles mußte mit der Hand abgeschrieben werden, und die Jeschiwaschüler, Nissans treue Anhänger, konnten gar nicht schnell genug arbeiten.

Abends ließ Nissan alles stehen und liegen und ging in die deutsche Bierschwemme, wo die Weber in ihren Samthosen saßen, aus Maßkrügen tranken und billige Zigarren pafften. Als Bismarck begonnen hatte, die von Lassalle gegründete sozialdemokratische Bewegung zu bekämpfen, waren viele deutsche Arbeiter ausgewandert. Manche waren nach Amerika gegangen, manche hatten sich in Polen angesiedelt. Weil sie zuverlässige, redliche Arbeiter waren, hatten sie sofort in der Lodzer Textilindustrie Arbeit gefunden. Einige waren sogar Unternehmer geworden.

Wie ihre schon lange in Lodz ansässigen deutschen Landsleute verbrachten diese stämmigen, freundlichen Arbeiter ihre Abende in den Bierlokalen. Doch im Gegensatz zur älteren Generation gingen sie nicht in die Kirche und traten auch keinem Gesangverein bei. Sie blieben lieber unter sich, lasen aus Deutschland eingeschmuggelte Bücher und sangen bei ihren Zusammenkünften revolutionäre Lieder. Wie vorher in Deutschland hatten sie auch hier ihre Lassalleschen Arbeitervereine und blieben ihren sozialistischen Ideen treu.

Mit diesen Webern nahm Nissan Verbindung auf. In gebrochenem Deutsch (er hatte sich seine Deutschkenntnisse aus Moses Dessauers Kommentaren und aus philosophischen Werken angeeignet) beschwor er sie, mitzukämpfen. Seine Redeweise kam ihnen fremdartig vor, aber seine Überzeugungen entsprachen den ihren. »Das stimmt! Das stimmt!« sagten sie und kippten ihr Bier hinunter.

Wie sein einstiger Mitschüler Simcha Meir (jetzt Max) Aschkenasi war Nissan überzeugt, daß der Handwebstuhl keine Zukunft hatte und bald ganz dem mechanischen Webstuhl weichen würde. Die Handweber würden dann nicht nur erwerbslos, sondern auch aus der Arbeiterklasse verdrängt werden. Nissan gab sich, wenngleich er seine Arbeitsgenossen, die Baluter Juden, gegen die Unternehmer aufwiegelte, nicht der Täuschung hin, es ginge hier tatsächlich um einen Klassenkampf, den Kampf zwischen Proletariat und Bourgeoisie. Genau genommen war es ein Existenzkampf innerhalb der besitzlosen Klasse.

Ihm war klar, daß die meisten Handwerker keine Arbeiter im eigentlichen Sinn des Wortes waren. Jeder einzelne träumte davon, Unternehmer oder Unterlieferant zu werden – obwohl man, wie Nissan aus eigener Anschauung wußte, auch als Unterlieferant ein hartes Los hatte und ebenfalls unterdrückt und ausgebeutet wurde. Das wahre Proletariat, das waren die Arbeiter in den mechanischen Webereien und Spinnereien, in denen keine Juden beschäftigt wurden. Wenn er diese Arbeiter zu Tausenden mit ihrem Henkeltopf in der Hand in die Fabriken hasten sah, stellte er sie sich bereits als die Kader der Revolution vor, die nach den unterschütterlichen Gesetzen des Marxismus unabwendbar war – als die Stoßbrigaden des Freiheitskampfes. Mochten die Fabriken sich derzeit noch ausbreiten, mochten die Unternehmer jetzt noch florieren, bauen, reich werden – die Zukunft gehörte denen, die vor Tagesanbruch durch die Straßen hasteten, um das Heulen der Fabriksirenen nicht zu verpassen. Das Geklapper ihrer holzbesohlten Schuhe klang in Nissans Ohren schon wie das Echo der Befreiung. Für *diese* Menschen war das Kapital bestimmt, das von den Unternehmern angehäuft und konzentriert wurde: Eines Tages, wenn es zu stark angeschwollen war, würde es wie ein Ballon zerplatzen und an die Arbeiter übergehen.

Balut aber hatte überhaupt nichts anderes als Armut vorzuweisen. Hier gab es keine Konzentration von Kapital, sondern bloß Dezentralisierung und Wertminderung zum Schaden aller.

Nein, Nissan versprach sich nichts von Balut. Ihn zog es zu den Schornsteinen, dem Qualm, dem Gestampf der Maschinen, dem Geheul der Sirenen. Von *dort* würde die Erlösung kommen. Voraussetzung dafür war nur, die Massen zu erziehen, ein Massenbewußtsein zu schaffen. Tag für Tag traf er sich mit den Arbeitern, die wegen Bismarcks Politik aus Deutschland geflohen waren, und bestürmte sie, sich dem Kampf anzuschließen, der ja, der Marxschen Lehre zufolge, auch *ihr* Kampf sei.

Mit der Überbringung des illegalen Materials, das Nissan und die deutschen Weber einander zur Verfügung stellten, war Tewjes Tochter Baschke betraut, das einzige seiner Kinder, das die Verunglimpfungen, mit denen er von seiner Frau überhäuft wurde, nicht guthieß, sondern sich jedes Wort des Vaters zu Herzen nahm. Die erst Fünfzehnjährige, die als Spinnerin für einen Unterlieferanten arbeitete und trotz der vielen Überstunden nicht genug verdiente, um sich ein anständiges Kleid oder ein Paar Schuhe zu kaufen, hatte volles Verständnis dafür, daß ihr Vater so leidenschaftlich Gerechtigkeit und Gleichheit forderte.

»Mame, du solltest stolz darauf sein, einen solchen Mann zu haben!« verteidigte sie ihn jedesmal, wenn ihre Mutter ihn beschimpfte.

»Ich platze vor Stolz!« höhnte Keile. »Laß dich bloß nicht von diesem Nichtsnutz von einem Vater verleiten, sonst landest du mit ihm zusammen im Knast!«

Baschke besserte die Kleidung ihres Vaters aus, flickte seine Hemden und kochte, während ihre Mutter hausieren ging, sein Essen. Wenn er spätabends todmüde heimkam, richtete sie sein Bett.

»*Du* verstehst mich, Baschke«, sagte Tewje und zog sie an sich. »Du bist die einzige, die mich nicht für meschugge hält, stimmt's, Tochterleben?«

Sie drückte den Kopf an seine Brust. »Tatele, ich halte immer zu dir.«

In der trübseligen Kellerwohnung, wo Hunger und Elend herrschten, war Baschke Tewjes einziger Trost. Das dunkelhaarige Mädchen mit dem bräunlichen Teint und den geheimnisvollen grünen Augen war für ihn nach dem tagtäglichen Aufbegehren gegen die Ungerechtigkeit der Welt ein Lichtblick und seine einzige Freude.

»Baschke, komm zu deinem Tatele ins Bett! Du bist doch noch ein kleines Mädchen und brauchst dich nicht zu schämen, neben deinem Tate zu liegen.«

»Ja, Tatele«, sagte sie zärtlich, kroch zu ihm ins Bett und küßte ihn verstohlen, damit ihre Mutter nur ja nicht aufwachte und über »dieses Flitterwochengeschmuse«, wie sie es hämisch nannte, zu keifen begann.

In dem Kellerraum war es feucht und kalt. Ratten huschten umher, quieksten vor Hunger und hüpften manchmal über die Schlafenden. Aber Vater und Tochter waren so froh, beieinander zu sein, daß sie das alles gar nicht merkten.

Genauso innig wie ihren Vater liebte Baschke Nissan, der oft zu ihnen kam. Stundenlang lag sie auf ihrer Schlafbank wach und betrachtete den hochgewachsenen jungen Mann, der am Tisch saß und gemeinsam mit ihrem Vater subversive Schriften verfaßte. Sie, die in bitterstem Elend aufgewachsen war, hätte sich nie träumen lassen, jemals einen so intelligenten, gebildeten jungen Mann kennenzulernen. Sie, die kaum ihren eigenen Namen schreiben konnte, erlaubte sich nicht einmal, in einem Atemzug an Nissan und an sich selbst zu denken. Sie war ganz einfach froh und glücklich, wenn sie von der Schlafbank aus, die sie mit ihrer Schwester teilte, zusehen konnte, wie er in einem fort schrieb – hübsch und romantisch wie ein Dichter.

Darüber, daß sie jetzt oft zu ihm geschickt wurde, um subversive Flugschriften abzuholen, war sie so glücklich, daß sie darum betete, die Wirtschaftskrise möge nie aufhören. Mit klopfendem Herzen saß sie jedesmal auf der Stuhlkante und starrte Nissans magere, ausdrucksvolle Hände an, die so flink übers Papier glitten. Wenn er die Flugschriften in ihren Korb legte und dabei zufällig ihre Hand berührte, bebte Baschke vor Wonne.

»Sei vorsichtig, Baschke! Falls du erwischt wirst, darfst du nicht verraten, woher das Material stammt.«

Am liebsten hätte sie ihm gesagt, sie würde sich lieber in Stücke reißen lassen als etwas zu tun, das ihm irgendwie schaden könnte. Aber sie brachte kein Wort über die Lippen und ging, mit gesenktem Kopf, den Korb fest an sich gedrückt, hinaus.

31

Im Zimmer des ehemaligen Veterinärmedizinstudenten Marcin Kuczinski, den man wegen Mitgliedschaft in der polnischen sozialrevolutionären Partei »Proletariat« aus der Universität verwiesen hatte, stand die kleine Druckpresse nicht still.

»Wie klappt's denn, Felix?« fragte Kuczinski und schüttelte sich die flachsblonden Strähnen, die ihm immer wieder über die Augen fielen, aus der Stirn.

»Die ersten Exemplare sind verschmiert«, sagte Felix, ein hochgewachsener junger Jude mit einem Zwicker auf der Hakennase. »Aber die nächsten werden gut. Gib mir das Papier, Marcin!«

Etwas abseits, in der Küchennische, saßen zwei junge Frauen. Die Blondhaarige, die ein Halskettchen mit einem kleinen Kruzifix trug, war die Lehrerin Wanda Chmiel, die mit Kuczinski zusammenlebte. Neben ihr, auf einem Schemel, saß die Biologin Maria Licht – dunkelhaarig, dunkeläugig und braunhäutig wie eine Zigeunerin. Sie trockneten die schlechtgedruckten Proklamationen am Ofen und stapelten sie dann sorgfältig aufeinander.

»Du kannst sagen, was du willst, Felix«, sagte Marcin, »aber ich halte nicht viel von diesen Proklamationen. Die gehen den Arbeitern nicht unter die Haut.«

»Der Text stammt immerhin vom CIK«, entgegnete Felix, während er die Gummiwalze mit Druckerschwärze einfärbte.

»Das CIK, das CIK!« spottete Marcin. »Ich mag den Stil des CIK nicht. Pflaumenweich und intellektuell.«

Felix legte die Walze einen Moment hin und musterte seinen Freund. »Wie kannst du so was vom CIK sagen?«

Marcin lachte. »Du erinnerst mich wirklich an einen Talmudisten. Wenn du vom CIK sprichst, schlägst du den gleichen frommen Ton an, in dem Juden von ihren Gesetzgebern reden. Wenn's nach mir ginge, würde ich Proklamationen verfassen, die für die Arbeiter ein gefundenes Fressen wären. Etwas so Blutrünstiges, daß ...«

»Du denkst immer gleich an Blutvergießen, Marcin.« Felix verzog das Gesicht. »Blutbäder und Mord. So geht's nicht. Man muß an die Vernunft des Menschen appellieren, nicht an seine Instinkte.«

»Das kommt daher, daß ich Veterinär bin und weiß, daß man einem toten Gaul ohne jedes Brimborium das Fell abzieht. Du als Jurist hast bloß mit Buchstaben und Papier zu tun.«

»Ich glaube an die Kraft des Wortes«, sagte Felix und zog die feuchte Walze übers Papier.

»Vor allem bist du ein Jude, der Angst vor Blut hat«, sagte Marcin lachend. »Mit solchen Proklamationen kann man vielleicht die anämischen Baluter Schneider und Weber ansprechen, aber unsere Leute bestimmt nicht. Mit denen muß man ihre eigene Sprache reden . . . so richtig blutrünstig. Das ganze Zentralkomitee besteht aus Juden und Intellektuellen. Die kennen unsere Arbeiter nicht. Die halten ihnen Moralpredigten wie in der Synagoge.«

Felix legte die Walze hin und wischte sich die Hände mit einem Blatt Papier ab. »Marcin, das ist nicht das erste Mal, daß du dich über dieses Thema ausläßt. Ich mag solches Gerede nicht. Es riecht nach Antisemitismus, und der hat in unseren Reihen nichts zu suchen.«

»Oho! Du mußt doch immer gleich den Juden heraushängen lassen. Im Grund bist du halt doch ein empfindlicher Semit . . . Und jetzt, mein Freund und Moralist, solltest du lieber noch etwas mehr von diesem Mist drucken. Es ist schon ziemlich spät, und wir haben noch eine Menge zu tun. Gib mir die Walze und mach den Neusatz!«

Felix stellte sich an den kleinen Setzkasten und suchte ungeschickt die Lettern zusammen.

Er war kein erfahrener Setzer. Er hatte Jura studiert, dann aber sein Studium abgebrochen, weil er es – wie alle revolutionär eingestellten Studenten an russischen Universitäten – für unverantwortlich hielt, sich einer beruflichen Laufbahn als Akademiker zu widmen, während die Arbeiterklasse versklavt wurde.

Obzwar sein Vater ein reicher Mann war, dem mehrere Glashütten und Ziegeleien gehörten, hatte sich Felix Feldblum auf seiten der Armen gestellt. Er hatte die Arbeiter seines Vaters angespornt, höhere Löhne und kürzere Arbeitszeit zu fordern. Und er hatte sie sogar zum Streik aufgerufen. Als er, der einzige Sohn, nach dem Tod seines Vaters das ganze Vermögen erbte, hatte er alles liquidiert und den gesamten Erlös der Proletariatspartei zur Verfügung gestellt – für die große Aufgabe, die polnischen Bauern und Arbeiter aus der Knechtschaft des Zaren und seiner ausbeuterischen Handlanger zu befreien.

Obwohl er, der Sohn eines Juden, sehr wohl wußte, daß die Juden noch grausamer unterdrückt wurden als die polnischen Bauern und Arbeiter, zog er es vor, sich der Sache der Armen christlichen Glaubens zu verschreiben.

Schon in jungen Jahren hatte er sich den Juden, ihrer Sprache und ihrer Lebensart entfremdet. Alles in dem Dorf, in dem sich die Glashütten und Ziegeleien seines Vaters befanden, war nichtjüdisch – die Hausmädchen, Felix' Gouvernanten und Lehrer, die Besucher und Freunde seines Vaters. Sogar der Gemeindepfarrer war häufig im Hause Feldblum zu Gast. Felix' Vater fühlte sich ganz als Pole. Die einzigen Juden, die sein Haus betraten, waren die Kaufleute und Händler aus den Nachbarorten und die Trödler, die von Dorf zu Dorf zogen, um bei den Bauern Rohprodukte aufzukaufen. Felix fühlte sich diesen sonderbaren, schwarzgekleideten Fremden, die, den Hut in der Hand, bescheiden herumstanden und bloß gebrochen Polnisch sprachen, kein bißchen verwandt.

Später war er zum Bruder seines Vaters nach Moskau geschickt worden, wo er das Gymnasium absolvierte und auf die Universität ging. So polnisch es bei ihm daheim zugegangen war, so russisch ging es im Haus seines Onkels zu.

Im Gymnasium und auf der Universität war er ständig mit Christen zusammen. Er vergaß zwar nicht, daß er Jude war – die anderen erinnerten ihn oft genug an diesen Geburtsfehler –, aber seine Jüdischkeit war für ihn wie eine Seuche oder eine Wucherung, die sich im Körper eingenistet und die man zu ertragen hat wie eine widerliche Last.

Das einzige, was ihn noch mit den Juden verband, war die Eintragung »jüdischen Glaubens« in seinem Reisepaß. Aber er hatte noch nie etwas von den Religionen gehalten, schon gar nicht von der, die ihm zugeschrieben wurde. Sobald er Anschluß an revolutionäre Kreise gefunden hatte, schwand auch das letzte bißchen jüdisches Empfinden, das sich vielleicht noch in ihm geregt hatte.

Gewiß, auch die Juden wurden unterdrückt, aber sie waren ja, wie ihm seine Lehrer und Freunde erklärten, zumeist Kaufleute, Ladenbesitzer, Börsenmakler und Schwarzmarkthändler – eine unproduktive Klasse, die den Boden nicht bestellte und nur von der Ausbeutung der Bauern und Arbeiter lebte.

Man konnte auch nicht darauf zählen, daß die Revolution von den Juden ausgehen würde. Sie waren ja nur eine Minderheit. Nein, die Befreiung des Landes würde von den Millionen Bauern ausgehen, die das Herz und die Seele des Landes waren. Und dann würden alle, auch die Juden, die Freiheit erlangen. Die Revolution würde keinen Unterschied zwischen den Völkern machen. Die Revolution würde auch Polen befreien.

Felix Feldblum wurde ein Narodnik, ein »Volkstümler«. Als die polnischen Studenten an den russischen Universitäten eigene radikale Gruppen bildeten und ihre eigene, »Proletariat« genannte Partei gründeten, brach Felix sein Universitätsstudium ab. Er wollte nicht der privilegierten Klasse angehören, wenn die Arbeiter Hunger leiden mußten. Er kehrte nach Polen zurück und stürzte sich mit dem ihm angeborenen jüdischen Eifer in seine messianische Aufgabe.

Getreu dem Vorbild der russischen Narodniki verbreitete er die Botschaft beim polnischen Landvolk. Als die Partei ihre Aktivität stärker auf die Städte konzentrierte, richtete er sein Hauptquartier in Lodz ein und begann eine Kampagne zur Radikalisierung der christlichen Fabrikarbeiter.

Obwohl es in Lodz von jüdischen Arbeitern verschiedenster Art nur so wimmelte, stachen Felix nur jene Juden in die Augen, die Ladenbesitzer, Börsenmakler, Zwischenhändler und Kaufleute unterschiedlichster Prägung waren, und die er für eine hektisch betriebsame, sonderbar gekleidete Verschwörerbande hielt, die nichts anderes im Sinn hatte als Geld, Geld und nochmals Geld. Das genaue Gegenteil waren seiner Ansicht nach die Tausende von nichtjüdischen Fabrikarbeitern, die bodenständige Menschen gewesen waren, bevor das Elend sie aus ihren Dörfern in die Großstadt getrieben hatte. Und weil er sie, im Gegensatz zu den feilschenden, gestikulierenden Juden, für handfeste, redliche Proletarier hielt, ergriff er Partei für sie und gegen die ausbeuterische jüdische Bourgeoisie.

Seine Sympathie wurde nicht immer erwidert. Er sprach zwar so fließend und akzentfrei Polnisch wie jeder einheimische Christ, doch sein Name und sein Aussehen sprachen deutlich gegen ihn. Schon vor Jahren, als er Reden gegen den eigenen Vater schwang, hatte ihn der Dorfpfarrer schief angesehen. »Das ist alles schön und gut, junger Mann, aber solche Dinge sollten Sie lieber uns überlassen. Vom Geist des Christentums verstehen Sie ja doch nichts.«

Selbst in der Partei bekam Felix – obwohl doch alle Genossen gleich sein sollten – spitze Anspielungen auf seine Abstammung zu hören. Und obwohl er darauf brannte, bei der Arbeiterschaft zu agitieren, wurde er von der Partei im Innendienst eingesetzt: als Artikelschreiber, Übersetzer und Drucker.

Wenn er, als linientreues Parteimitglied, sich über die Priester lustig machte, behagte es den Genossen nicht. »Das sind doch rein kirchliche Angelegenheiten . . .«

Er war überzeugt, daß eines Tages auch die letzten Vorurteile ausgerottet sein würden, fühlte sich aber trotzdem tief gekränkt. Marcin Kuczinskis Meinung, man könnte die Arbeiterschaft nur mit blutrünstigen Argumenten überzeugen, teilte er keineswegs. Trotz seiner nichtjüdischen Erziehung ließ er sich von ethischen Grundsätzen leiten. Er glaubte an die historische Notwendigkeit der Revolution. Und weil die internen Aufgaben, mit denen ihn die Partei betraut hatte, diesem Zweck dienten, widmete er sich ihnen mit dem ihm eigenen Feuereifer.

Zum Unruheschüren waren die Umstände jetzt besonders günstig. Nach der langen Arbeitslosigkeit war die Arbeiterschaft erbittert. Und es kam noch ein anderer, höchst bedeutsamer Umstand hinzu: Vor einigen Jahren hatte die Zweite Sozialistische Internationale in Paris den ersten Mai zum »Tag der Arbeit« erklärt, der international zum Gedenken an den Kampf um Freiheit und Gleichheit gefeiert werden sollte.

Für Felix Feldblum war dies der erste Feiertag seines Lebens. Weder in seinem Elternhaus noch bei seinem Onkel waren jüdische Feiertage begangen worden. Mit hochgespannten Erwartungen sah er dem ersten Mai entgegen: Die gesamte Lodzer Arbeiterschaft würde sich beteiligen, die Fabriken würden geschlossen bleiben. Die Arbeiter würden in Reih und Glied marschieren, den ausbeuterischen Unternehmern ihre Macht demonstrieren und im Namen Polens gegen den Zaren und seine Sklaventreiber protestieren.

Und nun setzte er eifrig den Text der Proklamation.

»Sie werden unserem Aufruf folgen«, versicherte er Kuczinski. »Ganz Lodz wird zum Stillstand kommen, verlaß dich drauf!«

Spät in der Nacht, als die Straßen menschenleer waren und der Märzwind die kahlen Äste der spärlichen Bäume peitschte, machte sich Felix Feldblum auf den Heimweg. Als erfahrener Verschwörer schnüffelte er erst einmal in der Gegend herum, um sich zu vergewissern, daß ihm niemand folgte. Dann gingen er und seine Genossin Maria Licht auf getrennten Wegen zu ihrer gemeinsamen Wohnung.

Maria traf dort etwas später ein als er. »Ist dir jemand gefolgt?« fragte Felix.

»Niemand.«

»Mir auch nicht«, sagte er erleichtert.

Obzwar die beiden als Ehepaar auftraten (er als Handelsvertreter, sie als seine Frau), schliefen sie getrennt und rührten einander nicht an.

»Ich wollte, ich wäre schon ein paar Wochen älter und wüßte, wie die Arbeiter auf unseren Aufruf zum ersten Mai reagieren«, sagte er im Dunkeln. »Was meinst du, Maria – werden sie Stellung beziehen?«

»Sie *werden* Stellung beziehen.«

Draußen schrillten die ersten Dampfpfeifen. In den Armenvierteln drang das Licht der Kerosinlampen aus den Fenstern: Männer und Frauen standen auf, um zur Arbeit zu gehen.

32

Als der Mai kam, wurde es unruhig in Lodz.

Die Arbeiter traten in den Ausstand, aber nicht am ersten Mai, wie die Revolutionäre geplant hatten, und auch nicht am dritten Mai, dem von polnischen Patrioten heimlich begangenen Nationalfeiertag, sondern am fünften Mai, einem gewöhnlichen Werktag.

Nachdem fast ein Jahr lang Arbeitslosigkeit geherrscht hatte, arbeiteten die Fabriken jetzt wieder auf vollen Touren. Weil die Fabrikanten die Verluste, die sie während der Wirtschaftskrise erlitten hatten, wettmachen wollten, wurden die Löhne um zehn Prozent gekürzt. Die Arbeiter, bis über die Ohren verschuldet und aufgeputscht durch die Agitation der Revolutionäre und der patriotischen Vereine, die (wenn auch aus anderen Beweggründen) zum Aufstand aufriefen, wollten die Lohnkürzung nicht hinnehmen und streikten.

Wie immer gab es Streikbrecher. Als es den streikenden Arbeitern nicht gelang, sie durch Argumente zur Arbeitsniederlegung zu bewegen, kam es zu Gewalttätigkeiten. Mit Stöcken und Stangen bewaffnet, stürmten die Streikenden die Fabriken. Die Heizer konnten sie gerade noch daran hindern, die Dampfkessel zu zertrümmern und alles in die Luft zu jagen.

Weber, Spinner, Heizer und Fuhrleute marschierten, begleitet von notorischen Herumtreibern und anderem Gesindel, durch die Straßen. Sie sangen revolutionäre und patriotische Lieder, zogen von Fabrik zu Fabrik und zerrten die Arbeiter von den Maschinen weg. Die Fabrikdirektoren befahlen den Wachmännern, die Tore zu verriegeln, doch die aufgebrachten Massen zertrümmerten alles, was ihnen im Weg war.

»Nieder mit den Blutsaugern und Schmarotzern!«

Die kleinen Fabrikanten ließen sich sofort einschüchtern, die größeren Unternehmer wollten nicht klein beigeben.

Die Brüder Huntze weigerten sich, eine Delegation ihrer Webereiarbeiter zu empfangen. Daraufhin gingen die Delegationsmitglieder zu Direktor Albrecht. Sie hielten ihre Mützen in der Hand, streiften sich den Schmutz von den Schuhen und verbeugten sich.

»Was wollt ihr?« fragte er barsch.

»Wir möchten den Herrn Direktor höflichst bitten, unsere Löhne nicht zu kürzen«, sagte der Sprecher der Delegation.

»Ich werde die Herren Barone davon in Kenntnis setzen«, erwiderte der Herr Direktor. »Und ihr geht jetzt wieder an die Arbeit!«

»Zuerst hätten wir gern die Zusicherung, daß Herr Direktor etwas unternehmen werden.«

»Wir geben keine Zusicherungen. Es liegt ganz bei den Herren Baronen, ob sie euch entgegenkommen wollen oder nicht. Erst müßt ihr die Arbeit wiederaufnehmen, dann werden wir weitersehen.«

»Euer Gnaden mögen verzeihen«, sagte ein älterer Arbeiter, »aber könnte man nicht wenigstens bei denen, die Frau und Kinder haben, von einer Lohnkürzung absehen? Mit dem niedrigeren Lohn können wir unsere Familien nicht ernähren.«

»Wer in Dreiteufelsnamen hat euch denn geheißen, zu heiraten und Bälger in die Welt zu setzen, wenn ihr sie nicht ernähren könnt? Die Firma ist doch nicht verpflichtet, für eure...«

Den Arbeitern stieg das Blut ins Gesicht.

»Saukerl!« knurrte einer.

»Deutsches Schwein!«

»Trampelt ihn nieder, diesen Fettsack, der unsere Töchter verdirbt!«

»Tretet ihn in den Bierbauch, weil er anständige Frauen und Kinder beleidigt!«

Albrecht merkte, daß die Sache gefährlich wurde und wollte vom Stuhl aufstehen, aber ehe er seine schwammigen Beine anziehen konnte, hatten sich die Arbeiter schon auf ihn gestürzt. Melchior, der ihm zu Hilfe kommen wollte, bekam als erster einen Kinnhaken.

Die Arbeiter packten den entsetzten Direktor an Armen und Beinen und zerrten ihn hinaus wie einen Stier, der zur Schlachtbank gezerrt wird. Die Menschenmenge im Fabrikhof brach in Anfeuerungsrufe aus, die Albrecht das Blut in den Adern gefrieren ließen.

»Hängt ihn auf! Zieht ihm die Haut bei lebendigem Leib ab!« schrien die Männer.

»Zieht ihm die Hose runter und versohlt ihn!« kreischten die Frauen.

Die Arbeiter stülpten ihm einen Sack über den Kopf, gaben ihm einen Besen in die Hand und setzten ihn in einen Schubkarren, in den gewöhnlich Ziegelsteine und Mist geladen wurden. Dann karrten sie ihn im Fabrikhof herum.

»Hurenbock!« johlten die Männer.

»Leck mich!« schrien die Frauen und zeigten ihm den Hintern.

Dann zogen sie geschlossen zur Weberei Fliderbaum. Ihre Rachsucht war geweckt – sie wollten Blut sehen.

»Knüpft den verdammten Juden auf! Schlagt seinen Palast kaputt!«

Sie wollten das Fabriktor stürmen, aber es wurde bereits bewacht: von einem Zug bewaffneter Soldaten, die von einem Offizier befehligt wurden, und von einem Dutzend Polizisten unter dem Kommando eines hünenhaften, bärtigen russischen Polizeikommissars, den Fliderbaum rechtzeitig alarmiert hatte. Er selbst saß, einen geladenen Revolver griffbereit, zusammen mit dem Polizeichef, der einige seiner Beamten mitgebracht hatte, in seinem luxuriösen Kontor. Die Arbeiter, die, einer nach dem andern, hereingeführt wurden, nahm der Polizeichef auf der Stelle ins Verhör, wobei er sie selbst gar nicht zu Wort kommen ließ.

»Warum bist du nicht an deinem Arbeitsplatz?«

Ehe der Mann etwas sagen konnte, brüllte der Polizeichef: »Ruhe!« und schlug auf den Tisch. Setzte der Arbeiter nochmals zum Sprechen an, brachte ihn der Polizeichef mit der Faust zum Schweigen.

Oft machte er sich gar nicht erst die Mühe, Fragen zu stellen. »Die Visage von diesem Kerl gefällt mir nicht! Auf Verdacht festnehmen!«

Als der Korridor mit festgenommenen Arbeitern überfüllt war, wurden sie zusammengetrieben und abgeführt, aber die Menschenmenge vor der Fabrik stellte sich den Polizisten entgegen. Der Offizier, der das Tor bewachte, zog den Säbel. »Fort mit euch, ihr Hundesöhne, oder ich gebe Schießbefehl!«

Die Menge wich nicht zurück. Die Männer drängten auf das Tor zu, die Frauen winkten mit Kopftüchern und riefen: »He, Soldaten, ihr werdet doch nicht auf eure christlichen Brüder und Schwestern schießen!«

Der Offizier, der nur zu gut wußte, wie empfänglich Soldaten für weibliche Bitten sind, glaubte, nicht länger zaudern zu dürfen.

»Legt an!«

Gewehre wurden auf die Menge gerichtet.

Der Offizier zögerte einen Moment, um den Leuten die Chance zum Rückzug zu geben. Als sich niemand von der Stelle rührte, brüllte er: »Feuer!«

Mehrere Dutzend Schüsse zerrissen das gespannte Schweigen. Die Luft war geschwängert von Rauch, Schreien und dem Geräusch fliehender Schritte. Mit gezückten Bajonetten trieben die Soldaten die Menge auseinander. Viele wurden aufs Geratewohl von der Polizei festgenommen und abgeführt.

Als die Ordnung wiederhergestellt war, spendierte der Polizeichef dem Offizier eine Havannazigarre, die er von Fliderbaum bekommen hatte, und drückte ihm anerkennend die Hand.

»Morgen wird in den Fabriken wieder normal gearbeitet«, sagte er und blinzelte ihm zu.

Er sollte nicht recht behalten. Tags darauf zogen Zehntausende von Arbeitern in ihren Sonntagsanzügen durch die Straßen, gingen auf Polizisten los, versammelten sich vor den Gefängnissen und forderten die sofortige Freilassung ihrer Genossen. Manche verlangten sogar, vom Polizeichef empfangen zu werden.

In der Nacht hatte ein Arbeiter den Hund des Polizeichefs, einen reinrassigen Wolfshund, erstochen, um sich dafür zu rächen, daß man seinen Vater auf dem Polizeirevier geprügelt hatte. Er wurde festgenommen und dem Polizeichef vorgeführt.

»Hundert Peitschenhiebe! Und nicht zu sparsam!«

Beim siebzigsten Peitschenhieb schrie und zuckte der Unglückliche nicht mehr. Trotzdem machte der Auspeitscher weiter. Nach dem hundertsten Schlag befahl er ihm, aufzustehen, aber der Arbeiter war tot. Der Polizeichef erteilte dem Auspeitscher einen Rüffel. »Idiot! Man hätte ihm nach jedem fünfundzwanzigsten Hieb eine Atempause gönnen müssen!«

Er ließ den Toten schleunigst aus der Stadt schaffen und an einer einsamen Stelle begraben. Aber die Nachricht sickerte durch. Die Arbeiter verlangten den Leichnam ihres Genossen. »Er darf nicht wie ein Hund verscharrt werden! Er muß ein anständiges christliches Begräbnis bekommen.«

Der Polizeichef ließ die Feuerwehr anrücken und Wasser in die aufgebrachte Menge spritzen, aber das stachelte die Empörung der Arbeiter erst recht an. Mit Pflastersteinen schlugen sie die Fenster des Polizeipräsidiums ein.

In anderen Stadtteilen wurden die Polizeireviere und die staatlichen Spirituosenläden gestürmt. Der Polizeichef wurde nervös und telegrafierte dem Gouverneur in Piotrkow: »Erwarte Ihre Befehle.«

Der Gouverneur telegrafierte dem Generalgouverneur in Warschau: »Erwarte Ihre Befehle.«

Der Generalgouverneur telegrafierte nach Petersburg: »Erwarte Ihre Befehle.«

Petersburg telegrafierte Warschau: »Schonungslos niederschlagen!«

Warschau telegrafierte Piotrkow: »Schonungslos niederschlagen!«

Piotrkow telegrafierte Lodz: »Schonungslos niederschlagen!«

Der Polizeichef telegrafierte dem Gouverneur: »Zuwenig Militär. Schickt Kosaken!«

Der Gouverneur telegrafierte nach Warschau: »Zuwenig Militär. Schickt Kosaken!«

Warschau setzte sofort ein Kosakenregiment in Marsch, unterdessen aber herrschte in Lodz Aufruhr.

Die rebellierenden Arbeiter brachen zunächst die Spirituosenläden auf und machten sich über die Vorräte her. Die Parteiführer beschworen sie vergebens, Anstand und Würde zu bewahren. Die Leute legten sich in den Rinnstein, um verschütteten Schnaps aufzuschlappern. Wenn sie sich vollgesoffen hatten, zündeten sie Fackeln an und zogen durch die Straßen, um sich anderweitig zu verlustieren.

Sie schnappten sich einen polnischen Schneider, der einen Buckel und einen Schnauzbart hatte, und proklamierten ihn zum König von Polen. Sie trugen den armen Kerl, der starr vor Schrecken war, auf den Schultern und schrien: »Es lebe der König! Hurra!« Die Frauen kamen angerannt und küßten die verwachsenen Füße des »Königs«.

Dann schlug die Stimmung der aufgebrachten Massen um.

»Jetzt kommen die Juden dran!«

»Auf nach Balut!«

Die Randalierer stürmten die jüdischen Läden, zerrten jüdische Kaufleute aus den Droschken und verprügelten sie. Die Ladenbesitzer ergriffen die Flucht und überließen ihre Ware dem Mob. Jüdische Frauen fielen in Ohnmacht. Haustüren wurden zugenagelt.

Manche Juden stellten sich der plündernden Horde entgegen. Fleischer, Fuhrleute, Hufschmiede und Lastträger wehrten sie mit Beilen, Knüppeln und Brecheisen ab. Am Feifferweg, wo Taschenspieler, Leierkastenmänner und allerlei Ganoven hausten, wurden die Eindringlinge mit kochendem Wasser begossen. Ein junger Fleischer schwang sein Beil mit so viel Feuereifer, daß es einem Goi den Schädel spaltete.

Die Randalierer traten daraufhin den Rückzug an, nahmen aber ihren verstümmelten Genossen mit und stellten den Leichnam auf der Straße zur Schau. »Seht euch an, Leute, was die Christusmörder einem guten Christen angetan haben!«

Gegen Abend trafen die Kosaken in Begleitung des Gouverneurs von Müller am Stadtrand von Lodz ein. Der Polizeichef fuhr zu ihnen hinaus.

»Wie ist die Lage in der Stadt?« fragte der Gouverneur.

»Ein Judenpogrom, Exzellenz.«

»Ausgezeichnet!« sagte der Gouverneur lächelnd. »Das dürfte den Pöbel eine Weile in Atem halten.« Dann wandte er sich dem Regimentskommandeur zu, der bei ihm in der Kutsche saß. »Wir biwakieren hier ein paar Tage, bis diese polnischen Hunde sich ausgetobt haben. Dann machen wir ihnen Dampf.«

Als die Krawalle und das Gemetzel bereits drei Tage lang im Gang waren, ritten die Kosaken langsam in die Stadt ein. Die besoffenen Randalierer, die ihren Blutdurst gestillt hatten, leisteten keinen Widerstand.

Die Kosaken trieben Hunderte von Männern und Frauen zusammen und verfrachteten sie ins Gefängnis. Der »polnische König« wurde dem Gouverneur vorgeführt. Mit wirren Haaren und zerzaustem Schnauzbart kauerte er zitternd vor dem prächtig uniformierten Würdenträger.

»Du bist also der König von Polen?«

»Ich bin unschuldig, Euer Gnaden«, winselte der Bucklige. »Ich bin Schneider von Beruf. Flickschneider. Auf der Straße haben mich ein paar Leute gepackt und gesagt, ich bin der König von Polen. Ich schwöre bei Jesus Christus und seinen heiligen Wundmalen . . .«

»Exzellenz, was sollen wir mit ihm machen?« fragte der Polizeichef.

»Lassen Sie Seiner Majestät den Hintern auspeitschen. Dann kann er heimgehen zu seiner Königin.«

Später sprach der Gouverneur bei den Baronen Huntze und beim »Verdienstvollen Bürger« Maximilian Fliderbaum vor. Dieser hatte einen Verband um den Kopf, als er den hohen Gast begrüßte. Trotz seiner gojischen Aufmachung und des gezwirbelten Schnurrbarts war er wie ein ganz gewöhnlicher Jude von den Gojim verprügelt worden.

»Das tut mir schrecklich leid!« rief der Gouverneur. »Wenn Sie mir die Namen der Raufbolde sagen, die Ihnen das angetan haben, lasse ich sie auf der Stelle bestrafen.«

Fliderbaum wußte, daß der Gouverneur wußte, daß er wußte, was *wirklich* geschehen war – aber er neigte nur den verbundenen Kopf und dankte dem Gouverneur für sein Mitgefühl.

Nach und nach wurden die jüdischen Läden wieder eröffnet. Glaser setzten neue Scheiben ein. Mitglieder des Beerdigungsvereins fuhren mit Leichenwagen durch die Straßen und luden die Toten auf. Ärzte verbanden die Verwundeten. Die Rabbiner fasteten, und in den Synagogen rezitierten verängstigte Juden beim Nachmittagsgottesdienst Fasttagsgebete.

Kleinlaut geworden, flehten die nichtjüdischen Arbeiter die Fabrikdirektoren an, sie wieder einzustellen. Sie *wurden* wieder eingestellt, aber die Direktoren kürzten die Löhne nach eigenem Gutdünken. Die Fabrikschornsteine qualmten wieder und verpesteten die Lodzer Luft.

In den Hinterhöfen jüdischer Häuser sangen blinde Bettler vom Feifferweg ein Lied, das *Plünderung* hieß und von einem rührigen Straßenmusikanten zur Erinnerung an die Ausschreitungen komponiert worden war.

»Hört von dem Schrecken, hört von dem Gram,
der über die Juden von Balut kam.
Am ersten Tag des Ijer, ihr Leute,
da kamen die Gojim und machten Beute.

Sie tobten wie Hunde, die tollwütig sind.
Tag und Nacht kamen sie in Scharen.
Wehe der Frau und dem Mann und dem Kind,
die ihnen im Wege waren.

O Herr des Himmels und der Erde,
streck aus deine gnädige Hand!
Errette deine verlaufene Herde,
und führ uns ins Heilige Land.«

33

So beschämt und entsetzt, daß sie ihren jüdischen Genossen nicht ins Gesicht blicken konnten, irrten die Streikagitatoren durch die Straßen von Balut. Blutiggeschlagene Menschen wankten umher und suchten nach ihren Angehörigen und ihren Habseligkeiten.

»Unsere Genossen haben uns das angetan, nicht die Polizei oder die ausbeuterischen Unternehmer«, bekamen die Funktionäre von den Webern zu hören.

»Verflucht sollt ihr sein!« schimpften die Frauen. »Habt ihr nichts Besseres zu tun gehabt, als nachts heimlich herumzurennen und Komplotte zu schmieden? Habt ihr nicht gewußt, daß am Ende immer die Juden den Kopf hinhalten müssen?«

Noch deprimierter als die anderen war Nissan, der Rabbinersohn. Er hatte sich, nachdem die Arbeiter, seine Genossen, den Maifeiertag, den Tag der Freiheit, so schamlos mißbraucht hatten, in seinen Kleidern aufs Bett geworfen. Tagelang war er nicht imstande, aufzustehen. Er aß nichts, er wusch und rasierte sich nicht. Am liebsten wäre er gestorben, um nie mehr an die Untaten denken zu müssen, die er miterlebt hatte. Zusammen mit Tewje und anderen Funktionären hatte er unentwegt versucht, die aufgeputschten Arbeiter zur Vernunft zu bringen, doch sie hatten ihn beiseite gestoßen. Einer hatte ihm sogar einen Kinnhaken versetzt.

Sein Hauswirt, ein Litwak, der nach der Ausweisung der Juden aus Moskau nach Lodz gekommen war, wollte einen Arzt holen, aber Nissan sträubte sich dagegen. Und den heißen Tee, den ihm der Hauswirt brachte, rührte er nicht an.

»Sie haben so etwas zum ersten Mal erlebt«, sagte der Hauswirt. »Ich bin schon längst daran gewöhnt. Wir haben's in Rußland erlebt. Und jetzt hier. Überall, wo wir hingehen, wird es so sein. Es wird immer so sein, solange wir unter Nichtjuden leben müssen.«

Nissan fuhr wütend hoch. »Nein! Solange wir unter Ausbeutern und Unterdrückern leben müssen!«

In seiner Verzweiflung verstieß er gegen die Regeln konspirativer Tätigkeit und weihte einen Außenstehenden in seine revolutionären Ideen ein.

Der Hauswirt sah ihn mitfühlend an, dann schüttelte er den Kopf. »Sie sind jung. Früher hatte ich die gleichen Ideen. Aber *wir* werden immer geschlagen. Als in Lodz die neuen Maschinen aufgestellt wurden, hat man *uns* geschlagen. Als russische Studenten den Zaren ermordeten, hat man *uns* geschlagen. Und jetzt schlagen uns die Arbeiter. Später werden's die Revolutionäre sein. Es wird sich nie ändern. Nicht, solange wir Juden und sie Christen sind.«

»Hören Sie auf!« Nissan hielt sich die Ohren zu.

»Sie sollten das illegale Material, das Sie hier im Zimmer haben, schleunigst beseitigen. In der ganzen Stadt sind Haussuchungen im Gange.«

Nissan erbleichte.

»Sehen Sie mich nicht so entsetzt an!« sagte der Hauswirt. »Ich kann schweigen. Aber beherzigen Sie meinen Rat – lassen Sie sich nicht auf so etwas ein! Auch ich habe mich einmal für die Gojim eingesetzt, aber das erste Pogrom hat mir die Augen geöffnet.« Er ging hinaus, ehe Nissan etwas erwidern konnte, und überließ ihn seiner Verzweiflung. Im Hinterhof sangen Bettler Klagelieder über das Pogrom. Die Worte des Hauswirts lagen Nissan wie ein Stein auf der Seele.

Nein, das konnte und wollte er nicht glauben! Er wußte, daß der Weg zur Erlösung mühsam sein würde, voller Dornen und spitzer Steine, über die die Freiheitssucher oft genug stolpern würden, ehe sie den Gipfel erreichten. Aus der Geschichte wußte er, daß jede Revolution von unschuldig vergossenem Blut und Tränen triefte. Er sagte sich, daß das Pogrom von Polizeispitzeln, Provokateuren und kriminellen Elementen angezettelt worden sei, die den nichtsahnenden Arbeitern etwas vorgemacht und sie gegen die Juden aufgehetzt hatten – um sie von ihren wahren Feinden abzulenken. Das sagte ihm sein Verstand, aber nicht sein Herz.

Er sah die Ereignisse dieser furchtbaren Tage vor sich: wie Menschen geschlagen und verstümmelt wurden, wie man Frauen und Kindern Gewalt antat. *Sein* Proletariat hatte diese Untaten begangen. Was sein Hauswirt darüber gesagt hatte, ging ihm nicht mehr aus dem Kopf.

»Sterben ... Einfach hinlegen und sterben«, dachte er. »Es gibt nichts mehr, wofür es sich zu leben lohnt ...«

Er versuchte nicht einmal, das illegale Material zu beseitigen. Ihm war einerlei, was mit ihm passieren würde.

Vielleicht war der Mensch von Natur aus schlecht. Vielleicht war die Schuld nicht, wie er gelernt hatte, den wirtschaftlichen Verhältnissen zuzuschreiben, sondern den Schwächen der menschlichen Natur. Vielleicht wurde in der Tora zu Recht behauptet, des Menschen Herz sei von Geburt an verderbt. Vielleicht hatte Schopenhauer, sein einstiges Idol, recht – und nicht der idealistische Hegel oder der pragmatische Marx.

Er döste ein und hatte gräßliche Alpträume: Blutbäder, Gemetzel. Und immer wieder dröhnten ihm die Worte seines Hauswirts in den Ohren: »Es wird immer so sein ...«

Ungewaschen, unrasiert lag er einen Tag und eine Nacht wie betäubt auf seinem Feldbett. Die Morgensonne, die – so hell sie konnte – durch den verpesteten Lodzer Qualm und die schmutzigen Fensterscheiben schien, weckte ihn auf. Die Verzweiflung, die ihn verzehrt hatte, die Apathie, das Gefühl der Sinnlosigkeit waren wie weggewischt. Jetzt war er durchdrungen von dem Willen, weiterzuleben, wieder zu sich selbst zu finden und das Unheil, das geschehen war, als Anstoß zu nehmen, etwas Positives zu schaffen. Wie sein frommer Vater, dessen Glaube an den Messias alle gegenwärtigen Leiden null und nichtig machte, bestätigte sich Nissan die Gültigkeit seiner Ideen und verdrängte alle Zweifel.

Er beseitigte das illegale Material, wusch sich, zog sich um und verließ das Haus. Er hielt Ausschau nach seinen Genossen, um mit ihnen zu besprechen, was jetzt unternommen werden sollte. Aber sie ließen sich nicht blicken. Sie hielten sich versteckt. Die wenigen, denen Nissan begegnete, wollten nicht mit ihm reden.

»Geh weg! Wenn du dich jetzt bei den Arbeitern blicken läßt, ziehen sie dir die Haut bei lebendigem Leibe ab.«

Er wollte sich mit Tewje beraten, aber der war nicht zu Hause. »Mein Tate ist im Hospital«, sagte Baschke unter Tränen. »Ein Goi hat ihm einen Stein an den Kopf geworfen. Paß bloß auf, daß meine Mame dich nicht sieht! Sie sagt, sie schlägt dich windelweich, wenn du dich hier blicken läßt.«

Er kehrte in sein Zimmer zurück und verfaßte einen Aufruf an die jüdischen Arbeiter von Balut, der von bitteren Vorwürfen gegen die Kapitalisten strotzte, die auf so zynische Weise Zwietracht unter Brüdern gesät hätten. Polizeispitzel und Provokateure seien schuld daran, daß es zu diesen Ausschreitungen gekommen sei. Die jüdischen Arbeiter dürften jetzt nicht verzweifeln, sondern müßten ihren Glauben an die Solidarität des Proletariats wiederfinden. Am Schluß des Aufrufs folgte ein »Nieder mit ...!« und ein »Es lebe ...!« dem anderen.

Einen vollen Tag und die halbe Nacht verbrachte Nissan damit, Abschriften dieser Proklamation anzufertigen. Um Mitternacht machte er sich daran, sie an den windschiefen Häusermauern und Zäunen anzuschlagen. Als er auf einem Umweg wieder nach Hause gehen wollte, tauchten aus der Dunkelheit zwei Polizisten auf und nahmen ihn fest. Sie legten ihm Handschellen an und brachten ihn in einer Droschke zum Polizeirevier. Im Hof hatten Kosaken, die Knuten in der Hand hielten, eine Gasse zum Spießrutenlaufen gebildet. Als Nissan zurückschreckte, schubsten ihn die Polizisten weiter und riefen: »Vorwärts, Mosche!«

Damit gaben sie den Kosaken zu verstehen, daß es sich um einen jüdischen Häftling handelte und sie sich daher keinerlei Zurückhaltung aufzuerlegen brauchten. Nissan lief Spießruten und versuchte, den Lederriemen auszuweichen, die auf seinen Kopf und Rücken, seine Schultern und Arme niedersausten. Als er blutüberströmt zusammengebrochen war, hoben ihn die Polizisten auf und führten ihn dem wachhabenden Offizier vor.

»Den haben wir in Balut beim Plakatekleben erwischt.« Sie zeigten ihm ein Exemplar, das sie von einer Mauer abgerissen hatten.

»Durchsuchen!«

Sie filzten ihn.

»Wie heißt du und wo wohnst du?« fragte der Polizeioffizier.

»Duzen Sie mich gefälligst nicht!«

Der Offizier musterte ihn scharf. »Soso – ein Intellektueller!« Er feixte. »Name und Adresse!«

Nissan schwieg und wischte sich mit dem Taschentuch das Blut vom Gesicht.

»Also gut. Wir haben unsere eigenen Methoden, es herauszufinden. Locht ihn ein!«

Die große Zelle war überfüllt. Unter den Häftlingen waren Diebe und Leute ohne vorschriftsmäßige Ausweispapiere, Krakeeler und betrunkene Droschkenkutscher, Bettler und Irre. Und eine ganze Menge Arbeiter, die wegen aufrührerischer Umtriebe verhaftet worden waren. Ständig wurden weitere Häftlinge hereingeführt. Der Gestank, Lärm, Dreck und Qualm waren unerträglich. Die Männer johlten, fluchten, lachten, weinten. In dem großen Raum brannte nur eine winzige Kerosinlampe. Einige Jugendliche hämmerten an die Zellentür und riefen nach dem Aufseher. Sie wollten zur Latrine geführt werden, doch der Aufseher kam nicht: Man hatte ihn schon zu oft mit solchen Finten hereingelegt.

Weil alle Pritschen belegt waren, streckte sich Nissan in einer Ecke auf dem schmutzigen Boden aus. Häftlinge sprachen ihn an und verlangten Geld für Schnaps.

»Schert euch zum Teufel!« schnauzte er sie wie ein erfahrener Knastbruder an.

»Das ist kein kleiner Fisch«, sagten sie zueinander. »Der ist schon öfter verknackt worden.« Dann trollten sie sich, um Ausschau nach einem »kleinen Fisch« zu halten.

Krank an Leib und Seele lag Nissan auf dem kalten Boden. Das grünliche Morgenlicht drang durch die vergitterten Fenster.

Nach einigen Tagen wurde er zum Verhör geführt. In einem hellbeleuchteten Büroraum saß ein Gendarmerie-Oberst, der glattrasiert war und eine goldgeränderte Brille trug, an einem mit grünem Stoff bezogenen Schreibtisch.

»Nehmen Sie Platz!« sagte er höflich. »Sind Sie zum ersten Mal hier? Lodzer Bürger oder von auswärts?«

»Gebürtiger Lodzer.«

»Ich weiß Ihren Namen nicht«, sagte der Oberst lächelnd. »Sie wollten den Beamten, von denen Sie festgenommen wurden, nicht sagen, wie Sie heißen.«

»Man hat mich geschlagen. Sehen Sie sich mein Gesicht an!«

»Tut mir leid«, sagte der Oberst freundlich. »Aber zur Zeit ist es wirklich nicht leicht, die nötige Disziplin aufrechtzuerhalten. Sie wissen sicher, wie schwer es ist, Kosaken im Zaum zu halten. Wären es Gendarmen gewesen, dann wäre das nicht passiert.«

Er schob ihm eine Schachtel Zigaretten hin. »Möchten Sie rauchen?«

»Danke.« Nissan nahm eine Zigarette.

Der Oberst begann, Schreibfedern zu reinigen. »Für einen gebürtigen Lodzer sprechen Sie erstaunlich gut Russisch. Sind Sie in Rußland oder in Polen zur Schule gegangen?«

»Ich war einige Jahre in Rußland unter Polizeiaufsicht. Ich heiße Nissan Eibeschutz.«

»Freut mich, Sie kennenzulernen, Herr Eibeschutz.« Er sprach den jüdischen Namen besonders deutlich aus. »Gut so. Wir hätten zwar herausbekommen, wie Sie heißen, aber Sie haben uns unnötige Mühe erspart.«

In ebenso höflichem Ton versuchte er, herauszufinden, welcher Partei der Häftling angehörte – der Proletariatspartei oder dem »Bund« oder vielleicht irgendeinem neuen Ableger? »Es herrscht keine Einigkeit in euren Reihen«, bemerkte er lächelnd. »Ihr splittert euch in Parteien auf und macht uns dadurch noch mehr Arbeit. Es heißt, daß es in der Proletariatspartei erneut zur Spaltung kommen wird. Was meinen Sie dazu?«

Als Nissan schwieg, nahm sich der Oberst die Proklamation vor. Er verglich den Text mit der russischen Übersetzung, die der Sekretär des jüdischen Bürgervereins für ihn angefertigt hatte. Dann kam er auf die Ausschreitungen zu sprechen. »Höchst bedauerlich«, sagte er seufzend. »Wirklich beklagenswert.«

»Daran seid ihr schuld!«

»Nein, ihr! Juden haben sich nicht in die Politik einzumischen. Beschränkt euch aufs Geschäftemachen – das ist eure Spezialität. Es wäre besser für euch und für uns. Darüber sollten Sie einmal nachdenken.«

»Ich habe darüber meine eigenen Ansichten.«

»Ich hoffe, daß Sie im Gefängnis, wo sie Zeit dazu haben werden, ausgiebig darüber nachdenken und sich zu meiner Meinung bekehren«, sagte der Oberst in väterlichem Ton. »Jetzt sind Sie müde, und ich möchte Sie nicht länger als unbedingt nötig behelligen. Wir sprechen uns noch. Kann ich irgend etwas für Sie tun? Wenn es in meiner Macht steht, bin ich gern dazu bereit.«

»Nur *eine* Bitte, Herr Oberst: Schicken Sie mich nicht wieder in diese Zelle, sondern lieber gleich ins Gefängnis.«

»Habe ich bereits angeordnet.« Der Oberst läutete nach den Wachposten.

Nissan wurde in eine Droschke verfrachtet und zum Gefängnis in der Dlugastraße gefahren.

»Ständig schicken sie uns neue Häftlinge!« schimpfte der Gefängnisdirektor. »Wo soll ich die denn alle unterbringen? Ein Saustall ist das!«

Zwei schläfrige Aufseher zogen Nissan aus, dann mußte er sich nach vorn beugen, damit sie seinen After untersuchen konnten. Sie nahmen ihm alles ab, was er in den Taschen hatte, auch die Zigaretten und Streichhölzer, das Kleingeld und seinen Bleistift. Seine Krawatte und die Hosenträger wurden ebenfalls konfisziert.

»Da – nimm!« Sie gaben ihm eine winzige Kerosinlampe und führten ihn durch einen langen Gang. »Bis auf weiteres bleibst du hier!«

Wie einen Leichnam warfen sie ihn auf eine Pritsche, auf der eine grobe graue Wolldecke lag. Verglichen mit der überfüllten Zelle im Polizeirevier kam Nissan die Gefängniszelle mit Pritsche, Tisch und Bank wie ein Palast vor.

Kurz darauf hörte er Klopfzeichen aus der Nachbarzelle. Eine Botschaft im üblichen Häftlingscode. Er preßte das Ohr an die Wand.

»Guten Abend!« wurde geklopft. »Wie heißt du?«

Nissan klopfte seinen Namen.

»Was tut sich in der Stadt?« fragte der andere und teilte ihm seinen Namen mit.

Nissan erfuhr von ihm, daß sie nicht lange in Untersuchungshaft bleiben würden. In Kürze werde man ihnen den Prozeß machen, und es sei mit drastischen Strafen zu rechnen – bis zu acht oder zehn Jahren Gefängnis.

Nissan erkundigte sich nach dem Tagesablauf in dieser Haftanstalt – wann Essenszeit sei, wann man sich im Gefängnishof Bewegung machen dürfe, wann Nachtruhe sei. Vor allem aber wollte er wissen, ob Lektüre zur Verfügung stehe.

Der andere teilte ihm mit, daß massenhaft Bücher vorhanden seien – politische Literatur und allerlei andere Lektüre, die Häftlinge hier zurückgelassen hatten.

Nissan war hocherfreut. Er rechnete damit, viele Jahre im Gefängnis verbringen zu müssen, und wollte sie zu ungestörtem Bücherstudium nützen.

Eines Tages teilte man ihm mit, seine junge Frau wolle ihn besuchen. Verdutzt folgte er dem Aufseher hinaus. Es war Baschke, die ein Päckchen mitgebracht hatte. Der Aufseher nahm es ihr ab. »Was ist da drin?«

»Etwas zu essen.«

»Wenn wir's untersucht haben, bekommst du's zurück. Unterdessen dürft ihr miteinander sprechen.«

Als Nissan nach ihrer Hand griff, wurde Baschke feuerrot. »Sei mir bitte nicht bös, aber weil nur Familienangehörige herkommen dürfen, hab' ich gesagt, wir sind verheiratet.«

Er strich ihr übers Haar. »Ich danke dir, Baschke.« Dann erkundigte er sich nach ihrem Vater und gemeinsamen Freunden.

»Mein Tate ist wieder zu Hause. Er geht wieder zur Arbeit. Ich auch. Ich soll dich von ihm grüßen.«

Sie überlegte einen Moment, dann sagte sie: »Er macht weiter, und ich auch. Obwohl meine Mame sich furchtbar aufregt.«

»Du bist ein gutes Mädchen, Baschke. Aber sei vorsichtig! Du brauchst mir übrigens keine Päckchen zu bringen. Ich habe hier alles, was ich brauche.«

Sie sah ihn dankbar an, dann brach sie in Tränen aus.

»Was hast du denn, Baschke?«

Sie wich seinem Blick aus. »Die sind so gemein . . . so abscheulich . . .«

»Wer?«

Baschke schoß das Blut ins Gesicht. »Als sie mich durchsucht haben . . . Ich hab' mich so geschämt!«

Nissan nickte. Er wußte, wie mit Besucherinnen von Häftlingen bei der Leibesvisitation umgegangen wurde. »Du solltest nicht hierherkommen. Du bist doch noch ein Kind.«

Der Aufseher unterbrach das Gespräch. »Die Zeit ist um!« Er rasselte mit dem Schlüsselbund.

Nissan küßte Baschke auf die Stirn und sagte ihr Lebewohl.

34

Auf dem Lodzer Bahnhof herrschte Hochbetrieb. Vor den Dritte-Klasse-Waggons drängten sich Juden, Kleinbauern, Frauen und Kinder. Obwohl bis zur Abfahrt des Zuges noch viel

Zeit war, wuselten die Leute aufgeregt herum, schrien und drängelten. Frauen waren um ihre Habseligkeiten besorgt. Sie verstanden die russischsprechenden Schaffner nicht und umklammerten schluchzend ihre Bündel. Sie traten die Reise zu ihren Männern in Amerika an, nahmen nur das Bettzeug und die Kinder mit und hatten schreckliche Angst, daß ihnen das eine oder das andere abhanden kommen könnte. Jedesmal wenn sie eines ihrer Kinder aus den Augen verloren, stießen sie schrille Schreie aus.

Und obendrein trieben sich Taschendiebe auf dem Bahnhof herum, die alles mitgehen ließen, was nicht niet- und nagelfest war. Durch den Qualm gellten immer wieder weibliche Stimmen: »Hilfe, mein Geld!«

Zahlreiche Lodzer wanderten dieser Tage nach Amerika aus. Viele hatte die Wirtschaftskrise um den letzten Groschen gebracht. Andere waren während des Pogroms geprügelt und ausgeplündert worden. Nun wollten sie in der Neuen Welt ein neues Leben beginnen.

Zum hundertsten Male sagten Väter ihren Söhnen Lebewohl und ermahnten sie: »Bleibt Juden! Haltet den Schabbes ein, legt eure T'fillin an und rasiert euch nicht den Bart ab – hört ihr?«

»Ja, Tate«, versprachen die Söhne und zählten noch einmal ihre Bündel.

Bauersfrauen, die Körbe mit Hühnern trugen und sich in den Zug schmuggeln wollten, zankten sich mit den Schaffnern. Chassidim, die mit Bündeln aus roten Sacktüchern unterwegs zum Hof ihres Rebbe waren, hatten ihre kleinen Söhne bei sich, die in ihrem langen Kaftan wie zwergwüchsige alte Männer aussahen. Sogar beim Einsteigen sangen sie chassidische Lieder. Mit Koffern, Teekesseln und Regenschirmen beladene jüdische Händler aus Litauen kämpften um Schlafwagenbetten, damit sie die lange Heimreise verschlafen konnten. Sie kabbelten sich mit den polnischen Juden, schrien aus den Zugfenstern auf die Lastträger ein und tranken literweise heißen Tee, den sie mitgebracht hatten.

In den Waggons ging es drunter und drüber. Fahrgäste zankten sich und schlugen mit ihren Bündeln aufeinander ein. Fromme Juden legten ihren Gebetsmantel und die Gebetsriemen an und fanden sich zu einem Quorum zusammen. Frauen gaben ihren plärrenden Säuglingen die Brust. Litauische Jüdinnen spielten Karten. Chassidim aßen, spuckten auf den Boden und machten sich über die zum Gebet versammelten Juden lustig. Kinder flennten. Hennen gluckten. In einem Sack quiekte ein Ferkel. Ein Köter kläffte.

Durch dieses Tohuwabohu drängte sich, in seinem gelben Kaftan, der »Schinder«, ein Bulle von einem Juden, der – unbefugterweise, aber unverfroren – Fahrgeld einsammelte.

Nicht jeder, der einen Zug benützte, kaufte sich eine Fahrkarte. Viele schmuggelten sich hinein und versteckten sich unter den Sitzen. Die russischen Schaffner hatten nichts dagegen. Sie heuerten Rausschmeißer an, die den blinden Passagieren Geld abknöpften, und mit denen sie sich die Beute teilten.

Der rothaarige »Schinder« stöberte überall herum und kroch unter die Bänke. Hatte er jemanden erwischt, dann schrie er: »Hopp, hopp! Her damit, oder du fliegst raus!«

Der russische Schaffner ging neben ihm her und gab der Sache einen amtlichen Anstrich. »Wird er allein kommen?« fragte er auf hebräisch – ein Torazitat, das ihm sein Komplice beigebracht hatte.

»Er wird allein fortgehen«, antworteten die Ertappten und zahlten für die Erlaubnis, ohne Fahrkarte zu reisen.

Seine Wut ließ der »Schinder« nicht etwa an denen aus, die sich unter den Sitzen versteckt hatten, sondern an denen, die eine reguläre Fahrkarte vorweisen konnten.

»Ihr habt wohl dem Russki einen Gefallen tun wollen, was? Statt einen Juden ein paar Kopeken verdienen zu lassen und billiger zu reisen! Ihr seid ja schlimmer als die Gojim!«

Chassidim fragten: »Wird der Todesengel kommen?« – womit sie den Fahrkartenkontrolleur meinten.

»Nein, der Todesengel kommt nicht«, versicherte ihnen der russische Schaffner auf jiddisch.

Die Männer zogen nach einigem Zögern ihren Geldbeutel heraus und berappten. Die Frauen tasteten nach dem Geld, das sie sich in den Ausschnitt oder in den Strumpf gesteckt hatten, und feilschten mit dem »Schinder«.

»Ihr seid hier nicht auf dem Fischmarkt!« schnauzte er sie an. »Hier wird nicht gefeilscht!«

Vor den Waggons der ersten und zweiten Klasse hatten sich

gutgekleidete, selbstsicher auftretende Fahrgäste angesammelt. Einige Offiziere wurden von ihren Burschen begleitet, die das Gepäck trugen. Wohlhabende Kaufleute stolzierten auf dem Bahnsteig umher, sahen immer wieder auf ihre goldne Taschenuhr, pafften dicke Zigarren und stießen graublaue Rauchkringel aus. Zwei polnische Landadlige, die Jagdhunde an der Leine hielten, Flinten umgehängt hatten und hier völlig fehl am Platz wirkten, palaverten und lachten überlaut. Die meisten Fahrgäste, die hier einstiegen, waren Damen, die zur Kur reisten. Die Lastträger schleppten Berge von Koffern, Reisetaschen, Hutschachteln und Kleidersäcken, angefüllt mit der nötigen Garderobe für einen zweiwöchigen Aufenthalt in einem eleganten Kurort. In bodenlangen Kleidern und riesigen Federhüten trippelten die Damen den Bahnsteig entlang und unterhielten sich auf deutsch, obwohl sie noch weit von der deutschen Grenze entfernt waren. Ehemänner und Verehrer überreichten ihnen zum Abschied Blumensträuße und Pralinéschachteln und versicherten sie ihrer unwandelbaren Treue.

In einem karierten englischen Anzug (der ihn größer und vornehmer erscheinen lassen sollte), eine Havannazigarre zwischen den Lippen, ging Max Aschkenasi, Generalvertreter der Huntze AG, auf dem Bahnsteig hin und her und stellte Berechnungen an, die er auf jede verfügbare Unterlage kritzelte: auf den Rand einer deutschen Zeitung, in die winzigen roten Notizbücher, von denen er in jeder Tasche eines stecken hatte, und sogar auf sein Zigarrenetui. Er feuchtete den Bleistift mit der Zungenspitze an und kritzelte Zahlen – eine Unmenge Zahlen.

Männer tippten an ihre Melonen und Zylinder. »Guten Tag, Herr Aschkenasi! Wohin geht's denn diesmal?«

»Eine reine Urlaubsreise.«

»Viel Vergnügen!« wünschten ihm die anderen, obwohl sie genau wußten, daß er sie angeschwindelt hatte.

Er nuschelte etwas, dann konzentrierte er sich wieder auf seine Kalkulationen.

Obzwar es in der rauchigen, stinkigen Stadt schon glühend heiß war, fuhr Max Aschkenasi nicht in Urlaub. Er reiste nach Rußland, um Waren zu verkaufen und Verbindungen zu wichtigen Kaufleuten anzuknüpfen.

Nach der Wirtschaftskrise waren in Lodz wieder gute Zeiten

eingekehrt, noch bessere als zuvor. Die Stadt hatte sich aus eigener Kraft entschlackt. »Es tut Lodz gut, sich von Zeit zu Zeit einer solchen Kur zu unterziehen«, dachte Max Aschkenasi. »Auf diese Weise kann der Organismus von schlechtem Blut entschlackt werden.« Die kleinen Fabrikanten und Kaufleute hatten die Stadt lange genug ausgezehrt. Um konkurrieren zu können, hatten sie unter Herstellungspreis verkauft, die Preise ruiniert und jedem Habenichts, jedem Schnorrer Kredit eingeräumt – bis es nahezu unmöglich war, in Lodz Geschäfte zu machen.

Aber dann hatte die Wirtschaftskrise die ganze Bande hinweggefegt wie einen Haufen Dreck. Übriggeblieben waren nur die großen Fabrikanten, die Unternehmer mit einer soliden Existenzgrundlage.

Zwar hatten auch sie Rückschläge erlitten, aber der Schaden war nicht so groß, daß sie ihn nicht verkraften konnten. Jetzt würden sie die Verluste mehr als wettmachen. Die Warenpreise hatten sich stabilisiert. Den Arbeitern war eine gehörige Lektion erteilt worden. Von nun an würden sie sich mit jedem Lohn zufriedengeben, den ihnen die Unternehmer zahlen wollten. Bloß um wieder arbeiten zu dürfen, würden sie ihnen die Füße küssen.

Und da jetzt alles wieder in die rechte Bahn gekommen war, wollte Max Aschkenasi in Rußland die Beziehungen zu alten Kunden festigen, neue Verbindungen anknüpfen und neue Absatzmärkte erschließen. Er war ganz erpicht auf diese Reise und strotzte von Vertrauen in seine Zukunft und in die Zukunft von Lodz. Die Firma Huntze hatte relativ wenig Schaden erlitten. Das Kosakenregiment war in der Stadt geblieben, und Gouverneur von Müller hatte sich dafür verbürgt, daß von nun an Ruhe und Ordnung herrschen würden.

Unter den Papieren in Max' Brieftasche war ein Dokument, in dem bestätigt wurde, daß Simcha Meir Aschkenasi Mitglied der Großhändlergilde und daher trotz seines mosaischen Glaubens berechtigt sei, sämtliche Gebiete des russischen Kaiserreiches zu bereisen. Daß in seinem Reisepaß noch seine alten jüdischen Vornamen eingetragen waren, ärgerte ihn ein bißchen, aber immerhin stand auf seinen Geschäftskarten »Max Aschkenasi«.

Er sah auf die goldene Taschenuhr, die ihm sein Schwiegervater zur Hochzeit geschenkt hatte. Eigentlich hätte der Zug jetzt abfahren sollen, aber das dritte und letzte Glockenzeichen war noch nicht gegeben worden.

»Warum fahren wir nicht ab?« fragte er den Schaffner durch das Fenster seines Erste-Klasse-Abteils.

»Sträflinge werden in den Zug gebracht. Es dauert eine Weile, bis man sie in die Waggons verfrachtet hat. Wir werden also ziemlich viel Verspätung haben.«

Max nickte und sah gleichgültig auf den Perron hinaus.

Zwischen zwei Reihen schwarzuniformierter Militärpolizisten, die mit gezogenem Säbel angetreten waren, gingen Sträflinge im Gänsemarsch den Bahnsteig entlang. »Hier gibt's nichts zu gaffen! Abstand halten!« warnten Soldaten die Leute, die den Sträflingen Lebewohl sagen wollten.

Nach den Streiks und Krawallen hatte sich in Lodz die Zahl der Häftlinge ständig vergrößert. Jetzt deportierte man sie aus der Stadt, um in den Gefängnissen Platz für andere zu schaffen. Zu Hunderten wurden sie in Züge verfrachtet und entweder zurück in ihre Heimatorte oder in die Verbannung geschickt. Berufsverbrecher, die graue Sträflingskleidung und runde Mützen trugen, waren darunter, bärtige Bauern, die ohne vorschriftsmäßige Ausweispapiere erwischt worden waren, Lebenslängliche in Ketten, politische Häftlinge, die Zivilkleidung trugen und Koffer bei sich hatten, zerlumpte Bettler, Frauen mit Säuglingen auf dem Arm, ältere Juden und Nichtjuden. Grellbunt gekleidete Zigeuner, die im Romani-Dialekt etwas von den Soldaten verlangten, wurden sofort mit Schlagstöcken zum Schweigen gebracht.

»In der Reihe bleiben, ihr dreckigen Hundesöhne!«

Während die Häftlinge in die vergitterten Waggons stiegen, winkten ihnen Verwandte und Freunde nach und riefen ihre Namen. Manchen sollte woanders der Prozeß gemacht werden, manche wurden nach Warschau in Festungshaft, manche in russische Gefängnisse, andere nach Sibirien in die Verbannung geschickt.

Zu denen, die Zivilkleidung trugen, zählten Hunderte von Arbeitern, die während der Ausschreitungen verhaftet worden waren, und zahlreiche wegen revolutionärer Umtriebe festgenommene Studenten und Intellektuelle – darunter auch Nissan Eibeschutz, der nach jahrelanger Verbannung erst vor kurzem nach Lodz zurückgekehrt war. Wie Max Aschkenasi fuhr auch er nach Rußland, aber seine Reise würde erst nach vielen Umleitungen enden – in der Eiseskälte der Antarktis.

Die Blicke der beiden Männer kreuzten sich. Dann lehnte sich Max Aschkenasi auf seinem samtbezogenen Sitz zurück und zündete sich eine Zigarre an. Der Sträfling Nissan Eibeschutz wurde in einen vergitterten, mit Männern, Frauen, Kindern und ihren Habseligkeiten vollgestopften Waggon gestoßen, der von Geschrei und Flüchen widerhallte und vom Gestank ungewaschener Menschen geschwängert war.

Der Zug setzte sich in Bewegung. Baschke stand abseits auf dem Bahnsteig und winkte ihm nach, bis er in dichten Dampfwolken verschwunden war.

35

Draußen strahlte Tag um Tag die Sonne. Auf den üppigen Kornfeldern sangen Bauernmädchen mit roten Kopftüchern beim Garbenbinden ihre Lieder.

Im Sträflingswaggon war es stickig und stinkig. Seine stählernen Wände umschlossen die ganze Tragik und Nichtigkeit der menschlichen Existenz.

Eine junge Frau, die nur noch Fetzen auf dem Leib hatte, kauerte bitterlich schluchzend auf dem Boden. Sie stammte aus einem weit entfernten Dorf und hatte sich in Lodz Arbeit suchen wollen. Im Zug dorthin waren ihr die Fahrkarte und ihre paar Gulden gestohlen worden. Der Fahrkartenkontrolleur hatte sie von der Lodzer Polizei festnehmen lassen. Zu allem Unglück waren ihr auch die vom Dorfnotar beglaubigten Papiere abhanden gekommen. Bloß ihr blechernes Kruzifix war ihr geblieben.

Jetzt wurde sie in ihr Heimatdorf zurückgeschickt, das mit dem Zug in einem Tag und einer Nacht zu erreichen war – aber diese Bahnfahrt dauerte bereits mehrere Wochen.

Im Gefängnis war das weltfremde, verschüchterte Landmädchen von den Prostituierten, den Diebinnen und den Wachposten gepiesackt worden. Kurz vor der Abfahrt hatte man sie unter dem Vorwand, sie sollte den Fußboden fegen, ins Wachlokal gelockt, wo die ganze Horde im Dunkeln über sie herfiel und ihr

Gewalt antat. Am Morgen war sie, übel zugerichtet und blutend, wieder in die Zelle gesteckt worden.

Jetzt hockte sie mit rotgeweinten Augen und verschwollenem Gesicht auf dem feuchten, völlig verschmutzten Boden des Waggons und wimmerte: »Jesusmaria, Jesusmaria ...«

Einige Prostituierte, die ohne ihre speziellen Ausweiskarten erwischt worden waren, höhnten: »Davon stirbst du nicht! Jetzt hast du Erfahrung und kannst eine von uns werden.«

Die Wachposten feixten. »Stimmt!«

Eine junge Jüdin saß händeringend auf einem Korb. Sie war von ihrem Vater gezwungen worden, einen älteren Mann zu heiraten, den sie nicht ausstehen konnte. Daraufhin war sie nach Lodz geflohen, wo sie bei einer wohlhabenden Familie als Dienstmädchen gearbeitet hatte. Ihr Mann hatte herausbekommen, wo sie sich aufhielt, und ihr die Polizei auf den Hals gehetzt, von der sie jetzt, wie das Gesetz es befahl, zu ihm zurückgeschickt wurde.

Sie jammerte in einem fort über ihr Los. »Was soll ich denn tun?« fragte sie einige jüdische Diebinnen, die sich im Kreis auf den Boden gehockt hatten und Karten spielten.

»Vergift' ihn!« riet ihr eine Frau in Sträflingskleidung. »Das hab' ich mit meinem getan, und darum bin ich hier.«

Auf einem Bündel Lumpen lag wimmernd und ächzend ein altes Weib. Tausende von Bettlern liefen in Lodz herum, aber ausgerechnet sie hatte das Pech gehabt, geschnappt zu werden. Wie das Gesetz es vorschrieb, sollte sie in ihren Geburtsort zurückgeschickt werden, doch sie war schon so senil, daß sie sich nicht mehr erinnern konnte, wie der Ort hieß.

»Von Gottes Erde komme ich«, sagte sie auf alle Fragen. »Da gibt es eine Kirche mit wunderschönen Bildern ...«

Sie fuhr schon jahrelang in Häftlingswaggons herum. Nirgends wollte man sie aufnehmen, niemand wollte ihr einen Paß ausstellen. Nicht mehr imstande, aufzustehen, um ihre Notdurft zu verrichten, inmitten von harten Brotkanten, die sie nicht mehr kauen konnte, verrottete sie auf ihrem Lumpenbündel.

»Hinaus mit ihr!« schrien die Sträflinge. »Ihr Gestank bringt uns noch um!«

»Dieser Haufen Scheiße will einfach nicht verrecken!« schimpften die Wachposten und spuckten auf das Lumpenbündel. »Durch ganz Rußland müssen wir sie mitschleppen – und wozu?«

Unter den Sträflingen waren Mörder, die mit ihrer Grausamkeit prahlten, und ganz gewöhnliche Pferdediebe; ein Bauer – blauäugig und mit dem Gesicht eines Heiligen –, der sich mit einem Nachbarn wegen des Grenzsteins gestritten und ihn mit der Hacke erschlagen hatte; ein hünenhafter, schnurrbärtiger Kleinbauer, der im Wald eines Gutsbesitzers einen abgefallenen Ast mitgenommen hatte, um daraus eine Wagendeichsel zu machen, und der für dieses Verbrechen mit neun Monaten Gefängnis bestraft worden war; ein Tatar mit hohen Backenknochen, der in Lodz als Lastträger gearbeitet und eines Tages versäumt hatte, einen Ballen Baumwolle zuzustellen; einige nichtjüdische Jugendliche, die sich bei einer Hochzeitsfeier auf eine Rauferei eingelassen hatten; Brandstifter und Schmuggler; Diebe und Dirnen; kaltblütige Totschläger und Vollidioten; Zigeuner und Revolutionäre – ein Mikrokosmos, der den russischen Vielvölkerstaat widerspiegelte, ein Mikrokosmos, eingezwängt in vergitterte Waggons und versumpft in Kot, Schweiß, Tränen und Ungerechtigkeit.

Mitten in diesem atembeklemmenden Gewimmel saß Nissan und rang nach Luft. Seine Mithäftlinge hatten zu Recht vermutet, daß man die Gerichtsverfahren schnell abwickeln und harte Strafen verhängen würde. Es waren so viele Verhaftungen vorgenommen worden, daß die Justizbehörden kurzen Prozeß mit den Angeklagten gemacht hatten.

Wer Juden ausgeplündert und geschlagen hatte, wurde mit sieben Monaten Gefängnis bestraft, wer sich an der Organisation von Streiks beteiligt hatte, mit drei Jahren. Die Revolutionäre waren zu fünf bis sieben Jahren Gefängnis und weiteren fünf bis zehn Jahren Verbannung in Sibirien – unter Polizeiaufsicht – verurteilt worden.

Wie alle politischen Häftlinge hatte Nissan vor Gericht eine lange, leidenschaftliche Rede gehalten, in der er die üblichen Vorwürfe erhob. Die Richter unterbrachen ihn nicht, hörten ihm aber auch nicht zu. Sie dösten vor sich hin, gähnten und warteten, bis er ausgeredet hatte. Das alles hatten sie schon so oft zu hören bekommen. Das Urteil stand von vornherein fest, und keine Aussage des Angeklagten konnte etwas daran ändern.

Im Gerichtssaal hatte Nissan Ausschau gehalten, ob Leute aus Balut gekommen waren, um sich seine Rede anzuhören. Aber er konnte niemanden entdecken. Nur Polizisten, Spitzel und etliche elegante Damen waren zugegen. Die Verhandlung fand unter Ausschluß der Öffentlichkeit statt.

Und nun war er auf dem Transport in ein Gefängnis in der Nähe von Moskau. Die Justizbehörden schickten Sträflinge vorzugsweise in weit von ihren Wohnorten entfernte Haftanstalten. Und obendrein durften die Sträflinge auf Anordnung des Generalgouverneurs nicht auf direktem Weg dorthin transportiert werden. Das bedeutete eine monatelange Bahnfahrt mit Zwischenaufenthalten in Gefängnissen und Häftlingsbaracken, die bereits vollgestopft waren mit allem möglichen Gesindel, mit Schwerverbrechern und Geistesgestörten. Nissan wußte nur zu gut, daß ein monatelanger Transport in solchen Zügen schlimmer war als Jahre im Gefängnis. Und zudem hatte er keine Kopeke in der Tasche. Die paar Rubel, die er bei sich gehabt hatte, waren ihm in der Untersuchungshaft abgenommen worden, und er wußte, daß er das Geld, entgegen der Zusicherung der Gefängnisaufseher, nie zurückerhalten würde.

Der Gedanke, daß ihm eine lange, beschwerliche Bahnfahrt bevorstand, peinigte ihn nicht. Wie einst sein Vater, so war auch er bereit, um seiner Überzeugung willen die schlimmsten Entbehrungen auf sich zu nehmen. Er wußte: Körperliche Qualen sind der Preis, den man für die Verwirklichung eines Ideals zahlen muß. Und er war bereit, diesen Preis zu zahlen. An Entbehrungen war er ja gewöhnt. Die jahrelange Gefangenschaft hatte ihn abgehärtet. Jetzt war er auf jede Demütigung und jede Gefahr gefaßt, die das Leben im Gefängnis mit sich bringen würde.

Er bestand auf seinen Rechten als politischer Häftling und verhielt sich so, daß die Berufsverbrecher Respekt vor ihm hatten und gar nicht erst versuchten, ihn einzuschüchtern. Wohin man ihn auch schickte – überall würde er anderen politischen Häftlingen begegnen, die sich zusammentun und einander beistehen würden. Und nicht immer war ein Gefängnisdirektor oder ein Aufseher wie der andere. Es gab anständige Leute unter ihnen, die Sträflinge – und zumal politische Häftlinge – vorschriftsmäßig behandelten.

Und er war ja auch nicht mehr so naiv wie früher. Sein Russisch war jetzt ausgezeichnet, und sein Drang, sich intensiv mit dem Marxismus zu befassen, war so stark wie eh und je. Ironischerweise wurde einem nirgendwo im zaristischen Rußland eine so gute Gelegenheit zum Studium des Marxismus geboten wie in den Gefängnissen.

Wie für alle politischen Häftlinge war das Gefängnis auch für Nissan eine Art Universität. Als ahnungsloser Grünschnabel hatte er Lodz damals verlassen müssen – und zurückgekehrt war er als aufgeklärter, gebildeter Mann. Jetzt wollte er weiterstudieren und seine Kommentare und Randbemerkungen in die marxistischen Bücher schreiben, wie sein Vater seine Anmerkungen in die heiligen Bücher gekritzelt hatte.

Was ihm jetzt Sorge machte, war nicht die bevorstehende Gefängnishaft, sondern die Anwesenheit von Lodzer Arbeitern, die verurteilt worden waren, weil sie während der Krawalle Juden angegriffen und ausgeplündert hatten. Merkwürdigerweise galt ihr Haß weniger den Behörden, von denen sie vor Gericht gestellt worden waren, sondern vielmehr den Opfern ihrer eigenen Gewalttätigkeit – den Juden.

»Wartet nur, bis wir zurück sind!« schrien sie und ballten die Faust. »Dann geben wir ihnen den Rest!«

Die Verhältnisse in Lodz hatten sich geändert. Die Arbeiter zogen nicht mehr über die Unternehmer her, sondern baten, mit der Mütze in der Hand, flehentlich darum, wieder eingestellt zu werden. In Balut zitterten die Leute bereits, wenn der erste Mai auch nur erwähnt wurde – ein Datum, das eigentlich für Freiheit und Unabhängigkeit stand, jetzt aber zum Symbol für Gewalttätigkeit und Plünderei geworden war. Das Lied zum Gedanken an das Pogrom war auch in den Sträflingswaggons zu hören: Jüdische Diebe sangen es beim Kartenspielen.

Trotz alledem war Nissan nicht verzagt. Er wußte, daß in jedem Krieg Rückschläge und Niederlagen eingesteckt werden müssen. Der Weg zur Wahrheit war nicht eben und mühelos, sondern gewunden und voller Hindernisse. Aber am Sieg zweifelte Nissan keinen Moment. Der Sieg würde dem Erdboden entsprießen, so, wie die Saat aus der gedüngten Feldkrume sprießt, so, wie sich im Mutterleib aus einem Tröpfchen Sperma neues Leben entwickelt.

Nicht, daß er an eine rasche Erlösung geglaubt hätte. Der historische Prozeß *mußte* bestimmte Phasen durchlaufen, bis schließlich seine unumstößlichen Gesetze obsiegen würden. Dann würde es keine Unterdrücker und Unterdrückten mehr geben, keine Klassen und Nationen, keinen Haß und Neid. Alle Menschen würden frei sein, alle weltlichen Güter gerecht verteilt werden. Und das Glück würde universell sein, denn alle menschliche Not, alles Böse in der Welt rührte von ungerechten wirtschaftlichen Verhältnissen her.

Für Nissan war das alles so klar wie der Himmel, den man durch die vergitterten Fenster des Sträflingswaggons sehen konnte. Er sah das alles so lebhaft vor sich, wie sein Vater das Gelobte Land nach dem Kommen des Messias vor sich gesehen hatte.

Vorläufig allerdings fielen die im Waggon zusammengepferchten Menschen genauso übereinander her, wie die Läuse über sie herfielen. Sie schikanierten, verhöhnten, quälten einander. Alle paar Minuten fiel das Schimpfwort »Itzig«. Die Wachsoldaten gebrauchten es, die Arbeiter und die Kriminellen.

Die älteren Sträflinge wollten ein bißchen Spaß haben. Sie nahmen sich einen Bauernjungen vor, dem der flachsblonde Haarschopf immer wieder über die blauen Augen fiel. Er war zum ersten Mal mit dem Gesetz in Konflikt gekommen, und die älteren Männer wollten ihn »einweihen«.

»Wie heißt du denn, Kleiner?«

»Antek.«

»Weshalb bist du hier, Antek?«

»Weil ich ein gestohlenes Pferd gekauft habe.«

»Dann mußt du jetzt den gleichen Eid schwören, den wir geschworen haben«, erklärten sie gespielt feierlich.

»Schwören?« fragte er verdattert. »Was denn?«

»Daß du ein guter Kamerad sein wirst und deine Brüder nicht verpfeifst. Glaubst du an den Herrn Jesus?«

»Natürlich!«

»Dann schwörst du auf die Bibel. Aber zuerst müssen wir dir die Augen verbinden.«

Sie verbanden ihm die Augen mit einem schmutzigen Lappen. Dann ließ der Älteste von ihnen seine Hose herunter und reckte dem Jungen den nackten Hintern hin. Ein Kettensträfling sagte in priesterlichem Tonfall eine Eidesformel auf, die der Bauernjunge Wort für Wort wiederholen mußte.

»Küß jetzt die Bibel, mein Sohn!« befahl der Ministrant.

Der Junge beugte sich vor und küßte den nackten Hintern. Die Horde brach in wildes Gelächter aus.

Dann drückten sie dem Jungen die Hand und fragten grinsend: »Wie hat's denn gerochen?«

Zitternd vor Scham verkroch sich der Junge in einen Winkel.

Auch andere Schamlosigkeiten wurden in dem Waggon begangen – Diebstähle, Perversitäten. Ältere Sträflinge taten jungen Burschen Gewalt an und verprügelten die Schwächeren.

In Nissans Gehirn wurde die strahlende Vision von einer erlösten Menschheit allmählich von der alten Frage verdrängt, ob der Mensch nicht von Natur aus schlecht sei. Wie in seiner Jugend versuchte er, die Augen geschlossen zu halten, sich Phantasievorstellungen hinzugeben und die Wirklichkeit auszuschalten. Genau wie sein Vater sich immer dann, wenn er von Zweifeln befallen wurde, sein Credo aufgesagt hatte, sagte sich Nissan jetzt in Gedanken das seine auf: die Grundsätze der marxistischen Theorie, die er sich wortwörtlich aus Büchern eingeprägt hatte. Das half ihm, wieder zu seinem Glauben zu finden und die ringsum brodelnde Brutalität und Lasterhaftigkeit zu vergessen.

Was hatte *er* denn mit diesen engstirnigen, verderbten, ichsüchtigen Menschen zu schaffen, mit diesen Würmern, die – dem Ungeziefer gleich, das *sie* auffraß – einander verschlangen? Er hatte sich einem Ideal verschrieben, einem leuchtenden Ideal, für das keine Anstrengung, kein Opfer zu groß war. Nicht Menschen, sondern diesem Ideal wollte er sein Leben weihen.

In dem stickigen, stinkigen Waggon wurde Blindekuh gespielt. Immer wieder kauerte sich ein neues Opfer auf den Boden, steckte den Kopf zwischen die Knie und wurde dann so lange verdroschen, bis es den Namen des Betreffenden erraten hatte.

Die groben Stimmen und das rohe Lachen der Männer klangen in Nissans Ohren wie das Gebrüll wilder Tiere.

36

Die Lodzer Hautevolee war zur Kur im österreichischen Karlsbad versammelt. In dieser Saison war der Andrang allerdings nicht so groß wie sonst. Viele Stammgäste hatte die Wirtschaftskrise in den Ruin getrieben. Diejenigen, die davongekommen waren, stolzierten jetzt besonders hochnäsig herum. Auf den gepflasterten Gehsteigen stellten Damen Roben mit langen Schleppen zur Schau, die sie auf den schmutzigen, rußigen Lodzer Straßen nicht tragen konnten. Die Herren, die kurze Jacketts und enge Beinkleider oder leichte, geschlitzte Gehröcke, Stehkragen und spitz zulaufende Lackschuhe trugen, verbeugten sich und wedelten arrogant mit dem Taschentuch.

»Zum ersten Mal ist es in Karlsbad wirklich angenehm. So viele Emporkömmlinge sind weggeblieben, nicht wahr?«

»Ja. Wirklich angenehm, all diese Näherinnen und Ladenschwengel los zu sein!«

Mit besonderer Genugtuung vermerkten sie, daß Maximilian Fliderbaum samt Familie dieses Jahr Karlsbad die Ehre gab. Sogar seine Töchter, die diesen Kurort bisher gemieden hatten, weil er ihnen zu jüdisch war, hatte er mitgebracht.

Zu den Kurgästen aus Lodz zählten auch Dinele und ihre Mutter. Chaim Alter hatte nicht mitfahren können. Seit der Wirtschaftskrise war für ihn alles so schlecht gelaufen, daß er seine Priwe, die in all den Jahren noch attraktiver geworden war, zum ersten Mal nicht ins Ausland begleiten konnte. Er hatte Schulden machen müssen, nachdem sie ihm nachdrücklich erklärt hatte, sie könnte es einfach nicht ertragen, eine Saison in Karlsbad zu versäumen.

Auch Dinele war ohne ihren Mann da, obwohl er es sich hätte leisten können, mitzufahren. Sein wachsender Wohlstand war Tagesgespräch in Lodz. Es hieß, Max Aschkenasi habe die adligen Brüder Huntze völlig in der Hand.

Aber er hatte es vorgezogen, in Geschäften nach Rußland zu reisen. Er konnte sich keinen Müßiggang leisten. Ihm tat es um jede Minute leid, die er nicht dem Geschäft widmen konnte. Egal, was in Lodz gemunkelt wurde – die Brüder Huntze waren immer noch seine Chefs. Und von seinem Ziel, der eigentliche Herrscher von Lodz zu werden, war er nach wie vor weit entfernt. Mit halben Siegen gab er sich nicht zufrieden – entweder alles oder nichts. Und er würde nicht ruhen und rasten, bis er hatte, was er haben wollte.

Derzeit gab es für ihn mehr zu tun denn je. Direktor Albrecht war völlig verändert, seit die Arbeiter ihn in einem Schubkarren im Fabrikhof herumgefahren hatten. Er war wie betäubt. Er kam zwar nach wie vor jeden Tag in die Weberei und setzte sich auf den großen Stuhl, der unter seinem Gewicht knarrte, aber er leitete die Fabrik nicht mehr. Er hörte nicht, was man ihm sagte, verlegte Geschäftspapiere und vergaß oft, seine heruntergerutschten Socken hochzuziehen und seinen Hosenlatz zuzuknöpfen.

Die deutschen Kontoristinnen mit den blonden, hochgekämmten Haaren prusteten in ihren Papierkram, um nicht lauthals über das sonderbare Benehmen des Direktors zu lachen.

Die drei Barone waren sich einig: »Der alte Scheißer ist erledigt!« Sie erlaubten ihm zwar, in die Fabrik zu kommen, entzogen ihm aber die Verantwortung und übertrugen sie Max Aschkenasi.

Albrecht erhob keine Einwände. Er tröstete sich mit den jungen Mädchen, die ihm Melchior nach wie vor besorgte. Max Aschkenasi war überzeugt, daß die Tage des Alten gezählt waren – seine Fettleibigkeit und Freßsucht mußten ihm ja bald den Garaus machen. Wann es soweit sein würde, war bloß noch eine akademische Frage. Er, Aschkenasi, war schon jetzt – wenn auch inoffiziell – der Fabrikdirektor. In der Firma geschah nichts ohne sein Wissen und seine Zustimmung. Er arbeitete so angestrengt wie immer, behielt eine Unmenge Einzelheiten im Kopf und gönnte sich nicht das Vergnügen, mit seiner Frau nach Karlsbad zu fahren. Er hatte keine Kur nötig. Ihm bekamen der Staub und der Rauch und der Lärm in Lodz prächtig. Nur in Momenten der Untätigkeit und Ruhe fühlte er sich nicht ganz wohl in seiner Haut.

Er war jetzt wieder oben. Seinen Bruder hatte er längst überflügelt. Sein Ansehen und sein Einfluß wuchsen Tag für Tag. Immer wieder kaufte er heimlich Huntze-Aktien auf, die er im Tresor stapelte. Und bald erschien ihm dieser Aktienstapel wie eine Treppe, die ihn zum Ziel führen würde – ganz nach oben, wo die Fabrikschornsteine in den Himmel ragten ...

Dennoch war er während seiner zahlreichen Geschäftsreisen oft mißmutig. Dinele begleitete ihn nie zum Bahnhof und holte ihn auch nie ab. Sie sorgte lediglich dafür, daß er genug Unterwäsche und die nötigen Reiseutensilien mitnahm. Das beunruhigte ihn. Er beneidete die Ehepaare, die sich beim Wiedersehen auf dem Bahnhof liebevoll begrüßten, küßten und etwas zuflüsterten. Und ihm war gar nicht wohl bei dem Gedanken, daß seine schöne Frau ohne ihren Ehemann in einem dieser eleganten Kurorte war, in denen es von Lebemännern und Gigolos wimmelte. Nicht ohne Grund hatte sein Schwiegervater immer Bedenken gehabt, seine lebenslustige Frau allein zur Kur reisen zu lassen; nicht umsonst hatte er jedesmal – bis auf dieses Jahr – darauf bestanden, mitzufahren.

Er selbst hatte keine Zeit für dergleichen – sein Bruder Jakub allerdings nahm sich die Zeit dafür, obwohl er sich das eigentlich gar nicht leisten konnte. Trotz der Wirtschaftskrise lebte er so verschwenderisch wie zuvor. Er hatte jedermann Kredit eingeräumt und, ohne an die Zukunft zu denken, Geld verplempert. Während der Krise hatte er schwere finanzielle Schläge einstecken müssen; etliche seiner Schuldner hatten Pleite gemacht, und um ein Haar wäre die in die Zehntausende gehende Kaution, die er bei Fliderbaum hinterlegt hatte, flötengegangen. Aber wie stets hatte ihm seine Frau im letzten Moment aus der Patsche geholfen.

Solange er finanziell abgesichert war, hatte sie sich nicht um ihn gekümmert. Statt zu ihm nach Lodz zu kommen, hatte sie sich mit ihren Pillen und Arzneien in ihrer Warschauer Wohnung verkrochen. Sie wußte, daß ihr Mann einen losen Lebenswandel führte, ließ ihn aber trotzdem allein.

Aber kaum hatte sie erfahren, daß er in finanziellen Schwierigkeiten war, da kam sie ihm auch schon zu Hilfe. Sie verkaufte eines der Häuser, die sie von ihrer Mutter geerbt hatte, und stellte Jakub den gesamten Erlös zur Verfügung. Sie kam zu ihm nach Lodz, stand ihm – geschäftstüchtig, wie sie war – zur Seite und half ihm wieder auf die Beine. Die beiden mieteten eine prächtige Wohnung, richteten sie luxuriös ein, führten ein großes Haus und ein angenehmes Leben.

Zu Priwe und besonders zu Dinele knüpfte Perele engere Beziehungen an als zu irgend jemand anderem. Ihr Mann und

Dineles Mann sprachen nicht miteinander, die beiden Frauen jedoch wurden gute Freundinnen und besuchten einander oft.

Sobald Jakub seine gewohnte Lebensweise wiederaufgenommen hatte, begann Perele, wieder an ihm herumzumäkeln. Es paßte ihr nicht, wie er aß und schlief und das Leben genoß. Sie konnte seine Freunde nicht leiden und war eifersüchtig auf jede Frau, die in seine Nähe kam, ob es nun ihre Schwägerin oder bloß ein schlichtes Dienstmädchen war.

Schließlich flüchtete sie sich wieder nach Warschau, und Jakub kutschierte wieder in Lodz herum, tippte grüßend an seinen Hut und lächelte den Damen zu. Und obzwar es um seine geschäftlichen Angelegenheiten noch etwas wacklig stand, überließ er sie seinen Untergebenen und bereitete sich darauf vor, die in der Sommerhitze schmorende Stadt zu verlassen und für ein paar Wochen ins Ausland zu fahren.

Nicht, daß er, der eine Natur wie ein Bauernbursche hatte, eine Kur nötig gehabt hätte. Nein, er wollte bloß das Leben und Treiben in Karlsbad genießen. Dort konnte man so richtig ausspannen, zumal wenn man keinen Familienanhang dabei hatte. Er packte also seine Koffer, ließ sich ein Erste-Klasse-Abteil reservieren und machte sich, frohgemut wie stets, auf die Reise.

Selbstbewußt schlenderte er durch den langen Zug, begrüßte Bekannte, bot den Herrn Zigaretten und den Damen Schokolade an, lachte, machte Komplimente, küßte den Damen die Hand. Am längsten verweilte er in dem Abteil, in dem Dinele und Priwe saßen – umgeben von aufgetürmten Koffern, Hutschachteln, Reisetaschen und Kissen. Wenn der Zug hielt, sprang Jakub auf den Bahnsteig hinaus und kaufte frisches Obst für die beiden Damen. Und an der Grenze war er ihnen bei der Zollkontrolle behilflich.

Priwe konnte sich gar nicht genugtun, ein Loblied auf ihn zu singen. Sie war entzückt von ihm, seit er nach Lodz zurückgekehrt und ein stadtbekannter Bonvivant geworden war. Und sie wußte, auch wenn sie nicht mehr die Jüngste war, die Aufmerksamkeit eines feschen Mannes durchaus zu schätzen. Insgeheim hatte sie schon oft bedauert, daß sie Dinele nicht mit Jakub, sondern mit seinem Bruder verheiratet hatte. Je heftiger sie ihren Schwiegersohn verabscheute, um so mehr bewunderte sie seinen Zwillingsbruder.

Jetzt leistete er ihnen also auf der Fahrt nach Karlsbad Gesellschaft, und Priwe war froh und dankbar, daß er alles, worum sich sonst immer ihr Chaim gekümmert hatte, für sie erledigte – all die lästigen Dinge, für die ein Mann sich so viel besser eignete.

»Jakub, wenn ich nicht schon eine alte Dame wäre, würde ich dir einen Kuß geben!«

Jakub schob ihren und dann auch Dineles Handschuh zurück und küßte den Damen mehrmals die Hand. »Was für eine reizende Überraschung, euch hier im Zug zu treffen!«

Die beiden wußten so gut wie er, daß es kein Zufall war. So genau, wie Jakub als Junge gewußt hatte, wann er Dinele auf der Straße begegnen würde, so genau hatte er sich vor der Abreise vergewissert, mit welchem Zug sie nach Karlsbad fuhr. Aber darüber schwiegen sich natürlich alle drei aus.

In Karlsbad tauchte überall dort, wo Dinele anzutreffen war, unweigerlich auch Jakub auf. Dinele wich ihrer Mutter nicht von der Seite, weil sie Angst hatte, mit Jakub allein zu sein, doch Priwe legte es darauf an, die beiden zusammenzubringen, und zwar weniger deshalb, weil ihr das Glück ihrer Tochter am Herzen lag, sondern vielmehr, weil sie sich an ihrem Schwiegersohn rächen wollte.

»Diana, fahr doch mit Jakub spazieren! Das wird dich aufmuntern! Ich bleibe hier und höre mir das Konzert im Kurpark an.«

Im Mondschein, der milchweiß auf den stillen Wiesen lag, hielt Jakub Dineles Hand. »Nicht, Jakub!« sagte sie jedesmal, wenn er sie küssen wollte. »Nicht!«

Er nahm ihren Arm und legte ihn um seinen Hals. »So haben wir als Kinder beieinander gesessen. Weißt du noch, Dinele?«

»Ja.« Ihr Herz schlug schneller. Aber sie konnte, sie durfte nicht weitergehen. Denn auch sie fürchtete Gott – mehr noch als ihre eigenen Gefühle, die sie jahrelang unterdrückt hatte. Und darum flüchtete sie sich wieder in die Arme ihrer Mutter.

37

Überall im riesigen russischen Kaiserreich, von der Weichsel im Westen bis zum Amur im Osten, wurden Männer im Alter von einundzwanzig bis fünfundvierzig Jahren von den Feldern, aus den Fabriken und Werkstätten geholt und in die Soldatenuniform gesteckt. An Mauern, Dorfzäunen und Stadttoren erschienen große, mit dem Zarenadler geschmückte Anschläge, auf denen Nikolaus II., Herrscher aller Reußen, König von Polen und Großherzog von Finnland, seine Untertanen aufrief, die heilige russische Erde gegen die schlitzäugigen Heiden zu verteidigen, die sich erkühnten, dem Zarenreich das Recht auf seine fernöstlichen Territorien streitig zu machen. Jeder, der diesem Aufruf nicht umgehend Folge leiste, werde vor ein Kriegsgericht gestellt.

Im Nu machten sich neben dieser imposanten kaiserlichen Proklamation schlechtgedruckte Aufrufe der revolutionären Parteien breit. Sie forderten die Bauern und Arbeiter auf, die Anordnungen der Regierung nicht zu befolgen und sich nicht in einen Krieg schicken zu lassen, den Imperialisten verschiedener Nationalität aus gleichermaßen verwerflichen Beweggründen angezettelt hätten.

Je mehr Aufrufe von Polizisten und Gendarmen abgerissen wurden, um so mehr neue tauchten auf. Die Leute drängten sich davor und lasen die aufwieglerischen Parolen. Mancherorts plünderten Wehrpflichtige die staatlichen Spirituosenläden, fielen über Soldaten her und drückten sich vor der Zwangsaushebung.

Revolutionäre Kreise in Polen, im Baltikum und in Weißrußland machten bei den Soldaten Antikriegspropaganda.

Daraufhin setzte die Polizei Provokateure ein, die gegen die Juden – die Christusmörder und Vaterlandsfeinde – agitierten, und forderte gleichzeitig die loyalen Bürger auf, sich an den Ungläubigen zu rächen. Der patriotische Aufruf blieb nicht ohne Widerhall: Es kam zu blutigen Pogromen.

Trommelwirbel und Priesterlitaneien übertönten den Jammer der Frauen, deren Männer Kriegsdienst leisten mußten, und die Schreie der jüdischen Opfer. In Arbeitervierteln loderten Klassenhaß und Revolutionsgeist auf. Ein Streik folgte dem andern.

Züge und Schiffe, vollgestopft mit Soldaten, Pferden und Waffen, waren unterwegs zum fernen Amur.

Und währenddessen waren auf der Eisenbahnstrecke und auf den Straßen, die aus Rußland nach Lodz führten, zwei Männer unterwegs, die es eilig hatten, nach Hause zu kommen.

Im Transsibirischen Expreß saß Max Aschkenasi, Generalvertreter der Huntze AG, in seinem Erste-Klasse-Abteil. In seinen Zobelmantel gehüllt, eine Persianermütze auf dem Kopf, saß er zurückgelehnt auf dem plüschbezogenen Polstersitz und starrte mißmutig aus dem Fenster: tagaus, tagein nichts anderes zu sehen als schier endlose Steppen und Wälder.

Wegen der Schneeverwehungen auf der Strecke konnte der Zug den Fahrplan nicht einhalten. Immer wieder fragte Max den Schaffner: »Wann kommen wir in Lodz an?«

»Schwer zu sagen, Gospodin. Der Schnee blockiert den ganzen Bahnkörper.«

Einige Tausend Werst von Lodz entfernt, war Max Aschkenasi vom Kriegsausbruch überracht worden. Aus der Weberei traf eine alarmierende Depesche nach der andern ein. Der Ferne Osten – für die Lodzer Industrie einer der lukrativsten Absatzmärkte, in den sie ein Vermögen an Fertigware investiert hatte – war durch den Krieg vom Handelsverkehr abgeschnitten. Die Eisenbahn durfte nur noch für militärische Zwecke benützt werden. Handlungsreisende saßen auf dem trockenen – ohne Geld, ohne Bestellungen. Fabriken hatten den Betrieb einstellen müssen. Schuldscheine wurden eingefordert. Die Pleiten häuften sich. In Lodz war alles in Fluß geraten, und wie es weitergehen sollte, war ungewiß.

Wie immer, wenn sie dringend gebraucht wurden, waren die Brüder Huntze nicht da. Sie machten Urlaub an der Riviera und forderten telegrafisch Geld an. Max Aschkenasis Untergebene hatten ihn dringend ersucht, möglichst schnell zurückzukehren. Äußerst wichtige Entscheidungen müßten getroffen werden.

Mittlerweile war er offiziell zum Fabrikdirektor ernannt worden. Wie er vorausgesehen hatte, war Albrecht das Opfer seiner Unmäßigkeit geworden. Nach mehreren Herzanfällen hatte es ihn eines Abends, als Melchior ihm eine besonders reizvolle Spinnereiarbeiterin besorgte, endgültig erwischt. Als er sich an das frische junge Ding heranmachen wollte, hatte er sich nicht mehr auf den Beinen halten können und war leblos zusammengebrochen.

Die Firma richtete ihm eine Beerdigung mit allem Drum und Dran aus. Mehrere Pastoren sangen Loblieder auf den Verstorbenen, und Max Aschkenasi legte einen Kranz aus weißen Rosen nieder. Tags darauf zog er ins Direktionsbüro ein. Melchior, der sich noch gut daran erinnern konnte, wie der kleine Simcha Meir im Lagerhaus seines Vaters herumgestiefelt war, stand stramm und meldete mit schallender Stimme: »Zu Ihren Diensten, Herr Direktor!«

Zusammen mit Albrechts Position erbte Max auch die prächtige Kutsche des Verstorbenen. Weder Melchior noch der Kutscher hatten viel Freude an ihrem neuen Herrn und Gebieter. Als Melchior diskret auf die »jungen Damen« anspielte, die dem verstorbenen Direktor zu Diensten gewesen seien, und sich erkundigte, ob der neue Herr Direktor auch an solchen Gefälligkeiten interessiert sei, musterte ihn Max ironisch und sagte: »Spinnerinnen sollten ihren Arbeitseifer in der Fabrik beweisen.«

Melchior nahm ihm diese Antwort übel. »Ein knauseriger Itzig!« beklagte er sich beim Kutscher, der ihm zustimmte. »Geizkragen sind sie alle miteinander! Man kann sich kein anständiges Trinkgeld mehr verdienen.«

Ablehnend war auch die Einstellung der anderen Angestellten zu dem neuen Direktor, aber zu beklagen wagte sich niemand. Energisch und zielstrebig wie immer, widmete sich Max seiner neuen Aufgabe. Er wußte Bescheid über jede Phase des Produktionsprozesses, über jede Maschine, jeden Arbeiter, jeden Ballen Ware. Und er verstand es, in der Belegschaft Schaffensdrang zu wecken. Die leitenden Angestellten konnten ihn zwar nicht ausstehen, erkannten ihn aber als Fachmann an. Und da eins zum andern kam, erlebte der Betrieb einen Aufschwung, und alles, was zur Fabrik gehörte – ob Maschine oder Mensch – tanzte nach der Pfeife des neuen Direktors.

Und zu alledem schaffte es Max auch noch, ausgedehnte Vertreterreisen nach Rußland zu unternehmen und dort enorme Geschäftsabschlüsse zu machen. Wo er sich auch aufhielt – stets wußte er, wie die Dinge in der Weberei standen: Täglich erhielt er Depeschen und täglich telegrafierte er genaue Anweisungen nach Lodz.

Jetzt aber, nach dem Kriegsausbruch im Fernen Osten, trieb es ihn in seinem Zugabteil umher, in dem er sich, so geräumig es auch war, eingeengt fühlte. Er konnte es kaum erwarten, wieder an die Arbeit zu gehen.

Ihm war nämlich eine fabelhafte Idee gekommen. Genau zu dem Zeitpunkt, als man in Lodz wegen des Verlustes der fernöstlichen Absatzmärkte die Produktion drosseln mußte, war ihm eingefallen, wie man einen Reibach machen könnte: Mit der Produktion von Textilien für die Armee ließe sich ein Vermögen verdienen! Die Quartiermeister waren Kunden, wie man sie sich nur wünschen konnte: Sie ließen andere gern ein paar Rubel verdienen, vorausgesetzt, sie konnten etwas in die eigene Tasche stecken.

Die Produktion auf Artikel für das Militär umzustellen, war kein Problem. Das Wichtigste war, den anderen Fabrikanten zuvorzukommen. Der Konkurrent, den er am meisten fürchtete, war Fliderbaum. Wie gut dessen Beziehungen zum Gouverneur waren, hatte sich ja schon bei dem Eisenbahncoup erwiesen. Einen solchen Rückschlag konnte Max nicht noch einmal hinnehmen. Die Angelegenheit mußte unverzüglich in die Wege geleitet werden, und das war nur möglich, wenn er alle untergeordneten Dienststellen umging, sich direkt an den Chef des Beschaffungsamtes der Armee wandte und ihm die Sache schmackhaft machte. Und dann würde, während in ganz Lodz Leerlauf herrschte, seine Belegschaft Doppelschichten arbeiten!

Schon der Gedanke daran machte ihn ganz kribbelig. Ihm war, als ob er in der Fabrik wäre und – in der zum Stillstand gekommenen Stadt – *seine* Maschinen summen hörte. In diesem Moment pfiff die Lokomotive, und es klang wie das Schrillen einer Dampfpfeife der Weberei Huntze.

Vom Bahnhof aus fuhr Max in seiner Kutsche direkt zur Fabrik. Er nahm sich nicht einmal die Zeit, sich nach der langen Reise in seiner Wohnung zu waschen und umzukleiden.

Mit eiserner Zielstrebigkeit begann er, alle Drähte zu ziehen, um an den Chef des Beschaffungsamtes heranzukommen. Jetzt hätte er die Hilfe der Brüder Huntze, die Zugang zu den höchsten Kreisen hatten, gut gebrauchen können, aber sie waren wieder einmal verreist. Es machte ihm allerdings nichts aus, daß er es allein schaffen mußte. Je mehr er aus eigener Kraft zuwege brachte, desto größer seine Genugtuung. Außerdem besaß er etwas, das mehr zählte als jede gesellschaftliche Position: Bargeld.

Zunächst reiste er in aller Heimlichkeit nach Warschau. Dort arrangierte er mit Hilfe eines Mittelsmannes ein Treffen mit einer Operettensängerin, die die Geliebte eines Adjutanten des Kommandeurs war. Er machte der Dame seine Aufwartung.

Angewidert von den übertriebenen Komplimenten, die er ihr notgedrungen zollen mußte, steckte er der Sängerin einen Brillantring an den Finger. »Dies nur als kleines Zeichen für die tiefe Bewunderung, die ich für die große Künstlerin empfinde!« sagte er in gebrochenem Polnisch. »Ich wäre überglücklich, wenn ich mich noch einmal Ihrer hinreißenden Gesellschaft erfreuen dürfte.«

»Ich bin tief gerührt«, erwiderte sie mit ihrem verführerischsten Lächeln. »Ich wäre entzückt, Sie im Kreise meiner engsten Freunde in meiner bescheidenen Wohnung begrüßen zu dürfen.«

Mit Hilfe der blonden Dame fand er Zugang zu einem recht sonderbaren Kreis, zu dem neben liederlichen Offizieren und reichen älteren Bewunderern der Talente dieser Dame auch der übliche Klüngel zählte: Zechbrüder, Zocker, schwarze Schafe aus Adelskreisen und Lebemänner.

Bis zum Erbrechen angeekelt, zog er tagelang mit seinen neuen Freunden umher, die in Kabaretts und Restaurants Geschirr und Spiegel kaputtschlugen und immer, wenn sie sich irgendwie beleidigt fühlten, den Revolver zogen. Jedenfalls aber gelang es ihm auf diese Weise, an den Kommandeur heranzukommen.

Mit Sodbrennen und Kopfschmerzen kehrte er nach Lodz zurück – aber auch mit einer Warenbestellung für die Armee, die einen enormen Gewinn einbringen würde. Und während die anderen Lodzer Fabriken stillstanden, wurde in der Weberei Huntze jetzt rund um die Uhr gearbeitet. Ihre Schornsteine qualmten arrogant, und ihre roten Backsteinmauern vibrierten geradezu.

Wieder einmal sprach ganz Lodz von Max Aschkenasi. Wieder wurde er angegafft, wenn er in seiner Kutsche durch die schlechtgepflasterten Straßen fuhr.

»Ein Tausendsassa! Der brächte es sogar fertig, aus Schnee Käse zu machen!«

»Dem ist der Krieg gerade recht gekommen!« sagten andere neiderfüllt. »Ein netter kleiner Krieg aus purem Gold ...«

Jetzt machte es Max nichts mehr aus, den drei Baronen so viel Geld zu schicken, wie sie haben wollten. Mit dem enormen Profit, den er kassierte, kaufte er Huntze-Aktien, die, dank dem Krieg, einen neuen Tiefstand erreicht hatten.

Auf Landstraßen und Feldwegen, in Pferdeschlitten und Zügen, zu Fuß und in Bauernkarren unter dem Stroh versteckt, war ein anderer Lodzer aus dem fernen Sibirien unterwegs in seine Heimatstadt. Auch er hatte es eilig, auch ihn erwartete dort eine wichtige Aufgabe.

Der Zeitpunkt war dafür noch nie so günstig gewesen wie jetzt. Immer wieder brachen Streiks aus, immer wieder kam es zu Demonstrationen. Wegen des Krieges herrschte große Arbeitslosigkeit. Die Arbeiterschaft war empört und zum Aufstand bereit. Die revolutionären Zellen, die er, Nissan, und Tewje gegründet hatten, vermehrten sich ständig. Das Maifeiertagsdebakel hatte, gegen alle Vermutungen, den Einigungswillen der Arbeiter nicht auslöschen können. Sie demonstrierten wieder, sangen revolutionäre Lieder und machten kein Hehl aus ihrem Groll auf die Unternehmer und die Polizei.

Nissan hatte regelmäßig Briefe von Tewje erhalten, getarnte Berichte, denen er entnehmen konnte, daß er in Lodz dringend gebraucht wurde. Seine Genossen hatten sogar Geld gesammelt, um ihm die Flucht zu ermöglichen. Und er hatte sich, obwohl die Zeit, die er in der Verbannung verbringen mußte, schon fast abgelaufen war, zur Flucht entschlossen.

Er hatte Sibirien satt. Was konnte man denn schon tun in dieser gottverlassenen Gegend? Ganze Tage verplemperte man hier mit fruchtlosen Debatten und Gezänk. Unglaublich, wie viele verschiedene politische Gruppierungen es hier gab! Narodniki, polnische Sozialisten, Sozialrevolutionäre, jüdische Bundisten, Anarchisten und Mitglieder verschiedener Splitterparteien. Und jede politische Gruppe hatte für die anderen nur Hohn und Spott übrig.

Isoliert von der Außenwelt, zu Untätigkeit verdammt und verbittert, wie sie waren, fielen sie blindwütig übereinander her. Jeder Neuankömmling berichtete von neuen Parteien, Splitterparteien und politischen Gruppierungen, die im Land wie Pilze aus dem Boden schossen – jede mit einem eigenen, ausführlichen Programm zur Rettung Rußlands, das mit anderen Parteiprogrammen unvereinbar war.

Wie die anderen Verbannten hatte auch Nissan seine Zunge nicht im Zaum gehalten. Polemik und Dialektik waren ihm als Jeschiwaschüler eingeimpft worden. Bei jeder Gelegenheit hatte er ein passendes Zitat oder eine wahre Flut von logischen Argumenten und faktischen Hinweisen parat, mit der er jeden überschüttete, der es wagte, die universelle Gültigkeit des marxistischen Dogmas anzuzweifeln.

»Nur der gerade Weg – keine Abweichungen!« belehrte er die Wortklauber und Krittler – genau wie sein Vater jene ermahnt hatte, die sich erkühnten, auch nur um Haaresbreite von der Tora abzuweichen.

Nissan – schwarzäugig, mit bräunlichem Teint, schwarzem Bärtchen und krausen, an die traditionellen Schläfenlocken erinnernden Koteletten – hatte die Angewohnheit der Jeschiwaschüler beibehalten, bei hitzigen Disputen den ausgestreckten Daumen zu drehen.

Er war nicht beliebt bei den nichtjüdischen Verbannten, die es mit seinem scharfen Intellekt und seinem Redetalent nicht aufnehmen konnten. Es mißfiel ihnen, daß er sich so fanatisch dem Bücherstudium widmete und sich weigerte, ein Gläschen mit ihnen zu trinken oder mit auf die Pirsch zu gehen.

Der einzige, der ihm nahestand, war der Sozialdemokrat Szczinski. Der Pole – ehemals Schüler eines Priesterseminars – teilte Nissans Leidenschaft für das Bücherstudium und seine Abneigung gegen alle Revisionisten, insbesondere gegen die polnischen Sozialisten, die nationalistische Ideen mit der reinen marxistischen Lehre in Einklang zu bringen suchten. Wie Nissan lehnte er das Jagen und Zechen ab, wie Nissan hatte er sich einem asketischen Leben verschrieben. Sein blonder Bart ähnelte fast schon dem Bart eines Toragelehrten.

Nichts machte ihm größere Freude, als gemeinsam mit Nissan zu studieren. Er besaß noch den fanatischen Eifer, den ihm die Jesuiten eingeimpft hatten, und die Überzeugung, daß der

Zweck die Mittel heilige. Höhnisch ließ er sich über die Feinde des Proletariats aus. Er glaubte felsenfest an den zwangsläufigen Zusammenbruch des kapitalistischen Systems, hatte aber nicht die Geduld, untätig herumzuhocken, während der historische Prozeß nur langsame Fortschritte machte. Er war fest entschlossen, sein Teil zum baldigen Umsturz beizutragen. Nachdem er in Lodz ohne die Zustimmung seiner Partei eine Art Schreckensherrschaft geführt hatte, war er festgenommen, eingesperrt und dann nach Sibirien verbannt worden.

»Ausrotten muß man sie! Ausrotten!« murmelte er auf seinen Spaziergängen mit Nissan immer wieder vor sich hin.

Gemeinsam mit Szczinski war Nissan aus Sibirien geflohen. Als er in Lodz aus dem Zug stieg, merkte er sofort, daß es hier nach Revolution roch. Der Geruch drang aus den Häusermauern und lag in der frostigen Luft über den verrußten Straßen. Je näher Nissan den Zentren der Armenviertel kam, desto aufwieglerischer waren die Plakate an den Zäunen und Mauern. An jeder Straßenkreuzung patrouillierten zwei Polizisten und ein bewaffneter Soldat.

Zunächst einmal mußte sich Nissan einen falschen Personalausweis besorgen. Vorsichtig pirschte er sich durch die Straßen, bis er die Wohnung des Fälschers gefunden hatte. Auf dem Fensterbrett stand ein Blumentopf – das Zeichen dafür, daß keine Gefahr im Verzug war. Er klopfte an die Tür. »Wie geht's dem Onkel?« fragte er die rotbackige junge Frau, die ihm aufmachte.

»Es geht ihm gut, und er läßt grüßen«, antwortete sie und bekam noch rötere Backen.

Nissan trat ein und erwiderte den Begrüßungskuß der jungen Frau, die ihm völlig fremd war. »Endlich!« sagte sie. »Wir haben uns schon Sorgen um dich gemacht. Hast du Hunger, Genosse?«

»Bitte zuerst heißes Wasser! Ich habe seit Wochen nicht mehr gebadet.«

Am Abend wurde in der Wohnung der jungen Frau die Heimkehr Nissans gefeiert – mit Schnaps, Kuchen und allem Drum und Dran. Ein junger, feiertäglich gekleideter Mann saß neben einem Mädchen, das sich ebenfalls herausgeputzt hatte. Sie traten als Brautpaar auf, um das Mißtrauen des Pförtners zu zerstreuen, der, wie alle seinesgleichen, ein Polizeispitzel war.

Tewje schilderte die Situation in der Stadt. »Lodz gehört uns!« sagte er triumphierend. »Du ruhst dich erst einmal ein paar Wochen aus, dann haben wir Arbeit für dich. Wir brauchen dich dringend.«

»Ich habe keine Ruhe nötig. Ich fange sofort an. Ich habe schon zu viele Jahre mit Nichtstun vergeudet.«

Schon wenige Tage später war er Mitglied des Revolutionskomitees. Seine erste Rede hielt er im Baluter Bethaus, wo sich zum Nachmittags- und Abendgottesdienst eine merkwürdige »Gemeinde« eingefunden hatte: zumeist junge, modern gekleidete Juden, wie sie in Synagogen nur selten anzutreffen waren. Der Schammes, der bereits vertraut war mit den Finten derer, die Solidarität predigten, versuchte, ihre Pläne zu vereiteln: Er schlug, sobald der Kantor die letzten Worte des Kaddisch rezitiert hatte, mit der Faust auf das Vorlesepult und verkündete, daß jetzt sofort die Predigt beginnen werde. Doch die Radikalen hatten schon vorgebaut.

»Rühr dich nicht von der Stelle!« rief ein breitschultriger Arbeiter und postierte sich an der Tür. »Jetzt redet nicht der Priester, sondern *unser* Sprecher! Genosse Nissan, du hast das Wort!«

Nissan stieg auf die Estrade und blickte um sich. Es kostete ihn einige Mühe, seine Rede vom Stapel zu lassen. Er war es nicht mehr gewöhnt, jiddisch zu sprechen. Aber der Anblick der großen Zuhörerschaft, der Mut seiner Genossen, die sich nicht mehr vor der Verhaftung fürchteten, erfüllte ihn mit Vertrauen und mit tiefer Freude darüber, daß sein jahrelanger Kampf nicht umsonst gewesen war. Und nun redete er mit einer Leidenschaftlichkeit, die sein Publikum und ihn selbst aufrüttelte.

Die Kerzen vor dem Lesepult tropften und schmolzen in der Wärme, die von den Menschen in dem überfüllten Raum ausging.

Die Baluter Straßen kamen Nissan ganz verändert vor. Alle Mauern waren mit revolutionären Proklamationen bepflastert, die von der Polizei gar nicht mehr abgerissen wurden. An jeder Ecke wurde ganz offen von Aufstand geredet, ohne daß die Männer sich ängstlich umsahen. In den gewerkschaftlichen Beratungsstellen herrschte Hochbetrieb. Weber, Spinner, Wirker,

Näherinnen, Schneider und Flickschuster, teils in moderner Kleidung, teils im Kaftan, wimmelten durcheinander, während Funktionäre Besprechungen abhielten, Streiks planten, Broschüren verteilten, Mitgliedsbeiträge einsammelten und hin und wieder von einer erhöhten Stelle aus flammende Reden schwangen.

Die kleinen Leute, vom Dienstmädchen bis zum armseligsten Straßenhändler, kamen hierher, um Beschwerden vorzubringen und um Hilfe zu bitten. Ein Höker beklagte sich über seinen Hauswirt, der ihn, weil er mit dem Mietzins im Rückstand war, hinausgeworfen hatte. Ein Dienstmädchen hatte den Lohn nicht ausbezahlt bekommen. Kutschersfrauen beklagten sich darüber, daß ihre Männer die Einnahmen versoffen. Lehrlinge beschwerten sich über Lehrherren, die sie mit Schlägen traktierten und fast verhungern ließen. Sogar Ehepaare, denen der Rat eines Rabbiners nicht geholfen hatte, ihre ehelichen Probleme zu lösen, wandten sich damit an die Gewerkschaften.

Diese Beratungsstellen überwachten die Arbeitsbedingungen, agitierten für Reformen und gingen gegen jeden vor, der sich über ihre Forderungen hinwegsetzte. Von hier aus wurden gewählte Delegierte in Werkstätten und Fabriken geschickt, um festzustellen, ob die Arbeitszeit eingehalten und der vereinbarte Lohn bezahlt wurde. Und von hier aus wurden Schlägertrupps zu unnachgiebigen Hauswirten und Arbeitgebern geschickt, um sie eines Besseren zu belehren. Hier wurden Listen mit den Namen wohlhabender Bürger zusammengestellt, von denen Abgaben für den Unterhalt der Armenküchen und für die Druckkosten revolutionärer Schriften erhoben werden sollten.

So groß war die Macht der Arbeiterschaft geworden, daß die Anweisungen der gewerkschaftlichen Beratungsstellen strikter befolgt wurden als die der Polizei. Die Gewerkschaftsführer konnte man nicht bestechen oder vor ein Schiedsgericht zitieren. Sie hatten ihre eigenen Methoden, jene zu bestrafen, die sich ihren Forderungen widersetzten.

Der unbeugsame Zar dieser Beratungsstellen war Tewje die-Welt-ist-nicht-gesetzlos. Dieser hartnäckige, nimmermüde Mann schien allgegenwärtig zu sein, steckte seine Nase in jeden Winkel, hatte seine Augen überall. Und immer fand er bei seiner Tochter Baschke Trost und Hilfe.

Sie war jetzt eine erwachsene, hübsche, tüchtige Frau und

hätte längst heiraten und Mutter werden können. Aber sie wollte ihren Vater, dem sie sich seit ihrer Kindheit so eng verbunden fühlte, nicht im Stich lassen. Ihre Mutter verfluchte sie und prophezeite ihr, daß sie im Knast enden werde, doch Baschke lebte nur für ihren Vater, obgleich sie insgeheim Nissan anbetete.

Sie bewunderte ihn noch genauso wie damals, als sie die illegalen Schriften bei ihm abgeholt hatte. Wenn er in ihrer Nähe war, wurde sie rot, sagte aber kein Wort.

Siegessicher ging Tewje mit Nissan durch die engen Straßen von Balut. »Siehst du, das alles gehört jetzt uns.«

38

Der Gouverneur der Provinz, Herr von Müller, zitierte den Oberrabbiner von Lodz und die Gemeindevorstände in seinen Piotrkower Amtssitz. Die Vorstände erschienen im schwarzen Anzug und Zylinder, der Oberrabbiner in seinem Seidenkaftan und geschmückt mit dem Orden, den ihm der Kaiserliche Hof verliehen hatte. Der Gouverneur ließ sich allerdings weder von der piekfeinen Aufmachung noch von dem Orden beeindrucken, sondern legte sofort los.

»Ihr Juden revoltiert in Lodz gegen mich!« brüllte er. »Falls ihr eure Randalierer nicht im Zaum haltet, hafte ich nicht dafür, wenn es zu Ausschreitungen gegen sie kommt.«

Die Oberhäupter der Gemeinde senkten den Kopf. »Euer Exzellenz sollten zwischen ihnen und uns einen Unterschied machen, genau wie zwischen Deutschen und Polen. Wir sind machtlos gegen jene Elemente unter uns, die gegen das Gesetz verstoßen.«

»Das ist euer Problem!« schnauzte sie der Gouverneur an und schlug auf den Tisch.

Woraufhin der Oberrabbiner, ein Schlaukopf und Pragmatiker, wieder einmal mit einem glänzenden Einfall herausrückte. »Wären Euer Exzellenz bereit, sich bei Ihren Untergebenen zu erkundigen, ob auch nur einer der festgenommenen Rebellen ein rituelles Gewand trägt?«

Der Gouverneur sah ihn verdutzt an.

In ausgezeichnetem Russisch erklärte ihm der Rabbiner, daß rituelle Gewänder nur von gläubigen Juden getragen würden, die samt und sonders loyale Untertanen des Zaren seien.

Der Gouverneur nahm das zur Kenntnis. Kurz darauf begann die Polizei, die Kleidung der festgenommenen Juden zu überprüfen. Wer ein rituelles Gewand trug, wurde sofort freigelassen, die anderen blieben in Haft.

Die Nachricht von dem brillanten Einfall des Oberrabbiners verbreitete sich mit Windeseile in der Stadt, und selbst seine Gegner lobten seine Weisheit. Doch der Erfolg dieser Kriegslist war kurzlebig: Bald legten auch die rebellischen Juden rituelle Gewänder an.

Unterdessen beschlossen die Gemeindevorstände, etwas gegen die radikalen Elemente innerhalb des jüdischen Bevölkerungsteils zu unternehmen. Sie beauftragten Prediger, in allen Synagogen über den Geist der Rebellion herzuziehen und zum Festhalten an der Jüdischkeit und Gehorsam gegenüber der Obrigkeit aufzurufen. Und am Sabbat wurden in die Bethäuser der ärmeren Wohnviertel Lehrer geschickt, die den jungen Arbeitern die radikalen Ideen austreiben sollten.

Als auch das nichts nützte, wandten sich die Oberhäupter der Gemeinde an die Unterweltler und forderten sie auf, gegen die Aufsässigen vorzugehen. Beide Lager waren schon lange sauer aufeinander. Bevor die radikale Bewegung entstanden war, hatten die Kriminellen in Balut freie Hand gehabt. Nur, um am Sabbat im Wald spazierengehen zu können, mußten ihnen die Dienstmädchen Schmiergeld zahlen. Wenn ein Arbeiter mit einem Mädchen spazierengehen wollte, stellte sich ihm ein Rowdy in den Weg, behauptete, mit dem Mädchen verlobt zu sein und drohte, ihn zu verprügeln, falls er nicht einen Rubel herausrückte.

An Pessach, wenn die Arbeiter ihren Feiertagsstaat anhatten, mußten sie Geld berappen, damit ihre neuen Anzüge nicht mit Tinte bespritzt oder mit dem Messer zerschlitzt wurden.

Seit es Gewerkschaften gab, ließen sich die Arbeiter kein Schmiergeld mehr abpressen. Und sie hatten sogar etliche Rowdys verprügelt. Auf diese Weise das Gesicht zu verlieren – das konnten sich die Ganoven nicht leisten.

Dazu kam, daß die Gewerkschaftler den kriminellen Elementen allmählich auch andere Geschäfte ruinierten. Sie redeten den Dienstmädchen ein, den Rowdys aus dem Weg zu gehen und lieber an Gewerkschaftsversammlungen teilzunehmen. Sie redeten den Männern aus, ins Bordell zu gehen, was dazu führte, daß die Zuhälter weniger einnahmen. Etliche Huren hatten sich bereits dazu bewegen lassen, dem Bordell den Rücken zu kehren und einer anständigen Arbeit nachzugehen.

Und noch etwas war den Ganoven ein Dorn im Auge: Arme Juden, die in Bedrängnis geraten waren, suchten jetzt nicht mehr bei ihnen Hilfe. Bisher hatten die Rowdys für ein Entgelt von ein paar Gulden so manchen Ehemann, der seine Frau sitzengelassen hatte, »überredet«, zu ihr zurückzukehren. Für ein paar Glas Schnaps und einige geschmorte Gänsemägen hatten sie miesen Arbeitgebern die Rippen gebrochen, auf Abwege geratene Ehefrauen verdroschen und Mädchen, die ihrem Bräutigam den Laufpaß gegeben hatten, ein Veilchen verpaßt.

Jetzt wandten sich die Baluter Juden mit ihren Kümmernissen an die gewerkschaftlichen Beratungsstellen, und die Rowdys konnten ihre Muskelkraft und ihre Vormachtstellung nicht mehr demonstrieren. Und was noch schlimmer war: Einige besonders Hartgesottene, die mit ihrer Bärenstärke und Verwegenheit der Zunft Ehre gemacht hatten, waren ins Lager der Gewerkschaftler übergewechselt und wollten nichts mehr mit ihren einstigen Spießgesellen zu tun haben.

Das alles wurmte die kriminellen Elemente in Balut und heizte ihre Wut auf die Gewerkschaftler immer mehr an.

Die Lodzer Kaufleute und Großindustriellen, denen die Gewerkschaftler so viel Ärger gemacht hatten und die sich jetzt vor ihnen demütigen und zu ihrem Unterhalt beitragen mußten, berappten nur zu gern etwas dafür, daß die Rowdys den Radikalen eine Lektion erteilen wollten, die diese nicht so schnell vergessen würden. Die Schlägertrupps hielten Kriegsrat und rüsteten sich für die Kraftprobe. Gemeinsame Sache mit ihnen machten die Fuhrunternehmer, die sauer waren, weil die Gewerkschaft die bei ihnen beschäftigten Rollkutscher angestachelt hatte, kürzere Arbeitszeit und höhere Löhne zu fordern. Ganz zu schweigen davon, daß die Gewerkschaftler die Existenz Gottes leugneten und sich über die Rabbiner, die Heiligen, den Tempel und andere Säulen des Judentums lustig machten.

Der Vorfall, der den Topf zum Überlaufen brachte, war die Sache mit der »Elektrizität«.

Ein junger Baluter Arbeiter war an Schwindsucht gestorben, und Mitglieder des Beerdigungsvereins kamen sofort ins Haus, um den Leichnam für die Bestattung herzurichten. Sie brachten auch ein rituelles Gewand mit, denn obschon der Arbeiter zu Lebzeiten keines getragen hatte, war es nur recht und billig, ihm für den Eingang in die andere Welt eines anzuziehen.

Aber der Leichnam war bereits von den Gewerkschaftlern mit Beschlag belegt worden. Sie ließen nicht zu, daß er gewaschen und mit einem Leichenhemd oder gar mit dem rituellen Gewand bekleidet wurde, sondern hüllten ihn in eine rote Fahne, geleiteten ihn zur letzten Ruhestätte und sangen auf dem ganzen Weg revolutionäre Lieder.

Auf dem Friedhof verkündete ein rotgekleidetes weibliches Gewerkschaftsmitglied, daß beim Tod eines Menschen nicht seine Seele den Körper verlasse, sondern seine »Elektrizität«. Die Leute vom Beerdigungsverein und die Totengräber erzählten diese gepfefferte Neuigkeit sofort in der ganzen Stadt herum, und nun kam die Sache in Schwung.

»Das ist das Ende der Welt!« lamentierten strenggläubige Juden. »Selbst die Gojim glauben an die Seele!«

»Die bringen Unheil über die Stadt – eine Seuche oder sonstwas – Gott soll schützen!«

»Die gehören schonungslos ausgerottet!«

»Anzeigen sollte man sie!«

»Die gehören in Ketten gelegt!«

Sämtliche Prediger und Lehrer redeten in den Bethäusern von der »Elektrizität«. Der Oberrabbiner verkündete, nach dem jüdischen Gesetz hätten die Gewerkschaftler das Recht auf Leben verwirkt, denn in den heiligen Büchern stehe geschrieben, wer sich ertränken wolle, verdiene nicht, daß man ihn rette, sondern solle unter Wasser gehalten werden.

Die Fuhrunternehmer und die Ganoven vom Feifferweg nahmen sich die Sache besonders zu Herzen. Sobald sie einen Gewerkschaftler allein erwischten, schlugen sie ihn zusammen. Zur Vergeltung verdroschen die Gewerkschaftler die Kriminellen. Die Polizei stellte sich auf die Seite der Ganoven. Die Erregung schlug hohe Wogen, und eines Abends brach der Krieg aus.

In der Prevetstraße brachte »Onkel« Zacharia Punz, der mehrere Bordelle betrieb, ein Waisenmädchen unter die Haube. Er war kinderlos, hatte die Waise angenommen, aufgezogen und ihr, damit sie eine anständige jüdische Tochter bliebe, als Ehemann nicht einen seiner kriminellen Kumpane, sondern einen Schuster ausgesucht.

Es war eine Hochzeit mit allem Drum und Dran. Mehrere Musikkapellen spielten. Zahlreiche Gäste nahmen teil. Von seiten der Braut waren Zuhälter und Diebe erschienen, von seiten des Bräutigams Schuster, Gerber und Sattler, alles kräftige junge Leute und waschechte Gewerkschaftler.

Als der Rabbiner der Unterweltler-Synagoge vor dem Traubaldachin mit nasaler Stimme den Segen sprach, konnten sich die Gewerkschaftler nicht mehr beherrschen und brachen in Gelächter aus. Onkel Zacharias Stiernacken lief feuerrot an.

»Macht euch nicht über den Rabbiner lustig, ihr Abschaum! Das dulde ich nicht!«

Seine Spießgesellen unterstützten ihn. »Maul halten, Elektrizität!«

Die robusten jungen Schuhmacher warfen sich in die Brust. »Das wollen wir sehen, ob ihr uns den Mund verbieten könnt!«

Auf beiden Seiten wurden Fäuste geballt. Der Rabbiner hörte mitten im Segensspruch auf und warf sich zwischen die feindlichen Lager. »Halt! Das ist doch eine Trauung! Bei einem solchen Anlaß miteinander zu raufen, ist eine Schande!«

Bei der Überreichung der Hochzeitsgeschenke brach erneut Streit aus. Die Gäste von seiten der Braut waren spendabel und überreichten drei oder fünf oder gar zehn Rubel. Der verkrüppelte Schammes der Unterweltler-Synagoge stapelte die Geldscheine feierlich auf dem Tisch. Die meisten Genossen des Bräutigams gaben einen halben Rubel, nur wenige einen ganzen. Während einige noch in ihren mageren Geldbeuteln herumsuchten, wurden sie von den Ganoven verhöhnt.

»Los, Gewerkschaftler, macht ein Scherflein locker!«

»He, Elektrizität, jetzt gibt's keine Schläge!«

Das wollten die Genossen nicht auf sich sitzen lassen. »Wir müssen für unser Geld *arbeiten,* im Gegensatz zu gewissen anderen Leuten!«

Diese Anspielung brachte die Ganoven auf die Palme.

»Und *wer* ist mit dieser Stichelei gemeint?«

»Wem der Schuh paßt, der kann ihn anziehen!«

In diesem Moment flog ein Bierkrug aus dem Lager der Ganoven einem Gerber direkt ins Gesicht. Blut und Bier flossen auf den weißen Papierkragen, den sich der junge Mann extra für die Hochzeitsfeier gekauft hatte.

Daraufhin begannen seine Genossen, die Gäste von seiten der Braut mit Bierkrügen zu bombardieren. Im Nu war der Fußboden mit heruntergezerrten Tischtüchern und kaputtgeschlagenen Gläsern, Tellern und Hochzeitsgeschenken übersät. Die Männer zogen ihre Jacketts aus und grapschten sich Stühle, Leuchter, Messer – alles, was sie als Waffe benützen konnten. Die Frauen kreischten. Die Handwerker mußten eine schwere Schlappe einstecken: Sie waren hoffnungslos in der Minderheit.

Am nächsten Tag legten alle Schuster, Sattler und Gerber die Arbeit nieder und taten sich mit den gewerkschaftlich organisierten Rollkutschern und Metzgern zusammen. Mit Knüppeln in der Hand und Messern in der Tasche zogen sie in die Prevetstraße und verwüsteten ein Bordell nach dem andern. Sie warfen Betten und Bettzeug aus dem Fenster, schlitzten den Huren die Kleider auf, zertrümmerten die Klaviere und rissen die anrüchigen Bilder von den Wänden.

»Geht arbeiten! Jetzt ist's aus mit den Puffs und dem leichtverdienten Geld!«

Die Dirnen bekamen hysterische Anfälle, und auf der Straße brach ein Tumult aus. Onkel Zacharias Frau riß sich die schwarze Lockenperücke vom Kopf.

»Zacharia, rette die Mädchen! Wir werden um unseren Lebensunterhalt gebracht!«

Aber Zacharia traute sich nicht; es waren zu viele Arbeiter da. Er rannte davon, um seine Kohorten zu Hilfe zu holen, doch als sie eintrafen, waren bereits sämtliche Bordelle in der Prevetstraße verwüstet. Federn und Daunen wirbelten wie Schneeflokken durch die Luft. Wo man hintrat, knirschten Glasscherben. Die Schlägertrupps rückten, gefolgt von den Fuhrunternehmern, mit gezückten Messern vor, aber die Arbeiter bildeten eine Mauer, und ihre Schustermesser schnitten Fleisch ebenso leicht wie Leder. Diesmal mußten die Ganoven eine schwere Schlappe einstecken.

Die Kunde vom Sieg der organisierten Arbeiter verbreitete sich wie ein Lauffeuer in der Stadt. Die Rowdys waren so eingeschüchtert, daß sie sich nicht mehr in der Nähe der Arbeiterberatungsstellen blicken ließen. Die Lodzer Unternehmer bekamen Angst. Sogar die Polizei wagte sich nicht mehr mit den Gewerkschaftlern, den Siegern über die Ganoven vom Feifferweg, anzulegen. Niemand traute sich ein Wort zu sagen, wenn Gewerkschaftler in einer Synagoge Reden hielten oder dafür sorgten, daß die Arbeiter Punkt sieben Uhr Feierabend machten. Niemand feilschte, wenn Funktionäre Spenden für die Armenküchen verlangten. Die Wirte tischten sogar eine kostenlose Mahlzeit auf, wenn ein Funktionär mit einem Arbeitslosen ins Lokal kam. Die Fabrikanten ließen sich nicht mehr in ihren Kutschen blicken. Sie reisten heimlich, still und leise ins Ausland und überließen es ihren leitenden Angestellten, sich um die Geschäfte zu kümmern, bis die Situation sich entspannt hatte.

Von der Front im Fernen Osten kamen noch schlimmere Nachrichten. Die schlitzäugigen Heiden vermöbelten die gottesfürchtigen Russen zu Land und zu Wasser. Die blinden Bettler, die in den Hinterhöfen sangen, machten in ihren Liedchen versteckte Anspielungen auf die Niederlagen der russischen Streitkräfte. In jedem Winkel der Stadt trieben sich Kosaken herum.

39

In der Weberei Huntze standen die Maschinen still. Die Belegschaft hatte wieder einmal die Arbeit niedergelegt. Direktor Aschkenasi verließ das Fabrikgelände nicht: Er wollte sich lieber nicht in der Stadt blicken lassen. Melchior machte das Bett im geräumigen Arbeitszimmer des verstorbenen Direktors Albrecht für ihn zurecht und stand die ganze Nacht mit geladenem Revolver vor der Tür Wache.

Max schlief unruhig in dem großen Bett, in dem Albrecht sich so hemmungslos mit jungen Spinnereiarbeiterinnen amüsiert hatte. Für ihn war jede Minute Arbeitsausfall wie ein Stich ins Herz. In dem Kontrakt mit dem Generalquartiermeister hatte er sich verpflichtet, die Lieferfrist für eine umfangreiche Warenbestellung auf den Tag genau einzuhalten. Andernfalls würde die

Firma einen hohen Schadenersatz leisten müssen. Und ihm selber ginge dann ein Vermögen durch die Lappen. Er hatte die Weberei mit voller Kapazität arbeiten lassen: zwei Schichten rund um die Uhr. Alles war genauestens vorausgeplant. Der Betrieb hatte wie ein Uhrwerk funktioniert. Und plötzlich war alles zum Stillstand gekommen.

Direktor Aschkenasi hatte etwas außer acht gelassen: die Arbeiter. Jede Kleinigkeit hatte er berücksichtigt, aber an den menschlichen Faktor hatte er nicht gedacht. So lange er sich zurückerinnern konnte, hatte in Lodz nie Mangel an Arbeitskräften geherrscht. Das Angebot auf dem Arbeitsmarkt war immer größer gewesen als die Nachfrage. Und nun stand plötzlich die Welt auf dem Kopf.

Als er eines Tages, wie stets mit Arbeit überlastet, in seinem Kontor gesessen hatte, war Melchior hereingekommen, um zu melden, daß eine Delegation der Belegschaft mit dem Direktor sprechen wolle.

»Eine Delegation?« hatte Max verwundert gefragt. »Dafür habe ich jetzt keine Zeit. Sag ihnen, sie sollen ein anderes Mal vorsprechen.«

Melchior erwartete, daß die Arbeiter daraufhin wieder abziehen würden, doch sie rührten sich nicht von der Stelle. »Sagen Sie dem Direktor, daß auch wir keine Zeit haben und daß wir, falls er uns nicht sofort empfängt, die Arbeit niederlegen.«

Als Melchior ihm das meldete, zupfte Max Aschkenasi nervös an seinem Bärtchen. Sein weicher Sessel kam ihm auf einmal steinhart vor. Er rückte seine verrutschte Krawatte zurecht, strich sich die Asche vom Rockaufschlag, lehnte sich zurück und zündete sich eine dicke, würzig duftende Zigarre an. Dann setzte er seine strengste Miene auf und begann, irgend etwas Belangloses auf ein Blatt Papier zu kritzeln: Die Arbeiter sollten sehen, wie beschäftigt er war.

Obwohl sie beim Hereinkommen die Mützen abnahmen, wirkten sie durchaus selbstsicher. Einige hatten vorher nicht einmal ihre schmutzigen Schuhe abgestreift.

Zur Begrüßung paffte ihnen Max Aschkenasi unverfroren Rauch ins Gesicht. »Also, was gibt's?«

»Wir sprechen für die gesamte Belegschaft«, sagte der Wortführer. Dann las er eine ganze Reihe Forderungen vor.

Max hätte ihnen das Blatt Papier am liebsten aus der Hand gerissen, es zerknüllt und auf den Boden geworfen – genau wie an jenem Samstag, als man ihm vorgelesen hatte, was die Belegschaft der Weberei seines Schwiegervaters forderte –, aber er beherrschte sich. Diese Leute waren keine Juden, sondern Gojim, die zu Gewalttätigkeit neigten. Sie waren nicht davor zurückgeschreckt, Albrecht in einen Schubkarren zu stoßen und mit einem Besen in der Hand herumzukutschieren. Ein Menschenleben war für sie keinen Groschen wert, weder ihr eigenes noch das eines anderen. Und darum zog Max Aschkenasi nur an seiner Weste, als wäre sie ihm zu kurz, und hörte zu.

Diese Forderungen waren der Gipfel der Unverschämtheit! Die Arbeiter bestanden doch tatsächlich auf einem Achtstundentag! Drei Schichten statt zwei! Max vergaß, daß er kühl und herablassend bleiben wollte. Er sprang auf.

»Wie lange ist es her, daß ihr sechzehn Stunden am Tag gearbeitet habt?« schrie er sie an. »Und jetzt sind euch also auch zwölf Stunden zuviel?«

»Wir können zwölf Stunden arbeiten, aber für die vier Überstunden verlangen wir Mehrarbeitszuschlag.«

»Kommt nicht in Frage!«

»Für Nachtarbeit pro Stunde einen halben Stundenlohn mehr«, las der Delegierte vor.

Aschkenasi machte eine wegwerfende Handbewegung. »Quatsch!«

»Erhöhung des Grundlohnsatzes um fünfundzwanzig Prozent.«

»Ist das alles?« fragte Max sarkastisch.

»Vorläufig ja.«

Max zupfte sich am Bart. »Ich nehme doch an, daß ihr, auch wenn ihr bloß Arbeiter seid, addieren und subtrahieren könnt.«

Da sie nicht wußten, worauf er hinauswollte, schwiegen sie.

Max kritzelte rasch einige Zahlen auf ein Blatt Papier. »Wenn ich auch nur die Hälfte eurer Forderungen akzeptieren würde, müßte die Fabrik bereits mit Verlust arbeiten, und das kann sich kein Unternehmen leisten.«

»Wir müssen an unsere eigenen Bedürfnisse denken. Die Gewinne und Verluste der Fabrik sind nicht unser Problem.«

Max schnippte die Asche so heftig von seiner Zigarre, daß die

Revers seines teuren englischen Anzugs schon wieder damit übersät waren. »Im Gegenteil! Die Gewinne und Verluste der Fabrik gehen euch sehr viel an. Ihr seid genau wie ich ein Bestandteil der Firma. Es schadet uns allen, wenn die Fabrik schließen muß.«

»Das hängt ganz von Ihnen ab.«

»Eine Fabrik zu schließen, ist *eine* Sache. Den Betrieb wieder anlaufen zu lassen, ist eine ganz andere«, sagte Max lächelnd. »Die Zeiten sind schwer. Tausende sind arbeitslos. Für sie wäre es ein Glück, einen Arbeitsplatz zu bekommen. Die anderen Fabrikanten haben ihre Betriebe geschlossen, ich nicht. Ich habe mich um Bestellungen bemüht, damit ihr weiterarbeiten könnt. Ist *das* euer Dank dafür?«

»Der Herr Direktor hat dabei nicht an uns, sondern an sich gedacht«, entgegnete der Wortführer. »Wenn unsere Forderungen nicht akzeptiert werden, streiken wir.«

Max änderte seine Taktik. »Ich bin hier bloß ein Angestellter, genau wie ihr. Die Fabrik gehört, wie ihr ja wißt, den Baronen Huntze. Sie sind zur Zeit im Ausland. Eine derart wichtige Entscheidung können nur sie treffen. Sobald sie zurück sind, lege ich ihnen eure Forderungen vor. Unterdessen arbeiten wir weiter.« Er wollte Zeit herausschinden. Gerade jetzt durfte der Betrieb keine einzige Stunde stillstehen. Aber die Arbeiter ließen sich nicht hinhalten.

»Wir lassen Ihnen ein paar Tage Zeit, damit Sie sich mit den Baronen in Verbindung setzen können«, erklärte der Wortführer nach kurzer Beratung mit den anderen Delegierten. »Mehr nicht. Dann erwarten wir eine Antwort.«

Während der kurzen Gnadenfrist versuchte Max, mit jeder Kriegslist, die ihm geläufig war, den Streik abzuwenden. Zunächst probierte er es mit einer Methode, die ihm schon einmal von Nutzen gewesen war. Diesmal wandte er sich allerdings nicht an Lippe Halfon, sondern lud den Polizeichef höchstpersönlich zum Mittagessen ein. Nachdrücklich wies er darauf hin, daß die Weberei Huntze kriegswichtige Ware produziere – für die tapferen Frontsoldaten. Falls die Belegschaft in den Streik träte, würde sie die Erfüllung einer patriotischen Pflicht verhindern. Die Behörden seien verpflichtet, dies mit allen Mitteln, die ihnen zur Verfügung ständen, zu verhüten. Wenn Kosaken eingesetzt würden, um den Verrätern eine Lektion zu erteilen, käme alles wieder ins Lot.

Obzwar der Polizeichef sich nach der üppigen Mahlzeit die Lippen leckte, schüttelte er den Kopf. Zu einer Konfrontation mit der Arbeiterschaft könne er es derzeit nicht kommen lassen. Er habe ohnehin genug Probleme. Seine Leute hätten Angst. Tagtäglich werde ein Polizist niedergeschossen. Auch der Gouverneur werde sich auf so etwas nicht einlassen. Die Zeiten hätten sich geändert. »Sie müssen eben versuchen, selbst mit den Arbeitern fertigzuwerden.«

Daraufhin versuchte es Max mit einem anderen Schachzug. Er nahm sich die Delegierten der Belegschaft einzeln vor und gab jedem zu verstehen, daß er mit einer ansehnlichen Belohnung rechnen könne, falls er als Delegierter zurückträte und sich nur noch um seine eigenen Angelegenheiten kümmerte. Aber keiner ging darauf ein. Einige fanden das Angebot beleidigend, einige waren bestürzt.

Nun wies Max seine Werkmeister an, arbeitslose Männer und Frauen von der Straße weg als Ersatz für die reguläre Belegschaft anzuheuern. Doch die Leute hatten Angst davor, als Streikbrecher angesehen zu werden. Viele stellten sich auf die Seite der organisierten Arbeiter.

Als alle anderen Taktiken fehlgeschlagen waren, spielte Max seine Trumpfkarte aus. Er legte den gesamten Betrieb still, um die Arbeiter so auszuhungern, daß sie reumütig zurückkehren würden. Für seine Produktionsplanung bedeutete das zwar einen schweren Rückschlag, aber er war fest überzeugt, daß ihm diese tollkühne Maßnahme zum Sieg verhelfen würde.

Dann verbarrikadierte er sich auf dem Fabrikgelände und wartete auf die Kapitulation der Arbeiter. Sein Essen ließ er sich von zu Hause bringen. Er war viel zu gewitzt, um sich außerhalb der Fabriktore blicken zu lassen, während Tausende seiner Arbeiter, aufgehetzt von den Agitatoren, durch die Straßen zogen.

Niemand durfte die Fabrik betreten. Melchior saß mit geladenem Revolver vor dem Tor. Aus purer Langeweile begann Max die Schundromane zu lesen, für die sein Vorgänger eine Schwäche gehabt hatte. Die Nächte zogen sich schier endlos hin, und weil ihn kein Maschinenlärm einlullte, konnte er nicht ruhig schlafen.

Er wartete vergeblich darauf, daß die Arbeiter angekrochen kamen.

Für Nissan waren es Tage voller hektischer Aktivität. Er sammelte Geld für den Streikfonds, hielt Reden, verfaßte Aufrufe. Was sich jetzt abspielte, war etwas völlig anderes als jener klägliche erste Versuch, den man vor Jahren in Balut unternommen hatte. Es war ein regelrechter Streik – der Streik mehrerer tausend echter Proletarier gegen ein kapitalistisches Großunternehmen. Ein Kampf, der es wert war, daß Nissan jede Anstrengung auf sich nahm.

Der Zeitpunkt, auf den er so lange gewartet hatte, war endlich da. Der Funke der Unzufriedenheit war auf die riesigen Fabriken übergesprungen, und Nissan war Tag und Nacht bemüht, ihn anzufachen, auf daß die Flamme der Revolution auflodere.

In seinem Versteck hinter den Fabrikmauern kochte Max Aschkenasi vor Wut, als er erfuhr, daß die jüdischen Agitatoren aus Balut seine Belegschaft davon abhielten, die Arbeit wiederaufzunehmen. Mit welchem Recht mischten sie sich in etwas ein, das sie absolut nichts anging? Sie waren doch nicht bei ihm beschäftigt und würden es auch nie sein. Warum also legten sie sich ins Zeug für die nichtjüdischen Arbeiter, bei denen sie doch verhaßt waren?

Besonders giftete sich Max über diesen Rabbinersprößling, der an allem schuld war. Hatte der denn während der langen Jahre im Gefängnis und in der Verbannung gar nichts dazugelernt? Das einzige, was die Gojim brauchten, war Arbeit. Sie waren kräftig, und es machte ihnen nichts aus, ob sie ein paar Stunden mehr oder weniger arbeiteten. Hauptsache, sie hatten am Wochenende ein paar Rubel in der Tasche und konnten sich samstagabends besaufen. All diese anderen Ideen stammten von Juden. Sie waren nicht kräftig genug, einen langen Arbeitstag durchzustehen, und taugten nur dazu, mit ihrem Gefasel von Sozialismus, Solidarität und anderem Blödsinn den Gojim den Kopf zu verdrehen. Und damit würden sie so lange weitermachen, bis sie die barbarischen Instinkte der Gojim geweckt hatten – und das Ergebnis würde das gleiche sein wie immer: jüdisches Blut würde vergossen werden.

Erbittert biß er sich auf die Lippen. Wäre es zur Zeit nicht so riskant gewesen, dann hätte er diesen jüdischen Unruhestiftern eine Lektion erteilt. Juden zu bestrafen, die Nichtjuden gegen ihre Brüder aufhetzten, galt als gute Tat.

Aber ihm waren die Hände gebunden. Nicht einmal die Polizei getraute sich, gegen diese Umstürzler vorzugehen. Und was würde es ihm denn einbringen? Die Gojim, bei denen Nissan und seine Bande ihn ständig als Blutsauger und Ausbeuter anschwärzten, würden ihn schon beim geringsten Anlaß niederknallen oder erstechen.

Gewiß, in diesem Versteck war er vorläufig in Sicherheit, aber wie lange sollte das denn noch dauern? Jede Minute, in der die Maschinen stillstanden, kostete ihn ein Vermögen. Ein Millionenbetrag wartete nur darauf, verdient zu werden – und *er* mußte sich hier verkriechen wie die Maus im Loch . . .

Als ihm in einer schlaflosen Nacht tausenderlei Gedanken im Kopf herumschwirrten, kam ihm plötzlich die Idee, daß ein persönliches Gespräch mit Nissan von Nutzen sein könnte. Der war zwar ein Ungläubiger und schlimmer als jeder Goi, aber es konnte ja nicht schaden, einmal mit ihm zu reden.

Max hatte von jeher viel von seiner Überredungskunst gehalten. Zugegeben: Nissan war kein Dummkopf – beileibe nicht! Schon im Klassenzimmer seines Vaters war es zwischen ihnen beiden zu einer Kraftprobe gekommen, und dann noch einmal an jenem Samstagabend in Balut. Daß er etwas mit Nissans erster Verhaftung zu tun gehabt hatte, konnte dieser gar nicht wissen. Das war ja auch schon ewig lange her. Unterdessen war er ein zweites Mal in die Verbannung geschickt worden und hatte jenen Vorfall sicher schon längst vergessen.

Und falls er ihm deshalb immer noch grollte, würde er ihm schon klarmachen, daß er an dieser Sache völlig unschuldig gewesen sei und sich sogar – wenn auch leider vergeblich – bei der Polizei für ihn eingesetzt habe. Wenn er ihn dazu bewegen konnte, alles mit ihm durchzusprechen, würde Nissan schon einsehen, daß er recht hatte. Er, Max Aschkenasi, besaß ja glücklicherweise die Gabe, anderen gut zuzureden und frisch von der Leber weg zu sprechen.

Er setzte sich hin und schrieb in hochtrabendem, von passenden Gleichnissen und *Gemara*-Zitaten strotzendem Gelehrtenhebräisch einen Brief an seinen einstigen Mitschüler. Er ersuchte ihn, zu einem Gespräch über schwerwiegende Probleme in die Fabrik zu kommen. Daß er ihn zu sich bitte, habe nicht das geringste mit Hochnäsigkeit zu tun, sondern erkläre sich daraus, daß er es für unklug halte, sich dieser Tage außerhalb des Fabrikgeländes blicken zu lassen. Seiner Unterschrift fügte er einige Schnörkel hinzu.

Nachdem er den Brief noch einmal durchgelesen und für gut befunden hatte, ließ er ihn durch einen vertrauenswürdigen Boten zustellen, dem er eingeschärft hatte, ihn nur dem Adressaten persönlich auszuhändigen.

Das Streikkomitee diskutierte stundenlang darüber, wie man auf das Schreiben aus dem gegnerischen Lager reagieren sollte. Den Brief einfach ignorieren? Die Einladung ablehnen? Oder sie vielleicht doch annehmen?

Tewje war dagegen. Er vermutete, daß es eine Finte sei. Vielleicht lauerten in der Fabrik Polizisten darauf, Nissan zu schnappen. Nissan war anderer Meinung: Aschkenasi sei bestimmt nicht so töricht, unter diesen Umständen einen derart primitiven Trick abzuziehen. Dafür sei er viel zu gewitzt. Es wäre vielleicht der Mühe wert, sich anzuhören, was er zu sagen habe. Es sei immer ratsam, möglichst viel über den Gegner zu wissen. Aber er werde, um kein Mißtrauen aufkommen zu lassen, nicht allein zu Aschkenasi gehen.

Eines Abends machte er sich in Begleitung zweier Genossen auf den Weg in die Fabrik. Das Tor wurde geöffnet und dann sofort wieder zugeschlagen – genau so, wie er es nur zu gut aus seiner Zeit im Gefängnis kannte. Max Aschkenasi wartete an der Tür seines Kontors. Als er sah, daß sie zu dritt waren, stutzte er einen Moment. Er hätte lieber ein Gespräch unter vier Augen geführt. Aber er fing sich sofort wieder und gab sich gastfreundlich. Er schüttelte allen dreien die Hand und sagte leutselig auf deutsch. »Ich freue mich, die Herren bei mir begrüßen zu dürfen. Bitte nehmen Sie Platz.« Er musterte Nissan. »Hab' ... hm ... sofort wiedererkannt! Das typische Gesicht eines Gelehrten.«

Die Anrede verschluckte er, weil er nicht so recht wußte, ob er zu Nissan »Sie« oder »du« sagen sollte. Da Nissan sehr reserviert blieb, entschied sich Max für das förmliche »Sie« und schlug zunächst einen gelehrtenhaften Ton an.

»Obzwar es schon lange her ist, daß wir beide bei Ihrem Vater zur Schule gegangen sind, kann ich mich noch gut an unsere letzte gemeinsame Lektion erinnern – die Vorschriften bezüglich der Farbe Blau. Ich kann sie noch auswendig.« Er sagte eine Passage auf, wobei er den erhobenen Daumen kreisen ließ.

»Wissen Sie noch, Nissan?« fragte er wehmütig.

»Ich befasse mich nicht mehr mit solchen Dingen.«

»Wie schade! Ich lese, obwohl ich mehr als genug zu tun habe, zwischendurch gern wieder einmal in einem heiligen Buch. Man braucht sich dessen doch nicht zu schämen. Es macht mir sogar Freude, Kommentare zu schreiben. Wenn ich eine freie Minute habe, notiere ich mir ein paar Anmerkungen. Der Mensch lebt ja nicht vom Brot allein ...«

Erwartungsvoll musterte er seine Besucher, aber ihnen war kein bißchen Bewunderung für den Direktor der größten Lodzer Fabrik anzumerken, der es auch noch schaffte, Kommentare zu verfassen.

»Die anderen beiden Herren sind offenbar nicht vertraut mit den heiligen Büchern. Entschuldigen Sie bitte, daß ich über meine innersten Empfindungen ...«

»Das macht uns nichts aus.«

»Aber Sie, Nissan – einmal ein Gelehrter, immer ein Gelehrter! Wer einmal Geschmack am halachischen Meinungsstreit gefunden hat, bleibt der *Gemara* immer treu, ob er will oder nicht. Das hat er schon im Blut.«

Dann erzählte er auch noch die komische Geschichte von sich und den Brüdern Huntze, denen er auf die Frage, wo er denn das alles gelernt habe, geantwortet hatte: »In der Talmudakademie bei den Professoren Abbayeh und Raba.«

Jetzt war er so gut gelaunt, daß er sich dazu hinreißen ließ, Nissan aufs Knie zu klopfen. Als Nissan zurückwich, gab Max plötzlich seine leutselige Pose auf und war wieder ganz der Direktor der Weberei Huntze.

Vom vertrauten Jiddisch wechselte er jetzt wieder zum Deutschen über. »Und nun zum Geschäftlichen! Die Herren wissen ja, daß die Fabrik bestreikt wird.«

»O ja.«

»Die Forderungen, die mir von den Arbeitern vorgelegt wurden, sind doch wohl nicht ernst zu nehmen. Das ist, wie Sie und ich wissen, bloße Verhandlungstaktik. Achtstundentag! Das ist doch ...«

»Lange genug für einen Arbeiter«, fiel ihm Nissan ins Wort.

Aschkenasi musterte ihn lächelnd. »Soll eine solche Vereinbarung vielleicht auch für mich gelten? Jeder weiß, daß ich mindestens doppelt so lange arbeite.«

»Aber Sie arbeiten für sich selber, Herr Aschkenasi.«

»Nein, ich arbeite für die Fabrik. Für die gesamte Belegschaft. Wenn ich mich nicht abrackern würde, hätte die Fabrik genau wie die anderen schließen müssen, und Tausende wären arbeitslos geworden. Dank der Tatsache, daß ich nicht ständig auf die Uhr sehe, können mehrere tausend Arbeiter weiter beschäftigt werden, und zwar in zwei Schichten, nicht bloß in einer. Wir sind doch alle nur Rädchen einer einzigen großen Maschine.«

»Nur daß Sie, Herr Aschkenasi, an einem Tag mehr verdienen als ein Arbeiter in einem halben Jahr.«

»Jeder nach seinem Wert – je nachdem, was er einbringt. Ich habe diesen Posten nicht wegen meiner schönen Augen bekommen, meine Herren. Und auch nicht, weil ich Jude bin.«

Er beugte sich etwas weiter zu ihnen hinüber und sagte im vertrauten Lodzer Jiddisch: »Es hat sich nicht von selbst ergeben, daß ich, ein Jude, Direktor eines Großbetriebs und Vorgesetzter mehrerer tausend Nichtjuden geworden bin. Meinen Sie etwa, die Fabrikbesitzer haben mich gern? Sie können mich nicht ausstehen, aber sie brauchen mich. Ohne mich würde die ganze Firma zusammenkrachen. Darum bezahlen sie mich entsprechend. Jeder nach seinem Wert. Wer einen Meter Stoff produziert, wird für einen Meter Stoff entlohnt. Wer der Firma Millionen einbringt, wird entsprechend bezahlt.«

»Genau dagegen kämpfen wir«, sagte Nissan.

Aschkenasi griff an sein Spitzbärtchen und zupfte ein paar Haare heraus. »Wenn Gojim solchen Blödsinn verzapfen, wundere ich mich nicht«, sagte er in einer Art Singsang. »Ich habe den Leuten eine Rechnung aufgemacht. Ich habe ihnen schwarz auf weiß bewiesen, daß der Betrieb zumachen müßte, wenn wir auch nur die Hälfte ihrer Forderungen akzeptieren würden. Alles hat seine Grenzen. Auch Maschinen gehen kaputt, wenn man sie überstrapaziert ... Aber Sie, meine Herren, sind Juden. Sie können addieren und subtrahieren. Dem Vernehmen nach haben einige Ihrer Leute sogar Volkswirtschaft studiert. Sehen Sie sich doch die Kalkulation an, die ich erstellt habe! Sie stimmt auf den Groschen genau. Und dann sagen Sie mir, wie wir derart unsinnigen Forderungen nachkommen sollen!«

»Wir kalkulieren anders«, warf Nissan ein. »Wir eliminieren die enormen Dividenden, die den Besitzern zufließen, und die hohen Gehälter des Fabrikdirektors und der leitenden Angestellten.«

Aschkenasi stand auf. »Lassen Sie mich ausreden, meine Herren! Wir betreiben das Unternehmen nicht zum Spaß. Sollte es keinen Gewinn mehr abwerfen, dann müßten wir die Fabrik schließen. Dann ständen mehrere tausend Leute auf der Straße. Wollen Sie *das*?«

»Ist das alles, was Sie mir sagen wollten?« fragte Nissan. »Deshalb hätten Sie mich gar nicht erst herzubestellen brauchen.«

Aschkenasi begann, auf und ab zu gehen »Ich habe Sie nicht kommen lassen, um mit Ihnen über die Fabrik zu reden«, sagte er ziemlich erregt. »Wir brauchen uns doch nichts vorzumachen – was diesen Betrieb angeht, so haben Sie überhaupt nichts zu melden. Ihre Domäne ist Balut mit seinen Handwerkern. Wir hier arbeiten mit Dampfkraft und mit einer ausschließlich nichtjüdischen Belegschaft. Aber sogar eine Maus kann Unruhe stiften – und Sie stiften sehr viel Unruhe! Sie wiegeln die Nichtjuden auf und ...«

»Für uns gibt es keine Nichtjuden und Juden«, unterbrach ihn Nissan, »nur Arbeiter und Unternehmer.«

»Aber für die Christen gibt es Nichtjuden und Juden«, entgegnete Aschkenasi spöttisch. »Ihr redet von Solidarität und Einigkeit, aber versucht doch einmal, einen einzigen jüdischen Arbeiter in dieser Fabrik einzustellen, und schon werden ihn die Gojim auf drei Tragbahren hinausbefördern.«

Nissan stieg das Blut ins Gesicht. Er wußte sehr wohl, daß dies der schwache Punkt seiner Argumentation war. »Daran sind Sie schuld. Sie und Ihresgleichen haben dafür gesorgt, daß die Juden in Balut eingepfercht bleiben müssen und ...«

Aschkenasi fiel ihm ins Wort. »Hier wird jetzt kein Gespräch zwischen Fabrikdirektor und Arbeitern geführt. Wir reden als Juden miteinander. Der Stadt droht Gefahr – entsetzliche Gefahr! Jüdisches Blut wird vergossen werden.«

»Wir stellen ein Selbstschutzkorps auf und wir können auf den guten Willen der Arbeiter zählen. Mit solchen Schreckgespenstern können Sie uns keine Angst einjagen, Herr Aschkenasi.«

Max schlug wütend auf den Tisch. »Schreckgespenster? In den Versammlungen, die Sie und Ihre Bande organisieren, gelten die Drohungen der Gojim nicht Aschkenasi, dem Fabrikdirektor, sondern Aschkenasi, dem Juden. Die nichtjüdischen Wortführer machen sich darüber lustig, daß ich nur gebrochen Polnisch spreche, und mokieren sich über meinen jiddischen Akzent – und die Arbeiter lachen. Den kleinen jüdischen Ladenbesitzern fällt vor Angst das Herz in die Hose. Die Gojim kommen zu ihnen in den Laden und drohen, daß sie ihnen, wenn's wieder soweit ist, alles wegnehmen werden. Es endet immer damit, daß den Juden der Kopf eingeschlagen wird. Was ist denn das letzte Mal bei Ihrer Arbeiterdemonstration passiert? Juden mußten sterben! Und jetzt facht ihr Juden wieder das Feuer an!«

Die drei standen auf.

»Wir sind nicht hergekommen, um uns Ihre chauvinistischen Predigten anzuhören«, sagte Nissan.

»Mieser Bourgeois!« platzte einer seiner Genossen heraus. »Ich wollte ohnehin nicht hierherkommen. Gehen wir, Genosse Nissan!«

Die drei verließen das Fabrikgelände und nahmen eine Droschke. Die Nacht war windig, regnerisch und kalt. Die rußige Stadt triefte von Schmutz. Die wenigen Bäume glichen abgenützten Reisigbesen. Der Droschkenkutscher schlug unentweg auf den klapprigen Gaul ein. »Hü, du Aas! Vorwärts, du räudiger Klepper!«

Nissans Stimmung paßte zu dieser tristen Atmosphäre. Max Aschkenasis grimmige, aber stichhaltige Schlußfolgerungen schnitten ihm ins Herz.

»Wir müssen sofort ein Selbstschutzkorps organisieren. Dieser Punkt kommt morgen auf die Tagesordnung.«

»Gleich morgen früh«, murmelten seine Genossen und wickelten sich in der dumpfigen Kälte in ihre Mäntel.

40

Schon vor dem Streik war Max immer seltener nach Hause gekommen und nachts immer öfter in der Junggesellenwohnung des verstorbenen Direktors Albrecht geblieben. Seitdem gab er seiner Frau weniger Haushaltsgeld.

Dinele fühlte sich tief gedemütigt. Sie war keine junge Frau mehr. Zwar hatte sie, genau wie ihre Mutter, noch immer etwas Jugendliches an sich, aber in ihrem kastanienbraunen Haar war schon das erste Grau zu entdecken. Die Haut um ihre Augen war schlaff geworden und von Fältchen durchzogen. Infolge der Schwangerschaften hatte ihre Bauchdecke Falten bekommen, und an ihren Beinen waren Äderchen geplatzt. Sie wurde von allerlei Beschwerden geplagt, hauptsächlich von den üblichen Frauenbeschwerden. Da sie die Kunst beherrschte, über körperliche Unvollkommenheiten hinwegzutäuschen, drehten sich auf der Straße immer noch die Männer nach ihr um, doch wenn sie zu Hause ihr Korsett ablegte, waren die Anzeichen des Alterns nicht zu verkennen. Dann starrte sie beklommen das Bett ihres Mannes an, das jetzt meistens unbenützt blieb.

Die Kinder waren fast nie bei ihr. Ignaz, ihr Erstgeborener, lebte im Ausland. Der ichbezogene, launische Junge hatte seiner Mutter viel Kummer gemacht. Im Gegensatz zum Vater, diesem zielstrebigen Energiebündel, war der Sohn ein Faulpelz ohne jeden Ehrgeiz. Er war ein schlechter Schüler und vertrug sich nicht mit seinen Altersgenossen. Niemand schloß Freundschaft mit ihm, weil er immer der Anführer sein und die anderen herumkommandieren wollte. Sein willensstarker Vater war ein echter Aschkenasi, Ignaz hingegen schlug den Alters nach. Und diese unglückliche Kombination von Erbanlagen bewirkte, daß in der Familie fortwährend Hader herrschte. Ignaz war ständig eingeschnappt. Warum er so aufsässig und boshaft war, wußte er selbst nicht. Er haßte alles und jeden, am meisten aber seinen Vater, den er als seinen schlimmsten Feind betrachtete. Der Erfolg des Vaters machte ihm seine eigene Unzulänglichkeit nur noch deutlicher bewußt. Und er spürte die Geringschätzigkeit seines Vaters, wenn er ihm seine Schulaufgaben und Zeugnisse zeigte.

»Daß der Junge so gar nichts von mir geerbt hat!« sagte Max dann jedesmal.

Der Sohn hätte sich diebisch gefreut, wenn jemand den Vater zusammengeschlagen hätte.

Seine Mutter liebte er, aber es war eine absonderliche, krankhafte Liebe. Von frühester Kindheit an hatte es ihm Vergnügen gemacht, sie zu piesacken und ihr nicht zu gehorchen. Sie war zu bequem, um strenge Maßnahmen zu ergreifen – das war ihrer Ansicht nach die Aufgabe des Vaters. Aber Max war selten da, und wenn er sich daheim blicken ließ, brachte sie es nicht über sich, den Jungen zu verpetzen, zumal da Ignaz ihr mehr bedeutete als ihr Mann. Wenn er sie an den Rand der Verzweiflung brachte, weinte sie bloß, und dann war der Junge tief zerknirscht. Er küßte und streichelte sie und bat um Verzeihung.

Aber kaum hatte sie aufgehört zu weinen, da begann er auch schon wieder mit seinen Schikanen. Er schwänzte die Schule, ging jedermann aus dem Weg, lungerte den ganzen Tag spärlich bekleidet in der Wohnung herum und las Detektivgeschichten.

Wenn sein Vater von einer Geschäftsreise zurückkam, gab es jedesmal heftige Auseinandersetzungen. Max Aschkenasi hätte zu gern einen Sohn gehabt, der ein Wunderknabe war und um den andere ihn beneideten. Aber er verstand sich nicht darauf, dies dem Jungen einigermaßen diplomatisch klarzumachen. Er schnauzte ihn immer bloß an und erteilte ihm Befehle. Je heftiger er auf ihn einschrie, um so trotziger wurde Ignaz. Es endete jedesmal damit, daß der Vater sich lauthals darüber wunderte, einen solchen Dummkopf gezeugt zu haben, und daß der Sohn den Vater nachäffte: seine Nachlässigkeit in puncto Kleidung, seinen jiddischen Akzent und seine Überheblichkeit.

Als Max eines Tages mit offenem Hosenlatz aus dem Haus ging, machte ihn der Junge nicht darauf aufmerksam, sondern gluckste vor Schadenfreude.

Sobald Ignaz es mit Hängen und Würgen geschafft hatte, das Gymnasium zu absolvieren, wollte er keine Minute länger in Lodz bleiben. Er setzte sich sofort nach Paris ab – angeblich um zu studieren. Tatsächlich aber sah er die Universität nie von innen. Er führte das Leben eines Rive-Gauche-Bohemiens, verkehrte mit allerlei Gesindel und verlangte fortwährend Geld von zu Hause. Seine Mutter zwackte soviel sie konnte von ihrem Haushaltsgeld ab und ließ vom Dienstmädchen so manches ihrer Schmuckstücke versetzen, um Ignaz hinter dem Rücken seines Vaters Geld zu schicken. Max fragte sie nur selten nach Ignaz.

»Schreib ihm, er soll tüchtig studieren, Diana!« sagte er, wenn er ihr den schmal bemessenen Monatsscheck für seinen Sohn aushändigte.

»Warum schreibst du ihm nicht ein paar Zeilen? Du bist immerhin sein Vater!«

»Hab' schrecklich viel zu tun.« Und schon stürmte er hinaus.

Da Ignaz jedesmal, wenn er von seiner Mutter nicht so viel Geld geschickt bekam, wie er haben wollte, damit drohte, sich umzubringen, hatte Dinele nie genug in der Haushaltskasse. Und ihr Mann durfte davon nichts wissen.

Auch ihre Tochter Gertrud war meistens nicht zu Hause. Das junge Mädchen – schlank und blauäugig wie die Mutter – träumte ebenfalls von Reichtum und Vornehmheit. Aber im Gegensatz zu Dinele fand sich Gertrud nicht damit ab, in der Welt ihrer Phantasie ein Leben aus zweiter Hand zu führen, sondern war fest entschlossen, ihre Träume zu verwirklichen.

Sie verabscheute das rauchige, rußige, laute Lodz und sie haßte ihr Zuhause, das sie, obwohl es prächtig eingerichtet war, trist und öde fand. Die Möbel waren viel zu ausladend und längst aus der Mode. Die Beleuchtung war viel zu düster. Ihr Vater war selten zu Hause und immer mit anderen Dingen beschäftigt. Er schlang das Essen hinunter und stürmte gleich wieder davon. Ihre Mutter war ganz von ihren Romanen in Anspruch genommen. Am Sabbat und an den Feiertagen war es zu Hause so fade – kein bißchen Fröhlichkeit, keine festliche Stimmung. Und immer diese Leere zwischen ihren Eltern, dieses ärgerliche Schweigen, das sich beklemmend über den ganzen Haushalt legte.

Als kleines Mädchen hatte sie immer so gern ihren Großvater Chaim besucht. Lustig ging es dort zu! Der Großvater hatte sie auf den Knien gewiegt, ihr Gesicht mit seinem Bart gekitzelt und so nett mit ihr gespielt. »Sag den Segensspruch, Gitele!« hatte er sie jedesmal ermahnt, wenn er sie mit Schokolade fütterte.

Obzwar er sie mit diesem komischen Namen anredete, war sie lieber bei ihm als zu Hause. In seiner Wohnung gab es allerlei hübsche Dinge – Kerzenhalter, Armleuchter, Schnupftabaksdosen. Immer ging es fröhlich zu, besonders am Sabbat und an den Feiertagen. Chaim Alter feierte die heiligen Tage noch genauso wie früher. Er rezitierte die Segenssprüche, sang die Lieder, lud arme Leute zum Essen ein.

Jedes Jahr wartete die kleine Gertrud ungeduldig auf Chanukka, weil sie dann zusehen durfte, wie ihr Großvater die Kerzen anzündete; und auf Simchat Tora, wenn die Chassidim zu ihm kamen und so komisch tanzten und herumhopsten; und auf die Bußtage, wenn Großvater Chaim ein Gewand aus weißem Leinen anzog, ein silbergesticktes Käppchen aufsetzte und mit hoch erhobenen Händen betete. Sogar zur Sederfeier an Pessach war sie viel lieber bei ihm als in ihrem Elternhaus, wo es ihrem Vater gar nicht schnell genug gehen konnte, weil ihm sein Papierkram wichtiger war. Im Hause ihres Großvaters ließ man sich bei der Sederfeier stundenlang Zeit. Die Kerzen auf dem Tisch flackerten fröhlich, Großvater Chaim thronte auf seinem Hessebett, und die kleine Gertrud war hingerissen von all den Riten, Liedern und Gebeten.

»Großpapa«, sagte sie zärtlich und gab ihm einen Kuß, »ich hab' dich ja so lieb!«

Ihm zuliebe wurde die Kleine sogar fromm und sagte regelmäßig ihre Gebete und Segenssprüche auf, was ihrem Vater gar nicht behagte. »Der macht noch eine Rebbezin aus ihr!« beschwerte er sich bei seiner Frau. »Weshalb ist sie so oft bei ihm?«

Als Gertrud älter wurde, besuchte sie ihren Großvater nicht mehr so oft. Aber zu Hause wollte sie auch nicht bleiben. Sie sehnte sich nach Gesellschaft, nach Einladungen, Bällen, Spiel und Tanz – nach allem, was ihre Freundinnen bei sich zu Hause genießen konnten. Ihrem Vater fühlte sie sich völlig entfremdet, und ihre Mutter tat ihr leid. Sie konnte einfach nicht verstehen, wie ihre Mutter es so viele Jahre mit einem Mann ausgehalten hatte, den sie nicht liebte. Warum hatte sie ihn nicht verlassen? Warum hatte sie ihn überhaupt geheiratet?

»Mama, hast du Vater jemals geliebt?« fragte sie oft.

»Mach deine Hausaufgaben!«

»Ach, wie sonderbar die Leute früher waren! Ich würde nie einen Mann heiraten, den ich nicht liebe – eher würde ich mich in Stücke reißen lassen!«

Als Gertrud das Mädchenlyzeum absolviert hatte, begann

Dinele über die Zukunft ihrer Tochter nachzudenken. Sie wollte die Wohnung neu einrichten, Einladungen geben, Gertrud mit wohlerzogenen jungen Leuten zusammenbringen. Ihr war klar, daß sie selbst vom Leben nichts mehr zu erwarten hatte. Sie war zwar immer noch eine hübsche Frau, aber sie hatte den Anschluß verpaßt und war jetzt bereits auf dem absteigenden Ast. Sie trauerte oft ihrer verlorenen Jugend nach und weinte ihr Kopfkissen naß. Und wie jede liebevolle Mutter wollte sie, daß ihre Tochter es besser haben würde.

Im Lauf der Jahre hatte sich Dineles Einstellung zu ihrem Mann geändert. Sie hatte ihn zwar nicht lieben gelernt, wußte jetzt aber seine Tatkraft und seine Führungsqualitäten zu schätzen. Während sie mit ihren Kindern und ihren Romanen beschäftigt war und sich ihm immer mehr entfremdet hatte, war aus ihm ein kenntnisreicher, weltkluger Mann geworden.

»Max«, beschwor sie ihn, »Gertrud ist jetzt erwachsen. Wir müssen an ihre Zukunft denken. Unsere Tochter braucht jetzt ein richtiges Zuhause.«

Sie weigerte sich nicht mehr, ihn mit seinem angenommenen Namen anzureden. Ihr ging es jetzt nur noch darum, daß sie beide in Zukunft einigermaßen harmonisch miteinander leben könnten. Doch nun war Max derjenige, der nicht auf Annäherungsversuche einging. Immer öfter blieb er nachts fort. Und nicht einmal sonntags, wenn die Fabrik geschlossen war, ließ er sich daheim blicken. »Hab' schrecklich viel zu tun«, erklärte er Dinele am Telefon.

Zum ersten Mal seit ihrer Heirat machte sie sich seinetwegen Sorgen. Sie kam zu dem Schluß, daß er ein Verhältnis haben mußte.

Anfangs fand sie die Vorstellung, Simcha Meir triebe sich mit Weibsbildern herum, absurd. Bei längerem Nachdenken kam ihr das allerdings nicht mehr so komisch vor. Was sprach denn dagegen? Sie war sicher, daß er sich nicht mit billigen Straßendirnen einlassen würde. Vermutlich war es eine seiner Kontoristinnen. Vielleicht auch eine der Tänzerinnen oder Schauspielerinnen, die es in Lodz zu Hunderten gab. Oder war es nicht bloß ein Abenteuer, das er sich mit Geld erkaufte, sondern eine echte Liebesbeziehung? Möglich war alles. Heutzutage waren die Frauen ja genau so zügellos wie die Männer ...

Sie ging zum Spiegel und betrachtete sich kritisch. Die Fältchen um ihre Augen und die schlaff gewordene Haut waren ebensowenig zu übersehen wie das Grau in ihrem Haar. Sie fand sich nicht mehr hübsch, nicht mehr begehrenswert. Während sie gealtert war, hatte Max sich im Lauf der Jahre zu seinem Vorteil entwickelt. Er war zwar kein gutaussehender Mann, wirkte aber distinguiert. Und erstaunlicherweise immer noch jugendlich. Er hatte noch keine Falte im Gesicht und noch kein einziges graues Haar. Hätte er ein bißchen mehr Wert auf seine äußere Erscheinung gelegt, dann hätte er beinahe als ansehnlich gelten können. Seine Augen hatten ihren Glanz und ihre Wachheit behalten – noch immer brannte in ihnen das Feuer der Jugend. Wenn Dineles Freundinnen Bemerkungen darüber machten, hatte sie das bisher immer als Unsinn abgetan. Jetzt wurde ihr um so schmerzhafter bewußt, wie recht sie hatten.

Ja, es war durchaus möglich, daß er eine Liebesaffäre hatte. Frauen waren ja nicht besonders wählerisch, schon gar nicht, wenn es sich um einen wohlhabenden, einflußreichen Mann handelte.

Je länger sie darüber nachgrübelte, um so überzeugter war sie, daß ihr Verdacht stimmte. Der Mann, für den sie, seit sie verheiratet war, nicht das geringste Interesse aufgebracht hatte, ging ihr jetzt nicht mehr aus dem Sinn. In ihren Augen gewann er plötzlich große Bedeutung. Und je höher er in ihrer Achtung stieg, um so geringer wurde ihre Selbstachtung.

Wozu brauchte er denn eine sichtlich gealterte Frau wie sie, wenn er so viele frische junge Dinger haben konnte, wie er nur wollte? Kein Wunder, daß er nicht nach Hause kam! Vielleicht machte er sich mit der anderen über sie, seine Ehefrau, lustig ...

Sie spürte einen Stich in der Brust. Zum ersten Mal erlebte sie, was Eifersucht ist. Das hier war kein Roman, sondern Wirklichkeit – ein echter, scharfer Schmerz.

Eine Weile versuchte sie sich einzureden, daß er sie ja gar nicht betrüge, sondern daß irgend etwas passiert sei, das ihn daran hinderte, heimzukommen. Sie stand vom Bett auf und lauschte auf jedes Geräusch. Sie ging ans Fenster und spähte hinaus in die Dunkelheit. Sie zuckte jedesmal zusammen, wenn am Hoftor geläutet wurde, wenn jemand an die Haustür klopfte, wenn Schritte im Hof zu hören waren. Sie rief sogar in der Fabrik an, aber niemand meldete sich. Sie ließ das Telefon lange klingeln, dann legte sie verzweifelt auf.

Um ein bißchen Trost zu finden, ging sie in Gertruds Schlafzimmer, aber auch ihre Tochter war nicht zu Hause. Sie war irgendwo in der dumpfigen Stadt auf der Suche nach Lachen und Fröhlichkeit. Dinele ging wieder zu Bett und lag wach, bis im Morgengrauen die ersten Dampfpfeifen schrillten.

41

Der Grund dafür, daß Max sich kaum mehr zu Hause blicken ließ, war tatsächlich eine Frau – aber nicht, wie Dinele vermutete, eine junge Schönheit, sondern eine reizlose Witwe in fortgeschrittenem Alter.

Nach dem Fiasko mit dem Armeekontrakt hatte ihn das verzweifelte Gefühl befallen, Schiffbruch erlitten zu haben. Er hatte vorgehabt, mit dem Gewinn aus diesem Geschäft alle auf dem Aktienmarkt erhältlichen Anteile an der Huntze AG aufzukaufen. Dann hätte er über die Aktienmehrheit und das Entscheidungsrecht in der Firma verfügt – das Ziel, das er seit seiner Kindheit anstrebte. Jetzt war er wieder dort gelandet, wo er angefangen hatte. Und dabei wäre die Gelegenheit so günstig gewesen! Die Brüder Huntze waren derart verschwendungssüchtig geworden, daß sie ihren Fabrikdirektor mit Aktien überschwemmten, die an der Effektenbörse gehandelt werden sollten.

Max hatte die Aktien nicht auf den Markt gebracht, sondern selber erworben und reihenweise in seinem Tresor gestapelt. Und nun zählte er immer wieder voller Verbitterung seine Anteile. Wenn diese Gewerkschaftler und ihre »Revolution« ihm nicht dazwischengekommen wären, dann wäre jetzt *er* der König von Lodz. Er hatte die Lieferbedingungen des Armeekontrakts nicht einhalten können und einen enorm hohen Schadenersatz leisten müssen. Dieser Betrag sowie das Anwaltshonorar, die Gerichtskosten und die Schmiergelder hatten ein großes Loch ins Betriebskapital gerissen. Seine Gegner in der Fabrik freuten sich diebisch über sein Pech und schwärzten ihn brieflich bei den Baronen Huntze an.

Das Debakel hatte seinen »Fahrplan« völlig durcheinandergebracht. Es würde Jahre dauern, bis der Schaden wiedergutgemacht war – und die Zeit, das wußte er nur zu gut, war sein schlimmster Feind. Die Jahre verflogen, und er hatte sein Ziel immer noch nicht erreicht. Er konnte nicht länger warten. Er *mußte* es schaffen, zumal da sein Bruder ihn wieder einmal auf eine aufsehenerregende Art und Weise übertroffen hatte.

Mit einer Scheidung hatte es begonnen: Jakubs kränkliche, verbitterte Frau hielt es nicht mehr bei ihm aus. Jedesmal, wenn sie auf Drängen ihrer Verwandtschaft Frieden mit ihm schließen wollte und zu ihm nach Lodz kam, floh sie schon nach ein paar Wochen wieder nach Warschau – zerfressen von Eifersucht auf seine Mätressen und von Ärger über seinen kräftigen Appetit und seine robuste Gesundheit. Dazu kam, daß sie ihm keine Kinder schenken konnte. Ihr Mann machte ihr nie einen Vorwurf daraus, liebkoste aber jedes Kind, das ihm begegnete – zu Pereles großem Mißvergnügen. Sie war sogar auf Kinder eifersüchtig.

Besonders gereizt war sie, wenn er mit Gertrud, seiner kleinen Nichte, spielte. Obwohl er nicht mit seinem Bruder verkehrte, war seine Frau nach wie vor mit ihrer Schwägerin befreundet. Wenn Perele, die ja nicht erst seit ihrer Heirat mit Dinele verwandt war, sich in Lodz aufhielt, kamen Dinele, ihre Mutter und ihre Tochter oft auf Besuch zu ihr.

Die kleine Gertrud hing an ihrem Onkel Jakub. Bei ihm fand sie die Zuneigung, die sie bei ihrem Vater vermißte. Er kaufte ihr die schönsten Puppen und Spielsachen, fuhr sie in seiner Kutsche umher, ließ die Pferde galoppieren und erlaubte ihr, die Zügel zu halten.

Das blauäugige Mädchen mit den kastanienbraunen, bei jeder Bewegung wippenden Löckchen und den molligen Armen war das Ebenbild der kleinen Dinele, mit der Jakub im Hof seines Elternhauses gespielt hatte. Er sah in Gertrud das Mädchen, von dem damals alle gesagt hatten, es würde seine Braut werden. Er trug Gertrud huckepack herum – wie einst ihre Mutter.

Dinele und Perele sahen den beiden mit gemischten Gefühlen zu. Sie ahnten ganz instinktiv, daß das, was zwischen Onkel und Nichte vorging, nicht bloß kindische Spielerei war. Die bereits Dreizehnjährige küßte Jakub, schmuste mit ihm so hemmungslos wie ein Kind und beteuerte ihm schwärmerisch: »Onkel, ich hab' dich ja so lieb!« Jedesmal rannte sie sofort zu ihm, setzte sich auf seinen Schoß und schlang die Arme um ihn – und er erwiderte ihre Zärtlichkeit mit Küssen, die mehr als innig waren.

Dinele wußte, daß diese Küsse eigentlich ihr galten, daß sich in seiner Liebe zur Tochter seine Gefühle für die Mutter ausdrückten – nicht für die Dinele von heute, sondern für die von früher. Einerseits freute sie sich darüber, andererseits beunruhigte es sie.

»Gertrud, du solltest dich schämen!« ermahnte sie das junge Mädchen. »In deinem Alter war ich schon verlobt, und du benimmst dich immer noch wie ein Kind.«

»Jakub, hör gefälligst damit auf!« beschwerte sich Perele. »Ich kann diesen Trubel nicht ertragen.«

Wenn die Gäste gegangen waren, machte sie ihm heftige Vorwürfe. »Was du hinter meinem Rücken tust, ist deine Sache. Aber benimm dich doch wenigstens, wenn wir zusammen sind, wie ein Ehemann!«

»Darf ich denn nicht einmal mit einem Kind spielen? Nicht einmal mit meiner eigenen Nichte?«

»Ich weiß schon, was von solchen Nichten zu halten ist«, sagte Perele mürrisch und legte sich angezogen ins Bett.

Nachdem es jahrelang zwischen den beiden so zugegangen war, ließen sie sich scheiden. Max frohlockte. Jetzt würde Jakub keinen einzigen Groschen des riesigen Vermögens der Familie Eisen erhalten. Niemand würde ihm zu Hilfe kommen, wenn er seine Verkaufsagentur wieder an den Rand des Ruins brachte. Seine sieben fetten Jahre waren vorbei. Jetzt würde ihm, der jahrelang gepraßt und seinen Lastern gefrönt hatte, nichts außer seiner Kutschpeitsche bleiben.

Aber es kam anders.

Maximilian Fliderbaums zügellose Tochter – allgemein bekannt als »die tolle Janka« –, die schon drei Ehemänner verbraucht hatte, fraß plötzlich einen Narren an Jakub und stürzte sich in eine stürmische Affäre mit ihm.

Ganz Lodz mokierte sich über den neusten Seitensprung der übermütigen Erbin. Jedermann wußte von ihrem unersättlichen Gusto auf neue Liebhaber, diesmal aber wunderte man sich über ihren Auserwählten. Wieso war Janka, die – obzwar sie im Gegensatz zu ihren Schwestern nicht den Glauben gewechselt hatte – mit ihrer schnippischen Art und ihrer Vornehmtuerei den Gojim so ähnlich wie nur möglich war, ausgerechnet auf Jakub Aschkenasi verfallen, der vor nicht allzu langer Zeit noch den langen Kaftan der strenggläubigen Juden getragen hatte?

»Das dauert von Montag bis Donnerstag«, sagten die Neunmalklugen. »Die tolle Janka schlägt wieder einmal über die Stränge.«

Janka ließ sich indessen von ihrer neuen Flamme durch Lodz kutschieren. Jakub trieb die Pferde zum Galopp an, und die Erbin klammerte sich an ihn, stellte ihre zärtliche Zuneigung zur Schau und küßte ihn so ungeniert, wie es nur eine Frau von schlechtem Ruf tun konnte.

Lodz genoß diesen neusten Skandal. In den Wohnungen, Cafés, Läden und Fabriken wurde darüber getrascht. Die Näherinnen lästerten an ihren Nähmaschinen darüber. Es hieß, die Hochzeit stände kurz bevor. Schadenfrohe Händler, die vom Zwist der Brüder Aschkenasi wußten, teilten Max die Neuigkeit mit.

»Ein richtiger Draufgänger ist das, Herr Direktor! Diesmal ist er in die volle Futterkrippe gefallen, Ihr Bruder ...«

Max hielt sich die Ohren zu. »Das interessiert mich nicht im geringsten. Reden wir übers Geschäft, meine Herren!«

Insgeheim kochte er. Die Kunde vom neusten Triumph seines Bruders wurmte ihn derart, daß er weder essen noch schlafen konnte. Ob diese Liebesaffäre zur Heirat führen würde, war schwer zu sagen – diese Möglichkeit mochte er gar nicht in Betracht ziehen –, jedenfalls aber war Jakub von Janka bereits zum Direktor der Weberei Fliderbaum ernannt worden und in das Palais eingezogen.

Der alte Fliderbaum war schwer behindert. Ein erboster Arbeiter war mit einem Messer auf ihn losgegangen, und als man ihn endlich wegzerren konnte, hatte er ihm bereits Stichverletzungen am Kopf beigebracht. Jetzt war der alte Herr halbseitig gelähmt und an den Rollstuhl gefesselt.

Seine Nachkommen waren nicht imstande, die Leitung der Fabrik zu übernehmen. Die Töchter, die den Glauben gewechselt hatten, waren nach Warschau gezogen, und ihre Ehemänner wollten keinesfalls nach Lodz zurückkehren, in diese dreckige

Metropole der Jüdischkeit, der sie glücklich entronnen waren. Und Fliderbaums Söhne waren nicht mehr ganz richtig im Kopf: Sie hatten sich dem Okkultismus, dem Mystizismus und der Hexerei verschrieben und pflegten nur noch Umgang mit Priestern, Mönchen und Fanatikern verschiedenster Prägung.

Und Janka, die einzige in der Familie, die ihren Verstand noch einigermaßen beieinander hatte, war vollauf beschäftigt mit ihren sexuellen Abenteuern und hatte für geschäftliche Dinge keine Zeit. Es war in Lodz auch nicht üblich, daß große Firmen von Frauen geleitet wurden. Deshalb und auch weil sie ihre ach so feinen Verwandten und Bekannten ärgern wollte, nach deren Geschmack Jakub Aschkenasi noch zu sehr Jude war, betraute sie ihn mit der Leitung des gesamten Unternehmens.

Sie genoß es nun einmal, Dinge zu tun, die den Lästerzungen etwas zu tratschen gaben und die Leute schockierten. Überdies wünschte sie, daß Jakub immer sofort zur Verfügung stand, wenn sie mit ihm zusammensein wollte, sei es auf dem Sofa im Kontor, sei es in ihrem Schlafzimmer im Palais.

Jakub überließ die Vertretertätigkeit seinen Untergebenen und übernahm die Leitung der Weberei Fliderbaum.

Max Aschkenasi wurde grün vor Neid, als er davon erfuhr. Wie oft sollte er sich eigentlich noch von seinem Bruder, diesem Faulpelz, übertrumpfen lassen? Wodurch hatte sich Jakub diesen Glückstreffer verdient? Genügte es denn, ein Zuchthengst in Menschengestalt zu sein, um so überreichlich belohnt zu werden?

Eine vernünftige Erklärung gab es dafür nicht. Ob so etwas wie Schwarze Magie dahintersteckte? Es wurde sogar schon von Hochzeit gemunkelt. Dann fiele Jakub das gesamte Fliderbaumsche Vermögen in den Schoß. Was konnte ihn dann noch daran hindern, immer höher aufzusteigen? Er war der einzige zurechnungsfähige Mensch in einem Palais voller Meschuggener – der einzige, der, wenn auch in begrenztem Maße, Geschäftssinn besaß. Es war nicht auszuschließen, daß er eines Tages – Gott soll schützen! – der König von Lodz sein würde.

Max bekam es mit der Angst. Obwohl er sich assimiliert hatte, glaubte er noch an eine Vorsehung. War es Jakub bestimmt, ihn immer zu übertrumpfen? Wenn man doch *ihm* diese Chance geboten hätte! Er würde alle diese Übergeschnappten ins Ausland schicken, wo sie sich nach Herzenslust mit ihren Gespenstern und Geistererscheinungen beschäftigen könnten. Und dann würde er sich alles unter den Nagel reißen und der König von Lodz werden . . .

Nein, er konnte sich einfach nicht damit abfinden. Sich im letzten Moment die Butter vom Brot nehmen lassen? Nein, er konnte nicht länger warten. Er brauchte eine Pauschalsumme, um die Huntze-Anteile aufzukaufen, die ihm noch zur Aktienmehrheit fehlten. Und er würde sich das Geld schon beschaffen!

Er begann, einen Plan auszuhecken. Auch darin spielte eine Frau eine wichtige Rolle, aber eine, die mit der tollen Janka gar nicht zu vergleichen war. Auf seinen Rußlandreisen hatte er in Charkow geschäftlich mit einer Witwe zu tun gehabt, die nicht mehr jung, aber millionenschwer war, keine Kinder hatte und allein lebte. Sie war von massiger Statur, hatte einen kühlen Verstand und konnte es an Zähigkeit mit jedem Mann aufnehmen. Die Belegschaft ihrer Zuckerfabrik zitterte vor ihr.

Wenn Max bei ihr vorsprach, hatte sie ihn jedesmal herzlich begrüßt. Und sie hatte immer wieder durchblicken lassen, daß sie, wenn sie mit einem so geschäftstüchtigen Mann verheiratet wäre, wie er es sei, ihm ihr gesamtes Kapital anvertrauen würde. Max hatte dieses verschleierte Angebot nie ernst genommen. Jetzt aber ging es ihm nicht mehr aus dem Kopf. Mit einem so großen Vermögen könnte er sein Ziel im Handumdrehen erreichen und der König von Lodz werden.

Anfangs kam ihm die ganze Idee grotesk vor. Aber je mehr er darüber nachdachte, um so weniger absurd erschien sie ihm. Seine Ehe war von Anfang eine Farce gewesen. Nie hatte Dinele ein freundliches Wort für ihn übrig gehabt, nie hatte sie ihm auch nur ein bißchen Respekt und Anerkennung gezollt. In den Augen von ganz Lodz war er ein Gigant, in den Augen seiner Frau ein Nichts, ein Niemand. Warum also davor zurückschrekken, damit Schluß zu machen?

Und was hatte er denn von seinen Kindern? Die waren von ihrer Mutter dazu erzogen worden, ihn zu verabscheuen. Sie hatte ihnen eingeimpft, gegen ihn zu rebellieren. Sein Sohn war ein Faulenzer und Verschwender. Er schlug ganz seinem trägen Großvater, diesem Dummkopf Chaim Alter nach. Und Gertrud war auch nicht besser – eine Herumtreiberin, die immer nur ihren abenteuerlichsten Regungen folgte. Hatten die beiden ihrem Vater jemals auch nur ein bißchen Freude gemacht?

Zugegeben, er war nicht mehr der Jüngste. Die Leute würden tratschen – aber was gingen ihn andere an? Jeder Mensch mußte tun, was für ihn am besten war. Sobald er es geschafft hatte, der Alleinherrscher in der Fabrik und der König von Lodz zu werden, würden die Leute vor ihm katzbuckeln ...

Für Dineles Unterhalt würde er sorgen – mit einem Betrag, der viel großzügiger bemessen war als ihre Mitgift. Er würde ihr entweder eine einmalige Abfindung geben oder Unterhaltszahlungen leisten. Und für die Kinder wollte er ebenfalls sorgen. Solange sein Sohn studierte, würde er ihm das Studiengeld zahlen. Und seine Tochter würde er unter die Haube bringen, um sie ein für allemal los zu sein. Die beiden waren keine Kinder mehr – sie mußten lernen, selbständig zu werden. In ihrem Alter stand er schon auf eigenen Füßen.

Die notwendigen Entscheidungen bezüglich seiner Frau zu treffen, war gar nicht so leicht für ihn. Er hatte keine Ahnung, wie er es anstellen sollte, von ihr geschieden zu werden. Hätte er ihr Untreue oder andere Verfehlungen vorwerfen können, dann wäre es einfach gewesen. Aber sie war so sittsam und pflichtgetreu wie eh und je. In letzter Zeit hatte sie ihm gegenüber mehr Anhänglichkeit gezeigt als je zuvor. Und er liebte sie, offengesagt, immer noch, auch wenn er nicht mehr so vernarrt in sie war wie früher.

Aber dann schob er alle Bedenken beiseite. Er überdachte sein Leben von dem Tag an, als er in Chaim Alters Haus gezogen war. Er zählte alle Pluspunkte und alle Minuspunkte zusammen, und das Ergebnis war eindeutig. So etwas wie Familienleben hatte er nie genossen. Er war ein Fremder im eigenen Haus. Er hatte seine Frau wie ein Schnorrer um jedes bißchen Freude anbetteln oder sich das, wonach es ihn verlangte, mit Gewalt nehmen müssen. Und jetzt, in den mittleren Jahren, hielt sie es plötzlich für angebracht, nett zu ihm zu sein, ihn »Max« zu nennen, um ihn herumzuscharwenzeln und sich ein normales Familienleben zu wünschen – mit Einladungen und dergleichen.

Aber dafür war es zu spät. Jetzt war er ihr gegenüber im Vorteil. Ein Mann in den Vierzigern war ein Mann in den besten Jahren. Mit einer Frau ging es in diesem Alter schon abwärts.

Nein, nach alledem hatte sie nicht verdient, daß er guten Willen zeigte. Hätte sie all die Jahre eine glückliche Ehe mit ihm geführt, dann hätte er sich verpflichtet gefühlt, zeitlebens bei ihr zu bleiben. Die Ehe war ein Unternehmen wie jedes andere auch; beide Partner hatten sich so zu verhalten, wie es recht und billig war. Sich jahrelang zum Narren halten zu lassen, und es dann mit Güte und Rücksichtnahme vergelten? Nein, das war nicht Max Aschkenasis Art.

Er erging sich in Selbstmitleid. Jahrelang war er, der Jeschiwaschüler, nicht gut genug für sie gewesen. Jetzt war sie, die alte Schachtel, nicht gut genug für ihn. Er konnte die hübschesten, die tollsten Weiber haben! Er brauchte nur zuzugreifen, und Lodz gehörte ihm. Aber er wollte kein Wüstling werden wie sein Bruder, dieses Schwein! Nein, Max Aschkenasi würde ehrbar bleiben und eine Frau heiraten, die ihre Zeit nicht mit albernen Romanen verplemperte, sondern lebensklug war, seine Geschäftstüchtigkeit zu schätzen wußte und selbst genug Geld hatte. Und er würde erreichen, wonach er von Kindheit an getrachtet hatte. Der König von Lodz würde er sein.

Wie stets, wenn er einen Entschluß gefaßt hatte, vergeudete er keine Minute. Er trieb die Sache mit aller Macht voran. Er ließ sich nicht mehr zu Hause blicken und schlief Nacht für Nacht in der Wohnung auf dem Fabrikgelände. Sich von seiner Frau fernzuhalten, war jetzt bestimmt das Beste, was er tun konnte. Eine Frau brachte es fertig, den Mann zum Sklaven seiner törichten Begierden zu machen. Hielt man sich fern, dann funktionierte der Verstand viel besser.

»Hab' schrecklich viel zu tun«, sagte er jedesmal, wenn Dinele in der Fabrik anrief.

Ihre Anrufe und die Gleichgültigkeit, mit der er darauf reagierte, verschafften ihm ein Gefühl tiefer Befriedigung. Es war eine süße Rache für die Geringschätzung und Erniedrigung, die er jahrelang von ihr erfahren hatte.

Von nun an reiste er so oft wie möglich nach Charkow, um der Witwe Margulit den Hof zu machen. Es juckte ihn bereits in den Fingern, an ihre Millionen heranzukommen, aber sie hatte es nicht eilig, ihre zum Bersten volle Kassette für ihn aufzusperren. So resolut und hartnäckig, wie es Max bisher nur bei Männern erlebt hatte, bestand sie darauf, geschäftsmäßig vorzugehen. Ja, sie schätze ihn sehr, sie versichere ihn ihrer Hochachtung – aber sie müsse ihre eigenen Interessen im Auge behalten. Sie hätte sich schon oft wiederverheiraten können, aber sie brauche einen Mann, der verläßlich und solide sei und einen hervorragenden Geschäftssinn habe – einen Mann von makellosem Ruf, dem sie ihr Kapital bedenkenlos anvertrauen könne. Herr Aschkenasi erfülle alle Voraussetzungen bis auf eine: er sei verheiratet und ehe er nicht frei sei, habe es keinen Sinn, solche Gespräche zu führen.

Max spielte den Gekränkten. »Meine liebe Madame Margulit, haben Sie denn kein Vertrauen zu mir?«

Frau Margulit rang ihrem groben, unweiblichen Gesicht einen möglichst liebevollen Ausdruck ab. »Ich vertraue Ihnen vorbehaltlos, aber alles, was man tut, muß seine Ordnung haben, das wissen Sie doch am besten. Geschäft hat nichts mit Freundschaft zu tun. Wir sind keine Kinder mehr. Wir können warten. Erst die Scheidung, dann ...«

»Ich lasse mich scheiden!« rief Max und stellte sich, wie immer, wenn er eine wichtige Entscheidung traf, auf die Fußspitzen.

Gleich nach der Ankunft in Lodz ging er in die Weberei und erledigte die inzwischen angefallene Arbeit. Am Abend ließ er den Firmenanwalt kommen, um sich wegen der Scheidung mit ihm zu beraten.

»Leben Sie und ihre Frau in Gütergemeinschaft?«

»Zum Glück nicht.«

»Das vereinfacht die Sache«, sagte der Anwalt und erläuterte ihm, wie er vorgehen müsse.

Max schrieb seiner Frau einen Brief, in dem er ihr seinen Entschluß kurz und bündig mitteilte. Ihre über zwanzigjährige Ehe sei offensichtlich ein Fehlschlag gewesen, und er hoffe, daß sie in beiderseitigem Einvernehmen beendet werden könne. Er sei bereit, für sie und die Kinder zu sorgen. Um die Sache zu beschleunigen, brauchte sie ihm bloß mitzuteilen, wie sie die finanziellen Angelegenheiten geregelt haben wolle.

Er las den Brief mehrmals durch, unterschrieb ihn und ließ ihn durch Melchior zustellen.

Selbstzufrieden und voller Zuversicht legte er sich schlafen. Er träumte, daß er der König von Lodz sei und eine Krone aus

Rauch trüge – dem Rauch, der aus den Fabrikschornsteinen quoll.

42

Wut, gekränkter Stolz und ein Gefühl tiefster Erniedrigung übermannten Dinele Aschkenasi, als sie den Brief ihres Mannes las. »Gertrud!« schrie sie. »Steh auf und kommt sofort zu mir!«

Gertrud, die erst spät in der Nacht von einer Festlichkeit heimgekommen war, tappte schlaftrunken im Nachthemd herein und fand ihre Mutter halb ohnmächtig vor. »Was ist denn passiert?«

Dinele preßte die Hände an die Schläfen, an denen die blauen Adern hervortraten. »Lies das!« Sie deutete auf den Brief, der ihr aus der Hand gefallen war. Gertrud las und brach in Gelächter aus. »Das ist das Komischste, was ich je erlebt habe!«

Ihre Mutter starrte sie ungläubig an. »Du *lachst* darüber?«

»Soll ich vielleicht weinen? Du hättest dich schon vor Jahren von ihm trennen sollen. Aber besser spät als niemals.«

»Hinaus mit dir! Hinaus!«

Dinele las den Brief noch einmal, und wieder brachte sie jeder einzelne Satz in Weißglut. Dieser Rüpel Simcha Meir, dieser ungehobelte Jeschiwaschüler wagte es, sie, die einzige Tochter Chaim Alters, sitzenzulassen!

Vor lauter Entrüstung wollte sie schnurstracks zum Rabbiner gehen und sich mit der Scheidung einverstanden erklären. Keine Minute länger wollte sie den Namen dieses dreckigen kleinen Chassiden tragen. Nur ihre Mitgift sollte er ihr zurückzahlen, dann wollte sie seine widerliche Visage nie mehr sehen. Ausziehen würde sie und ihm die ganze Wohnungseinrichtung überlassen. Das hier war kein Zuhause, sondern ein Grab, in dem sie ihre Jugend beerdigt hatte. Sie würde zu ihren Eltern zurückkehren.

Doch schon bald wich ihr gekränkter Stolz einer tiefen Niedergeschlagenheit.

Dieser gottverdammte Rüpel! Aber in gewisser Hinsicht hatte er recht. Da sie es nicht fertiggebracht hatte, ihn zu verlassen, als sie noch jung war, geschah es ihr recht, daß er ihr jetzt, da sie ihre besten Jahre hinter sich hatte, den Laufpaß gab. Er würde wieder heiraten, sich ein schönes Haus bauen lassen und mit seiner neuen Frau in der Welt herumreisen, während sie im Haus ihrer Eltern dahinwelkte. Er hatte sie ausgenützt und ihre Schönheit ausgebeutet – und jetzt warf er sie weg wie einen alten Schuh und nahm sich eine junge Frau. Plötzlich hielt er es für besser, wenn sie sich trennten ...

Besser für wen? Für sie bestimmt nicht! Sie war immer eine Sklavin gewesen. Zuerst die Sklavin ihrer Eltern, dann die Sklavin ihrer Kinder. Um ihretwillen hatte sie nicht an ihre eigenen Bedürfnisse, ihr eigenes Glück gedacht. Was brachte es ihr denn jetzt noch ein, wenn sie sich scheiden ließ?

Nein, diese Genugtuung würde sie ihm nicht verschaffen! Sie würde ihn nicht freigeben, auch wenn sie ihn verabscheute. Warum sollte sie es ihm so leicht machen?

Dann aber wich diese Einstellung einem Gefühl der Hilflosigkeit und Reue. Es war alles ihre Schuld. Sie war zu hochmütig gewesen. Sie hatte ihren Mann von sich gescheucht, ihn geschmäht und verächtlich behandelt. Nie hatte sie ihm ein freundliches Wort, ein Lächeln gegönnt. Zugegeben, sie liebte ihn nicht. Sie war gegen ihren Willen mit ihm verheiratet worden. Aber sie hätte versuchen müssen, das Beste daraus zu machen, wie es die meisten Frauen, die sie kannte, getan hatten. Ihre Vorstellung vom Leben stammte nur aus Büchern. Sie hatte sich nicht um die Freundschaft anderer bemüht. Und jetzt bekam sie die Quittung für das alles.

Als Mutter wäre es ihre Pflicht gewesen, für ein harmonisches Familienleben zu sorgen und ihre Tochter gut zu verheiraten. Aber auch in diesem Punkt hatte sie versagt. Gertrud ging ihrem Vergnügen anderswo nach, meistens bei ihrem Onkel Jakub im Palais Fliderbaum, wo es immer fröhlich zuging.

Bei dem Gedanken daran spürte Dinele einen Stich in der Brust. Sie wußte, daß Gertrud nicht deshalb so oft ins Palais Fliderbaum ging, weil dort immer etwas los war, sondern weil sie sich zu ihrem Onkel Jakub hingezogen fühlte. Und das war keine Zuneigung zwischen Onkel und Nichte, sondern zwischen Mann und Frau. Man hatte als Frau – und erst recht als Mutter – ein Gespür für so etwas. Ihrer Tochter fiel jetzt das in den Schoß, was ihr selbst verlorengegangen war.

Wie ungerecht das Leben sein konnte! Sie, die gleichaltrig mit Jakub war, war gealtert und verwelkt, während er jugendlich und überschäumend lebenslustig geblieben war. Und Gertrud war einfach hingerissen von ihm. Weiß Gott, wozu das noch führen würde!

Und an allem war sie schuld. Statt in der Wirklichkeit hatte sie in einer Phantasiewelt gelebt. Aber das wirkliche Leben war kein Liebesroman.

Sie schickte das Dienstmädchen zu ihrer Mutter. Priwe kam – eine imposante Matrone, die die Autorität und Würde des Alters ausstrahlte. Sie trug noch die blonde Lockenperücke, die sie schon immer getragen hatte. Ihr Mann, dessen Haar weiß geworden war, dessen Augen aber ihren jugendlichen Glanz behalten hatten, zottelte hinterdrein. Als Priwe hörte, was passiert war, geriet sie außer sich. Sie schnitt eine Grimasse, die ihren Groll auf das ganze männliche Geschlecht verriet.

»Der kann von Glück sagen, daß er mir hier nicht in die Hände fällt, dieser Wunderknabe! Sonst hätte ich ihm mit meinem Schirm die Augen ausgestochen! Der wagt es, meiner Tochter so etwas anzutun? Ich gehe sofort in die Fabrik! Ich hau ihm eine runter – vor den Augen der andern!«

Es kostete Mühe, sie zurückzuhalten.

»Priwesche, mein Schatz!« beschwichtigte sie Chaim. »Reg dich doch nicht so auf! Überlaß mir die Angelegenheit. Das ist Männersache.«

»Männersache? Du bist kein Mann, du bist ein Waschlappen!«

Sie wußte, daß er es versäumt hatte, in Dineles Ehevertrag Gütergemeinschaft zu vereinbaren, wie andere Väter es taten. Hätte er darauf bestanden, dann säße Simcha Meir jetzt ganz schön in der Patsche. Aber in solchen Dingen war Chaim ein Schafskopf. Sie fixierte ihn verächtlich. »Du Würstchen! Waschlappen! Schlappschwanz! Zuerst läßt er *sich* und dann seine eigene Tochter von diesem Simcha Meir kaputtmachen!«

Chaim Alter stand schamrot und zerknirscht vor ihr. »Nu hör schon auf damit, Priwesche. Es gibt noch Gerechtigkeit in dieser Welt. Ich nehme das nicht stillschweigend hin. Ich wende mich an die Rabbiner! Ich spreche mit den Leuten!«

»Los, geh doch, du altes Weib!«

Dann rief sie in der Weberei Fliderbaum an und verlangte in ihrem besten Polnisch (das sie als junges Mädchen im Pensionat gelernt hatte), mit dem Fabrikdirektor verbunden zu werden.

»Jakub, mein Bester«, gurrte sie, »bitte komm sofort zu Dinele! Simcha Meir ist nicht zu Hause, du kannst also gleich herkommen, mein Goldstück! Bitte beeil dich!«

Er war im Nu da. »Was ist denn passiert?«

Priwe gab ihm das Schreiben seines Bruders. »Lies!«

Jakub überflog den Brief. »Dieser Hundsfott!« murmelte er bei jedem Satz. »Mistkerl! Abschaum!« Dann schleuderte er den Brief auf den Boden und ließ sich in einen Sessel fallen.

»Dinele, ich halte zu dir, und wenn es mich mein ganzes Vermögen kostet. Ich übergebe die Sache sofort meinem Anwalt. Du kannst alles mir überlassen.«

Priwe sprang auf und küßte Jakub auf beide Wangen. »Ich hab's ja gewußt!«

Dann schüttelte sie heftig den Kopf. »Schlagen könnte ich mich, weil ich nicht auf dich gehört habe, Tochter! Weißt du noch, wie du mir gesagt hast, Jakob Bunim wäre dir lieber?«

Dinele wurde rot, und Chaim Alter platzte der Kragen. »Das war doch alles vorausbestimmt. Ehen werden im Himmel geschlossen ...«

Wie schwelende Glut, die angefacht wird, brach die Fehde zwischen den Brüdern Aschkenasi wieder aus.

Hier Max mit seiner Hartnäckigkeit, Zielstrebigkeit und Energie, dort Jakub – tollkühn, zu jedem Risiko bereit und gewillt, den letzten Groschen für seine Freunde auszugeben.

Und dazwischen standen Dinele, ihre Kinder und ihre Eltern, die sofort zu ihr gezogen waren, um ihr in dieser schweren Prüfung zur Seite zu stehen.

Max kochte vor Wut, als ihm sein Hausverwalter davon berichtete. »Warum hast du Trottel das nicht verhindert?«

»Was hätte ich denn tun sollen?« jammerte Schlomele Knaster und zog den Kopf ein wie eine Henne, die ein strammer Gockel in die Enge getrieben hat.

Max traf fast der Schlag, als er, ebenfalls vom Hausverwalter, erfuhr, daß sein Bruder oft zu Besuch kam. »Dieser dreckige Verführer!«

Er versuchte mit allen Mitteln, Dineles Einwilligung in die Scheidung zu erzwingen. Er schickte ihr kein Haushaltsgeld mehr und sorgte nicht mehr für den Unterhalt der Kinder. Aber Dinele war offenbar nie knapp bei Kasse.

»Die haben immer nur das Beste vom Besten im Haus«, berichtete Schlomele Knaster mit einer gewissen Genugtuung. »Ich hab's mit eigenen Augen gesehen.«

Max Aschkenasis erprobte Taktik, den Gegner auszuhungern, versagte in diesem Fall. Dafür sorgte sein Bruder. Und seine Anwälte konnten auch nichts erreichen, weil Jakubs Anwälte ihnen immer wieder einen Strich durch die Rechnung machten.

Max beschloß, seine Frau vor ein rabbinisches Schiedsgericht zitieren zu lassen. Dort würde er's ihnen schon zeigen! Er beherrschte die bei den Rabbinern so beliebte kasuistische Polemik aus dem Effeff.

Aber Jakub war dagegen, daß Dinele der Aufforderung Folge leistete. »Laß dich hier ja nicht mehr blicken!« warnte er den Schammes, den der Rabbiner zu ihr geschickt hatte.

Daraufhin versuchte es Max mit einer anderen Masche: Er strengte eine Räumungsklage an. Dinele war entsetzt, als der Gerichtsdiener ihr die Vorladung überbrachte, doch Jakubs Anwälten gelang es, das Verfahren niederzuschlagen.

Als Max einsah, daß er sein Ziel weder bei einem rabbinischen Schiedsgericht noch bei den Justizbehörden erreichen konnte, befahl er seinem Hausverwalter, jede nur mögliche Schikane anzuwenden. Zunächst wurden das Wasser und das Gas abgestellt.

Jakub ließ Schlomele Knaster kommen und packte ihn am Rockaufschlag. »Noch mehr solche miese Tricks, und ich zieh' dir eins mit der Peitsche über!«

Schlomele zog seinen zwergenhaft kleinen Kopf so weit ein, daß er fast im Kragen verschwand. »Bin *ich* daran schuld?« quiekste er. »Ich führe bloß Befehle aus. Ich habe Frau und Kinder zu ernähren.«

Als er seinem Chef den Mietzins brachte, berichtete er alles haargenau. Max kratzte sich nachdenklich am Kopf.

»Schlomele, in was für einem Zustand sind die Fußböden über meiner Wohnung?«

»In sehr gutem Zustand.«

»Nein, du Trottel! In einem entsetzlichen Zustand! Die halten ja kaum mehr!«

»Ja, in einem entsetzlichen Zustand. Die halten kaum mehr.«

»Sie müssen herausgerissen werden – gleich morgen früh.«

»Gleich morgen früh.«

»Und wenn die Böden herausgerissen sind, hast du andere Arbeit für die Handwerker.«

»Ja, dann hab' ich andere Arbeit für sie.«

»Und kein Wort darüber! Auch nicht zu deiner Frau.«

»Kein Wort darüber«, versprach Schlomele und rannte schnurstracks nach Hause, um seiner Frau zu erzählen, was der Hausherr ihm alles aufgetragen hatte.

Am nächsten Morgen begannen die Handwerker, die Fußböden über Dineles Wohnung herauszureißen. Der Lärm war unerträglich.

Priwe pflanzte sich vor dem zwergenhaften Hausverwalter auf und ohrfeigte ihn. Schlomele rieb sich winselnd die Backe. »Bin *ich* daran schuld? Ich führe bloß Befehle aus. Ich habe Frau und Kinder zu ernähren.«

Ein paar Tage später standen Handwerker vor der Wohnungstür. Sie hatten den Auftrag, die Öfen zu entfernen und die Wände zu tünchen. Priwe wollte sie nicht hereinlassen, aber sie hämmerten an die Tür und ließen sich nicht abwimmeln.

Dann vermietete Schlomele die Nachbarwohnung an einen Drechsler, und nun war von Tagesanbruch bis Mitternacht das Geräusch der Drehbank zu hören.

Priwe drohte, daß sie in die Fabrik gehen und Simcha Meir die Augen ausreißen werde. Jakub bestand darauf, daß Dinele trotz aller Schikanen nicht auszog. »Ich zerquetsch' dich wie eine Wanze!« drohte er Schlomele Knaster.

Der Nervenkrieg ging weiter. Nachts lag Dinele wach und weinte ihr Kopfkissen naß. Sie schlummerte erst ein, wenn im Morgengrauen die ersten Dampfpfeifen schrillten.

43

Zwischen Ladenschildern, auf denen gelbe Löwen (die eher wie Kater aussahen) abgebildet waren, oder steife Dandys mit orangefarbenen Gesichtern und dünnen Spazierstöcken, oder korpulente Bräute, die Buketts in den roten Pratzen hielten, hingen große Plakate, auf denen bekanntgegeben wurde, daß über die Stadt Lodz das Kriegsrecht verhängt worden sei.

In dem von Brigadegeneral Konizin unterzeichneten Erlaß wurde den Einwohnern von Lodz verboten, sich auf der Straße zusammenzurotten, Versammlungen abzuhalten, die Ausgangssperre zu mißachten und üble Gerüchte zu verbreiten. Wer gegen das Kriegsrecht verstoße, werde streng bestraft oder sofort exekutiert.

Auf Anschlägen, die neben diesen Plakaten angebracht oder darübergeklebt waren, wurde die Bevölkerung zu Straßendemonstrationen, Streiks und Protestversammlungen aufgerufen. Bewaffnete Soldaten, die von den Polizeikommissaren und ihren Adjutanten befehligt wurden, patrouillierten auf den Straßen, trieben aufs Geratewohl Leute zusammen, schlugen auf sie ein oder führten sie ab. In den Höfen der Polizeireviere mußten Festgenommene durch eine von Kosaken gebildete Gasse Spießruten laufen.

Besonders gefürchtet war ein gewisser Jurgoff, ein drahtiger Unterkommissar mit tief ins Gesicht gezogener Schirmmütze, der ständig von Leibwächtern und Schlägern begleitet war. Wie ein Bluthund spürte er Revolutionäre auf.

Weil das Gefängnis in der Dlugastraße bereits überfüllt war, wurden die Festgenommenen in die Militärkirche gebracht, die als Behelfsgefängnis diente. Vorher aber wurden sie von Jurgoff halbtot geschlagen. Wenn er und seine Kosaken patrouillierten, flüchteten sich die Leute sofort in die Häuser.

Der Gewerkschaftler Samson, ein Anstreicher, der wegen seiner Aufmachung und seines gekräuselten Schnurrbarts den Spitznamen »Prinz Samson« bekommen hatte, fand, daß Jurgoff beseitigt werden müsse. Er bat einen Funktionär, das Komitee zu ersuchen, diesem Plan zuzustimmen. Als das Komitee zögerte, verlor Prinz Samson die Geduld und beschloß, auf eigene Faust zu handeln.

Von einem befreundeten Chemiestudenten ließ er sich eine Bombe basteln. Dann putzte er sich heraus, wichste seinen Schnurrbart und packte die Bombe in eine Schachtel, die so ähnlich wie eine Bonbonschachtel aussah und die er mit einem roten Band verschnürte. In der einen Hand die Schachtel, in der anderen einen Blumenstrauß, spazierte er die Straße entlang, als wollte er einer Dame seine Aufwartung machen. Frauen warfen ihm begehrliche Blicke zu. Soldaten und Polizisten grinsten verständnisvoll. Als er sich der Ecke näherte, an der Jurgoff und seine Horde herumlungerten, schätzte er sorgfältig die Entfernung, dann schmiß er dem Unterkommissar das Päckchen vor die Füße.

Jurgoff wurde in Stücke gerissen. Ein Bein, das noch im Lackstiefel steckte, wurde später auf dem Dach eines benachbarten Hauses gefunden.

Nach dem Attentat nahmen Militäreinheiten die Straßen unter Beschuß. Und dann richteten sie die Gewehre auf die Fenster und schossen die Scheiben kaputt.

In den überfüllten Krankenhäusern mußten die Verwundeten auf den Fußboden gebettet und in den Gängen untergebracht werden. Die Toten wurden reihenweise im Leichenhaus aufgebahrt. Die Polizei wies jeden ab, der hineingehen wollte, um Angehörige zu identifizieren und bestatten zu lassen.

In den Kasernen reinigten die Soldaten ihre Gewehre und wichsten ihre Stiefel für die Beerdigung des Unterkommissars Jurgoff. Die Musiker der Militärkapelle polierten ihre Instrumente und probten den Trauerchoral. Nach Sonnenuntergang mußten die Einwohner in den Wohnungen bleiben.

Aber Lodz schlief nicht. In Balut trugen die Frauen und Kinder ihre Strohsäcke hinaus in die Höfe, um dem Ungeziefer zu entkommen, und legten sich nieder, wo gerade Platz war – vor Hauseingängen, in Fuhrwerken, auf Blockwagen und Karren.

Die Revolutionäre verfaßten Aufrufe, in denen die Leute aufgefordert wurden, im Leichenhaus die Freigabe der Leichname ihrer Genossen zu verlangen, damit man sie in allen Ehren bestatten konnte.

Die Agitatoren waren überall und riefen zu Solidarität und zum Streik auf. Als am nächsten Morgen die Dampfpfeifen der Fabriken schrillten, ging niemand zur Arbeit. Zehntausende von

Männern, Frauen und Kindern liefen auf der Straße herum, protestierten und marschierten. Alle Läden waren geschlossen, in keiner Werkstatt wurde gearbeitet, der Straßenverkehr war lahmgelegt.

In unzähligen Kolonnen marschierten sie. Wie eine Springflut die Küste überschwemmt, so überfluteten sie die engen Straßen der Stadt – in gemessenem Marschtritt, mit wehenden roten Fahnen und singend.

»Arbeiterblut haben die Schlächter vergossen.
Das Volk verzehrt sich in Not und Pein.
Doch der Tag des Gerichts ist nah, Genossen!
Und dann werden wir die Richter sein . . .«

Aus jedem Tor, jeder Haustür kamen die Leute scharenweise gestürmt und schlossen sich dem Menschenstrom an, der sich jetzt in die Piotrkower Straße ergoß – das Lodzer Aushängeschild für Reichtum und Macht.

»Geschäfte schließen! Hüte abnehmen!« riefen die Marschierer.

An der nächsten Straßenkreuzung stießen sie auf einen berittenen Offizier mit gezogenem Säbel. Hinter ihm hatten sich Soldaten aufgepflanzt, deren Bajonette in der Sonne blitzten.

»Zurück!« brüllte der Offizier.

Niemand rührte sich von der Stelle.

»Zurück, oder wir schießen!«

Noch immer wich keiner zurück.

»Feuer!« Eine Gewehrsalve krachte.

Die Menschenmasse schwankte wie ein Kornfeld, das niedergemäht wird. Doch im nächsten Moment wurden Steine geschleudert, und ein Steinhagel ging auf die Soldaten nieder. Der Offizier zückte seinen Säbel, aber da wurde er auch schon von einem Stein am Kopf getroffen und fiel vom Pferd. Die Soldaten wichen zurück, und der Menschenstrom drängte weiter.

»Barrikaden errichten! Barrikaden!«

Die Arbeiter stürzten Laternenpfähle um, rissen Pflastersteine heraus, zerrten Ladenschilder herunter und hoben Ladentüren aus den Angeln. Sie hielten Fuhrwerke und Kutschen an, spannten die Pferde aus, stürzten die Wagen um und benützten sie zur

Verstärkung der Barrikaden. Die Fuhrleute protestierten lauthals, aber niemand kümmerte sich darum.

Männer und Knaben rannten in die Höfe und konfiszierten Bretter, Eisenstangen, Tische, Bänke. Als ein mit Mehlsäcken beladenes Fuhrwerk angerollt kam, wurden die Säcke heruntergezerrt und zum Abdichten der Barrikaden benützt.

Es ging zu wie in einem Ameisenhaufen. Alle halfen beim Errichten und Verstärken der Barrikaden. Sogar Trambahnwagen wurden umgestürzt und Schienen herausgerissen. Der Krach übertönte das Stöhnen der Verwundeten und die Wehklagen derer, die Tote beweinten.

Lodz war gelähmt. Alle Haustüren und Hoftore waren zugesperrt. Die wohlhabenden Bürger nahmen Reißaus oder verschanzten sich, die Stadt blieb den Armen und Entrechteten überlassen.

Sie bezogen Posten hinter den Barrikaden. Mädchen brachten ihren Vätern und Brüdern Proviant von zu Hause. Knaben trugen Steine und Bretter zusammen. In der Stadt war es totenstill; nur hie und da knallte ein Schuß. Die Nacht brach an, aber es wurden keine Feuer entzündet.

Gemeinsam mit unzähligen anderen warteten Tewje, Nissan und Baschke. Die Juninacht war so hell und klar, daß kein Rauch, kein Feuer ihren Glanz mindern konnte. Der Mond schien milchweiß. Sterne blitzten auf, funkelten, spielten Haschen und Verstecken. Ein lindes Lüftchen trug den Duft von Gras, Akazienblüten und Kiefernharz herüber und spielte mit den Haaren und Kleidern der Menschen.

Baschke betrachtete den Himmel, der durch den verpesteten Qualm über Lodz nur selten zu sehen war, und atmete den köstlichen Duft ein. »Ach, *so* müßte man sterben dürfen!« flüsterte sie und schloß die Augen.

»Nein, Baschke, wir müssen leben«, sagte Nissan und griff nach ihrer Hand.

Baschke erwiderte seinen Händedruck und spürte, wie die Wärme ihren ganzen Körper durchströmte. »Genosse Nissan, warum müssen wir auf persönliches Glück verzichten? Haben denn nicht auch wir ein Recht darauf?«

»Doch, Baschke, aber erst wenn wir den Kampf gewonnen haben. Erst dann dürfen wir an persönliches Glück denken.«

»Ob wir das noch erleben werden?«

»Wir müssen fest darauf vertrauen.«

Als der Morgenstern aufging, kamen die Kosaken. Im Dämmergrau gellten Kommandos.

»Bajonette zücken! Angreifen!«

Sie rückten vor.

»Los, Genossen, zeigt's ihnen!« wurde hinter den Barrikaden gerufen.

Ein Steinhagel prasselte auf die Soldaten nieder. Sie wichen zurück. Ein Offizier brachte sie wieder auf Vordermann. »Feuer eröffnen!«

Einen ganzen Tag lang tobte der Kampf. Die Barrikaden hielten den Gewehrsalven stand. Am Nachmittag postierten sich die Soldaten auf Hausdächern und Balkonen. Als sie von dort oben zu feuern begannen, gerieten die Arbeiter in Panik und versuchten, zu entkommen.

»Genossen, haltet die Stellung!« riefen die Anführer.

Die Panik legte sich, doch als der Kugelregen von neuem begann, kam es wieder zur Massenflucht. Baschke sprang auf ein Faß und sang:

»Hell soll unser Kampflied schallen,
Über den Thronen weht unsere Fahne!«

Und während sie sang, schwenkte sie die rote Fahne.

Die Männer waren beschämt und fielen mit kräftiger Stimme in das Lied ein.

Von einem Dach aus sahen zwei Soldaten auf das Mädchen hinunter, das sich die rote Fahne um den Körper geschlungen hatte.

»Wetten, daß du sie nicht abknallen kannst!« sagte der Größere.

»Mit Leichtigkeit!«

»Was wollen wir wetten?«

»Einen Glimmstengel?«

»Einverstanden.«

Der kleinere Soldat visierte sein Ziel an und drückte langsam ab.

Der andere schnitt eine Grimasse, zog eine Zigarette aus der Mütze und gab sie seinem Kameraden.

Nissan und Tewje trugen das Mädchen auf den Schultern. Baschkes Blut färbte das Rot der Fahne dunkel.

44

Gramgebeugt lief Tewje vor dem Fliderbaum-Hospital auf und ab. Immer wieder schob er den verschwitzten Papierkragen von seinem mageren Hals weg. Und immer wieder waren seine blutunterlaufenen, fiebrigen Augen auf das massive Eingangstor und die Fenster im oberen Stockwerk gerichtet.

Man ließ ihn nicht hinein. Zwei Sanitäter in weißen Kitteln hatten seine Baschke hineingetragen und ihm die Tür vor der Nase zugeschlagen. »Samstags ist Besuchstag. Keine Besuche an Werktagen!« Wie ein ausgesperrter Hund hatte er an der Tür gekratzt. Und wie ein unverständiges Kind hatte er gewimmert: »Laßt mich hinein! Sie ist doch meine Tochter!«

Er lief um das Gebäude herum und hielt Ausschau nach einem Nebeneingang. Unverrichteter Dinge ging er wieder zum Tor, in der Hoffnung, sich irgendwie Zutritt zu verschaffen, wenn es das nächste Mal geöffnet wurde. Doch der rotgesichtige, schnauzbärtige Pförtner stellte sich ihm in den Weg. »Draußen bleiben!«

Tewje drückte ihm eine Münze in die Hand. »Lassen Sie mich hinein, mein Freund!« bat er in ungewohnt flehentlichem Ton. »Da drinnen liegt meine Tochter.«

Der Pole behielt die Münze, ließ sich aber nicht erweichen. »Die haben jetzt alle Hände voll zu tun. Ich habe strikte Anweisung, niemanden hineinzulassen.«

Das Tor wurde alle paar Minuten geöffnet, weil fortwährend Sanitätsfahrzeuge mit gellendem Alarmsignal eintrafen und Sanitäter in blutbespritzten Kitteln die frisch Verwundeten hineintrugen. Und gleichzeitig wurden Tote von Mitgliedern des Beerdigungsvereins in Leichenwagen mit schwarz drapierten Gespannen fortgeschafft. Schreiende, jammernde Menschen stürzten auf die Leichenwagen zu, aber die Leute vom Beerdigungsverein hielten nicht an, weil die Leidtragenden fast durchweg arme Schlucker waren, die kein anständiges Trinkgeld geben konnten. Klageweiber mit verrutschten Perücken und verschwollenen Augen liefen hinter den Leichenwagen her, die über das Kopfsteinpflaster ratterten.

Die leichter Verwundeten kamen zu Fuß oder wurden in Droschken oder von bewaffneten Polizisten ins Hospital gebracht. Männer, Frauen und Kinder drängten sich vor dem Tor, rangen die Hände und lamentierten.

Weder zum Essen noch zum Schlafen verließ Tewje das Krankenhausgelände. Keile, seine Frau, schimpfte mit ihm, aber er war nicht zu bewegen, nach Hause zu gehen. Er versuchte, das Personal zu bestechen, um etwas über Baschkes Zustand zu erfahren. Er hielt Ärzte, die hineingingen oder herauskamen, an. Obwohl man ihm jedesmal eine Abfuhr erteilte, gab er nicht auf. Aus dem unbeugsamen Revolutionär war plötzlich ein verzweifelter jüdischer Vater geworden.

Endlich hatte ein Arzt Mitleid mit ihm. »Es sieht schlecht aus. Die Kugel hat einen Lungenflügel durchbohrt.«

Tewje zog es das Herz zusammen. Er sprach jeden Krankenhausangestellten an, den er erwischen konnte. Er lief dem Pförtner nach. Er heftete sich den Ärzten an die Fersen, beschwor sie, flehte, bettelte – bis man sich endlich über die Vorschriften hinwegsetzte und ihn hineinließ.

In der halbdunklen Station standen die Krankenbetten dicht nebeneinander. Von überall her waren Schmerzensschreie zu hören. Die Krankenschwestern ließen sich nicht blicken, während Kranke und Verwundete um Hilfe riefen.

»Ruhe! Ihr seid hier nicht die einzigen Kranken!« wurden sie von den Wärtern ermahnt.

Ältere Frauen seufzten. »Was kümmern *die* denn schon die Patienten? Die tändeln doch lieber mit den Assistenzärzten herum! Oi, arm zu sein ist bitter!«

Baschke lag da und rang nach Atem. »Luft! Ein bißchen Luft!«

Tewje nahm ihre Hand. »Baschke, Kind . . . Sag doch, wie ich dir helfen kann!«

»Luft! Ich bekomm' keine Luft!«

Tewje rannte zum Pflegepersonal. »Tut doch was, liebe Leute!«

»Wenden Sie sich an den Stationsarzt!« war die Antwort.

Als der Arzt endlich erschien, fühlte er Baschke nur den Puls und verzog das Gesicht. So mürrisch, wie er gekommen war, ging er wieder.

»Fenster aufmachen!« sagte er ganz obenhin. Dann herrschte er Tewje an: »Und Sie verschwinden gefälligst! Das ist hier ein Krankenhaus! Uns braucht kein Laie zu sagen, was wir zu tun haben.«

Tewje kniete an Baschkes Bett nieder. Hätte er ihr mit seinem eigenen Atem Erleichterung verschaffen können, dann hätte er sich die Luft aus der Lunge gepreßt.

»Tochterleben, wie kann ich dir helfen?«

Sie strich ihm kraftlos über die Hand und flüsterte: »Tatele ...«

Dann schnappte sie wieder nach Luft wie ein Fisch auf dem trockenen. »Ich ersticke! Hilfe!«

Sie zerrte am Bettzeug, zerfetzte ihr Nachthemd, riß sich Haare aus. Tewje schrie, bis die Pfleger angerannt kamen. Sie gaben Baschke eine Spritze, dann warfen sie Tewje hinaus.

Die ganze Nacht drückte er sich vor dem Hospital herum. Im Morgengrauen holte ihn ein Krankenwärter hinein. Baschke lag schweißgebadet im Bett. Tewje faßte nach ihrer Hand. Sie war kalt und schlaff. Der Wärter fühlte den Puls und schüttelte den Kopf. Baschke atmete nur noch ganz schwach. Dann klapperte sie mit den Zähnen. Ihre Augen wurden glasig und drehten sich nach oben. Sie sah noch einmal ihren Vater an, dann regte sie sich nicht mehr.

Tewje stieß einen Schrei aus. »Helft ihr doch!«

Der Krankenwärter nahm ihn beim Arm. »Es ist vorüber.«

Tewje sank aufs Bett und ließ niemanden an die Tote heran. Man mußte ihn mit Gewalt wegzerren. Als er das Bett endlich losließ, war es schon leer. Nur an einer Kuhle war noch zu erkennen, daß jemand darin gelegen hatte.

Tief gebeugt ging Tewje zur Leichenhalle des Hospitals. Die Wärter versuchten vergeblich, ihn zurückzuweisen. Er wachte die ganze Nacht beim Leichnam seiner Tochter. Am Morgen kamen Freunde, um ihm Trost zuzusprechen, aber er hörte es gar nicht.

Es war eine große Beerdigung. Das Komitee hatte zur Arbeitsniederlegung aufgerufen, und Tausende von Arbeitern gingen im Trauerzug. Der Leichnam war in eine rote Fahne gehüllt. Arbeiter trugen prächtige Kränze. In den Straßen, durch die sich der Trauerzug bewegte, waren viele Läden geschlossen. Passanten nahmen die Hüte ab. Auf Gehsteigen und Balkonen drängten sich die Zuschauer.

Tewje war wie betäubt. Er fühlte sich weit entfernt und abgestoßen von allem und jedem. Das einzige, was er noch empfinden konnte, war sein persönlicher Verlust. Baschkes letzter Blick verdüsterte seinen Sinn.

Im Friedhof wurden Reden gehalten und Lieder gesungen. Tewje war das alles zuwider. Was hatte das denn mit seiner Baschke zu tun? Er war wütend, als einer vom Komitee, der Baschke gar nicht gekannt hatte, ihr Loblied zu singen begann.

Der Redner, der mit seinen wippenden Locken, seinen schwarzen Augen und dem sorgfältig gestutzten Bart sehr eindrucksvoll wirkte, verstand es, mit seiner Stimme wie mit einem Instrument umzugehen. Manchmal ließ er sie dramatisch anschwellen, manchmal senkte er sie, so daß man sich vorbeugen mußte, um mitzubekommen, was er sagte. Geschickt manipulierte er die Empfindungen seiner Zuhörer: Der Ton seiner Rede reichte von Pathos bis zu bitterem Sarkasmus. Und währenddessen musterte er die Mienen der anderen, um festzustellen, was für einen Eindruck seine Worte machten.

Am Schluß seiner Rede hob er mit theatralischer Geste Baschkes blutgetränkte Bluse hoch und rief mit Donnerstimme: »Auf das Blut unserer Genossin, die sich für uns aufgeopfert hat, schwören wir Rache!«

Das war zuviel für Tewje. Er drängte sich nach vorn, riß die Bluse an sich und steckte sie in sein Jackett. »Laßt mich in Ruhe!« schrie er die Leute an, die ihn zurückhalten wollten.

Die Menge war enttäuscht. Sie war aus der Stimmung gerissen worden. Tewje kauerte auf dem zugeschütteten Grab und blickte wie ein Irrer um sich. Neben ihm stand, schweigend und niedergedrückt, Nissan.

Vögel zwitscherten, hüpften, sangen. Von weitem war das Schrillen einer Dampfpfeife zu hören.

45

Lodz lebte wieder auf. Der Krieg im Fernen Osten war vorbei, die weit entfernten russischen Absatzmärkte waren wieder offen. Die Lodzer Fabriken wurden mit Bestellungen überschwemmt und arbeiteten fieberhaft, um die Nachfrage zu bewältigen.

Auch mit den Streiks und Protestdemonstrationen war es vorbei. Das Militär, das von den schlitzäugigen Heiden völlig überrannt worden war, hatte es jetzt auf schwächere Gegner abgesehen – auf die wahren Feinde des Zaren: Juden, Studenten und Revolutionäre. Die Machtbefugnisse der Polizei wurden den Kommandeuren übertragen, die sich an der Front so glänzend bewährt hatten. In den Städten versammelte sich auf Veranlassung der Polizei die Elite der Unterwelt in den Teestuben, wo – unter den idealisierten Porträts von Nikolaus und Alexandra – Halsabschneider, Säufer und Frauenschänder von Kommissaren und Priestern angestachelt wurden, im Namen Christi zu plündern und zu massakrieren. Bärtige Mönche mit Kruzifixen und Nonnen mit Kerzen, hartgesottene Barbesitzer und abgebrühte Prostituierte, Trunkenbolde, Irre und allerlei Gesindel zogen durch die Straßen, schmetterten Kirchenlieder und fielen über die Bewohner der jüdischen Viertel her.

In Litauen und Weißrußland wurde der Mob bei diesen Ausschreitungen vom Militär unterstützt. Mit Waffengewalt wurde gegen die Mitglieder der jüdischen Selbstschutzkorps vorgegangen. Zarentreue Russen wurden nach Polen geschickt, um Eisenbahnstrecken zu bauen und die polnische Bevölkerung (die nicht viel Ansporn brauchte) gegen die Feinde der Kirche und Väterchens Nikolaus II. aufzuhetzen. Die Gefängnisse waren überfüllt mit Aufrührern und Querköpfen. Das Kriegsgericht tagte rund um die Uhr. In den Gefängnishöfen wurden über Nacht Galgen errichtet. An jeden Personenzug wurden vergitterte Waggons angekoppelt, die vollgestopft waren mit Sträflingen, die nach Sibirien geschickt wurden.

Die Juden in den Städten und Schtetln fasteten, rezitierten Gebete für besondere Notlagen, sammelten Spenden für frisch Verwitwete und Verwaiste. In den Synagogen standen nicht mehr Gewerkschaftler sondern wieder Rabbiner und Prediger am Vorlesepult. Sie beschworen die Juden, auf dem Pfad der Aufrechten zu wandeln, gute Werke zu tun und der Obrigkeit untertan zu sein.

Eltern gewannen wieder die Oberhand über ihre Sprößlinge. Hartnäckige Gewerkschaftler schlugen hie und da noch Proklamationen an, die aber kein Aufsehen mehr erregten. Junge Burschen aus wohlhabenden Familien gaben ihre naiven Träume von einer besseren Welt auf und widmeten sich ihrer Weiterbildung und ihren Berufsplänen. Andere heirateten und gründeten ein Geschäft. Mädchen fanden einen Ehemann oder hausten mit einem Exrevolutionär zusammen. Viele Leute wanderten in die Vereinigten Staaten oder nach Argentinien aus. Führende Revolutionäre gingen ins Schweizer Exil, wo sie in Kaffeehäusern hitzige Debatten führten. Andere schmachteten im Gefängnis oder in Sibirien.

Lodz war wieder in Schwung. In Rußland herrschte eine unersättliche Nachfrage nach Textilien. Lodzer Industrielle veranstalteten Bälle für hohe Offiziere, von denen sie sich dann beim Kartenspiel Geld abknöpfen ließen. Um dem Stadtkommandanten, General Konizin, Tribut zu zollen, sammelten sie enorm hohe Spenden und schenkten ihm eine prächtige Kutsche samt Gespann, damit er dafür sorgte, daß in der Stadt Ruhe und Ordnung herrschten und die Fabriken in Betrieb bleiben konnten. Die Arbeiter wagten nicht mehr zu protestieren. Nachtclubs und Kabaretts machten ein Bombengeschäft: Die Lodzer Hautevolee zockte, zechte und genoß das Leben aus vollen Zügen.

Zu denen, die die Wirtschaftskrise heil überstanden hatten, gehörte auch Max Aschkenasi. Und er trug, trotz allem, was sein Bruder für Dinele tat, den Sieg davon. Wieder einmal erwies er sich als der Beharrlichere, wieder einmal verlor Jakub nach den anfänglichen Scharmützeln das Interesse.

Wie Max vorausgesehen hatte, war Dinele zu weichlich, um lange durchzuhalten. Sie willigte in die Scheidung ein, allerdings nur unter der Bedingung, daß Max ihr eine Abfindung in Höhe von hunderttausend Rubeln zahlte. Er tat es schweren Herzens und erhielt daraufhin von ihr die schriftliche Erklärung, daß sie keine weiteren finanziellen Forderungen an ihn stellen werde.

Mit gesenktem Kopf warteten die beiden beim Rabbiner auf den Abschluß der Scheidungszeremonie.

»Gott der Gerechte, hört das denn nie auf?« flüsterte Dinele ihrer Mutter zu, als die vorgeschriebenen Fragen und Antworten sich schier endlos hinzogen.

»Eine Scheidung ist keine Kleinigkeit«, ermahnte sie der Rabbiner. »Das steht in der heiligen Tora geschrieben.«

In der Droschke schluchzte Dinele in den Armen ihrer Mutter. »Was hab' ich denn getan, daß mir das Leben so mitspielt? Welche Sünden hab' ich denn begangen, daß ich so viel leiden muß?«

Priwe tröstete sie. »Du wirst wieder heiraten, Tochterleben, und ein glückliches Leben führen. Finanziell bist du, unberufen, sehr gut situiert. Und du bist immer noch bildhübsch. Eine Rose in voller Blüte!«

Beim Rabbiner hatte Dinele kein einziges Mal zu Max hinübergeblickt, er dagegen hatte sie immer wieder betrachtet. Unwillkürlich verglich er ihren zarten, blassen Teint, ihre traurigen blauen Augen und ihre gute Figur mit dem verwitterten Gesicht und der plumpen Figur der Witwe Margulit. Und plötzlich überkam ihn das Gefühl, einen schweren Verlust erlitten zu haben. Doch dann dachte er gleich wieder an die Entschädigung, die er bekommen würde: an die Millionen, die ihm ins Haus standen und mit denen er sich die Aktienmehrheit der Firma Huntze sichern konnte – ein Gedanke, der seinen Kummer einigermaßen beschwichtigte.

Die Lodzer behielten recht mit der Voraussage, daß das Techtelmechtel zwischen der tollen Janka und Jakub Aschkenasi nur von Montag bis Donnerstag dauern werde. Es endete so plötzlich wie es begonnen hatte. Trotzdem wohnte Jakub weiterhin im Palais Fliderbaum und behielt auch seine Position in der Weberei. Janka und er blieben gute Freunde. Ihre neue Flamme war ein Tenor, der vorübergehend im Warschauer Opernhaus aufgetreten war und dessen Karriere sie fördern wollte. Jetzt schmuste sie also in aller Öffentlichkeit mit dem dunkelhaarigen Italiener.

Auch Jakub fand eine neue Gespielin, mit der er sich die Zeit vertreiben konnte: Gertrud, die Tochter seines Bruders. Sie fühlte sich jetzt nicht mehr verpflichtet, ihre Liebe zu ihrem Onkel geheimzuhalten. Nach der Scheidung ihrer Eltern erklärte sie ihre Unabhängigkeit. Wenn Jakub sie herumkutschierte, schmiegte sie sich zärtlich an ihn und schrie vor Lachen. Es klang etwas hysterisch.

Ihre Großeltern wollten sie (und natürlich auch Dinele) möglichst rasch unter die Haube bringen. Für Dinele hatten sie bereits einen respektablen Mann ausgesucht, einen Witwer, der ein gutgehendes Geschäft hatte. Aber sie wollte nichts davon wissen. Sie war fest entschlossen, nie mehr zu heiraten. Gleichwohl hofften ihre Eltern, daß sie mit der Zeit ihre Meinung ändern würde. Sie hatten schreckliche Gewissensbisse und wollten das Unrecht, das sie ihr angetan hatten, wiedergutmachen. Das eigentliche Hindernis war Gertrud. Es schickte sich für eine Mutter nicht, früher zu heiraten als die Tochter. Chaim Alter verhandelte unentwegt mit Ehevermittlern, die sich nach einem tüchtigen jungen Geschäftsmann für Gertrud umtun sollten.

Wie üblich mokierte sich Priwe über ihn. »Wenn man hört, was du dir vorstellst, könnte man meinen, wir leben noch im Mittelalter. Überlaß die Sache mir! Ich finde schon einen modern eingestellten jungen Mann, der ihr recht sein wird. Da sie zehntausend Rubel Mitgift bekommt, kann ich ihr vielleicht sogar einen Arzt angeln.«

Aber Gertrud wollte weder von einem Geschäftsmann, wie er ihrem Großvater vorschwebte, noch von einem Arzt etwas wissen. »Wie altmodisch ihr seid!« Sie bog sich vor Lachen.

»Du hast wohl schon einen gefunden?« fragte Priwe verschmitzt.

»Und ob!« Gertrud tanzte mit ihrer Großmutter in der Wohnung herum.

Nicht weniger eigenwillig als ihr Vater, wollte sie sich freie Bahn schaffen und tat alles, um den Widerstand ihres Onkels zu brechen. Seine Gefühle für sie waren ambivalent.

Als sie aufhörte, die Rolle der anhänglichen Nichte zu spielen, bekam er ein bißchen Angst. Sie sah der jungen Dinele auffallend ähnlich, nur daß ihre Lippen roter, voller und immer ein wenig geschürzt waren. Ständig sah man ihre Zähne blitzen. In ihrem aggressiven Lächeln kam etwas von der Habgier und Herrschsucht ihres Vaters zum Ausdruck. Viele Männer fanden diese Lippen ungeheuer anziehend. Jakub jedoch war über Gertruds draufgängerische Art bestürzt.

»Laß das, Gertrud!« sagte er und schob sie weg. »Kleine Mädchen sollten sich nicht so albern benehmen.«

»Ich bin kein kleines Mädchen! Und ich weiß, daß du mich liebst!«

Er versuchte, das Ganze als Scherz abzutun, aber damit brachte er sie erst recht auf.

»Ich will nicht herablassend behandelt werden! Behandle mich wie eine Frau!« Sie stampfte mit dem Fuß auf. In ihren Augen flackerte eine fast irre Leidenschaftlichkeit.

Jakub war tief beunruhigt. Was ihm da entgegenschlug, war unverhüllte sinnliche Begierde. Er hatte es nicht mehr mit einem vernarrten Kind zu tun, sondern mit einer erwachsenen, liebeshungrigen Frau, die forderte, was ihr gebührte. Er war hin- und hergerissen. Daß er sich zu ihr hingezogen fühlte, konnte er nicht bestreiten – aber an die Konsequenzen wagte er gar nicht zu denken. Würde er Dinele dann jemals wieder ins Gesicht sehen können? Er versuchte, Gertrud aus dem Weg zu gehen, aber sie war mit beängstigender Hartnäckigkeit hinter ihm her.

»Ich liebe dich, Kubusch!« Das war der Kosename, mit dem sie ihn am liebsten anredete. »Heirate mich!«

Jakub schob sie weg. »Red keinen Stuß, Kind! Wenn das jemand hört!«

»Ist mir egal!«

»Ich könnte dein Vater sein.«

»Du kannst mein Mann sein!«

»Du bist ja meschugge! Du mußt einen Mann in deinem Alter heiraten.«

»Ich bin eine Frau und weiß, was ich will!«

Als Jakub einsah, daß ihr so nicht beizukommen war, appellierte er an ihre töchterlichen Gefühle. »Das können wir deiner Mutter doch nicht antun. Es wäre ein furchtbarer Schlag für sie, zumal jetzt!«

»Wessen Schuld ist es denn, daß sie ihr Leben vermasselt hat?«

»So darfst du nicht über deine Mutter reden. Du bist ganz dein Vater! Simcha Meir aufs Haar genau ...«

Gertrud brach in Tränen aus. »Warum quälst du mich so? Was kann ich denn dafür, daß ich dich liebe und von dir geliebt werden möchte? Habe ich denn kein Recht dazu?«

Sie fiel vor ihm auf die Knie und küßte seine Hände. »Halt mich fest! Küß mich! Liebe mich!«

Ihre Zähne gruben sich in seinen Hals, ihre spitzen Fingernägel in seine Haut. »Mach mit mir, was du willst!« stöhnte sie. »Vergiß, wer und was ich bin ... Sieh in mir nur die Frau, die dich liebt ... Mein Geliebter, mein Gebieter, mein König!«

Und dann sprach sie kurz entschlossen mit ihrer Mutter. »Mama, ich weiß, daß ich dir Kummer gemacht habe, aber ich bitte dich um deine Einwilligung. Tu's für mich, für deine kleine Gertrud! Ich kann ohne ihn nicht leben.«

Dinele war entsetzt, auch wenn es für sie nicht ganz unerwartet kam. Sie hatte es, hin- und hergerissen zwischen Staunen und Angst, schon lange kommen sehen. Trotzdem saß sie jetzt wie versteinert da, dieweil Gertrud sie umarmte, küßte und anflehte.

»Bürde nicht *mir* die ganze Verantwortung auf! Tu, was du für richtig hältst.«

Ihre Tochter sprang auf und stellte sich auf die Fußspitzen, genau wie ihr Vater, wenn er zu einem Entschluß gelangt war. Dinele schauderte bei diesem Anblick.

Dann stürmte Gertrud hinaus, um Jakub die gute Nachricht zu überbringen.

46

Es war kurz nach Neujahr. Im großen Konferenzzimmer der Weberei Huntze war alles für die jährliche Aktionärsversammlung vorbereitet. An den langen, grünbezogenen Tischen standen Ledersessel. Kistchen mit Havannazigarren waren für die Herren bereitgestellt worden. Leitende Angestellte liefen hin und her und versuchten, sich nützlich zu machen. Melchior, der – auch wenn seine Koteletten inzwischen ergraut waren – immer noch eine gesunde, rötliche Gesichtsfarbe hatte, stand in seiner forstgrünen Livree an der Tür, in strammer Haltung, die Pratzen an der Hosennaht.

Im Aufsichtsrat saßen Vertreter der Lodzer Hautevolee: mehrere deutsche Industrielle, ein paar jüdische Bankiers, ein polnischer Adliger, der sich hier etwas verloren vorkam, eine verhutzelte alte Dame in unglaublich altmodischer Garderobe und natürlich die drei Barone Huntze, die sich bemühten, möglichst blasiert und über diese ganze Prozedur erhaben zu wirken. Was aber nichts daran ändern konnte, daß sie wie Reitknechte mit Monokel aussahen.

Max Aschkenasi, der Fabrikdirektor, war sehr leutselig gestimmt. Sein englischer Anzug war, wie stets, ein bißchen ausgebeult, aber sein Gesicht war tadellos glatt rasiert, bis auf das Bärtchen, das er anläßlich der Versammlung sorgfältig gebürstet hatte. Seine Samtweste war mit Tupfen bestickt, von denen jeder einzelne weit hervorzustehen schien. Weil er keinen Wanst hatte, wie es sich eigentlich für einen Mann in seiner Position gehört hätte, drückte er beim Gehen den Bauch heraus. Und wenn er mit jemandem sprach, der größer war als er, stellte er sich auf die Fußspitzen.

Die Versammlung war noch nicht eröffnet worden. Die Anwesenden liefen im Konferenzraum umher, pafften Zigarren und bliesen den Rauch auf die Herrscherporträts, die, seit Heinz Huntze hier das Regiment geführt hatte, an der Wand hingen. Sie betrachteten die verschiedenen Medaillen und die Blaupausen, graphische Darstellungen, Fotografien, Pläne, Zeichnungen und Tabellen, die an den Wänden zur Schau gestellt waren. Direktor Aschkenasi zeigte auf eine Tabelle, aus der hervorging, daß sich die Zahl der Beschäftigten, seit er mit der Leitung der Fabrik betraut worden war, von dreitausend auf achttausend Arbeiter und Arbeiterinnen erhöht hatte. Entsprechend hatte sich auch die Zahl der Webstühle erhöht.

»Gnädige Frau, meine Herren – dürfte ich Sie bitten, sich auch das hier anzusehen?« Er deutete auf eine graphische Darstellung. »Diese Linie stellt die Produktionsrate dar. Wie Sie sehen, ist sie von Jahr zu Jahr gestiegen, außer in *dieser* Stelle, die das unselige Jahr bezeichnet, in dem in Lodz mehr gestreikt als gearbeitet wurde. Aber wie Sie sehen, hat sich die Zuwachsrate danach sofort wieder erhöht. Wir konnten die Verluste also im Nu wettmachen.«

»Sehr gut! Ganz ausgezeichnet!«

»Parallel dazu sehen Sie die Verkaufszuwachsrate. Betrachten Sie jetzt bitte diese Landkarte! Die Fähnchen bezeichnen die neuen Absatzgebiete, die wir für unsere Fabrikate erschlossen haben.«

Sein Finger wanderte von einem Ende des russischen Kaiserreiches bis zum andern, von der Weichsel bis zum Amur und dann von China nach Persien.

»In letzter Zeit sind wir sogar über die Grenzen hinausgegangen«, sagte er verschmitzt. Zum Vergleich zeigte er ihnen die Landkarte, auf der die Absatzgebiete aus der Zeit vor seinem Eintritt in die Firma markiert waren.

»Seit ich die Ehre habe, Generalvertreter der Firma zu sein, haben wir es geschafft, alle diese Gebiete zu erobern«, erklärte er im Ton eines Dschingis Khan.

»Sehr gut! Wirklich sehr gut!« pflichteten ihm die Aufsichtsratsmitglieder bei.

»Und dieser Entwicklung entsprechend sind die Huntze-Aktien ständig gestiegen.«

Dann unternahm er – ohne die Ingenieure oder irgendwelche Notizen zu Rate zu ziehen – mit dem Aufsichtsrat eine Besichtigungstour durch die Fabrik, die durch eine hohe, mit spitzen Eisenstäben versehene Backsteinmauer von der Umgebung abgeschirmt war.

Auf dem riesigen Fabrikhof standen zahlreiche Schuppen und Lagerhäuser, aber es waren nur wenige Arbeiter zu sehen. Der eigentliche Betrieb wurde hier unterirdisch abgewickelt.

»Gnädige Frau, meine Herren, Sie werden jetzt sehen, wie das Rohmaterial per Bahn hereinkommt und wie das Endprodukt, in Ballen verpackt, lieferfertig herauskommt.«

Durch unterirdische, von roten Lampen beleuchtete Gänge führte Aschkenasi den Aufsichtsrat zu den Eisenbahnschienen, die innerhalb des Fabrikgeländes verliefen. Kräne mit gewaltigen Auslegern hoben angelieferte Baumwollballen, Fässer mit Färbemitteln und Kisten mit Maschinen und stellten sie neben wartenden Arbeitern ab, die alles in Karren luden und in die Lagerhäuser transportierten.

»Bitte passen Sie auf die Ketten und Haken auf, meine Herrschaften!« warnte Aschkenasi. »Und jetzt folgen Sie mir bitte!«

Er führte sie in die Kesselräume, in denen es ständig glühend heiß war. Heizer schaufelten Kohle in die feurigen Rachen der Dampfkessel. Werkmeister hantierten an Meßgeräten und Thermostaten herum. Die Heizer, deren nackte Oberkörper völlig verrußt waren, spuckten ihre selbstgedrehten Zigaretten aus und starrten ganz benommen die elegant gekleideten, schwabbelbäuchigen Besucher an. Die Aktionäre hielten es in dieser mörderischen Hitze nicht aus.

»Weiterschaufeln!« schnauzte der Oberheizer die jungen Arbeiter an, die sich rasch ein Stückchen Brot in den Mund gesteckt hatten und es mit Zichorienkaffee hinunterspülten.

Nun führte Aschkenasi den Aufsichtsrat in die riesigen Hallen, in denen, schier endlos aneinandergereiht, die mechanischen Webstühle standen. Arbeiterinnen, meist junge Frauen, verknoteten Fäden, die beim Weben gerissen waren, entfernten abgespulte Garnrollen und steckten neue auf.

»Wie können Sie in diesem Getöse überhaupt noch etwas verstehen, Herr Direktor?«

»Das ist Gewohnheitssache«, erwiderte Aschkenasi und erklärte den Besuchern den Durchlauf des Schußfadens über die verschiedenen Räder, Greifer und Rollen.

Dann führte er sie in die Wäscherei, Färberei und Bleicherei.

»Vorsichtig, meine Herrschaften – der Fußboden ist naß!«

Große, stinkende Dampfwolken hingen in diesen Fabrikhallen. Beim Anblick der halbnackten Arbeiter, die in klappernden Holzpantinen auf dem glitschigen Steinboden herumliefen, verzogen die Aufsichtsräte das Gesicht. Die Arbeiter wuschen die Stoffe, spülten sie aus, trockneten sie an riesigen Öfen und ließen sie dann durch die Plättmaschine laufen.

Den Besuchern reichte es jetzt, aber Aschkenasi ließ sie noch nicht gehen. Er legte Wert darauf, daß mit jedem Werkmeister, jedem Chemiker, jedem Musterzeichner gesprochen wurde. Und dann führte er die Aufsichtsräte auch noch in die Versandabteilung, wo Mädchen die Ware lieferfertig verpackten.

Die einzigen, die an der Besichtigung nicht teilnahmen, waren die Barone Huntze. Sie verabscheuten den Lärm und den Gestank ihrer Fabrik. Sie wollten sich in einem solchen Schweinestall die Stiefel nicht schmutzig machen und sie wollten dem Pöbel, der bei ihnen beschäftigt war, nicht zu nahe kommen. Sie warteten lieber in ihrem Palais und stärkten sich mit Cocktails.

Daß man sie vom Wintersport in den Tiroler Bergen zurück ins stinkige Lodz geholt hatte, paßte ihnen gar nicht. Außerdem war ihnen ein bißchen mulmig zumute. Sie hatten zwar nicht genau nachgerechnet, aber sie hatten das Gefühl, zu viele Aktien verkauft zu haben. Und obendrein waren sie in letzter Zeit vom Pech verfolgt. So kippten sie denn ein Glas nach dem anderen und warteten auf den Beginn der Aktionärsversammlung.

Als sie endlich zu erscheinen geruhten, atmeten alle erleichtert auf. Man erwartete, daß der älteste der drei Brüder wie üblich am Kopfende des Tisches Platz nehmen würde, aber plötzlich griff Direktor Aschkenasi nach einer kleinen Glocke, läutete und gab eine Erklärung ab.

»Meine Dame, meine Herren! Ich habe die Ehre, Ihnen mitzuteilen, daß derzeit sechzig Prozent der Firmenanteile auf den Namen Max Aschkenasi eingetragen sind. Nach den Bestimmungen des Körperschaftsrechts steht also mir der Vorsitz im Aufsichtsrat zu.«

Im Konferenzraum herrschte Totenstille. Die anderen Aktionäre starrten die Brüder Huntze an, dann Max Aschkenasi, dann wieder die drei Barone, die sich Blicke zuwarfen, aber kein Wort verlauten ließen. Das gespannte Schweigen wurde vom Aufsichtsratsvorsitzenden Aschkenasi gebrochen.

»Meine Dame, meine Herren, hiermit eröffne ich die Versammlung«, verkündete er und übernahm das Präsidium. Jedes Wort, jede seiner Gesten verriet die Machtvollkommenheit des Königs von Lodz.

Die leitenden Angestellten der Firma näherten sich ihm mit der gleichen Ehrerbietung, die sie vorher den Baronen Huntze bezeugt hatten. »Alles ist bereit, Herr Vorsitzender«, sagten sie und legten ihm ihre Berichte vor. Die drei Barone stürmten schon vor Abschluß der Versammlung in ihr Palais zurück.

»Schneller, ihr Schweine!« brüllten sie die Dienstboten an, die ihnen die Koffer packen mußten. »Wir wollen noch heute aus diesem jüdischen Pestloch heraus!«

Als ihr Zug am Abend abfuhr, waren sie stockbesoffen.

Die Lodzer Zeitungsredaktionen arbeiteten die ganze Nacht über fieberhaft, um in den Morgenausgaben Berichte über diese Sensation zu bringen, aber es war reine Zeitverschwendung, denn innerhalb weniger Stunden wußte bereits ganz Lodz davon. In Palais und Restaurants, in Läden und Theatern, in Lernhäusern und auf Marktplätzen, in Werkstätten und Cafés, in jeder Bruchbude und jedem Kabuff sprach man nur noch über den neuen König von Lodz.

47

In einem luxuriösen Schlafwagenabteil des Petersburg-Warschau-Paris-Expreß reisten der Direktor der Weberei Fliderbaum und seine junge Frau nach Nizza in die Flitterwochen.

Draußen zogen sich schneebedeckte Felder schier endlos dahin. Vereiste Telegrafendrähte bogen sich unter der Last. Bauernkaten waren bis zum Dach eingeschneit. Die starke Lokomotive brauste durch Schneewehen. Bauern, die den Schnee wegschaufelten, warteten auf dem Bahndamm, bis der Zug vorbeigefahren war. An den Kruzifixen, die hier und dort am Wegrand standen, hingen die schneebemützten Christusfiguren ganz schief. Schwarze Krähen kreisten am rötlichen Himmel und verhießen noch mehr Kälte und Schnee.

»Gertrud, hast du unsere Badeanzüge eingepackt?« fragte Jakub und fuhr seiner jungen Frau durch die rotbraunen Locken.

»Badeanzüge?«

»Natürlich! In zwei Tagen baden wir im Mittelmeer.«

»Ach, Jakub, wie herrlich die Welt ist! Einen Wintermonat in der Sonne unter Palmen verbringen – wie lustig das sein wird! Ich wollte, ich könnte schon die Grenze sehen! Ich bin noch nie im Ausland gewesen ... Jakub, bist du glücklich?«

»Wahnsinnig glücklich, mein Kleines.«

»Aber nicht so glücklich wie ich.« Sie schmiegte sich an ihn. »Männer können einfach nicht so glücklich sein wie Frauen. Es liegt nicht in ihrer Natur.«

Sie bedeckte seine Augen, Lippen und Hände mit Küssen. »Bär!« gurrte sie. »Mein großer Wuschelbär! Ich will von dir verschlungen werden!«

Sie wollte ständig mit ihm im Abteil bleiben und ließ ihn nicht einmal hinausgehen, um eine Zigarre zu kaufen oder mit anderen Reisenden ein paar Worte zu wechseln. Auch während der Mahlzeiten schmiegte sie sich an ihn und flüsterte ihm Zärtlichkeiten ins Ohr.

»Gertrud, benimm dich!« ermahnte er sie wie ein Kind. »Die Leute gaffen uns an.«

»Ich will mich aber nicht benehmen! Die sollen uns ruhig angaffen. Wenn ich nur dich habe ... dich ...«

Und während der Expreß Grenzen überquerte und Länder durchraste, leerten die beiden ihren Glückskelch. Im Überschwang der Gefühle warf sich Gertrud vor ihrem Mann auf die Knie und küßte ihm wie eine Sklavin die Füße.

»Mein Herr und Gebieter!« stammelte sie atemlos. »Mein Prinz, mein König!«

Über zugefrorene Flüsse und quer durch verschneite Felder und Wälder schlug sich Nissan Eibeschutz – beladen mit einem schweren Koffer und begleitet von zwei Schlägertypen mit mörderisch funkelnden Augen – zur deutschen Grenze durch.

Er hatte es im CIK, dem Zentralkomitee seiner Partei, zu einer hohen Position gebracht und wurde jetzt zum internationalen Parteikonvent geschickt. Er sank in Schneewehen ein, durchwatete eiskalte Bäche, fiel hin und hielt bei jedem Geräusch den Atem an – aber er pirschte sich immer näher an sein Ziel heran. Endlich murmelte ihm einer der beiden Schlägertypen zu: »Deutsches Hoheitsgebiet – da drüben, gleich hinter dem Fluß! Vorwärts!«

Den Kopf voller Ideen und Pläne, stapfte Nissan übers Eis.

Das Palais des verstorbenen Barons Heinz von Huntze hatte jetzt einen Bewohner von viel höherem Rang: den neuen König von Lodz. Nach der Übernahme der Firma durch den kleinen Juden, der vor Jahren so unterwürfig zu ihnen gekommen war, hatten die Brüder Huntze jede Beziehung zu der Stadt, die ihnen von jeher verhaßt war, abgebrochen und ihr Palais sowie die ihnen verbliebenen Firmenanteile für einen lächerlich geringen Preis zum Verkauf angeboten. Und beides hatte Max Aschkenasi erworben.

Eigentlich hatte er ein Palais ebensowenig nötig wie Kutschen und Dienstboten, aber als der neue König von Lodz wollte er auch allen Prunk um sich haben, der nun einmal zu dieser Position gehörte. Es ging einfach nicht, daß jemand anders in das Palais einzog. Außerdem residierten alle Lodzer Industriellen in nahe bei ihren Fabriken erbauten Palais, und gegen diese Tradition wollte Max nicht verstoßen. Und weil die drei Barone auf Bargeld erpicht waren, übernahm er das Haus mit allem Drum und Dran, einschließlich des Huntze-Wappens.

In den riesigen, hohen Räumen wirkte Max Aschkenasi noch kleiner als er ohnehin schon war. Er und seine zweite Frau nahmen die Mahlzeiten in dem großen Speisesaal ein, in dem sechsunddreißig Personen zu Tisch sitzen konnten. Die braungetäfelten Wände, die massiven geschnitzten Büfetts, die Kronleuchter mit den vielen Geweihsprossen und die Gemälde mit den blutrünstigen Darstellungen erlegten Wildgeflügels bedrückten die beiden derart, daß sie nur im Flüsterton oder überhaupt nicht miteinander sprachen.

Mit eisig-arroganter Miene servierten der livrierte Butler und die Lakaien fremdartige Gerichte. Das Ehepaar nahm kaum etwas von den gojischen Speisen und den edlen Weinen, die aus dem Weinkeller geholt wurden, zu sich. Der große Wolfshund, der zum »Inventar« des Palais gehörte, lag auf dem Teppich und beobachtete mißtrauisch seinen neuen Herrn und die neue Herrin. Er merkte genau, daß sie Angst vor ihm hatten. Wenn die Hausherrin ihm einen Tellervoll Reste hinstellte, stand er nicht einmal auf. Er wurde viel zu gut gefüttert, als daß es ihn nach solchen Abfällen gelüstet hätte.

»So ein hochnäsiges Biest!« sagte Madame Aschkenasi. »Wozu brauchen wir ihn überhaupt?«

Ihr Mann hatte vor dem »Biest« zwar noch mehr Angst als sie, aber der Wolfshund gehörte nun einmal zum Palais, gehörte zu seinem, Max Aschkenasis, Reich, das um nichts verringert werden durfte.

»Laß ihn in Ruhe!«

Die Mahlzeiten zogen sich schier endlos hin. Die Bediensteten ließen sich Zeit. Zwischen den einzelnen Gängen wurden lange Pausen eingelegt. Max saß auf Kohlen, weil er schleunigst wieder in die Fabrik wollte, getraute sich aber nicht aufzustehen, ehe der Butler das Kistchen mit den Havannazigarren gebracht hatte – das Zeichen dafür, daß die Tafel aufgehoben war. Erst dann stürmte Max hinaus, wie ein kleiner Junge nach Schulschluß.

Noch unerträglicher waren für ihn die Nächte.

Die Zofe mußte Madame Aschkenasi vor dem Zubettgehen stundenlang schniegeln. Sie flocht ihr das spärliche, drahtige Grauhaar. Sie rieb ihr die rauhe Haut mit Creme und Schönheitswässerchen ein. Sie hüllte sie in die kostbarsten Nachtgewänder aus Spitzen, Seide und Tüll. Das breite Louis-Quinze-Bett mit dem blauseidenen Baldachin und den vielen seidenbezogenen Kissen und Decken war weich und einladend.

Aber die Salben, Wässerchen, Parfüms und Seifen, die Spitzen, der Tüll und die Seidenstoffe konnten ebensowenig wie das gedämpfte Licht über die unförmige Figur, die rauhe Haut und die (mädchenhaft zu Affenschaukeln hochgebundenen) spärlichen Haare hinwegtäuschen. Von dem aus seinem Korsett befreiten massigen Körper ging etwas Eisiges aus. Die Beine glichen Baumstümpfen. Das Doppelkinn schwabbelte wie Fischsülze. Das Bett knarrte unter Madame Aschkenasis Gewicht. »Max!« gurrte sie kokett. »Warum kommst du nicht ins Bett?«

Obwohl es zärtlich klingen sollte, klang es eher wie ein rauher Baß. Max überlief ein kalter Schauder. Wie ein Verurteilter zum Galgen schleppte er sich zum Ehebett. Darüber hing ein Bild, auf dem eine nackte Maid von einem Satyr verfolgt wurde. Diese Mädchengestalt erinnerte Max plötzlich an Dinele: die gleiche schlanke, wohlproportionierte Figur; die gleichen, bis zu den Schultern reichenden braunen Locken.

Er schlief unruhig in den spitzenbesetzten Daunenkissen. Die Uhren im Palais schlugen mit einem trauervollen Klang, der ihn an Kirchenglocken erinnerte, wenn er in der langen Winternacht die Stunden zählte. Er konnte einfach nicht bequem liegen, so oft er sich auch von einer Seite auf die andere drehte.

Er zog einen Schlafrock über und stieg leise, um seine Frau nicht im Schlaf zu stören, aus dem Bett. Mit einer Kerze in der Hand wanderte er durch das Labyrinth von Zimmern und Korridoren, die er zum großen Teil noch gar nicht kannte. Alles hier fand er abstoßend: die Tierköpfe mit den Hörnern, Geweihen und Glasaugen; die Schwerter, Speere, Äxte und Dolche, die so unjüdisch grausam blitzten. Er hatte unheimliche Visionen von Aufständen und Pogromen, von Chmielnickis Massakern und von Ketzerverbrennungen, von Juden, die lieber auf dem Scheiterhaufen starben als den Glauben zu wechseln.

Überall stieß er auf heidnische Statuen und Gemälde: Jäger hielten bluttriefende Vögel in der Hand; Jagdhunde sprangen Bären an; Ritter durchbohrten Menschen, Fabeltiere oder naturgetreu dargestellte wilde Tiere mit Lanzen; Satyrn, Faune, Zentauren, Nymphen und Bacchanten trieben ihre lasziven Spiele.

Max blickte auf. Das alles gehörte ihm, aber es schien sich über den kleinen Juden zu mokieren, der in dieser Winternacht wie ein verängstigtes Kind durch das gojische Palais wanderte.

Er ging in den Speisesaal. Die braungetäfelten Wände und die hohe, geschnitzte Holzdecke waren in nächtliches Dunkel gehüllt. Auf der Kredenz stand Wein, aber Max trank nichts davon, obwohl er so deprimiert war. Der Hund wurde wach, blinzelte seinen Herrn an, riß das große Maul zum Gähnen auf und streckte sich dann wieder auf dem Teppich aus.

Max sah Dinele vor sich. Wo war sie jetzt? Was machte sie? Hatte sie vor, wieder zu heiraten, oder wollte sie allein bleiben?

Was kümmerte es ihn? Sie lebten nicht mehr miteinander. Er hatte an wichtigere Dinge zu denken. Dennoch ließ ihn der Gedanke an sie nicht los. Und dann dachte er an seine Kinder. Ignaz war in Paris. Wie er jetzt wohl aussah? Vermutlich war er groß – größer als sein Vater. Er geriet ja ganz seiner Mutter nach.

Und Gertrud? Sie hatte ihn, ihren Vater, schändlich behandelt. Ohne ihm auch nur ein Wort zu sagen, hatte sie sich in eine blutschänderische Ehe gestürzt. Jeden anderen hätte sie haben können, aber ausgerechnet für diesen Verführer, dieses verkommene Subjekt, hatte sie sich entschieden!

Er stellte sich seine schöne junge Tochter mit seinem Bruder vor, und es überlief ihn kalt. Jakub hatte dieses leichtgläubige Kind verführt, nur um ihm, Max, eins auszuwischen. Er konnte sich nur zu gut vorstellen, wie Jakub sich jetzt über ihn lustig machte und seine Rache genoß ...

Womit hatte dieser Taugenichts sich das alles verdient? Zuerst Kalman Eisens Tochter, dann Fliderbaums Tochter und jetzt ... Was gefiel ihr eigentlich an ihm? Er war ein eitler Narr, ein verantwortungsloser Dummkopf, der in der Hochsaison alles stehen- und liegengelassen hatte, um an die Riviera zu fahren. O ja, Max Aschkenasi war über ihn auf dem laufenden. Schlomele Knaster sorgte dafür.

Er zog den Schlafrock enger um sich. Vor lauter Groll auf Jakub klapperten ihm die Zähne. Während *der* mit seiner blutjungen Frau verreist war, mußte *er* zu dieser ...

Er schrumpfte in sich zusammen. In dem hohen Saal wirkte er zwergenhaft klein. Die Uhren schlugen, die Stunden verstrichen.

Er ging zum Fenster und spähte durch die Jalousie. Die Umrisse der Fabrik zeichneten sich drohend im nächtlichen Dunkel ab, die Schornsteine ragten in den Himmel, als hätten die Mauern Zungen herausgestreckt. Er fröstelte und tappte zurück zum Schlafzimmer. Der bronzene Mephistopheles, der auf einem Eckregal stand, grinste mit gefletschten Zähnen über den König von Lodz.

III
Spinnweben

48

Über die holprigen, schlammigen Landstraßen Polens, durch Kleinstädte und Dörfer, die der Krieg verwüstet hatte, zogen die Soldaten, Pferde, Wagen und Geschütze der kaiserlichen deutschen Armee. Bauern schirmten die hellen Augen gegen die Sonne ab und betrachteten schweigend die Eindringlinge. Ihre Frauen klammerten sich, ängstlich und neugierig zugleich, an die Strohzäune und bekreuzigten sich. Kinder schrien, Hunde kläfften. In den Schtetln kamen die Juden aus ihren niedrigen Häusern, und ihre kleinen Söhne und Töchter riefen den Fremden jiddische Grußworte zu. Deutsche Siedler hießen ihre siegreichen Landsleute begeistert willkommen.

Junge und Alte, Schüler und Großväter zählten zu diesen einberufenen Soldaten aus Preußen, Sachsen, Bayern und dem Rheinland, die der Kaiser ausgeschickt hatte, um Polen zu besetzen und seiner kriegswichtigen Rohstoffe zu berauben. Es waren keine Elitetruppen, wie sie an die Westfront geschickt wurden, sondern Landwehrleute und Reservisten, die gerade gut genug waren, gegen die Russen zu kämpfen. Viele trugen Brillen, die von einem Bindfaden zusammengehalten wurden. Ihre Knobelbecher zerstampften die polnische Erde. Auf ihren Gürtelschnallen stand »Gott mit uns«. Ihre Bajonette waren zweischneidig: eine Schneide für Draht, eine für Fleisch.

Sie wurden von Militärpfarrern begleitet, die ihnen eintrichterten, im Namen Gottes zu töten, den papistischen Heiden den protestantischen Glauben aufzuzwingen und sie zu gehorsamen Untertanen des Kaisers zu machen. Und während sie in ihren vergilbten Knobelbechern über die Furchen stapften, sangen sie:

»Der Kaiser hat mächtige Waffen.
Man kann im Kanonenrohr schlafen.
Bei jedem Schuß
Ein toter Russ',
Bei jedem Bumbum
Fällt ein Franzmann um.
Und Krupp schickt sie alle zum Teufel...«

Jeder Hektar besetzten Territoriums wurde von ihrem Pionierkorps sofort wieder instand gesetzt. Telegrafendrähte wurden gespannt, Straßen neu gepflastert, Brücken wiedererrichtet, im Stich gelassene Eisenbahnwaggons wieder auf die Gleise geschoben und aneinandergekoppelt. Die Leichname von Juden, die von den Russen aus Wut über die an der Front erlittenen Niederlagen an Ästen aufgeknüpft worden waren, wurden heruntergeholt. Zaristische Proklamationen wurden von den Mauern gerissen und durch deutsche Bekanntmachungen ersetzt, in denen die Bevölkerung unter Androhung der Todesstrafe aufgefordert wurde, sämtliche Waffen abzuliefern und vollständige Inventarlisten für jeden Haushalt abzugeben.

Das Industriezentrum, das über die größten Rohmaterialvorräte verfügte und dessen Verlust den Feind am schwersten treffen würde, war Lodz. Die Truppen des deutschen Kaisers rückten immer näher an diese fette Beute heran. Während des Vormarsches wurden Stadtkommandanten ernannt, bei denen es sich zumeist um ostpreußische Landjunker handelte, deren Familien seit Jahrhunderten die dort ansässigen Polen unter der Knute gehalten hatten. Und so kam es, daß eben jener verarmte Adlige, der Heinz Huntzes Tochter geheiratet hatte, der Baron Konrad Wolfgang von Heidel-Heidelau, Stadtkommandant von Lodz wurde.

Für den Baron war dieser Krieg ein Geschenk des Himmels. Auf Grund seines tadellosen Stammbaums und seiner engen Beziehungen zu Offizieren des Generalstabs hatte er rasch Karriere gemacht und es vom Hauptmann der Reserve zum Rang eines Obersten gebracht. Überdies zeichnete er sich dadurch aus, daß er die Zivilbevölkerung mit eiserner Hand zwang, sich dem Besatzungsregime zu beugen.

Nach Kriegsausbruch hatten viele Polen eine gewisse Sympathie für die russischen Machthaber bewahrt. An Hausmauern in den Städten und an Zäunen auf dem Land hingen Proklamationen, die vom Großfürsten Nikolai Nikolajewitsch unterzeichnet waren und in denen der Bevölkerung versprochen wurde, daß Polen, sobald der Feind besiegt sei, wiedervereinigt werden sollte.

Die Bauern glaubten an dieses Versprechen. Die polnischen Nationalisten riefen die Bevölkerung auf, sich am Kampf gegen die deutschen Invasoren zu beteiligen. Gleichzeitig beschuldigten sie die Juden, Spione und Verräter und mit den Deutschen im Bunde zu sein. In ihren Zeitungen und patriotischen Flugschriften behaupteten sie, daß Juden in ihrem Bart Diamanten versteckten und über die Grenze schmuggelten und daß bei jüdischen Beerdigungen kein Leichnam, sondern Gold für die Kriegskasse des Feindes ins Grab gelegt werde. Ladenbesitzer christlichen Glaubens, die die jüdische Konkurrenz loswerden wollten, denunzierten Juden bei den Russen. Tausende von Juden wurden gehängt, erschossen, inhaftiert oder nach Sibirien verbannt.

Polnische Bauern, die auf deutsche Ansiedler neidisch waren, weil deren Ackerbaumethoden bessere Erträge brachten, schwärzten sie bei den Russen mit der Behauptung an, sie benützten die Flügel ihrer Windmühlen dazu, den deutschen Truppen heimlich Nachrichten zu übermitteln.

Die russischen Militärbefehlshaber, die an der Front eine Schlappe nach der anderen einstecken mußten, brauchten Opfer, an denen sie ihren Ärger auslassen konnten. Sie schüchterten die polnische Zivilbevölkerung derart ein, daß sich beim Einmarsch der Deutschen niemand auf die Straße traute, geschweige denn den deutschen Truppen irgendeine Auskunft zu geben wagte. Hie und da wurde aus einem Haus auf die vorbeimarschierenden Deutschen geschossen.

Oberst von Heidel-Heidelau beschloß, der polnischen Bevölkerung beizubringen, was deutsche Herrschaft bedeutete. Als Lehrbeispiel ließ er mehrere Dörfer in Brand stecken und dann die Kleinstadt Kalisz dem Erdboden gleichmachen. Ein taubstummer Kaliszer Wasserträger war auf das »Halt!« eines deutschen Soldaten nicht stehengeblieben und auf der Stelle erschossen worden. Einige Passanten, die dem Soldaten erklären wollten, daß der Mann taub sei, wurden, weil er nicht verstand, was sie sagten, von ihm ebenfalls niedergeknallt.

Daraufhin warf ein junger Kutscher dem Soldaten einen Stein an den Kopf. Als der Soldat blutend in die Kommandantur gewankt kam, aß Oberst von Heidel-Heidelau gerade zu Mittag. Er wischte sich den Mund ab, trank sein Bier aus, ließ die Soldaten antreten und erteilte Major Prausker den Befehl, die Stadt unter Artilleriebeschuß zu nehmen. Häuser stürzten ein. Menschen rannten blindlings auf den Straßen herum. Der Gemeindevorstand bat um Gnade, aber vergebens. Systematisch machte die Artillerie eine Häuserzeile nach der anderen dem Erdboden gleich. Bei Anbruch der Nacht stand die ganze Stadt in Flammen. Unter dem Schutt lagen Hunderte von Toten. Die Feuersbrunst, die in weitem Umkreis zu sehen war, bewies das Ausmaß der deutschen Strafaktion.

Oberst von Heidel-Heidelau wurde wegen seines entschlossenen Durchgreifens vom Generalstab belobigt und mit dem Eisernen Kreuz ausgezeichnet. Deshalb – und weil er die Heimatstadt seiner Frau kannte – wurde er zum Stadtkommandanten von Lodz ernannt.

Gleich nach den Besatzungstruppen, die ihm den Weg geebnet hatten, hielt er mitsamt seinen Offiziersburschen, Adjutanten, Hunden und Gepäckstücken Einzug in Lodz. Das Pionierkorps richtete die leere Dienstwohnung des Polizeichefs für den Herrn Oberst her. Sein erster Adjutant, ein junger Leutnant mit mädchenhaft rosigem Teint, meldete ihm, das Haus sei sorgfältig durchsucht und gesäubert und wieder bewohnbar gemacht worden. Der Baron sah sich verächtlich um und klatschte mit den Handschuhen auf die Tischplatte.

»In diesem Schweinestall bleibe ich nicht!« sagte er naserümpfend. Dann entfaltete er einen Stadtplan und suchte mit dem Finger darauf herum.

»Hier – sehen Sie diese Straße? Da steht eine Weberei und daneben ein Palais, das von einem Juden bewohnt wird. Dort werde ich wohnen.«

»Zu Befehl, Herr Oberst!«

»Sie wissen ja, daß es etwas heikel ist, gleich nach der Besetzung Privathäuser zu beschlagnahmen, es sei denn, daß von innen Schüsse abgegeben wurden – nicht wahr, Herr Leutnant?«

»Jawohl, Herr Oberst!«

»Also, wie wollen Sie vorgehen?«

»Ich nehme eine Patrouille mit und lasse das ganze Haus durchsuchen, und wenn ich irgendeinen Beweis dafür finde, daß Schüsse abgegeben wurden, stelle ich den Hausbesitzer zur Rede...«

»Womit Sie beweisen, daß Sie ein Vollidiot sind! Es ist mir scheißegal, ob tatsächlich geschossen wurde oder nicht! Es *muß* geschossen worden sein! Verstehen Sie, Herr Leutnant?«

»Jawohl, Herr Oberst!« schnarrte das Bürschchen und errötete wie ein Mädchen vom Lande.

»Gut. Die Angelegenheit muß sofort erledigt werden. Und danach darf es dort kein bißchen mehr nach jüdischem Knoblauch riechen. Ich werde schon heute nacht im Palais schlafen. Verstanden, Herr Leutnant?«

»Verstanden, Herr Oberst!«

Madame Aschkenasi war höchst beunruhigt, als ein von bewaffneten Soldaten eskortierter deutscher Offizier im Palais erschien. Ihr Mann war nicht da. Kurz vor Abschluß einer Geschäftsreise war er in Rußland aufgehalten worden, und jetzt saß er dort fest, konnte keine Briefe nach Lodz schicken und nicht einmal telegrafieren. Nun mußte sie in dieser fremden Stadt, wo sie weder Freunde noch Verwandte hatte, allein zurechtkommen.

Sie hatte Max brieflich angefleht, so schnell wie möglich zurückzukommen, weil die feindlichen Truppen immer näher rückten. Aber er hatte die Heimreise von einem Tag auf den anderen verschoben. »Habe schrecklich viel zu tun«, hatte er ihr telegrafiert.

Sie fühlte sich entsetzlich hilflos, als der deutsche Offizier hereingestürmt kam. »Was ist denn los, mein Herr?«

»Sind Sie die Hausherrin? Dann sind Sie festgenommen!«

Er ließ einen Wachposten bei der verängstigten Frau zurück, dann führten er und die Patrouille eine gründliche Haussuchung durch. Obwohl außer einer alten Jagdflinte und einigen rostigen Schwertern, die den früheren Hausbesitzern gehört hatten, nichts zu finden war, schrieb der Offizier eine von Kraftausdrükken strotzende Meldung, die darauf hinauslief, daß aus diesem Haus auf deutsche Soldaten geschossen worden sei.

Madame Aschkenasi, die streng ins Verhör genommen wurde, bekam rote Flecken im Gesicht, als sie diese Beschuldigung empört zurückwies.

»Sie wagen es, deutsche Soldaten als Lügner hinzustellen?« fragte der Leutnant mit gespielter Entrüstung – ein Kunstgriff, den er seinem Vorgesetzten abgeguckt hatte.

Dann entließ er sie bis zum Abschluß der anhängigen Untersuchung aus der Haft und befahl ihr, das Palais sofort zu räumen.

Madame Aschkenasi rang die Hände. »Sie werfen mich also hinaus... Das ist ja nicht zu fassen!«

Der Leutnant befahl seinem Trupp, das Palais zu besetzen. Am Eingangstor wurde ein Wachposten aufgestellt. Ein Soldat kletterte auf das Tor und hißte eine deutsche Flagge, die genau über dem Huntze-Wappen herabhing. Dann brachte er am Tor eine Plakette mit der Aufschrift »Beschlagnahmt« an.

Madame Aschkenasi puderte ihr Gesicht, zog ihre eleganteste Robe an und stürmte, den Regenschirm wie einen Säbel gezückt, zur Kommandantur. Sie hätte sich nicht gescheut, vom Kaiser höchstpersönlich Wiedergutmachung zu verlangen. Aber man ließ sie gar nicht zum Stadtkommandanten hinein.

»Ausgezeichnet!« sagte Oberst von Heidel-Heidelau, als er die Meldung seines Adjutanten erhielt. »Gut gemacht!« Am Abend zog er im Palais seines verstorbenen Schwiegervaters ein.

Stolzgeschwellt stieg er die breite Marmortreppe hinauf, stapfte durch die Säle, ließ sich in einen weichen Sessel fallen und streckte die langen Beine aus.

Dann stellte er sich vor den großen Spiegel, der über dem Kamin eingebaut war, und betrachtete sich in seiner ganzen Pracht. Mit dem schimmernden, bis zu den Augen herabgezogenen Helm, dem grauen Umhang, den gespornten Schaftstiefeln, dem enggeschnallten Gürtel und dem Säbel an der Seite kam er sich wie ein römischer Prokonsul vor. Und er tat ja auch alles, um diesen Eindruck zu erwecken.

Auf dem Tisch im Speisesaal standen alle Leckerbissen bereit, die der Koch auftreiben konnte. Der Butler wischte den Hals einer spinnwebenbedeckten Flasche ab und goß dem Baron Wein ein. »Stammt nach von dero Gnaden, den Baronen von Huntze«, sagte er liebedienerisch. »Hilf mir beim Ablegen des Säbels!« schnauzte ihn der Oberst an. »Und zieh mir die Stiefel aus!«

Der Butler schnallte ihm den Säbel ab, hatte aber einige Mühe, ihm die Stiefel von den Beinen zu ziehen. Der Oberst versetzte ihm einen Fußtritt. »Ungeschickter Trottel! Dalli, dalli!«

Der Butler strahlte. Nach den erniedrigenden Dienstjahren bei einem Juden, der keine Ahnung vom Umgang mit Hauspersonal hatte, war es eine Wohltat, wieder einmal richtig zusammengestaucht zu werden und einem befehlsgewohnten Dienstherrn zu gehorchen.

Der Baron genoß das Abendessen und den Wein. Genau wie einem Raubtier die selbsterlegte Beute am besten schmeckt, so schmeckte ihm erbeutetes Essen besonders gut. In seinen Adern regte sich noch das Blut von Vorfahren, die jahrhundertelang von Raub und Plünderung gelebt hatten.

Als er sich vor dem Schlafengehen vom Kammerdiener die Uniform ausziehen ließ, wirkte er nur noch wie ein Schatten seiner selbst. Ohne seine Gürtel, Orden und Epauletten war er bloß noch ein verschrumpelter alter Mann mit dürren, von Krampfadern überzogenen Beinen, einem Spitzbauch und schwabbeligen Hinterbacken. Er sah aus wie ein gerupfter Gockelhahn.

»Dalli, dalli!« befahl er dem Kammerdiener, der ihn mit einem Schwamm abrieb. Er verabscheute es, sich nackt sehen zu lassen.

Als er, inmitten von Spitzen, Seide und Tüll, in dem breiten Louis-Quinze-Bett lag, ließ er den Adjutanten mit dem rosigen Teint kommen und befahl ihm, die dringlichsten Meldungen vorzulesen. Eine Liste mit den Namen der Personen, die exekutiert werden sollten, unterschrieb er, ohne auch nur einen Blick darauf zu werfen.

Dann forderte er den Leutnant auf, sich auf die Bettkante zu setzen, und begann, seine rosigen Wangen zu streicheln. »Du hübscher Junge!« lispelte sein zahnloser Mund.

Der Leutnant wurde puterrot, als ihn der Oberst in seine dürren Arme zog. Wieder kam sich der Baron wie ein römischer Patrizier vor.

49

Lange bevor die Deutschen die Stadt Lodz das erste Mal besetzten (später traten sie den Rückzug an), hatte sich Max Aschkenasi entschlossen, seinen Betrieb nach Petersburg zu verlegen, das jetzt aus patriotischen Gründen Petrograd genannt wurde.

Verschiedene Gründe hatten ihn dazu bewogen.

Erstens: Alle Staatsbanken in Polen waren geschlossen worden, und die Konteninhaber konnten weder Papiergeld noch Goldmünzen abheben. Aschkenasi hatte in diesen Banken ein

Vermögen angelegt, zu dem auch festverzinsliche Wertpapiere und Vorzugsaktien gehörten, von denen er lukrative Coupons abschnitt, und mit dessen Verlust er rechnen mußte, falls die Deutschen Lodz besetzten.

Zweitens: Würde Lodz vom russischen Markt abgeschnitten, dann gliche es einem amputierten Körperglied. Der Versuch, Waren an die Deutschen zu verkaufen, wäre ein aussichtsloses Unterfangen. Max hatte sich zwar deutsche Allüren zugelegt, wußte aber sehr wohl, daß es leichter ist, jemandem einen Zahn zu ziehen, als einem Deutschen einen Pfennig zu entlocken. Zudem hatte Deutschland eine eigene Textilindustrie, und wenn die Deutschen in Lodz einmarschierten, würden sie sicher sofort alles mögliche unternehmen, um die Konkurrenz auszuschalten.

Rußland dagegen war ein riesiges, industriell unterentwickeltes Land – wie geschaffen für einen so geschäftstüchtigen Unternehmer wie Max Aschkenasi.

Darum hatte er gleich nach Kriegsausbruch damit begonnen, seine Lagerhäuser zu räumen und die Ware nach Petrograd zu verfrachten. Und dann hatte er sich entschlossen, seinen Betrieb zu demontieren und nach Petrograd zu verlegen.

Es war ein abenteuerliches Unternehmen. Bei der Eisenbahn hatten Militärtransporte absoluten Vorrang, aber Max brachte es zuwege, sich bescheinigen zu lassen, daß seine Ware kriegswichtig sei. Nun konnte er sein Projekt in die Wege leiten.

Als Lodz zum zweiten Mal von den Deutschen besetzt wurde, befand sich die Hälfte seines Betriebs noch dort und die andere Hälfte auf dem Transport irgendwo im russischen Machtbereich.

Auf weit entlegenen Nebengleisen, auf großen Bahnhöfen und kleinen Stationen, in Schuppen, Lagerhäusern und im Freien rosteten nicht nur die Maschinen aus Aschkenasis Weberei, sondern auch die aus den Fabriken anderer Lodzer Unternehmer, die gemeinsame Sache mit ihm machten. Das russische Eisenbahnnetz war wegen des überstürzten Rückzugs der Truppen in einem chaotischen Zustand. Während die Deutschen eine Stadt nach der anderen besetzten, befand sich die russische Bürokratie, die ein Jahrhundert lang in Polen floriert hatte, auf der Flucht. Gouverneure, Archimandriten, Richter, Gendarmen, Nonnen, Registratoren, Zensoren, Scharfrichter, Mönche, Verwalter und zahlreiche Familienangehörige – alle flohen in panischer Angst mitsamt ihrem Hab und Gut.

Die Lazarettwaggons waren mit Verwundeten vollgestopft, die in die Zigtausende gingen. Wie Hühner im Käfig waren österreichische Kriegsgefangene, die in sibirische Lager transportiert werden sollten, zusammengepfercht mit Kriminellen und politischen Häftlingen, zu denen auch Bauern zählten, die nichts anderes verbrochen hatten, als den vorrückenden Deutschen den Weg zu zeigen, und Schäfer, die beschuldigt wurden, mit der Peitsche geknallt und auf diese Weise dem Feind Nachrichten übermittelt zu haben.

Deserteure und ruthenische Bauern waren unter den Häftlingen, Rabbiner und deutsche Siedler, katholische Priester und ganz gewöhnliche Diebe. Die meisten Häftlinge wußten nicht, warum man sie festgenommen hatte, wann man ihnen den Prozeß machen würde, wohin sie geschickt wurden und für wie lange. Alle Akten waren im Durcheinander des Rückzugs verlorengegangen.

Und Juden zählten dazu – Zehntausende von Juden, die Einwohnerschaft ganzer Schtetln, vertrieben durch das Edikt des Großfürsten Nikolai Nikolajewitsch, der solche Ablenkungsmanöver nötig hatte, um seine katastrophale Bilanz als Oberbefehlshaber des russischen Feldheeres zu vertuschen.

Sie alle – Junge und Alte, Gesunde und Kranke, Schwangere und Senile – wurden in Güterwagen abtransportiert, in denen eigentlich nur für vierzig Soldaten und acht Pferde Platz war, in die jetzt aber mehr als hundert Personen gezwängt wurden. Die Wachposten schikanierten und beschimpften die Juden. Sie erlaubten ihnen nicht, auszusteigen, um einen Schluck Wasser zu trinken, ärztliche Hilfe in Anspruch zu nehmen oder auch nur ihre Notdurft zu verrichten. Wenn der Zug in einer Ortschaft mit jüdischer Bevölkerung hielt, brachten die dort ansässigen Juden Essen für die Vertriebenen und trugen die Verstorbenen weg, um sie zu beerdigen.

Und mitten in diesem himmelschreienden Elend, mitten in diesem Tohuwabohu, das kein Bahnbeamter mehr entwirren konnte, hetzte Max Aschkenasi mit seinen Kommissionären von einer Bahnstation zur andern, um nach den verschollenen Bestandteilen seiner Fabrik zu suchen.

Dank seiner Hartnäckigkeit gelang es ihm schließlich, sie buchstäblich vor dem Untergang zu retten. Er ließ den Beamten keine Ruhe. Er flehte, forderte, berappte Schmiergeld. In seinen Zobelmantel gehüllt, eine Pelzmütze auf dem Kopf, die Brieftasche vollgestopft mit Dokumenten und Geldscheinen, setzte er sich durch und verlagerte Lodz nach Petrograd. Er baute seine Maschinen wieder zusammen, ließ sie überholen, borgte oder stibitzte Einzelteile, schlachtete vorhandene Maschinen aus, brachte Ordnung ins Chaos, ließ Webereien errichten, deren Schornsteine sofort zu qualmen begannen und in denen rund um die Uhr gearbeitet wurde, um die Armee mit Segeltuch, Sackleinen und Wollstoffen zu versorgen.

Der bejahrte Generalquartiermeister, der ihm die Ware abkaufte, schüttelte bewundernd den Kopf. »Wie haben Sie es bloß geschafft, Max Abramowitsch, etwas zuwege zu bringen, das unseren klügsten Generälen nicht gelungen ist?«

»Mit Willenskraft und Anstrengung, Exzellenz.«

»Vielleicht sollte man *Sie* zum Generalstabschef ernennen«, scherzte der alte General und stieß einen Seufzer aus. »Ach, Rußland, Rußland, hol dich der Teufel!«

Max gründete eine wirtschaftliche Interessengemeinschaft der nach Petrograd ausgewanderten Fabrikanten und schloß sie zu einem Konzern zusammen, dessen Betriebe sich auf der Wyborger Seite befanden und in dem er wieder der König war. Er überwachte die Produktion, setzte die Preise fest, nahm die Bestellungen entgegen.

Und er reiste sogar nach Turkestan, wo er Baumwolle einkaufte, damit auch weiterhin Tag- und Nachtschichten gearbeitet werden konnten – die ganze Woche, auch sonntags und an Feiertagen. Er schickte Kommissionäre kreuz und quer durch Rußland, um Maschinenteile aus alten Fabriken zusammenzuholen. Es gingen massenhaft Bestellungen ein, und Neulodz wuchs von Tag zu Tag.

Die Lodzer Emigranten hielten in Petrograd mehr zusammen als sie es in ihrer Heimat getan hatten. Sie trafen sich abends, sprachen von zu Hause, tauschten Lodzer Neuigkeiten aus. Mit Hilfe des Roten Kreuzes kam dann und wann auf dem Umweg über die Schweiz ein Brief bis nach Petrograd durch, der monatelang unterwegs gewesen war. Die Fabrikanten aus Lodz gründeten einen Verein und mieteten Säle, wo sie am Sabbat beteten, den Todestag von Verwandten begingen und Maskenbälle veranstalteten.

Sie sammelten Spenden für arme Lodzer Emigranten und hielten Versammlungen ab, bei denen Max Aschkenasi den Vorsitz führte und immer eine treffende Bemerkung, einen passenden Vorschlag, eine glänzende neue Idee parat hatte.

Er dachte nur noch selten an Lodz. In Petrograd hatte er alles, was er haben wollte: Geld, Macht, Ansehen. Was ihn betraf, so war Lodz – und Polen – ein abgeschlossenes Kapitel seines Lebens.

50

Mit einer an Fanatismus grenzenden Rachsucht machte sich Oberst von Heidel-Heidelau an die Säuberung dieses polnisch-jüdischen Seuchenherdes, den er verabscheute, seit er zum ersten Mal nach Lodz gekommen war, um die Tochter des Emporkömmlings Heinz Huntze zu heiraten.

Wie es sich für eine deutsche Kolonie gehörte, ließ er die Straßen säubern – von lebendigem und anderem Dreck. Polnische Milizionäre, die nur mit einem Schlagstock bewaffnet waren, führten seine Befehle mit Vergnügen aus. Sie jagten die Juden von den Gehsteigen, wo sie sich von jeher zusammengefunden hatten, um zu tratschen und Geschäfte zu machen. Entfernten sie sich nicht schnell genug, dann wurden sie verprügelt und mit Feuerwehrspritzen auseinandergetrieben. Nach den neuen Vorschriften war es ein Verbrechen, Zigarettenstummel oder Papier wegzuwerfen und auf der Straße auszuspucken. In die Rinnsteine war Ätzkalk geschüttet und die Müllkästen in den Höfen waren geteert worden – keinerlei übelriechender Abfall durfte hineingeworfen werden.

In Balut nahmen Milizionäre bärtige Männer und perückentragende Frauen fest und trieben sie in die städtischen Badeanstalt, wo die Männer glattrasiert und den Frauen der Kopf kahlgeschoren wurde. Dann schrubbte man sie am ganzen Körper ab, bis sie bluteten. Ihre Kleidung wurde in Kübel mit Desinfektionsmitteln geworfen und ausgekocht. Doch je mehr die Schergen des Stadtkommandanten schrubbten und scheuerten, um so heftiger grassierten Seuchen.

Oberst von Heidel-Heidelau sorgte nicht nur für die Beseitigung des Drecks, sondern auch dafür, daß es in der Stadt keine Lebensmittel, Arbeitsplätze und andere lebenswichtige Dinge mehr gab. Die Fabriken standen still. Die Schornsteine verpesteten den klaren blauen Himmel nicht mehr. Die Einwohner wurden nicht mehr von Fabriksirenen und Dampfpfeifen aufgeweckt, sondern konnten schlafen, so lange sie wollten.

Gleich nach seiner Ernennung zum Stadtkommandanten hatte der Baron seine Soldaten in die Fabriken geschickt und sämtliche Treibriemen requirieren lassen. Die Fabrikanten wählten eine Delegation, die Einspruch erheben sollte, weil kein Betrieb ohne Treibriemen arbeiten konnte. In blendendweißen Hemden und tadellosen Gehröcken sprachen die Delegierten im Palais des Stadtkommandanten vor. Zu ihnen zählte auch Jakub Aschkenasi, der seinen grauen Bart kohlschwarz gefärbt hatte und der jetzt zum ersten Mal das neue Domizil seines Bruders zu sehen bekam.

Der Baron empfing die Delegation, ohne von seinem bequemen Sessel aufzustehen. Sein Monokel blitzte, als er kurzerhand erklärte: »Meine Antwort lautet nein.«

Die Delegierten appellierten an sein Gewissen: Wenn die Arbeiter nichts mehr verdienten, würden Tausende von Männern, Frauen und Kindern verhungern. Als sie ihre Bitte etwas nachdrücklicher wiederholten, schlug der Baron mit der Faust auf den Tisch.

»Ihre Arbeiter sind mir völlig schnuppe! Ich habe für *meine* Leute zu sorgen.«

Weil aus den dicken Treibriemen erstklassige Ledersohlen für Soldatenstiefel gemacht werden konnten, ließ der Baron sie nach Deutschland expedieren.

Als nächstes kriegswichtiges Rohmaterial wurde Kupfer requiriert. Es stammte von Bottichen und Dampfkesseln, von Kirchturmdächern und jüdischen Mesusen, von Türschlössern und Bratpfannen.

Tag für Tag ließ sich der Oberst neue Kniffe einfallen, um die Lodzer Industrie auszuplündern. Zuerst machte er sich natürlich über die Weberei Aschkenasi her. Durch die unterirdischen

Gänge, die direkt zu den Bahngleisen führten, wurde massenhaft Metall, Leder, Rohbaumwolle, Seide, Wolle und Fertigware geschleust.

Madame Aschkenasi erhob jedesmal Protest. Mit gezücktem Regenschirm stürmte sie die Türen ihres Palais, wurde aber immer wieder abgewiesen.

Für jeden requirierten Artikel stellte ihr der pedantische Deutsche eine Quittung aus, die gleich nach dem glorreichen Sieg eingelöst werden sollte.

Den ganzen Tag saß Madame Aschkenasi im großen Kontor ihres Mannes, obzwar es dort nichts zu tun gab. Sie bewachte die Weberei und regte sich über jeden beschlagnahmten Artikel auf. Sie verwahrte die deutschen Quittungen im Tresor, hängte sich den Schlüssel um den Hals, las alte Hauptbücher durch. Wenn es draußen dunkel wurde, zog sie sich in Albrechts einstige Junggesellenwohnung zurück. Sie lag in dem breiten Bett, konnte keinen Schlaf finden, wartete aufs Morgengrauen und den nächsten öden Tag. Von dem zahlreichen Hauspersonal hatte sie nur ein Dienstmädchen behalten, das für sie kochte, ihr das spärliche graue Haar flocht und, wie gewohnt, Seidenbänder um die kurzen Zöpfe wickelte.

Auch die Handwebstühle in Balut standen still. Sie waren in weiße Laken gehüllt, wie Tote in Leichentücher.

Die Stadt, die stets von Hektik und Trubel gelebt hatte, war zur Geisterstadt geworden. Ihre tadellos sauberen Straßen erinnerten an Friedhofswege. Die polnischen Arbeiter kehrten auf ihre Bauernhöfe zurück. Die Juden liefen benommen und verzagt umher. An jeder Ecke standen deutsche Wachposten und paßten auf, daß niemand die Straße, in der er wohnte, verließ. Jeder Karren, jede Person wurde nach geschmuggelten Lebensmitteln durchsucht. Die deutschen Soldaten scheuten sich nicht, den Frauen die Röcke hochzuzerren und ihren Busen und Unterleib nach Schmuggelware abzutasten.

Jeder Weizenhalm, jede eingekellerte Kartoffel, jedes frisch ausgeschlüpfte Küken, jedes neugeborene Kälbchen und Ferkel mußte gemeldet werden. Das Obst wurde von den Bäumen geholt, das Gras von den Wiesen, das Vlies von den Schafen. Den Jägern wurden die Flinten und den Fischern die Netze abgenommen, damit die Sieger auf die Pirsch und zum Fischfang gehen konnten. Die Soldaten fingen sogar streunende Hunde und Katzen ein, deren Fett ausgelassen und deren Fleisch zur Fütterung der Tiere in deutschen zoologischen Gärten verwendet wurde.

Im Gefolge der beutegierigen Soldaten kamen stämmige Zivilisten in forstgrüner Bergsteigerkluft und mit Federn am Hut. In gelben Gamaschen, die ihre Stiefel vor dem polnischen Dreck schützen sollten, fielen sie wie ein Heuschreckenschwarm in ländlichen Gegenden ein und plünderten sie aus.

Bäcker, Müller, Fleischer, Krämer, Straßenhändler und Handwerker wurden streng überwacht. Die Bevölkerung erhielt Bezugscheine für Brot, für das kein Mehl sondern ein gräßliches Gemisch aus Kastanien und Kartoffelschalen verwendet wurde. Es klebte einem am Gaumen und war unverdaulich. Die Reichen kauften Lebensmittel von den unzähligen Schmugglern, die sich nach der Besetzung der Stadt auf dieses Gewerbe verlegt hatten. Die Armen aber starben wie die Fliegen an Unterernährung und allen möglichen Krankheiten.

Auf Befehl des Barons von Heidel-Heidelau mußten die polnischen Milizionäre die Wohnungen der Kranken versiegeln und in ganz Balut Karbol versprühen. Die Ärmsten der Armen wurden scharenweise in die Desinfektionsbaracken getrieben, wo man sie duschte, abschrubbte und rasierte. Die gojischen Soldaten amüsierten sich darüber, daß ältere Juden sich verzweifelt gegen das Rasieren wehrten. Und sie schielten lüstern nach den jüdischen Töchtern, die ihre Blöße zu verbergen suchten. Und sie machten sich lustig über die Hängebusen, schlaffen Bäuche und dürren Beine jüdischer Mütter.

Trotz alledem wüteten die Seuchen weiter. Weil die Leichenwagen nicht ausreichten, wurden die Verstorbenen – meist ohne Totenhemd – auf Handkarren zum Friedhof gebracht.

Um die Bevölkerung gefügig zu halten, mußten Militärkapellen den Leuten auf der Straße deutsche Siegesmärsche vorspielen. Oberst von Heidel-Heidelau stand auf dem Balkon seines Palais, betrachtete die Stadt, die ihm zu Füßen lag, und murmelte: »Genau das Richtige für diesen Plebs! Bäder und Spiele…«

51

Noch nie hatte es Keile, die Frau von Tewje die-Welt-ist-nicht-gesetzlos, so gut gehabt wie unter dem deutschen Besatzungsregime. Auf ihre alten Tage wurde sie für ein Leben voller Plakkerei und Entbehrungen entschädigt. Jetzt hatte sie sogar an Werktagen große Fleischtöpfe auf dem Herd, und der köstliche Geruch von gebratener Leber, gerösteten Zwiebeln und Schmorgerichten zog sich durch den ganzen Feifferweg. Die Nachbarn kamen, um sich ein bißchen Mehl, eine Kartoffel, ein Stückchen Brot zu »borgen«, und Keile wies niemanden ab.

Daß sie jetzt für all die Jahre, in denen sie Not gelitten hatte, belohnt wurde, war nicht Tewje zu verdanken. Der hatte sich kein bißchen verändert. Noch immer war er darauf aus, die Welt zu retten, noch immer vernachlässigte er seine eigene Familie. Auch in guten Zeiten hatten sie am Hungertuch nagen müssen, weil er einfach nicht auf seine Frau hören wollte und sich weigerte, eine eigene Werkstatt zu eröffnen und ein paar Leute einzustellen. »Und wenn du mich zerfleischst – ich werde kein Ausbeuter!«

Keile hatte ihm wüste Beschimpfungen an den Kopf geworfen, aber er gab nicht klein bei. Er hatte sich bei Unterlieferanten verdingt, die fast alle Pleite gemacht und ihm keinen Lohn gezahlt hatten. Er rannte mit Gewerkschaftlern herum und blieb oft die ganze Nacht fort. Keile hatte Schande und Demütigungen ertragen müssen, wenn Tewje wieder einmal zu einer Haftstrafe verurteilt worden war. Zusammen mit den Ehefrauen ganz gewöhnlicher Diebe mußte sie am Gefängnistor warten, um Lebensmittelpäckchen für ihren Mann abzugeben. Nie hatte sie einen glücklichen Moment mit ihm erlebt. Als ganz Lodz in Geld schwamm, mußten ihre Kinder zerlumpt und hungrig herumlaufen.

Als Lodz besetzt wurde und Tewje keinen roten Heller mehr nach Hause brachte, hatte Keile nur noch die Wahl zwischen dem Hungertod und der Schande, betteln zu gehen.

Aber droben im Himmel hatte sich jemand für sie eingesetzt. Sie hatte nie an der Existenz Gottes gezweifelt, auch wenn ihr Mann, dieser Spinner, ihr immer wieder versicherte, es gebe keinen Gott. Sie hatte nie aufgehört, einen koscheren Haushalt zu führen, die Sabbatkerzen anzuzünden, den Rat des Rabbiners zu beherzigen, Milchiges, das versehentlich mit Hühnersuppe in Berührung gekommen war, wegzuwerfen. Obwohl Tewje tobte, über sie spottete und auf den Rabbiner schimpfte, der mit dem Geld anderer Leute Schindluder treibe, kippte sie die unreine Speise in den Abfalleimer.

Sie konnte Tewje zwar nicht dazu bewegen, die Segenssprüche zu rezitieren, und mußte den Sabbat wie eine Witwe bei Nachbarn verbringen, aber die Küche war *ihr* Reich. Und ihre Töchter hatte sie zu anständigen jüdischen Töchtern erzogen. Mit Baschke, die nicht auf die Mutter hören wollte, hatte es ein schlimmes Ende genommen, die anderen Kinder aber waren davor bewahrt worden, in die Fußstapfen ihres verrückten Vaters zu treten. Einige waren nach Amerika ausgewandert. Die Jüngeren waren in Lodz geblieben. Sie wollten nichts mit ihrem Vater zu tun haben, den sie für meschugge hielten und für einen Tagedieb, der für alles mögliche Zeit hatte, bloß nicht für seine Familie.

Jetzt, da Lodz seine dunkelste Stunde erlebte, ging es Tewjes Töchtern so gut wie noch nie. Sie schmuggelten. Und weil sie brave Kinder waren, brachten sie ihre gesamten Einnahmen mit nach Hause. Sie kauften ihrer Mutter eine modisch ondulierte Perücke (die sich auf Keiles unförmigem, grauhaarigem Kopf allerdings recht merkwürdig ausnahm) und neue Garderobe für werktags und für den Sabbat. Und sie brachten von unterwegs allerlei gute Sachen mit: Mehl, Hafergrütze, Fleisch, Butter, Käse, Eier.

Sie zogen in eine neue Wohnung am Feifferweg, die Gasbeleuchtung und fließendes Wasser hatte, kauften neue Betten, nagelten Regale für ihre Fotografien an die Wand und hängten Bilder auf: das eine zeigte nubische Eunuchen, die eine nackte blonde Sklavin zu einem dunkelhäutigen Sultan führen, das andere König Salomo, wie er einen Mutterschaftsstreit dadurch klärt, daß er den Befehl erteilt, das Kind in zwei Teile zu schneiden.

Ja, Gott hatte sich Keiles erbarmt, weil sie ihm all die Jahre treu geblieben war und ihn gegenüber ihrem verderbten Ehemann verteidigt hatte. Und darum lobte sie den Herrn (wenngleich sie gar nicht richtig beten konnte), war ihren Nachbarn gegenüber freigebig und warf Münzen in die Sammelbüchse, die neben der schmierigen Mesuse am Türpfosten hing. Sooft Tewje die Sammelbüchse herunterriß, sooft hängte Keile sie wieder auf, steckte Münzen hinein und bat Gott, ihrer Familie auch weiterhin so viel Gnade zu erweisen, ihre Töchter bei ihrem gefährlichen Gewerbe zu beschützen, das Herz ihres Mannes zu erweichen und ihn von der Narrheit zu heilen, die ihn schon so lange verblendet und sein Heil in dieser und der kommenden Welt verwirkt habe.

Sie hatte wahrlich Grund, zu beten. Die Deutschen durchsuchten die Häuser regelmäßig nach Schmuggelware. Ertappten sie jemanden zum ersten Mal, dann begnügten sie sich damit, die Ware zu konfiszieren. Beim nächsten Mal wurde der Delinquent eingelocht. Keiles Wohnung war vollgestopft mit Schmuggelware. Unter den grünen, mit Löwen, Tigern, Papageien und Blumen bestickten Überdecken, die auf den hohen Betten lagen, waren Lebensmittel versteckt. Zwischen den Kopfkissen lag, in Stroh verpackt, ein Trumm Fleisch neben dem andern. Kohlköpfe, Rüben und Säcke mit Kartoffeln waren unter den Betten verstaut. Und hinter den Bilderrahmen, genau zu Füßen des von zwei Löwen bewachten Thrones König Salomos, lagen Saccharinpäckchen.

Aber auch wenn alles sorgfältig versteckt war, konnte man nicht wissen, ob es eines Tages vielleicht doch entdeckt wurde. Die deutschen Landwehrleute hatten eine gute Nase für solche Verstecke. Noch gefürchteter waren die Militärpolizisten, die ihr Bajonett in die Kissen bohrten und so darauf erpicht waren, Schmuggelware zu entdecken, daß sie den Leuten befahlen, sich splitternackt auszuziehen.

Darum warf Keile immer wieder Münzen in die Sammelbüchse und deshalb bat sie Gott, er möge sie und die Ihren vor Gefahren behüten.

An den Werktagen waren ihre Töchter unterwegs. Ein Tuch um den Kopf gebunden und Säcke auf dem Rücken, stapften sie in ihren kräftigen, für jedes Gelände geeigneten Stiefeln durch die Dörfer und kauften den Bauern alles ab, was sie ergattern konnten – ein Quentchen Mehl, ein in Leinen gewickeltes Stück Butter, ein Schock Eier, einen Laib Käse.

Sie mieden die Landstraßen, auf denen deutsche Soldaten patrouillierten, und benützten nur Feldwege und schmale Pfade, die zuweilen durch Gräben und Sümpfe führten. Gebeugt unter dem Gewicht der Säcke, schlugen sie sich ihrer Mutter zuliebe von einem Dorf zum andern durch.

Unterwegs mußten sie manche Mühsal ertragen. Sie übernachteten in Scheunen oder im Freien. Gojische Burschen belästigten sie. Manchmal wurden sie von deutschen Soldaten erwischt und mußten sich mit ein paar Mark oder – wie die Not es sie gelehrt hatte – auf andere Weise freikaufen.

Für ihre oft so schmachvolle Plackerei wurden sie am Sabbat und an den Feiertagen daheim entschädigt. Keile buk Sabbatstriezel und Kuchen und bereitete Schmorgerichte zu. Die Mädchen wischten Staub, schrubbten die Fußböden und bestreuten sie mit gelbem Sand, polierten die Henkel der Eimer und die blechernen Kerzenhalter, die als Ersatz für die von den Deutschen requirierten Messingleuchter dienen mußten.

Sämtliche Töpfe, Pfannen und Kessel wurden gescheuert, bis sie blitzten. Das beste Glasgeschirr wurde bereitgestellt. An den Vorhängen, Schränken und Regalen wurden aus Papier geschnittene Blumen und Spitzenborten befestigt. Die Bilder an der Wand glänzten, die Teller mit dem blauen Blumenmuster schimmerten. Über die Sabbatstriezel wurde ein samtenes, mit goldenen Lettern und dem Davidstern besticktes Deckchen gebreitet. Trotz Tewjes Weigerung, den Segensspruch zu sagen und das Sabbatbrot zu schneiden, gab sich Keile alle Mühe, den Tisch für ein richtiges Sabbatmahl zu decken. Um auch Wein auftischen zu können, preßte sie gekochte Rosinen in einem Tuch aus. Die Mädchen badeten, wuschen sich die Haare, parfümierten sich, zogen duftige Unterwäsche und hochmoderne Kleider an.

Keile dankte Gott dafür, daß sie den Sabbat nicht mehr bei fremden Leuten zu feiern brauchte. Jetzt waren genug Männer in ihrer Wohnung: Die Verlobten ihrer Töchter verbrachten hier den Sabbat und andere arbeitsfreie Tage, schmausten, tranken und sangen.

Das waren keine blassen, unterernährten Weber in speckigen, schlechtsitzenden Anzügen, sondern lebenslustige, breitschultrige Burschen in kurzen Jacketts und Schaftstiefeln – Schmuggler allesamt, gut verdienende junge Leute, spendabel und vollauf zufrieden mit ihrem Leben.

Sie waren zwar alles andere als fromm (sie hatten glattrasierte Gesichter, und es machte ihnen nichts aus, am heiligen Tag rasch mal eine Zigarette zu paffen), aber auf Keiles Bitte waren sie immer bereit, den Segen über einen Becher Rosinenwein zu sprechen oder den Sabbatstriezel anzuschneiden. Sie waren schlicht und einfach der Meinung, daß Gott – genau wie der Mensch – bekommen sollte, was ihm zustand.

Die Kerzen flackerten; das Tischtuch schimmerte; die Mädchen strahlten; die Burschen lachten, erzählten komische Geschichten von unterwegs und über allerlei Schmugglertricks und prahlten gern mit ihrer Verwegenheit.

Die Sabbatperücke hoch auf dem Kopf,.eine große Schürze umgebunden, fuhrwerkte Keile fröhlich in der Küche herum. Sie tischte jedem eine riesige Portion auf, war mächtig stolz auf die Schönheit und die Talente ihrer Töchter, warf deren Verlobten mütterliche Blicke zu und bewegte die wulstigen Lippen, während sie Gott insgeheim bat, den Mädchen Glück in der Ehe und ihr viele Enkelkinder und einen friedlichen Lebensabend zu schenken.

Noch fröhlicher als an den Freitagabenden ging es am Sabbattag zu. Freundinnen der Töchter und Freunde ihrer Verlobten kamen zu Besuch. Es wurde getanzt, gesungen und Fan-Tan, ein Wettspiel mit Münzen, gespielt. Manchmal war auch ein Deutscher da, ein Soldat, der mit den jungen Schmugglern unter einer Decke steckte. Er sang deutsche Lieder, schimpfte auf die Offiziere und ließ seine Freunde die deutsche Uniform anprobieren.

Keile hielt es dann immer für ratsam, die Wohnung zu verlassen, sich bei Nachbarn die Lesung aus dem *Pentateuch* anzuhören (den sie selber nicht lesen konnte) und mit ihnen über die Kartoffelknappheit zu tratschen.

Wie ein Fremder im eigenen Haus lief Tewje in der Wohnung umher. Seine Frau und seine Töchter warfen ihm verächtliche Blicke zu. Sie hatten ihn nicht mehr nötig. Alles, was sie jetzt noch von ihm wollten, war, daß er sich wie ein Mensch benahm, das Sabbatmahl mit ihnen teilte, das Sabbatbrot schnitt und mit seinen Töchtern wie ein anständiger Vater umging, denn ein junger Mann hatte mehr Respekt vor seiner Braut, wenn ihr Vater sich so benahm, wie es sich für ein Familienoberhaupt gehörte.

Aber Tewje machte nicht mit. Nicht einmal an den Verlobungsfeiern seiner Töchter hatte er teilgenommen, weil ein Rabbiner zugegen war. Seine Töchter hatten ihn angefleht, und Keile hatte geweint, doch er ließ sich nicht erweichen. »Mit einem Geistlichen setze ich mich nicht zu Tisch!«

Meistens kam er nur für ein paar Stunden Schlaf nach Hause. Er konnte diese Bourgeois-Wohnung mit den Bildern und Mesusen, der Sammelbüchse, den Besuchern, den deutschen Soldaten und den Säcken voll Schmuggelware nicht ausstehen. Er verabscheute die leckeren Gerichte, die Keile ihm aus Mitleid auftischte. Das einzige in der Wohnung, das ihm etwas bedeutete, war die vergilbte Fotografie seiner geliebten Baschke. Er genierte sich, seine Genossen in diese Wohnung einzuladen. Jedesmal stahl er sich wie ein Bettler hinein, legte sich für ein paar Stunden in einem Nebenraum schlafen, weil seine Töchter die Schlafzimmer für sich beanspruchten, und stand im Morgengrauen auf, um wieder in die Arbeiterberatungsstellen und Armenküchen zu gehen.

Nach dem Sabbat herrschte in der Wohnung jedesmal ein wüstes Durcheinander. Überall waren Nußschalen, Apfelbutzen und Zigarettenstummel verstreut. Zwischen halbvollen Gläsern lagen Strümpfe, Unterwäsche und Kleider herum. Manchmal war einer der jungen Männer zu lange geblieben und schlief im Wohnzimmer in einem behelfsmäßigen Bett.

Zerzaust und alle viere von sich gestreckt, lagen die Mädchen in ihren Betten. Mit ihren Haarnadeln, Kämmen, Untertaillen und sonstigen weiblichen Utensilien kamen sie dem Vater wie Fremde vor. Er schämte sich, seine eigenen Kinder anzusehen.

Hastig zog er sich an, stopfte sich die Bücher und Broschüren, die er ständig mit sich herumtrug, in die Taschen, wusch sich das Gesicht und ging hinaus.

»Wo rennst du denn jetzt schon wieder hin, du Narr?« rief ihm Keile halb mitleidig, halb spöttisch nach. »Warte doch wenigstens, bist du einen Schluck Kaffee in den leeren Magen bekommst!«

»Ich esse in der Armenküche«, sagte er mürrisch und lief davon.

Keile sah der hageren, gebeugten Gestalt nach und schüttelte den Kopf, auf dem eine weiße, rotbebänderte Nachtmütze thronte. »Gott der Gerechte, warum bringst du sein Gehirn nicht in Ordnung? Vater im Himmel, tu doch etwas für diesen armen Meschuggenen!«

Barfuß stapfte sie in die Küche, um die Schaben zu vertreiben, die über Nacht in die leeren Töpfe gekrochen waren. Dann murmelte sie die Morgengebete, wobei sie allerlei Fehler machte und Wörter und Sätze durcheinanderbrachte.

Ein Hahn krähte. Sein heiseres Kikeriki hallte in der stillen Stadt wider, in der keine Dampfpfeifen mehr schrillten, um die Arbeiter in die Fabriken zu rufen.

52

Der einzige in Lodz, der sich dem Stadtkommandanten nicht beugte, war Tewje, der Gewerkschaftsführer und Vorsitzende des Exekutivkomitees. Er bekämpfte jede Verordnung, die der Oberst erließ. Mitten in der Nacht schwärmten seine Hilfstruppen mit Eimern, die mit Leim gefüllt waren, und mit Stößen von Proklamationen aus, mit denen sie die Bekanntmachungen des Stadtkommandanten überklebten.

Baron von Heidel-Heidelau lief dunkelrot an und wurde fast vom Schlag gerührt, als er von der nächtlichen Frevelei erfuhr. »Mit Stumpf und Stiel ausrotten!« brüllte er den Polizeikommissar Schwanecke an. »Vertilgen Sie das jüdische Ungeziefer, das dafür verantwortlich ist!«

Der hinkende Kommissar ließ seine Leute antreten und befahl ihnen, sich auf die Lauer zu legen. Und obendrein schickte er Spione und Spitzel aus, um die Täter aufzuspüren. Einige wurden geschnappt. Schwanecke versetzte ihnen Fußtritte und ließ seine Wut darüber, daß er sich vom Baron so viele Demütigungen gefallen lassen mußte, an ihnen aus.

Er wandte alle möglichen Polizeikniffe an, um die Namen der Rädelsführer zu erfahren, aber die Festgenommenen hielten dicht – auch als er sie fast verhungern ließ. Den Vorschlag, als Spitzel für ihn zu arbeiten, lehnten sie ab. Schließlich schickte er sie nach Deutschland in ein Zwangsarbeitslager.

Er ließ Bekanntmachungen anschlagen, in denen das Strafmaß für das Überkleben oder Unkenntlichmachen deutscher Anordnungen genau angeführt war. In der folgenden Nacht wurden sämtliche Anschläge mit einer Proklamation überklebt, in der das Exekutivkomitee zur Fortsetzung des Kampfes gegen die Besatzungstruppen und ihre Handlanger, die Polizei, aufrief.

Der Krieg zwischen dem Stadtkommandanten und Tewje war durch das Verpflegungsproblem ausgelöst worden. Erpicht darauf, möglichst viele Nahrungsmittel für sein Vaterland zu requirieren, war der Baron auch auf die Armenküchen verfallen. Ein Komitee, dem neben anderer Lodzer Prominenz auch Jakub Aschkenasi angehörte, hatte diese Armenküchen aufrechterhalten, in denen die Arbeiter einen Teller Haferschleim und ein Stück Brot bekamen. Obzwar dieser Hilfsdienst von der Lodzer Bürgerschaft finanziert wurde, warf der beutegierige Baron ein Auge darauf.

Eine Menge Nahrungsmittel verbrauchten diese Armenküchen! Berge von Kartoffeln, Mehl und Haferflocken, die er lieber nach Deutschland verfrachten wollte. Er zitierte die Obmänner des Komitees in sein Palais und erteilte Order, dem zum Brotbacken verwendeten Mehl mehr Häcksel beizumischen.

»Exzellenz, in das Brot wird schon so viel hineingepantscht, daß es auseinanderfällt.«

»Mischen Sie die Zutaten bei, die mein Erster Sanitätsoffizier empfiehlt – dann fällt es nicht mehr auseinander. Jedenfalls bekommen Sie von mir kein Mehl mehr für diesen Pöbelhaufen zugeteilt – punktum!«

Als die Komiteemitglieder darauf hinwiesen, daß der Brotersatz die Bevölkerung krank mache und zur Ausbreitung von Seuchen beitrage, platzte dem Baron der Kragen. »Hier ist genug Platz, um sämtliche Einwohner von Lodz zu begraben!« brüllte er. »Hinaus mit euch!«

Gedemütigt und eingeschüchtert verließen die Männer das Palais. Und von nun an wurde das Brot für die Armenküchen so gebacken, wie es der Stadtkommandant befohlen hatte. Nach diesem Erfolg überlegte er, wie man Getreide, Kartoffeln und Kochfett abzweigen könnte. Er ordnete an, daß für die Suppe statt Fett nur noch Öl verwendet werden dürfe. Das Fett wurde requiriert und nach Deutschland geschickt. Als nächstes kürzte er die Grützerationen. Und dann wartete er mit dem glänzenden Einfall auf, man sollte für die Suppe Kartoffelschalen verwenden.

Sein Sanitätsoffizier, der eine Substanz entdeckt hatte, die beim Brotbacken als Mehlersatz dienen konnte, war nämlich auf die Idee gekommen, daß Kartoffelschalen schmackhaft, gesund und nahrhaft seien. Daraufhin berief der Stadtkommandant eine Pressekonferenz ein und erteilte Anweisung, diese Erkenntnis in den Zeitungen zu veröffentlichen. Der Militärarzt schmückte seine Theorie mit allerlei wissenschaftlichen Daten aus. Der Oberst hörte ihm beifällig zu und forderte die Redakteure auf, für die Verbreitung dieser Forschungsergebnisse zu sorgen.

Die Berichte erschienen in der Presse, und von nun an wurde in den Armenküchen Suppe aus Kartoffelschalen ausgegeben.

Tewje und seine Anhänger nahmen das nicht stillschweigend hin. Die revolutionären Kreise in Lodz wurden jetzt von Tewje angeführt. Nissan war in Rußland, die anderen Genossen waren entweder in der Verbannung oder an der Front. Die Verantwortung dafür, daß in Lodz auch weiterhin für die Revolution gekämpft wurde, lastete jetzt also auf Tewjes gebeugten Schultern. Er gründete Komitees, warb neue Mitglieder an, inspizierte die Armenküchen und hielt die ganze Bewegung am Leben.

Und deshalb fühlte er sich verpflichtet, auf den neusten Erlaß des Stadtkommandanten mit einem flammenden Aufruf gegen das Besatzungsregime zu reagieren, das die Werktätigen zuerst arbeitslos gemacht habe und sie jetzt zwinge, sich wie Schweine von Kartoffelschalen zu ernähren. Die Proklamation, die über die Bekanntmachung des Stadtkommandanten geklebt wurde, forderte die Bevölkerung zu Protestdemonstrationen und aktivem Widerstand auf.

Oberst von Heidel-Heidelau umging Schwanecke und übernahm selbst die Aufgabe, die Rebellen zu bestrafen. Seine Soldaten führten in den Armenküchen eine Razzia durch, nahmen die jüngsten und kräftigsten der anwesenden Arbeiter fest und verfrachteten sie nach Deutschland, wo bereits akuter Mangel an arbeitsfähigen Männern herrschte.

Vom Generalstab war Anweisung ergangen, mehr Arbeitskräfte aus der Zivilbevölkerung zu rekrutieren und nach Deutschland zu schicken, aber die Polen kamen der Aufforderung, sich zu melden, nicht nach. Von denen, die bereits in Deutschland arbeiteten, wußten sie, daß Zwangsarbeiter nicht genug zu essen bekamen, in feuchten, ungeheizten Baracken untergebracht waren, Tag und Nacht unter Bewachung standen, pausenlos arbeiten mußten und allgemein wie Sträflinge behandelt wurden. Wer freiwillig nach Deutschland gegangen war, durfte nicht in die Heimat zurückkehren.

Tewjes Aufrufe, in denen die Lebensbedingungen der Zwangsarbeiter in Deutschland beschrieben wurden, hingen neben den Aufrufen des Stadtkommandanten, und die Bevölkerung hielt Tewje für glaubwürdiger als den Baron.

Daraufhin ließ der Stadtkommandant Arbeiter zwangsweise nach Deutschland verfrachten. Überall patrouillierten Militärpolizisten und Milizionäre, die arbeitsfähige Männer bei der geringsten Ordnungswidrigkeit abführten. Wegen Verstoßes gegen das Versammlungsverbot, wegen Anstehens in den Armenküchen oder für die Brotration wurden Leute festgenommen, mit fingierten Beschuldigungen konfrontiert, in Güterwaggons gepfercht und nach Deutschland transportiert.

Polnische Milizionäre nahmen Männer fest, die keinen ganz reinlichen Eindruck machten oder barfuß liefen, und führten sie in die Desinfektionsbaracken. Die älteren durften danach wieder heimgehen, die jüngeren wurden zum Arbeitseinsatz nach Deutschland geschickt.

Je mehr Leute festgenommen wurden, um so öfter wurden in Aufrufen das unrechtmäßige Vorgehen und die Grausamkeit des Stadtkommandanten angeprangert. Angehörige der Festgenommenen protestierten in diesen Aufrufen dagegen, daß er Zivilisten einziehe und damit gegen das Völkerrecht verstoße.

Obwohl Tewje in diesen schweren Tagen kaum mehr fähig war, Leib und Seele zusammenzuhalten, ruhte und rastete er nicht. Jede Nacht verbrachte er in einem anderen Versteck. Unentwegt wiegelte er die Bevölkerung gegen den Stadtkommandanten auf, über dessen Vorgehen er sich auch in Briefen an sozialistische Abgeordnete in Deutschland beschwerte, woraufhin Berlin Erkundigungen anstellte.

Den Schirm seiner zerschlissenen Mütze aus der Stirn geschoben, um den Hals einen Papierkragen, unter dem sein spitzer Adamsapfel auf und ab schnellte, das abgetragene Jackett vollgestopft mit Zeitungen, Büchern, Flugschriften und Broschüren, auf der Nase eine Nickelbrille, hinter der seine Augen zornig und ein bißchen irr funkelten, schien er – wie ein Rachegeist – überall gleichzeitig zu sein.

Es bedrückte ihn, daß aus Arbeitern Schmuggler, Bettler und Hausierer geworden waren. Wenn er ihnen auf der Straße begegnete, wo sie saure Gurken, Bonbons und allen möglichen Tinnef feilboten, genierten sie sich, ihm ins Gesicht zu sehen. Andere gingen mit Säcken auf dem Rücken von Hinterhof zu Hinterhof, um alte Kleidungsstücke aufzukaufen, obzwar kaum jemand etwas zu verkaufen hatte. Die weniger Beherzten gaben auf und gingen betteln. Arbeiterinnen verkauften sich für ein Stück Brot an deutsche Soldaten. Leute, die früher für die Partei gearbeitet hatten, betätigten sich jetzt als Schmuggler, eröffneten illegale Kaffeehäuser, trieben Schwarzhandel und vergaßen ihre Ideale. Und viele andere verhungerten, erfroren, starben an Schwindsucht oder fielen den Seuchen zum Opfer.

Daß Proletarier unter dem Zwang der Verhältnisse körperlich und moralisch derart herunterkommen konnten, verursachte Tewje Qualen. Alles, wofür er gekämpft hatte, zerfiel zu Staub, verwehte wie Spreu im Wind. Dennoch beharrte er auf seinem Glauben, daß die sozialistische Gesellschaft kommen würde, kommen mußte. Aus Blut und Leid und Schmerz würde sie hervorgehen – wie ein Sämling aus gedüngter Erde. Aber noch herrschten Dunkelheit und Verzweiflung. Die ganze Welt triefte von Blut. Die Arbeiter und Bauern hatten sich vom Patriotismus einlullen lassen. Die Bourgeoisie hetzte Bruder gegen Bruder, Volk gegen Volk auf, um den Zorn der Massen vom wahren Feind abzulenken. Die Atmosphäre war derart vergiftet, daß vormals klassenbewußte Arbeiter in den westlichen Ländern die Uniform anzogen, um Genossen in anderen Ländern zu töten. Führende Sozialisten sagten ja zum Kriegsbudget ihrer Heimatländer, machten gemeinsame Sache mit der Bourgeoisie, trugen Offiziersepauletten, nahmen Ministerposten an.

Das alles war für den gebeugten alten Weber eine entsetzlich schwere Bürde. Wenn er sich wenigstens mit Nissan darüber aussprechen, ihm sein Leid hätte klagen können...

Weil es ihm ganz allein auferlegt war, die Stadt zu erlösen, las er eifrig marxistische Zeitungen, um Anhaltspunkte zu finden. Aber er konnte nicht viel tun. Er war zu ungeschult, um anderen den Weg aus dem Dunkel zu zeigen.

Und dennoch schimmerten hie und da Hoffnungsfunken auf, wie Glühwürmchen in der Nacht. Junge Arbeiter und Arbeiterinnen scharten sich um ihn, suchten seinen Rat, wollten sich von ihm leiten lassen. Sie waren ihm, der Partei und ihren Idealen treu geblieben. Obwohl sie Hunger litten, wollten sie keine Zugeständnisse an die Bourgeoisie und deren Praktiken machen.

Sie unterstützten Tewje bei seiner Kampagne, schlugen seine Proklamationen an, nahmen an den Versammlungen teil, warben neue Gefolgsleute an. Und sie halfen ihm bei der Einrichtung einer Suppenküche für Arbeiter, die abends als eine Art Vereinslokal benützt wurde.

Diese Suppenküche wurde in einem Backsteinhaus eingerichtet, in das ein Lodzer Großindustrieller einziehen wollte, das aber wegen des Krieges nicht fertiggebaut werden konnte. Gleich nach Abzug der Russen hatten die Arbeiter damit begonnen, dieses Haus, das noch keine Fenster und Türen hatte und dessen Mauern noch nicht verputzt waren, einigermaßen bewohnbar zu machen. Sie tünchten die Wände und hängten Bilder von Marx, Engels und Lassalle auf. Die Mädchen schmückten die schwarze Decke mit Lampions und anderen Dekorationen. Einige Burschen, die das Schreinerhandwerk erlernt hatten, zimmerten Bänke und eine kleine Bühne, die mit der roten Fahne geschmückt wurde.

Hunderte von Arbeitslosen, auch jene, die auf der Straße klebrige Bonbons feilboten, kamen in diese Armenküche, um einen Teller Haferschleim und ein Stück glitschiges Brot zu essen und an den abendlichen Versammlungen, Vortragsveranstaltungen und Diskussionen teilzunehmen.

Trotz der schweren Zeiten führten die Burschen und Mädchen Theaterstücke auf, gründeten Chöre und sogar ein Orchester. Von dieser Bauruine aus führte Tewje Krieg gegen den in seinem prunkvollen Palais verschanzten Stadtkommandanten. Hier heckte er seine Kampftaktik aus.

Der Stadtkommandant ließ das Haus bewachen und schickte regelmäßig seine Spitzel hin, doch Tewjes Leute waren auf der Hut. Sowie eine verdächtige Person auftauchte, waren alle Anwesenden damit beschäftigt, ihre Suppe zu löffeln. Obwohl häufig Militärrazzien durchgeführt, manche Arbeiter festgenommen und die anderen hinausgejagt wurden, war das Haus am Abend gesteckt voll mit Leuten, die sich die Reden und Vorträge anhörten.

Wenn Tewje auf der kleinen Bühne stand, war es, als schleuderte er Giftpfeile. »Eure Zeit wird kommen!« rief er und hob, gleich einem biblischen Propheten, den knorrigen Zeigefinger. »Nach dem unumstößlichen Gesetz, das unsere großen Lehrer verkündet haben!«

Und dann blickte er ehrfurchtsvoll zu den drei Porträts empor, die hinter ihm hingen.

53

Die Aschkenasi-Webereien auf der Wyborger Seite standen still. Zusammen mit den anderen Petrograder Arbeitern waren die Tausende von Männern und Frauen, die in der Textilindustrie beschäftigt waren, in den Streik getreten. Alle Fabriken wurden von Militär bewacht.

Max Aschkenasi war fuchsteufelswild.

Der russische Generalstab plante eine Frühjahrsoffensive, die den deutschen und österreichischen Truppen, die heilige russische Erde besetzt hielten, den entscheidenden Schlag versetzen sollte. Reservisten der höchsten Altersstufe waren eingezogen worden, Millionen neue Soldaten sollten mobilisiert werden, Uniformen, Verbandmull und Decken wurden benötigt.

Aschkenasi hatte wie ein Sklave geschuftet, um möglichst gut abzuschneiden, und das Geschäft war glänzend gegangen. Die Rechnungen wurden schon vor Lieferung der Ware beglichen, alles wurde bar bezahlt, und der Profit summierte sich. Weil Max den Banken nicht mehr traute, investierte er sein Geld in Grundbesitz, Fabriken und Wohnhäuser. Er war zu der Erkenntnis gelangt, daß Papier wertlos werden konnte, Immobilien dagegen ihren Wert behielten.

Ständig waren ihm alle möglichen Makler und Vermittler auf den Fersen und offerierten ihm erstklassige Immobilien oder den Einstieg in lukrative Unternehmen. Und er fuhr wieder in einer Kutsche mit prächtigem Gespann und einem stämmigen, schwarzbärtigen Kutscher umher.

In Zobelmantel und Pelzmütze, die Brieftasche mit Papieren vollgestopft, ließ er sich durch die Stadt kutschieren, hastete von einer Bank in die andere, sprach in Ministerien, Regierungsbehörden und Militärdienststellen vor und inspizierte die Häuser, die er erworben, und die Fabriken, in die er sich eingekauft hatte.

In seinen Webereien wurde rund um die Uhr gearbeitet, damit die Armee pünktlich mit der bestellten Ware beliefert werden konnte. Und plötzlich hatten die Arbeiter die Maschinen abgestellt und zu streiken begonnen.

Angefangen hatte das alles mit dem Verpflegungsproblem. Die Petrograder Bevölkerung hatte nicht mehr genug zu essen. Da der Bahntransport von Munition und anderem Nachschub für die Armee absoluten Vorrang hatte, wurde die Stadt nicht mehr mit Nahrungsmitteln versorgt. Die Lebensmittelhändler, die große weiße Schürzen über ihren Schaffelljacken trugen, horteten die Restbestände, verkauften sie zu Schwarzmarktpreisen und schworen bei der heiligen Muttergottes, nichts mehr auf Lager zu haben.

Arme Hausfrauen, die ihre Familien nicht mehr ernähren konnten, rotteten sich vor den Läden zusammen, trampelten auf dem vereisten Pflaster herum und schrien nach Brot, doch die Geschäfte blieben geschlossen. Ältere Arbeiter in Schaffelljakken und Pelzmützen schlossen sich den Frauen an, murrten, fluchten, spuckten aus.

»Das ist ein Leben, was? Die ganze Woche arbeiten, und daheim nichts zu essen!«

»Niederreißen sollte man die Läden, weil sie Lebensmittel horten!«

»Wir sollten die Arbeit niederlegen! Kein Essen, keine Arbeit!«

»Wir wollen Brot!«

»Brot!«

Polizeitrupps rückten an, um die aufgebrachten Menschen vor den Läden auseinanderzutreiben. »Weg da! Geht nach Hause! Es wird bekanntgegeben, wann es wieder Brot gibt. Rottet euch nicht auf der Straße zusammen!«

Aber die Leute ließen sich nicht verscheuchen.

»*Jetzt* wollen wir Brot haben, ihr Schweine!« schrien die

Frauen. »Wir können nicht mit leeren Händen zu unseren Kindern heimkommen!«

»Stoßt uns nicht herum, ihr Schmarotzer!« empörten sich die Männer. »*Ihr* bekommt Brot, *wir* nicht! Wir rühren uns nicht von der Stelle!«

Die Polizisten schlugen mit den Säbelscheiden um sich, doch die Menge leistete Widerstand. Jugendliche warfen mit Pflastersteinen, Eisbrocken und Schneebällen nach den Polizisten. Andere schlugen Schaufenster ein. Daraufhin schoß die Polizei zuerst in die Luft, dann in die Menge.

Eine Frau, die eine Männerjacke aus Schaffell und Schaftstiefel anhatte, sank zu Boden, ihr Blut färbte den Schnee purpurrot. Die Polizisten rechneten damit, daß die Menge sich jetzt zerstreuen würde, aber beim Anblick des Blutes geriet sie erst recht in Wut.

»Packt die Mörder! Reißt ihnen den Kopf ab!« Die Menge drängte vorwärts. »Gebt uns Brot!«

Statt der Bevölkerung Brot zu geben, schickte ihr der Innenminister Protopopow das Wolhynische Regiment auf den Hals, das seine bedingungslose Zarentreue bereits bei der Unterdrückung des polnischen Aufstands im Jahre 1905 unter Beweis gestellt hatte. Vor jeder Fabrik, vor jeder Behörde und an jeder Brücke wurden Soldaten stationiert, die Befehl hatten, auf die Rebellen zu schießen.

Protopopow, ein korrupter Speichellecker, der geistig ziemlich beschränkt war, vertrat die für Feiglinge typische Ansicht, daß es auf Opposition nur *eine* Antwort gebe: Gewalt. Während der Zar sich im Hauptquartier in Mogilew aufhielt, trachtete Protopopow nur danach, der aus Deutschland stammenden und in ganz Rußland verhaßten Zarin Alexandra zu dienen.

Er hatte die Ehre des Herrschers von Gottes Gnaden stets fanatisch verteidigt. Als die Bevölkerung Fotografien des Zaren bei der Verleihung des St.-Georg-Ordens an Verwundete gesehen hatte, war gewitzelt worden, während er seine Zeit mit dem heiligen Georg verbringe, widme sich seine Frau dem heiligen Gregorius (eine Anspielung auf den Mönch Grigorij Rasputin, von dem das Gerücht ging, er sei der Liebhaber der Zarin). Daraufhin hatte Protopopow der Polizei strikte Anweisung erteilt, dieses gotteslästerliche Gerede im Keim zu ersticken.

Aus Dankbarkeit dafür, daß die Zarin seine Ernennung zum Minister durchgesetzt hatte, lag er ihr zu Füßen, erzählte ihr von Heiligen, Hexern und Wundern und begleitete sie nach Väterchen Rasputins »Märtyrertod« zu seinem Grab.

Was im Land und in der Regierungshauptstadt wirklich vor sich ging, wußte er nicht und wollte es auch gar nicht wissen. Gab es Unruhen, dann ließ er ganz einfach Militär ausrücken und schießen.

Jetzt aber ließen sich die Petrograder Arbeiter nicht mehr von den Patrouillen abschrecken, sondern versammelten sich auf Plätzen und Straßen, insbesondere auf dem Newskij-Prospekt. Um zu verhindern, daß Arbeiter von der Wyborger Seite herüberkamen, ließ Protopopow die Brücken sperren, doch die Arbeiter kamen über die zugefrorene Newa, rotteten sich zu Tausenden zusammen und verlangten Brot und Freiheit. Immer mehr rote Fahnen wehten, und ein Redner nach dem anderen stieg auf die Schultern von Genossen und feuerte die Menge an.

Das Standbild Alexanders III. wurde mit einer roten Fahne bedeckt, und rauhe Stimmen riefen: »Es lebe die Republik! Nieder mit der Monarchie!«

Berittene Offiziere mit gezogenem Säbel ließen ihre Soldaten antreten. »Auseinander, oder wir schießen!«

Die Menge rührte sich nicht.

»Legt an!«

Die Soldaten legten an.

Die Frauen warfen sich in die Brust. »Brüderchen, ihr werdet doch nicht auf Mütter schießen, bloß weil sie Brot für ihre Kinder haben wollen! Ihr knallt doch nicht eure Mütter und Schwestern nieder, deren Männer fürs Vaterland sterben sollen, dieweil ihre Kinder verhungern müssen!«

Die Offiziere merkten, daß ihre Soldaten zauderten, und erteilten das Kommando: »Feuer!« Doch statt zu schießen, ließen die Soldaten die Gewehre sinken.

Die Menge brach in Jubelrufe aus. »Ein Hoch auf unsere Genossen Soldaten!« riefen die Männer und warfen ihre Mützen in die Luft. Frauen rannten zu den Soldaten in den langen grauen Uniformmänteln und küßten sie. Von überall her, aus allen Türen und Toren, Fabriken und Werkstätten kamen Menschen gerannt. Wie auf Verabredung zogen alle zum Taurischen Palast, wo die Duma tagte. Abgeordnete trafen in Kutschen und Automobilen oder zu Fuß ein. Die Massen stürmten die Palasttore.

Studenten, Arbeiter und Frauen zogen zur Kaserne des Litowsky-Regiments. »Genossen Soldaten!« riefen sie in die hohen Fenster. »Kommt heraus und schließt euch uns an!« Manche Offiziere sperrten daraufhin ihre Soldaten in den Kasernenstuben ein, andere ergriffen keine Maßnahmen, sondern warteten ab.

Die Soldaten, die sich den Aufrührern anschlossen, schlugen die verschlossenen Türen ein, woraufhin ihre eingesperrten Kameraden die Wachposten beiseite stießen und aus der Kaserne stürmten. Auf der Straße wimmelte es jetzt von Arbeitern, Frauen und Soldaten.

»Verprügelt die zaristischen Handlanger!« johlten sie und verjagten die Polizisten von den Straßenecken.

Die Polizei verschwand aus der Stadt. Innenminister Protopopow verkroch sich in Zarskoje Selo bei seiner geliebten Zarin. Wenn doch Väterchen Rasputin, dieser Heilige, noch am Leben gewesen wäre und ihn beraten könnte... Ihm blieb nichts anderes übrig, als dem Zaren ein Telegramm nach dem anderen ins Hauptquartier zu schicken.

Die Telegrafendrähte, die sich unter der Last von Schnee und Eis bogen, übermittelten zweierlei Botschaften nach Mogilew. Aus der Duma kamen lange Depeschen, in denen die chaotische Lage geschildert und der Zar gebeten wurde, ein neues, für die Duma zuständiges Ministerium zu gründen. Aus Zarskoje Selo kamen Telegramme voller leidenschaftlicher Zärtlichkeit und hartnäckigen Stolzes.

»Bleib fest! Gib nicht nach, Nicki, denn Du bist der Herrscher von Gottes Gnaden«, beschwor die Zarin ihren Gemahl. »Ich bin bei Dir, Deine Dich zärtlich liebende Frau, die Dich im Gedenken an unseren Retter, Vater Grigorij, anfleht, Dich als wahrer Herrscher zu erweisen, eisern durchzugreifen und loyale Truppen gegen die Aufrührer einzusetzen.«

Wie immer, wenn er eine Entscheidung treffen sollte, lief der Zar – in Kosakenmantel und Pelzmütze – im Hauptquartier auf und ab. Nichts war ihm unangenehmer, als nachdenken zu müssen. Schon immer hatte er sich gewünscht, in Ruhe gelassen zu werden. Er hielt sich gern hier im Hauptquartier auf, wo es keine Minister und Konferenzen gab und keine Beschlüsse gefaßt werden mußten. Er machte täglich einen Spaziergang mit seinen Adjutanten, speiste mit ihnen im Offizierskasino und plauderte über das Wetter. Abends legte er Patiencen oder spielte ein paar Partien Domino, las die Zeitung, sah seine Post durch, hörte sich ein paar Frontberichte an, las französische Romane, machte Tagebuchnotizen, schickte seiner Frau ein zärtliches Telegramm, betete vor dem Zubettgehen und schlief dann so fest wie ein kleines Kind.

Seine Tagebucheintragungen waren simpel: wie das Wetter gewesen war, wie lange er Domino gespielt und was es zum Diner gegeben hatte. Gelegentlich ging eine Eintragung über das übliche hinaus, etwa wenn es ihm auf der Jagd gelungen war, einen Hasen oder eine Wildente abzuknallen. Ungleich gefühlvoller waren seine Telegramme an die Zarin.

»Liebes Frauchen, mein Engel, mein Täubchen, ich küsse Dich innigst. Ich halte Dich in meinen Armen und bete für Dich. Mit leidenschaftlichen Küssen, Dein Nicki.«

Und plötzlich ging dieses Dasein in die Brüche. Von allen Seiten trafen Depeschen ein, kreuzten sich und widersprachen einander. Die Politiker baten ihn, nachzugeben, bevor es zu spät sei, und seine Frau beschwor ihn, seinen Feinden keinerlei Zugeständnisse zu machen.

Wäre Väterchen Grigorij noch am Leben gewesen, dann hätte er sich bei ihm Rat geholt. Selbst aus der Ferne hatte ihm dieser heilige Mann geholfen. Er hatte ihm geraten, die Ikone, die er ihm geschenkt hatte, vor jeder Generalstabsbesprechung siebenmal zu schütteln. Und als er ihm später eine Heiligenfigur schickte, hatte er ihm telegrafiert, ja nicht zu vergessen, vor jeder Entscheidung die Haare des Heiligen zu kämmen.

Jetzt war niemand mehr da, an den er sich wenden konnte. Er wußte nicht, was er tun sollte. Seine Adjutanten waren so unentschlossen wie er, und die Generäle waren für ihn wie Fremde. Er wußte nicht einmal, wer von ihnen ihm freundlich oder feindlich gesinnt war.

Eine Weile unternahm er gar nichts. Er verbrachte die Tage wie gewohnt. Als die Depeschen immer dringlicher wurden, benahm er sich wie ein Pantoffelheld: Er folgte dem Rat seiner Frau, die ihm seiner Ansicht nach geistig überlegen war.

Jetzt konnte er Alexandra endlich beweisen, daß er eine starke Persönlichkeit war! Sie ermahnte ihn unentwegt, mit so starker Hand zu regieren wie Peter der Große und Iwan der Schreckliche. Das wollte er jetzt tun. Nicht nachgiebig sein, sondern aus einer Machtposition heraus handeln.

Er befahl General Iwanow zu sich und beauftragte ihn, in Petrograd für Ruhe und Ordnung zu sorgen. Wie stets traf er auch in diesem Fall die denkbar schlechteste Wahl.

Kurz darauf bestieg er mit seinem Gefolge den Kaiserlichen Sonderzug, um nach Zarskoje Selo zu fahren, von wo aus er, sobald der General den Aufstand niedergeschlagen hatte, nach Petrograd zurückkehren wollte.

In Lichoslawl erhielt der Zugführer eine Depesche, die von einem Stationsvorsteher namens Grechow unterzeichnet war und die Anweisung enthielt, nicht nach Zarskoje Selo zu fahren.

Als Nikolaus erfuhr, daß irgendein Stationsvorsteher gewagt hatte, dem Befehl des Zaren zuwiderzuhandeln, war er zunächst wie betäubt. Mit aschfahlen Gesichtern umringten die Adjutanten den bewegungslosen Monarchen. Als einer von ihnen vorschlug, in Pskow anzuhalten, nickte der Zar. Ihm war jede Bahnstation recht, wenn er bloß nicht diesem unverschämten Stationsvorsteher Grechow gegenübertreten mußte. Er schickte seiner Frau eine Depesche: »Hier herrscht trockenes Frostwetter. Ich sehne mich danach, Dich in den Armen zu halten. Ich küsse Dich innigst und bete für Dich. Dein Nicki.«

Vergeblich wartete er auf eine Antwort von ihr oder von Minister Protopopow. Wie auf allen Regierungsgebäuden und Kasernen flatterten jetzt auch auf der kaiserlichen Residenz rote Fahnen. Die Soldaten rissen ihren Offizieren die Epauletten ab. Innenminister Protopopow, dem der Zar das Schicksal seiner Familie und des Kaiserreiches anvertraut hatte, wurde zusammen mit den anderen zaristischen Ministern in die Peter-Pauls-Festung gebracht und von Soldaten der Provisorischen Regierung bewacht.

54

Der Häftling Nissan Eibeschutz war überglücklich, aber nicht überrascht, als im Petrograder Kresty-Gefängnis der Ruf ertönte: »Genossen Polithäftlinge, die Revolution hat euch befreit!«

So sehnsüchtig, wie sein Vater, der Rabbiner, zeitlebens auf die Erlösung durch den Messias gewartet hatte, so sehnsüchtig hatte Nissan sein Leben lang auf die Erlösung durch die Revolution gewartet.

Wann sie kommen würde, hatte er nicht voraussagen können, aber *daß* sie kommen würde, daran hatte er nie gezweifelt – das war eines der unumstößlichen Gesetze des Marxismus.

Der Krieg hatte ihn in dieser Überzeugung bestärkt. Trotz allen Unheils, das dieser Krieg über die Welt gebracht hatte, trotz des Wiederauflebens patriotischer und nationalistischer Gefühle, markierte er den Anfang vom Ende der Bourgeoisie, das Hinscheiden der alten Welt.

Auf dem geheimen Parteitag, der im ersten Kriegsjahr in Petrograd abgehalten wurde, hatte Nissan die Zukunftsaussichten des Kapitalismus negativ beurteilt. Den kriegführenden Staaten, die sich von ihrer Geldgier und ihrem wirtschaftlichen Expansionsdrang dazu verleiten ließen, das Proletariat zu bewaffnen, würde von eben diesem Proletariat der Garaus gemacht werden.

Die anderen Delegierten hatten ihn einen zu Vereinfachung neigenden Visionär gescholten, der das Fell des Bären verkaufe, ehe er ihn erlegt habe. Aber Nissan hatte sich nicht von seiner Ansicht abbringen lassen. Der Weltkrieg hatte ihm gezeigt, daß der korrupte Mittelstand sich selbst zerfleischte. Die Bourgeoisie glich in Nissans Augen einem von innen her faulenden Körper, einem von den verschiedensten Krankheiten befallenen Tattergreis.

Der geheime Parteitag war von der Polizei aufgelöst worden, die das Gebäude umstellt und gestürmt und die Teilnehmer festgenommen hatte.

»Da hast du deine Revolution!« hatten die Genossen verbittert zu Nissan gesagt, als sie ins Kresty-Gefängnis abtransportiert wurden.

»Die Zeit wird lehren, daß ich recht habe.«

Im Gefängnis hatte er niemals auch nur den geringsten Zweifel an seiner Überzeugung nagen lassen. Seine Genossen hatten sich über ihn lustig gemacht. Immer wenn an einer Zellentür das Knirschen eines Schlüssels zu hören war, hatten sie im Chor gerufen: »Genosse Nissan, da kommt die Delegation! Jetzt wirst du befreit!«

Eines Tages aber, Ende Februar, wurden die Zellentüren tatsächlich aufgerissen und die politischen Häftlinge aufgefordert, herauszukommen.

»Verzeih uns, Genosse Eibeschutz!« baten ihn die anderen. »Du hast recht behalten!«

»Laßt euch umarmen, Genossen!« sagte Nissan großmütig und küßte sie alle, auch die Soldaten, die ihn befreit hatten.

Er und seine Genossen stiegen in einen Lastwagen und fuhren durch die von Arbeitern und Soldaten wimmelnden Straßen.

»Unsere befreiten Genossen – hurra!« rief man ihnen zu.

»Es lebe die Revolution!« riefen die befreiten Häftlinge.

Wie ein kleiner Junge, der zum ersten Mal in einer großen Stadt ist, wußte Nissan nicht, wohin er zuerst schauen sollte. Ringsum herrschte eine festliche Atmosphäre. Alles erfüllte ihn mit Freude, und er umarmte und küßte völlig fremde Leute.

In Wirklichkeit befand sich die Stadt, der die Aufgabe zugefallen war, über das Schicksal von über hundertfünfzig Millionen Staatsbürgern zu entscheiden, in einem chaotischen Zustand. Die Fabriken waren geschlossen. Der Trambahnverkehr war eingestellt. Es gab keine Polizei mehr. Die Soldaten trieben sich ziellos herum.

In der Duma herrschte ein heilloses Durcheinander. Alle möglichen Leute gingen ein und aus. Aufs Geratewohl wurden Verordnungen erlassen. Die Mitglieder des Provisorischen Komitees kamen aus den verschiedensten Lagern und Parteien – angefangen bei den Monarchisten, die den Zaren wieder an die Macht bringen wollten, bis hin zu wild dreinschauenden Radikalen und Anarchisten.

Sie schwangen Reden, debattierten, stritten, bekrittelten einander. Fortwährend wurden verängstigte Gendarmen, Polizisten und Beamte von Soldaten hereingeführt, aber niemand verhörte sie, niemand entschied, was mit ihnen geschehen sollte. Draußen versammelten sich ganze Regimenter. Die Soldaten hatten ihre Offiziere davongejagt und brauchten neue Kommandeure. Aber es war keiner da, der ihnen sagen konnte, was sie jetzt tun sollten. Und nun warteten sie auf Befehle von der Duma.

Ein stämmiger, bärtiger Mann, der inmitten der Menschenmenge durch seine sonore Stimme und seine gepflegte äußere Erscheinung auffiel, begrüßte jedes vor der Duma eintreffende Regiment und beglückwünschte die Soldaten dazu, daß sie sich der Revolution angeschlossen hatten. Daraufhin brachen sie in Hurrarufe aus – aber was sie jetzt tun sollten, wußten sie immer noch nicht.

Genauso verwirrt waren die bewaffneten Wachposten an den Brücken, vor den Bahnhöfen, Postämtern, Telegrafenämtern und anderen wichtigen Einrichtungen. Fortwährend trafen Militäreinheiten ein, aber niemand wußte, ob sie für oder gegen die Revolution waren.

In der Duma kursierten alle möglichen Gerüchte. Wenn jemand berichtete, zarentreue Truppen seien eingetroffen, sprangen die Deputierten mitten in der Sitzung auf und stürzten zu den Ausgängen.

In den überfüllten Amtsräumen und Sälen der Duma wurde mit viel Gezänk der Versuch unternommen, eine stabile Regierung zu bilden und wieder Ordnung zu schaffen. Aber die höchst unterschiedlichen Ideale, Vorstellungen und Überzeugungen standen einer Einigung im Wege. Die Monarchisten und die »Kadetten« waren vertreten, der »Progressive Block« und die Sozialrevolutionäre, die Menschewiki, Bolschewiki und Sozialdemokraten – und jede Fraktion war aufgesplittert in linke und rechte Flügel, Gemäßigte und Zentralisten. Manche waren für die Monarchie, manche wollten die Zarenfamilie ins Gefängnis stecken. Manche wollten eine sozialistische Republik, manche eine Diktatur der Arbeiter und Bauern. Andere bestanden auf einer sofortigen Neuverteilung von Grund und Boden und auf der Beendigung des Kriegszustands. Wieder andere wollten den Krieg fortsetzen und erst danach eine sozialistische Regierung bilden. Manche vertraten die Meinung, daß die Marxisten mit der Bourgeoisie zusammenarbeiten könnten, andere erhoben heftigen Widerspruch.

In Nebenräumen wurde die Gründung von Arbeiter- und Bauernsowjets geplant, auf die sich die künftige Provisorische Regierung stützen sollte. Zu diesem Zweck sollten von den Arbeitern in den Fabriken und von den Soldaten in den Kasernen Delegierte gewählt werden. Aber das war praktisch unmöglich, weil die Fabriken geschlossen waren und die Soldaten die Kasernen verlassen hatten. Wem der Sinn danach stand, ernannte sich also selbst zum Delegierten.

Während all dieser Sitzungen und Debatten stürmten Männer und Frauen herein und schüttelten die geballte Faust. »Ihr quasselt und quasselt, dieweil die Arbeiter verhungern! Macht die Läden wieder auf und sorgt dafür, daß wir Brot bekommen!«

Die Stadt war anfällig für jede Art von Vandalismus.

Nissan stürzte sich in die Aufgabe, in diesem Chaos Ordnung zu schaffen. Er trat Komitees und Kommissionen bei, half bei der Gründung von Arbeiterräten, versuchte, Mittel und Wege zu finden, die Bevölkerung mit Nahrungsmitteln zu versorgen, nahm sowohl an hitzigen Debatten über die Auslegung der Marxschen Lehre wie auch an Verhandlungen mit Generälen und Admiralen teil, bei denen es um die Übergabe der Machtbefugnisse an die Neue Ordnung ging.

Wenn er nach tagelanger hektischer Aktivität merkte, daß er nichts im Magen hatte, stärkte er sich irgendwo mit einem Stück trockenem Brot und einem Glas Tee. Er hatte kein Dach über dem Kopf. Tagsüber hielt er sich in prächtigen Palästen auf, nachts schlief er auf zusammengeschobenen Bänken in irgendeiner Bruchbude.

Aber das konnte seine Begeisterung nicht dämpfen. Wenn er die flatternden roten Fahnen sah, die Soldaten mit den rotbebänderten Bajonetten, die von Arbeitern wimmelnden Straßen, die Redner, die von den Denkmälern gekrönter Häupter herab zu den Massen sprachen, ergriff ihn immer wieder ein überwältigendes Glücksgefühl.

»Es ist soweit! Ich habe es noch erleben dürfen!« Und vor lauter freudiger Erregung wäre ihm beinahe ein »Gott sei Dank!« entschlüpft.

Neulodz in Petrograd war wieder in Schwung – nur daß sich gegenüber früher einiges verändert hatte. Statt in zwei Zwölfstundenschichten wurde jetzt in drei Achtstundenschichten gearbeitet, und für Nachtarbeit mußte doppelter Lohn gezahlt werden. Die Gewerkschaften, die in Petrograd mittlerweile zur festen Institution geworden waren, forderten höhere Löhne für alle Arbeiter und gleiche Bezahlung für Frauen, die gleiche Arbeit leisteten. Produziert wurde weniger als früher, weil die Werktätigen mehr Zeit in Versammlungen als an ihrem Arbeitsplatz verbrachten. Alle paar Tage wurde ein neuer Feiertag begangen, und zu den Aufmärschen mußten die Betriebe Delegationen entsenden. Kein Unternehmer wagte es, einem aus diesem Grund abwesenden Arbeiter etwas vom Lohn abzuziehen.

Häufig kamen Delegierte und Redner in die Fabrik. Desgleichen Vertreter der verschiedenen Parteien: Menschewiki, Bolschewiki, Sozialrevolutionäre jeder Couleur – von extrem links bis extrem rechts. Und sie alle holten die Arbeiter von den Webstühlen und Küpen weg, hielten ihnen lange Reden und ernteten Beifall – egal, welcher Ideologie der jeweilige Redner huldigte.

Max Aschkenasi war entsetzt über die neuen Arbeitszeiten, aber er hielt den Mund. Als seine Fabriken zum ersten Mal bestreikt worden und die Arbeiter zu Tausenden durch die Petrograder Straßen gezogen waren, hatte er noch bezweifelt, daß es tatsächlich zur Revolution kommen würde. Er erinnerte sich noch gut an die Ereignisse des Jahres 1905, als es auf den Lodzer Straßen ebenfalls von Arbeitern gewimmelt hatte, die Freiheit und Brüderlichkeit forderten. Damals waren viele Lodzer Fabrikanten sofort in Panik geraten und ins Ausland geflohen. Er jedoch hatte einen klaren Kopf bewahrt. Und den bewahrte er auch beim ersten Streik seiner Petrograder Arbeiter. Er hatte sich gesagt, daß der Schuster immer wieder zu seinem Leisten, der Weber zu seinem Webstuhl und der Fabrikant in sein Kontor zurückkehrt. So war es dann ja auch gekommen. Alles war wieder einigermaßen normal gelaufen. Die Arbeiter waren, obzwar sie jetzt geradezu verhätschelt wurden, an ihren Arbeitsplatz zurückgekehrt. Und er an den seinen.

Er hatte es sein Leben lang mit Arbeitern zu tun gehabt und

wußte, daß sie immer gegen irgend etwas rebellierten. Es lag eben in ihrer Natur, zu jammern. Am Ende blieb ihnen aber gar nichts anderes übrig, als den Kopf einzuziehen und klein beizugeben. So war es von jeher gewesen und so würde es auch in Zukunft sein. In dieser Welt *mußte* es Reiche und Arme geben, Herrscher und Untertanen, Zufriedene und Unzufriedene. Wer tüchtig war und Grips und Mumm besaß, trug den Sieg davon. Wäre es anders, dann ginge es nicht weiter auf dieser Welt.

Deshalb war er nicht allzu besorgt gewesen, als die Arbeiter in den Ausstand traten. »Blödsinn!« hatte er zu seinen Geschäftspartnern aus Lodz gesagt, die befürchteten, daß es jetzt zum Sturz der Regierung kommen werde. Er war überzeugt, daß die Aufrührer, sobald die Regierung durchgriff und der Pöbel die Bajonette zu spüren bekam, sich wie Ratten aus dem Staub machen würden. Er hatte vom russischen Arbeiter eine noch schlechtere Meinung als vom Lodzer Arbeiter.

Er ließ sich durch die Straßen kutschieren, beobachtete den Tumult und die Zusammenstöße mit der Polizei, aber eigentlich interessierte ihn das alles nicht besonders. Wenn die Kosaken mit gezückten Lanzen angestürmt kamen, würde das alles vorüber sein.

Als die Kosaken sich weigerten, auf die Rebellen zu schießen, regten sich gewisse Zweifel in ihm. Es war das erste Mal, daß die Soldaten des Zaren ihren Befehlshabern den Gehorsam verweigerten. Trotzdem glaubte er immer noch an die Aufrechterhaltung des Status quo. Bloß ein Einzelfall, dachte er. Bald würden andere Truppen eintreffen und es den Aufrührern heimzahlen. In Rußland herrschte weiß Gott kein Mangel an Soldaten.

Als dann aber ganze Regimenter rote Bänder an die Gewehre knüpften und den Offizieren die Epauletten – und die Köpfe – abtrennten, verlor Max Aschkenasi seine Zuversicht. Jetzt machte ihm der Anblick der Massen angst. »Ist das Ende der Welt gekommen?« fragte er sich.

Die Ereignisse der folgenden Tage raubten ihm die letzten Illusionen. Minister wurden verhaftet und wie gewöhnliche Verbrecher durch die Straßen geführt. Als der Kaiserliche Sonderzug beschlagnahmt und der Zar zur Abdankung gezwungen wurde, verstand Max die Welt nicht mehr.

Nicht, daß er Sympathie für diesen Autokraten empfunden

hätte. Er wußte sehr wohl, daß diejenigen, die sich an Pogromen beteiligt hatten, von Väterchen Zar begnadigt worden waren. Und als er einmal einer Stadt einen Besuch abgestattet hatte, ignorierte er die zu seiner Begrüßung erschienenen ortsansässigen Juden und ließ sich nur vom christlichen Klerus willkommen heißen.

Nein, damit hatte er sich bei Aschkenasi wirklich keine Sympathie erworben, aber immerhin war er der Mächtigste im Lande. Sein Porträt war auf alle Münzen geprägt. Max konnte einfach nicht fassen, daß eine Persönlichkeit dieses Ranges von gewöhnlichen Arbeitern und Bauern, dem Abschaum dieser Erde, abgesetzt werden konnte...

Zum ersten Mal im Leben hatte er Angst vor den Arbeitern. Plötzlich merkte er, daß eine große Kraft in dieser gesichtslosen Masse steckte, die er immer für etwas gehalten hatte, das nicht aus menschlichen Wesen bestand, sondern nur dafür geschaffen war, seine Webstühle in Gang zu halten. Sie konnten kaum ihren Namen schreiben – und jetzt verkörperten sie plötzlich eine Macht, die ihn erschauern ließ. Wenn sie imstande waren, den Zaren mitsamt seiner Millionenarmee und seinem riesigen Polizeiapparat davonzujagen – was konnten sie dann ihm, einem simplen Fabrikanten, alles antun!

Ein verdatterter, unterwürfiger Max Aschkenasi öffnete ein paar Wochen nach Ausbruch der Revolution die Tore seiner Fabriken. Er wußte nicht, wie er die Arbeiter anreden sollte und schlich auf Zehenspitzen um sie herum. Noch ehe ihm die Gewerkschaftsfunktionäre ihre Forderungen unterbreitet hatten, willigte er in alles ein. Er belauschte die Redner, konnte sich aber keinen Vers auf ihre Ausführungen machen, weil jeder eine andere Meinung vertrat. Manche waren für den Krieg, manche dagegen. Manche forderten die sofortige Errichtung, manche den schrittweisen Aufbau eines sozialistischen Systems. Und jeder vertrat seine Überzeugung mit dem fanatischen Eifer dessen, der keine andere Meinung gelten läßt.

Max Aschkenasi mischte sich nicht ein und sprach mit niemandem in der Fabrik über den Umsturz. Er hielt es für das beste, den Mund zu halten, zu beobachten, zuzuhören. Insgeheim aber verbündete er sich mit den Gemäßigten, die Zurückhaltung predigten und den Krieg bis zum Endsieg fortsetzen wollten.

Nicht, daß er ein glühender Patriot oder ein Militarist gewesen wäre – beileibe nicht! Aber Krieg bedeutete Profit, und darum mußte Max Aschkenasi an sich halten, um den Rednern, die für die Fortsetzung des Krieges eintraten, nicht zu applaudieren.

Nach den ersten Wochen heillosen Durcheinanders ließ seine Nervosität etwas nach. Er stellte sich auf die neuen Verhältnisse ein, wie er sich ja schon immer auf jede Veränderung eingestellt hatte. Er wußte aus Erfahrung, daß auf jede Aktion eine Reaktion folgt, eine Anpassungsperiode. Sobald dieses Redenschwingen, diese Phrasendrescherei, diese Aufmärsche und Demonstrationen aufhörten, würde alles wieder in normalen Bahnen verlaufen. Die Arbeiter würden zu den Webstühlen zurückkehren, die Unternehmer wieder Profit machen.

Er war vernünftig genug, um einzusehen, daß es nie mehr so werden würde wie früher. Jetzt mußten die Gewerkschaften in Kauf genommen werden. Den Arbeitern mußte man bezahlten Urlaub gewähren, Krankengeld, Arbeitsunfähigkeitsrenten und andere Vorteile, die ihnen das Faulenzen ermöglichten. Und als Unternehmer konnte man es im eigenen Betrieb kaum mehr wagen, den Mund aufzumachen.

Max Aschkenasi entrüstete sich nicht über diese Veränderungen. Er nahm es den Arbeitern nicht übel, daß sie ein besseres Los haben wollten. Jeder war sich selbst der Nächste. Und der Sieger bekam die Beute. An ihrer Stelle hätte er genauso gehandelt.

Ihn beschäftigte jetzt vor allem die Frage, wie er aus der Revolution Gewinn schlagen könnte. Er sagte sich, daß die siegreiche Arbeiterbewegung früher oder später Fabrikanten wie ihn brauchen werde, geschäftstüchtige Männer für die Leitung der Industriebetriebe. Das Problem war nur, wie man in der Zwischenzeit Kohle machen konnte. War denn nicht auch eine Revolution ein Geschäftsproblem, ähnlich einer schlechten Verkaufssaison oder einer Rohstoffknappheit oder einem Mangel an Absatzmärkten?

Und darum kümmerte er sich nicht um den ganzen Tumult, sondern produzierte weiter. Nicht so intensiv wie vorher, aber immer noch genug, um seine Lagerhäuser auffüllen zu können. Er wich nicht von seinen Geschäftsgepflogenheiten ab. Nach wie vor machte er seine Runde bei Banken und Behörden. Er handelte mit denen, die jetzt am Ruder waren, Geschäftsabschlüsse aus, lieferte kriegswichtige Waren und machte Reibach.

Er erhöhte die Preise, um die Verluste wettzumachen, die seine Firma durch die Einführung der vielen neuen Feiertage, des bezahlten Urlaubs und der verkürzten Arbeitszeit erlitt – ganz zu schweigen von den vielen Arbeitsstunden, die wegen all dieser Reden und Aufmärsche und anderen Albernheiten verlorengingen.

Im großen und ganzen war es einfacher, mit denen, die jetzt am Ruder waren, Geschäfte zu machen, denn im Gegensatz zu ihren Vorgängern verlangten sie kein Schmiergeld. Was seine privaten Gepflogenheiten betraf, so beschränkte sich Max Aschkenasi auf einige rein äußerliche Veränderungen. Er ließ sich nicht mehr in der Kutsche zur Arbeit fahren, sondern ging zu Fuß oder nahm eine Droschke. Um auf der Straße nicht aufzufallen (wo es ständig von Arbeitern, die sich wie Rowdys aufführten, und von herumlungernden Soldaten und Matrosen wimmelte), trug er statt seines Zobelmantels eine alte, ausgebeulte Schaffelljacke. Von dem Profit, den er machte, kaufte er Gold und Diamanten, die – egal, wer an der Macht war – ihren Wert behalten würden.

Eines Tages tauchte in der Fabrik ein bekanntes Gesicht auf. Obwohl der graubärtige, schäbig gekleidete Mann eine Arbeitermütze aufhatte, erkannte ihn Aschkenasi sofort: Es war Nissan, der Rabbinersohn – sein einstiger Mitschüler, der »Nissan der Erniedrigte« genannt worden war.

Einen Moment lang stockte Max das Herz. Wenn Nissan ihn zu Gesicht bekam, würde er sich vielleicht für die früheren Meinungsverschiedenheiten rächen. Wahrscheinlich würde er ihn als Feind der Arbeiterklasse anschwärzen. In diesen schwierigen Zeiten war alles möglich.

Aber dann stellte sich heraus, daß Nissan längst nicht so militant war wie die anderen Redner. Er rief das Proletariat zu Solidarität auf und beschwor die Werktätigen, fleißig zu arbeiten, bis die Ordnung wiederhergestellt sei und mit dem Aufbau der sozialistischen Gesellschaft begonnen werden könne.

Aschkenasi war erleichtert, seine Angst verflog. Er beschloß, sich in aller Höflichkeit um das Wohlwollen seines einstigen Gegners zu bemühen. Er ging auf Nissan zu, streckte ihm die Hand hin und sagte auf jiddisch: »Friede mit dir, Nissan. ›Wenn der Berg nicht zum Propheten kommt, muß der Prophet zum Berg gehen.‹ Erinnerst du dich überhaupt noch an mich?«

»Wie an einen falschen Fuffziger«, erwiderte Nissan mit eisigem Lächeln.

Eine Weile musterten sie einander, dann brach Max das Schweigen. »Du hast also doch recht behalten. ›Wer ist weise? Wer in die Zukunft blickt.‹ Du hast also den Sieg über uns davongetragen ...«

»Wir sind noch nicht fertig miteinander, Herr Aschkenasi«, sagte Nissan auf russisch, damit die Arbeiter ihn verstehen konnten. »Produzieren Sie nur weiter, sammeln Sie Kapital an, fördern Sie die wirtschaftliche Entwicklung! Bald wird das alles von *uns* übernommen.«

Aschkenasi senkte den Kopf. Wieder ergriff ihn die Furcht vor diesem schäbig gekleideten Mann. »Wenn es früher Meinungsverschiedenheiten zwischen uns gab, dann nicht, weil ich etwas gegen Sie gehabt hätte. Die Umstände waren daran schuld. Inzwischen sind wir beide älter und klüger geworden. Ich hoffe, Sie tragen es mir nicht nach.«

»Sie haben sich genauso verhalten, wie es Ihrer Klasse entspricht. Persönliche Angelegenheiten kümmern mich nicht. Als Feind Ihrer Klasse werde ich mich nicht schlechter benehmen, als Sie sich benommen haben, Herr Aschkenasi. Sobald wir die Regierung übernommen und das Volk auf unserer Seite haben, werden wir uns nehmen, was uns rechtmäßig zusteht, und die Fabriken dem Volk übergeben – denen, die das alles geschaffen haben.«

Die Arbeiter, die sich um die beiden geschart hatten, um sich das Rededuell zwischen Bourgeoisie und Proletariat anzuhören, feixten.

»Den Rat eines erfahrenen Geschäftsmannes wird die Arbeiterschaft immer nötig haben«, erwiderte Max lächelnd. »Sie wird nicht imstande sein, einen großen Betrieb auf eigene Faust zu führen.«

Nissan gab's auf. Er schüttelte den Kopf, zog den fadenscheinigen Mantel enger um sich, stieg in den Lastwagen und fuhr in eine andere Fabrik, um den Arbeitern eine Rede zu halten.

56

Im Hause des Direktors der Weberei Fliderbaum herrschte eine triste Atmosphäre. Seit die Stadt von den Deutschen besetzt war, stand die Fabrik, wie alle anderen in Lodz, still. Alle wertvollen Bestandteile waren nach Deutschland verfrachtet worden: Treibriemen, Heizkessel, sämtliche Metallteile. Am schlimmsten war der Verlust des Rohmaterials. Das deutsche Rohstoffbeschaffungsamt (von den Juden prompt »Raubstoffbeschaffungsamt« genannt) hatte alle Lagerhäuser systematisch ausgequetscht und für jeden requirierten Artikel eine Quittung ausgestellt, die nach dem Krieg eingelöst werden sollte.

Die besetzten polnischen Gebiete waren überschwemmt mit solchen Quittungen. Die Kaufleute und Fabrikanten stapelten sie in ihren ansonsten leeren Tresoren. Die kleinen Händler, bei denen sogar die Türklinken requiriert worden waren, bewahrten die Quittungen in ihren Exemplaren der Pessach-Haggada und der Bußpsalmen auf. Und die Bauern steckten sie hinter die Madonnenbilder.

Derzeit waren die Quittungen keinen roten Heller wert, aber das würde sich ändern, so bald die verlausten Russen, die syphilitischen Franzosen und die perfiden Engländer besiegt waren. Vorläufig mußte sich die Bevölkerung der besetzten Gebiete mit schmetternder Marschmusik und mit Bildern des Kaisers und Hindenburgs begnügen (die auf diesen Konterfeis wie Landpomeranzen mit gezwirbeltem Schnurrbart aussahen).

Deshalb herrschte im Hause des Direktors Aschkenasi eine so bedrückte Stimmung.

Fliderbaums Söhne merkten gar nicht, daß Krieg war. Nach wie vor waren sie vollauf mit ihren Séancen, mit Wahrsagerei, Meditation und der Kontaktaufnahme mit ihren verstorbenen Eltern beschäftigt. Die tolle Janka war trotz ihres fortgeschrittenen Alters immer noch auf Liebesabenteuer erpicht. Je älter sie wurde, desto jünger waren ihre Liebhaber. Für die Fabrik interessierte sie sich nicht im geringsten. Sie und die anderen Fliderbaumschen Erben wollten immer bloß Geld vom Direktor ausbezahlt bekommen. Ganz gleich, wieviel er ihnen gab, es reichte ihnen nie. Das Geld zerrann ihnen in den Händen.

Jetzt aber waren keine Rücklagen mehr da, von denen etwas

abgehoben werden konnte. Die russischen Banken, bei denen die Firma ihr Kapital deponiert hatte, waren außer Reichweite. Die russischen Staatsanleihen und Wertpapiere, die in den Fabriktresoren aufbewahrt wurden, waren nur noch wertlose, mit dem Zarenadler gestempelte Papierfetzen. Die Arbeiter versammelten sich, die Mütze in der Hand, vor der Weberei. Sie rotteten sich zusammen wie ausgehungerte Wölfe, die auf der Nahrungssuche jede Scheu vor dem Menschen verloren haben, und ließen sich durch keine polizeiliche Maßnahme vertreiben.

»Brot! Wir verhungern!«

Das Ersatzbrot, das die Deutschen einmal im Monat zuteilten, reichte bloß für eine Woche. Es sah wie Lehm aus und schmeckte noch scheußlicher als Lehm. Wer genug Geld hatte, kaufte sich zusätzliche Bezugsscheine, echte und gefälschte. Die armen Leute hatten nicht einmal die paar Groschen, für die sie sich Ersatzbrot hätten kaufen können. Und darum belagerten sie die Fabriktore.

Den Fabrikanten blieb nichts anderes übrig, als hin und wieder ein bißchen Geld an sie zu verteilen. Der Stadtkommandant hatte ihnen erklärt, daß er keine Unruhen dulden würde. Er forderte strikten Gehorsam, saubere Straßen und begeisterten Beifall für die Militärkapellen, damit die Berliner Kriegsberichterstatter sich in ihren Reportagen lobend über ihn äußerten.

Zu Beginn der Besatzungszeit hatte sich Jakub Aschkenasi das alles nicht besonders zu Herzen genommen. Den damals noch vorhandenen Rücklagen entnahm er das Geld für die Fliderbaums, für die Arbeitslöhne und für seinen Privatbedarf.

Gertrud, seine junge Frau, hatte die Verschwendungssucht ihrer Großmutter geerbt. Unsummen zerrannen ihr in den juwelengeschmückten Händen. Für sie waren nur importierte Kleider, nur die teuersten Pelze, kostbarsten Schmuckstücke und elegantesten Kutschen gut genug. Sie wollte sich von niemandem übertrumpfen lassen. Genau wie einst ihre Großmutter hielt sie ihrem Mann die gepflegte weiße Hand hin. »Mehr, Jakub, mehr!«

In den Jahren, die seit ihrer Hochzeit vergangen waren, hatte sie Jakub bewiesen, daß sie ganz und gar die Tochter Simcha Meirs war – eine zielstrebige Frau, die darauf bestand, daß alles nach ihrem Kopf gehen mußte. Anfangs hatte sich das auf ihre sexuelle Beziehung zu Jakub beschränkt. Die junge Frau war zwar bis über beide Ohren verliebt in ihren wesentlich älteren Mann, aber es war eine besitzergreifende, verzehrende Liebe – fast wie die einer Schwarzen Witwe, die das Spinnenmännchen auffrißt. Jakub sollte sich nicht mit anderen Leuten unterhalten, keine andere Frau ansehen und nicht einmal den Schauspielerinnen im Theater applaudieren. Jede Minute sollte er mit *ihr* verbringen und immer nur an *sie* denken.

Sie entfremdete ihn den Leuten, mit denen er gern verkehrte, all seinen Freunden und Bekannten. Sie war eifersüchtig auf jeden, ob Mann oder Frau. In ihren Augen waren sie alle Rivalen, die ihr Jakubs Gunst streitig machen wollten. Sie betrachtete Jakub als ihr Eigentum – und sie war nicht gewillt, etwas, das ihr gehörte, mit anderen zu teilen. Sie war durch und durch die Tochter ihres Vaters. Von Halbheiten wollte sie nichts wissen. Alles oder nichts – das war ihre Devise.

Obwohl sie eine Gefangene ihrer Leidenschaften war, die sich manchmal vor ihrem Mann auf die Knie warf und sich wünschte, völlig von ihm beherrscht zu werden, wurde sie der dominierende Ehepartner. Jakubs Stimmungen, Empfindungen und Bedürfnisse kümmerten sie nicht. Sie verschlang ihn bei lebendigem Leibe, sog ihm das Blut aus und versklavte ihn.

So zielstrebig sie ihn erobert hatte, so zielstrebig schob sie ihn später beiseite wie eine ausgepreßte Apfelsine. Es gab nichts, das ihr Interesse lange fesseln konnte. Sie brauchte neue Erlebnisse, neuen Nervenkitzel. Als die ersten Ehemonate, in denen sie körperliche Befriedigung gefunden hatte, vorüber waren, begann sie, Unsummen von Jakub zu verlangen. Sie hatte den Ehrgeiz, in der Lodzer Gesellschaft den Ton anzugeben.

Im Vergleich zu seiner Frau hätte man Jakub geradezu für einen Geizhals halten können. Gertrud wollte nicht in dem Haus wohnen, das dem Fabrikdirektor zur Verfügung stand, sondern suchte sich ein Palais mit Säulen, Statuen, stuckverzierten Dekken und einer kreisförmigen Auffahrt aus, das ein pleite gegangener Fabrikant zum Verkauf anbot.

Und nun beschäftigte sie sich nur noch mit der Renovierung und Neuausstattung dieses Palais. Sie zankte sich mit Maurern, Schreinern, Tapezierern und Polsterern. Ständig wollte sie etwas ganz Neuartiges haben. Alles, ob gut erhalten oder nicht, mußte überholt oder erneuert oder frisch gestrichen werden. Sie kroch auf Gerüsten herum, rannte von Laden zu Laden, um alles mögliche zu kaufen, tauschte das meiste wieder um, überlegte sich's dann anders und kaufte das gleiche wie vorher.

Jakub sehnte sich danach, mit ihr zusammenzusein, aber sie hatte keine Zeit für ihn. Ihre ganze Leidenschaft galt jetzt dem Palais. Wenn ihr Mann sie umarmen wollte, entzog sie sich ihm. »Hab' schrecklich viel zu tun. Gib mir Geld, Jakub! Mehr!«

Er gab ihr Geld, ohne es vorher zu zählen. Als das Palais endlich so ausgestattet war, wie sie es haben wollte, begannen die Einladungen, Bälle und Empfänge. Ständig waren Gäste da, ständig wurde musiziert, getanzt, gezecht – und immer war Gertrud der Mittelpunkt. Sie überprüfte die Einladungslisten, strich die Namen derjenigen Freunde Jakubs, die sie nicht für wichtig oder vornehm genug hielt, und buhlte um Gäste, die er nicht ausstehen konnte – Grafen, Barone und andere dieses Schlages.

Er war jetzt in mittleren Jahren und wollte endlich zur Ruhe kommen. Er hatte lange genug ein turbulentes Leben geführt und war diesen ganzen Trubel leid. Aber Gertrud hatte nichts anderes im Kopf, als Einladungen zu geben oder auszugehen und sich zu amüsieren. Jakubs Rücklagen waren aufgebraucht. Er bezog zwar ein hohes Gehalt, aber da es bei weitem nicht ausreichte, um Gertruds schwindelerregend hohe Rechnungen zu begleichen, unterschrieb er einen Schuldschein nach dem anderen. Und bald steckte er bis über die Ohren in Schulden.

Er sprach nicht darüber, aber es quälte ihn, wenn er bis zum Morgengrauen wach lag und darauf wartete, daß Gertrud endlich nach Hause kam. Zum ersten Mal im Leben konnte er nicht schlafen. Er hatte keinen Appetit mehr, und sein Frohsinn wich einer tiefen Wehmut.

Wenn sie hin und wieder einen Abend mit ihm allein verbrachte, war er rührend dankbar. Dann warf sie sich wie zu Beginn ihrer Ehe vor ihm auf die Knie und stieß leidenschaftliche Worte aus. »Mein großer Wuschelbär! Verschling mich bei lebendigem Leib!«

Das war Balsam für seinen Mannesstolz. In solchen Momenten sprach er davon, wie sehr er sich ein Kind wünsche. »Stell dir vor, wie glücklich wir wären, wenn wir eine kleine Tochter hätten – mit Locken so goldbraun wie deine!«

Er hatte sich immer gewünscht, Vater zu werden, aber jetzt verband sich damit die Hoffnung, daß Gertrud, wenn sie ein Kind hätte, besonnener werden und Verantwortungsgefühl entwickeln würde. Aus ihren Augen sprach die gleiche hemmungslose Verwegenheit, die er so oft in Simcha Meirs Miene entdeckt hatte. Er fürchtete sich ein wenig vor ihr, wollte sie irgendwie zähmen und glaubte, das sei am besten zu erreichen, wenn sie Mutterpflichten hätte.

Aber davon wollte Gertrud nichts wissen. »Du willst mir die Arbeit aufhalsen, die einem ein Wickelkind macht? Wir haben noch Zeit genug, uns Kinder anzuschaffen.«

Sie betrachtete sich im Spiegel. Beim Anblick ihrer gertenschlanken Figur bekamen ihre fast ein wenig irr flackernden Augen einen befriedigten Ausdruck. »Das alles durch einen dikken Bauch ruinieren? Gräßlich!«

Erst Jahre später, als sie schon in den Dreißigern war, brachte sie ein Kind zur Welt – ein Mädchen, wie Jakub sich gewünscht hatte. Er, der jetzt Ende Fünfzig und dessen schwarzer Bart inzwischen fast völlig ergraut war, spielte mit seiner kleinen Tochter wie ein Kind mit einem Spielzeug. Er legte sich auf den Boden, bellte wie ein Hund, hüpfte und tanzte mit dem Baby auf dem Arm herum und floß über vor Vaterstolz.

Die Mutter kümmerte sich nicht um das Kind. Sie stillte es nicht. Das überließ sie einer deutschen Amme mit Brüsten so groß wie Wassermelonen, während sie selbst wieder vollauf mit ihren Einladungen und Bällen beschäftigt war.

Für das Kind war Jakub Vater und Mutter zugleich. Er besprach alles Nötige mit der Amme. Er wiegte seine kleine Tochter auf den Knien und schmuste mit ihr. Er hatte nicht mehr das Bedürfnis, Umgang mit anderen zu pflegen. Aus der Fabrik kam er sofort nach Hause und stürmte ins Kinderzimmer.

Er liebte sein Zuhause. Er war glücklich, Familienvater zu sein und wünschte sich mehr Kinder. Aber seine Gertrud, die fraulicher und noch hübscher geworden war, hatte keine Zeit mehr für ihn.

Ihre Einstellung zu ihm hatte sich völlig verändert. Obwohl sie ihm so schamlos nachgelaufen war und ihn buchstäblich gezwungen hatte, sie zu heiraten, fand sie jetzt, sie habe ein Opfer gebracht, als sie sich an einen älteren Mann gebunden habe, der für eine so lebenslustige junge Frau wie sie doch viel zu gesetzt und ruhebedürftig sei. Zum Ausgleich dafür verlangte sie, für das luxuriöse Leben, das ihr zustehe, so viel Geld ausgeben zu dürfen, wie sie wollte.

Sie veranstaltete ausgelassene Feste, bei denen sie sich mit Gästen umgab, die ungefähr in ihrem Alter waren. Sogar deutsche Leutnants mit Mensurschmissen im Gesicht lud sie ein. Die traten so auf, als erwiesen sie den Gastgebern einen großen Gefallen damit, daß sie sich dazu herabließen, mit diesem polnischen und jüdischen Pack zu verkehren. Sie tanzten mit der Dame des Hauses und machten ihr zweideutige Komplimente.

Jakub drückte den Herren die Hand und machte höfliche Konversation, obwohl er vor Ärger und Eifersucht kochte. Er dachte an die Zeiten, als es genau umgekehrt gewesen war: Damals hatten sich die älteren Herren über ihn, den jungen Mann, geärgert, wenn er mit ihren lebenslustigen Ehefrauen flirtete. Ihm hatte das damals einen Mordsspaß gemacht. Jetzt fand er die Situation gar nicht komisch.

Er kannte die Frauen und ihre Kunstgriffe. Er wußte, wieviel Leidenschaftlichkeit und verführerischen Reiz sie bei einem scheinbar harmlosen Tänzchen ins Spiel bringen konnten. Er erinnerte sich noch genau daran, wie sie ihm verstohlen zugelächelt, ihn berührt, ihm zugeblinzelt und zweideutige Bemerkungen gemacht hatten. Und wie dankbar die jungen Frauen gewesen waren, wenn er sie von der Seite ihrer bejahrten Ehemänner wegholte. Und was für lahme Witze die Ehemänner gemacht hatten, um das Gesicht zu wahren.

Jetzt passierte ihm das gleiche.

Er ging ins Kinderzimmer, setzte sich auf den Stuhl neben dem Bettchen und lauschte den regelmäßigen Atemzügen seiner kleinen Tochter. Dinele, seine Schwiegermutter, kam auf Zehenspitzen herein.

Seit dem Tod ihrer Eltern war sie allein. Ihr gesamtes Vermögen war in einer russischen Bank deponiert. Von ihrem Sohn Ignaz hatte sie nichts mehr gehört, seit er ihr nach Kriegsausbruch mitgeteilt hatte, daß er als Freiwilliger in ein französisches Regiment eingetreten sei. Jetzt wohnte sie, völlig zurückgezogen und mäuschenstill, im Hause ihrer Tochter und Jakubs, des einzigen Mannes, den sie je geliebt hatte. Da sie vom Leben nichts mehr erwarten konnte, vergrub sie sich in ihre Bücher, in die Erlebnisse schneidiger Romanhelden und sanfter Heldinnen. Ihr einziger Trost war das Kind. In ihrer Phantasie war es nicht das Kind ihrer Tochter, sondern ihr eigenes – ihres und Jakubs. Sie herzte und küßte die Kleine, die den Namen ihrer Urgroßmutter erhalten hatte. »Priwesche, mein Schatzele!«

Jetzt war es schon spät in der Nacht, aber sie hatte wegen des Lärms und der Musik nicht einschlafen können und war aufgestanden, um nach dem Kind zu sehen. Sie stand schon ein Weilchen an der Tür, ehe sie merkte, daß Jakub im Kinderzimmer war. Als sie ihn zusammengekauert am Bettchen sitzen sah, stockte ihr das Herz. Sie ging auf Zehenspitzen zu ihm und legte ihm die Hand auf die Schulter.

»Jakub, geh zu Bett. Ich bleibe bei dem Kind.«

Er hob den Kopf und sah sie mit einem wehmütigen Ausdruck in den schwarzen Augen an. »Nein. Ich kann nicht schlafen.«

»Ich auch nicht, Jakob«, flüsterte sie traurig.

Sie hatte ihn wieder so genannt, wie er früher geheißen hatte – damals, als sie beide in Abraham Herschs Hinterhof in der Altstadt miteinander gespielt hatten.

57

Wie die zahlreichen anderen Revolutionäre, die aus den Gefängnissen, der Verbannung und dem ausländischen Exil ins befreite Rußland zurückkehrten, wurde auch der Führer der Bolschewiken mit blumigen Reden, Blasmusik, roten Fahnen und Umarmungen begrüßt. Aber der gedrungene, kahlköpfige Mann mit den tatarischen Gesichtszügen verfiel nicht in Gefühlsduselei. Er weinte keine Freudentränen und küßte die Genossen nicht. Sein Blick schweifte ironisch über das Meer von roten Fahnen, sein kahler Schädel glänzte im Widerschein der Militärtrompeten, die ihm zu Ehren die Marseillaise schmetterten, seine schmalen Augen zogen sich zusammen beim Anblick des großen Begrüßungskomitees – lauter wichtige Persönlichkeiten in entsprechender Aufmachung.

Ihre Ansprachen ließ er unbewegt über sich ergehen. Um seine Augenwinkel spielte ein Lächeln, während er den kultivierten

Stimmen der Redner lauschte und nur darauf wartete, diesem rhetorischen Schwulst mit kühler Logik zu Leibe zu gehen.

Seine Stimme war so trocken wie er selbst. Er sprach in kurzen, prägnanten Sätzen, die genau die Wirkung erzielten, die er erzielen wollte. Er zitierte keine Dichter und keine Märtyrer der Revolution. Aber er spielte die Trumpfkarte aus, die von den zahlreichen Soldaten auf der Rednertribüne mit weit größerer Begeisterung aufgenommen wurde als alle hochtrabenden Ansprachen.

»Genossen! Alle Macht den Soldaten und Arbeitern! Ich fordere euch auf, zu desertieren. Vergießt euer Blut nicht für die imperialistischen Mächte! Richtet eure Gewehre auf den wahren Feind – die Bourgeoisie. Nehmt den Unternehmern die Fabriken und den Grundbesitzern das Land und verteilt es unter euch! Dann werden die Arbeiter und Bauern aller Länder unserem Beispiel folgen. Schluß mit dem Krieg!«

Seine kompromißlos harten Worte wurden von den anderen Parteiführern zunächst spöttisch und verächtlich aufgenommen. Die Zeitungen schlossen sich an und diffamierten ihn: Was könne man denn schon von einem Mann erwarten, der mit stillschweigender Einwilligung des Feindes nach Rußland zurückgekehrt sei! In einem plombierten deutschen Eisenbahnwaggon! Dabei sei er vom deutschen Hauptquartier unterstützt worden, und zwar als Gegenleistung für das Versprechen, er werde bei seinen Landsleuten gegen die Fortsetzung des Krieges agitieren. Wenn er, als Russe, sich dazu bereit erklärt habe, dann sei er nichts anderes als eine Schachfigur und ein Verräter, der es sich selbst zuzuschreiben habe, wenn die befreiten Massen mit ihm abrechnen würden.

Auf Versammlungen wurde er von den Führern anderer Parteien schonungslos gegeißelt. Nur ein Fanatiker, ein Prinzipienreiter ohne jeden Sinn für die Realität könne verlangen, daß Rußland seine Verbündeten im Stich lassen und sich mit deutschen Reaktionären einlassen solle, die es dann wieder unterjochen würden. Nein, so feige sei das russische Volk nicht. Es habe unter Einsatz seines Lebens das Vaterland verteidigt und werde dies auch weiterhin tun. Erst wenn der Sieg errungen sei, werde man mit dem Aufbau der sozialistischen Gesellschaft beginnen.

Für die politische Linie, die er und seine Handlanger verträten, sei im revolutionären Rußland kein Platz. Jedenfalls aber wäre es besser, wenn man sie mit dieser Politik ihr eigenes Grab schaufeln ließe, statt sie zu Märtyrern zu machen.

Für die Karikaturisten war der untersetzte Mann mit der Glatze ein gefundenes Fressen.

Er nahm die Hetzkampagne gelassen hin. Über die verzerrenden Karikaturen lächelte er nur. Es war ihm egal, was über ihn getratscht wurde. Er hielt es nicht einmal für nötig, zu erklären, warum er in einem sorgfältig abgesicherten deutschen Eisenbahnwaggon angekommen war. Den Vorwurf, er habe sich vom Feind bestechen lassen, ignorierte er ebenso wie die Beschuldigung, er sei ein deutscher Spion.

»Genosse, du mußt diesen Verdächtigungen entgegentreten«, rieten ihm seine Mitarbeiter. »Dein Name und deine Ehre werden besudelt.«

Er lächelte spöttisch. »Wozu denn? Soldaten und Arbeiter lesen keine Zeitungen, und Bauern lesen überhaupt nicht. Was die Intellektuellen von mir halten, ist mir einerlei. Das russische Volk braucht Frieden und Land – nur *daran* sind die Soldaten und Bauern interessiert.«

»Aber es geht um deinen guten Ruf!«

»Wir sind doch keine Bürgermädchen, die auf ihren Ruf achten müssen. Für uns zählt nur eins – die Revolution.«

Er wußte, was er zu tun hatte, dieser gedrungene Mann. Er schätzte die Stimmung des russischen Volkes richtig ein. Den Soldaten, die kriegsmüde waren und zu ihren Familien heimkehren wollten, war es egal, auf welche Weise er aus dem Ausland zurückgekommen war. Und noch weniger kümmerten sie die Alliierten und die geplante Frühjahrsoffensive, mit der die Heeresführung die Truppen Ludendorffs an der russischen Westfront zurückschlagen wollte. Sie waren, wie der kahlköpfige Mann immer wieder erklärte, einzig und allein am Friedensschluß und an eigenem Grund und Boden interessiert.

Wie ein Lauffeuer verbreiteten sich diese Parolen auf den Straßen, in den Kasernen, Häfen, Schützengräben und Fabriken.

Als die Provisorische Regierung merkte, daß die Sache ernst, ja gefährlich wurde, stellte sie die Verleumdungskampagne gegen den gedrungenen Mann ein. Um seinem Einfluß entgegenzuwirken und die patriotischen Gefühle der Soldaten anzufachen, bot sie die wortgewaltigsten Redner auf. Neue Truppeneinheiten wurden aufgestellt, vorzüglich ausgerüstet und, begleitet von den Klängen der Marseillaise, zur Frühjahrsoffensive an die Front geschickt. Doch die gewaltige Armee war bereits von dem Bazillus »Frieden und Land« infiziert, der sich im Nu von innen her ausbreitete. Die Soldaten warfen ihre Gewehre weg und schlugen sich, per Bahn oder zu Fuß, in die Heimat durch.

Als es im Juli zum ersten bolschewistischen Aufstand kam, ging die Provisorische Regierung vom Krieg der Worte, den sie gegen den gedrungenen Mann geführt hatte, zur Gewaltanwendung über. Der Aufstand wurde niedergeschlagen und der gedrungene Mann samt seinen Kampfgenossen des Vaterlandsverrats und der Konspiration mit dem deutschen Generalstab beschuldigt. Einige seiner Genossen stellten sich, um vor Gericht ihre Unschuld zu beweisen, der gedrungene Mann aber ging bei den Kronstadter Matrosen in die Illegalität. Die Vorstellung, sich den Prozeß machen zu lassen, fand er geradezu lachhaft.

Seine Genossen versuchten, ihn umzustimmen: Er müsse sich unbedingt von allen Beschuldigungen reinwaschen – es sei eine Ehrensache. Aber er winkte verächtlich ab. »Ehre ist etwas für Tanzlehrer. Unsere Aufgabe ist es, die Revolution fortzusetzen.«

Er deutete auf seinen getreuen Gefolgsmann, der sich entschlossen hatte, mit ihm in die Illegalität zu gehen. »Er ist der einzige von euch, der den nötigen Verstand besitzt.«

Einer seiner Kampfgenossen glaubte, ihn vor seinem Jünger warnen zu müssen. »Dem kannst du nicht trauen – er hängt sein Fähnlein nach dem Wind. Er handelt nicht aus revolutionärer Überzeugung, sondern aus persönlichem Ehrgeiz.«

Der gedrungene Mann lächelte sarkastisch. »Du kennst doch das alte russische Sprichwort: ›Auf einem gutgeführten Bauernhof ist jeder Misthaufen nützlich.‹ Er leistet gute Arbeit für die Revolution.«

Anfangs rechnete er damit, daß seine Gegner ihn und seine Kampfgenossen liquidieren würden. An ihrer Stelle hätte er das auch getan. Aber wie sich zu seiner Erleichterung herausstellte, waren sie überzeugte Demokraten, die sich scheuten, skrupellos durchzugreifen. Er setzte also seine subversive Tätigkeit fort und überschwemmte die Soldaten und Matrosen mit Propagandaschriften, in denen sie aufgerufen wurden, zu desertieren und für »Frieden und Land« zu kämpfen.

Die Provisorische Regierung schickte ihre Redner in Städte und Dörfer, Fabriken und Vereinslokale. Landauf, landab forderten erprobte Oratoren die Bevölkerung zur Wahl von Deputierten auf, damit ein vom Volk gewähltes Parlament sich an die Aufgabe machen könne, das Land nach dem Willen des Volkes zu regieren.

Da seine Partei zu klein war, um auf diese Weise an die Macht zu kommen, konzentrierte der gedrungene Mann seine Agitation auf die Soldaten und Matrosen. Es ging ihm darum, bewaffnete Mitkämpfer zu rekrutieren.

Seinen Gegnern überließ er den Körper; er selbst war nur auf den Kopf aus.

Und im Herbst war es soweit. In einer frostigen Oktobernacht stürmten seine Matrosen die Regierungshauptstadt. Bahnhöfe, Telegrafen- und Fernsprechämter, Wasserwerke, Kasernen – alles wurde gleichzeitig besetzt. Auf den Winterpalast, wo die Provisorische Regierung ihre endlosen Konferenzen abhielt, waren Geschützmündungen gerichtet.

Zu Anfang, als der gedrungene Mann noch nicht so siegessicher gewesen war, hatte er seinen Gegnern, den Sozialrevolutionären und Sozialdemokraten, durch Emissäre vorschlagen lassen, eine Koalitionsregierung zu bilden, in der alle sozialistischen Parteien vertreten sein sollten. Seine Genossen waren entsetzt. »Mit denen können wir doch nicht zusammenarbeiten!«

»Sobald wir stark genug sind, schicken wir sie zum Teufel«, hatte er ihnen erklärt, als müßte er unverständige Kinder belehren.

Die Gegenparteien hatten sich mit ihrem Wahlsieg begnügt. Unter den siebenhundertunddrei Deputierten, die zur ersten Sitzung der konstituierenden Nationalversammlung zusammentraten, waren nur hundertundsechzig Bolschewiken. Aber der gedrungene Mann wußte, worauf es ankam. Seine Gegner hatten die Stimmenmehrheit, er hatte die Kanonen. Sämtliche Straßen, Plätze, Telegrafenämter, Bahnhöfe, Festungen und Gefängnisse waren von seinen Soldaten und Matrosen besetzt. Über die Nervosität seiner Kampfgenossen konnte er nur lachen. Am ersten Sitzungstag befahl er seinen Truppen, die Deputierten der anderen Parteien einzuschüchtern und zu demütigen. Sie mußten vor dem Eingang des Taurischen Palastes Spießruten laufen und wurden von Soldaten und Matrosen beschimpft und bespuckt.

»Konterrevolutionäre! Ausverkäufer! Handlanger des Kapitalismus! Kriegstreiber! Euch knüpfen wir am nächsten Laternenpfahl auf!«

Unter den Deputierten waren zwei alte Lodzer Revolutionäre: Nissan Eibeschutz und Pawel Szczinski, die in der sibirischen Verbannung gemeinsam Bücher studiert, nach der gemeinsamen Flucht in Lodz für die Revolution gearbeitet und sich dann im Petrograder Kresty-Gefängnis wiedergetroffen hatten.

Beide waren durch die Revolution befreit worden, beide gingen an diesem Tag als Volksvertreter zur Sitzung im Taurischen Palast – sonst aber hatten sie nichts mehr gemeinsam.

Szczinski war in Uniform und trug eine Pistole am Gürtel. Er war jetzt ein treuer Gefolgsmann des kahlköpfigen, gedrungenen Mannes. Nissan trug einen zerschlissenen Mantel, dessen Taschen vollgestopft waren mit Zeitungen, Broschüren, Streitschriften und Resolutionen. Er glaubte nach wie vor an die Macht des Wortes und nicht an die Macht der Kanonen, er glaubte an Gerechtigkeit und an die Stimme des Volkes, die für ihn gleichsam die Stimme Gottes war.

»Hängt die Verräter auf!« johlten die Matrosen. »Knallt sie nieder! Jagt sie zum Teufel!«

Nissan zupfte Szczinski am Ärmel. »Siehst du, was ihr gesät habt?«

Szczinski murmelte etwas, aber Nissan schnitt ihm das Wort ab. »Bin *ich* etwa ein Konterrevolutionär? Ein Handlanger des Kapitalismus? Ein Ausverkäufer? Heraus mit der Sprache!«

Sein alter Freund senkte den Kopf. Er konnte Nissan nicht ins Gesicht blicken.

Im Taurischen Palast sah es eher wie in einer Kaserne als wie in einem Parlamentsgebäude aus. Überall standen Soldaten mit Gewehren und Handgranaten. Der Stahl der Bajonette funkelte kalte Wut. Auf der Galerie wimmelte es von tätowierten Matrosen.

»Mit Maschinengewehren sollte man das ganze konterrevolutionäre Nest ausmisten!« brüllten sie und legten den Finger an den Abzug ihrer Mauserpistolen und Nagantgewehre.

Die ausländischen Zeitungsreporter trauten ihren Augen nicht. So eine Parlamentseröffnung hatten sie noch nie erlebt.

Zuerst ergriffen die Anhänger des gedrungenen Mannes das Wort. Sie forderten die konstituierende Nationalversammlung auf, den Führungsanspruch ihrer Partei in aller Öffentlichkeit anzuerkennen und die Gesetzesvorlagen der Partei zu ratifizieren.

Die Deputierten der anderen Parteien waren empört. »Nieder mit den Diktatoren! Die konstituierende Versammlung beugt sich nicht eurem Willen – ihr habt euch *ihrem* Willen zu beugen, dem Willen des Volkes!«

Ein Bolschewik verlas eine Resolution, die der gedrungene Mann verfaßt hatte. »In Anbetracht der Tatsache, daß die konstitutierende Nationalversammlung eine veraltete Form der Volksvertretung und völlig ungeeignet ist für eine Zeit, in der das Proletariat von seinem Feind, der Bourgeoisie, bedroht und die Revolution in Gefahr ist, wird die Versammlung hiermit aufgelöst.«

Ein Proteststurm brach los. Die Deputierten hämmerten auf Tischplatten und fuchtelten mit den Armen. In diesem Moment gab Pawel Szczinski den Soldaten und Matrosen das vereinbarte Zeichen. Mit angelegten Gewehren und gezückten Pistolen trieben sie die Volksvertreter aus dem Saal.

Die gedemütigten Deputierten gingen hinaus auf die dunkle Straße. Keine Trambahn fuhr, keine Laterne brannte, alle Haustüren waren verschlossen. Überall wimmelte es von Männern in Uniform. Ausgerüstet mit Gewehren, Handgranaten und Patronengurten, zogen sie über den Newskij-Prospekt, rauchten, lachten, fluchten.

Auf allen Plätzen, neben allen Denkmälern standen Artilleriegeschütze mit nach oben gerichteten Mündungen. Aus Feldküchen stoben Funken. Ein Matrose spielte auf seiner Ziehharmonika ein fröhliches Lied.

In dumpfer Verzweiflung irrte Nissan durch die Straßen. Wie viele Jahre hatte er auf die erste Versammlung frei gewählter Volksvertreter im befreiten Rußland gewartet! Wie viele Qualen, Entbehrungen und Haftstrafen hatte er durchgestanden, um diesen Tag erleben zu dürfen! Und jetzt? Hinausgejagt wie ein räudiger Hund! Und von wem? Nicht von den Schinderknechten des Zaren, nicht von Handlangern der Bourgeoisie, sondern von seinesgleichen! Er fühlte sich genauso verkauft und verraten wie an jenem Maitag vor vielen Jahren, als die Gojim aus dem Feiertag der Arbeiterbewegung ein Judenpogrom gemacht hatten.

In seinem schäbigen Zimmer kroch er in das schmale Feldbett, stöhnte ins Kopfkissen und beweinte den glorreichen Tag der Erlösung, von dem man ihn zu Unrecht ausgeschlossen hatte.

Die ganze Nacht über donnerten Geschütze.

58

Zwischen den Soldaten der Polnischen Legion, die von Kommandeur Marcin Kuczinski nach Lodz geschickt worden waren, um Jugendliche anzuwerben, und den deutschen Besatzungstruppen herrschte Animosität.

Seit sie an der Seite ihrer Verbündeten in den Krieg ziehen mußten, hatten die Deutschen immer nur Geringschätzung für die unter ihrem Kommando stehenden Truppen österreichischer und anderer Nationalität empfunden. In der österreichischen Armee waren Ungarn, Tschechen, Polen, Juden, Ruthenen, Bosnier, Rumänen, ja sogar Zigeuner, und die meisten von ihnen verstanden außer den Befehlsformeln kein Wort Deutsch.

Dazu kam, daß Soldaten anderer Volkszugehörigkeit, wenn sie einen über den Durst getrunken hatten, oftmals ihren Haß auf die Deutschen hinausposaunten, was diesen natürlich gegen den Strich ging. Als Bürger eines rein deutschen Staates, in dem nur *eine* Sprache gesprochen wurde, sahen sie die Österreicher schief an, weil diese es nicht geschafft hatten, den Untertanen ihres Vielvölkerstaates Disziplin beizubringen und sie zu anständigen Teutonen zu machen.

»He, ihr Kitsche, Pitsche, Mitsche!« spotteten die deutschen Soldaten über das »Kauderwelsch« ihrer Verbündeten.

Und obendrein hatten die österreichischen Truppen eine so schlechte Kampfmoral, daß sie bei russischen Angriffen immer gleich den Rückzug antraten, worauf dann die Deutschen die Kastanien aus dem Feuer holen mußten. Kein Wunder, daß sie, die Truppen des deutschen Kaisers, diese unzuverlässigen Verbündeten, die Wickelgamaschen, alberne Käppis und alle möglichen chauvinistischen Abzeichen trugen, nicht leiden konnten.

Die deutschen Offiziere hielten das österreichische Offizierskorps für minderwertig, weil Söhne kleiner Ladenbesitzer darunter waren, Bauernsöhne, ja sogar Juden aus Tarnopol und anderen Gegenden Galiziens. Man konnte nie wissen, ob man im Offizierskasino oder auf Bällen nicht Krethi und Plethi begegnen würde. Jedenfalls sorgten die Deutschen dafür, daß sie immer die besten Quartiere bekamen und die Österreicher mit den schlechten vorliebnehmen mußten. Und wichtige Kommandosachen wurden grundsätzlich von ihnen übernommen.

Um österreichische Offiziere nicht grüßen zu müssen, taten deutsche Gefreite so, als hätten sie sie gar nicht bemerkt. Und wenn sie nicht ums Salutieren herumkamen, grüßten sie so schlampig, daß es eher wie eine verächtliche Geste wirkte. Beschwerte sich ein Offizier darüber, dann kanzelten die deutschen Vorgesetzten ihre Soldaten ab, aber an ihrem Ton merkten diese genau, daß sie auch weiterhin über ihre Verbündeten hinwegsehen durften.

Nach den Schlappen, die die österreichischen Truppen während der russischen Frühjahrsoffensive erlitten hatten (woraufhin die Deutschen wiederum in die Bresche springen mußten), war das Verhältnis zwischen den Verbündeten noch gespannter geworden. Die Deutschen machten jetzt sogar obszöne Anspielungen auf »k. u. k.«, was die Truppen der österreichisch-ungarischen Monarchie als besonders demütigend empfanden.

Noch geringschätziger zeigten sich die Deutschen gegenüber der Polnischen Legion, die in Österreich als selbständige Kampfgruppe mit eigenem Offizierskorps und eigenen Uniformen gegründet worden war. Sie mokierten sich über das Polnisch der Legionäre, über ihre Mützen und ihre leidenschaftlich patriotischen Lieder. Sobald die Legionäre ein Lied über ihr geliebtes altes Polen anstimmten, antworteten die Deutschen mit einem Spottvers:

»Um ihre Bomben und ihre Kosaken,
Um ihre Läuse und ihre Polacken
Beneiden wir die Russkis nicht.
Weil all das doch nur juckt und sticht.«

Galizische Legionäre, die Deutsch konnten, waren empört, aber die deutschen Soldaten scherten sich nicht drum. Sie beachteten die Offiziere der Legion überhaupt nicht, obwohl es Vorschrift war, den Offizieren der verbündeten Nationen die gleichen Ehrenbezeugungen zu erweisen wie den eigenen.

Oberst von Heidel-Heidelaus Nacken lief dunkelrot an, als polnische Legionäre in Bauernkarren, gezogen von mageren Panjepferdchen, nach Lodz kamen, um Jugendliche für die Legion anzuwerben. »Sehen Sie sich diesen Sauhaufen an!« sagte er zu seinem Adjutanten.

Er hatte die »Polacken« von jeher verachtet. Für ihn waren die polnischen Landarbeiter, die er auf seinem ostpreußischen Gut beschäftigte, nicht viel mehr als Vieh. Sie arbeiteten für einen Hungerlohn und begnügten sich damit, in Scheunen oder auf dem nackten Erdboden zu schlafen. Wie alle ostpreußischen Grundbesitzer hatte er stets begehrlich nach Osten geblickt, wo es Land in Hülle und Fülle und obendrein billige Arbeitskräfte gab. Jetzt hatte er endlich die Möglichkeit, diesem polnischen und jüdischen Abschaum zu beweisen, aus welchem Holz die Deutschen geschnitzt waren – und nun halste man ihm plötzlich diese Legionäre mit ihren haarsträubenden, operettenhaften blauen Uniformen und ihrem gräßlichen Kauderwelsch auf!

Er mußte sich wohl oder übel damit abfinden: Befehl ist Befehl. Aber er war wütend auf seine Vorgesetzten im Generalstab, die ihm dieses Gesindel auf den Hals geschickt hatten. Die Österreicher waren schon schlimm genug, aber noch nie ihn Deutschlands ruhmreicher Geschichte war es einem besetzten Land erlaubt worden, eine Legion aufzustellen – mit eigener Sprache, eigenen Befehlshabern und was sonst noch alles zu einer Armee innerhalb der Armee gehörte.

An allem waren diese verflixten Österreicher mit ihrem Vielvölkerstaat schuld, in dem ein heilloser Rassenmischmasch und eine babylonische Sprachenverwirrung herrschten. Sie waren keine Soldaten, sondern eine Horde von Schweinehirten und korrupten Politikern! Und jetzt hatte sich der deutsche Generalstab von ihnen dazu übertölpeln lassen, der Polnischen Legion zu gestatten, in den Städten junge Rekruten anzuwerben.

Oberst von Heidel-Heidelau knirschte mit den falschen Zähnen. Er hatte Befehl, diese Polacken unterzubringen, aber es war schon dafür gesorgt, daß sie Quartiere zugewiesen bekamen, die nicht viel besser als ein Schweinestall waren. Das fehlte ihm noch, daß die sich's in Lodz gemütlich machten! Er hatte hier schon genug Ärger mit patriotischen Vereinen, die alberne Träume von einem unabhängigen Polen hegten. Und jetzt stand zu erwarten, daß die Polnische Legion diese subversiven Elemente ermuntern würde, damit an die Öffentlichkeit zu treten.

Zu den Legionsoffizieren, die in Lodz eintrafen, zählte auch Felix Feldblum, Marcin Kuczinskis alter Freund und Mitverschwörer. Nach seinem Austritt aus der Proletariatspartei war er der Polnischen Sozialistischen Partei beigetreten, der auch Kuczinski angehörte und die den Kampf für den Sozialismus mit dem Kampf um die Unabhängigkeit Polens verband.

So selbstlos wie früher für die Proletariatspartei, so selbstlos rackerte sich Felix auch für seine neue Partei ab. Er druckte heimlich Proklamationen, schrieb und setzte die Parteizeitung, organisierte Studiengruppen für polnische Arbeiter, übersetzte sozialistische Schriften und nahm an geheimen Parteibesprechungen teil. Er wurde ins Gefängnis gesteckt, floh, wurde erneut eingelocht.

Während der revolutionären Unruhen im Jahre 1905 hatte er in Lodz für die Partei gearbeitet. Sein unerbittlichster Gegner war damals Pawel Szczinski gewesen, der der Sozialistischen Partei vorwarf, chauvinistische und reaktionäre Ideen zu verbreiten. Er, der einst Schüler eines Priesterseminars gewesen war, verabscheute die polnischen Sozialisten, weil sie seiner Meinung nach über dem Traum von einem unabhängigen Polen die miserablen Lebensbedingungen der Arbeiter vergaßen. Und er spöttelte über den Juden Feldblum, der sich als polnischer Patriot aufspiele.

Den Kriegsausbruch 1914 hatte Felix Feldblum in Galizien erlebt, wo er sich vor der polnischen Gendarmerie versteckt hielt. Dort wurde er als Ausländer russischer Staatsbürgerschaft interniert. Als dann sein Freund Kuczinski die Polnische Legion gründete, meldete sich Felix als Freiwilliger. Wie die meisten polnischen Sozialisten war er überzeugt, daß vor allem das zaristische Rußland der Freiheit im Weg stand. Polen, so glaubten er und seine Genossen, würde, sobald es vom russischen Joch befreit sei, eine Nation werden, in der Brüderlichkeit und Gleichheit herrschten. Und darum stellte er sich auch diesmal wieder an die Seite seines Freundes Kuczinski.

Leutnant Felix Feldblum war keine soldatische Erscheinung. Er war schon ziemlich bejahrt. Sein Kraushaar und sein Bart waren stark angegraut. Sein Zwicker rutschte ihm immer wieder die Nase hinunter. Er hatte eine schlaksige, leicht gebeugte Figur und bewegte sich fahrig und unbeholfen. Seine Uniform saß schlecht, seine Mütze war immer verrutscht.

Aber er hatte sich als tapferer, pflichtbewußter Soldat erwiesen. Er drückte sich vor nichts, meldete sich freiwillig für gefährliche Unternehmen, und wurde rasch zum Offizier befördert.

Jetzt war er also nach Lodz gekommen, um Soldaten für die Legion anzuwerben. Mit umgeschnalltem Säbel ging er durch die Stadt, in der er einst Barrikaden errichtet, an Protestmärschen teilgenommen und sich vor der Polizei versteckt hatte.

Die deutschen Soldaten lachten schallend, wenn sie ihm begegneten. Obschon er Kriegsauszeichnungen und Offiziersepauletten trug, sah man ihm sofort den jüdischen Intellektuellen an. Auch seine eigenen Soldaten mokierten sich über ihn. Auf sie wirkte er nicht wie ein polnischer Offizier, sondern eher wie ein Rabbiner.

Im Kreise seiner Offizierskameraden fühlte er sich nicht wohl. Nur wenige waren Idealisten. Die meisten hatten nichts für den Sozialismus übrig und wußten nicht, welchen Beitrag Felix Feldblum zur Sache des Sozialismus geleistet hatte. Wie in Offizierskreisen seit jeher gang und gäbe, frönten sie dem Glücksspiel, Zechen und Huren, erzählten sich Kasinowitze und waren auf Beförderung erpicht. Für sie war Felix ein Außenseiter. Er spielte nicht, trank nicht, fluchte nicht, erzählte keine Zoten. Wenn deutsche Soldaten ihm nicht salutierten, verzog er keine Miene. Er pflegte Umgang mit Rekruten und stolzierte nicht mit rasselndem Säbel und klirrenden Sporen umher. Wenn er dienstfrei hatte, ging er entweder in Bibliotheken oder las, schrieb und übersetzte Parteiliteratur.

Es bereitete Felix Feldblum Qualen, mit ansehen zu müssen, wie seine einst so idealistischen Genossen durch das Soldatenleben verführt und verroht wurden. Die Offiziere spielten sich auf und behandelten die Rekruten wie den letzten Dreck. Sein alter Freund Marcin, derzeit Kommandeur der Legion, entwickelte sich immer mehr vom Sozialisten zum Leuteschinder. Er umgab sich mit Speichelleckern und entfremdete sich seinen alten Genossen. Und er warb sogar katholische Priester für die geistliche Betreuung der Legionäre an. Die Lieder, die die Soldaten der Legion sangen, waren patriotisch und nicht die Spur sozialistisch. Es marterte Felix, mit ansehen zu müssen, wie sein Freund und seine Partei ihren Idealen untreu wurden.

Um diese alarmierende Entwicklung aufzuhalten, veranstaltete er literarische Abende, bei denen er seine Kameraden auf die besondere Aufgabe hinwies, die Polen, das so viel erlitten hatte, auferlegt sei: die Aufgabe, durch seine Leiden die Welt zu erlösen. Er zitierte aus den Werken von Mickiewicz, Norwid und Wyspianski und beschwor das Bild eines polnischen Staates herauf, der für die ganze Welt ein Vorbild an Gerechtigkeit und Lauterkeit sein würde.

In solchen Momenten fand er wieder zum Zukunftsglauben seiner jungen Jahre zurück. Er rief sich ins Bewußtsein, daß er für ein Ideal kämpfte, für das er sein Leben zu opfern bereit war. Seine Kameraden hörten ihm zu, wenn auch mit einer gewissen Zurückhaltung. Eine unsichtbare Mauer schien diesen gebeugten, dunkelhäutigen Mann mit dem angegrauten Kraushaar von den hellhaarigen, rotbackigen, stupsnasigen Slawen zu trennen, die offenbar dafür geboren waren, Uniform zu tragen.

»Ein komischer Kauz, dieser Feldblum!« flüsterten sie einander zu. »Hat etwas Sonderbares an sich.«

»Ein Jude.« Als wäre damit alles erklärt, zuckten die anderen die Achseln.

59

Entgegen Max Aschkenasis unerschütterlichem Glauben an die Unveränderlichkeit der gesellschaftlichen Verhältnisse kehrte der Schuster nicht zu seinem Leisten, der Weber nicht an seinen Webstuhl und der Unternehmer nicht in sein Kontor zurück. Die Welt war tatsächlich auf den Kopf gestellt.

In prächtigen Palästen wärmten sich Rotgardisten die Füße am Feuer, das sie mit Louis-Quatorze-Möbeln anheizten. Sie schleppten die kostbarsten Möbelstücke aus Mahagoni und

Kamholz aus den Zimmern und warfen Gemälde alter Meister ins Feuer, um sich Kartoffeln zu braten. Sie rissen Korduanleder von den Stühlen, um damit ihre Stiefel zu flicken. Aus Samtgardinen machten sie sich Gamaschen und aus den schönsten Seidentapeten schnitten sie Taschentücher für ihre Liebchen.

Alle Banktresore wurden plombiert, alle Läden verrammelt, alle Fabriken enteignet. Die Mauern waren mit Anschlägen bepflastert, auf denen Enteignungen, Verhaftungen und Anordnungen des Stadtkommandanten Pawel Szczinski bekanntgegeben wurden. Riesige rote Spruchbänder verkündeten: »Alle Macht den Sowjets!« und »Nieder mit den Ausbeutern!« Plakate zeigten einen Rotgardisten, der einem Kapitalisten das Bajonett in den Fettwanst stößt, aus dem Blut spritzt; oder einen Muschik, der auf dem Nacken eines Grundbesitzers tanzt; oder einen unwahrscheinlich muskulösen Arbeiter, der einen Priester, einen Rabbiner und einen Mufti – alle drei mit dem Symbol ihres Glaubens dargestellt – hinausschmeißt.

Eines Tages war Max Aschkenasi an der Reihe.

Mehrere Männer in offenen Mänteln (von denen augenscheinlich die Schulterstücke abgerissen worden waren), mit weit aus der Stirn geschobenen Pelzmützen und mit Gewehren, die sie sich mit einer Schnur umgehängt hatten, kamen – Sonnenblumenkerne kauend oder selbstgedrehte Zigaretten rauchend – in die Weberei gestapft und verkündeten: »Niemand darf die Fabrik verlassen! Dieser Betrieb wird hiermit von der Arbeiter-und-Bauern-Regierung übernommen. In Kürze findet eine Versammlung der gesamten Belegschaft statt.«

Der Anführer, ein junger Bursche, der eine Studentenmütze aufhatte, ging ins Kontor und pflanzte sich vor dem Schreibtisch auf.

»Kann ich Ihnen behilflich sein?« fragte Max Aschkenasi, als ob er keine Ahnung hätte, was da vor sich ging.

»Ich möchte mich auf Ihren Stuhl setzen.«

Aschkenasi zog einen Schlüssel heraus und wollte den großen Stahltresor aufsperren, doch der junge Mann machte eine barsche Handbewegung. »Schlüssel hinlegen! Und nichts anfassen!«

»Es sind bloß einige Privatpapiere«, erklärte Aschkenasi lächelnd.

»Privatbesitz gibt's nicht mehr. Jetzt gehört alles der Arbeiter-und-Bauern-Regierung. Geben Sie mir sämtliche Schlüssel, dann können Sie gehen.«

Obwohl er schon seit Wochen damit gerechnet hatte, war Max wie vom Donner gerührt, als er draußen auf der Straße hörte, wie das Fabriktor hinter ihm zugeschlagen wurde.

»Hinausgeworfen!« murmelte er, als ginge diese Ungeheuerlichkeit über seinen Verstand. »Davongejagt wie ein streunender Hund!«

Er wußte nicht, was er jetzt tun sollte. Dieser junge Kerl hatte ihm gesagt, er könnte gehen, wohin er wollte. Aber er wußte nicht, wohin. Zum ersten Mal im Leben hatte er nichts zu tun. Jetzt war er in der gleichen Lage wie einst seine Belegschaft in Lodz, nachdem er sie kurzerhand ausgesperrt hatte.

Er fühlte sich schrecklich einsam in dieser fremden Stadt. Er hatte hier niemanden, an den er sich wenden konnte. Man hatte ihn um sein Hab und Gut gebracht. An einem einzigen Tag hatte sich das gesamte Vermögen, das er in den Kriegsjahren angehäuft hatte, in Luft aufgelöst.

In den ersten Wochen nach der Enteignung seines Betriebs wanderte Max durch die Straßen und las die riesigen Spruchbänder, die die Unterdrückten aufriefen, sich alles zurückzuholen, was die Ausbeuter dem Volk gestohlen hatten. Er konnte das nicht begreifen. Er kam sich nicht wie ein Ausbeuter vor. Er hatte niemandem etwas gestohlen. Er hatte nichts anderes getan als eingekauft, verkauft, produziert und den ihm zustehenden Profit gemacht. Zugegeben, er hatte diesen und jenen Kniff angewandt, aber das gehörte eben zum Geschäft. Den Rahm schöpft immer der Schlauere ab. Das war kein Diebstahl – das war der Lauf der Welt. Und was die Arbeiter betraf – er hatte ja keinen gezwungen, bei ihm zu arbeiten. Er hatte sie, wie jeder andere auch, entsprechend dem Kosten-plus-Gewinn-System entlohnt. Er fühlte sich so unschuldig wie ein Lamm. *Er* sollte ein Dieb sein? Nein, Diebe waren diejenigen, die mit Gewehren kamen und einem, der sich jahrelang abgerackert hatte, alles wegnahmen!

Waren die Tage für Max Aschkenasi schon öd und leer genug, so waren die Nächte noch schlimmer. In einem zerschlissenen

Mantel, eine Schirmmütze auf dem Kopf, um nur ja nicht aufzufallen, lief er ziellos auf den Straßen, Plätzen und Prachtstraßen der Stadt herum, die immer so strahlend beleuchtet und voller Kutschen und Troikas gewesen waren und wo es so viele Restaurants, Theater und Kabaretts gegeben hatte. Jetzt glichen sie einem riesigen Feldlager.

Unzählige Menschen standen vor den Genossenschaftsläden Schlange, um ein Stück Brot oder einen Hering zu ergattern. Die Lebensmittelpreise stiegen von Minute zu Minute. Die Bauersfrauen, die in die Stadt kamen, um Milch zu verkaufen, wußten nicht, was die Geldscheine, die sie in der einen Straße bekamen, in der nächsten wert sein würden.

Aschkenasi gab sein Bargeld für Nahrungsmittel aus, die er auf der Straße kaufte und mit denen er sich in seiner Villa am Kamennoostrowskij-Prospekt verköstigte. Es gab weder Brennholz noch Kohlen, und weil die Leitungsrohre in der grimmigen Kälte gefroren waren, mußte er eine Straße weiter zu einem Ziehbrunnen gehen, um Wasser zu holen. Seine Dienstboten waren in ihre Heimatdörfer zurückgekehrt, wo sie selbstgebackenes Brot und Kartoffeln essen und sich an den großen Bauernöfen aufwärmen konnten. Statt Personal hatte er jetzt Arbeiter, Matrosen und Rotgardisten im Haus, die Möbelstücke wegschleppten oder zertrümmerten und Kanonenöfen aufstellten, für deren Abzugsrohre sie Löcher in die Mauern und in die Fensterscheiben schlugen. Jeden Tag machten sich mehr Leute in Aschkenasis Haus breit.

»He, Väterchen, zu welchem Verein gehörst du eigentlich?« Mißtrauisch betrachteten sie seine Schirmmütze, die so gar nicht zu seinem kostspieligen Mobiliar paßte.

Verschreckt durch die stämmigen Matrosen, von denen etwas Fröhliches und zugleich Hemmungsloses, etwas Rechtschaffenes und zugleich Fanatisches ausging, kauerte sich Max in einen Winkel. »Ich bin ein Kriegsflüchtling aus Polen«, sagte er weinerlich.

»Du wirst deine Flügel einziehen müssen, Väterchen. In Zeiten wie diesen ist das viel zuviel Wohnraum für einen polnischen Flüchtling. Und du hast hier auch zuviel herumstehen – das reinste Möbelgeschäft!«

Sie verdrängten ihn aus einem Zimmer nach dem anderen, bis

er schließlich nur noch ein einziges bewohnen durfte. In den anderen Räumen zerhackten sie die Möbel und heizten damit ihre Öfen. Für Aschkenasi war jeder Axthieb wie ein Stich ins Herz. Sie brachten Mädchen mit und feierten Orgien, besoffen sich mit selbstgebrautem Schnaps, spielten Ziehharmonika, tanzten, lachten, sangen.

Zugedeckt mit all seinen Wolldecken und seinem Zobelmantel, lag Aschkenasi in seinem breiten Bett. Aber er konnte nicht schlafen. Er hatte kein Licht, keine Heizung, kein Wasser. Der Lärm nebenan hörte Tag und Nacht nicht auf. Max lauschte, wunderte sich darüber, daß diese Leute angesichts der blutigen Kämpfe an der Front ihrem Vergnügen frönten, und beneidete sie.

Alle körperlichen Beschwerden und Wehwehchen, die, solange er unentwegt gearbeitet hatte, latent geblieben waren, kamen jetzt zum Ausbruch. Kein bißchen heißes Wasser zum Teeaufbrühen war da. Das Zimmer war vollgestopft mit allen möglichen Sachen, die feucht geworden und mit einer Eisschicht überzogen waren. Er hatte nicht einmal ein Örtchen, wo er seine Notdurft verrichten konnte.

Der Mann, der ein Wirtschaftsimperium geleitet und der es mitten in der tiefsten Krise einer Nation geschafft hatte, eine Industriestadt fast sechzehnhundert Kilometer weit zu verlegen, war jetzt nicht mehr imstande, für seine körperlichen Bedürfnisse zu sorgen. Die jungen Männer und Frauen lachten über ihn, wenn er morgens mit einer chinesischen Vase in der Hand aus seinem Zimmer kam, um Wasser zu holen. Er rutschte auf der vereisten Brücke aus, die andere Fußgänger ohne Schwierigkeiten überquerten. Ungeschickt knotete er das Seil um den Vasenhenkel. Und er fiel beinahe in den Brunnenschacht, wenn er die Vase hochzog und dabei den größten Teil des Wassers überschwappen ließ. Seine Hand, die so hurtig Kalkulationen in Millionenhöhe aufs Papier gekritzelt hatte, konnte kein Beil halten, um ein Scheit Holz zu hacken. Sein Zimmer war in einem verheerenden Zustand, er selbst völlig verlottert.

Die langen Winternächte zogen sich schier endlos hin. Er lauschte auf jeden Schrei, jeden Schuß. Ständig brach irgendwo Feuer aus. Die vielen unzulänglich gewarteten Öfen setzten Häuser in Brand. Die Feuerwehr kam gar nicht mehr, weil es kein Wasser zum Löschen gab. Die Häuser brannten lichterloh, wie riesige Heuschober, und vom Widerschein der Flammen wurden nachts die unbeleuchteten Straßen erhellt. Die Schreie derer, die sich nicht mehr aus den Flammen retten konnten, gellten in der nächtlichen Stille.

Noch angespannter lauschte Max Aschkenasi auf das Läuten der Haustürglocke. Es gab nächtliche Razzien, bei denen undisziplinierte Soldaten in die Wohnungen vormals reicher Bürger eindrangen, sie aus dem Bett zerrten und die Zimmer filzten. Mit ihren Bajonetten brachen sie Schränke und Schubladen auf, suchten nach Waffen, verbotener Literatur, verstecktem Gold, Diamanten und anderen gehorteten Wertsachen.

Aschkenasi besaß weder Waffen noch verbotene Literatur, aber er *hatte* etwas zu verbergen. Während der Unruhen hatte er Waren aus seinen Lagerhäusern beiseite geschafft, um für den Notfall vorzusorgen. Einen Teil davon hatte er Bekannten zur Aufbewahrung gegeben, die übrige Ware hatte er in seinem Keller versteckt, wo sie, je länger sie dort lagerte, um so wertvoller wurde. Jetzt wollte er sie unbedingt aus dem Haus haben, aber das war alles andere als einfach. Die Leute, die als Käufer in Frage gekommen wären, hatten Angst. Und Waren in aller Öffentlichkeit abzutransportieren, war unmöglich. Alles mußte klammheimlich geschehen.

Auch einen kleinen Vorrat an Gold und Diamanten hatte er versteckt – dort, wo bestimmt niemand danach suchen würde: Mit viel Mühe hatte er alles in das Futter seines Zobelmantels eingenäht.

Er wollte unbedingt aus dieser chaotischen Stadt heraus, die ihm nichts mehr zu bieten hatte. Aber dazu brauchte man allerlei Genehmigungen und Papiere. Und er wollte sich lieber nicht in den Büros der Roten blicken lassen, wo Männer beschäftigt waren, die ihre Mützen auch drinnen aufbehielten, und Frauen, die Kopftücher umgebunden hatten. Er wagte es nicht, den Namen Aschkenasi in einer Stadt zu nennen, die unter dem Kommando von Pawel Szczinski stand, an den er sich noch aus dem Jahr 1905 erinnern konnte, als in Lodz Unruhen ausgebrochen waren. Er hatte bestimmt nichts Gutes von diesem Kerl zu erwarten, mit dem er damals die Klingen gekreuzt und der jetzt die Macht hatte, über sein Schicksal zu entscheiden.

Außerdem durfte niemand, der die Stadt verließ, Hartgeld mitnehmen, sondern bloß Papiergeld, das völlig wertlos war.

Er plante, sich zunächst ins Ausland abzusetzen und von dort aus nach Lodz zurückzukehren. Keinesfalls aber wollte er sich ohne seine Wertsachen auf die Flucht machen. Wie sollte er denn draußen zurechtkommen, wenn er keine Kopeke besaß? Andrerseits war es bestimmt sehr gefährlich, *mit* den Juwelen zu fliehen. Man mußte überall gewärtig sein, durchsucht zu werden, und wer bei einem solchen Vergehen ertappt wurde, mußte derzeit damit rechnen, einen Kopf kürzer gemacht zu werden.

Er brütete darüber nach, wie er sich aus dem Land schmuggeln könnte. Dazu brauchte man jemanden, der genau wußte, wer Bestechungsgeld annahm, aber so jemanden zu finden, war schwierig. Man wußte ja nicht, wem man jetzt noch trauen konnte. In Petrograd wimmelte es von Spionen, Doppelagenten und Spitzeln.

Er saß wie auf glühenden Kohlen. Seinen Lebensunterhalt bestritt er von dem bißchen Geld, das ihm die Sachen, die er nach und nach auf der Straße verscherbelte, einbrachten. Sein Essen bereitete er sich aus den Nahrungsmitteln zu, die er Bauersfrauen abkaufte. Seinen Schatz hielt er weiterhin versteckt, in der Hoffnung, daß sich doch noch eine Gelegenheit zur Flucht bieten würde.

Wenn an eine Tür geklopft oder am Eingang geläutet wurde oder irgendein Geräusch auf der Treppe zu hören war, zitterte er vor Angst. Oft sah er Lastwagen, die mit Verhafteten überfüllt waren. Niemand in der Stadt wagte Vermutungen über das Schicksal dieser Menschen zu äußern, aber es ging das Gerücht, daß man sie nie mehr zu sehen bekäme. Es hieß, sie würden außerhalb der Stadt erschossen und irgendwo verscharrt. Deshalb sei nachts so oft das Rattern von Lastwagen und das Knallen von Schüssen zu hören.

Unter seinem Berg von Decken warf sich Max Aschkenasi im Bett herum. Nicht einmal über die Einstellung seiner Nachbarn war er sich klar. Früher hatten sie den Hut vor ihm gezogen, jetzt waren sie vielleicht drauf und dran, ihn zu denunzieren. Noch weniger traute er den Soldaten und Matrosen, die sein Haus mit Beschlag belegt hatten. Ohne daß jemand Wind davon bekam, könnten sie ihn umbringen und irgendwo wie einen Hund verscharren, Seite an Seite mit Habenichtsen und Gojim.

Er erging sich in Selbstmitleid. Warum war er überhaupt hierhergekommen? Seine Frau hatte ihn angefleht, in Lodz zu bleiben, aber er hatte keinerlei Hoffnung in ein von Rußland abgeschnittenes Lodz gesetzt. Und was war aus seinem Millionenvermögen geworden? Primitiven, brutalen Kerlen war es in die Hände gefallen, die ihr Leben lang nicht so viel Geld verdient hatten wie er an einem einzigen Tag. Er war ruiniert, einsam, kränklich; und er spürte, wie viele Jahre er schon auf dem Buckel hatte.

Das hatte er nun davon, daß sein Gehirn unentwegt tätig war und nie aufhören konnte, Pläne und Ränke zu schmieden. Man sollte die Dinge nehmen, wie sie kamen. Wie es Jakob Bunim immer getan hatte.

Er dachte über seinen Bruder nach, der ihm all diese Jahre so verhaßt gewesen war. Jetzt empfand er keinen Groll mehr auf ihn, nur noch Neid. *Der* war vernünftig genug gewesen, in Lodz zu bleiben, wo er jetzt vermutlich ein angenehmes Leben führte. *Den* hatte der Teufel nicht dazu getrieben, von seinem Zuhause und seiner Familie wegzulaufen, um in einer gottverlassenen Gegenden nach wer weiß was zu suchen. *Der* war dort geblieben, wo er hingehörte und mit seiner Frau ein normales Leben führen konnte.

Zum ersten Mal dachte Max ohne jeden Groll an seine Tochter Gertrud. Ein tüchtiges Mädchen – hübsch und von geradezu männlicher Intelligenz. Jakob Bunim konnte von Glück sagen, daß er sie bekommen hatte. Und er, ihr Vater, war nicht einmal zu ihrer Hochzeit gegangen. Kein einziges Mal hatte er sie besucht. Ein Fremder war er für sie geblieben.

Seine Gedanken wanderten zu Ignaz. Er versuchte, sich seinen Sohn als erwachsenen Mann vorzustellen, aber das Bild blieb verschwommen. Wie gern hätte er ihn jetzt wiedergesehen . . . Er war zwar ein Tunichtgut gewesen, der sich seinem Vater gegenüber schlecht benommen hatte, aber was aus ihm geworden war, hätte er halt doch gern gewußt. Vielleicht hatte er schon Frau und Kind. Oder ob ihm – Gott behüte – etwas zugestoßen war? Er hatte erfahren, daß Ignaz als Kriegsfreiwilliger in der französischen Armee diente. Der Junge hatte schon immer eine Schwäche für riskante gojische Narreteien gehabt . . .

Max schauderte bei dem Gedanken, daß seinem Sohn etwas passiert sein könnte.

Dann dachte er an seine geschiedene Frau. Plötzlich sah er sie so vor sich, wie sie ausgesehen hatte, als sie jung und reizvoll war. Die Erinnerung an die Jahre mit ihr schmerzte ihn. Sie hatte ihn abweisend behandelt, aber die Schuld lag nicht allein bei ihr. Er war immer so sehr mit geschäftlichen Dingen beschäftigt gewesen, daß er einfach kein normales Familienleben führen konnte. Es war Wahnsinn gewesen, sich von ihr scheiden zu lassen. Er hatte sie vor aller Welt gedemütigt und mit Füßen getreten. Das hatte sie wahrlich nicht verdient. Sie hatte sich immer umsichtig verhalten und, im Gegensatz zu vielen anderen Ehefrauen, ihrem Mann niemals Schande gemacht. Und ausgerechnet in dem Moment, als sie bereit war, ihm entgegenzukommen und einen neuen Anfang zu machen, hatte er auf diesen verrückten Einfall kommen müssen!

Er hatte nie aufgehört, sie zu lieben – und trotzdem hatte er sie gegen eine andere eingetauscht. Seine jetzige Frau war gewieft und respektierte ihn, aber glücklich war er mit ihr nicht geworden. Sie war für ihn eher so etwas wie eine Kameradin. Die Nächte mit ihr waren öde und sinnlos. Und weshalb hatte er das alles getan? Des Geldes wegen. Geld, Geld – und jetzt hatte er nicht einmal mehr *das*! Und dabei hätte alles ganz anders kommen können. Dann wäre er jetzt daheim bei Frau und Kindern und könnte mit seinem Leben zufrieden sein.

Der Gedanke, daß er in Lodz so manches zurückgelassen hatte, war ihm ein gewisser Trost. Zum Glück hatte er nicht alle Brücken hinter sich abgebrochen. Jetzt wußte er, was er mit seinem Leben anfangen würde: sich mit seinen Kindern aussöhnen. Und mit seinem Bruder. Mit Dinele ins reine kommen und ihr jede erdenkliche Hilfe gewähren. Weiß der Himmel, wie es ihr jetzt ging ...

Menschenfreundlicher wollte er werden. Es hatte keinen Sinn, sich um materiellen Gewinnes willen aufzuopfern. Der Mensch denkt, und Gott lenkt. Man hatte nicht das Recht, der Welt den Rücken zu kehren. In Zukunft würde er anderen helfen. Für wohltätige Zwecke spenden. Wenn er es schaffte, dieser Hölle zu entkommen und heimzukehren, dann würde er noch Großes leisten! Max Aschkenasi war immer noch jemand! Er war keiner von diesen Durchschnittstypen. Er hatte es schon einmal zu einem riesigen Vermögen gebracht und er würde es auch ein zweites Mal schaffen! Aber er war fehl am Platze in einem Land, das verrückt geworden war, in einer Stadt, in der ein betuchter Mann wie er sein Brennholz selbst hacken, sein Wasser selbst holen und um jedes Stück Brot, jeden Krug Milch mit Bauern feilschen mußte. Sobald er wieder in der richtigen, der normalen Welt war, wo Grips, Mumm und logisches Denken noch zählten, würde er im Nu wieder ganz oben sein. Wenn's gar nicht anders ging, würde er eben Geschäfte mit den Deutschen machen.

Er trauerte nicht einmal mehr dem finanziellen Verlust nach, den er durch die Roten erlitten hatte. Zum Teufel mit ihnen! Die richteten dieses Land bestimmt bald zugrunde. Und damit auch sich selbst. Dann würde diese ganze Revolution für ihn nichts anderes als einen geschäftlichen Rückschlag bedeuten, vergleichbar einer durch Rohstoffknappheit oder durch eine Wirtschaftskrise bedingten Flaute. Es hatte wohl so kommen müssen. Für ihn war jetzt nur eines wichtig: fort aus diesem Land! Und er war bereit, eine Menge dafür zu bezahlen.

Auf der Straße wurde gemunkelt, daß Mitglieder des neuen Regimes nur allzugern Waren verscherbelten, die sie im Namen der Revolution beschlagnahmt hatten. Aschkenasi hatte das von Anfang an erwartet. Das Problem war nur, einen Schlaukopf aufzutreiben, der den Wert des Rubels zu schätzen wußte – im Gegensatz zu den Narren, die den Parolen und dieser ganzen Propaganda glaubten. Ob man Jude war oder nicht, spielte jetzt auch keine Rolle mehr – die jüdischen Roten waren noch schlimmer als die nichtjüdischen. Die Religion war ihnen einerlei – nur ob man ein Bourgeois oder ein Proletarier war, zählte für sie.

Max Aschkenasi verkroch sich im Bett und bat Gott um Hilfe. Neuerdings hatte er wieder zu Gott gefunden. Er ging sogar zum Abendgottesdienst in die Synagoge und redete sich ein, daß seine Andachtsübungen ihn davor bewahren würden, einsam unter Fremden sterben zu müssen. Wie ein verängstigtes Kind zog er sich die Decken über den Kopf, lauschte dem Knistern der gefrorenen Leitungsrohre, dem Gehusche der hungrigen Mäuse, dem Gestöhn des Liebespaares im Nebenzimmer, dem Geratter der Lastwagen, das die wenigen heil gebliebenen Fensterscheiben zum Scheppern brachte.

Der Schlaukopf, nach dem Max Aschkenasi gesucht hatte, tauchte im Hause Gottes wie der Erlöser auf. Als Max eines Abends die kleine Synagoge verließ, in der sich Juden zusammenfanden, um zu beten und über die Geldentwertung, den Warenmangel und den Niedergang der Jüdischkeit zu jammern, kam ein rundlicher kleiner Mann auf ihn zu. Er hatte ein freundliches Gesicht, einen gekräuselten schwarzen Schnurrbart und schwarze Augen, die einen treuherzigen und zugleich verschmitzten Ausdruck hatten. Er trug einen steifen runden Filzhut, wie man ihn dieser Tage im proletarischen Petrograd selten zu sehen bekam.

Er machte eine tiefe Verbeugung. »Sehr erfreut, Sie wiederzusehen, Herr Aschkenasi!« Es klang so ehrerbietig, wie es Max aus der Zeit vor der Revolution gewöhnt war, als Reichtum einem noch den gehörigen Respekt verschafft hatte.

Er musterte den Mann, konnte sich aber nicht an ihn erinnern. Der rundliche kleine Kerl strahlte ihn an; seine Zähne blitzten unter dem kohlschwarzen Schnurrbart. »Also, denken Sie doch mal nach! Sie können mich doch nicht schon vergessen haben!«

Vor dem Umsturz hätte Max Aschkenasi keine Sekunde an so ein Würstchen verschwendet. Damals war er ständig von allen möglichen kleinen Gaunern, Spekulanten, Maklern und anderen, die jede Gelegenheit ausnützen wollten, belästigt worden und hatte kurzen Prozeß mit ihnen gemacht. Jetzt aber war er einsam, verzweifelt und für jedes freundliche Wort dankbar. Er zermarterte sich das Gehirn, um auf den Namen des komischen kleinen Mannes zu kommen.

Endlich half ihm der andere auf die Sprünge. »Miron Markowitsch Gorodetzkij, *commis voyageur*, zu Ihren Diensten«, verkündete er bombastisch. »Ich wollte, ich hätte jetzt wenigstens einen kleinen Teil der Ware, die ich in all den Jahren bei Ihnen eingekauft habe. Aber was soll's? Über verschüttete Milch soll man keine Tränen vergießen.«

Irgend etwas an seiner Kleidung und seinem Gebaren brachte Max auf die Idee, daß dieser Mann ihm von Nutzen sein könnte.

»Sind Sie aus dieser Gegend?«

»O nein – aus Odessa. Eigentlich bin ich nirgendwo zu Hause – ich habe schon fast überall in Rußland gewohnt. Aber Sie können mich als Ihren Landsmann betrachten, denn Lodz ist mein Stützpunkt gewesen, seit ich *so* klein war.« Er hielt seine Hand ungefähr drei Fußbreit über den Boden. »Ich bin als Junge nach Lodz gekommen und habe für die größten Firmen gearbeitet. Ein fabelhaftes Städtchen, dieses Lodz! Hab' mich dort mordsmäßig amüsiert. Die Lodzer Frauen – einfach exquisit! Jede einzelne eine Schönheit!«

In Erinnerung an die Lodzer Schönheiten leckte er sich lüstern die Lippen. Dann begann er, sich über seine Eroberungen auszulassen. Max, der nie etwas dafür übrig gehabt hatte, Handlungsreisende mit ihren Liebesabenteuern prahlen zu hören, unterbrach ihn. Er war erpicht darauf, diesen Gorodetzkij auszuhorchen und festzustellen, ob er ihm wirklich von Nutzen sein konnte.

»Die sieben fetten Jahre sind vorbei, Herr Gorodetzkij«, sagte er vorsichtig. »Keine Handlungsreisende mehr. Keine Geschäfte...«

Gorodetzkij musterte ihn und zögerte einen Moment. Dann flüsterte er ihm ins Ohr: »Pawel Szczinski soll so viele Furunkel am Hals bekommen wie Miron Markowitsch Gorodetzkij Eisen im Feuer hat!« Sein Schnurrbart kitzelte Aschkenasi im Gesicht.

»Und was sagt Pawel Szczinski dazu?« Max deutete auf eine der vielen Anordnungen des Stadtkommandanten, die in Petrograd an allen Mauern angeschlagen waren.

Der kleine Mann sah ihn so mitleidig an, als hätte er einen Dorftrottel vor sich. Nachdem er sich vergewissert hatte, daß die Luft rein war, sagte er: »Szczinski erläßt Verordnungen, und Gorodetzkij schert sich so wenig darum wie der Laternenpfahl da drüben. Erst gestern bin ich einen Posten Ware für einen schönen Batzen Geld losgeworden. Der Teufel soll ihn holen!«

Freudige Erregung durchzuckte Aschkenasi. Die Vorsehung hatte ihm genau den geschickt, auf den er gewartet hatte. Er überlegte, wie er ihm die Dringlichkeit seines Vorhabens klarmachen sollte, doch Gorodetzkij ließ ihm keine Zeit zum Nachdenken.

»Wirklich eine Freude, Sie wiederzusehen, Herr Aschkenasi! Ich muß zugeben, daß ich's nicht mit dem Beten halte, aber für das Kaddischgebet nehme ich mir immer Zeit, auch wenn ich noch soviel zu tun habe. Daran muß man festhalten, egal, was man…«

»Ganz recht, ganz recht!« Max fand es irgendwie beruhigend, daß dieser Gorodetzkij dem Totengebet soviel Bedeutung beimaß. Nun faßte er ihn sogar am Arm, wie er es früher im Gespräch mit wichtigen russischen Kaufleuten getan hatte.

»Sie wissen, worauf's ankommt! Sie sind nicht auf den Kopf gefallen.«

Gorodetzkij fühlte sich offenbar geschmeichelt. »Mein Leben lang habe ich den gesetzlichen Verordnungen eine lange Nase gemacht. Jahrelang war es den Juden verboten, sich niederzulassen, wo sie wollten, und zu reisen, wohin sie wollten – aber ich bin in ganz Rußland herumgekommen. Es gibt keinen Winkel in diesem Land, wo Miron Markowitsch Gorodetzkij nicht schon gewesen ist. Und ich habe sogar in Polizeistationen übernachtet – das war immer die sicherste Methode. Heute darf man wohnen, wo man will, aber keine Geschäfte machen. Deshalb mache ich den Machthabern wieder eine lange Nase und tue, was *ich* will. Und direkt vor ihrer Nase! So geht's nämlich am besten.«

Er musterte Aschkenasi, als sähe er ihn zum ersten Mal, dann beschrieb er mit der fleischigen Hand einen großen Bogen. »Die kann ich alle um den Finger wickeln! Leben und leben lassen…«

Aschkenasis Zuversicht wuchs von Minute zu Minute. Diese Begegnung war genau das, was er sich erhofft hatte. Diesen Kerl hätte er von Anfang an brauchen können. Der gehörte offenbar zu denen, für die überhaupt nichts unmöglich ist.

An Handlungsreisende dieses Schlages erinnerte sich Max von früher her. Sie hatten jede Gelegenheit beim Schopf gepackt und konnten Berge versetzen. In den fernsten Regionen des russischen Kaiserreiches hatten sie Waren aus Lodz verkauft und auf diese Weise den Reichtum der Stadt gemehrt. Sie waren überall beliebt gewesen, zumal bei den lebenslustigen Russen, die ihren Humor, ihr unversiegbares Reservoir an Witzen und ihre Geschäftstüchtigkeit zu schätzen wußten. Diese Burschen brauchten nur ein bißchen herumzuschnuppern, und schon wußten sie, welcher Beamte korrupt war und ihnen bei diesem und jenen nicht ganz koscheren Geschäft zur Hand gehen würde.

Max überlegte und überlegte, wie er die Sache angehen sollte, doch Gorodetzkij kam ihm zuvor. »Wie haben denn *Sie* dieses Debakel überstanden?« fragte er unvermittelt und warf ihm einen verstohlenen Blick zu.

»Leidlich«, sagte Max so unverbindlich wie möglich.

Worauf Gorodetzkij sofort Tacheles zu reden begann. »Ich glaube, wir könnten ein kleines Geschäft machen, Herr Aschkenasi. Sie kommen mir, offen gesagt, nicht wie jemand vor, der diesen Gaunern alles überläßt, was ihm gehört. Gewieften Geschäftsleuten gelingt es meistens, etwas beiseitezuschaffen. Ware ist heutzutage Gold wert. Ich habe so viele Käufer an der Hand, wie man sich nur wünschen kann. Und wegen der Zustellung brauchen Sie sich auch keine Sorgen zu machen. Überlassen Sie das ruhig Miron Markowitsch Gorodetzkij. Und um meine Provision auszuhandeln, brauchen wir bestimmt keinen Rabbiner.«

Aschkenasi biß nicht sofort an. Er wollte nichts überstürzen. Aber Gorodetzkij ließ ihm keine Zeit zum Überlegen. »Falls Sie sich Sorgen wegen des Geldes machen, können Sie eine Anzahlung in beliebiger Höhe und in jeder beliebigen Währung von mir bekommen. Zaristische Rubel, Kerenskij-Geld – oder hätten Sie lieber Devisen? Auch das wäre kein Problem. Miron Markowitsch Gorodetzkij kann alles beschaffen. Es ist immer gut, Devisen in der Tasche zu haben, wenn man ins Ausland geht.«

Max wich einen Schritt zurück. »Wer sagt denn, daß ich ins Ausland will?«

Gorodetzkijs Miene wurde plötzlich ernst. »Hören Sie, mein Freund – wir sollten nicht länger um die Sache herumreden! Ich weiß, wer Sie waren, und ich weiß, wer Sie sind. Ich bin immer ein Niemand gewesen und werde immer einer bleiben. Ich kann nicht woandershin – ich muß sehen, wie ich *hier* zurechtkomme. Ich mache weiter, solange ich kann. Und wenn's nicht mehr geht, dann wird es in dieser Welt einen Gorodetzkij weniger und in der anderen Welt einen Gorodetzkij mehr geben. In Ihrem Fall liegen die Dinge ganz anders. Sie haben etwas, zu dem Sie zurückkehren können. Überlassen Sie es mir, die Sache in die Wege zu leiten. Ich habe mit Hilfe meiner Leute schon mehr als eine Person hier herausgeschleust. Ich kann Ihnen Briefe von Leuten zeigen, denen ich zur Flucht verholfen habe.«

Ehe Aschkenasi etwas sagen konnte, zog Gorodetzkij ein ganzes Bündel Briefe aus der Brusttasche, blätterte darin und begann, einen vorzulesen: »Mein lieber Miro Markowitsch ...«

Max winkte erschreckt ab. »Um Himmels willen, hören Sie auf! Wie können Sie so etwas mitten auf der Straße vorlesen!«

Gorodetzkij steckte die Briefe wieder ein, dann hoppelte er auf seinen kurzen, dicken Beinen hinter Max her. »Herr Aschkenasi! Uns beide hat Gott zusammengeführt. Wir kommen bestimmt ins Geschäft! Wenn Sie wollen, haben Sie meine Anzahlung schon so gut wie in der Tasche. Soviel Sie haben wollen – gute Kerenskij-Moneten, nicht dieses wertlose Sowjetgeld.«

Aber Aschkenasi wollte keine Anzahlung. Er streckte ihm die Hand hin. »Guten Tag! Wir sprechen uns noch.«

»In der Synagoge. Da bin ich jeden Tag zum Kaddisch.«

Er tippte an seinen Filzhut, winkte Aschkenasi zu und sagte in Lodzer Deutsch: »Habe die Ehre, Herr Direktor!«

61

Alles ging viel schneller, als Aschkenasi gehofft hatte. Offenbar gab es in der Hauptstadt der Roten kein Hindernis, das der rundliche kleine Mann nicht überwinden konnte. Max war einfach baff über so viel Wendigkeit.

Zuerst kaufte Gorodetzkij die Ware, die Max im Keller gehortet hatte. Erstaunlicherweise wurde sie ausgerechnet von den Männern im Ledermantel mit Lastwagen abgeholt. Max war hoch erfreut und zahlte Miron Markowitsch eine erkleckliche Provision, die dieser, ohne nachzuzählen, einsteckte. Dann traf Gorodetzkij alle nötigen Vorbereitungen, um ihn außer Landes zu bringen.

Alles lief wie am Schnürchen. Er machte Max mit zwei bulligen Kerlen bekannt, die seinem Redeschwall pfeifenrauchend zuhörten und dann bloß nickten. Max waren diese wortkargen Gojim mit den verwitterten Gesichtern nicht ganz geheuer, doch Mirko Markowitsch beruhigte ihn. Die beiden hätten schon mehr als einen Flüchtling über den Finnischen Meerbusen außer Landes gebracht. Zum Beweis dafür könne er ihm jederzeit Briefe vorlegen. Diese Männer, so erklärte er, schmuggelten Nahrungsmittel und Waren nach Rußland ein und führen dann mit ihrem leeren Boot zurück. Sie seien tüchtige Seeleute und hätten ihn noch nie im Stich gelassen. Und obendrein steckten sie unter einer Decke mit den Kommissaren, mit denen sie halbehalbe machten. Aschkenasi könnte nicht in besseren Händen sein, wenn seine eigene Mutter ihn außer Landes schmuggeln würde.

Dann leistete er Max noch weitere Dienste. Er wechselte ihm seine Rubel zum bestmöglichen Kurs in Devisen um. Und er half ihm dabei, seine Wertsachen in ganz gewöhnlichen Jutesäcken zu verstecken.

Vor der Abfahrt gingen die beiden noch einmal in die kleine Synagoge. Max betete besonders inbrünstig und rezitierte das Achtzehngebet Wort für Wort. Bei der Passage, in der von den Missetätern die Rede ist, blickte er himmelwärts. Vor ihnen, so flehte er, möge der Herr ihn beschützen.

Zunächst verlief alles planmäßig. Gorodetzkij hatte eine Droschke bestellt, in der sie zum Finnischen Bahnhof fuhren. Dort allerdings mußten sie lange warten, bis die Waggons zusammengekoppelt waren. Die Abfahrt zur Küste verzögerte sich einige Stunden.

Max saß die ganze Zeit wie auf Kohlen. Jede Minute kam ihm wie eine Ewigkeit vor. Miron Markowitsch ließ sich nicht aus der Ruhe bringen. »Es ist jedesmal das gleiche. Nur nicht kribblig werden! Alles wird wie geschmiert gehen.«

Als die Zugtüren endlich geöffnet wurden, gab es ein fürchterliches Gedränge. Da viele Leute trotz der Kälte in den Datschas an der Küste wohnten, wurde der Zug von dick eingemummten Männern, Frauen und Kindern gestürmt. Viele kletterten durch die Fenster in die Waggons. Max war völlig hilflos. Noch nie hatte er sich einen Sitzplatz erkämpfen, noch nie sein Gepäck selber tragen müssen. Aber Miron Markowitsch bahnte sich einen Weg durch das Gedränge, eroberte Stehplätze und brachte sogar das Gepäck unter. Im Nu kam er mit den Mitreisenden ins Gespräch, warf mit witzigen Bemerkungen um sich und machte sich's so bequem wie möglich.

»Rückt ein bißchen zusammen, Genossen! Recht so, Genossen, danke sehr!« redete er in seinem Odessaer Akzent mit dem typischen rollenden r auf die anderen ein.

Keuchend und pfeifend ratterte der Zug den Bahndamm entlang. Er kam so langsam voran wie ein Tattergreis und legte auf jeder kleinen Station eine Ruhepause ein.

Aschkenasi verkroch sich in seinen Mantel, um nur ja nicht aufzufallen. Die schier endlose Bahnfahrt zermürbte ihn. Und bei dem Gedanken an die im Futter seines Zobelmantels eingenähten Juwelen war ihm ganz mulmig zumute. Miron Markowitsch redete ihm gut zu und verschaffte ihm sogar einen Sitzplatz.

»He, schönes Kind!« sagte er zu einem rotbackigen, stupsnasigen Mädchen. »Wärst du vielleicht so nett, meinem Vater deinen Platz zu überlassen? Du hast junge, kräftige Beine, und er ist ein kranker alter Mann.«

Das Mädchen errötete über das Kompliment und wollte aufstehen, doch Aschkenasi winkte ab. Er gab sich alle Mühe, um in diesem Gewühl nicht aufzufallen – aber Miron Markowitsch, dieser meschuggene Kerl, lenkte ständig die Aufmerksamkeit der anderen auf sie beide! Er gab Anekdoten zum besten und erzählte zweideutige Vertreterwitze, die Lachsalven auslösten.

Es war schon Abend, als der Zug die Endstation erreichte. Aschkenasi griff nach seinen Bündeln, aber Miron Markowitsch trug ihm das Gepäck und begleitete ihn zum Strand. Eine Bö warf Max beinahe um. Die Luft war rauh und salzig. Die Bäume bogen sich im Wind, als wollten sie sich selber entwurzeln und dieser Öde entfliehen. Die Brandung dröhnte, die Wellen überspülten den dunklen Strand. Irgendwo kläfften Hunde.

Aus dem Dunkel tauchte eine Gestalt auf. Max zuckte zusammen. Miron Markowitsch tippte ihm auf die Schulter und flüsterte: »Einer von unseren Leuten.«

Die dunkle Gestalt nahm die Bündel und ging mit Riesenschritten voraus. Gorodetzkij wollte etwas sagen, aber Max hielt ihm den Mund zu. »Um Himmels willen, Miron Markowitsch!«

Kurz darauf kamen sie zu einer Hütte. Ihr Begleiter klopfte an, die Tür ging auf. Sie betraten einen Raum, in dem nur eine Funzel brannte. Fässer und Kisten standen herum. Säcke und Felle lagen auf dem Boden. An Wandhaken hingen Schaffelle. Die beiden Schmuggler rauchten Pfeife und sagten kein Wort. Einer hantierte an einer zerbrochenen Laterne herum und versuchte ungeschickt, sie zu reparieren.

Gorodetzkij streckte sich sofort auf einem Sack aus und schloß die Augen. So geräuschvoll und genüßlich, wie er alles tat, so schlief er auch. Max versuchte, ebenfalls ein bißchen zu schlafen, war aber viel zu aufgeregt dazu.

Stundenlang lag er wach und wartete auf die Abfahrt. Der Wind heulte, die Brandung dröhnte. Immer wieder sah er auf seine goldene Taschenuhr, das Hochzeitsgeschenk seines Schwiegervaters. Die Stunden krochen. Die Nacht nahm kein Ende. Schließlich übermannte ihn die Müdigkeit. Er schlummerte ein. Der schäbige Raum verwandelte sich plötzlich in den strahlend beleuchteten Speisesaal seines Lodzer Palais. Die Tafel war prächtig gedeckt. Er saß am Kopfende des Tisches. Neben ihm saß seine Frau, nicht seine jetzige, sondern Dinele – so jung und schön wie bei ihrer Hochzeit. Aber die Kinder waren schon erwachsen. Sie saßen mit strahlenden Gesichtern am Tisch, Gertrud auf der einen, Ignaz auf der anderen Seite. Auch Chaim Alter und Priwe waren da. Und links von ihm saß Jakob Bunim. Alle schmausten, tranken und feierten seine Rückkehr. Und er erzählte ihnen, was er alles durchgemacht hatte, um heimkehren zu können. Er öffnete seinen Koffer und überreichte jedem von ihnen ein Geschenk. Dann verschwanden die anderen, und er war mit seiner Frau allein. Sie zog ein seidenes Nachthemd an und rief ihn in das rosa beleuchtete Schlafzimmer.

»Ich komme, Dinele!« flüsterte er. »Wart' auf mich, meine Liebste…«

Er streckte die Hand aus, um die Nachtlampe auszuschalten, aber wie aus reiner Bosheit wurde sie immer heller und blendete ihn. Er blinzelte. Zwei Männer in Ledermänteln rüttelten ihn an der Schulter. »Genug geschlafen! Aufstehen!«

Er rieb sich die Augen und stand ganz benommen auf. Die Männer hatten Pistolengurte umgeschnallt.

»Miron Markowitsch!« schrie er. »Miron Markowitsch!«

Die Männer lachten. »Miron Markowitsch mußte ganz plötzlich zu einer Hochzeit, aber er läßt Sie grüßen. Marsch, marsch! Der Lastwagen wartet!«

Jetzt ging ihm die ganze schreckliche Wahrheit auf. Gorodetzkij hatte ihn verkauft und verraten! Er wollte schreien, gegen die Ungerechtigkeit des Schicksals protestieren, die Schlechtigkeit der Menschen und seine eigene Naivität beklagen – aber er brachte keinen Ton heraus. Die Zunge klebte ihm am Gaumen und fühlte sich wie Leder an.

Seine Beine gaben nach, er brach zusammen. Die Männer hoben ihn auf und warfen ihn wie einen gefesselten Stier in den Lastwagen. Und seine Bündel hinterher.

»Drück drauf, Wanja!« rief einer dem Fahrer zu. »Wir sind spät dran und haben heute nacht noch eine Menge zu tun.«

Der Lastwagen rumpelte den Strand entlang. Die Wogen rollten heran und fluteten zurück – wie seit Jahrmillionen, wie unter jedem Regime, das Menschen errichtet hatten. Der Wind zwang die Bäume, sich seiner Macht zu beugen, und pfiff durch ihre Zweige.

62

Tewje die-Welt-ist-nicht-gesetzlos durfte den Tag erleben, an dem wahr wurde, was er vorausgesagt hatte: Oberst von Heidel-Heidelau mußte mit eingezogenem Schwanz aus Lodz abziehen.

Als der Baron die Nachricht vom Zusammenbruch der Hindenburglinie, den Aufständen in Berlin und der Flucht des Kaisers nach Holland erhielt, lief er dunkelrot an, dann wurde er fahl und schließlich leichenblaß. »Quatsch!« brüllte er seinen Adjutanten an. »Lesen Sie das noch einmal, Herr Leutnant! Mir verschwimmt alles vor den Augen.«

Als der Leutnant die Depesche mit betont fester Stimme noch einmal vorlas, sabberte der Baron wie ein altes Weib und hämmerte sich mit den Fäusten an die Stirn. »Nein, nein, nein! Das darf nicht wahr sein!«

Plötzlich glich er einem alten Gockelhahn, dem ein junger Rivale das Gefieder zerrupft hat. Seinem fahlen, faltigen Gesicht war deutlich anzusehen, daß er alt und gebrechlich geworden war. Der Adjutant versuchte vergeblich, ihn zu trösten. Dem Baron rann das Wasser aus Augen, Nase und Mund.

Der Leutnant tupfte die befleckte Uniform seines Vorgesetzten ab. »Herr Oberst müssen sich zusammennehmen. Jetzt gilt es, stark zu sein.«

»Eine Kugel in den Kopf – etwas anderes bleibt mir gar nicht übrig! Es ist die einzige ehrenhafte Lösung.«

Aber statt sich etwas anzutun, ließ er seine Wut an Gott und der Welt aus. Schließlich war ja nicht *er* an alledem schuld! Er hatte seinen militärischen Auftrag ehrenvoll, tapfer und ruhmreich ausgeführt. Weil noch kein Generalstabsbefehl vorlag, beschloß er, die Hiobsbotschaft so lange wie möglich geheimzuhalten. Niemand, auch nicht seine Offiziere, sollten davon erfahren. Die Zeitungen sollten streng zensiert werden. Und in der Stadt sollte alles so weitergehen wie bisher.

Obzwar der Adjutant sich peinlich genau an diese Anweisung hielt, kamen in der Stadt Gerüchte auf. Die polnischen Legionäre grüßten die deutschen Offiziere nicht mehr. Studenten setzten Legionärsmützen auf, marschierten durch die Stadt, sangen patriotische Lieder und trugen Fahnen mit dem weißen polnischen Adler. Ungeachtet der strengen Vorschriften versammelten sich die Leute auf der Straße, disputierten und verbreiteten die Gerüchte weiter. Die polnische Miliz versuchte nicht einmal mehr, die Leute auseinanderzutreiben. Überall tauchten Proklamationen auf, in denen vom deutschen Zusammenbruch berichtet und für ein unabhängiges Polen plädiert wurde.

Die polnischen Soldaten aus Posen, die in die österreichische Armee eingezogen worden waren, erfüllten diese Proklamationen mit Stolz. »Jetzt kämpfen wir bald in der polnischen Armee für unser eigenes Land!«

Die deutschen Besatzungstruppen hatten nichts mehr zu melden. Jetzt waren sie keine Eroberer mehr, sondern nur noch ein müder, konfuser Landserhaufen. Sie lockerten ihre Uniformgürtel, knöpften ihre Kragen auf und standen nicht mehr stramm, wie man es ihnen eingedrillt hatte. Sie begannen, ihr Gewehr verkehrt herum zu tragen, scherten sich nicht mehr um ihre Offiziere und trieben sich herum wie ein Pöbelhaufen. »Jetzt geht's endlich wieder in die Heimat!«

Oberst von Heidel-Heidelaus Beschluß, den Status quo aufrechtzuerhalten, wurde zur Farce. Bewaffnete Polen hielten deutsche Soldaten auf der Straße an und forderten sie zur Übergabe ihrer Waffen auf. Die Offiziere weigerten sich, die Landser jedoch hatten keine Gewissensbisse. Die gleichen Landwehrleute, die so viel Schrecken erregt hatten, daß ein einziger von ihnen ein ganzes Dorf einschüchtern konnte, übergaben jetzt ihre Gewehre jedem Schuljungen, der sie dazu aufforderte.

Neben den patriotischen Proklamationen wurden jetzt auch andere angeschlagen. Sie begannen mit der Parole »Proletarier alle Länder, vereinigt euch!« und riefen die Arbeiter zu Solidarität und zur Fortsetzung des Kampfes für Gerechtigkeit und Freiheit auf.

Wie eine Geistererscheinung tauchte Tewje überall in der brodelnden Stadt auf und beobachtete, wie die alte Ordnung zerbröckelte. Mit Rußland hatte es begonnen. Jetzt waren Deutschland und Österreich dran. Und bald würde es auch in den anderen Ländern soweit sein. Die enttäuschten Massen, von den Kapitalisten so bedenkenlos bewaffnet, würden die Gewehre auf ihren wahren Feind richten. Die alte Welt geriet ins Wanken, die gekrönten Häupter wurden entthront. Es war der zwangsläufige historische Prozeß. Deutschland, Inbegriff kapitalistischer Macht, fiel den Roten anheim. Wie ein Flächenbrand würde sich das Feuer der Revolution über den ganzen Erdball ausbreiten. Bald würden sich auch die rückständigen Völker erheben, Indien, China – alle von den Imperialisten ausgebeuteten Kolonialvölker.

Nein, er hatte sich nicht getäuscht, auch wenn man ihn verspottet und für meschugge gehalten hatte, auch wenn er selber schon schwankend geworden war. In den bitteren Kriegsjahren war er manchmal nahe daran gewesen, dem Zweifel und der Verzweiflung nachzugeben, doch dann hatte er wieder Mut geschöpft und sich seine Überzeugung bewahrt. Jetzt zeigte sich, daß er recht gehabt hatte.

So leicht gab sich die alte Welt allerdings nicht geschlagen. Noch fletschte sie die Zähne, noch biß und schlug sie um sich wie ein verwundetes wildes Tier. In Polen krochen die Reaktionäre aus ihren Schlupflöchern. Kirchenglocken läuteten, und Synagogen gaben der neuen Obrigkeit genauso ihren Segen wie der alten.

Von seinem »Gefechtsstand« in der Armenküche aus wetterte Tewje gegen den aufbrandenden polnischen Chauvinismus. Die Zionisten wiederum taten alles, um die jüdischen Massen zu beeinflussen. Unter dem deutschen Besatzungsregime hatten sie nicht gewagt, sich offen zur Balfour-Deklaration zu bekennen, jetzt aber erschienen in ihren Zeitungen ausführliche Berichte über das Land, das die Briten den Juden versprochen hatten;

und in den Synagogen wurde Lord Balfour in die Gebete eingeschlossen. Es war sogar eine Demonstration geplant, bei der Torarollen und jüdische Fahnen zur Schau gestellt und zionistische Lieder gesungen werden sollten.

Tewje kannte und fürchtete den Einfluß derartiger Propaganda. Er wußte, wie leicht sich die Massen von nationalistischen Liedern und Umzügen blenden ließen. Er ging jetzt gar nicht mehr nach Hause, sondern übernachtete auf einer Bank in der Armenküche und aß hie und da einen Bissen. Tagsüber widmete er sich der Aufgabe, dem Anklang entgegenzuwirken, den die polnischen Patrioten und die Zionisten fanden. Und er hielt es auch für notwendig, auf die deutschen Soldaten einzuwirken, ehe sie endgültig aus Lodz abzogen – sie zu bewegen, Soldatenräte zu bilden und ihren Offizieren den Gehorsam zu verweigern.

Neben dem Eisernen Kreuz trugen jetzt immer mehr deutsche Soldaten ein rotes Bändchen auf der Brust. Und eines Tages flatterte plötzlich auf dem Palais des Stadtkommandanten statt der schwarzweißroten die rote Fahne. Soldaten rissen ihre Schulterstücke ab und hielten Reden, um ihre Kameraden über die neusten Ereignisse in Berlin aufzuklären.

Eines Tages sprach Tewje vor dem deutschen Soldatenrat. In gebrochenem Deutsch (seine spärlichen Kenntnisse hatte er bei den ortsansässigen deutschen Webern aufgeschnappt) richtete er einen flammenden Appell an die Soldaten. Sie konnten zwar nicht alles verstehen, aber die tiefe Überzeugung und die Begeisterung, die aus seinen Worten sprachen, beeindruckten sie derart, daß sie in Beifallsrufe ausbrachen.

Der Oberst zog seine Jalousie hoch, spähte hinaus und betrachtete völlig konsterniert die sonderbare Gestalt, die seine Soldaten in solche Begeisterung versetzte. Offenbar war dies der König der Sozialisten, der ihm schon so viel Ärger gemacht hatte! Er war drauf und dran, seine Pistole zu ziehen und dieses Judenschwein niederzuknallen, doch dann ließ er's bleiben. Wie die Dinge derzeit standen, war es durchaus möglich, daß seine Soldaten ihn in Stücke reißen würden. Er zog die Jalousie wieder herunter und verfiel ins Brüten. Solcher Abschaum war jetzt in Deutschland an der Macht! Unter Führung eines ehemaligen Sattlers! Und weiß Gott, was jetzt mit seinem ostpreußischen

Gut geschah. Wahrscheinlich nahm ihm dieses Landarbeiterpack einen Morgen Land nach dem anderen weg. Und möglicherweise würde ganz Ostpreußen in einem unabhängigen polnischen Staat aufgehen ...

Das Wasser stieg ihm in die Augen, und seine schlaffen Mundwinkel bibberten. Drunten stand Tewje auf einem Lastwagen, und Hunderte von deutschen Soldaten bejubelten jedes Wort, das er sagte.

Keile, seine Frau, sah völlig entgeistert zu. Dann seufzte sie und sagte zu ihren Töchtern: »Wenn ich's nicht mit eigenen Augen sähe, brächten mich keine zehn Pferde dazu, es zu glauben. Die Welt ist meschugge geworden!«

63

Felix Feldblum, der sein ganzes Leben einem freien Polen geweiht hatte, das für die ganze Welt ein Vorbild an Gerechtigkeit und sittlicher Gesinnung sein würde, war es vergönnt, wenigstens einen Teil seines Traumes erfüllt zu sehen. Polen war jetzt ein unabhängiger Staat. Das Land war von der Dornenkrone, die ihm das Schicksal aufgesetzt hatte, befreit. Das Krakauer Schloß, wo die Gebeine der polnischen Könige und Dichter ruhen, wurde nicht mehr von österreichischen Kavalleristen als Kaserne und Pferdestall benützt. Die polnische Flagge wehte über Krakau und dem ganzen Land.

Die Krakauer Legionäre, die sich den Spitznamen »Krokusse« zugelegt hatten, waren auf dem Marsch nach Lemberg, um es von den Ukrainern zu befreien, die Anspruch auf diese galizische Stadt erhoben. Auch Feldblums Regiment gehörte zu dieser Legionsarmee. Heldenmütig marschierte er an der Spitze seiner Soldaten, die das Regimentslied schmetterten:

»Der General Roja führt uns in die Schlacht.
Wir Krokusse stürmen voran mit Macht.
Die Russkis werden totgeschossen,
Und dann wird unser Sieg begossen.
›Ai wai!‹ schreien Itzig und Genossen.«

Demobilisierte Soldaten aus verschiedenen Armeen trieben sich zu Tausenden und Zehntausenden im Land herum. Viele hielten sich auf den Trittbrettern oder den Dächern von Eisenbahnwaggons fest, um in ihre Heimat zu gelangen – in die Ukraine, auf die Krim, nach Podolien, Wolhynien und Weißrußland.

Chaos und Verwirrung herrschten bei den Soldaten der geschlagenen österreichischen Armee, während ihr Vielvölkerstaat wie ein notdürftig zusammengeflickter Mantel auseinanderfiel. Skrupellos plünderten die Soldaten die Marketenderläden, raubten ihre Zahlmeister aus, machten polnische Ortschaften unsicher, töteten, schändeten, marodierten.

Von der Obrigkeit lange unterdrückte ethnische und nationalistische Bestrebungen traten jetzt offen zutage. Polen, Tschechen, Ungarn, Rumänen, Serben, Kroaten, Bosnier, Slowenen und Ruthenen entdeckten plötzlich ihre völkische Identität. Elsässer tauschten deutsche gegen französische Hoheitszeichen aus. Polen aus österreichisch besetzten Gebieten brüsteten sich mit dem polnischen Adler und ließen sich von den polnischen Mädchen bewundern. Kriegsteilnehmer mit revolutionären Neigungen hefteten sich rote Bänder an die Brust.

Die einzigen, die kein Heimatland hatten, in das sie zurückkehren konnten, waren die Juden. Ihre Häuser und Läden wurden von Rowdys verschiedenster Sorte mit Obszönitäten und Drohungen beschmiert. Das Absingen patriotischer und religiöser Lieder war begleitet vom Klirren der bei Juden eingeschlagenen Fensterscheiben.

Am schlimmsten erging es den Juden in Ostgalizien. Zuerst wurde die Gegend von Kosaken heimgesucht, dann von Hungersnot und Seuchen. Die jüngeren jüdischen Kriegsheimkehrer hefteten den Davidstern an ihre Uniform. Ihre nichtjüdischen Kameraden höhnten: »Warum geht ihr nicht zurück nach Palästina?«

Die älteren jüdischen Kriegsteilnehmer waren froh, die Uniform ausziehen und ihre gewohnte Lebensweise wiederaufnehmen zu können. Sie ließen ihre Bärte und Schläfenlocken wachsen, wollten ihre Häuser wiederaufbauen, ihre Läden wiedereröffnen und ihre Töchter unter die Haube bringen. Aber die seit Jahrhunderten in dieser Gegend herrschenden Zwistigkeiten und Rivalitäten hatten nicht nachgelassen. Jede Bevölkerungsgruppe verlangte von den Juden strikte Loyalität und Unterwürfigkeit.

In Lemberg bezogen die gegnerischen Parteien Stellung und eröffneten das Feuer aufeinander – und die Juden standen wieder einmal zwischen den Fronten. Jüdische Kriegsteilnehmer gründeten ein Selbstschutzkorps. Um keine Seite gegen sich aufzubringen, erklärten sie sich für neutral. Die ortsansässigen Polen schlossen zwar einen Pakt mit den Juden, waren aber wütend über den »Verrat«, den diese ihrer Ansicht nach begangen hatten. »Wartet nur, bis unsere Soldaten da sind! Dann werdet ihr Itzigs schon sehen, wie es Neutralen ergeht.«

Als die »Krokusse« die Ukrainer aus Lemberg vertrieben hatten, wurde ihnen als Siegestrophäe das jüdische Wohnviertel offeriert. Priester, kleine Angestellte, Straßendirnen, Nonnen, Hausfrauen, Kriminelle, Lehrer, Mönche, Krankenschwestern und viele andere rotteten sich zusammen und stachelten die Eroberer an. »Holt euch die Itzigs! Hängt sie am Bart auf! Räuchert sie aus wie Ratten!«

Die Legionäre bildeten Einsatzkommandos, die aus jeweils zehn Mann, einem Offizier und einem Unteroffizier bestanden. Im Nu hatten sie das jüdische Selbstschutzkorps entwaffnet und dessen führende Mitglieder aufgeknüpft. Dann bezogen sie rings um das Judenviertel Stellung und kampierten dort eine Nacht, ehe sie die nächste Etappe des Unternehmens abwickelten.

Punkt sieben Uhr in der Frühe wurden auf dem Krakauer Platz, in der Zwiebelstraße, Synagogenstraße, Zulkiewstraße und an allen strategisch wichtigen Punkten Maschinengewehre in Position gebracht. Nicht einmal ein Wurm hätte entkommen können. Dann wurde Befehl gegeben, das Feuer zu eröffnen. Das tödliche Rattern der Maschinengewehre setzte ein, und gleichzeitig schleuderten Infanteristen Handgranaten in die Häuser.

Schreie gellten in der schneidend kalten Novemberluft. Minuten vergingen, ehe das Kommando »Feuer einstellen!« gegeben wurde. Stoßtrupps erhielten den Befehl, Haus um Haus zu stürmen. Im Stadttheater wurde ein Gefechtsstand eingerichtet. Melder überbrachten Befehle und wurden mit den neusten Berichten vom Schlachtfeld zurückgeschickt.

Die Legionäre schlugen Türen und Fensterscheiben ein und traktierten die Hausbewohner wie befohlen, während die Offiziere und Unteroffiziere nach Wertsachen suchten. Echten Schmuck und Geld steckten sie in ihre Feldbeutel, weniger wertvolle Dinge wickelten sie in Decken, die sie von den Betten rissen.

In manchen Häusern zogen Juden, die in polnischen Regimentern Kriegsdienst geleistet hatten, ihre Uniform an – in der Hoffnung, dadurch vor den blindwütigen Angriffen gefeit zu sein. Aber die Legionäre beeindruckte das nicht im geringsten. »Jude ist Jude! Ausnahmen gibt's nicht!«

Junge Frauen wurden vor den Augen ihrer Angehörigen geschändet. Ehemänner wurden gezwungen, zuzusehen, wie ihre Frauen mehrmals vergewaltigt wurden. Ältere Frauen wurden verprügelt, Schwangere mit Füßen getreten, Säuglinge in ihren Bettchen mit dem Bajonett durchbohrt.

»Laßt im christlichen Polen keinen Judensprößling übrig!« brüllten die Offiziere.

Die Beute wurde auf Militärfahrzeuge geworfen und zu Sammelstellen gebracht, wo die Sachen sortiert und an die Zivilbevölkerung verteilt wurden. Damen in Pelzmänteln rauften sich mit Bauersfrauen, die Babuschkas trugen, um wertlosen Schmuck. Manche Leute kamen in Droschken vorgefahren, in denen sie die Beute abtransportierten.

In der zweiten Nacht des »Stoßtruppunternehmens« wurde Befehl erteilt, das Judenviertel niederzubrennen. Lastwagen brachten Fässer mit Kerosin, die in jüdischen Läden gestohlen worden waren. Strohmatratzen und Federbetten wurden aus den Häusern gezerrt, mit Kerosin übergossen und – nachdem man alle Ausgangswege gesperrt hatte – in Brand gesteckt. Flammen züngelten am Himmel, Rauchfahnen stiegen empor, und mit ihnen die Verzweiflungsschreie von Männern, Frauen und Kindern. In den Augen der Zuschauer spiegelten sich die nimmersatten Flammen. »Schmort im eigenen Fett, Jidden!«

Wer aus einem brennenden Haus fliehen wollte, wurde von Scharfschützen umgelegt.

Als nächstes kamen die Bethäuser an die Reihe. Zuerst bemächtigten sich die Soldaten der goldenen und silbernen Torakronen, Zeigestäbe und Halter, dann warfen sie die Torarollen auf die Straße. Zwei junge Burschen, die unter Einsatz ihres Lebens die Heiligtümer retten wollten, wurden niedergeknallt. Einige Offiziere schlangen sich die Samt- und Seidenhüllen der Toraschreine wie einen Turban um den Kopf und äfften die rhythmischen Bewegungen betender Juden nach, während ihre Soldaten auf die Torarollen urinierten und darauf herumtrampelten. Dann wurden die Synagogen in Brand gesteckt.

Drinnen legten etliche Juden ihr weißes Leinengewand und ihren Gebetsmantel an, beteten das Sündenbekenntnis und schlugen sich an die Brust. Ein Offizier, der nicht so skrupellos war wie die anderen, befahl, die Türen zu öffnen, damit diese Juden dem Inferno entkommen konnten, doch es war schon zu spät.

Drei Tage und Nächte dauerte das Gemetzel, und währenddessen stöberten auf den Straßen des Judenviertels Plünderer in Schutt und Asche herum. Am vierten Tag krochen die Überlebenden aus den qualmenden Ruinen. Sie schleppten die verkohlten Leichen ihrer Angehörigen weg, um deren sterbliche Überreste getreu dem jüdischen Gesetz in irdenen Krügen zu bestatten. Auf die gleiche Weise wurden die Überreste der Torarollen der Erde übergeben. Die nicht völlig unkenntlichen Leichname wurden in Gebetsmäntel gehüllt, reihenweise aufgebahrt und von den Verwandten identifiziert.

Alle polnischen Zeitungen feierten die Befreiung Lembergs als überwältigenden Sieg über bolschewistische Aufrührer. Der Lemberger Freiheitsgeist griff auf andere polnische Städte über. Juden wurden entlassen, auch solche, deren Arbeit nur in ganz losem Zusammenhang mit staatlichen Interessen stand. Polnische Soldaten fielen auf der Straße über ältere Juden her und rissen ihnen den Bart mit Stumpf und Stiel aus. Jüdische Kaufleute wurden aus Läden und Cafés gezerrt und mußten die Straße kehren und Gruben ausheben. In den Kirchen priesen die Priester Gottvater und Seinen Sohn, der das Volk erlöst habe, das dazu ausersehen sei, für die gesamte Christenheit ein Vorbild an sittlicher Gesinnung und Gerechtigkeit zu sein.

In Lemberg fand für die Opfer des Pogroms ein Massenbegräbnis statt. Unter Tausenden von schwarzgekleideten Menschen fiel ein Mann auf, der die hellblaue Uniform der Polnischen Legion trug: Felix Feldblum, Sozialist, Kämpfer für die Unterdrückten, polnischer Patriot.

64

Aus allen Teilen Rußlands trafen Heimkehrer in Lodz ein, aber Max Aschkenasi war nicht unter ihnen. Seine betagte Frau schleppte sich, obwohl ihre Beine angeschwollen und halb gelähmt waren, Tag für Tag zum Bahnhof und erkundigte sich bei den Heimkehrern, ob sie etwas über den Verbleib ihres Mannes wüßten. Aber niemand hatte ihn gesehen oder von ihm gehört.

Obzwar Madame Aschkenasi – abgesehen von dem Dienstmädchen, das bei ihr arbeitete – ganz allein war, hatte sie nie aufgehört, die Interessen ihres Mannes zu vertreten. Zuerst gegen die Deutschen und jetzt gegen die Polen. Ihren Regenschirm in der Hand, lief sie von Behörde zu Behörde und verlangte in gebrochenem Polnisch die Rückgabe ihres rechtmäßigen Eigentums. Die Beamten lachten über sie und zeigten ihr die kalte Schulter, aber Madame Aschkenasi blieb hartnäckig. Die von der antisemitischen Propaganda aufgehetzten Arbeiter drängten sie, die Fabrik wiederzueröffnen. Sie belagerten ihre Wohnung und hinderten das Dienstmädchen daran, ihr das Essen aufzutragen, doch sie gab nicht nach. Sie erwartete nichts mehr vom Leben, war aber fest entschlossen, die Aufgabe, für die sie sich verantwortlich fühlte, zu vollenden. Sie würde erst dann in Ruhe sterben können, wenn sie ihrem Mann die Hausschlüssel und die Fabrikschlüssel übergeben hatte.

Alle an Max gerichteten Briefe und Telegramme, die sie ans Rote Kreuz geschickt hatte, waren umsonst gewesen. Jetzt wollte sie sich an den einzigen Menschen in Lodz wenden, der ihr vielleicht helfen konnte: an den Bruder ihres Mannes. Daß er mit Max auf Kriegsfuß stand, wußte sie. Und auch, daß Max' erste Frau bei ihm wohnte. Möglicherweise würde man ihr dort die Tür vor der Nase zuschlagen. Aber sie schluckte ihren Stolz hinunter und nahm um ihres Mannes willen das Risiko auf sich.

Sie läutete an Jakubs Palais und ließ ihre ganze Aufregung und Unsicherheit an dem Dienstmädchen aus, das ihr öffnete. »Steh nicht wie ein Holzklotz herum!« herrschte sie das Mädchen an. »Sag deinem Herrn, Madame Aschkenasi möchte ihn sprechen! Nu – wird's bald?«

Von drinnen war Klavierspiel und Kinderlachen zu hören. Beides entmutigte die alte Dame noch mehr. Sie starrte die Tür auf der anderen Seite des Vestibüls an. Es dauerte eine ganze Weile – ihr kam es wie eine Ewigkeit vor –, bis Jakub Aschkenasi erschien. Freundlich lächelnd ging er auf sie zu. »Ich freue mich sehr über Ihren Besuch!« Er drückte ihr herzlich die Hand.

Madame Aschkenasi war gerührt und erstaunt. Sie wußte nicht, wohin mit ihrem Regenschirm, der ihr plötzlich ganz überflüssig vorkam. Jakub merkte es ihr an und nahm ihr den Schirm ab. Dann half er ihr aus dem Mantel, den sie eigentlich gar nicht ablegen wollte.

»Ich will Sie nicht lange aufhalten, Herr Aschkenasi«, sagte sie leise. »Ich wollte Sie nur um Rat...«

Er ließ sie gar nicht ausreden. »Wo denken Sie hin, Schwägerin?« Er nahm ihren Arm und führte sie zu ihrer Überraschung nicht in sein Büro, sondern ins Eßzimmer. »Jetzt ruhen Sie sich erst einmal aus und trinken Tee mit uns.«

Als Madame Aschkenasi zwei Damen auf sich zukommen sah, blieb sie wie angewurzelt stehen, doch Jakub zog sie weiter. »Ich möchte euch Schwägerin Aschkenasi vorstellen.«

Die beiden reichten ihr die Hand. »Sehr erfreut!« Sie boten ihr einen Stuhl an, dann läuteten sie nach dem Mädchen, bestellten Tee und versuchten offensichtlich, die prekäre Situation zu überspielen.

Einen Moment lang musterten die Damen einander. Im Vergleich zu Mutter und Tochter kam sich Madame Aschkenasi älter und unförmiger denn je vor. Dinele und Gertrud wiederum sahen sich zum ersten Mal der Frau gegenüber, die in ihr Familienleben eingebrochen war und sie beide verdrängt hatte. Dinele stieg das Blut ins Gesicht, dann überlief es sie kalt. Jakub machte Konversation, um die Spannungen zu überbrücken, aber er redete gewissermaßen in die Luft.

Was den Erwachsenen nicht gelang, brachte das Kind zuwege. Die kleine Priwe kam hereingestürmt und rannte sofort zu der fremden Dame. Völlig ungeniert prahlte sie mit ihrer neuen Puppe.

»Das ist meine kleine Mimi«, lispelte sie und zeigte ihr stolz die Puppe mit dem blauen Seidenkleid und der roten Haarschleife. »Und einen neuen Bären hab' ich auch. Er ist sehr wild und heißt Bumbu.«

Madame Aschkenasi schloß die Kleine in die Arme. »Mein

Engel!« sagte sie zärtlich und küßte Priwes Patschhändchen. »Du bist ein Goldstück! Ein Schatz! Der Sonnenschein der Familie!«

Nun beschäftigten sich die drei Frauen ausgiebig mit dem kleinen Mädchen, und Jakub strahlte vor Stolz.

Madame Aschkenasi hatte es jetzt nicht mehr eilig. Ihre angeheirateten Verwandten erkundigten sich nach ihrem Befinden und baten sie, öfter zu Besuch zu kommen. Gertrud sagte sogar »Tante« zu ihr. Und dann kam das Gespräch fast wie von selbst auf den, an den sie alle dachten.

»Weiß Gott, was aus ihm geworden ist«, sagte Madame Aschkenasi verzweifelt. Dinele und Gertrud bekamen feuchte Augen. Alle waren sich einig darüber, daß sofort mit einer Suchaktion begonnen werden sollte.

Jakub wollte zunächst nach Berlin fahren, um sich in der russischen Gesandtschaft – der einzigen, die es derzeit gab – nach dem Verbleib seines Bruders zu erkundigen. Eine solche Reise war dieser Tage kein leichtes Unterfangen. Die Züge waren überfüllt mit demobilisierten Soldaten, und Pässe für Auslandsreisen waren schwer zu bekommen. Aber Jakub schaffte es. Er hatte es immer verstanden, Vorschriften zu umgehen und sich über diesen ganzen Papierkrieg hinwegzusetzen. Seine hochgewachsene Erscheinung strahlte so viel Selbstsicherheit aus, daß die Wachposten, Speichellecker und kleinen Handlanger ihm jede Tür aufschlossen.

In der Berliner Gesandtschaft der Sowjets wurde er sehr höflich empfangen. Man notierte den Namen seines Bruders und versprach, ihn zu benachrichtigen, sobald ein Bescheid aus Petrograd eingetroffen sei. Zwei Wochen lang wartete Jakub vergeblich auf Nachricht, dann beschloß er, nach Lodz zurückzukehren, von dort aus nach Rußland zu reisen und auf eigene Faust nach seinem Bruder zu suchen.

In Lodz versuchte man, ihn davon abzubringen. Es sei viel zu gefährlich, in ein von Unruhen und Bürgerkrieg erschüttertes Land zu reisen. Aber er beharrte auf seinem Entschluß. Er packte seine Koffer, nähte Geld in seine Kleidung ein und nahm alle möglichen Dokumente mit, darunter auch die amtliche Bescheinigung, daß Simcha Meir Aschkenasi in Lodz geboren war.

Madame Aschkenasi umarmte ihren Schwager zum Abschied,

küßte ihm dankbar die Hände, nahm ihren Schmuck ab und steckte ihn Jakub in die Tasche.

»Nimm den Schmuck mit, Schwager. Du wirst ihn vielleicht brauchen können.«

Jakub erhob Einspruch, aber sie bestand darauf. Dann hängte sie ihm ein Amulett um, das sie am Hals getragen hatte.

»Es stammt vom Karliner Rebbe und wird dich vor Gefahren schützen. Trag's mir zuliebe!«

Ebenso überschwenglich verabschiedeten sich Gertrud und Dinele von Jakub. Wie in den Flitterwochen flüsterte ihm Gertrud ins Ohr: »Mein Held! Mein Ritter!« und bedeckte sein Gesicht und seinen Bart mit Küssen.

Dinele sorgte dafür, daß er Reiseproviant und genügend Unterwäsche für sich und Simcha Meir mitnahm. Sie errötete wie eine Braut und sah verschämt zu ihrem Schwiegersohn auf. »Komm gesund zurück und bring Simcha Meir mit! Gute Reise!«

Ausgerüstet mit Koffern, Proviant, Adressen, Devisen, Schmuckstücken und dem Amulett des Karliner Rebbe machte sich Jakub auf die Suche nach seinem Bruder.

Die Züge glichen einem Vielvölker-Jahrmarkt. An jedem Waggon hielten sich demobilisierte Soldaten und Flüchtlinge fest. Struppig, ausgehungert, während jahrelanger Inhaftierung fahl geworden, Holzpantinen an den Füßen, Lumpen mit Schnur oder Telegrafendraht um die Beine gebunden, mußten diese Menschen um einen Bissen Brot betteln, um am Leben zu bleiben. Weißrussen waren darunter, Kaukasier, Tschuwaschen, Kalmücken, Jakuten, Usbeken, Kirgisen, Juden und Ukrainer, Tataren, Tscherkessen, Kosaken, Georgier und Armenier.

Enttäuscht von den patriotischen Parolen, mit denen man sie dazu verleitet hatte, für den Zaren, für Gott und das Vaterland zu kämpfen, verbittert über die jahrelange Trennung von ihren Familien, verroht durch Leid, Hunger, Blutvergießen und Erniedrigung, beschwindelt und gedemütigt von ihren Offizieren, irrten sie umher und glichen einer in Panik geratenen Viehherde. Und stets trieb sich menschliches Ungeziefer bei ihnen herum: die Ausschlachter, die immer und überall vom Elend ihrer Mitmenschen leben.

»Jetzt bekomme ich ein großes Stück eigenes Land, von dem ich gut leben kann«, sagte ein Muschik.

»Es heißt, die Roten wollen wieder Krieg führen«, sagte ein anderer Veteran. »Dann müssen wir gegen unsere Brüder kämpfen.«

»In der Ukraine sind die Großgrundbesitzer wieder an der Macht«, berichtete ein anderer. »Es heißt, die Bauern werden ausgepeitscht, genau wie früher die Leibeigenen.«

»Das stimmt nicht! Die Ukrainer wollen die ganze Ernte für sich behalten und nicht mit den Weißrussen teilen, die sich alles unter den Nagel reißen wollen. Deshalb werden sie ausgepeitscht. Alle Ukrainer sollten sich zusammentun«, erklärte ein anderer Kriegsteilnehmer salbungsvoll.

»Ich kämpfe nicht mehr. Mir reicht's«, sagte ein schlaksiger junger Mann. »Jetzt sorge ich für mich und meine Frau. So lang hab' ich sie nicht mehr gesehen! Ich hab' solche Sehnsucht nach ihr! So eine junge, resche Frau!«

»Du Narr! Die hat schon längst einen anderen«, spottete ein älterer Mann.

Der junge Mann packte ihn an der Gurgel. »Halt's Maul, sonst schlag' ich dir in die Fresse, du Hundesohn!«

»Sachte, sachte, Brüderchen!« mischte sich ein breitschultriger, pockennarbiger Kriegsteilnehmer ein. »Du hast doch nicht an ihrem Bett Wache gehalten. Eine Frau müßte ja verrückt sein, wenn sie so lange warten würde. Weiber sind wie läufige Hündinnen. Denen ist's egal, welcher Rüde ihnen den Gefallen tut.«

»Das stimmt«, sagte ein bärtiger Soldat. »Das gleiche haben mir meine Verwandten über meine Alte geschrieben. Die lebt mit einem anderen zusammen und hat schon zwei Bälger von ihm.«

»Was machst du, wenn du heimkommst?« wollten die anderen wissen.

»Das weiß ich noch nicht. Vielleicht verzeih' ich ihr. Oder ich bring' sie um.«

Dann kamen sie auf andere Themen zu sprechen.

»Sie brennen die Kirchen nieder«, sagte plötzlich einer in der hintersten Ecke. »Sie haben das Beten verboten, diese roten Teufel!«

»Ja, jetzt sind die Juden an der Macht. Es heißt sogar, daß der neue Zar ein Jude ist.«

»Er hat Hörner wie der Teufel«, sagte ein älterer Goi. »Jemand hat mir erzählt, das ist in der Zeitung gestanden.«

»Ja, das stimmt. An allem sind die Juden schuld. Sie haben diesen Krieg begonnen, um Geld daran zu verdienen.«

»Die gehören verprügelt.«

»Wir Ukrainer wissen, wie man mit Juden umgehen muß«, warf ein lahmer Soldat ein. »Da hilft nur der Strick.«

Worauf die anderen beifällig nickten.

Der ganze Waggon schien zu brodeln von blindem Haß, Dummheit und animalischen Instinkten. Jakub würgte es wie Giftgas in der Kehle, aber nichts konnte ihn von seinem Vorhaben abbringen. Der Zug fuhr im Schneckentempo. Tagelang wurde er auf einem gottverlassenen Nebengleis abgestellt. Aber allmählich und auf Umwegen näherte er sich der Hauptstadt der Roten.

65

Seit Max Aschkenasi im letzten Moment vor der ersehnten Rettung verhaftet und in einen dunklen Kerker geworfen worden war, hatte er keinen Lebenswillen mehr. Seine Zellengenossen versuchten, mit ihm zu reden, aber er gab keine Antwort. Aus purer Langeweile stellten ihm die Rotgardisten alle möglichen Fragen über seinen Lebenslauf, doch er schwieg, auch wenn er beschimpft und geschlagen wurde. Jede Nacht wurde einer aus der Zelle geholt und blieb spurlos verschwunden. Immer wenn die Tür aufgesperrt wurde, war Max überzeugt, daß jetzt er an der Reihe war. Er hatte das Sündenbekenntnis gebetet und war bereit, zu sterben.

Die Rotgardisten lachten ihn aus. »Jetzt noch nicht, Väterchen. Erst kommen andere dran.«

»*Du* kriegst keine Kugel in den Kopf«, versicherten ihm seine Zellengenossen. »Die erschießen keine Spekulanten, nur politische Häftlinge.«

Aber das glaubte er ihnen nicht. Immer wieder betete er die Psalmen, die er noch aus seinen Jugendjahren auswendig konnte, und wartete auf das Ende. Die anderen Häftlinge quasselten unaufhörlich. Sie schwadronierten mit ihren Heldentaten, fluchten, zankten sich, kneteten aus Brotkrumen Schachfiguren. Ein älterer Mann, der eine zaristische Uniform trug, machte unentwegt Freiübungen. Max hockte immer nur auf seiner Pritsche und wartete.

Die Männer im Ledermantel sagten kein Wort zu ihm. Wann ein Häftling hingerichtet werden sollte, hatten nicht sie zu bestimmen. Sie führten Max nur zum Verhör, schlugen ihn auf Befehl und brachten ihn dann wieder hinunter in die Zelle.

Er starb tausend Tode. Er war ein Leichnam, den nichts mehr mit dem Leben verband. Er kämmte seine Haare und seinen Bart nicht mehr. Es machte ihm nichts mehr aus, daß ihm die Kleider am Körper klebten. Die anderen Häftlinge führten einen erbitterten Kampf gegen Mäuse und Ungeziefer. Sie zerquetschten die Wanzen an der Zellenwand, aber immer wieder war die Decke mit Wanzen übersät, die auf die Schlafenden hinunterfielen. Max versuchte nicht einmal, das Ungeziefer von sich abzustreifen.

Die Aufseher höhnten: »So ergeht's denen, die keine Dienstboten mehr für die Dreckarbeit haben! Die verrotten wie stinkiger Abfall.«

Max reagierte nicht.

Einige Häftlinge hatten Mitleid mit ihm und redeten ihm zu, sich zusammenzunehmen, aber ihm war alles einerlei. Er war völlig abgestumpft gegen Schmerzen, Dreck, Beschimpfungen, Mitgefühl. Nur sein Gehör war intakt geblieben. Er nahm jedes kratzende Geräusch wahr, jedes Rascheln, jeden noch so gedämpften Schritt der Männer im Ledermantel, die ihn zum letzten Mal abholen würden. Im Verlauf der Wochen und Monate wurde sein Gehör immer schärfer. So scharf, daß er nachts nicht mehr schlafen konnte. Das leiseste Geräusch vor der Zellentür weckte ihn auf. Er geriet in einen Zustand unaufhörlicher Erwartung. Er hatte jedes Angstgefühl verloren und sah nur noch seinem Ende entgegen.

Als nach vielen Monaten des Wartens eines Tages ein Aufseher hereinstürmte und ihn aufforderte, mitzukommen, sprang er sofort von seiner Pritsche auf. Endlich war es soweit! Ganz mechanisch ging er mit. Er wußte nicht, ob es Tag oder Nacht war, und wollte es auch nicht wissen. Als der Aufseher ihn in einen hellen Raum führte und ihm mitteilte, daß ein Besucher auf ihn warte, verstand er diese simplen, klar und deutlich gesprochenen Worte nicht. Mit glasigen, nicht mehr an helles Licht gewöhnten Augen starrte er die hochgewachsene Gestalt an.

Eine ganze Weile standen sich die beiden wortlos gegenüber. Dann ging der Fremde auf Max zu und küßte ihn auf die Wange. »Simcha Meir!« flüsterte er und drückte dieses Lumpenbündel an sich.

Die beiden fast schon vergessenen Namen bohrten sich wie ein Messer ins Gehirn des Häftlings und rissen ihn aus seiner Apathie. Plötzlich begriff er. Im ersten Moment hingen seine Arme wie gefrorene Äste herunter, die auf wiederbelebende Wärme warten. Dann begannen sie, umschlungen von seines Bruders Armen, heftig zu zittern. Die aufgesprungenen Lippen öffneten sich ein wenig. »Jakob Bunim?«

Er fiel auf die Knie und küßte seinem Bruder die Hände, wie ein Bettler die Hand eines Wohltäters.

Jakub zuckte zusammen. »Simcha Meir, was tust du? Gott der Gerechte!«

Max kauerte vor seinem Bruder wie ein altersschwacher Hund, den man in einer regnerischen Nacht ins Haus gelassen hat. »Laß mich nicht hier, Jakob Bunim!« wimmerte er wie ein kleines Kind. »Du nimmst mich mit nach Hause, ja? Sag, daß du mich mitnimmst!«

Jakub stieg der ekelhafte Körpergeruch seines Bruders in die Nase – der Gestank nach Moder und Verfall. Von Mitleid überwältigt, faßte er nach Max' zerlumpter Jacke und hob ihn vom Boden auf. Tränen rannen ihm übers Gesicht und sickerten in seinen gefärbten Bart.

66

Die Heimreise ließ sich besser an, als die Brüder Aschkenasi erwartet hatten. Für einen Batzen Schmiergeld bekam Jakub zwei Sitzplätze. Und mit einer Flasche Kognak brachte er den Schaffner sogar dazu, den geschwächten Bruder mit ins Dienstabteil zu nehmen und ihm aus dem Samowar ein Glas Tee einzugießen. Der Zug fuhr langsam. In Orscha an der russisch-deutschen Grenze machten die Männer im Ledermantel und mit dem roten

Stern an der Brust den Brüdern Aschkenasi bei der Ausweiskontrolle keinerlei Schwierigkeiten. Der einzige Haken war, daß es einige Wochen dauern würde, bis ein Zug nach Minsk zusammengestellt war.

Um Max den langen Aufenthalt in der Grenzstadt mit dem rauhen Klima zu ersparen, verlangte Jakub, bei dem für Evakuierungsprobleme zuständigen Kommissar vorgelassen zu werden. Dank seinem selbstsicheren Auftreten und seiner Chuzpe schaffte er es, an allen Wachposten vorbei in das Büro des Kommissars zu gelangen, mit dem er im Nu per Du war. Statt mehrere Wochen brauchten die Brüder bloß ein paar Tage zu warten und durften dann mit einem Militärzug weiterfahren.

Max zupfte sich nervös am Bart, als Jakub ins Gasthaus zurückkam und ihm diese gute Nachricht überbrachte. »Du wirst, scheint's, mit jedem Problem fertig, Jakob Bunim«, sagte er voller Bewunderung. »Dagegen bin ich der reinste Stümper...«

Er war tief beschämt. Jahrelang hatte er seinen Bruder für einen Tagedieb und Dummkopf gehalten, tatsächlich aber war Jakob Bunim ein Mann der Tat. Jetzt sah Max ein, daß Blut dikker ist als Wasser. Als er in höchster Not war – wer hatte da sein Leben aufs Spiel gesetzt, um ihn zu retten? Jetzt würde alles anders werden. Von nun an wollte er sich für die Liebe seines einzigen Bruders dankbar erweisen. Sie beide würden ein Herz und eine Seele sein. Im selben Haus wohnen, zusammenarbeiten, sich gegenseitig helfen und alles miteinander teilen: Geschäft, Freuden und – Gott soll schützen! – Sorgen. Er würde an Jakob Bunim gutmachen, daß er all die Jahre immer nur Groll und Haß gegen ihn gehegt hatte.

Und von jetzt an wollte er seinen Kindern ein guter Vater sein. Sobald er wieder bei Kräften war, würde er nach Frankreich fahren und nach seinem Sohn suchen. Er würde ihn heimbringen, in die Firma aufnehmen und ihm helfen, auf eigenen Füßen zu stehen. Ein männlicher Erbe, der den Fortbestand der Firma Aschkenasi sichern würde!

Und Gertrud wollte er auch nicht mehr aus den Augen lassen. Sie war eine gute Tochter. Sie hatte ihren Vater nicht vergessen, obwohl er sie im Stich gelassen hatte. Sie hatte Jakub flehentlich gebeten, ihn zu retten. Und ihm sogar Geschenke für den Vater mitgegeben.

Jetzt würde er alles, was er ihr angetan hatte, wiedergutmachen. Daß sie Jakob Bunim geheiratet hatte, war wirklich ein Segen! Jetzt wußte er, was für ein lieber, guter Mensch sein Bruder war, und daß kein jüngerer Mann in Lodz ihm das Wasser reichen konnte.

Und eine reizende kleine Tochter hatten die beiden – *seine* Enkelin! Jakub hatte ihm ihre Fotografie gezeigt. Ein Schatzele! Und einen guten jüdischen Namen hatte sie bekommen: Priwe – den Namen seiner Schwiegermutter.

Bei dem Gedanken an sie packte ihn die Reue. Was für ein schlechter Schwiegersohn er gewesen war! Aus purer Geldgier hatte er ihr und allen, die ihm nahestanden, Leid zugefügt. Ein Jammer, daß er das Unrecht, das er Priwe und Chaim Alter angetan hatte, nicht mehr gutmachen konnte!

Aber ihre Tochter lebte noch. Jakob Bunim hatte ihm Grüße von Dinele ausgerichtet und ihm gesagt, sie habe ihm alles verziehen.

Wie anders hätte alles kommen können, wenn er schon damals begriffen hätte, worum es im Leben wirklich ging! Aber er war blind gewesen und in die Irre gegangen. Immer hatte er nur nach Geld und Macht getrachtet. Und um des Geldes willen hatte er sein Leben und das Leben anderer ruiniert. Wie die Juden in alten Zeiten ihre Erstgeburt dem Moloch geopfert hatten, so hatte er sich selber auf dem Altar des Mammon geopfert und das Goldene Kalb angebetet…

Dankbarkeit empfand er auch gegenüber seiner jetzigen Frau. Jakub sprach voller Hochachtung von ihr. Er bewunderte ihren Geschäftssinn und die Loyalität, mit der sie allen Widrigkeiten zum Trotz über den Besitz ihres Mannes wachte. Bei aller Wertschätzung, die er für seine Frau empfand, konnte sich Max seiner zärtlichen Gefühle für Dinele, seine erste und einzige Liebe, die Mutter seiner Kinder, nicht erwehren. Wie gut es ihm tun würde, die letzten Jahre seines Lebens in der Gewißheit verbringen zu dürfen, daß Dinele ihm nicht mehr grollte. Nach allem, was er durchgemacht hatte, war es ihm unmöglich, das leere Leben wiederaufzunehmen, das er in dem großen Palais an der Seite der alten Frau geführt hatte. Er wollte dafür sorgen, daß die Familie für immer vereint blieb.

Ein paarmal war er nahe daran, mit seinem Bruder darüber zu

sprechen, tat es dann aber doch nicht. Jakub merkte ihm seine seelische Qual an und versuchte, ihn aufzumuntern, aber Max wurde nicht leichter ums Herz. Er verspürte nur ein vages Angstgefühl.

Der Zug, den sie in Orscha bestiegen, kam schneller voran. In Minsk, das noch unter deutscher Herrschaft stand, verbrachten die Brüder nur eine Nacht. Für ein Hotelzimmer mußten sie einen Haufen Geld berappen. Zum ersten Mal seit Monaten konnte Max wieder in einem weichen, bequemen Bett schlafen. Der Zug nach Wilna war überfüllt, aber Jakub schaffte es auch diesmal: Gold öffnete ihm Tür und Tor. In Wilna beantragten die Brüder ein Reisevisum nach Lodz, aber die deutschen Beamten erteilten ihnen nur eines nach Lapy.

»Lapy ist jetzt polnisches Hoheitsgebiet«, sagten sie. »Dort sind Sie bereits in Ihrer Heimat.«

Im Zug nach Polen merkten die Brüder Aschkenasi, wie nahe sie ihrer »Heimat« waren.

»Drängelt nicht so, ihr verdammten Itzigs!« schrien die polnischen Fahrgäste die Juden an. »Hinaus mit euch! Geht nach Palästina!«

Überall im Waggon nur Feindseligkeit und blinder Haß.

»Wartet nur, bis ihr polnischen Boden unter den Füßen habt!« drohte ein Jugendlicher in Pfadfinderuniform. »Dann machen wir mit euch das gleiche wie in Lemberg!«

»Hat jemand eine große Schere dabei, damit wir ein paar Bärte abschneiden können?« höhnte ein schnurrbärtiger Pole und kramte ostentativ in seinen Taschen.

Je näher der Zug der polnischen Grenze kam, um so ausfälliger wurden die nichtjüdischen Fahrgäste. Die Juden verkrochen sich in die Ecken des Waggons. Max warf seinem Bruder einen ängstlichen Blick zu. Jakub saß schweigend da; seine schwarzen Augen funkelten trotzig.

Der Zug hielt mitten auf der Strecke. »Alles aussteigen!« rief der deutsche Schaffner. »Hier ist Endstation. Nach Lapy sind's bloß noch ein paar Kilometer.«

Alle stiegen aus. Vor einem Schildwachhäuschen stand ein Soldat mit dem polnischen Adler an der Mütze. Ein Spruchband, das zwischen zwei Bäumen ausgespannt war, hieß die Reisenden im freien Polen willkommen. Die Gojim brachen in Jubelrufe aus. Frauen fielen auf die Knie und küßten die polnische Erde. Eine rannte zu dem Wachposten, drückte die Lippen auf seine rauhen roten Hände und zog ihn an die Brust. »Gelobt sei Jesus Christus! Endlich ein polnischer Soldat!«

In diesem Moment schrie ein älterer Jude um Hilfe. Er war von johlenden jungen Burschen umringt, die auf seinen Kopf einschlugen.

»Ja, wir sind wieder daheim«, sagte Jakub trocken.

Die Brüder Aschkenasi gingen die paar Kilometer zu Fuß – quer über sandiges Flachland. Ihr Gepäck trug ein Bauer, der eine blaue Kappe aufhatte. Am Bahnhof von Lapy, über dem die rotweiße Flagge wehte, standen bewaffnete Gendarmen, die stolz mit ihren langen Säbeln rasselten.

»Die Polen dürfen weitergehen. Juden und Bolschewiken dort hinüber!«

Im Stationsgebäude, das mit einem riesigen polnischen Adler, Porträts von Generälen, mit Girlanden aus Kiefernzweigen dekorierten Fähnchen und natürlich mit der Jesusfigur am Kreuz geschmückt war, wimmelte es von Reisenden und Militär. An einem schäbigen Tisch saß ein Mann, der sein Hemd aufgeknöpft hatte und sich aufgeregt an die behaarte Brust schlug.

»Da – schneidet mir das Herz auf und schaut hinein! Ich schwöre bei Jesus Christus und seinen heiligen Wundmalen, daß ich kein Bolschewik bin! Ich bin auf der Flucht vor den Bolschewiken! Ich bin aus Sibirien geflohen und habe unterwegs meine Papiere verloren.«

»Wir wissen genau Bescheid über dich, Brüderchen!« höhnte ein o-beiniger Gendarm, dessen Visage an einen tollwütigen Hund erinnerte. »Wir haben erfahren, daß du bei den Bolschewiken Kommissar gewesen bist. Diesen Blödsinn werden wir dir schon austreiben!« Er fuchtelte ihm mit der Pistole vor der Nase herum.

Max hatte ein mulmiges Gefühl. Er sah Jakub an, der bleich und bewegungslos dasaß und wartete. Kurz darauf wurden sie von einem Soldaten zu dem Tisch geführt.

»Jetzt werden wir unseren Spaß haben!« sagte er im Vorbeigehen zu einigen Reisenden. »Jetzt kommen die Juden an die Reihe!«

Der o-beinige Gendarm musterte die beiden. »Und wo kommt ihr zwei Mosches her?« Er feixte und fletschte die gelben Zähne.

Jakub legte die Reisepapiere auf den Tisch. Der Gendarm warf nicht einmal einen Blick darauf. »Ausziehen!« brüllte er.

Die Brüder sahen sich bestürzt an. Sie standen inmitten einer Menschenmenge. Und am Tisch saß eine Frau in Uniform. Der Gendarm schrie einem Soldaten zu: »Zieh sie aus! Bis auf die Haut! Und dann filzen!«

Der Soldat begann, den beiden die Kleider vom Leib zu reißen. Die Leute gafften. Ein Leutnant mit einer Husarenjacke über der Schulter – ein pickliges Bürschchen mit bleistiftdünnem Schnurrbart, spitzer Nase und dürren Beinen – schlängelte sich an den Tisch heran. Jakub schob den Soldaten zur Seite und wandte sich an den Offizier. »Herr Leutnant, mein Bruder und ich sind Fabrikanten, wohnhaft in Lodz. Ich bitte um Ihren Schutz!«

Der Leutnant legte die Husarenjacke und die Mütze ab. Er hatte kurzgeschorene Haare. Dann kniff er die grauen Augen zusammen und fixierte den hochgewachsenen Juden. »So? Fabrikanten, wohnhaft in Lodz? Also keine Bolschewiken?«

»Gott behüte, Herr Leutnant!« mischte sich Max ein. »Ich bin gerade erst aus den Klauen der Tscheka befreit worden. Hier, ich kann's beweisen...«

»Nun, wir werden sehen. Da Sie kein Bolschewik sind, macht es Ihnen sicher nichts aus, ›Nieder mit Leibusch Trotzkij!‹ zu rufen.«

»Ja, nieder mit ihm!« sagte Max lächelnd.

»Ich habe ›rufen‹ gesagt!« brüllte der Leutnant und schlug mit der Faust auf den Tisch.

»Nieder mit Trotzkij!« quakte Max.

»Lauter!«

Max rief es lauter, aber dem Leutnant genügte das immer noch nicht.

»Lauter, du verdammter Jude!« Sein Gesicht lief dunkelrot an. »Lauter – oder ich bring' dir das Schreien anders bei!«

Max rief es aus vollem Halse.

»So, und jetzt rufst du: Nieder mit allen Leibuschs!«

Max war in Schweiß gebadet und rang nach Atem. Der Leutnant schlug ihn mit der Reitpeitsche ins Gesicht. »Los, oder ich zieh dir die Haut bei lebendigem Leib ab!«

Jakub wollte sich zum ihm durchdrängen, wurde aber von mehreren Gendarmen zurückgehalten.

»Los! Ruf's endlich!« brüllte der Leutnant.

Max blickte um sich. Ringsum Gesichter, die ihn gehässig angafften. »Nieder mit allen Leibuschs!« rief er, und dann noch einmal und noch einmal – so oft, bis ihm die Stimme versagte.

»Gut«, sagte der Offizier. »Und jetzt führt uns der Lodzer Fabrikant ein Tänzchen vor. Ein hübsches Tänzchen für unsere Soldaten. Marsch!«

Jakub versuchte, sich loszureißen. »Nein, Max!«

Max hörte es gar nicht. Er starrte seine Peiniger an, als hätte er ein Rudel tollwütiger Hunde vor sich – dann begann er, sich im Kreis zu drehen.

»Schneller! Hopp, hopp!« riefen die Gojim und klatschten in die Hände.

Max drehte sich, bis er zusammenbrach.

»Laßt ihn liegen und bringt den anderen her!« befahl der Leutnant. Die Gendarmen führten Jakub an den Tisch. Er war bleich, verzog aber keine Miene.

»Jetzt bist du dran. Tanz!«

Jakub rührte sich nicht.

Dem Leutnant schoß das Blut ins Gesicht. Er wußte genau, daß seine Soldaten diese Kraftprobe beobachteten. Nach kurzem Zögern stand er auf und packte Jakub am Bart. »Los! Tanz, du verdammter Jude!«

In diesem Moment riß sich Jakub los und ohrfeigte das schlaksige Bürschchen so heftig, daß es taumelte und mit dem Kopf gegen die Wand prallte.

Einen Augenblick lang herrschte regungslose Stille. Dann sprang die uniformierte Frau auf und half dem benommenen Offizier wieder auf die Beine. Max kroch auf seinen Bruder zu, der ganz allein mitten im Raum stand. »Jakub! Jakub!«

Der Leutnant rieb sich die blutunterlaufene Backe, dann tastete er nach seinem Pistolenhalfter. Seine Hände zitterten so heftig, daß er mehrmals an dem Schnappschloß zerren mußte, ehe er die Pistole ziehen konnte.

»Zurücktreten!« schrie er. Dann knallte er Jakub nieder.

»Meine Jacke und meine Mütze!« rief er mit schwankender Stimme.

Max umklammerte den Kopf seines Bruders. »Warum habt ihr das getan?« schrie er verzweifelt. Er versuchte, seinen Bruder hochzuheben. Blut rann über Jakubs Gesicht und sickerte in seinen gefärbten Bart.

Leiderfahren blickte Jesus von seinem Podest herab.

67

Während der sieben Trauertage, an denen Max für seinen Bruder Schiwe saß, ging es ihm wie ein Mühlrad im Kopf herum. Nach der Beerdigung hatte Gertrud ihn mit nach Hause genommen, und nun saßen Vater und Tochter im Wohnzimmer, dessen Spiegel verhängt und dessen Kronleuchter mit schwarzem Krepp bedeckt waren, und trauerten gemeinsam.

Am ersten Trauertag nahm Max keine Nahrung zu sich. Dinele brachte ihm Milch, um ihn bei Kräften zu halten, doch er trank keinen Schluck. Er zog bloß an seiner Zigarre, ließ die Asche auf seine unbeschuhten Füße fallen und sprach mit niemandem. Er las im Buch Hiob:

»Verflucht sei jener Tag, an dem ich ward geboren,
Die Nacht, in der es hieß: Empfangen ward ein Mensch...
Verfluchen sollen sie, die sonst dem Tage fluchen,
Die willens sind, den Leviathan zu reizen.«

Gertrud beugte sich über das Buch und starrte auf die hebräischen Buchstaben, die sie nicht lesen konnte, und die dennoch ihrem Kummer Ausdruck verliehen. Max sprach ihr keinen Trost zu. Er konnte seiner Tochter, der er immer nur Leid zugefügt hatte, nichts sagen. Er war erst nach diesem Schicksalsschlag zu ihr gekommen. Er hatte denen, die ihm vergeben hatten und ihn retten wollten, nur Gram und Tod gebracht.

Er vergrub sein Gesicht in dem Buch, um die, denen er sein Leben lang Unrecht getan hatte, nicht ansehen zu müssen. Seine Frau, die neben ihm saß, legte ihm tröstend die halbgelähmte Hand auf den Arm, aber er nahm keine Notiz von ihr.

Er las: »Ein Kriegsdienst ist des Menschen Erdenleben, des Lohnarbeiters Tagen gleichen seine Tage...«

Am zweiten Trauertag kamen Besucher, um Max Aschkenasi ihr Beileid auszusprechen. Sie vergaßen, daß er ihnen so manches Unrecht angetan hatte, und kamen zu ihm, dem einstigen König von Lodz, der jetzt statt auf dem Thron auf einem Schemel saß. Sie berichteten Neuigkeiten aus der Stadt, aber er hörte gar nicht zu. Was ging ihn das alles jetzt noch an? Sein Leben war verwirkt. Er war alt, ausgebrannt, gebrochen. Er hatte im Schoß der Familie ein neues Leben beginnen wollen, doch Gott hatte es anders gewollt. An der Schwelle dieses neuen Lebens hatte er ihn wie einen räudigen Hund davongejagt.

Es war ihm offenbar bestimmt, denen, die er liebte, immer nur Kummer zu machen. Was der Mensch sät, das wird er ernten. Nein, für ihn war kein Platz mehr in der Welt. Sein Schicksal war besiegelt. Irgendwie würde er die paar Jahre, die ihm noch blieben, hinter sich bringen. Lange würde es mit ihm ja doch nicht mehr dauern. Warum überhaupt noch an einen neuen Anfang denken? Er hatte nie viel zum Leben gebraucht. Und jetzt schon gar nicht. Ein Stück Brot, ein Hemd auf dem Leib, einen Platz zum Schlafen. Die weisen Männer hatten recht. Es ist kein Unterschied zwischen Mensch und Tier. Jeder hat seine Last zu tragen. Man rackert sich ab, bis man umfällt; die anderen gehen über einen hinweg und machen weiter, bis auch sie umfallen.

Am dritten Trauertag hörte Max Aschkenasi auf, über die Eitelkeit des Lebens nachzubrüten, und begann, an Dinge wie Pflicht und Schuldigkeit zu denken. Er durfte sich seiner Verantwortung nicht entziehen. Auch wenn er selbst keine Bedürfnisse hatte – es gab Menschen, für die er sorgen mußte: Gertrud, Priwele, Dinele, Ignaz, seine betagte Frau. Er durfte sie nicht ihrem Schicksal überlassen. Sie brauchten ihn als Beschützer und Ernährer. Er mußte sich an die Kandare nehmen und sich mit letzter Kraft dafür einsetzen, daß sie sorgenfrei leben konnten. In der alten Zeit fiel dem Bruder eines Verstorbenen die Aufgabe zu, für dessen Familie zu sorgen. Das war ein guter Brauch. Damit ehrte man das Leben des Dahingegangenen.

Nein, die Firma Aschkenasi durfte nicht zugrunde gehen. Dafür wollte er sorgen. Er würde sie wiederaufbauen. Und seine Angehörigen für all das Unglück, das er über sie gebracht hatte, entschädigen.

Jetzt hörte er zu, wenn die Leute, die zum Kondolieren kamen, über die geschäftliche Lage in Lodz berichteten. Er beteiligte sich nicht am Gespräch, aber er ließ sich kein Wort entgehen. Nicht, daß er noch Interesse an diesem Land gehabt hätte, wo man ihn so schändlich behandelt und sein eigen Fleisch und Blut so grausam ermordet hatte. Nicht um alles Geld der Welt wollte er in einem Land bleiben, in dem man als Jude wie der letzte Dreck behandelt wurde, wie Ungeziefer, das man mit dem Fuß zerquetscht. Er wollte ins Land Israel gehen, wie seine zionistischen Freunde ihm geraten hatten. Jetzt hielt er sie nicht mehr für hirnverbrannte Phantasten, die sich einbildeten, aus jüdischen Kaufleuten Bauern machen zu können. Jetzt gab er ihnen recht. Warum Fabriken und prächtige Häuser bauen, wenn sie einem jederzeit weggenommen werden konnten? Er würde alles liquidieren, ganz gleich, wieviel er dafür bekam, und sich mit der ganzen Familie im Heimatland der Juden niederlassen. Umgeben von seinesgleichen würde er in seinem Weinberg sitzen und sich vor niemandem mehr fürchten müssen. In Ruhe und Frieden würde er leben können, Brot aus selbstangebautem Getreide essen, Milch von seinen eigenen Kühen trinken. Sobald die Trauerzeit vorüber war, wollte er fliehen vor denen, die nach jüdischem Blut lechzten.

Seine Besucher lobten diesen Entschluß. »Worte der Weisheit! Wenn Sie vorangehen, Herr Aschkenasi, wird Ihnen halb Lodz folgen.«

Am vierten Trauertag ließ Max Aschkenasi den Plan, Weinberge anzulegen und Land urbar zu machen, wieder fallen. Das war eine Aufgabe für junge Leute, die nichts anderes gelernt hatten. Einem Mann in seinem Alter stand es schlecht an, Bauer zu werden. Was käme dabei schon heraus? Die Einnahmen würden minimal sein. Man mußte sich nach den klimatischen Verhältnissen richten. Man machte seinen Lebensunterhalt abhängig von der Sonne, dem Wind, dem Regen – von jeder Laune der Natur. Und man mußte gesund und kräftig sein. Hatte Gott nicht gesagt: »Im Schweiße deines Angesichts sollst du dein Brot essen«? Nein, dazu hatte Max Aschkenasi nicht mehr die Kraft.

Außerdem oblag es einem jeden, *das* zu tun, was er am besten konnte. Nein, es würde weder ihm selber noch der Judenheit etwas nützen, wenn er im Land Israel Ackerbau betriebe. Für ihn gab es eine viel bessere Möglichkeit, mitzuhelfen, dort etwas Großes zu schaffen: Er würde seine Fabriken dorthin verlegen. Er hatte sie schon einmal woandershin verlegt und würde es auch ein zweites Mal schaffen... Kein Volk kann nur von dem leben, was es anbaut. Der Reichtum eines Volkes beruht auf seiner Industrie. Und *er* würde dort eine Industrie aufbauen, genau wie er es in Lodz und dann in Rußland getan hatte. Er würde im Heiligen Land Fabriken errichten, Arbeitsplätze für Tausende von Juden schaffen, die dort produzierten Waren in der ganzen Welt verkaufen und auf diese Weise Geld ins Land fließen lassen. Statt der König von Lodz würde er der König von Israel sein.

Eine Anstrengung, die sich lohnen würde! Er würde den Gojim zeigen, was Juden zuwege bringen können! Was war Lodz denn vor gar nicht so langer Zeit gewesen? Ein gottverlassenes Kaff! Tatkräftige Menschen hatten eine weltbekannte Industrie- und Handelsstadt daraus gemacht. Und jetzt war es an der Zeit, etwas für die Juden zu tun – wie Jakob einst zu Laban sagte: »Soll ich nicht endlich für meine eigene Familie sorgen?«

Am fünften Trauertag flaute Max Aschkenasis Begeisterung für diesen neuen Plan ab und machte kühler Überlegung Platz. Ein Narr, wer so leichtsinnig war, einer momentanen Eingebung zu folgen! Ein vernünftiger Mensch dachte sorgfältig nach, ehe er eine so wichtige Entscheidung traf. Lieber zehnmal ausprobieren, wie tief das Wasser ist, als mit einem Satz hineinspringen!

Im Land der Vorväter eine Industrie aufzubauen, wäre zweifellos eine noble Geste und ein wahrer Segen für die Judenheit – aber Luftschlösser zu bauen, war eine Narretei. Eine oder mehrere Fabriken zu errichten, war kein Problem. Aber für das, was sie produzierten, mußten Absatzmärkte erschlossen werden. Zugegeben, auch Lodz war einmal eine Sandwüste gewesen, aber es hatte zu einem Land gehört, das einen ungeheuren Bedarf an Fertigwaren hatte. Das russische Kaiserreich hatte eine Bevölkerungszahl von einigen hundert Millionen gehabt. Und was war das Land Israel? Ein Landstrich, bewohnt von armseligen Arabern, die in Lumpen herumliefen und keine Textilien brauchten. Und mit den Engländern zu konkurrieren, wäre bestimmt nicht leicht. Ein einziger Engländer konnte bessere Geschäfte machen als zehn Juden. Und was die im Land Israel ansässigen Juden betraf, so war ihre Zahl gering. Und die meisten waren Gelehrte. Und überhaupt: Lieber mit Juden den Sabbat-Tscholent essen als Geschäfte mit ihnen machen.

Und war das Wasser dort überhaupt für die Wollwäscherei geeignet? Es gab die verschiedensten Probleme zu bedenken. Ein Unternehmen zu gründen, war leicht; es in Schwung zu halten, war eine ganz andere Sache. Alles in allem mußte er mit enormen Schwierigkeiten rechnen. Die Juden im Heiligen Land waren auf Spenden aus dem Ausland angewiesen. Falls er dort etwas unternahm, das schiefging, würde er sie alle gegen sich haben.

Am sechsten Trauertag hörte Max Aschkenasi den Kaufleuten und Fabrikanten, die ihn aufsuchten, mit gespitzten Ohren zu. Alle wollten wissen, ob und wann er seine Weberei wiedereröffnen und was für Textilien er dann produzieren werde.

Die Welt erholte sich allmählich von den Auswirkungen des Krieges. Mit den ersten Schwalben hatten sich im Frühjahr auch wieder Handlungsreisende, Einkäufer und Kommissionäre in Lodz eingestellt. In den benachbarten Agrarstaaten waren neue Absatzmärkte erschlossen worden, und nun waren die Blicke aller auf Max Aschkenasi, den einstigen König von Lodz, gerichtet. Wie Kinder, die »Wir reisen nach Jerusalem« spielen, warteten die Kaufleute und Fabrikanten darauf, daß er vorangehen würde. »Wenn Sie den ersten Schritt tun, ziehen wir nach.«

Am siebten und letzten Trauertag stand Max Aschkenasi von seinem Schemel auf und begann, im Wohnzimmer seiner Tochter auf und ab zu gehen.

Der Teufel sollte ihn holen, wenn er jetzt klein beigäbe! Gerade *weil* die Polen ihn hinausdrängen wollten, würde er ihnen ein Schnippchen schlagen und dableiben. Die Pest an ihren Hals! Er hatte sich abgeplackt, um ein Vermögen zusammenzutragen, während sie sich mit Kartenspielen und Weibern amüsierten. Er hatte sein persönliches Glück geopfert, und jetzt bildeten *die* sich ein, sie könnten sich ins gemachte Nest setzen und die Früchte seiner Arbeit ernten! Er müßte ja meschugge sein, wenn er denen alles in den Rachen schmisse! In dieser Welt bekam niemand etwas umsonst.

Wenn Jakob Bunim das doch eingesehen hätte! Dann könnten sie beide jetzt gemeinsam an die Arbeit gehen und die Mächtigsten in Lodz werden. Aber Jakob Bunim hatte es vorgezogen, sich wie ein Goi zu verhalten. Um der »Ehre« willen hatte er sein Leben geopfert. So ein Blödsinn! Wenn ein Rudel tollwütiger Hunde über einen herfällt, warum sollte man sich dann gedemütigt fühlen? Hunde sind stärker als Menschen, aber Hund bleibt Hund, und Mensch bleibt Mensch. Die Juden in den alten Zeiten hatten die richtige Einstellung. Sie hatten die Nichtjuden so tief verachtet, daß deren Hohn und Spott ihnen weniger ausmachte als ein Mückenstich.

Nein, es lohnte sich nicht, wegen solcher Narretei sein Leben zu riskieren. Die Stärke des Volkes Israel beruhte nicht auf physischer Kraft, sondern auf geistiger Überlegenheit, auf der Vernunft. Seit unvordenklichen Zeiten wurden die Juden von den Nichtjuden verfolgt, verhöhnt und unterdrückt, mußten sie schweigen, weil sie im Exil lebten und hoffnungslos in der Minderheit waren – ein Schaf unter Wölfen. Wie sollte sich das Schaf denn gegen die Wölfe wehren?

Hätten die Juden die Lebensweise der Gojim übernommen, dann wären sie längst vom Angesicht der Erde verschwunden. Doch sie hatten begriffen, daß sie einen anderen Weg einschlagen mußten, und diese Einsicht hatte ihnen die moralische Kraft gegeben, durchzuhalten und zu jener Art Macht zu gelangen, vor der die Gojim Respekt haben: geistige Überlegenheit und wirtschaftliche Macht.

Das war die Stärke des Juden und seine Rache an den Nichtjuden. Nicht kraft des Schwertes und der Kanonen, sondern kraft der Vernunft würden die Juden überdauern. Es steht geschrieben: »Die Stimme ist Jakobs Stimme, aber die Hände sind Esaus Hände.« Der Jude verläßt sich auf seinen Verstand, der Nichtjude auf seine Fäuste. Seit Jahrhunderten tanzten die Juden nach der Pfeife der Nichtjuden, weil sie zu wenige waren, um Widerstand zu leisten. In Zeiten der Gefahr waren die Juden verpflichtet, ihr Leben nicht hinzugeben, sondern die Bestie zu beschwichtigen, auf daß sie überdauern konnten.

Wenn Jakob Bunim das nur begriffen hätte! Die Demütigung, die ein Unmensch einem Schwächeren zufügt, entehrt nicht das Opfer, sondern den Peiniger. Wie heißt es in den *Sprüchen der Väter*? »Wer andere ertränkt, soll selber ertränkt werden.«

Er hatte Jakob Bunim angefleht, keinen Widerstand zu leisten, weil es pure Narretei sei, gegen eine Übermacht zu kämpfen. Bestien müsse man mit Vernunft und Schlauheit dazu bringen, von einem abzulassen. Aber sein Bruder war schon immer dickköpfig gewesen. Er hatte sich von seiner Wut und nicht von seinem Verstand leiten lassen. Und das war gojische Art.

Max Aschkenasi bekam feuchte Augen. Das Schicksal hatte es nicht gewollt, daß er und sein Bruder gemeinsame Sache machten. Aber er würde das, was ihm gehörte, mit Zähnen und Klauen verteidigen. Er würde wieder der König von Lodz sein. So sehr sie ihn auch verabscheuten – sie würden wieder die Mütze vor ihm ziehen und nach seiner Pfeife tanzen müssen. Er würde ihnen schon zeigen, *wer* in Lodz das Sagen hatte!

Eines Juden Waffe war das Geld. Es war sein Schwert und Schild. Und er, Max Aschkenasi, wollte diese Waffe dazu benützen, seinen Feinden heimzuzahlen, daß sie ihn gedemütigt und seinen Bruder ermordet hatten. Um das zu bewerkstelligen, mußte er einen klaren Kopf behalten. Ein einziger unüberlegter Schritt, und der Kampf war verloren. Nein, diese Chance würde er seinen Gegnern nicht geben!

Am achten Tag nach der Beerdigung rasierte sich Max Aschkenasi, zog ein frisches Hemd an und verließ das Trauerhaus, um die Stadt, in der er einst geherrscht hatte, noch einmal zu erobern.

68

So tatendurstig wie ein junger Mann zog Max Aschkenasi gegen die Usurpatoren seines Königreichs zu Felde. Und wie stets ging er zielstrebig und beharrlich ans Werk.

Er begann mit seinem Palais, in dem jetzt das neue Lodzer Stadtoberhaupt, Puncz Panczewski, residierte. Die Dienstwohnung zu beziehen, die sich in einem kasernenähnlichen Gebäude befand und früher vom russischen Polizeichef bewohnt wurde, konnte man einem Mann seines Ranges nicht zumuten: Puncz Panczewski war – auch wenn der Titel im republikanischen Polen nicht mehr benützt wurde – ein Fürst reinsten Geblüts.

Aschkenasi bestand auf der Rückgabe seines rechtmäßigen Eigentums, aber seine Briefe wurden vom Stadtoberhaupt nicht beantwortet. Daraufhin nahm sich Max einige der besten Anwälte Polens und prozessierte. Die Richter wandten jeden juristischen Trick an, um das Verfahren in die Länge zu ziehen, damit der Jude schließlich klein beigeben und die Klage zurückziehen würde. Aber so leicht machte es ihnen der Jude nicht. Er scheute keine Kosten, zahlte Schmiergelder und schaffte es, den Fall vor den höchsten Gerichtshof des Landes zu bringen. Schließlich gewann er den Prozeß, und der hochwohlgeborene Puncz Paczewski mußte das Palais räumen.

Das gallige, schnauzbärtige Stadtoberhaupt war empört darüber, daß polnische Richter der Klage eines Juden gegen einen Christen stattgaben. Sein Angebot, künftig Miete für das Palais zu zahlen, lehnte Aschkenasi ab. Wenn er wieder der König von Lodz sein würde, brauchte er das Palais als Statussymbol. Und zudem war das für ihn eine Sache des Stolzes und der Rache an den Gojim, die ihn wie Dreck behandelt hatten. Das hier war keine Bahnstation in einem gottverlassenen Kaff! Hier war er König gewesen, und so lange noch Recht und Gesetz herrschte, konnte ihn keine Macht der Welt seines Eigentums berauben.

Puncz Panczewski sorgte dafür, daß im Palais alles mögliche verwüstet wurde, ehe es wieder in den Besitz des Juden überging. Seine Dienstboten schlugen Möbel kaputt und beschädigten die Wände. Und was nicht zerstört wurde, klauten sie. Aber Max Aschkenasi *bekam* das Palais zurück, und ganz Lodz tuschelte über seinen Triumph.

»Der ist noch genauso gerissen wie früher. Ein Kerl wie der läßt sich eben nicht unterkriegen.«

Danach konzentrierte sich Max auf seine Fabrik. Sie war in noch schlimmerem Zustand als das Palais. Die Deutschen hatten die meisten Maschinen und sämtliche Treibriemen und Dampfkessel demontiert. Es würde ein Vermögen kosten, die Weberei wieder in Betrieb zu setzen – und Max verfügte nicht mehr über das nötige Kapital. Er war praktisch pleite.

Zunächst versuchte er, bei der Staatsbank Kredit aufzunehmen. Um einen wohlhabenden, selbstsicheren Eindruck zu machen, trug er seinen elegantesten Anzug und schmauchte eine teure Havannazigarre, als er dort vorsprach. Der Direktor, der unter dem russischen Regime Bankbeamter gewesen war und Max Aschkenasi von früher kannte, zeigte sich verständnisvoll.

Es sei, so erklärte er, durchaus lobenswert und zeuge von patriotischer Gesinnung, daß Herr Aschkenasi etwas für den Wiederaufbau der Industrie im Neuen Polen tun wolle. Zweifellos könnte dadurch das Problem der Arbeitslosigkeit gemildert werden, das leider Gottes große Sorgen bereite, weil beschäftigungslose Arbeiter dazu neigten, zu demonstrieren und die Polizei zu provozieren. Aber leider seien ihm die Hände gebunden. Die gesamten Aktiva der Bank müßten für die Förderung landwirtschaftlicher Unternehmen zur Verfügung gestellt werden. Später vielleicht, wenn der Staat auf festen Füßen stehe . . .

Aschkenasi verstand. Die neuen Herrn von Polen dachten gar nicht daran, ein jüdisches Lodz, ein Jerusalem auf polnischem Boden, wiedererstehen zu lassen.

Daß Puncz Panczewski diese Stadt verabscheute, hatte einen besonderen Grund. Obwohl er als Oberhaupt der zweitgrößten Stadt des Landes eine hohe Position im Neuen Polen bekleidete, war er bitter enttäuscht. Er wäre viel lieber Gesandter in Paris oder Rom geworden. Dort hätte er mit Standesgenossen verkehren können und sich nicht mit einer Horde knoblauchfressender Itzigs abgeben müssen. Aber bedauerlicherweise wurden im Neuen Polen die angenehmsten Posten nicht an Aristokraten vergeben, sondern an alle möglichen Gauner, an den Parteiklüngel und an ehemalige Sträflinge. Sein eigener Vorgesetzter, der Innenminister, hatte unter den Russen im Gefängnis gesessen – und jetzt mußte er, Puncz Panczewski, Sproß einer der vornehmsten Familien des Landes, sich von diesem Knastbruder Anweisungen erteilen lassen!

Er empfand es als üblen Affront, daß man ihm ausgerechnet einen Posten in Lodz gegeben hatte, diesem jüdischen Schweinestall, wo er genötigt war, mit allen möglichen Heringsfressern zu verkehren, sie wie seinesgleichen zu behandeln und einige sogar zu Bällen und Empfängen einzuladen. Und obendrein mußte er höflich zu ausländischen Zeitungsreportern sein, zumeist Itzigs, die ihm alle möglichen Fragen über die Lebensbedingungen der in seinem Amtsbereich ansässigen Juden stellten. Er mußte diese Schreiberlinge bewirten und sie von seiner toleranten Einstellung zum jüdischen Bevölkerungsteil überzeugen.

Kürzlich hatte man ihm eine besonders unangenehme Aufgabe übertragen. Ein hoher ausländischer Diplomat war eingetroffen, um Erkundigungen über die Judenverfolgung in Polen, insbesondere von seiten des Militärs, anzustellen. Er war von einigen hohen Beamten aus Warschau nach Lodz begleitet worden, die ihm, Puncz Panczewski, Anweisung erteilten, den Diplomaten (der selber Jude war und am Sabbat sogar in die Synagoge ging) wie einen hohen Staatsgast zu behandeln. Die Zeitungen hatten nicht versäumt, darauf hinzuweisen, daß der Diplomat gebürtiger Pole sei – der Enkel eines jüdischen Kleinpächters.

Nicht, daß Puncz Panczewski judenfeindlicher gewesen wäre als andere Polen. Jedenfalls aber wäre es ihm lieber gewesen, wenn die Juden sich so verhalten hätten wie in seiner Kindheit, als sie vor dem Gutsherrn krochen und den Saum seines Mantels küßten. Nicht ausstehen konnte er Juden mit großen Schnurrbärten im Stil des polnischen Landadels; jüdische Bankiers im Gehrock; jüdische Intellektuelle und ihre aufmüpfige Art; jüdische Großindustrielle mit ihren Palais und prachtvollen Kutschen. Unter der russischen Herrschaft hatte er nichts gegen diese Emporkömmlinge unternehmen können. Der russische Generalgouverneur hatte lieber mit ihnen als mit dem verarmten polnischen Landadel Umgang gepflogen. Jetzt war Polen ein unabhängiger Staat, und es war höchste Zeit, daß wieder normale Verhältnisse geschaffen wurden: daß der Gutsbesitzer in sein Herrenhaus zurückkehrte, der Bauer zu seinem Misthaufen, der Jude zu seinem langen Kaftan und dem Hausierersack.

Zum Glück teilten viele Minister seine Meinung und gelobten, die polnische Industrie zu einer Domäne der Christen zu machen – zumal in Lodz, der Hochburg der Juden. Und er, das Stadtoberhaupt, tat alles, um die Verwirklichung dieses Planes zu beschleunigen. Er wies den Direktor der Staatsbank an, Juden keinen Kredit einzuräumen und jedem Polen, der eine neue Fabrik eröffnete oder eine aus jüdischem Besitz erworben hatte, langfristige Darlehen zu niedrigem Zinssatz zu gewähren. Und er unterstützte den polnischen Industrieverband, der von der Christlichen Einheitspartei zu dem Zweck gegründet worden war, in der Hochburg der Juden eigene Textilfabriken und Spinnereien zu errichten. Er sorgte dafür, daß Minister aus der Hauptstadt zur Eröffnung der ersten Fabrik der Einheitspartei kamen und lud auch Bischöfe und Priester dazu ein, die die neuen Gebäude mit Weihwasser besprengten. Er bat die Funktionäre der Christlichen Gewerkschaft zu sich und bewog sie, einem Tarifvertrag zuzustimmen, der die Klausel enthielt, daß die Belegschaft der neuen Fabrik auf Streiks verzichten und sich auf Tarifverhandlungen beschränken werde. Er sorgte dafür, daß jedem neuen Fabrikbetrieb der Einheitspartei alle möglichen Darlehen und Subventionen gewährt wurden. Er, etliche Minister und einige einflußreiche Stadträte hatten große Aktienpakete erworben und taten alles, damit das Unternehmen wuchs und gedieh.

Die Juden schickten Delegationen nach Warschau, die der Regierung zu bedenken gaben, daß sie zur Erhöhung der Arbeitslosenzahl beitrage, wenn sie zulasse, daß den Juden kein Kredit mehr eingeräumt werde. Panczewski jedoch redete dem Ministerpräsidenten ein, das Hauptinteresse des Staates habe der Heimaterde, dem wahren Reichtum Polens, zu gelten: den großen Landgütern, den Wäldern, dem Ackerland. Wenn Polen Industriebetriebe brauche, dann sollten die Fabriken ausschließlich von Grundbesitzern und Unternehmern christlichen Glaubens betrieben werden.

Diese Politik wurde natürlich nie publik gemacht, denn man wußte in Polen sehr wohl, welchen Wirbel die Juden auf internationaler Ebene machen würden, wenn sie sich diskriminiert fühlten.

Der Jude, auf den es das Lodzer Stadtoberhaupt ganz besonders abgesehen hatte, war Max Aschkenasi. Und zwar nicht nur, weil Puncz Panczewski das Palais hatte räumen müssen, sondern vor allem, weil Aschkenasi die Frechheit besaß, sich wieder zum König von Lodz aufschwingen zu wollen. Immer wenn er versuchte, sich ein Darlehen für den Wiederaufbau seiner Fabrik zu beschaffen, ließ Panczewski ihn zappeln. Die Einheitspartei wartete nur darauf, die Fabrik für ein Butterbrot zu ersteigern. Wenn Aschkenasi Schiffbruch erlitt, würden bestimmt auch die anderen Juden ihre Palais räumen und wieder im langen Kaftan und mit dem Hausierersack herumlaufen.

Wochenlang versuchte Max Aschkenasi alles mögliche, um in Polen Kredit zu bekommen. Er fuhr nach Warschau und verhandelte mit einflußreichen Leuten. Manche versprachen, ihn mit

Privatbankiers bekanntzumachen. Manche rieten ihm, einen Polen als Strohmann in die Firmenleitung aufzunehmen, wie andere Juden es taten, um auf diese Weise Darlehen von polnischen Banken zu erhalten. Zu heimlichen Absprachen mit Juden fanden sich sogar die Herausgeber antisemitischer Zeitungen bereit, die nach außen hin solche »Vernunftehen« anprangerten.

Man offerierte Aschkenasi einen sehr vornehmen Polen als »Geschäftspartner«. Die Firma, so versicherte man ihm, könnte dann jeden beliebigen Kredit erhalten, und Panczewski bekäme auf diese Weise einen Dämpfer aufgesetzt. Aber auf solche Winkelzüge ließ sich Max nicht ein. Er war immer der Meinung gewesen, daß man seinen Weg in dieser Welt allein gehen muß. Und er sah nicht ein, warum er einem Nichtstuer bloß um seines piekfeinen Namens willen ein Vermögen überlassen sollte. Er war auf seinen eigenen Namen stolz genug. Der Name Aschkenasi stand für Leistung, Intelligenz, Autorität. Mochten die Polen diesen Namen verabscheuen – draußen in der großen Welt war er ein Begriff und wurde respektiert.

Er beschloß, nach London zu reisen, mit englischen Industriellen zu verhandeln und sie zu bewegen, Geld in den Wiederaufbau seiner Fabrik zu investieren, die sie dann mit ihrem Rohmaterial beliefern könnten.

Wie immer, wenn er etwas erreichen wollte, zog er sich tadellos an. Dann machte er (der bloß ein paar Brocken Englisch konnte) sich auf die Reise nach Manchester und London. Bei einer Besprechung, die in einem der größten Londoner Hotels stattfand, rückte er mit seinem Vorschlag heraus. Den Engländern war es egal, ob er einen jüdischen oder türkischen Namen hatte. Sie wollten nur wissen, ob sie bei diesem Geschäft einen Profit machen konnten. Und Max Aschkenasi überzeugte sie davon.

Als er diesen Sieg errungen hatte, ging er in die nächste Synagoge und dankte Gott für Seine Gnade. Dann ließ er sich in einem koscheren Restaurant in Whitechapel das Essen schmekken.

Zusammen mit einem Fachmann, den die Geldgeber mit der Wahrnehmung ihrer Interessen beauftragt hatten, kehrte er nach Lodz zurück. Er quartierte den Briten in seinem Palais ein, wo er ihn wie ein kostbares Juwel verborgen hielt. Der rothaarige Engländer hatte einige Mühe, das Deutsch seines Gastgebers zu verstehen, aber wenn es um etwas ging, das mit der Fabrik zu tun hatte, entging ihm nichts. Mit dem Geld, das ihm seine Gesellschafter zur Verfügung gestellt hatten, setzte Max nicht nur die Fabrik instand, sondern importierte auch die modernsten Maschinen aus England – Maschinen, die um ein Vielfaches leistungsfähiger waren als alle bisher in Lodz bekannten. Alles in seinem Betrieb war auf den neusten Stand der Technik gebracht, über den die Lodzer Ingenieure nur staunen konnten.

Wie nicht anders zu erwarten, geiferte die antisemitische Presse gegen den jüdischen »König«, der ausländisches Kapital ins Neue Polen gebracht habe, um dem polnischen Volk eine wirtschaftliche Fremdherrschaft aufzuzwingen und es daran zu hindern, seine eigene Industrie aufzubauen. Für die Karikaturisten war es ein gefundenes Fressen, Aschkenasi mit einer schiefsitzenden Krone darzustellen, unter der Schläfenlocken herabhingen. Aus seinen schmalen Lippen machten sie wulstige, aus seiner geraden Nase einen Zinken.

Max genoß das alles. Nichts machte ihm größeres Vergnügen, als denen, die er verabscheute, eins auszuwischen. Wieder war sein Name in aller Munde. Wieder war er eine feste Größe, mit der man rechnen mußte. Er saß wieder in seinem Kontor, und wieder erwartete ein livrierter Diener (nicht mehr der alte Melchior) seine Befehle. Polnische Ingenieure, Prokuristen, Musterzeichner und Baumeister katzbuckelten vor ihm und blökten im Chor: »Ja, Herr Generaldirektor.«

Abgetakelte Fürsten, Grafen und Barone warteten mit Empfehlungsschreiben vor seiner Tür und waren bereit, auch die bescheidenste Stellung anzunehmen. Tausende von Arbeitern standen, die Mütze in der Hand, vor dem Fabriktor Schlange. Viele trugen noch ihre Uniformjacken. Max betrachtete sie durch die hohen Fenster seines Kontors. Durchaus möglich, daß die Mörder Jakob Bunims darunter waren ... Jetzt standen all diese polnischen Arbeiter da draußen und hofften zu Gott, daß ein Jude sie einstellen würde.

Selbst die subventionierten Fabriken der Einheitspartei hatten schließen müssen – in der Weberei Aschkenasi dagegen wurde in drei Schichten gearbeitet. Zur Eröffnung war Puncz Panczewski höchstpersönlich erschienen (mit Stehkragen und schwarzer

Krawatte, an der ein goldenes Kreuz steckte) und hatte dem Fabrikbesitzer Lob dafür gezollt, daß er in der schwer unter der Wirtschaftskrise leidenden Stadt Arbeitsplätze geschaffen habe. Dann hatte er Aschkenasi die Hand geschüttelt – wobei jedem von ihnen so zumute war, als hätte er Dornen angefaßt.

Die hohen Schornsteine der Weberei Aschkenasi, die so lange müßig und scheinbar altersschwach auf die Stadt hinuntergeblickt hatten, spien jetzt wieder stinkenden Rauch in die verrußte Luft. Die Dampfpfeifen weckten die Bevölkerung wieder aus dem Schlaf. In Aschkenasis Kontor gaben sich jetzt wieder Händler, Makler und Kommissionäre die Klinke in die Hand. Seine Handelsvertreter reisten kreuz und quer durch Osteuropa, nahmen alte Geschäftsverbindungen wieder auf, erschlossen neue Absatzmärkte, besuchten Handelsmessen und Ausstellungen.

Max Aschkenasi fuhr wieder durch die Piotrkower Straße, jetzt aber nicht mehr in einer Kutsche, sondern in einem Tourenwagen, gelenkt von einem livrierten Chauffeur, der auf die Hupe drückte, damit die anderen Fahrzeuge dem König von Lodz Platz machten.

Die Leute sahen dem schmächtigen Mann in dem Automobil nach und murmelten respektvoll: »Ganz der alte Max Aschkenasi! Der läßt sich einfach nicht unterkriegen.«

69

Wie ein Vielfraß nach einer ihm aufgezwungenen Hungerkur schlug die Stadt nach Jahren der Entbehrung über die Stränge und versuchte, alles nachzuholen. Die Polizei bemühte sich vergeblich, die Leute, die sich jetzt wieder auf den Gehsteigen der Piotrkower Straße zusammenfanden, auseinanderzujagen. Die Zwischenhändler, Makler und Kommissionäre waren wieder in ihrem Element. Sie kritzelten, kabbelten sich, feilschten, faßten einander am Rockaufschlag, prüften mit brennenden Streichhölzern die Qualität der verschiedenen Garne, dröselten Stoffe auf, krakeelten, drängelten, gestikulierten – ganz so, als wäre inzwischen nichts geschehen.

Lodz war wieder Lodz. Die Cafés und Restaurants wimmelten von Stammgästen, die Geschäfte machten, schwadronierten und schmutzige Witze erzählten. Droschkenkutscher schlugen auf dürre Klepper ein, um Kaufleute, die es eilig hatten, zur Bank, zur Börse oder ins Kontor zu fahren. Zeitungsjungen riefen Schlagzeilen aus. Schwerbeladene Blockwagen rumpelten übers Kopfsteinpflaster. Aus den Schornsteinen quoll übelriechender Rauch, der sich wie ein dichter Schleier über jedes Haus, jeden Hinterhof legte. Holzbesohlte Arbeiterschuhe klapperten auf den rissigen Gehsteigen, Dampfpfeifen schrillten, Fabriksirenen heulten.

Die Kaufkraft der schlechtgedruckten Markscheine, die das eben erst flügge gewordene Finanzministerium ausgeben ließ, sank von Tag zu Tag, ja sogar vom Morgen bis zum Abend. Jeder wollte dieses Geld möglichst schnell loswerden – wie einen Schandfleck. Die Hausfrauen gingen so früh wie möglich zum Einkaufen, weil sie später noch weniger für ihr Geld bekommen hätten. Manche Händler erhöhten die Preise, während sie die vom Kunden verlangte Ware bereits abwogen. Manche schlossen ihre Läden und machten erst wieder auf, wenn sie ihre Waren teurer verkaufen konnten. Bauern ließen die Produkte, die sie in der Stadt feilboten, lieber verfaulen, als wertloses Geld für etwas zu bekommen, das sie im Schweiße ihres Angesichts angebaut hatten.

In den Fabriken wurde wieder rund um die Uhr gearbeitet, und die Händler rissen sich um alles, was produziert wurde. Die Stadt und der Staat gerieten in einen Konsumrausch. Fabrikanten nahmen Bankdarlehen auf, egal, zu welchem Zinssatz. Wenn die Rückzahlung fällig war, hatte sich die Kaufkraft des Geldes auf ein Hundertstel dessen verringert, was es bei der Darlehensaufnahme wert gewesen war. Kunden standen in den Geschäften Schlange, um wertvolle Artikel für wertloses Geld zu kaufen. Bankbeamte waren ständig am Telefon und ließen sich die Kursnotierungen durchgeben. Straßenmakler eilten umher und kauften oder verkauften Geld.

Die Zeitungen gaben in Sonderausgaben die jeweils neuste Kursnotierung bekannt. Das Finanzministerium ließ ein paar Nullen mehr auf die Banknoten drucken und brachte sie als »neues« Geld in Umlauf. Bettler warfen ihren Wohltätern die Hunderttausendmarkscheine verächtlich vor die Füße. In Zeitungsartikeln, die Weltuntergangsstimmung verbreiteten, sagten Professoren und Wirtschaftsexperten den Zusammenbruch voraus. Antisemitische Zeitungen gaben den Juden die Schuld an der Inflation. An Mauern, auf Marktplätzen und in Kaufhäusern erschienen Plakate, auf denen hakennasige Juden mit wulstigen Lippen zu sehen waren, die auf polnischem Geld herumtrampelten. So mancher jüdische Kleidertrödler mußte mit einem Loch im Kopf für die Perfidie seiner Glaubensgenossen büßen. Polizisten taten etwas für die Volkswirtschaft, indem sie Jagd auf Geldverleiher machten, die sich der Verhaftung dadurch entzogen, daß sie die wertlosen Scheine in die Gosse warfen. Grundbesitzer, Minister und Abgeordnete des Sejm – der polnischen Volksvertretung – nahmen bei der Staatsbank enorm hohe Darlehen auf, um Ackerland, Wälder und Landgüter aufzukaufen.

Das Leben ging weiter. Leute heirateten, bekamen Kinder, brachten ihre Sprößlinge unter die Haube. Wie Fliegen, die sich in Spinnweben verfangen haben, saßen die Baluter Männer, Frauen und Kinder an den Webstühlen und schufteten, bis sie umfielen. Die Millionen, die sie verdienten, reichten nicht einmal für die notwendigsten Einkäufe vor dem Sabbat.

Die Schornsteine der Weberei Aschkenasi spien schwarzen Rauch in den Himmel, die Dampfpfeifen schrillten lauter denn je, die englischen Maschinen spuckten in schier unglaublichem Tempo Fertigware aus – und dennoch konnte Max seines Erfolgs nicht froh werden. Ihm war klar, worauf Lodz und der Staat zusteuerten. Er wußte, daß die Papierkette, die das alles notdürftig zusammenhielt, bald reißen würde. Und wer hatte dann unter dem Debakel zu leiden? Nicht die Schieber und Spekulanten, sondern die Unschuldigen, Anständigen. Nächstens würden die Rohmateriallieferanten darauf bestehen, in stabiler ausländischer Währung statt in polnischer Mark bezahlt zu werden. Aber Devisen waren in Lodz nicht zu bekommen.

Max war in einer heiklen Situation. Er hatte sich verschuldet, weil er von der logischen Überlegung ausgegangen war, daß er sich Schulden leisten konnte. Doch in einer Zeit des Massenwahns wurde das Logische absurd und das Absurde logisch.

Er saß in seinem großen Kontor und konnte, obwohl ringsum rege Betriebsamkeit herrschte, seine düsteren Gedanken nicht abschütteln. Es erschien ihm als die beste Lösung, sich diesem Massenwahn zu entziehen und die Fabrik zu schließen, die wie ein steuerloses Schiff dem Untergang zutrieb.

In einer solchen Situation war es das beste, den Anker auszuwerfen und auf das Nachlassen des Sturms zu warten. Aber das konnte er nicht tun. Wenn er Tausenden von Arbeitern kündigte, würden sie die Fabrik in die Luft jagen – und ihn dazu. Mit Panczewskis Unterstützung würde er bestimmt nicht rechnen können. Alle würden über ihn herfallen – die Gewerkschaften, die Presse und auch die jüdischen Revolutionäre, obwohl er keine Juden beschäftigte. Möglicherweise würde die Regierung unter irgendeinem Vorwand die Fabrik beschlagnahmen. So etwas wie Gerechtigkeit gab es unter dem neuen Regime nicht mehr. Man hatte hier ebensowenig das Recht, über sein Eigentum zu verfügen, wie jenseits der Grenze unter dem Sowjetregime. Nur, daß die Sowjets jedermann bestahlen und die Polen nur die Juden. Die warteten doch bloß darauf, ihm unter dem fadenscheinigsten Vorwand alles, aber auch alles wegzunehmen. Obwohl das Gesetz auf seiner Seite war, würden die sich schon um seinen Besitz raufen, ehe er alles mit den Anwälten und Richtern durchgepaukt hatte.

Nein, er konnte nichts tun, um das Debakel abzuwenden. Er mußte das Schiff treiben lassen, bis es auf eine Klippe lief und sank.

Die Leute, mit denen er Geschäfte machte, versuchten, ihn zu beschwichtigen. »Sollen die doch mit diesem Wahnsinn weitermachen, Herr Generaldirektor! Vielleicht geht's doch noch gut aus. Zur Zeit floriert das Geschäft, und jeder hat sein Auskommen. Was morgen sein wird, steht bei Gott.«

Von solch leichtfertigem Optimismus wollte sich Max Aschkenasi nicht einlullen lassen. Genau diese Einstellung hatte seinen Schwiegervater, Chaim Alter, um alles gebracht. Das war etwas für Tagediebe, Träumer, Phantasten. Die Katastrophe rückte näher, und blinde Zuversicht konnte sie nicht abwenden.

Früher hatte das Rattern der Maschinen für ihn bedeutet, daß Geld in seine Tasche floß; jetzt bedeutete es, daß Nagel um Nagel in seinen Sarg geschlagen wurde.

Dennoch stand er Tag für Tag in aller Herrgottsfrühe auf, ging in sein Kontor und blieb bis spät in die Nacht. »Du brauchst mehr Schlaf, Max«, mahnte ihn seine halbgelähmte Frau. »Das ›goldene‹ Geschäft läuft dir nicht davon, Gott bewahre! Du mußt jetzt vor allem an deine Gesundheit denken.«

»Ich kann nicht im Bett bleiben, wenn der Betrieb läuft«, erwiderte er und zog sich hastig an, um mit den ersten Arbeitern in der Fabrik zu sein.

Der Diener brachte ihm auf einem Silbertablett ein üppiges Frühstück, aber Max nahm bloß ein Stückchen Brot und ein halbes Glas Milch zu sich – die kärgliche Mahlzeit eines Bettlers. Nur seine Arbeit und die Angst vor dem, was kommen würde, hielten ihn noch am Leben.

70

Nicht nur geschäftlich hatte sich Max Aschkenasi verkalkuliert: Auch der Plan, sein Privatleben in Ordnung zu bringen, mißlang.

Er bemühte sich nach Kräften, ein neues Leben zu beginnen und seine Fehler wiedergutzumachen. Das hatte er sich in Petrograd und im Kerker und während der Trauer um seinen Bruder geschworen. Aber die Familie, die er so erbarmungslos auseinandergerissen hatte, ließ sich nicht mehr zusammenfügen. Es gab einfach keinen Kleister, mit dem man die Scherben kitten konnte. Sobald das Palais wieder in seinen Besitz übergegangen war, hatte er seine Tochter gebeten, zu ihm zu ziehen. Bloß für sich und seine Frau brauchte er kein so großes Haus. Er fand die Weitläufigkeit der Räume und die Leere der unbenützten Trakte beklemmender denn je. Und besonders einsam fühlte er sich an dem riesigen Tisch im Speisesaal, an dem er und seine Frau in bedrückender Stille die Mahlzeiten einnahmen.

Er sehnte sich nach der Wärme, die seine Tochter und seine Enkelin in diese kalten Räume bringen würden. Wenn Priwesche durch die Säle rannte, klang ihr Lachen so lustig wie ein Schlittenglöckchen.

Aber obwohl er und seine Frau sie flehentlich baten, zu ihnen zu ziehen, lehnte Gertrud ab. Max vermutete, daß sie ihre Mutter nicht allein lassen wollte. Seine Frau erklärte sich bereit, Dinele, Gertrud und der kleinen Priwe einen Trakt des Palais zur

Verfügung zu stellen. Sie hatte nichts gegen Max' erste Frau. Schließlich waren sie alle drei in einem Alter, in dem man nicht mehr von Eifersucht geplagt wird, sondern nur noch kameradschaftlich beieinander sein möchte – wie Vögel, die auf demselben Ast sitzen. Aber auch Dinele schlug das Angebot aus.

Max war bitter enttäuscht. Er überwies ihr und Gertrud regelmäßig eine Menge Geld, damit es ihnen an nichts fehlte, und er verwaltete die Hinterlassenschaft seines Bruders, damit Gertrud auch in Zukunft keine Geldsorgen haben würde – und trotzdem wollte sie nicht in einem Haus mit ihm wohnen.

Es tat ihr leid, daß ihr Vater sich so einsam fühlte, aber Zuneigung empfand sie nicht für ihn. Die Erinnerung an die jahrelange Entfremdung ließ sich nicht von heute auf morgen beseitigen. Insgeheim grollte sie ihm, weil sie seinetwegen ihren Mann verloren hatte. Ihr Vater hatte ihr immer nur Leid zugefügt. Sie war nicht religiös, aber sie war abergläubisch. Sie glaubte, daß ihr Vater ihr Unglück brachte. Sie machte ihm keine Vorwürfe. Das Leben hatte ihn bereits für seine Sünden bestraft. Es gab in dieser Welt wohl doch noch so etwas wie Gerechtigkeit und Vergeltung.

Ihre Mutter beschwor sie, mit der kleinen Priwe öfter zum Großvater zu gehen. »Er ist immerhin dein Vater. Er ruft so oft an. Er wollte euch sogar mit dem Auto abholen lassen.«

Wenn Gertrud ihm dann doch einmal einen Besuch abstattete, vergaß er seine Geschäfte. Er umarmte seine Tochter und machte ihr Geschenke. Er nahm die kleine Priwe auf den Schoß, kroch für sie auf allen vieren auf dem Teppich herum und bellte. Die Zuneigung, die er seinen eigenen Kindern vorenthalten hatte, schenkte er seinem Enkelkind im Übermaß. Seine Frau drückte die Kleine an sich und küßte ihre Patschhändchen und ihre Löckchen. Wenn die beiden gegangen waren, fühlten sich Max und seine Frau noch einsamer in ihrem Palais.

Und nun setzte Max alles daran, seinen Sohn zurückzuholen. Er schickte ihm Geld und Briefe. Schließlich ließ sich Ignaz bewegen, nach Hause zu kommen. Max erkannte ihn kaum wieder. Dieser stämmige Mann hatte nichts mehr von dem Jungen an sich, den er in Erinnerung hatte. Seiner tiefen, rauhen Stimme war anzuhören, daß er jahrelang beim Militär gewesen war. Max mußte sich auf die Fußspitzen stellen, um seinen Sohn mit einem Kuß zu begrüßen, den Ignaz nur flüchtig erwiderte. Er sprach fast nur noch Französisch, und sein Vater verstand kein Wort. Ignaz war ein Soldat von reinstem Schrot und Korn. Die tiefe Narbe, die sich über sein Gesicht zog, unterstrich seine harten, unjüdischen Züge. »Das hab' ich an der Front abbekommen!« Er lachte, als ob ihm die Erinnerung daran Spaß machte. »Der Hundsfott hat mich ganz schön aufgeschlitzt.«

Max schreckte vor diesem fremden Rohling zurück. Und noch fremder erschien ihm die Frau, die sein Sohn mitgebracht hatte. Eine dunkelhäutige Frau mit hohen Backenknochen und schwarzen Augen, die überhaupt nichts Jüdisches an sich hatte. An ihren Ohren baumelten lange Gehänge, an den Handgelenken trug sie zahlreiche Armreife, ihr Rock war so kurz, daß man ihre langen schlanken Beine sah. Sie sprach nur Französisch. Max vermutete, daß sie aus einer der französischen Kolonien in Afrika stammte. Er wurde rot vor Verlegenheit, als sie ihn auf die Wange küßte und überschwenglich rief: *»Mon père! Mon père!«*

Sie trug ein Hündchen auf dem Arm, küßte es immer wieder auf die winzige, knopfähnliche Nase und überschüttete es mit zärtlichen Worten in einer fremdartig klingenden Sprache.

Sie hatte keinerlei Hemmungen. Sie schmatzte Ignaz ab, flüsterte ihm Zärtlichkeiten zu und benahm sich überhaupt höchst unschicklich. Max vermied es, seinem Sohn Fragen bezüglich dieser Frau zu stellen, weil er wußte, wie jähzornig Ignaz war.

Nach ein paar Tagen nahm er sich Ignaz vor, um ein sachliches Gespräch mit ihm zu führen. Er machte ihm den Vorschlag, in die Firma einzutreten und sich von ihm in die Textilbranche einführen zu lassen, damit der Fortbestand der Firma Aschkenasi gesichert sei. Aber Ignaz weigerte sich, die Fabrik zu betreten. Er verbrachte seine Zeit mit Fechten und Schwimmen, spielte mit dem Hund und zankte sich mit der Frau. Bei den heftigen Auseinandersetzungen, die er mit ihr hatte, schrie sie, daß die Fensterscheiben klirrten. Max verstand kein Wort von den Beschimpfungen, die sie Ignaz an den Kopf warf, aber er merkte, wieviel Leidenschaft dahinter steckte. Meistens reagierte Ignaz gar nicht darauf. Aber wenn sie schrie, daß es nur so gellte, und ihm mit den Fingernägeln das Gesicht zerkratzen wollte, schlug er sie nieder, als wäre er irgendein gojischer Prolet.

Max stockte das Blut in den Adern. Er schämte sich vor seiner Frau und den Dienstboten. Dem dunkelhäutigen Weibsbild schien das alles nichts auszumachen. Sobald sie zu schluchzen aufhörte, puderte sie sich das Gesicht, schminkte sich die Lippen, tuschte sich die Wimpern und küßte und streichelte Ignaz genauso leidenschaftlich wie sie ihn vorher attackiert hatte.

Bei Tisch schlang sie das Essen hinunter und leerte ein Glas Wein nach dem anderen. Ignaz borgte sich häufig das Automobil seines Vaters, raste damit auf den Landstraßen herum und jagte den Bauern und dem Vieh einen Schreck ein. Immer wieder bekam er Strafzettel von der Polizei. Und wenn sein Vater das Auto brauchte, war es nicht da.

Am schlimmsten war, daß Ignaz fortwährend Geld verlangte. Er verkehrte mit allerlei miesen Typen, zockte, besuchte Kabaretts, trieb sich mit Offizieren herum und betrank sich. Nacht für Nacht wurde er stockbesoffen nach Hause gebracht. Er beschimpfte die Dienstboten, und wenn er einen Koller bekam, war die Hölle los.

Jedesmal wenn Max ihm ins Gewissen redete, drohte ihm Ignaz damit, daß er sofort abreisen und nach Paris zurückkehren werde.

»Und was willst du dort tun?«

»In die Fremdenlegion gehen.« Er warf seinem Vater einen gehässigen Blick zu. »Mir hängt sowieso alles zum Hals heraus.«

Aber Max wollte ihn nicht fortlassen. Immer wieder gab er ihm Geld, half ihm aus allen möglichen Schwierigkeiten heraus und hoffte, daß er seine Einstellung ändern würde. Doch es gab einfach nichts, das Ignaz behagte. Er fand das Essen, das ihm serviert wurde, ungenießbar. Er verabscheute Lodz, die Lodzer und ihre Sprache. Er redete immer nur von Paris. Und sein Weibsbild war sauer auf alles hier.

Es gab Momente, in denen es Ignaz plötzlich wie Schuppen von den Augen zu fallen schien. Dann war er nett zu seinem Vater, brachte seine Mutter mit ins Palais und schmiegte sich wie ein Kind an sie. Dinele errötete dann jedesmal wie ein Schulmädchen, und Max war ganz verdattert.

Dann bugsierte Ignaz seine Eltern aufeinander zu. »Los, gebt euch einen Kuß und versöhnt euch!« Es klang, als ob er irgendeinem Unteroffizier einen Befehl erteilte. »Schluß mit Zank und Streit!« Und dann strahlte er vor Stolz über seinen guten Einfall.

Sein Weibsbild klatschte in die Hände, schrie »Bravo! Bravo!« und lachte wie verrückt.

Max und Dinele glaubten dann jedesmal, ihr Sohn sei in sich gegangen und wollte jetzt endlich ein anständiges Leben führen und ihnen nach all dem Kummer, den er ihnen bereitet hatte, ein bißchen Freude machen.

Aber kurz darauf war Ignaz wieder so unberechenbar und miesepetrig wie zuvor. Ohne jemandem Bescheid zu sagen, fuhr er nach Warschau, blieb tagelang dort und kam schlechtgelaunt zurück. Schließlich erklärte er, daß er es nicht mehr in Lodz aushalte. Diese Stadt schnüre ihm die Kehle zu. Und dann packte er seine Siebensachen und reiste mit seinem Weibsbild ab. Eines Tages kam ein kurzes Telegramm: er sei wieder in Paris, und sein Vater solle ihm Geld ins Hotel schicken.

Max rief sofort Dinele an. »Jetzt wissen wir wenigstens, daß er noch am Leben ist, dieser Rüpel . . .«

Er hatte eingesehen, daß Ignaz ein hoffnungsloser Fall war. Aus dem würde nie etwas werden. Das Schicksal wollte es nicht, daß er das Erbe seines Vaters antrat und den Fortbestand der Firma Aschkenasi gewährleistete. Jetzt befürchtete Max nur noch, daß sein Sohn konvertieren würde – falls er das, Gott behüte, nicht bereits getan hatte.

»Habe ich so viel Pech verdient?« fragte er sich. Er hatte sein Leben lang wie ein Pferd gearbeitet und sich kein Vergnügen gegönnt. Für *wen* hatte er sich denn abgerackert? Er selbst hatte nie viel zum Leben gebraucht. Das bißchen Essen, das er jetzt noch zu sich nahm, kostete pro Tag nicht mehr als ein paar Groschen. Weshalb hatte er denn einen neuen Anfang gemacht? Nur um seiner beiden Kinder willen. Und was war dabei herausgekommen? Seine Tochter ging ihm aus dem Weg, und sein Sohn taugte nichts und verabscheute ihn . . .

Die Tage, die er in der Fabrik verbrachte, waren sorgenvoll genug, und wenn er abends nach Hause kam, nagte die Einsamkeit an ihm, bedrückte ihn das Stöhnen seiner kränkelnden Frau. Bei der Arbeit konnte er die Erinnerungen einigermaßen verdrängen, aber die Nächte waren lang und unerträglich. Dann überfielen ihn alle möglichen düsteren Gedanken. Und plötzlich machten ihm auch körperliche Leiden zu schaffen. Die Knochen taten ihm weh, und er litt unter Sodbrennen und Seitenschmerzen. Er hatte derlei Beschwerden schon vor dem Krieg gehabt, sich aber nie in ärztliche Behandlung begeben, weil ihm einfach die Zeit dazu gefehlt hatte. Er war viel zu beschäftigt gewesen, um sich über so etwas Gedanken zu machen. Ärzte hatten ihm geraten, besser auf seine Gesundheit zu achten, doch er hatte diesen Rat in den Wind geschlagen. Von Krankheit hatte er nichts wissen wollen. Er hatte sich nicht einmal die Zeit genommen, zum Zahnarzt zu gehen. Gegen Sodbrennen hatte er Natron eingenommen, die Rückenschmerzen und das Seitenstechen hatte er mit Wärmflaschen gelindert. Er hatte es abgelehnt, zur Kur zu fahren, wie es ihm von Ärzten empfohlen worden war. Und jetzt plagten ihn alle diese Beschwerden gleichzeitig. Sein verbrauchter Körper wurde von Krämpfen und Schmerzen gemartert. Seine Frau beschwor ihn, zum Arzt zu gehen. Sie ließ die namhaftesten Fachärzte kommen, aber er wollte sich nicht von ihnen untersuchen lassen. Er wußte von vornherein, was sie sagen würden: viel Ruhe, zur Kur fahren, keine Aufregungen, viel Schlaf – und so weiter.

Es war ihm einfach nicht möglich, solche Ratschläge zu befolgen. Seine Fabrik steckte in ernsthaften Schwierigkeiten. Seine Frau war krank. Sein Haus glich einem Mausoleum. Seine Tochter mied ihn. Ignaz schrieb oder telegrafierte nur, wenn er seinen Scheck nicht rechtzeitig erhalten hatte. Und zu alledem mußte Max fortwährend an seinen Bruder denken. Er sah ihn vor sich, wie er ihn zum letzten Mal gesehen hatte: der hingestreckte Körper, das Blut, das in den Bart sickerte und gerann. Er versuchte immer wieder, dieses Bild zu verscheuchen, doch es wollte nicht weichen. Er nahm alle möglichen Schlafmittel ein, aber sein Organismus gewöhnte sich so schnell an die Tabletten und Tränkchen, daß sie nicht wirkten.

Sein Versuch, die zerfallene Familie Aschkenasi wieder zusammenzufügen, war kläglich gescheitert. Die Scherben waren unwiderruflich verstreut. Immer wenn er in Bademantel und Pantoffeln durch das dunkle Palais tappte, grinste ihn der bronzene Mephistopheles hämisch an.

71

Die Kette aus Papier, die Lodz zusammengehalten hatte, zerbarst in abertausend Fetzen. Die schlechtgedruckten Markscheine wurden aus dem Verkehr gezogen und durch Silbergulden ersetzt, auf die natürlich die Porträts der Retter Polens geprägt waren. Mit der wertlosen Papiermark verschwanden auch Arbeit und Handel aus der Stadt – die ganze hektische Betriebsamkeit, alles, was eine papierene Existenz geführt hatte.

Die Lagerhäuser waren vollgestopft mit Waren, für die es keine Käufer gab. Die Ladenbesitzer nahmen keinen Groschen ein. Die vorher von Menschen wimmelnden Gehsteige waren leer. In den Cafés und Restaurants standen die Kellner herum und schlugen gelangweilt nach Fliegen. An den Tischen saßen Kommissionäre, Börsenmakler, Geldwechsler und Handlungsreisende, die unentwegt kritzelten, aber nicht einmal eine Tasse Kaffee bestellten. Sie pafften eine Zigarette nach der anderen und zündeten sie mit Einemillionmarkscheinen an.

Lodz pfiff aus dem letzten Loch. Die Spekulanten, Schieber, Faulenzer, Wirrköpfe und Schmarotzer hatten es geschafft, auf die Füße zu fallen, während solide Geschäftsleute, gewiefte Kapitalanleger, Vorstandsmitglieder von Aktiengesellschaften und sogenannte Finanzexperten auf Bergen von wertlosen Markscheinen sitzenblieben.

Wie Max Aschkenasi vorausgesagt hatte, verlangten die Vertreter ausländischer Firmen die sofortige Bezahlung der gelieferten Baumwolle und Wolle. Aber ihre Kunden hatten nur Ausflüchte parat. Es kam zu einer wahren Pleite-Epidemie. Die Gerichte und Anwaltskanzleien machten Überstunden. In muffigen Notariaten standen Ehemänner Schlange, um ihr ganzes Hab und Gut ihren Frauen überschreiben zu lassen.

Alle Fabriken waren geschlossen. Kein bißchen Rauch quoll aus den rußigen Schornsteinen. Tausende von Arbeitern trieben sich auf der Straße herum. Unzählige standen vor den Arbeitsämtern Schlange, aber sie warteten vergeblich auf die Vermittlung eines Arbeitsplatzes. Als Hilfskräfte für französische Kohlengruben gesucht wurden, stürmten die Männer das Arbeitsamt, um sich anheuern zu lassen. Vertreter von Schiffahrtslinien erzählten den Leuten Wunderdinge über das Leben in Nord- und

Südamerika und drängten sie, Schiffskarten zu kaufen und auszuwandern. Elegant gekleidete Trickbetrüger traten als ausländische Konsuln auf und stellten gefälschte Reisepässe und Visa aus. Antisemitische Agitatoren geiferten, die Juden hätten sich verschworen, gute Christen ins Ausland zu expedieren, damit sie selbst in Polen die Macht ergreifen könnten. Priester und Mönche sammelten Spenden für eine neue Kirche, die in Lodz erbaut werden sollte. Revolutionäre verbreiteten Proklamationen, in denen die Unterdrückten zum Aufstand aufgerufen wurden. Geheimagenten, Polizisten, patriotische Hausfrauen und Studenten fielen über diese Agitatoren her und zerrten sie, blutig geschlagen, ins nächste Polizeirevier.

»Hängt die Trotzkisten!« johlten sie. »Schickt sie zurück nach Palästina!«

In Balut starrten unterernährte Kinder durch rußige Fensterscheiben auf menschenleere Straßen. Den Blick himmelwärts gerichtet, aber bar jeder Hoffnung, liefen Kleidertrödler mit leeren Säcken umher. Krüppel – echte und angebliche – krauchten lamentierend durch Hinterhöfe und baten um ein Almosen.

Für die Bewohner von Balut gab es keine Hoffnung mehr. Schon vor dem wirtschaftlichen Zusammenbruch waren sie durch die mechanischen Webereien um ihren Lebensunterhalt gebracht worden. Auf Betreiben der polnischen und deutschen Textilarbeiter durften sie nicht in den Fabriken beschäftigt werden, auch nicht in den Betrieben jüdischer Unternehmer. Arbeitslosenunterstützung bekamen sie nicht, weil Puncz Panczewski, das Stadtoberhaupt, durch eine Rechtsbeugung erreicht hatte, daß nur Betriebsangehörige großer Fabriken Arbeitslosengeld beanspruchen konnten.

Junge, gesunde jüdische Burschen waren bereit, die dreckigste Arbeit beim Kanalisations- und Straßenbau zu übernehmen, aber auch diese Bewerbungen lehnten die Nichtjuden in den Arbeitsämtern ab. »Hinaus mit euch Mosches! Von uns aus könnt ihr verhungern!«

Die Baluter Arbeitslosen waren auf wohltätige Spenden und auf die von der jüdischen Gemeinde betriebenen Armenküchen angewiesen. Die Ladenbesitzer dösten den ganzen Tag vor sich hin und nahmen keinen Groschen ein.

Hochbetrieb herrschte nur noch auf den Bahnhöfen. Alle

Züge waren überfüllt mit Männern, Frauen und Kindern, die gebündeltes Bettzeug und Sabbatleuchter mitnahmen. Das jüdische Lodz trat die Flucht an. Frauen folgten ihren Männern nach Amerika, Väter ihren Kindern, Kinder ihren Eltern. Bauern, die wieder Land bestellen wollten, wanderten nach Argentinien aus.

Jüdische Burschen und Mädchen mit Tornistern und blauweißen Fahnen verließen Lodz, um als Siedler in Palästina zu leben. Sie sangen ihre hebräischen Lieder und tanzten ihre Horas. Die Leute, die am Bahnhof Abschied von ihnen nahmen, riefen: »Nächstes Jahr in Jerusalem!«

Betuchte Juden traten mit ihren schmuckbehängten Frauen und Töchtern die Reise in Hafenstädte an, um sich dort auf Luxusdampfern nach Palästina einzuschiffen. Im Gegensatz zu den Pionieren wollten sie im Heiligen Land nicht den Boden bestellen und Sümpfe entwässern, sondern Bauland erwerben und erschließen, Fabrikationsbetriebe errichten und wieder ein Vermögen zusammentragen.

Lodz steckte in einer tiefen Krise. In einer Industriestadt, die mehr Fertigware auf Lager hatte, als sie in Jahren absetzen konnte, gab es keinen Groschen zu verdienen. Wie Hyänen fielen die Steuereinnehmer über die Stadt her, um so viel wie irgend möglich für den Fiskus zu ergattern. Auf den Straßen waren fast nur noch Amtspersonen und Soldaten in prächtigen Uniformen mit Tressen und Hoheitszeichen zu sehen. Sie holten bei säumigen Steuerzahlern Maschinen und anderes Arbeitsgerät aus den Kellerräumen, beschlagnahmten Bettzeug, räumten die Lebensmittel aus den Läden und ließen alles zur Zwangsversteigerung abtransportieren. Jüdische Hausfrauen liefen jammernd hinter den Fahrzeugen her, als wären es Leichenwagen, in denen Familienangehörige zur letzten Ruhestätte gebracht wurden.

Geschäftsräume wurden versiegelt. Den Frauen wurden Schmuckstücke vom Hals und von den Handgelenken genommen. Bei den Männern wurden Taschenuhren und Brieftaschen beschlagnahmt.

Bemittelte Juden flüchteten mit allem, was sie noch retten konnten, um im Land ihrer Vorväter oder in Amerika ein neues Polen, eine neue Piotrkower Straße zu errichten.

Die ortsansässigen Nichtjuden standen vor ihren Haustüren,

beobachteten den Exodus der Juden aus dem Land, in dem sich ihre Vorfahren vor tausend Jahren niedergelassen hatten, und wußten nicht, ob sie lachen oder weinen sollten.

Bauern schirmten ihre Augen gegen die Sonne ab und sahen den überfüllten Zügen nach. Ihre Frauen lauschten den fremdartigen Liedern der jüdischen Pioniere, und die flachshaarigen Kinder kamen mit ihren kläffenden Hunden vor die Strohzäune gerannt, johlten und schleuderten Steine an die Zugfenster.

Lodz glich einem amputierten Körperglied. Es zuckte noch einmal im Todeskampf, ehe die Maden ihm den letzten Lebenssaft aussaugten.

Und mit dem Schicksal der Stadt war auch das Schicksal ihres Königs besiegelt. Max Aschkenasis Kräfte erlahmten, als er keine rauchgeschwängerte Luft mehr atmen und sich nicht mehr vom Rattern der Maschinen einlullen lassen konnte. Nachts lag er wach und dachte über sein Leben nach. Alle, die er gekannt und gekränkt hatte, sah er im Geist vor sich. Seine Eltern, seine angeheirateten Verwandten – und immer wieder Jakob Bunim. Er sah das Blut in den Bart seines Bruders rinnen – und ihm gefror das Blut in den Adern. Er stand auf und wanderte in Schlafrock und Pantoffeln im Palais umher. Er ging zum Fenster und blickte hinüber zur verödeten Fabrik, hinauf zu den Schornsteinen, die wie riesige Zungen in den Himmel ragten.

Er tappte zum Bücherschrank und betrachtete die Bände. Bei den heiligen Büchern der Juden, die in einem unauffälligen Winkel des Schrankes standen, hielt er inne und zog eine abgenützte Bibel heraus. Er nahm sie mit ins Bett und schaltete die Nachttischlampe ein. Er blätterte in der Bibel und überflog, was im *Prediger Salomo* und in den *Sprüchen Salomos* geschrieben steht. Jetzt kamen ihm diese Moralpredigten nicht mehr wie das Geschwafel von Tattergreisen vor; er fand, daß viel Lebensweisheit und Menschenkenntnis aus ihnen sprach. Dann entdeckte er eine Seite mit einem Eselsohr: Das *Buch Hiob*, das er in den Tagen der Trauer um seinen Bruder gelesen hatte. Halblaut begann er zu lesen:

»Da ging der Satan von Jahwe weg und schlug Hiob mit einem bösartigen Geschwür von der Fußsohle bis zum Scheitel. Dieser aber setzte sich auf einen Dunghaufen und schabte sich mit einer Scherbe ab ... Als nun die drei Freunde Hiobs von all dem Unglück hörten, das ihn getroffen hatte, kam ein jeder von seinem Wohnort: Eliphas von Theman, Bildad von Suah und Sophar von Naama. Denn sie hatten verabredet, miteinander zu kommen, um ihn zu bedauern und zu trösten. Als sie, noch etwas entfernt von ihm, die Augen erhoben, erkannten sie ihn nicht wieder. Da begannen sie laut zu weinen, zerrissen ihre Kleider und streuten Staub auf ihr Haupt. Dann saßen sie bei ihm auf dem Boden sieben Tage und sieben Nächte lang, und keiner von ihnen sprach ein Wort zu ihm; denn sie sahen, daß sein Schmerz überaus groß war. Hierauf tat Hiob seinen Mund auf und verfluchte den Tag seiner ...«

In den Zimmern nebenan schlugen die Uhren die Stunde. Max Aschkenasi ließ das Buch sinken und lauschte. Plötzlich schnürte es ihm die Brust wie mit Eisenklammern zusammen. Er schrie und faßte nach dem Klingelzug neben dem Bett. Als der Diener hereinkam, war sein Herr schon tot. Sein Kopf war auf die offene Bibel gesunken, und seine Finger umkrampften noch den Klingelzug.

72

Ganz Lodz kam zu Max Aschkenasis Beerdigung. Die Piotrkower Straße war schwarz von Menschen, Droschken, Kutschen und Automobilen. Chassidim mit struppigen Bärten gingen neben Bankiers im Zylinder, schmuddligen Hausierern, kleinen Angestellten, Börsenmaklern, Chederschülern, Bettlern, Dieben, Arbeitern. Für sie alle war Max Aschkenasis Ende gleichbedeutend mit dem Ende von Lodz: Seine Beerdigung war auch die Beerdigung dieser Stadt. Sie gaben Aschkenasi das letzte Geleit, aber sie trauerten nicht um *ihn*, sondern um den Verlust ihrer eigenen Existenz.

Hinter dem Sarg gingen drei Frauen in Schwarz. Eine Witwe stützte die andere.

Die Totengräber hatten ein Grab so schmal wie ein Kindergrab für den König von Lodz ausgehoben. Ein Fremder sprach das Kaddisch. Männer beugten sich über das Grab, warfen ein paar Handvoll Erde auf den Sarg und murmelten: »Von Erde bist du genommen, zu Erde sollst du werden.«

Dichte Bewölkung kam auf. Der Wind blies den Leuten Staub ins Gesicht. Auf dem Rückweg in die verödete Stadt waren ihre Füße so bleiern wie der Himmel.

»Sand«, klagten sie und hielten sich die Hand vor die Augen. »Was wir hier aufgebaut haben, war alles auf Sand gebaut.«

In der rasch hereinbrechenden Dämmerung stieg ein halbmondförmiger Vogelschwarm auf und krächzte am verhangenen Himmel.

(Warschau – New York, 1933–1935)

Glossar

Achtzehngebet (Achtzehn-Bitten-Gebet), neben dem Hauptgebet »Schema Israel« (Höre, Israel) das wichtigste Gebet im synagogalen Gottesdienst. Es wird stehend, das Gesicht nach Osten gerichtet, gesprochen.

Bar-Miz'wa hebr., »Sohn der Pflicht«. Die Festlichkeit, durch die der dreizehnjährige Knabe die religiöse Mündigkeit erlangt und in die Gemeinde aufgenommen wird.

Baschlik, türkisch. Kaukasiche Wollkapuze.

Bundisten, Mitglieder des »Allgemeinen Jüdischen Arbeiterbundes« in Rußland und Polen, der später als Sondersektion in die Sozialdemokratische Arbeiterpartei Rußlands eintrat.

Chadorim siehe *Cheder.*

Chanukka hebr., »Einweihung«. Achttägiges Lichterfest zur Erinnerung an die Wiedereinweihung (165 v. Chr.) des von den Griechen entweihten Tempels, nach deren Vertreibung durch Juda Makkabi.

Chassid hebr., »Frommer«. (Plural: *Chassidim*). Hier die Anhänger der religiösen Bewegung, die um 1740 von Israel Baalschem Tow in der Ukraine und in Polen gegründet wurde und in Osteuropa weite Verbreitung fand. Die Chassidim betonen das Gefühl im Gesetzesglauben.

Cheder hebr., »Stube« (Plural: *Chadorim*) Lehrstube der Elementarschule für Knaben (4.–13. Lebensjahr).

Chmielnicki, Bogdan (1593–1657), Kosakenführer, der im 17. Jh. in der Ukraine Aufstände gegen Polen auslöste, in deren Verlauf es zu Judenpogromen kam, bei denen über zweihundert Gemeinden ausgerottet wurden.

Chupe jidd. (hebr.: *chuppa*) Traubaldachin, unter dem Braut und Bräutigam zur Trauung zusammengeführt werden.

Gebetsmantel hebr.: *Tallit.* Viereckiger weißer Überwurf aus Wolle oder Seide mit Schaufäden an den Ecken, der zum Morgengebet und bei feierlichen Zeremonien getragen wird.

Gebetsriemen hebr.: *T'fillin.* Werden beim wochentäglichen Morgengebet am linken Arm, dem Herzen gegenüber, und an der Stirn angelegt. Sie tragen Kapseln mit vier auf Pergamentstreifen geschriebenen Texten aus dem Pentateuch.

Gebetsschal siehe *Gebetsmantel.*

Gehenna hebr., »Gehinnom«, Tal der Söhne Hinnoms. Tal im Süden

Jerusalems, wo Moloch Kinderopfer dargebracht wurden (2. Kön., 23, 10). Metaphorisch: Stätte der Pein für die Bösen nach dem Tode; Bezeichnung für die Hölle.

Gemara hebr., »Erläuterung«, Diskussion der babylonischen und palästinischen Talmudisten über die Mischna, mit der zusammen die Gemara den Talmud bildet, die mündlich überlieferte Lehre. Gemara bezeichnet auch den Talmud überhaupt.

Goi hebr., wörtl.: »Volk« (Plural: *Gojim*). Mit diesem Wort wird im allgemeinen ein Nichtjude bezeichnet.

Haggada hebr., der erzählende Teil des Talmud (im Gegensatz zur Haskala, dem gesetzlichen Teil). Darin die volkstümliche Pessach-Erzählung, die am Seder-Abend in der Familie verlesen wird.

Ijer, Name eines jüdischen Monats, dem Mai entsprechend.

Jarmulke (von poln.: *jarmulka*) Samtkäppchen, von den Juden unter der Kopfbedeckung getragen, damit sie nicht barhäuptig erscheinen, wenn sie die Kopfbedeckung lüpfen oder abnehmen.

Jeschiwa, hebr.: *Jeschiwot* (Plural jidd.: *Jeschiwess*), »Sitz«. Höhere Lehranstalt. Hochschule für das Studium des Talmud.

Jom Kippur hebr., Jom ha-Kippurium, »Tag der Sühnungen«. Versöhnungstag, Fasttag, der höchste jüd. Feiertag, der den Abschluß der mit dem Neujahrsfest beginnenden zehn Bußtage bildet.

Kaddisch aramäisch, wörtl. »heilig«, »Heiliger«. Gebet mit der Verkündigung der Heiligkeit Gottes und der Erlösungshoffnung. Teil des täglichen Gebets und Gebet bei der Bestattung und an den Gedenktagen der Verstorbenen.

koscher (von hebr.: *kascher*, »recht«, »rein«). Was nach der Ritualvorschrift erlaubt ist; insbesondere den Speisegesetzen gemäß zubereitetes Essen.

Litwak litauischer Jude.

Masel tow hebr., wörtl.: *masal* = Stern, Glück; *tow* = gut. Allgemeine Glückwunschformel.

Matze (Matzen, Mazza) hebr., ungesäuertes Brot, für Pessach vorgeschrieben.

Mesuse, hebr.: *mesusa*, wörtl.: »Türpfosten«. Handgeschriebene kleine Pergamentrolle in einer Metall- oder Holzhülse, die am rechten Türpfosten des Hauses angebracht wird. Mit Text aus Deut. 6, 4–9; 11, 13–21. Schutzsymbol.

Mikwe jidd. (hebr. *mikwa*) wörtl.: »Ansammlung« (von Wasser). Rituelles Tauchbad. Seit ältester Zeit in jeder jüdischen Gemeinde.

Nagaika russ., die aus Lederriemen geflochtene Kosakenpeitsche.

Pejes hebr.: peot, »Ecken«. Schläfenlocken. Nach altjüdischem Brauch darf das Kopfhaar nicht rundherum abgeschnitten werden. Gedacht als sichtbare Absonderung von den Heiden.

Pentateuch griech. Die fünf Bücher Mose: Genesis, Exodus, Leviticus, Numeri, Deuteronomion.

Pessach hebr., wörtlich: »Vorüberschreiten, Verschonung«. Religiösnationales Fest, wird zu Beginn des Frühjahrs zur Erinnerung an den Auszug der Kinder Israel aus Ägypten gefeiert.

Purim hebr., Freudenfest, gefeiert zur Erinnerung an die Errettung der jüdischen Diaspora im Perserreich (Buch Esther).

Reb Abkürzung von »Rebbe«, Ehrentitel für gebildete und für fromme ältere Männer.

Rebbe jidd., Herr; Lehrer, Gelehrter. Auch Wunderrabbi der Chassidim.

Rebezzin, die Frau des Rabbi.

Rosch Haschana hebr., »Anfang des Jahres«. Neujahrsfest im Herbst.

Sabbat hebr., »Ruhe«. Siebter Tag der Woche. Beginnt mit Sonnenuntergang am Freitag. Heiliger Ruhetag von aller Arbeit. Endet mit Sonnenuntergang am Samstag.

Sambation Der Fluß Sambation, sagenhafter Sabbatfluß im Reich der verschollenen 10 Stämme (Orient).

Schabbes jidd. siehe *Sabbat*.

Schadchen, jidd., Ehevermittler.

Schammes jidd., Synagogen- oder Gemeindediener.

Schawuot, hebr., »Wochenfest«, Ernte- und Wallfahrtsfest, im Christentum als Pfingstfest gefeiert.

Schickse jidd., »Magd«, »Bauernmädchen«. Allgemein: nichtjüdisches Mädchen.

Schiwe jidd. (hebr.: *schiwa*), die sieben Trauertage, die man nach dem Tod eines Familienangehörigen auf einem Schemel sitzend – und ohne Schuhe – zubringt (»Schiwe sitzen«).

Schofar hebr. Althebräisches Blasinstrument aus einem Widderhorn. Wird an den Feiertagen Rosch Haschana und Jom Kippur geblasen.

Seder hebr. »Ordnung«. Die Ordnung für die mit zahlreichen Zeremonien und symbolischen Speisen verbundene Familienfeier an den ersten zwei Abenden des Pessachfestes.

Simchat Tora hebr., »Torafreude«. Freudenfest im Herbst, am Schluß des Laubhüttenfestes, beim Abschluß des Jahreszyklus der Toraverlesungen.

Sohar hebr. »Lichtglanz«. Hauptwerk der Kabbala.

Tallit siehe *Gebetsmantel.*

T'fillin siehe *Gebetsriemen.*

Tora hebr. wörtlich: »Lehre, Unterweisung«. Der Pentateuch (die fünf Bücher Mose). Im Gottesdienst wird in 52 Teilen ein Abschnitt daraus von einer handgeschriebenen Pergamentrolle verlesen.

Tscholent (wahrscheinlich von dem altfranzös. *chauld* = heiß). Sabbatspeisen, meist Eintopfgerichte, die schon am Freitag zubereitet und dann für 24 Stunden in den Backofen gestellt werden.

Zusammengestellt von Gertrud Baruch

Isaac Bashevis Singer

Nobelpreisträger

Gimpel der Narr
Ausgewählte Erzählungen.
Deutsch von Wolfgang von Einsiedel
372 Seiten. Gebunden und rororo 5011

Jakob der Knecht
Roman.
Deutsch von Wolfgang von Einsiedel
320 Seiten. Gebunden und rororo 4688

Satan in Goraj
Roman
Deutsch von Ulla Hengst
192 Seiten. Gebunden und rororo 5183

Mein Vater der Rabbi
Deutsch von Otto F. Best
320 Seiten. Gebunden und rororo 5085

Der Zauberer von Lublin
Roman
Deutsch von Susanna Rademacher
232 Seiten. Gebunden und rororo 4436

rororo

C 2172/1

Sprich, Erinnerung, sprich

Hans Eppendorfer
Der Magnolienkaiser (5939)

Ida Ehre
Gott hat einen größeren Kopf mein Kind . . . (12160)

Graham Greene
Fluchtwege (5285)

George Grosz
Ein kleines Ja und ein großes Nein (1759)

Zarah Leander
Ein Kultbuch von Paul Seiler (5497)

Henry Miller
Die Welt des D. H. Lawrence (5140)

Axel Madsen
Jean-Paul Sartre und Simone de Beauvoir (4921)

Edith Piaf
Mein Leben (859)

Jean-Paul Sartre
Sartre über Sartre (4040)

Irving Stone
Vincent van Gogh (1099)